DA

Veröffentlichungen
der Deutschen Akademie
für Sprache und Dichtung
77. Veröffentlichung

Julius Meier-Graefe

Kunst ist nicht für Kunstgeschichte da

Briefe und Dokumente

Herausgegeben und kommentiert
von Catherine Krahmer
unter Mitwirkung von
Ingrid Grüninger

WALLSTEIN VERLAG

Für Gert und Marlis

Inhalt

Briefe und Dokumente

1 Julius Meier-Graefe: Autobiographische Skizze

Mein Vater hieß Meier und war ein brauchbarerer Typ als ich. Begann als Musiker, spielte wunderbar Klavier und gab das Studium auf, weil seine Begabung zum Komponieren nicht langte. Er sattelte um und studierte in Halle und Göttingen Medizin, war Corpsstudent und hatte das Pech, bei einem Pistolen-Duell seinen Gegner für tot auf dem Kampfplatz zu lassen. Da damals noch solche Begebenheiten mit schwerem Kerker bestraft wurden, mußte mein Vater nach England fliehen, trat dann in die Fremden-Legion ein und machte 1854 den Krim-Krieg mit. Sein Vater, dessen einziger Sohn er war, setzte Himmel und Hölle in Bewegung, um den Jungen wieder zu kriegen, was auch schließlich gelang. Dieser Mann, mein Großvater, war Alt-Philologe an der Universität Halle, hat viele lateinische Bücher geschrieben und starb als Rektor der Universität aus Gram über den Filius. Sein Vater, mein Urgroßvater, war Lehrer in Schlesien. Von diesen Vorgängern hatte mein Vater nichts. Er sattelte damals noch einmal um und wurde Eisenhüttenmann, was in Hallenser Professoren-Kreisen ungefähr [für] gleichbedeutend mit Kloakenreiniger gehalten wurde. Er ging auf die Berg-Akademie in Loeben in Steiermark, studierte dort sehr fleißig und wurde einer der bedeutendsten Eisen-Ingenieure Deutschlands. Seine praktische Laufbahn begann in Banat in Süd-Ungarn, was mir den Vorzug verschaffte, auf ungarischem Boden zur Welt zu kommen und eine Zigeunerin als Amme zu haben. In den 70er Jahren war er im Rheinland und in Westfalen tätig, wo er das bekannte Thomasverfahren der Entphosphorung des Eisens einführte, ging dann nach Oberschlesien und starb dort im Jahre 99 als Chef eines der großen Eisenhütten-Konzerne. Er hatte drei Frauen, von denen die erste meine Mutter wurde. Sie hieß Marie Graefe, war die Schwester des bekannten Augenarztes Alfred Graefe in Halle, Cousine Albrechts von Graefe und starb bei meiner Geburt. Mein Vater heiratete bald darauf Clothilde Vitzthum von Eckstädt, die mir zu einer engelsgleichen Mutter wurde und mich, so gut es ging, erzog. Meine Romantik äußerte sich in heillosen Streichen. Mein Vater kümmerte sich nicht um die Kinder. Ich hatte einen um drei Jahre älteren Bruder. Wir beide haben alles, was in unseren Kräften stand, getan, um den Menschen, denen unsere Fürsorge anvertraut war, das Leben sauer zu machen. Mit zehn Jahren gab man mich nach Burgsteinfurt in Westfalen aufs Gymnasium und zu einem Lehrer in Pension. Ich hatte Heimweh, stahl wie ein Rabe und rückte im nächsten Frühling mit einem Stubenkollegen aus. Amerika war das Ziel. Man fing uns an der Grenze wieder ein. Meine Mutter kam aus Hörde, wo mein Vater damals wirkte, und prügelte mich zurecht. Nach Hörde zurückgekehrt, empfing sie die Nachricht, daß auch mein Bruder, der damals in Hessen-Nassau auf einem Gymnasium war, das Weite gesucht habe. Da dieser bereits mehrere Übeltaten schweren Kalibers auf dem Kerbholz hatte, steckte man ihn auf See und ließ ihn zwei Jahre lang als Schiffsjunge zwischen Europa und Amerika hin und her fahren. Er ist nachher ein ordentlicher [Mensch] (Bursch) geworden und hat mit Erfolg den väterlichen Beruf ergriffen, in dem er vor einigen Jahren (an den Folgen von Trunksucht) gestorben ist. Nach Westfalen machte ich in Oberschlesien die Schulen unsicher. Auf der Ober-Realschule in Gleiwitz, der einzigen, die sich infolge mangelhaften Besuchs nicht weigerte, mich aufzunehmen, machte ich mit Lug und Trug 1888 das Abiturium. Mein Vater verkannte meine Anlage, wollte aus mir einen Techniker machen und schickte mich in eine Maschinenfabrik Westfalens, behufs praktischer Arbeit. Dort verlobte ich mich zum ersten Mal und verbrachte den Rest meiner Zeit mit Kartenspielen und Völlerei. Darauf ging ich nach München. Eigentlich sollte ich auf dem Polytechnikum studieren, belegte aber auf der Universität und wurde Corpsstudent. Von diesem Treiben hatte ich nach einem Jahr genug und ging auf die Universität Zürich, von wo ich zahlreiche Ausflüge in ein vor den Toren der Stadt gelegenes Gartenlokal mit gastlichen Mädchen unternahm und auch mehrere schwierige Alpenbesteigungen erledigte. Dann gelang es mir, meinen Vater zu überreden, mich in die Ecole des Mines von Lüttich zu schicken, was mich wegen der Nähe von Paris reizte. Auch hier habe ich dem technischen Institut keinen Besuch gegönnt. Meine letzten Semester verbrachte ich in Berlin, und dort kam mir zum ersten Mal ein mäßiger Appetit auf Arbeit. Ich hörte ein paar Vorlesungen bei [Herman] Grimm, etwas Psychologie bei Lazarus, Geschichte bei Treitschke und Philosophie bei Simmel, der sich damals gerade habilitiert hatte. Ich habe blutwenig [von meinem] (für mein) Studium gehabt. Ein paar Jahre hinderte mich ein nervöses Hautleiden. In Berlin begann ich zu schreiben, romantische Dramen und dergleichen, ohne jedes Talent. Mein Vater sah mit Ärger meine studentische Laufbahn der seinen gleichen, ohne das gute Ende, das er ihr zu geben vermocht hatte. Er liebte französische Literatur, namentlich Flaubert und Maupassant, und fand an meinen Erstlingswerken wenig Geschmack. Mein erstes gedrucktes Opus hieß »Ein Abend bei Laura« und wurde mir von der einseitigen Ehe meines Vaters eingegeben, die bald darauf gelöst wurde. Ich las diese Novelle meinem Vater vor, ohne ihn bekehren zu können.

Nach der Scheidung meiner Eltern etablierte ich mich mit meiner Mutter zuerst in Hannover auf dem Lande, wo ich eifrig schrieb und zwischendurch das Land nach alten Möbeln und dergleichen durchstöberte. Nachher gingen wir nach Berlin. Ich arbeitete an einem Roman »Nach Norden«, der sich an eine, einige Jahre vorher mit meinem Vater nach dem Nordkap unternommene Reise anschloß. Der Roman ist 93 bei S. Fischer erschienen, natürlich auf meine Kosten. Damals hatte Berlin einige junge Menschen, denen etwas einfiel: Hauptmann und der Kreis der Freien Bühne, Richard Dehmel, Bierbaum, Holz und Schlaf, die Skandinaven, vor allem Strindberg, Edvard Munch, der Pole Przybyczewski. Ich kam in den Kreis und trat namentlich dem eben genannten Polen nahe, dessen moderne Terminologie meinem unreifen Gemüt höllisch imponierte, und wurde mit Munch eng befreundet. Von Landsleuten waren mir namentlich Dehmel und Bierbaum sympathisch, Dehmel seiner Gedichte wegen, Bierbaum wegen seiner Behaglichkeit, die meinem wenig befestigten Inneren wohltat. Przybyczewski vermittelte mir die Bekanntschaft mit den Schriften von Huysmans, unter dessen Einfluß ich eine Folge von erotischen Romanen begann, ein dekadenter Unfug, den ich heute gern einstampfen lassen würde. Das bischen Eigenheit, das allenfalls in »Nach Norden« zu finden war, verflüchtigte sich in dieser Atmosphäre. Die spezifisch erotische Nuance unseres Kreises wurde von Munch frescohaft symbolisiert. Mein Verhältnis zu ihm beruhte damals fast ausschließlich auf dem Gegenständlichen seiner Bilder. Wie die Sachen gemalt waren interessierte uns nicht, höchstens den Umstand, daß sich ihre Technik in denkbar größtem Gegensatz zu Liebermann befand, dessen vermeintlicher Naturalismus meinen engeren Kreis abstieß. Die Welt Munchs trat in meiner Vorstellung die Nachfolge der Böcklin und Wagner an, für die ich in München geschwärmt hatte, und brachte mich zu meiner ersten Kunstschrift, einer Broschüre über Munch, die ich gemeinsam mit drei anderen Bekannten herausgab. Um 95 gab ich dann selbstständig die ersten Radierungen Munchs [in einer Mappe] mit einem kleinen Vorwort heraus. Außer den von mir verschenkten Exemplaren blieb die Auflage restlos in meinem Besitz.

Wenn junge Leute nicht wissen, was sie wollen, gründen sie eine Zeitschrift. Ich fühlte mich dazu berufen, weil mir Berlin wie ein leicht zu eroberndes Feld erschien. Dunkel schwebte mir eine Vereinigung der vielen künstlerischen und dichterischen Tendenzen unseres Kreises vor, dessen Unordnung erschreckend war. Natürlich mußte das Ausland dabei sein, vor allem Paris. Ich war als Primaner einmal nach Paris ausgerissen und hatte nachher von Lüttich aus noch einmal einen Ausflug gemacht, wußte nichts von Paris, nur daß es höllisch modern war. Przybyczewskis Gattin erfand den Namen der Zeitschrift »Pan«, womit sowohl Alles wie [auch] der Gott, der zuweilen schläft, gemeint war. Bierbaum und ich waren die ersten Redakteure und zeichneten als Herausgeber. Gerade damals kam der alte Böcklin nach Berlin. Der wurde als Taufpate ausersehen. Er hatte damals einen Schlaganfall gehabt und die Beherrschung der Sprache bis auf wenige Reste eingebüßt. Wir brachten ihn dahin, bei dem mit großer Üppigkeit veranstalteten Gründungs-Diner, an dem mehrere begüterte Berliner teilnahmen, den Pan leben zu lassen, worauf uns die gerührten und begüterten Tischgenossen namhafte Summen zur Verfügung stellten. Bierbaum übernahm den dichterischen Teil, ich den künstlerischen. Die Form des Unternehmens war eine Genossenschaft mit beschränkter Haftung, die damals gerade erfunden war. Wir begingen die Dummheit, in den Aufsichtsrat nicht nur unsere Freunde, sondern auch verschiedene Museumsdirektoren und achtbare Gelehrte zu wählen, von deren Ansehen wir uns Förderung versprachen. Vorsitzender des Aufsichtsrats wurde einer der Jüngsten unseres Kreises, Baron Bodenhausen, der uns alle sehr liebte. Ich fuhr nach Paris, um Material zu holen, wurde dort von den Jungen gut aufgenommen und gründete sofort ein Pariser Büro. Unter den Schätzen, die ich zurückbrachte, war eine farbige Litho von Lautrec, das bekannte Blatt (der) »[Madame] Lender mit Hut«, eine der schönsten Lithos, die Lautrec je gemacht hat. Ich hatte [in Paris gleich] die Auflage (gleich) drucken lassen. Sie kostete in einem halben Dutzend Farben incl. Künstlerhonorar 300 frs. Das Blatt rief im Berliner Aufsichtsrat eine Revolution hervor. Die Jungen jubelten, die Alten fanden es scheußlich und das deutsche Gefühl verletzend. Lichtwark trat für Heimatkunst ein, und wir hatten den Schmerz, Bodenhausen auf der anderen Seite zu sehen. Da ich nicht nachgeben wollte, kam es zu der ewig denkwürdigen Sitzung, die ich einmal zum Gegenstand eines Lustspiels zu machen gedenke. (Handschriftliche Ergänzung: In der *zweiten Pariser Reise* des Novellenbandes »Geständnisse meines Vetters«). Bei der Abstimmung siegten die Alten, und Bierbaum und ich mußten zurücktreten. Wir haben nur die drei ersten Nummern des »Pan« redigiert, aber der Lautrec erschien. Die Folge wurde von den Geheimräten gemacht. Man hielt sich an unsere typografische Anlage, aber der Geist verwässerte sehr bald. Aus unserer jugendlichen Unordnung wurde organisierte Banalität. Übrigens geschah es uns recht, denn Bohemiens sollen auf Geheimräte verzichten und sich nicht mit plutokratischen Federn schmücken. Ich hatte allen Grund, die Gegenpartei zu segnen, denn nun verließ ich wutentbrannt Deutschland, siedelte 95 nach Paris über und fing endlich an zu arbeiten. Mein Kunststudium hat erst damals begonnen. Es blieb improvisiert. Da mich mittlerweile mein Vater aufs Trockene setzte, mußte ich selbst für mich und meine junge Frau den Unterhalt verdienen, und dieser Zwang duldete kein organisches Studium. Natürlich begann ich am verkehrten Ende. Mein erstes Pariser Buch war ein Werk über Felix Vallotton. Bald merkte ich, wo die richtigen Leute saßen, sah Manet, Renoir, van Gogh, Cézanne, Delacroix, Corot. Die Reihe bezeichnet die chronologische Folge meiner Entdeckungen. Ich ging wiederholt nach Italien, vergrub mich in die Uffizien, ins Thermen-Museum, bereiste Holland und England. Gelesen habe ich immer erschreckend wenig. Jeden Pfennig, den ich erübrigen konnte, gab ich für Bilder und für Reisen aus. Meine ersten Ersparnisse wurden in Bildern von Seurat, van Gogh, Renoir angelegt, was nicht viel heißen will. Für 1000 frs. konnte man sich in den neunziger Jahren eine Sammlung europäischer Meisterwerke kaufen. Ein unreifer Sozialismus, der von den Ideen des William Morris eingegeben war, entfernte mich für kurze Zeit von der Malerei. Morris, mit dem ich in London bekannt geworden war, behauptete, es sei meine Pflicht, in Paris das Kunstgewerbe aus den Banden des 18. Jahrhunderts zu befreien. Van de Velde bestärkte mich. Ich gründete eine Zeitschrift »Dekorative Kunst«, die in Paris in franz. Ausgabe erschien. In diesen Organen machte ich die Welt auf das merkwürdige Phänomen aufmerksam, daß auch ein Möbel und selbst ein schlichter Aschenbecher der Schönheit und des modernen Geistes teilhaftig sein kann und muß. Van de Velde richtete mir ein Mobiliar aus schwingenden Linien und Farben. Als der Tod meines Vaters mich wider Erwarten in den Besitz eines stolzen Vermögens brachte, gründete ich in Paris die Maison Moderne, ein Unternehmen, das die Kunst industrialisieren sollte und für das ich eine Schar von bedürftigen Künstlern gewann. Die Entwürfe sollten billig aber sorgfältig hergestellt werden, womit der Bruch mit dem blöden Instinkt des Amateurs, der nur das Einzelstück gelten läßt, und der Bruch mit dem Schwindel alter Stilarten im degenerierten Paris vollzogen war. Der von der Antiquität verseuchte Kunstfreund fand in dem Haus alles, was ihn zum modernen Menschen zu machen vermochte. Das war um 1900. Außerdem gab ich damals in der Maison Moderne eine schöne Mappe mit Original-Graphik moderner Künstler heraus zu Ehren Zolas unter dem Titel »Germinal«. Degas, der Zola haßte und auch in meiner Mappe war, hat mir diesen Streich nicht verziehen. Die gewerbliche Seite des Unternehmens begann sehr bald mich zu langweilen. Noch während ich Kunstgewerbler spielte, begann ich, 1902 oder 1903 die Arbeit an der »Entwicklungsgeschichte [der modernen Kunst]«, die mich zu der Muse zurückführte. Ich war nicht der einzig Gelangweilte. Das altmodische Paris erwies sich als stärker als der moderne Stil. Um die Schulden zu bezahlen, mußte ich mich nicht nur von der Maison Moderne, sondern auch von meiner kleinen Sammlung von Bildern trennen und stand, als alles erledigt war, frei von jedem belastenden Reichtum da. Man kann solche Eskapaden als erzieherisches Mittel warm empfehlen. Die Pause hatte mir gut getan. Ich machte die »Entwicklungsgeschichte« fertig und sah, als sie gedruckt war, sehr bald ihre Lücken, die dringend einer gründlichen Ergänzung bedurften. Die Ergänzungen sind in Form von Monographien im Lauf der Jahre erschienen, und manches Kapitel erschien in mehreren Fassungen, bis es mir halbwegs gelang, das Richtige zu treffen. Im Frühling 1905 siedelte ich nach Berlin über, fand Deutschland noch ungefähr so, wie ich es zehn Jahre vorher verlassen hatte, und schrieb den »Fall Böcklin«, dem sich später der »Junge Menzel« anschloß. Auseinandersetzungen über diese Gegenstände brachten mich zu dem Versuch einer Revision der deutschen Kunst im 19. Jahrhundert. Lichtwark, Grönvold u.a. hatten die jungen Hamburger und andere deutsche Künstler, die sich jenseits des Klassizismus und der Historie gehalten hatten, gesammelt. Ich gewann Tschudi, der damals die National-Galerie leitete, für den Plan, eine deutsche Jahrhundert-Ausstellung nach selbstständigen Gesichtspunkten zu veranstalten. Wir bereisten Deutschland, Österreich, Rußland, gewannen überall Helfer und 1906 ist diese Ausstellung dann gemacht worden. Bald nach ihr begann ich mit dem Werk über den bedeutendsten jener halb und ganz vergessenen Deutschen, Hans von Marées, brachte in Italien und Deutschland das verwahrloste Œuvre zusammen, für das ich in München ein Museum gründen wollte, ein Projekt, das fast kostenlos zu realisieren war und an der Indolenz meiner Landsleute scheiterte. Man zog vor, mich wegen meiner Bücher über franz. Meister einen Landesverräter zu nennen. Vier Jahre arbeitete ich mit Unterbrechungen an dem Marées-Werk. In den Pausen kamen Hogarth und das Buch über die Engländer an die Reihe. Der Katalog des Marées-Werkes erschien 1909, die beiden anderen Bände 1910. Zwischendurch war ich ein halbes Jahr in Spanien, wo die »Spanische Reise« entstand. Den Winter verbrachte ich gewöhnlich in Paris, schrieb dort auch ein Drama »Adam und Eva«, das im Dezember 1909 in Berlin durchfiel. Vom Winter 1910 an war ich wieder dauernd in Paris, arbeitete an dem »Delacroix« und anderen Büchern. 1911 entstand in Neapel die Idee zu dem Puppenspiel »Orlando und Angelika«, das 1912 mit den hübschen Lithos von Klossowski in Berlin erschien. 1913 entstand der »Degas«. Ich siedelte dann nach Nikolassee bei Berlin über, wo ich mir ein Haus gebaut hatte. Hier begann die neue »Entwicklungsgeschichte«, deren beide erste Bände 1914 erschienen, und ich entwarf das Programm der Marées-Gesellschaft. Der Krieg kam dazwischen. Nachdem mein Projekt, den Schutz der Kunstschätze in den eroberten Ländern zu organisieren, gescheitert war, meldete ich mich zum Roten Kreuz und wurde Führer einer fliegenden Autokolonne für den Transport der Verwundeten vom Schlachtfeld, geriet in russische Gefangenschaft und blieb bis Ende 1915 in Sibirien. Dort entstand der »Tscheinik«. Nach meiner Rückkehr nahm ich sofort die Gründung der Marées-Gesellschaft in die Hand. Ich trennte mich Anfang 1917 von meiner Frau, gründete eine neue Menage und zog mit meiner neuen Lebensgefährtin nach Dresden, wo im Herbst 1917 die ersten Drucke der Marées-Gesellschaft entstanden. Dort schrieb ich auch das Lustspiel »Heinrich der Beglücker«, eine Satire auf den modernen deutschen Großindustriellen. Die Arbeiten für die Marées-Gesellschaft nahmen mich sehr in Anspruch. Sie gehörten dem Versuch, in reiferer Form meine alte Pan-Idee durchzuführen. 1918 bis 1921 kamen die Bücher »Degas«, »Cézanne« und zuletzt der »Vincent« heraus. 1920 errichtete ich in Berlin eine Graphische Anstalt für die Drucke der Marées-Gesellschaft und siedelte im Herbst 1921 nach Berlin über. Gegenwärtig arbeite ich an dem arg verspäteten dritten Band der Entwicklungsgeschichte.

(Handschriftliche Ergänzung: 1925 dritte Heirat. Dostojewski. Herbst bis Frühling 26 Orientreise.)

2 Meier-Graefe an Edvard Munch

PAN
Eingetragene Genossenschaft mit beschränkter Haftpflicht
Verlag

Berlin W
Schillstraße 4
den 23ten Juli 1894

Mein lieber alter Munch
Ohne den Pan hätte ich Dir schon tausendmal geschrieben, um den lächerlichen Dank für die noch lächerlichere Broschüre zurückzuweisen; wie ich schon sagte, einst wird kommen der Tag, wo wir Dir ein besseres Werk schenken werden. Also genug von dem. Ich träume sehr oft von Dir und Deinen Bildern; immer wenn mich mal die blödsinnigen geschäftlichen Sorgen einen Augenblick in Ruhe lassen, tritt ein Bild von Dir vor meine sogenannte Seele, es ist gar nichts bestimmtes, so eine Munch-Stimmung, in der ich mich gleichsam ausruhe, dann habe ich eine leidenschaftliche Sehnsucht nach Euch, nach Künstlern, es ist ja hier eine Jauche um einen herum, daß man immer ausspucken möchte. Denke Dir, täglich diesen infamen ekelhaften Geldprotzen nachlaufen nach jedem elenden tausend Mark Millionen Bücklinge machen, es macht einen ganz elend. Und doch ist es das einzige Mittel, es hilft nichts. In 14 Tagen gehe ich auf die Reise als Commis voyageur des Pan um im Großen Geld zu erschnorren. Weißt Du, ich werde Gott danken, wenn der Pan erst da ist, es hat heillose Mühe gekostet; man ringt auf jedem Schritt mit dem bißchen Individualität, was man sich eingebildet hat zu besitzen. Nun ja, es ist einmal so.

Malst Du, oder säufst Du seulement?

Stachu hat ja anscheinend rasend gearbeitet, ich habe seit dem Pan noch keinen Strich für eigene Arbeit thun können, das sticht mich auch ein wenig.

Hätte ich doch schon das Haarbild! wenn Du es nur nicht verdirbst, es ist so wunderbar schön, daß es mich faßt, wenn ich nur daran denke, das wird dein Meisterwerk, Munch, mach das fertig, so wie es sein muß, dann bist Du gemacht; ich glaube nicht, daß die Menschen dann noch an Dir zweifeln werden. Aber es ist schwer, es fertig zu machen, denn bei diesem Bilde giebt es nur einen einzigen Weg, den man gerade gehen kann, ein Schritt daneben und der ganze Zauber ist zerstört. Grüß Stachu u

Ducha herzlich, denkt manchmal an mich, wenn Ihr zusammenseid, daß ich Euch nicht fremd werde, ich leide oft unter der Trennung und der brutalen entwürdigenden Arbeit, die einen nicht denken und träumen läßt. Adieu.

Meine Mutter grüßt Dich herzlich, sie hat Dich sehr lieb.

Pan geht langsam vorwärts, ich glaube wir werden 1 Dezember anfangen können, bis jetzt 25.000 Mark. Mal etwas Schönes für den Pan.

Dein treuer Freund Meier-Graefe

3 Meier-Graefe an Edvard Munch

M. Edvard Munch
Grand Hotel Café
Christiania
Norvège

3 rue Lallier Paris 12/12 95.

Lieber Freund
Ich bin seit drei Wochen hier. Was machst Du? In 8 Tagen wird hier der Salon von Bing eröffnet ich kann vielleicht ein oder mehrere Bilder dort von Dir unterbringen. Schick mir etwas, zum Beispiel das Geschrei oder dergleichen. Starke Sachen!

Gruß Meier-Gr.

Kannst an meinen Spediteur schicken Van Oppen 14 rue Favart pour Meier-Graefe

4 Meier-Graefe an Edvard Munch

L'ART NOUVEAU
S. BING
Paris

22 rue de Provence
14/IV-96

Lieber Munch
Eine dumme Nachricht.
Bing lehnt ab, eine Gesammtausstellung zu machen, hat obwohl ihn Deine Sachen sehr interessiert haben, doch die Befürchtung, seinem Salon zu sehr zu schaden. Er ist dagegen bereit, drei bis vier Deiner Gemälde und Deine sämtlichen Radierungen und Lithographien auszustellen.

Das ist also immerhin etwas und nun sieh zu, daß Durand Ruel entweder das Ganze oder wenigstens auch einen tüchtigen Teil nimmt.

Herzlichen Gruß Dein M-G.

5 Meier-Graefe an Edvard Munch

L'ART NOUVEAU
S. BING
Paris

22 rue de Provence
[Mitte Mai 1896]

Mr. E. Munch
32 rue de la Santé

Lieber Freund
Deine Ausstellung ist hoffentlich zu Deiner Zufriedenheit arrangiert. Bing hat den Nebensaal gewählt, weil er meinte dort wären die Sachen besser, jedenfalls sieht es ganz anständig aus.
Bitte komm wenn irgend möglich morgen her, damit wir noch einmal wegen der Preise für die Gemälde reden. Herzlichen Gruß, hoffentlich geht es Dir besser, ich habe Dir verschiedene Einladungen gesandt.

Dein M-G.

6 Meier-Graefe an Edvard Munch

DEKORATIVE KUNST
Direction: H. Bruckmann, Munich
J. Meier-Graefe, Paris

Paris: 37-39 Rue Pergolèse
le 14. II. 98

Lieber Freund
Ich bin heute von einer langen Reise nach Deutschland zurückgekehrt, hatte so viel zu thun, daß ich Dir nicht schreiben konnte. Ich habe mich sehr gefreut, daß Du ein paar Bilder verkauft hast und möchte Dir nur raten, halte das Geld zusammen, damit Du nicht wieder in Verlegenheit kommst. Was willst Du in Deutschland? Ich würde an Deiner Stelle jetzt nicht von Norvegen fort gehen wo doch dort Interesse für Dich zu entstehen beginnt, oder wenigstens nicht zu lange fort bleiben. Deutschland kostet Dir nur Geld.

Ich fand hier den Probedruck vor. Lieber Freund, der ist unmöglich. Ich habe erst nach einer ganzen Weile gesehen, was das Blatt vorstellt; das Publikum wird es überhaupt nicht sehen. Warum nimmst Du nicht den Holzschnitt mit den beiden Figuren die in den Wald gehen; der war ja schon fast fertig. Du brauchst nur die Sache ein wenig deutlicher zu schneiden oder schließlich könnte es auch sogar bleiben wie es war. Du brauchst dann nur ein oder zwei Farbenplatten dazu zu machen und dann schickst Du mir einen mit diesen Platten gedruckten Druck der so ist wie Du die Auflage willst und ich lasse dann hier die Sache drucken, nachdem Du mir die Platten geschickt hast. Was meinst Du dazu?

Ich warte sehnlichst darauf; die meisten Platten sind bereits fertig: Vallotton, Lautrec, Maurice Denis, P. Behrens, Minne, van Gogh, Lemmen, Renoir, nur Du fehlst noch und ich *kann* nicht mehr lange warten.

Kannst Du mir nicht ein paar Abonnenten für die Dekorative Kunst besorgen? Wir können sie brauchen.

Uns geht es gut. Kommst Du nach Paris? viele Grüße, laß es Dir gut gehen.

Dein alter Meier-Graefe

7 Meier-Graefe an Edvard Munch

L'ART DECORATIF
37. Rue Pergolèse
Paris

Paris, le 15. mai 1899.

Monsieur Edvard Munch
Café Grand Hotel
Christiania
Norvège

Lieber Freund
Ich warte nun schon seit über einem Jahr auf die Platte, die ich von Dir gekauft habe und die Du mir fest versprochen hattest zu liefern. Ich bitte Dich gieb mir bitte umgehend Nachricht, ob ich die Platte bekomme oder nicht. Ich kann mit der Publikation nicht länger warten. Wenn es Dir absolut unmöglich ist mir etwas neues zu liefern, so laß mir bitte das Kranke Mädchen hundert mal drucken in *Farbe*, aber in einer Farbenzusammenstellung, die Du noch nicht gebraucht hast für dieses Blatt und die Du mir reservierst. Bitte umgehend Antwort.

Herzlichen Gruß Dein Meier-Graefe

8 Meier-Graefe an Edvard Munch

Monsieur E. Munch
Nordstrand
per Christiania
(Norvège)

15. X. 99

Lieber Freund
Ich bedaure daß ich infolge Deiner Versäumniß nun keine Lithographie von Dir habe, denn nun ist es zu spät. Ich muß Dich um einen Ersatz bitten, denn ich habe dadurch einfach einen Schaden. Kannst Du mir für eine andere Publikation eine Lithographie machen? In dem Fall müßtest Du mir eine Zeichnung vorher zur Ansicht senden, da ich sie vorlegen muß; das Format darf nicht größer als 28 × 36 sein. Ist Dir das nicht recht, so gieb mir bitte das Geld zurück.

Herzlichen Gruß Dein Meier-Graefe

9 Meier-Graefe an Edvard Munch

Nikolassee bei Berlin 16. Aug. 13

Lieber Freund
Du hast einmal vor 13 Jahren für ein von mir herausgegebenes Werk »Germinal«, das ich Zola gewidmet habe, eine Lithographie mit zwei Frauenköpfen gemacht. Sie war auf Papier gezeichnet und sehr schön. Leider kam sie damals zu spät nach Paris und konnte nicht mehr erscheinen.

Neulich fiel mir das Papier in die Hand. Da Gutbier aus Dresden gerade da war, gab ich ihm die Erlaubnis, unter meiner Aufsicht eine kleine Auflage (50 Stück) herzustellen, unter der Bedingung, daß sie bei Clot gedruckt werde.

Dies ist geschehen. Clot in Paris hat die Drucke hergestellt und sie sind recht gut geworden. Nun schreibt mir Gutbier, ich soll Dich bitten, die Drucke zu signieren. Würdest Du mir wohl diesen Gefallen tun? dann würde ich Dir die Blätter zuschicken lassen. Ich nehme an, daß Deine Adresse Moss, Norwegen, richtig ist.

Wie geht es Dir? Wir wohnen jetzt in der Nähe von Berlin auf dem Lande und werden hier wohl unsere Tage verbringen. Wenn Du mal nach Deutschland kommst, laß Dich sehen.

Das Bildnis von mir, das Du gemalt hast, habe ich dem Museum in Christiania geschenkt. Ich hoffe, es hat einen guten Platz in der Collection Deiner Werke.

Schreib bald.

Herzlichen Gruß Dein J. Meier-Graefe

10 Meier-Graefe an Stanisław Przybyszewski

Berlin 7/8 94
Schillstr. 4

Lieber Stachu
Sage mal habt Ihr etwas gegen mich, daß Ihr mir gar nicht mehr schreibt? oder habt Ihr es übel genommen, daß ich etwas weniger von mir hören lasse? Ihr kennt ja doch wohl den Grund – Pan. Ich sah gestern bei Bierbaum Deine Photographie, finde sie so gut, daß ich gerne eine haben möchte; dein Drama habe ich noch nicht bekommen können, Bodenhausen gab es Dehmel und der hat es Bierbaum gegeben, möchte

es gern lesen, werde heute Ju schreiben, daß er mir's möglich bald schickt. Morgen in 8 Tagen reise ich, schweren Herzens, aber es muß sein, zunächst München, dann Wien und dann an den Rhein, um Geldleute aufzubringen.

Wann kommt Ihr nach Deutschland?

Munch schrieb ich vor ein paar Tagen, hab noch keine Antwort; ich glaube im Winter für Munch manches thun zu können, gerade Leute von denen man es am wenigsten glaubt wie die Leute von den Galerien sind für Munch zu gewinnen. Die Broschüre hat bereits ein wenig geholfen, ich ärgere mich recht, daß ich nicht mehr Zeit zu dem Artikel hatte, finde ihn entsetzlich ungefeilt.

Ich bin in der Zwischenzeit mit Dehmel näher bekannt geworden, glaube, wir werden gute Freunde, er ist ein angenehmer Mensch, seine Frau ist nicht sympathisch, aber nicht dumm. Heute Abend fahren wir alle zusammen nach Kremmen auf einen Ball (!) ich werde zum Entsetzen der Philister Cancan tantzen [sic], weißt Du, man sehnt sich nach Vergnügen, der Sommer war bisher recht ekelhaft, selbst das Vergnügen geschäftlich, ich gehe zu dem Weibe wie zu einem Banquier oder Buchdrucker.

Mit Ju komme ich gut aus; am besten, wenn nicht vom Pan die Rede ist; wenn er nur nicht das verdammte dicke Blut hätte!

Wie gehts denn Ducha?

Adieu, laßt bald etwas hören, ich freue mich mal wieder mit Euch und Munch zusammen zu sein

Euer alter Julck

11 Meier-Graefe an Eberhard von Bodenhausen

Donnerstag [10. V. 94]

Lieber Herr von Bodenhausen, Ich habe Sie gestern nicht mehr gesprochen und will Ihnen daher schriftlich meine offene Meinung über Ihre kleine Dichtung sagen. Offen, nicht wahr, das wollen Sie ja auch und zu etwas Anderem bin ich auch nicht recht fähig. Ich halte die Arbeit für talentvoll und alles mögliche, aber den Zug einer stark individuellen *spezifischen* Begabung verrät sie mir nicht. Wir können über die Arbeit selbst ausführlich reden, Sie stecken ganz in Bierbaum, es ist die Frühlingsdichtung, die heute typisch ist, der ich künstlerisch gesprochen so wenig Sympathie wie nur möglich entgegenbringe, da sie geeignet ist, in unsere Lyrik den Dudelsackton zurückzuführen, den eine kaum entschwundene Epoche zu überwinden trachtete. Nur bei sehr wenigen Leuten, Bierbaum vor allem wirkt sie echt und ursprünglich, die Gefahr der Sentimentalität oder des gekünstelt Naïven liegt zu nahe und der unterliegen alle die, welche nicht den derben gesunden Bauernton Bierbaums oder den eminenten produktiven Geschmack von Hofmanns zur Seite haben. Ihre Sache wirkt auf mich durchaus echt, weil ich Ihre Persönlichkeit dahinter sehe; Leuten, die Sie nicht kennen, wird sie weniger zusagen. Wohl möglich, daß sie den Durchschnitt unserer jungen Lyriker erreicht oder übertrifft – was haben Sie davon! Sagen Sie mir nur eins, warum wollen Sie durchaus auch produzieren? Es ist ja trotz dieses opus möglich, daß Genie hinter Ihnen steckt, aber warum wollen Sie's zum Schaffen verwenden, denken Sie vielleicht, daß zum Genießen weniger Genie gehört, zu jenem Genießen, von dem Huysmans in A rebours erzählt, zu dem Sie fähig sind, Sie vor allen Dingen!

Heute produziert alles, jeder der mal geliebt, gehungert, genossen, gelitten hat schreibt und *publiciert*; die Leute verwechseln das Sympathische ihres Schicksals oder Persönlichkeit mit dem Künstlerischen, das damit gar nichts zu thun hat. Es liegt etwas Subalternes in dieser Auchdichterei; Herr Gott, Sie sind ein so durch und durch aristokratischer Mensch; halten Sie es einer Ambition würdig, gemeinsam mit all diesen Leuten II. Ranges Ihre Gefühle zu prostituieren. All diese Leute prostituieren sich, sie suchen durch ihre Leiden oder Freuden zu rühren, sie sind keine Künstler, sondern Menschen, die etwas erleben, das Leben allein thut's nicht.

Und nun haben Sie ein Feld, wo Sie ein Mann allerersten Ranges sein können, wenn Sie sich dieser Masse von Produzenten fern halten und einer jener unendlich wenigen Konsumenten werden, vielleicht der einzige, der wirklich konsumiert. Das ist der hervorragende Zug an Ihnen, der mir sofort in die Augen sprang, die Fähigkeit sich von allen Äußerlichkeiten, von dem was Erziehung & Gewohnheit Ihnen gegeben, zu emanzipieren und die künstlerische Persönlichkeit eines genialen Menschen zu genießen. Sie sind wie keiner der Mann dazu mit Ihrem Namen, Ihrem unwiderstehlichem Charme, Ihrem Vermögen etc. Was ein Mann wie Sie thun kann hier, wo die Besten hungern psychisch und physisch, das haben Sie wohl schon gesehen. Sie sind der geborene Mann für eine Sache wie unseren Pan, das vornehme Genre unseres Journals findet in Ihnen den denkbar besten Repräsentanten; wir wollen auch alle, daß Sie der

Vorsitzende unseres Aufsichtsrates werden sobald die mechanischen Geschichten erledigt, zu denen wir diesen gräßlichen Hildebrandt brauchten, der ja so wie so bald auf seine Stellung verzichten wird. Und dann sollen Sie in dieser Stellung nicht eine leere Form wie momentan bei Hildebrandt, sondern in der That ein Amt voll der höchsten idealen Pflichten und Rechte sehen. Es werden unendlich viel Begabungen, Menschen der verschiedensten künstlerischen Entwicklungen durch Ihre Finger gehen, jeder wird Ihnen einen Händedruck, jeder den individuellen Duft seiner k. Persönlichkeit, eine Sensation, einen Genuß zurück lassen. Und aus alledem wird ein Mensch hervorgehen, der viel nötiger ist als ein Dichter. Vielleicht entwickelt sich dann aus Ihnen jener Kritiker der Zukunft, so ein Mensch der noch nie, Taine etwa ausgenommen, da war, der Mensch der viel mehr Genie braucht als wir alle zusammen besitzen, der Mann, der über uns und in uns steht, jener wirkliche Geheime Aufsichtsratsvorsitzende.

Was ist mit dem verglichen so ein im Schweiße seines Angesichts dichtender Produzent! Das Dichten ist immer ekelhaft, sobald es auf's Papier kommt; wenn Sie mal herkommen, gebe ich Ihnen etwas, das Ihnen diese Ansicht illustriert, es ist nichts als ein scheußliches psychisches Onanieren. Das Vornehme am Dichter geht verloren, sobald er Papier und Feder zur Hand nimmt. Sensationen haben, haben können, das ist das Großartigste, das Geniale, es giebt Menschen, die still für sich wunderbare Dinge erleben; wir sind alle elend, daß wir dem Trieb nicht widerstehen können, sie auf's Papier zu bringen, um sie dadurch zu wiederholen, es bleibt immer ein Kompromiß wie alles was die Welt dem Wunsche gewährt. Ich hoffe, Sie haben mich recht verstanden und zerstören mir nicht meine schöne Illusion.

Ihr Meier-Graefe

12 Meier-Graefe an Eberhard von Bodenhausen

Meier-Graefe

Sonnabend
Tegel [1894]

Mein lieber Baron Bodenhausen
Es ist mir eine unglaubliche Freude, daß Sie mich recht verstanden. Sehen Sie, man weiß ja gar nicht, ob das was man produziert gut oder schlecht ist, wer kann darüber urteilen, empirisch ist da nichts zu machen, die ganze Kunst ist nichts als ein Appell einer kräftigen Persönlichkeit an eine resp. mehrere andere. Die Kritik liegt lediglich in der Frage ob sich diese anderen Persönlichkeiten finden oder nicht. Stachu hat Ihnen die Wahrheit gesagt, er wie Ducha finden Ihr Opus in der That gut, ich weiß es von anderen zu denen ich darüber gesprochen. Sie könnten bei der Verschiedenheit der Urteile zu leicht auf den Gedanken kommen, daß persönliche Rücksichten hier mitspielen davon ist keine Rede; daß Ihre Standesgenossen in Ihrem Verkehr mit uns immer eine Schädigung Ihrer materiellen und moralischen Güter erblicken ist klar, aber hüten Sie sich auch selbst vor dieser Autosuggestion, die zu leicht kommt namentlich bei Menschen von so unglaublicher Beweglichkeit wie Stachu. Er ist der ehrlichste Mensch den es giebt, auch wenn er sich mal widerspricht, er unterliegt gerade seiner Ehrlichkeit halber jeder Suggestion, weil er sich jeder Wallung ohne Bedenken hingiebt, seine Blague ist ihm einfach ein Genuß. Der oberflächliche Mensch kann Leute wie Stachu für Hochstapler halten u Stachu würde, wenn er das merkte alles daran setzen, diesen Verdacht zu bestätigen.

Ihr ›wertes‹ Gehirn, aber ich bitt Sie, machen Sie doch keine Geschichten, Munch ist der Mann für die großen Gehirne, da haben Sie den besten Prüfstein, glauben Sie wirklich, daß es so viel schwerer ist ein Gedicht à la Liliencron zu machen, als Munchs oder Stachus Sachen zu genießen? Ihr Kleinwahn wirkt auf mich schon mehr pathologisch; das schadet gar nichts, in unseren Augen wachsen Sie nur dadurch, übrigens ist an unserem Urteil über Sie nicht viel zu ändern, davon haben Sie schon Beispiele und nu gebe ich Ihnen gleich noch eins, indem ich Sie im Namen des PAN bitte, uns alle recht bald wieder zu besuchen. Wir freuen uns unisono.

Über den Tadel des Munchschen Idioten bin ich nicht böse, aber Recht haben Sie nicht.

Ihr M.G.

13 Eberhard von Bodenhausen an Meier-Graefe

PAN
Eingetragene Genossenschaft
mit beschränkter Haftpflicht — Der Aufsichtsrath
(Centrale Berlin W., Schillstraße 4.)

Lieber Meier-Graefe!

2.05 Nachts vom 6/7 April 1895.

Großer Tag! Ganz ohne Größenwahn! Aber denken Sie heute vor einem Jahr! Ich möchte es Ihnen nur noch einmal sagen, was Sie schon wissen, daß ohne diesen und jenen von uns der PAN *anders* geworden wäre, ohne *Sie* aber *nichts* und das muß ein herrliches Gefühl für Sie sein und als derjenige der neben Ihnen das brennendste Interesse dieser herrlich werdenden Sache entgegengebracht bin ich vielleicht der, der am tiefsten versteht, was Sie heute an Freude an Genugthuung erfüllen muß, und das wollte ich Ihnen noch sagen.

Wenn Sie in d. Presse lançieren wollen, so bitte ich, meinen Namen zu vermeiden, und nur zu sagen, wenn nötig, der Vors. d. G.

Ihr treulichst ergebener Bodenhausen

14 Meier-Graefe an Eberhard von Bodenhausen

Genossenschaft PAN, Berlin W., Schillstr. 4.

2. VI. 95

Lieber Baron

Ich muß Sie um einen Freundschaftsdienst bitten. Szczepanski hat in einem Artikel der letzten Velhagen & Klasingschen Monatshefte die Genossenschaft ganz saugemein behandelt. Ich fühle mich sowohl als der Vorstand als als der beteiligte Privatmann beleidigt; da er nicht zu fassen war, habe ich ihm gestern einen sehr provocierenden lieblichen Brief geschrieben. Darauf hat er mir heute seinen Träger geschickt mit der Frage, ob ich den Inhalt revociere oder nicht. Ich natürlich Nein, er redet zu und ich sage gut wenn er widerruft und zwar muß ich den Entwurf des Widerrufs sehen. Darauf er Nein und da ich darauf beharre, Pistolenforderung. Darauf habe ich die Bedingung gestellt, daß vor Austragen der Sache ein Ehrengericht über die Satisfaktionsfähigkeit eines solchen

Artikelschreibers urteilen soll, habe mich aber sehr entgegenkommend gezeigt und dem Kartellträger privatim gesagt, daß ich *unabhängig vom Ehrengericht*, Szczepanski Satisfaktion geben werde, habe mich also wie ein Engel dem Kerl gegenüber verhalten. Nun habe ich mir die Sache überlegt. Wenn schon, denn schon, ob ich nicht das gute Ehrengericht erst *nach* dem Fall berufen lasse damit die Austragung der Forderung nicht verzögert wird. Ich mag das nicht allein entscheiden und fahre zu Bierbaum jetzt, um seinen Rat zu haben. Möchte aber auch den Ihrigen und außerdem möchte ich Sie zum Zeugen haben. Die Sache ist überhaupt so ernst, daß ich nicht gern losgehen möchte, ohne Sie gesprochen zu haben.

Durch einen taktvollen Menschen wie Sie läßt sich die Sache vielleicht auch beilegen ohne daß wir zurückzucken müssen. Ich reiße mich selbstredend nicht darum, mich totschießen zu lassen und möchte wenn möglich auch den die Genossenschaft schädigenden Skandal vermeiden.

Über alles steht aber natürlich die Frage der Korrektheit, in dubio gehe ich natürlich mit Vergnügen los.

So steht der Fall. Der Kartellträger der anderen Partei ist ein Bruder Szczepanski, Hauptmann, dummes Luder aber netter anständiger Kerl.

Es wäre mir nun das liebste, Sie kämen sofort her, es thut mir furchtbar leid, Ihnen die Pfingsttage zu stören aber ich halte es in keinem Fall so sehr für meine Pflicht als in diesem, mit Ihnen konform zu sein.

Ihr Brief im Atelier sehr nett — Bestens Ihr M-G

15 Meier-Graefe an Eberhard von Bodenhausen

Genossenschaft PAN, Berlin W., Schillstr. 4

[Mitte Juni 1895]

Lieber Baron Wissen Sie was? Schreiben Sie mal Ihrem Papa einen schönen Brief, lieber Papa, andere junge Leute machen Schulden für junge Mädchen und Pferde und poker, laß mich mal tausend Mark ausgeben für eine schöne Sache. Ich will sie natürlich dem PAN schenken, sie wollen sich ein großes Zimmer mieten, wo sie ein paar hübsche Sachen hinstellen können, um den Leuten das in Natur zu zeigen, was das Blatt nur in effigie bringt und in der Stube soll Dein Sohn seine Bekannten um sich sammeln die sonst in das American Bar laufen oder zu den Barrisons oder zu noch unnützlicheren Gegenständen. Sie wollen sich einen kleinen Tempel bauen, wo man Dir dankbar die Hand drücken wird, wenn Du mal hinkommst, sie werden immer an Dich denken, denn weißt Du die Leute sind nicht so schlimm wie Du vielleicht denkst, sie geben selber zehnfach ohne sich viel darum zu kümmern und was sie mit ihrem ›Salon‹ verdienen, es kann nämlich sogar rentabel sein, sollst Du natürlich haben, Du und die paar anderen Tausend-Markspender, sie brauchen nämlich 3000 Mark, weil in Berlin alles so rasend theuer ist und weil sie's nun entweder gut oder gar nicht machen wollen. Die anderen zwei finden sich aber, wenn einer erst da ist, eher brauchst Du natürlich nichts zu geben. Willst Du aber durchaus 2000 Mark geben, so thu's nur ruhig, Du könntest ja mal die Bäume in dem Forst von – (hier ist eins der 7 Güter anzufügen) durchsehen lassen; die scheinen mir, ohne Dir vorgreifen zu wollen, ein wenig zu dicht zu stehen. Willst Du es aber lieber vom Baaren nehmen, wie gesagt, lieber *Vater*, ganz nach Deinem Gutdünken u.s.w.

Herrgott,

geht denn das nicht. Wissen Sie, ich habe direkt Trallala [?], denken Sie sich, was damit zu machen wäre, es wäre der Anfang, aus dem man sich gemächlich weiter entwickeln könnte, denken Sie mal was uns für Sachen in die Hände kommen würden, wenn wir den Leuten mit einem Schein von Wahrscheinlichkeit bieten könnten, daß man verkaufen kann. Und unsere ganzen Pläne von dem schönen aristokratischen Kreis um PAN herum, das ist alles spielend zu machen, wenn man das Ding hat. Dieses dumme Atelier mit dem großen Fenster, das immer zu mir herüber schaut, ich kann gar nicht mehr hinsehen. Die Leute kämen schon, gerade 4 Treppen, justement das, 6 Treppen kämen sie, wenn sie das Richtige finden. Blödsinnig elegant muß es nur sein, vornehm bis in die Spucknäpfe und nichts ist in Berlin leichter.

Ja, ich wollte nur die Suggestion los werden, es geht natürlich nicht, Ihr Vater wird Ihnen was pfeifen, – ouf, es ist ekelhaft, was könnten wir mit ein bischen Moneten [?] anfangen.

Na, schadet nichts. – Wenn wir nur Jordan bekommen; wenn er abspringt müssen Sie hin, da hilft kein Gott, ich hab heute Böcklin telegraphiert, daß er Jordan mit Depeschen bombardiert. Nach Paris komm ich zu Ihnen, wir reden nur noch von Geld, wenn wir beisammen sind, ich sehne mich manchmal krampfhaft nach Leichtsinn wie andermal in Ihrem Potsdam gewesen ist. Ihr MG

16 Meier-Graefe an Eberhard von Bodenhausen

Berlin 18/X 04

Lieber Bodenhausen
Ich bekam Ihren Brief in Dresden. Seien Sie immer [?] bitte recht aufrichtig zu mir wie ich zu Ihnen. So werden wir auf unsere alten Tage noch gute Freunde. Es herrscht gerade in unserem Metier eine Verlogenheit, daß man vom Gegenteil sprechen kann.

Schreiben Sie wie's Ihnen paßt über mich, um Gotteswillen keine fishing compliments. Warum ich das letzte Kapitel geschrieben habe? Na, weil das des Pudels Kern in Deutschland ist, tout est là. Wagner Nietzsche ist das ganze Elend unserer Kultur, trotzdem der eine ein Künstler war. Das absolut Bodenlose! Wären Sie nur gestern mit bei Wörmann und nachher bei Seidlitz gewesen. Wie Wagner in seinem schlimmsten Blödsinn dachte, so denkt heute jeder ernste Fachmann »über« moderne Kunst. Ich habe die Sache ein bischen leicht behandelt, um nicht in's Prophetische u dergl. zu verfallen und weil ich glaubte, daß Antippen genügte. Aber man müßte es den Leuten wie Keulenschläge beibringen. Hängen Sie einen modernen der von der Größe des Velasquez wäre mit einem anderen, der in der Art Böcklins malt, in ein leeres Zimmer ohne Bücher u sperren Sie n'importe lequel unserer Gebildeten dazu, 99/100 werden den Böcklin nehmen. Und dann kommen die Leute u sagen daß von diesem Standpunkt der und von jenem Standpunkt jener gut u vortrefflich sei. Gemeinheit!

Wieso, diese Goethe-Einschiebung in Ihrem Vorwort paßt *sehr gut.* Ich bin wahnsinnig neugierig auf das Buch, muß den Stevenson dazu lesen, um ein richtiges Bild Ihrer Einleitung zu bekommen. Ich finde Ihren David viel besser, aber das ist ja auch natürlich.

Die Redensart von Schiller mit dem Objekt ist eminent. Die Mercksche hätte ich weggelassen. Aber der ganze Satz wie gesagt gefällt mir sehr.

Herzl. grüßt Ihr MG

17 Meier-Graefe an Eberhard von Bodenhausen

16 / IX 05

Lieber Bodenhausen Das ist ja eine sehr schöne Nachricht und daß Sie sie mir mit so spontaner Herzlichkeit schicken, freut mich doppelt. Es ist sehr viel Glück, und ich bin überzeugt, es wird zu Ihrem Besten sein. Nicht, weil Sie, an welcher Stelle Sie auch da, wo Sie vernünftigerweise wirken können, stehen mögen, vernünftig wirken und die spezifischen Erfolge Ihrer Thätigkeit einheimsen werden – Sie haben zu viel ideale Interessen gezeigt, als daß selbst der idealste Industrialismus meine Ansprüche an Sie erfüllen könnte, sondern weil Sie bestimmt in eben dieser Interessen-Sphäre weiter wirken werden. Ich sage Ihnen nicht als Kollegen adieu, denn ich bin sicher, Sie werden noch manches tüchtige Buch schreiben, abgesehen von der reichen Wirkung, die Ihnen jenseits der Schreiberei offen steht. Sie werden sich vor allem entwickeln. Sie glauben nicht, was ich meiner industriellen Thätigkeit verdanke; will Ihnen freilich nicht denselben Umfang von Widerständen wünschen, an denen ich mich gerieben habe. Ihnen wird es geradesogut bekommen. Eine Unterbrechung des allzubesonderen Schrifttums zu gewissen Zeiten ist ein quasi unentbehrliches Lehrmittel, das man sich schwerer auferlegt als alle Arbeit. Schließlich kommt es bei uns mehr als in anderen Berufen auf die Tüchtigkeit des Menschen im Fachmann an, und das von rechtswegen. Mir scheint all den spektakelnden Kunstschreibern fehlt weniger die Facherfahrung und so weiter, als der anständige Mensch mit den Erfahrungen eines breit im Leben stehenden Menschen. Von denen kann man eigentlich nur durch solche Wechsel des äußeren Milieus abbekommen.

Damit will ich sicher nicht sagen, daß Sie solcher Kuren bedürfen. Ich traue Ihnen mehr zu als irgend einem meiner Bekannten. Aber sollte je der Ehrgeiz des Schriftstellers dem Fabrikdirektor unbequem werden, so können Sie sich immer mit der Einsicht trösten, daß anständige Menschen immer nur gewinnen.

Ich danke Ihnen sehr, daß Sie gleich, sobald sich Ihre Lage gebessert hat, an mich gedacht haben und versichere Sie, lieber Bodenhausen, daß mir diese Freundschaft sehr wohl thut. Ich habe trotzdem ich der gutmütigste Mensch von der Welt bin unglaublicherweise gar keinen Menschen, mit dem ich intim verkehre – abgesehen von meiner Frau natürlich – und die letzten Geschichten haben mich eine Unmenge Bekannte gekostet, von denen man wenigstens hoffte, paar gehabt zu haben. Daher sind Sie Rarität ersten Ranges, und daß Sie zu den alten Freunden des Kreises vor 10 Jahren gehören, mangelt nicht des Charmes. – Ich hoffe Ihre Liberalität nicht beanspruchen zu brauchen. Wenn Sie Gelegenheit haben, denken Sie an meinen Courbet. Wenn ich den verkloppt habe, habe ich mit dem was ich gespart habe, das Leben für ein Jahr und wenn ich halbwegs so weiter arbeite, sogar für 2 Jahre garantiert, ohne im geringsten meine Pläne aufgeben zu müssen. Ich bekomme das Liebermann-Werk so anständig bezahlt, daß ich sehr zufrieden bin.

Ich denke Ihre neue Thätigkeit wird Sie zuweilen in die sogenannte Metropole führen, hoffentlich mit Gattin, hoffentlich recht bald. Wir ziehen am 1. Oktober Genthinerstr. 11 in's Haus der Begas, führen mit Schröder zusammen Wirtschaft u denken es so ganz gut aushalten zu können.

Morgen fahre ich zu Stern und werde ihm Ihren Erfolg erzählen. In 14 Tagen wird hoffe ich, die kurze Kritik Ihres Buches in der Zkft erscheinen oder in 3 Wochen. Grüßen Sie schön Ihre Frau von der meinen und mir.

Ihr Meier G.

18 Meier-Graefe an Alfred Lichtwark

Genossenschaft PAN, Berlin W, Schillstr. 4

12.7.95
W London Bayswater
Primes Squ. 71

Sehr geehrter Herr Professor!
Ich danke Ihnen verbindlichst für Ihren ausführlichen Brief vom 9. der uns ein wertvolles redaktionelles Dokument ist. Ihre Kritik ist aber zu scharf, um sie ohne ein Wort der Erwiderung einzustecken, sie ist zu wertvoll dafür.

Sie müssen gerade unsere bösten Feinde auf Ihrer Umfrage getroffen haben, denn eine Durchschnitts-Meinung ist diese absolute Unzufriedenheit mit den ersten beiden Heften nicht. Ich habe auf meiner kurzen Reise so ziemlich die feinsten Kenner um ihr Urteil gefragt und fragen lassen, ich habe über unser zweites Heft von allen Leuten – ich nenne nur Besnard, Renouard, Puvis, Rops, Marx, Whistler, Burne-Jones, Rikketts, Morris, Watts, [zwei unleserliche Namen] – von Privatsammlern Gallimart [sic], [Name unleserlich], Forbes – von allen diesen rückhaltlose Zustimmung gefunden. Das war keine Höflichkeit, denn diese Kritik hatte überall die sehr praktische Folge, daß alle Leute mit Vergnügen meiner Bitte, mitzuarbeiten, nachkommen resp. bindende Zusagen machten. Da Sie unsere Mittel kennen, ist diese praktische Teilnahme aller dieser Leute ein Beweis für ihr positives Interesse. Ich würde dies nicht erwähnen, wenn ich überzeugt wäre, daß wir unseren Pan so sehr verändern können, daß er Ihre Zustimmung erreicht. Aber so wenig ich unsere Lust und Kraft Besseres fertig zu bringen, unterschätze, so sehr ich Ihnen in vielen, vielleicht allen Details recht gebe, die sich alle bessern lassen: das Gesicht der Sache ist jedenfalls da, der Allgemeineindruck dieses zweiten Heftes kann nicht viel anders bei den folgenden werden und wem Heft II so ganz und gar nicht im Gesamteindruck gefällt, der wird überhaupt nie mit uns zufrieden sein.

Sie stehen auf dem Standpunkt, daß noch nicht alles verloren ist, wir – Bierbaum und ich – auf dem, daß noch nicht alles gewonnen ist. Es wird uns keine Mühe zu groß sein, weiter zu gehen, aber das was wir gemacht haben, einfach als verfehlt hinstellen, heißt uns die Basis nehmen, auf der wir arbeiten können, diese Basis ist uns gegeben, wir machen sie nicht. Ich kann mir theoretisch die wunderbarsten Hefte vorstellen, man muß uns nur die Leute nennen, die das Material liefern. Für die bildende Kunst haben Sie einige Namen genannt, die der Vergangenheit angehören. Ich gebe Ihnen ohneweiteres zu, daß man mit Dürer, Schoengauer [sic] etc. wunderbare Sachen machen kann. Das werden wir machen, wir haben etwas Dürer und Grünewald gebracht, wir werden nicht weniger als 13 der schönsten Rembrandtschen Zeichnungen, Schwind, Schoengauer [sic], Dürer, die Köllner, Ihre alten Hamburger und alles was uns erreichbar von alter deutschen Kunst mit größter Wonne bringen. Aber laut unserer Constitution soll schließlich die alte Kunst bei uns zurücktreten und für die moderne Kunst können wir uns nicht verhehlen, daß Deutschland zum mindesten nur ein Teil neben anderen Teilen ist, aus dem sich ein so exclusives Material wie das durch uns im II. Heft durch Namen wie Dampt, Zorn, Maeterlinck von Ausländern und Klinger, Thoma, Heine, Fontane, Nietzsche von Inländern repräsentierte nicht herstellen läßt. Man kann nicht immer Thoma, Klinger, Liebermann,

Geyger, Fontane, Nietzsche, Liliencron bringen, schon deshalb nicht, weil diese zum Teil gut bezahlten Leute mit unserem Aufwand nicht zu haben sind. Und schließlich würden selbst diese Leute das Publikum ermüden. Sobald man aber auch nur ein wenig von diesem höchsten Maßstab abweicht und die guten Durchschnittsleute zuläßt ist ohne eine sehr eingehende Beachtung des Auslandes nicht auszukommen. Selbst bei Leuten I. Ordnung geht es nicht.

Kann man von Liebermann sprechen, ohne an Israels Mauve und Maris zu denken? Sie wissen so gut wie ich, daß Liebermann, den wir sicher hoch verehren ohne diese größeren Vorgänger einfach unmöglich wäre. Geht man über zu den besten modernen Berlinern und Münchener so springt der ausländische Einfluß immer stärker in die Augen. Wenn wir ihn leugnen, thun wir vielleicht den inländischen Künstlern einen zweifelhaften ökonomischen Gefallen, sicher nicht der Kunst, der wir doch in erster Linie dienen wollen. Dies nur, um das Princip zu rechtfertigen. Wir können sehr viel mehr nationale Sachen bringen, wir wollen es, Sie werden uns helfen, sie zu finden und wir werden immer mit beiden Händen zugreifen, praktisch mag also die Sache viel deutscher werden, aber ich halte das *Princip* für unmöglich. Nun sagen Sie sehr richtig, daß eine internationale Redaktion ein Ding der Unmöglichkeit ist. Das gebe ich zu, sofern Sie den ökonomischen Standpunkt meinen, weil ein so weit verzweigter Apparat sehr viel Geld kostet. Deshalb habe ich von Anfang an an den Salon gedacht, ich komme nicht erst jetzt auf die Idee, sondern habe mich mit x Ideen herumgeschlagen, die uns aus dieser Klemme helfen sollten. Bierbaum, der früher nicht so ganz meiner Ansicht über diesen Punkt war, hat sich jetzt auch von der Notwendigkeit überzeugt, den Apparat auszunutzen. Ich betone, daß diese Notwendigkeit rein ökonomisch in erster Linie ist. Um über das Ausland informiert zu bleiben, muß man Leute zu Vertretern haben, die man zahlt, man muß reisen, die Künstler gewinnt man nicht ohne Kosten auf die Dauer, aber wenn man zugleich ihre Sachen verkauft oder wenigstens ausstellt, werden sie leicht zugänglich. Und nun die Möglichkeit, Material zu bekommen, es zu übersehen, das ist ohne einen Salon so gut wie unmöglich, oder man wird von unrentablen Transportkosten aufgefressen. Der Salon ist also keine Erweiterung, sondern es ist die notwendige zweite Hälfte, ohne die die erste verkümmert. Nun versteht es sich ganz von selbst, daß über eine so wichtige Frage der Aufsichtsrat gefragt werden muß. Es liegt dafür sogar die legale Notwendigkeit vor, weil es unmöglich ist, den Salon als Separatkonto zu führen (wie unsere Bücher, an deren Kosten die Genossenschaft nicht beteiligt ist und deren Verlag unter diesen Umständen statutenmäßig zulässig ist). Wir denken vielmehr daran, unser Kapital zu vergrößern und zwar um den Beitrag der Einrichtungskosten und der Kosten des ersten Jahres, also um etwa 30 000 Mark. Mit diesem Aufwand ist dann die Einfügung des Salons in die gesetzmäßig vorgesehenen Zwecke der Genossenschaft auch ökonomisch berechtigt. Nun wird ja der Aufsichtsrat zu entscheiden haben. Es steht für mich fest, daß wenn gewichtige Stimmen wie die Ihrige dagegen sind – Herr v. Seidlitz war dafür – die Sache fällt und ich glaube, wir würden sie gar nicht vorbringen, wenn wir nicht von vornherein mit Ihrer Zustimmung rechnen können. Ich hoffe Sie noch zu überzeugen, wie wichtig die Sache für die Entwicklung der Genossenschaft ist. Für mich steht es ganz fest, daß wir ohne den Salon auf keinen grünen Zweig kommen, sondern im besten Fall eine leidliche Bilancierung erreichen. Sie verkennen ein wenig, was bereits mit Abonnements erreicht ist. Die 950 bisher abgesetzten Exemplare repräsentieren eine Zahl, an die vorher kein Mensch glauben wollte. Sie sind uns nicht in den Schooß gefallen, sondern teilweise mit einiger Mühe erreicht worden. Man wird noch etwa 300 Leute dazufinden. Damit ist aber auch die Grenze so ziemlich erreicht. Zeitschriften, die den zehnten Teil kosten, haben so viel Abonnenten wie wir heute. 1400-1500 ist das Normale für Zeitschriften, die sich an ein begrenztes Publikum wenden. Hier kommen wir also bald an die Grenze, namentlich da wir unsere Auflagen nicht ins Unendliche vergrößern können.

Es macht weder Bierbaum noch mir ein besonderes Vergnügen, sich den Kopf mit weiteren Lasten zu beschweren, es ist nicht unser Interesse, wenn wir's thun, sondern nur das der Genossenschaft. Ich halte es für unsere Pflicht, dem Aufsichtsrat die Sache so dringend wie möglich vorzustellen. Geht er dann nicht darauf ein, so ist das seine Sache. Es handelt sich aber hier nicht so sehr für den Aufsichtsrat darum, eine neue Verantwortung für eine Erweiterung sondern die Verantwortlichkeit für eine schwere Unterlassungssünde zu übernehmen, die wir ablehnen müßten. Ob die Sache glückt, kann schließlich niemand vorher sagen, wir haben nur die Pflicht rationell zu handeln.

Ihre Weisung in betreff des Verlags von Büchern, deren Kosten separat gedeckt werden [,] werden wir befolgen und von jetzt an, jeden dieser Fälle vor den Aufsichtsrat bringen. Bisher haben wir dies nur in zweifelhaften Fällen gethan; auch da haben wir keinen großen Rat berufen, sondern einfach Umfrage gehalten. Daher haben wir uns stets nach der Minorität gerichtet, um ja den Verdacht zu vermeiden, als ob wir den A. R. majorisieren wollten. Herr v Seidlitz (wenn nicht Sie selbst) kann uns bestätigen, daß uns eine einzige abratende Stimme maßgebend war. Wir erblicken unser Heil in einem Zusammenarbeiten mit dem Aufsichtsrat. Wir brauchen den A. R. weil wir ohne seinen Rat nicht auskommen, weil eine so große Sache nicht von zwei Menschen im Detail gemacht werden kann. Sie werden uns also immer bereit finden, auf alle Vorschläge einzugehen, die sich nur irgendwie mit unseren Anschauungen decken. Ganz zurückdrängen können wir unsere Meinung nicht, denn nicht den als eine Art Ehrenrat gebildeten Aufsichtsrat trifft die Verantwortung über das Ergehen des Pan, sondern uns. Und wenn Sie, verehrter Herr Professor, meinen, daß wir unsere Sache zu leicht nehmen und der Selbstkritik ermangeln, so bitte ich Sie, zu bedenken, daß ich wirklich keine Veranlassung habe, für ein Unternehmen, für das ich nicht sehr ernstlich interessiert bin, meine letzten Groschen zu opfern und daß Bierbaum wie ich außerhalb des Pan sehr viel mehr Geld verdienen könnten, ohne auch nur annähernd so viel Arbeit und Ärger zu haben.

Fassen Sie das alles bitte so auf wie es gemeint ist, mir ist nichts willkommener als Ihr förderndes Interesse, Sie sind sogar einer der wenigen, die uns wirklich helfen können und wir wollen alles thun, uns diese sehr notwendige Hilfe zu erhalten. Aber Sie dürfen nicht die thatsächlichen Verhältnisse verkennen. Ich habe Ihnen zugegeben, daß Dehmels Aufsatz mißlungen ist, aber ich weiß noch heute keinen besseren für den Zweck. Von Falke, den Sie mal erwähnen, besitzen wir sehr mäßige Sachen, die wir nur wieder bringen, weil nichts Besseres zu haben ist.

Dehmels Trinklied haben wir für die bei weitem beste Sache gehalten und deshalb gebracht. Das Streichen lassen sich Leute wie Dehmel nicht gefallen, ich bezweifele sehr, daß Sie es sich gefallen lassen würden, wenn man so energisch mit Ihren Sachen umginge, wie es bei Dehmel nötig gewesen wäre. Und das Streichen hat sehr ernste Gefahren, die Fehler sind bei begabten Menschen die Vorzüge, es läuft auf ein Verstümmeln hinaus.

Geben Sie uns nur mal eine einzige gute productiv-poetische Arbeit, die wir noch nicht im Kasten haben. Mittelleute die noch weniger anstoßen wie Croissant-Rust und Schlaf können wir einfach nicht bringen.

Wir werden, das schrieb ich Ihnen schon, bessere deutsche Produktion in der Litteratur bekommen, wir halten den größten Teil dessen was wir gebracht haben, durchaus für würdig, aber wir werden bessere Sachen bekommen. Doch das geht nicht im Handumdrehen, und wenn wir hätten warten wollen, bis wir genügend Material zusammenhaben, so hätten wir zehn Jahre warten können. Denn es handelt sich nicht darum, Vorhandenes aufzustöbern, sondern die paar Leute, die da sind, zu brauchbaren Sachen anzuregen und das ist nur möglich, wenn die Leute das Blatt *sehen*, für das sie arbeiten können. Ebenso ist es ganz ausgeschlossen, für unsere Mittel gutes künstlerisches Material zu bekommen, wenn nicht das Journal da ist. Ich habe bei all den Leuten, die ich besucht habe, als einzige Empfehlung das Heft vorgezeigt, und das hat auch vollkommen genügt. Um nun zum Schluß zu kommen, ich meine, wir sollen das Gute nehmen, wo wir's finden und wenn es aus Deutschland kommt, tant mieux. Da wir bisher nicht ausreichendes Material für rein deutsche Hefte haben, wollen wir es suchen, und bekommen wir es, so machen wir ein Münchener Heft, das scheint mir das leichteste. Der Zweifel an der Möglichkeit wird mich nicht abhalten zu suchen und ich bitte Sie freundlichst uns dabei zu helfen, wir geben Ihnen weiteste Vollmacht für die Materialgewinnung. Für das nächste III. Heft könnten wir sowohl litterarisch wie künstlerisch einen guten deutschen Beitrag noch sehr gut brauchen; wenn Sie also Bestimmtes im Auge haben, bitte! Das vierte Heft wird durch Thoma sowieso ganz deutsch, da kann man ja die alten Vorgänger Thomas mit aufnehmen. Das fünfte sollte Landschaften aller Länder bringen, ich dachte an Israels, Mauve, Maris, Liebermann, Corot, Millet, Monet, Japaner, Rembrandt, Dürer, dann die Münchener [zwei unleserliche Wörter] – Basel, dann Haider und Stäbli. Endlich Schotten. Das soll natürlich nicht alles sein, Sie werden die Idee heraussehen, Material ist zu haben.

Den Artikel von Ihnen habe ich mit größtem Interesse gelesen; ich finde ihn ausgezeichnet, weil er wie alles was Sie machen, der individuelle Ausdruck einer individuellen Meinung ist, und ob wir Ihrer Ansicht sind, ändert nichts daran. Ich finde nur, daß so ein Aufsatz nur im Pan gebracht werden kann und wenn Sie für diesen Zweck die Sache eine Idee mehr als Theorie behandeln würden als ein uns durchaus gemeinsames Ziel, so wäre es uns noch lieber. Es geht aber auch so.

Ihr ergebenster Meier-Graefe

19 Meier-Graefe an Franz Brümmer

Konrektor Franz Brümmer, *Nauen* par Berlin
Abs: A. J. Meier-Graefe, 8 rue Lallier, Paris

Sehr geehrter Herr Ich bin 1867 in Resitza in Ungarn geboren, Protestant, habe in Zürich, München und Lüttich studiert. 1893 habe ich meinen ersten Roman »Nach Norden« bei S. Fischer Berlin veröffentlicht und soeben einen zweiten vollendet »Der Dichter«, *der noch* in diesem Jahre erscheint. Außerdem eine Anzahl kleiner Sachen, u. a. Edvard Munch ein Begleitvers zu den von mir herausgegebenen Radierungen Munchs, Selbstverlag 1895. In demselben Jahr gründete ich mit Bierbaum zusammen die Genossenschaft Pan und gab mit ihm die ersten Hefte des Journals Pan heraus. Ich lebe seit kurzem hier und beschäftige mich namentlich mit kunstkritischen und litterarkritischen Serien selbstständiger Arbeiten für Zeitschriften.

Hochachtungsvoll ergbst Meier-Graefe

Paris 15. III. 96

20 Meier-Graefe an Ernst von Wildenbruch

3 rue Lallier
27/III 96

Hochverehrter Herr von Wildenbruch
Ich kann Ihnen ehrlich versichern, daß mir von Deutschland, seitdem ich hier bin, noch nichts so Wohltuendes gekommen ist wie Ihr Brief. Ich kann Ihnen nie genug für diese Herzlichkeit danken, die mich wie eine materielle Wohltat berührt und die ich mit meiner aufrichtigen Verehrung für Sie nie verdient habe. Mit großem Vergnügen werde ich zu Herrn von Faber du Faur gehen und ihm Ihren Gruß bringen, mir ist außerordentlich mit dieser Empfehlung gedient, mehr brauche ich gar nicht.

Nach Berlin auf die Dauer zurückzukehren habe ich ehrlich gestanden, zunächst keine Lust; es wäre furchtbar lächerlich wenn ich mich zum Märtyrer stempeln wollte, der Herr von seinem Vaterland u.s.w. ich habe davor einen grenzenlosen Horror. Ich fühle mich einfach hier sehr wohl, weil ich hier meine Interessen finde und nach meinem Gusto leben kann. Ich habe mich in Berlin sehr geärgert und nicht ohne Grund. Sie, die selbst so enorm viel arbeiten, wissen was es heißt wenn einem ein saures Stück Arbeit mutwillig zertrampelt wird, man macht so etwas wie den Pan alle zehn Jahre einmal, oder vielleicht überhaupt nicht wieder. Wären es die Geheimräte allein, die würden mich nicht ärgern, aber wir sind von der Jugend verlassen worden und das ist eine so grauliche und greuliche Ironie, daß man so leicht nicht darüber wegkommt. – Mir ist Berlin nie sympathisch gewesen und das werden Sie, der nur den einzig sympathischen Teil von Berlin, die alte gute Berliner Gesellschaft kennt, schlecht begreifen. Es giebt nichts Widerwärtigeres für mich, als das »moderne« Berlin; ich habe mir eingebildet, etwas mit dieser Moderne, die mir wie etwas Werdendes erschien, machen zu können und bin dabei auf die tölpelhafteste Weise reingelegt worden. Mir würde dasselbe irgendwie immer wieder passieren, hier gehen die Desillusionen in meinem Gebiet nicht so tief, ich habe zu viel allgemein künstlerische Interessen, um meiner Schreiberei wegen mir eine unerträgliche Fessel aufzuhängen und ich finde hier, daß man nicht unbedingt nötig hat, zu schreiben, um sich die nötige Beruhigung über seine Daseinsberechtigung zu geben. In Berlin, wo es Künstler u Schriftsteller, aber keine Kunst, keine das Leben durchdringenden tief künstlerischen Überzeugungen giebt, ist es anders. Dort muß man produzieren, hier kann man genießen.

Ich bin nach Paris viel früher gekommen als nach Berlin und mir ist Berlin immer fremd gewesen, weil ich das moderne Berlin gesucht habe, dieses charakterlose jüdische Proletariertum, das selbst die gutgeborene Jugend ansteckt. Das alte Berlin stirbt schneller aus als das moderne Charakter bekommt und ich sehe überhaupt keine Möglichkeit, wo ein Charakter herkommen soll.

Ich beschäftige mich mit allem möglichen, habe ein paar Sachen geschrieben und arbeite namentlich jetzt in modernem Kunstgewerbe, für das ich immer schon ein großes Interesse gehabt habe. Momentan mache ich mit ein paar Bibliophilen zusammen eine internat. moderne Bücherausstellung in dem neuen Salon L'Art Nouveau, mit dessen Besitzer ich befreundet bin. Wir wollen alles zusammenbringen, was in der zweiten Hälfte des Jahrhunderts an gutgedruckten Büchern gemacht worden ist. Sehr amüsant. Ich schicke Ihnen demnächst ein Prospekt.

Bitte empfehlen Sie mich herzlich Ihrer Gattin und Frau Begas, wenn Sie sie sehen und nehmen Sie selbst, verehrter Herr v. Wildenbruch nochmals die Versicherung meiner wärmsten Verehrung.

Ihr ergebener Meier-Graefe

21 Meier-Graefe an Harry Graf Kessler

14/III 96 Paris

Lieber Graf Kessler Ich danke Ihnen schön für Ihren Aufsatz über Régnier, von dem mir schon Albert erzählt hatte. Es war mir gleich klar, daß gerade Régnier Ihnen »liegen« mußte und ich gestehe Ihnen ehrlich, daß ich die Überzeugung habe, einen der besten deutschen Essays gelesen zu haben, die mir überhaupt je unter die Augen gekommen sind. Es ist nicht sehr schwer, Régnier's Ideen zu begreifen, aber was mich freut ist Ihr Verständnis für die rein sprachlichen Feinheiten, und Sie haben Ihre Citate so gut gewählt, daß man alle Seiten kennen lernt. Ein paar Gedichte hätten Sie sich übrigens von Bierbaum oder Dehmel übersetzen lassen sollen, Sie schicken doch Ihren Aufsatz an Bierbaum (Schl. Englar in Eppan Süd-Tyrol) er wird sich freuen. Régnier hat sich sehr gefreut er wird es Ihnen wohl auch schreiben, er wollte es wenigstens.

Wenn ich Ihnen einen Rat geben darf, würde ich Ihnen rein zur Gymnastik raten, mal eine rein technische Betrachtung loszulassen. Denn Sie müssen unbedingt Ihre ganz eminente Befähigung für die Sache ausnützen und Sie können in Deutschland ganz unübersehbar viel thun, wenn Sie helfen, den Leuten überhaupt wieder einmal erst einen künstlerischen Gesichtswinkel, also rein technischen beizubringen. Für die Litteratur giebt es in Deutschland solche Leute – Dehmel, Loris, Bierbaum – in der Malerei betrüblich überhaupt nicht, außer der langweiligen [?] Liebermannsache.

Sie machen mir viel Freude, wenn Sie mir alles schicken. Ich gehe in nächster Woche auf ein paar Wochen nach London und bin dann bis Mitte Juni hier, wo ich Sie hoffentlich mal sehe.

Ihr ergebener Meier-Graefe

Ich mache den Brief noch einmal auf, um Sie auf einen jungen Berliner aufmerksam zu machen, der mir mal von Gourmont in Berlin kurz vor meiner Abreise geschickt wurde u der einzelne Sachen von Gourmont nicht ohne Geschick wenn auch noch nicht vollkommen übersetzt hat. Ich habe mir Mühe gegeben, etwas von ihm unterzubringen, ist mir aber nicht gelungen. Er schrieb mir neulich wieder u da habe ich ihm geraten, Ihnen mal was zu schicken. Wird Sie interessieren.

Beste Grüße

Der Mann heißt Fedor Cohn Bethanienufer 26 S.W.

22 Meier-Graefe an Harry Graf Kessler

Paris, 37 rue Pergolèse
11. I. 98

Lieber Graf Kessler Besten Dank für Ihren freundlichen Brief. Ich komme sehr wahrscheinlich gegen Ende des Monats nach Berlin u freue mich dann, Sie zu sehen. Signac erzählte mir, daß Sie die Poseuses von Seurat gekauft haben und im Pan einige Pointillisten bringen wollen. Das ist eine schöne Idee, und ich gratuliere Ihnen dazu. Ich vermute, daß Sie die Poseuses der Nat. Galerie schenken wollen, das wäre eine That, wenn Tschudi, im Gegensatz zu allen anderen Museen, die Ausnahme durchzusetzen vermöchte.

Herzlich Ihr M-G

23 Meier-Graefe an Harry Graf Kessler

37, Rue Pergolèse
28 / III 04

Lieber Kessler Ich komme mit einer Gewissensfrage. Mein Buch wird demnächst fertig, es werden drei dicke Bände, daher die Verzögerung. Und je näher ich dem Ende rücke, desto mehr plagt mich die Dedikationsfrage. Zweierlei Momente widerstreben dem Projekt, einmal der praktische Umstand, daß wahrscheinlich die Reise nach Weimar und der Aufenthalt mit dem Herausbringen des Buches große Komplikationen verursacht, der Verleger drängelt natürlich. Das ließe sich vielleicht vermeiden. Wichtiger ist der moralische Grund. Ich kann mich bei aller Vernünftigkeit des Schrittes nicht eines peinlichen Gefühls erwehren, daß ich da etwas thue, was sich nicht ganz gehört. Schließlich hat unser einer nichts anderes als seine Überzeugung zu vergeben. Mir ist die Arbeit wie Sie dem Kameraden nachfühlen werden, lieb geworden, ja schließlich ist das Buch gerade dieses mein besseres Ich, und ich werde das dumme Gefühl nicht los, daß ich damit nicht hausieren sollte. Sie können sich denken, daß ich solche schließlich äußerliche Fragen nicht überschätze, auch denke ich etwa nicht daran, die Sache einem anderen zu widmen, gerade weil ich wie in dem Buch auch in dem Äußerlichen alles Kleinliche unterdrücken möchte, widerstrebt mir diese wie jede andere

Widmung. Auch meine ich, daß der Großherzog, wenn er überhaupt das Buch liest, von mir einen merkwürdigen Eindruck bekommt, wie ein wildfremder Mensch ihm so eine dicke Sache bringen kann, und die Speckseite allzufett finden wird. Während er, falls ihm die Sache gefällt, mir und sich selbst eine viel größere Freude machen kann durch eine weniger nahegelegte Würdigung.

Wie gesagt, ich weiß nicht und möchte Ihren Rat. Sollten Sie etwa mit dem Großhzg. bereits gesprochen haben, so bedarf es nicht der Erwähnung, daß die Sache so bleibt wie wir abgemacht hatten; Sie begreifen, daß mir jeder, auch nur der leiseste Gedanke, Ihnen etwa ein Atom eines Unbehagens zu bereiten, fern liegt. Haben Sie also den Wunsch, daß ich dem Grßhg. das Buch widme, so ist es so gut wie geschehen. Nur für den anderen Fall bitte ich Sie freundschaftlich um Ihre Ansicht, ob Sie nicht auch so denken.

Wir haben hier mit Eifer verfolgt, wie sich Ihre Energie in die vielseitigen Schwingungen des Reichstags umsetzte und viel Vergnügen daran gehabt. Ich gratuliere Ihnen zu dem Erfolg.

Daß sich Heymel verlobt hat, werden Sie erfahren haben. Wir freuen uns sehr und versprechen uns sehr viel davon.

Ich habe gestern den Verkauf der Maison Moderne unterzeichnet und bin nun ledig, freilich auch des baaren Geldes. Was herauskam, habe ich dem braven Kommanditär überwiesen und es ist schließlich noch ganz nett geworden. Trotz der peinlichen Monetenamputation bin ich froh, den Geschäftskram losgeworden zu sein und nun arbeiten zu können. Es war wirklich kein Leben mehr.

Kommen Sie nicht bald einmal her? und London? Jetzt brauchen Sie vielleicht den dicken [unleserliches Wort] nicht mehr. Wenn doch, bin ich stets zu Ihrer Verfügung, nur muß jetzt erst der Druck fertig werden.

Bitte antworten Sie bald, drei Worte genügen.

Herzlich Ihr Meier-Gfe

24 Meier-Graefe an Harry Graf Kessler

Magdeburgerstr. 31/I
Berlin Freitag
[Sommer 1904]

Lieber Kessler Die Sache ist viel schwieriger als wir geglaubt haben [,] so schwierig, daß ich momentan überfragt noch nicht weiß, ob sie möglich ist. Nicht etwa die Sache an sich, diese ist vielmehr hundertmal glänzender als ich selbst geglaubt habe, das Material ist einfach überwältigend; wohl aber unsere, Ihre u meine Stellg dabei. Wir haben Liebermanns Brief nach Weimar falsch verstanden. Tschudi hat sich schon vor 2 Jahren, behauptet er, mit Seidlitz und Lichtwark (ausgerechnet) verständigt u Liebermann erklärt, daß er sich die Idee nicht aus der Hand nehmen lasse. Dem entsprechend war meine lange Konferenz mit v.T. heute mittag wirklich kühl. Er setzte mir auseinander wie er die Sache machen wolle – *irrsinnig*, auf bureaukratischem Wege mit Zweigjurys, die sich dann einer Centraljury unterwerfen sollten – Kuddelmuddel. Ich polkte ihm darauf unsere Ansicht auseinander, daß nur auf persönl. Wege, durch persönliches Bereisen und ernste individuelle u ganz harmonische Arbeit etwas zu erreichen sei. O wissen Sie, ich koche über diese Bande! – Na, entschuldigen Sie, lieber Freund, es ist wirklich haarig, sich von solchen Leuten solche Dinge anhören zu müssen.

Wir sind Tschudi beide je ein Dorn im Auge, Sie wie ich. Ich brachte ihn nach einer Stunde Quatschen dahin zu kapieren, daß es vielleicht nicht ganz zwecklos sei, tüchtige Arbeiter mit gutem Willen nicht geradezu hintenanzusetzen. Als er sagte, daß Seidlitz u Lichtwark in die Kommission sicher müßten außer ihm, wurde ich scharf u sagte, daß dann an uns nicht zu denken sei. Er quittierte immer recht kühl worauf ich ihm die Verdienste Lichtwarks & v. Seydlitz [sic], die für eine solche Sache in Frage kämen, auseinandersetzte, an Seydlitzens [sic] ungeheuerliche Schätzungen, an Lichtwarks Blech-Politik erinnerte. Schließlich wurde er etwas entgegenkommender u meinte, daß man einen der beiden vielleicht entbehren könne und übrigens die Berliner Kommissionsmitglieder (Ausschuß) schließlich doch de facta entscheiden würden. Darauf lenkte auch ich ein und meinte, daß wenn er die Garantie übernähme, daß Lichtwark resp. Seidlitz in seinem, Tschudis, Sinne entscheiden würden, die Angelegenheit möglich würde. Er wollte an beide Herren, zu denen er sich verpflichtet fühlt, schreiben. Darauf bin ich zu L. gegangen, der soeben mit T. redet u alles thut, um die Sache in unserem Interesse zu fördern.

Ich erwarte Sie also Dienstag.

Scheuen Sie nicht die Schwierigkeiten. Die Sache ist von schlechterdings *entscheidender* Tragweite. Soviel sehe ich übrigens schon heute, daß wir, ob die Sache nun wird oder nicht, eisern zusammenhalten müssen, um diesen Trauerknaben klar zu machen, daß eine Anstellung noch nicht das brevet für das Genie ist. Die Verhältnisse sind erstaunlich und Sie täuschen sich darüber ebenso sehr wie ich. Draten Sie wann Sie kommen & ich hole Sie ab u wir reden dann. Ihr MG

25 Hugo von Tschudi an Alfred Lichtwark

General-Verwaltung der Koeniglichen Museen
NATIONAL-GALERIE

Berlin C. 2, den 25/7 1904

Lieber Freund
Meier-Gr. ist mittlerweile hier angekommen, ganz Feuer u Flamme für die Centennale.

Mir scheint nun doch angezeigt diese Gelegenheit nicht ungenutzt verstreichen zu lassen. Ich fürchte unser ganzes schöne Projekt fällt sonst ins Wasser, nachdem es durch die verschiedenen dilettantischen Versuche die jede Ausstellungsleitung jetzt macht an Reiz der Neuheit verloren haben wird.

Tun wir uns aber mit M.Gr. zusammen, so steht zu hoffen daß wirklich eine erschöpfende Ausstellung zusammenkommt.

In ähnlichem Sinn habe ich an Seidlitz geschrieben der sich ja mit Ihnen in Verbindung setzte.

Ich möchte Ihnen also doch empfehlen M Gr. der sich wohl zu Ihnen begeben wird nicht abfahren zu lassen.

Mit bestem Gruß

Ihr Tschudi

26 Meier-Graefe an Alfred Lichtwark

Magdeburgerstr. 31
Berlin 28/VII [1904]

Verehrter Herr Lichtwark
Ich bestätige Ihnen gern meine mündliche Versicherung, daß ich in der Ausstellung selbstverständlich keinerlei händlerische Absichten verfolge und mich überhaupt von jedem Handel ganz zurückgezogen habe.

Mit Herrn von Seidlitz bin ich auch d'accord, sodaß also alles soweit in Ordnung ist. Montag spricht Tschudi mit Arnold wegen des Geldes, das wohl auch keine sehr großen Schwierigkeiten machen wird.

Die Sitzung würde uns beiden hier am besten am 26. August passen. Ich denke, der Tag ist Ihnen auch genehm u habe desgleichen auch Herrn v. Seidlitz geschrieben.

In den nächsten Tagen sende ich Ihnen eine Anzahl Dokumente zur freundlichen Durchsicht und Annotierung, wodurch die Arbeiten der Sitzung am 26. beschleunigt werden sollen.

Ich gehe mit einer Riesenfreude an die Arbeit und denke, auch Sie, verehrter Herr Lichtwark, werden mit mir nachsichtig sein.

Mit bestem Gruß

Ihr ergebenster J. Meier-Graefe

Tschudi geht demnächst nach München und wird dabei die Frage der Münchener Ausschuß-Mitglieder sondieren.

27 Alfred Lichtwark an Hugo von Tschudi

20. 11. 04

Herrn Dir. Prof. H. v. Tschudi Hochwohlgeboren

Lieber Freund,
Meier-Graefe hat mir eine Liste der Bilder eingeschickt, die er in Hamburg, Bremen, München für unsere Ausstellung vorgemerkt hat.

Diese Vorarbeit ist sehr dankenswerth und für uns wichtig. Aber in diesem Moment scheint es mir gefährlich, wenn der Schein entsteht, daß Meier-Graefe die Zusammensetzung der Ausstellung bestimmt. Es würde uns unnütze Schwierigkeiten machen. Sie kennen ja unsere Fachgenossen hinlänglich.

Meier-Graefe ist in einer schwierigen Lage. Man hält ihn für erzfranzösisch. Man glaubt ihm seine plötzliche Bekehrung zu Deutschland nicht recht (ich spreche keine Vermuthungen aus sondern kann mich auf Thatsachen berufen).

Auf seine Anfrage habe ich den einliegenden Brief geschrieben. Mir scheint, wie ich ihn überlese, daß ich ihn ohne Ihre Einsichtnahme nicht absenden soll.

Sehen Sie ihn sich an und sagen Sie mir, bitte, was Sie denken. Ich würde hinzufügen, daß ich [...] den Brief erst Ihnen nachgeschickt hätte, und auch Sie einverstanden wären.

Es ist mir auch recht, wenn der Brief nicht abgesandt wird, und wir in der nächsten Sitzung die Sache mündlich abmachen. Ich bin weit davon entfernt, Meier-Graefe verstimmen zu wollen.

Mit freundlichem Gruß

Lichtwark

28 Meier-Graefe an Alfred Lichtwark

Berlin W.
Genthiner-Straße 13 Villa J
5/VIII [1906]

Verehrtester Herr! Ich danke Ihnen vielmals für die sehr ausreichende Beschreibung. Ich kann leider nur von einem kleinen Teil Gebrauch machen. Gerade Ihr Brief zeigt mir wieder wie unendlich kümmerlich meine Arbeit ist. Man ist erdrückt von der Masse. Bei 2000 Bildern hört der Spaß auf. Um auch nur einigermaaßen eine Durchschnittsbetrachtung zu sichern, muß man auf das einzelne Bild ein Minimum verwenden. Ich hätte mindestens 2 Jahre statt 6 Monaten gebraucht, um etwas halbwegs Vernünftiges zu machen. Die Korrekturen der Maaße, die Beschriftungen, der Nachweis bei zweifelhaften Bildern und die Revision der Biographien absorbieren 4/5 der Zeit. So bleibt für die Bilder selbst nur die ganz mechanische Farbenbeschreibg übrig. Stellen Sie sich also nur das Allerprimitivste vor. Nur für den, der die Illustration daneben hat, kann die Sache *etwas* mehr Wert haben als der beschreibende Katalog alten Genres. Ich schreibe Ihnen das, weil gerade Sie die Güte hatten, mir Mut zu der Arbeit zu machen und ich fürchten muß, daß gerade Sie am meisten enttäuscht sein werden. Aber die kompakte Majorität ist erdrückend.

Wollen Sie vielleicht Korrekturen des Hamburger Teils? Sie würden sicher mancherlei Korrekturbedürftiges finden

Mit bestem Gruß

Ihr ergebenster J. Meier-Graefe

Ich erlaubte mir Sie gestern noch mit einer Frage zu inkommodieren. Wollen Sie gleichzeitig die Freundlichkeit haben mir zu sagen, ob Sie den Rayski gekauft haben. Welchen? Außer Leibl, Rayski, Schwind haben Sie nichts gekauft, nicht wahr?

29 Meier-Graefe an Harry Graf Kessler

Berlin W.
Neue Winterfeldstr. 49
15/7 05

Lieber Kessler

Haben Sie die Thode-Sache verfolgt? Sie wissen vielleicht, daß Liebermann geantwortet hat. Thode kneift und hält ein schlechterdings moralisierendes Kolleg. Auch Liebermann ist zu der Ansicht gekommen, daß der Mann gefährlicher ist als viele glauben. Es gelingt ihm eine Organisation der ganzen Phraseologie gegen anständige Kunst. Die Presse hat wie ein Mann seinen Angriff abgedruckt und Liebermanns Antwort verschwiegen.

Ich schicke Ihnen den Brief L's. Auch ich bin seiner Ansicht, daß Sie der beste Streiter wären und natürlich nicht seiner Ansicht, daß Sie den Kampf gegen das ›Teutschtum‹ scheuen. Ich begreife, daß man auch ohne diese Scheu das nicht gern thut. Sie werden sehr nützen können mit einer nüchternen, sachlichen Antwort à la Ihrer Antwort in der A. v. Werner-Sache. Sie können dabei von uns ganz absehen, ich rede nicht pro domo in dem engeren Sinne, sondern in dem uns allen gemeinsamen Interesse. Der Kerl verpestet die Jugend und giebt der blöden Presse einen Haufen neuer Phrasen in die Hand. Ich habe heute das ganze Material von Liebermann bekommen. Der Mann ist schlau und keineswegs leicht zu fangen, so offen die Sache für uns liegt.

Ich bin ausgeschaltet was Liebermann nicht begreift und besitze nicht mal ein Organ, würde auch gar nicht wirken. Es handelt sich um eine möglichst abseits stehende Autorität, die die Phrase mit dem Deutschtum abwehrt, dafür kommt auch Harden nicht in Betracht weil er Jude ist. Ein aristokratischer deutscher Name ist die einzige gute Signatur, um so besser, wenn es das deckt, was Sie schreiben könnten.

Bitte schicken Sie mir den Brief L's zurück und legen Sie den neuen ad acta, wenn Ihnen die Sache nicht paßt. Ich würde das vollkommen begreifen und hätte Ihnen ohne den heutigen Brief Ls nicht geschrieben.

Besten Gruß Ihr Meier Gfe

30 Meier-Graefe an Harry Graf Kessler

Berlin W.
Neue Winterfeldstr. 49
8/VIII [1905]

Lieber Graf Kessler
Ihr Whistler-Aufsatz hat mir die willkommene Gelegenheit gegeben, mit Harden in der Ihnen bekannten Sache zu reden ohne Gene. Ich habe ihm gar nichts gesagt, sondern er fing davon an, daß es ihm angenehm wäre, mal etwas von Ihnen zu bekommen. Worauf ich ihm erwiderte, das würde sich sicher machen lassen. Sie beabsichtigten den Thodefall festzunageln, ich wüßte nicht in welcher Zeitschrift, sei aber überzeugt, Sie würden es ihm gern geben. Ich würde Ihnen schreiben.

Natürlich habe ich ihm noch nichts von dem Platz gesagt. Dieser sehr delikate Punkt muß, wenn Sie daran festhalten so gedrechselt werden: Sie schreiben mir jetzt eine Antwort, die ich Harden zeige und in der Sie auseinandersetzen, warum Sie daran festhalten. Ich würde das nicht als Bedingung sine qua non hinstellen, sondern als *Wunsch*, Harden wird dann, wenn es überhaupt möglich ist, Ihnen schon zusagen u Ihnen selbst schreiben. Die Sache ist nämlich redaktionell nicht ganz einfach, da, wie Sie wissen, Hardens Aufsatz immer der erste ist, Harden also in der N° wahrscheinlich nicht schreiben würde. Aber: Ich finde es in der That sehr richtig, daß Ihnen an dem Tête-Aufsatz liegt und bitte Sie nur, das ein wenig vorsichtig zu formulieren.

Ihr Whistler-Aufsatz hat mir viel Freude gemacht, Sie wissen ja wie ich über W. denke, und die Ausstellg hat mich darin bestätigt, aber Sie bringen jedenfalls die Gegenansicht in einer Weise vor, die äußerst verführerisch ist, und ich freue mich, daß Sie sich dabei stark auf Courbet gestützt und so Ihrem Aufsatz selbst für den, der nicht mit W. mitgeht, auch abgesehen von der schönen Form ein Positives gegeben haben. Auch Harden fand Ihren Aufsatz glänzend und bedauerte nur aus politischen Gründen den einen Satz mit Courbet-Manet, aus dem wie er meinte unorientierte Leute leicht die verwirrende Meinung gewinnen könnten, Manet sei erledigt. Ich bin neugierig was Sie zu meinem Corot-Courbet-Buch sagen. Es erscheint in 6 Wochen u geht Ihnen natürlich zu.

Hier ist es recht gräßlich. Ich bin noch bis in 8 Tagen hier und fahre dann auf 8 Tage in die Ausstellungen nach Amsterdam, Antwerpen und Lüttich, dann wieder hier. Briefe werden mir nachgeschickt. Meine Frau hat eine enchantante Seefahrt nach Finnland gemacht u kommt in 3 Wochen wieder.

Bitte empfehlen Sie mich Ihrer Frau Schwester, bei der Sie wohl sind, oder?

Herzlich Ihr MG

31 Meier-Graefe an Harry Graf Kessler

Berlin W.
Genthiner-Straße 13 Villa J
1-5-1907

Lieber Kessler,
Darf ich von Ihrer Freundschaft einen wichtigen Dienst erbitten? Es stellt sich heraus, daß Leon Werth ein Hochstapler gewöhnlichster Sorte ist. Auf sein dringendes Verlangen willigte ich ein und zwar entgegen dem Willen meines Verlegers, der einen Übersetzer hatte, ihm die Arbeit zu übertragen. Nachdem er mir eine kleine Probe geschickt hatte, die die Hoffnung erlaubte, seine Arbeit würde acceptabel werden. Nachdem er den Kontrakt hatte, ging die Bummelei los. Er ließ die Geschichte liegen und war nur durch fortwährendes Insistieren dazu zu bringen, mir endlich ein Stück zu schicken. Dieses stand auf der Höhe der Übersetzung eines Obertertianers. Mißgriffe der plumpsten Art, die nur ein Mensch begehen konnte, der mit einem winzigen Diktionär arbeitet und beispielsweise nicht zu unterscheiden vermag, daß zwischen dem Schlag des

Herzens und dem Schlag der Uhr ein Unterschied besteht. Nach enormen Zeitverlust bekomme ich endlich wieder ein Stück, das ebenso miserabel war. Ich machte mir die Mühe, die Sache wenigstens von den materiellen Irrtümern zu reinigen und fuhr zweimal nach Paris, um mit dem Mann zu arbeiten. Jedes Mal schwor er, nun würde es ausgezeichnet gehen und gab mir die Überzeugung ein, daß es sich nur um liederliche Arbeit eines Menschen handele, der wohl die Fähigkeit hätte, die Sache ordentlich zu machen, aber infolge seiner gedrückten Verhältnisse nicht die Zeit besaß, sich der Arbeit ordentlich hinzugeben. Infolge dessen erwirkte ich von meinem Verleger auf Veranlassung Werths die Zahlung des halben Honorars im Voraus. Daraufhin erklärte Werth, nun würde die Arbeit ohne Schwierigkeit von Statten gehen. Ich ging mit ihm in Paris seine Übersetzung durch und hatte dabei den sicheren Eindruck, daß Werth absolut verstand, was ich wollte. Er erfaßte die notwendigen Korrekturen ohne jede Schwierigkeit und ich zog beruhigt ab. Das war im Oktober. Werth hatte versprochen, binnen Kurzem das revidierte Stück der Übersetzung zu liefern. Seitdem hörte ich nichts mehr von ihm. Auf Briefe bekomme ich keine Antwort. Als ich ihm neulich endlich mittels rekommandierten Schreibens drohte, Ihnen, auf dessen Empfehlung ich mich gestützt hätte, die Angelegenheit mitzuteilen, bekomme ich eine Karte mit der Nachricht, er würde mir sofort schreiben und heute, nach wiederum 14 Tagen läuft endlich ein Brief ein, in dem sich der Mann dekouvriert. Er behauptet u. a. darin, er hätte mir im vorigen Monat den größten Teil des Manuskriptes geschickt. Das ist natürlich Unsinn. Er hat denselben Truc schon einmal gebraucht und behauptet, auf der Post sei das Manuskript verloren gegangen. Er ist natürlich gerissen genug, seine Manuskripte nicht unrekommandiert zu schicken, was ich ihm nota bene verschiedene Male eingeschärft habe. Im Übrigen behauptet er nunmehr in dem Brief, das Werk sei unübersetzbar, ich hätte anfangs auf einer wörtlichen Übersetzung bestanden, ihm dann freigestellt, sich weniger genau an den Text zu halten und er wisse nun nicht, was er machen solle. Alles das ist reiner Schwindel. Ich habe ihm von vornherein gesagt, daß ich kein Kleinigkeits-Krämer bin und mir nur an einer genauen Fassung des Sinnes liegt. Bei dem wiederholten Zusammenarbeiten hat auch Werth diesen Sinn stets richtig erfaßt. Den größten Teil des bisher vorliegenden Stückes bin ich mit ihm durchgegangen, Zeile für Zeile und er hatte dabei mündlich alles richtig wiedergegeben. Es handelte sich nur darum die Sache ins Reine zu schreiben und das noch fehlende

Stück ebenso zu ergänzen. Er hatte mich gebeten, auf die Durchnahme dieses Stückes zu verzichten, da er nun ganz genau Bescheid wisse. Alles das mit allen möglichen Beteuerungen, natürlich nur, um zu dem Gelde zu kommen. Als ich das erste wesentliche Stück von ihm erhielt, schrieb ich ihm damals sofort, es sei bei dieser Arbeit aussichtslos, mich zu befriedigen, zumal er viel zu langsam arbeite, und ich halte es für das Richtige, den Kontrakt zu lösen. Ich bot ihm sehr larger Weise an, ihn für die miserable Arbeit nach Maßgabe des Kontraktes zu entschädigen, nur um klar zu sehen. Auf seine wiederholten Beteuerungen ließ ich mich dann leider darauf ein, wieder mit ihm anzufangen. – Es wird mir nun nichts anderes übrig bleiben, als meinem Verleger den Vorschuß zu ersetzen. Ich glaube es sind 600 Mark, rechne ich die beiden Reisen dazu, die ich des Kerls wegen gemacht habe, so habe ich einen Verlust von Mk. 1500.– etwa zu rechnen. Für meine Verhältnisse eine bittere Pille, abgesehen davon, daß höchst wahrscheinlicher Weise nunmehr mein Kontrakt mit Hachette gelöst wird. Es ist, glaube ich, aussichtslos, mit dem Mann einen Prozeß zu führen. In den Kasten, wo er hingehört, bringt ihn eine solche Sache doch nicht und ich habe nur noch mehr Ärger und Ausgaben. Das Einzige, was mir zu thun bleibt, scheint mir, ist, von dem Mann meine Manuskripte zurückzufordern. Da ich ihm einen modifizierten deutschen Text gegeben habe, von dem ich zum Teil keine Copie besitze, liegt mir vor allem daran, dieses Material zurück zu erhalten. Mir wäre es immerhin ein bescheidener Ersatz für den erhaltenen Vorschuß, wenn er wenigstens das bisher übersetzte Stück etwa des Werkes korrekt lieferte. Er ist dazu absolut im Stande und kann diese Arbeit, für die er bisher 6 Monate gebraucht hat, bequem in 8 Tagen fertig machen. Er weiß ganz genau Bescheid.

Meine Bitte an Sie, lieber Kessler, geht nun dahin, die glatte Herausgabe dieses Materials von dem Mann zu erreichen. Ich will dann wenigstens versuchen, noch mit einem anderen Übersetzer zu arbeiten. Das kann nur geschehen, wenn die Übermittlung des Materials schnell geht. Ich werde inzwischen versuchen, Hachette zu besänftigen. Ich schicke Ihnen inliegend Werths Brief und Kopie meiner Antwort. Seine genaue Adresse ist *11 rue Constance.* Ich bitte Sie, mir zu telegraphieren, ob Sie die Freundlichkeit haben wollen, diese Vermittlung zu übernehmen. Ich bin mir nicht unbewußt, von Ihnen sehr viel zu erbitten und kann Sie versichern, daß ich Ihnen herzlich dankbar sein werde. Ich bin überzeugt, daß der Mann, wenn Sie autoritativ auftreten, sehr klein werden und alles thun wird, was Sie von ihm verlangen. Fahre ich nach Paris, so erreiche ich dasselbe natürlich auch. Ich kann aber nicht vor 3-4 Wochen weg. Sollten Sie die Sache nicht übernehmen können, so schicken Sie mir bitte den Brief zurück. Gehen Sie zu ihm, so lassen Sie sich ja nicht darauf ein, die Fähigkeit des Mannes zu diskutieren. Der Mann ist absolut im Stande, die Übersetzung zu liefern und er weiß genau, worauf es ankommt.

Mit bestem Gruß und herzlichen Dank

Ihr Meier-Graefe

32 Meier-Graefe an Harry Graf Kessler

Berlin W. 29. VIII [1928]
Hohenzollernstr. 15

Lieber Kessler
Ich habe heute erst, immer gehindert von dringender Arbeit Ihr Buch über Rathenau beendet und kann Ihnen nur aufrichtig gratulieren. Sie haben in mir einen Kronzeugen, denn ich darf Ihnen gestehen, daß mir R *immer* ungemein unsympathisch war, gefühlsmäßig. Nach Ihrem Buche sehe ich ihn anders, begreife vieles, was mir geradezu unerträglich war als Ausfluß der von Ihnen musterhaft dargestellten Duplizität, für die man Sie nicht verantwortlich machen konnte. Es ist Ihnen auch gelungen, die wirkliche Tragik darzustellen. Sie haben es mit sehr schöner Schlichtheit und sachlich getan.

Es wäre mir ungemein schwer, mich zu äußern, da das einzige, was ich unpolitisches Individuum sagen könnte, eben diese Bekehrung wäre und ich fürchten müßte, eine Pietät zu verletzen lediglich mit der Berührung der problematischen Dinge. Übrigens hatte ich vorgestern bei der Rundschau Fischers angefragt, und Kayser schreibt mir soeben, daß Sänger die Besprechung besorgt.

Ich freue mich, lieber Kessler, daß Sie das Buch geschrieben haben.

Herzlich Ihr Meier-Graefe

33 Meier-Graefe an Otto Julius Bierbaum

DEKORATIVE KUNST
Direction: H. Bruckmann, Munich
J. Meier-Graefe, Paris

Paris: 37-39 Rue Pergolèse, le 9. VIII. 98

Lieber Ju. Wir sind zurück und finden Deine Karte. Macht uns nicht noch das Herz schwer, wir heulen, wenn wir an Englar denken. Es war wunderschön am Meer, aber Englar war es nicht. Wäre es nicht so schauerlich weit und hätten wir Geld übrig …

Nun höre … in Berlin thut sich in zwei Herren Cassierern – Figaros Verwandten – ein feiner Kunstverlag mit Kunsthandlung auf. Die Leute haben die Idee ein Volksliederbuch im Genre der Craneschen Bücher herauszugeben und ich habe Ihnen vorgeschlagen, sich dafür an Dich zu wenden. Darauf haben Sie mich gebeten, mit Dir anzubändeln.

Voilà: Deine Rolle in der Sache ist, Thoma für sie gewinnen und zwar zu menschlichen Bedingungen. Ich habe ihnen gesagt, daß Du die denkbar besten Beziehungen zu Thoma hättest & vermutlich die denkbar besten Bedingungen herausschlagen würdest. Die Leute möchten also ein Liederbuch mit Noten von Thoma, farbig, 20-30 Seiten; als Texte die einfachen Volkslieder wie »Ich hatt einen Kameraden« »O Straßburg …« Nicht etwa »Huren, Huren …«

Das Buch würde von Dir herausgegeben werden und Deine einzige künstlerische Thätigkeit würde darin bestehen, die Texte in genau originaler Form zu bringen, also unverfälscht und gereinigt. Das ist also keine Hexerei und Du kannst etwas damit verdienen. Wieviel, das hängt von den Bedingungen ab, die Thoma macht. Ich denke aber es wird Dir ein Leichtes sein, dafür 200 Mk zu bekommen.

Nur muß ich Dir eine Gewissensfrage stellen: Bist Du in der Lage in denkbar günstigster Weise bei Thoma vermitteln zu können? Wenn nicht, mußt Du es mir sagen. Ich stehe zu Cassierer [sic] in ähnlichem Verhältnis wie zu Keller & Reiner & muß ihre Interessen treulich wahren. Ich denke, es muß Dein Fall sein & glaube, es wird Dir am besten gelingen, wenn Du Thoma die Sache so darstellst, als seist *Du* auf den Gedanken eines solchen Liederbuches gekommen. Du kannst ihm dann sagen, daß Du einen Verleger an der Hand hast, wenn es nicht zu theuer ist. Selbstverständlich sind Cassierer [sic] seriöse Leute & verlangen keine Wucherbedingungen, nur vernünftig. Es wäre außerdem sehr vorteilhaft wenn Du Dir die Leute verpflichtest, weil sie vielleicht imstande sind, mal etwas anderes mit Dir zu machen. Vielleicht mal etwas doch Gemeinschaftliches – à propos ich zweifele stark daß Levin für Florenz brauchbar ist.

Nun also überlege Dir hurtig den Fall & schreib. Über die Technik müßte sich Thoma entscheiden. Ich denke an Litho; aber das kann er machen wie er will.

Zieht Ihr wirklich von Englar fort?

Rieke grüßt Dich, ich dito Dein Ju

34 Meier-Graefe an Otto Julius Bierbaum

L'Art Décoratif
»Dekorative Kunst«
Paris, 37, R. Pergolèse

22. VIII. 98

Mein lieber Ju Mit Deiner Zeitschrift – Essig; mach einen Strich darunter; übrigens wir beide sollten eigentlich von Genossenschaften u.s.w. genug haben. Mit Cassirer wäre glaube ich schon eine Zeitschrift zu machen, aber mit größter Vorsicht anbändeln; die Leute sind nicht ganz leicht zu behandeln. Daß man aber etwas mit ihnen bei richtiger Unterhandlung erreicht, weiß ich aus Erfahrung. Die Leute haben den Fehler tapferen Ehrgeizes; sie wollen nicht reine Verleger sein und sie bringen dafür zwar guten Willen, aber kein gediegenes Urteil mit, immerhin sind es diskutable Grundsätze, die sie haben & ihre ersten Werke sind nicht übel. Sie haben Meuniers photographisches Recht gekauft, Liebermanns sämtliche Radierungen, Trübner-Bilder, fangen mit einer Degas-Ausstellung an u.s.w. Viel Geld, aber wie gesagt Vorsicht, man findet solche Leute nicht alle Tage.

Thoma

Im Princip möchten die Leute also, daß Du mit Thoma im bewußten Sinne wegen des Albums unterhandelst & zwar zunächst ohne die Leute zu nennen, damit es ihnen unbenommen bleibt, sich falls Du scheiterst mit veränderten Plänen an Th. zu wenden.

Eine kleine Schwierigkeit; die Leute wollen noch nicht heran, falls das Buch in der jetzt geplanten Form zustande kommt, Deinen Namen zu nennen, behaupten, das sähe merkwürdig aus etc. Ich habe Ihnen sofort geschrieben, daß Dir das in der jetzt geplanten Form höchst piepe ist & glaube, daß ich damit Deine Intentionen decke, denn Dir wird in erster Linie daran liegen, ein paar hundert francs zu verdienen & diese gute Beziehung zu bekommen.

Du hast also nunmehr für Thoma Marschroute; glaubst Du hinfahren zu müssen, so wird Cassirer das für sehr vernünftig finden, vielleicht schreibst Du ihnen zuvor; hast Du die Bücher bekommen? – Damit nicht soviel Zeit verloren geht, bitte ich Dich, Dich wenn nötig direkt mit Paul Cassirer Wilhelmstr 9b in Verbindung zu setzen, ich orientiere ihn; fährst Du nach Frankfurt oder wo Thoma gegenwärtig weilt, so wirst Du ja sowohl über München kommen & ich zweifele nicht, daß es Dir dann gelingt, Cassirer mit der nötigen Psychologie zu fesseln. Reserviert, kühl, gut intentioniert – na Du weißt schon, wie Du ihn behandeln mußt, der Mann ist *nicht dumm*, er täuscht darüber nicht ohne Absicht.

Gieb Dir alle nur ordentliche Mühe mit Thoma, es *lohnt* sich; orientiere Dich mündlich über die Ausdehnung der Pläne Cassirer bez. Thoma; Ankäufe etc.

Wir grüßen Euch herzlich, es ist besonders heiß hier

Eure Maus & Ju

35 Meier-Graefe an Otto Julius Bierbaum

L'ART DECORATIF
37, Rue Pergolèse
Paris

7. VII. 99

Lieber Ju Ich bekomme soeben einen Brief von Herrn Schröder, der aber eigentlich nur von meiner Ästhetik handelt, die momentan nicht das dringendste ist; ich antworte ihm darauf im gewünschten Sinne. Dagegen weiß ich immer noch nicht das Format der Platten u ob Ihr meine Vorschläge dies bezügl. annehmt resp. wie das werden soll. Es ist zum Auswachsen mit Euch. Ich kann doch keine Platte fest bestellen ohne Format u Auflage. Und wenn ich nicht am 1 Okt. die erste N° des Plattenwerks hier habe, sind wir um 40% zurück.

Weiter lies doch mal meinen Brief mit den Vorschlägen durch u disponiere. Welche Vorschläge machst Du des Näheren für die 4 Lemmen-Vorbilder.

Soll Vallotton den Nietzsche schneiden für 130f.?

Meine Ästhetik soll in der Insel auch als Buch erscheinen? Ich thue das im Princip, schreibe aber Schr. daß das Buch Geld kostet. Die Sache macht mir eine ganz blödsinnige Arbeit, ich muß alles neu machen u das Gebiet ist vollkommen Brachfeld. Ich verhehle Dir nicht, daß ich nicht annähernd ursprünglich an eine solche litterarische Bethätigung meinerseits bei Euch dachte, die in keinem Verhältnis zur Bezahlung steht. Die Sache wird sehr gut, hoffe ich, ich muß aber unbedingt aus dem Buch das herausschlagen, was es wert ist. Es ist jammervoll, daß ich so überlastet bin, ich muß mir morgens und abends ein paar Stunden dafür krampfhaft stehlen zur Wut von Rieke, die das Aufstehen morgens um 5 als unangenehmen Hautreiz empfindet.

Sonst geht es uns famos. Ich danke Gott für die Idee draußen ein Haus mit Garten gemietet zu haben, wenn ich auch den ganzen Tag in Paris bin. Frl Hitz ist wieder weg. Arme kranke Person.

Pflege Dich, daß Du bald wieder auf dem Damm bist u Dein Inselwerk machen kannst.

Überlege Dir die Idee mit Geffroy. Wenn er für jede Mappe einen Text schreibt, so kostet Euch das vielleicht 4 mal im Jahr 150 fr incl. Druck; also per Jahr 600 fr u Ihr habt gleichzeitig einen ordentlichen Text auch für die deutsche Mappe. 4 Seiten genügen. Man könnte event. auch Roger Marx dafür nehmen, aber ein bischen zu alt. Der Text würde natürlich hier gedruckt. Es ist für franz. Publikationen usus, einen »Direktor« darauf zu drucken. Es ist *praktisch*, mich dafür zu nehmen, aber ich bestehe nicht darauf; *notwendig* ist nur, daß mein Name als Herausgeber unter dem Text figuriert; das verlangt das Gesetz u dies muß ein in Paris wohnender Sterblicher sein. Ich denke mir dann die Mappe wie auf beiliegendem Zettel.

Ich glaube, daß Ihr ohne Optimismus auf den Verkauf von 300 Mappen in Frankreich rechnen könnt.

Herzl. Gruß Dein Ju

Vom 15 Sept. an sind unsere Bureaus verbunden mit einem schönen Ausstellungslokal in der Stadt, beste Lage. Alle Chancen werden dadurch wesentlich verbessert.

36 Meier-Graefe an Otto Julius Bierbaum

Paris, 37, Rue Pergolèse
[Ende 1899]

Nein, Ju, das eben – Teufel, hätte ich nur Zeit; ich halte es für sehr schön u richtig, wenn Du so denkst u es wäre eine furchtbare Undankbarkeit, wenn es nicht so wäre, denn Euch *Dichtern* und ich meine hier die guten, meine Freunde, hat er viel gegeben. Vergiß nur nicht, daß die Thatsache, daß er der Reaktion gegen eine lederne litterarische Strömung Kourage machte u Vorschub leistete, kulturell unendlich wenig bedeutet. Man kann doch einen Maler nicht auf seinen Nützlichkeitswert hin für eine andere Kunst beurteilen. Dann drehen wir uns eben immer wieder im selben Kreise. Ich behaupte außerdem, daß dieser Prozeß sowieso gekommen wäre, die Franzosen haben keinen Böcklin und sind nichtsdestoweniger derselben Strömung gefolgt und Maeterlinck war auch nicht von ihnen abhängig. Die Malerei muß nach meiner Ansicht direkt in populärer Weise die Sinne verbessern; wenn man nicht aus ihr neue Linien und neue Farben gewinnt, ist sie für die Katze. Es schwebt Dir doch auch wie jedem Menschen ein modernes Kulturideal vor. Das kannst Du nicht mit den Stuhlbaumeistern und Kanapeearchitekten abthun, Teufel auch. Es ist nicht meine Schuld, daß wir keine stärkeren Leute dafür haben. Ich denke aber auch gar nicht an diese. Was in unseren Maschinen, was in unseren großen Städten, in den tausend Dingen steckt, die sich bemühen, uns einen neuen, d.h. eigenen verständigen Habitus, innerlich und äußerlich zu geben, das ist doch schließlich keine quantité négligeable. Die klare Erkenntnis, die daraus Harmonieen zu gewinnen sucht, wird von Böcklin und namentlich von dem Standpunkt, unter dem man Böcklin betrachtet, gehemmt. Er paßt nicht in den Kram, paßt nicht zu dem mit tötlicher Sicherheit aus aller Art moralischen und physischen Systemen von heute hervorgehenden Folgerungen, nicht zu dem *Instinkt* von heute. Gerade diese Systeme – ich hab keine Zeit das richtige Wort zu suchen – wurden nicht zuletzt in Deutschland zu solcher Prägnanz ausgebildet, jedenfalls von harmonischen Völkern erreicht und deshalb ist gerade da die Unlogik, die einen solchen Mann nicht abweist, gefährlich. Böcklin gehört in das alte Deutschland, das nicht wußte, was es wollte. Was hat das Milieu, aus dem Böcklin herkommt, mit uns zu thun, dieses Sammelsurium von italienischer Brunst, Rubens u.s.w. Dabei haben wir[,] was Brauchbares in

Rubens, Bellini etc steckt, wir haben es aber in anderer brauchbarer Form, in anderen Leuten, die sich nicht im Gegensatz zu heute befinden.

Und seine Befruchtung auf die Dichter. Na, wenn Ihr ihm wirklich alles verdanktet, wärt Ihr schlimm dran. Wäre die deutsche Dichtkunst nichts weiter wie Böcklin, stände es oberfaul. Aber Ihr habt es ebenso mit ihm gemacht, wie andere Leute mit alten, habt Euch anregen lassen, aber seid im übrigen mit Vergnügen Euren eigenen Wegen gefolgt.

Nun, ich habe keine Zeit, Dir alles zu schreiben, in 8 Tagen sehen wir uns ja. Nur noch das eine: ich schrieb Heymel, daß ich unbedingt Korrektur meiner Sauce haben wollte, ich glaube in der That in dieser Form hätte die Sache geschadet, ich hätte sie aber schon so korrigiert, daß sie nicht lediglich als Frechheit gewirkt hätte. Meiner Meinung nach schaden in der Insel auch solche Sachen nicht und namentlich dann nicht, wenn solche En(t)gegnungen daneben stehen. Aber das müßt Ihr wissen, ich hätte ruhig beides gebracht, aber in korrigierter Form und in reifer Form hätte das Euer Publikum mehr interessiert als geärgert.

Du redest von einem Brief, auf den Du ohne Antwort bist, ich habe nur einen wo Du von einem Skriptum über die Insel schreibst. Das hast Du mir noch nicht geschickt. Wir sind ja auch bald auf ein paar Tage zusammen und dann reden wir, daß die Zähne wackeln. Ich freue mich wahnsinnig auf die paar Tage. Wenn nur Rieke wieder wohl ist, sie liegt im Bett an maaßlosen Kopfschmerzen.

Grüß die anderen Dein alter Aju

37 Meier-Graefe an Otto Julius Bierbaum

L'ART DECORATIF
37 Rue Pergolèse
Paris

7. IV 00

Lieber Ju Heute ist Heymel wieder weggefahren. Rieke u ich sitzen traurig zusammen, denke Dir, er ist uns sehr nahe geworden, sowohl Maus wie mir, der Mensch ist so unbändig glücklich u jung, daß man es unwillkürlich auch wird. Ich kam mir zuweilen neben ihm wie ein alter Droschkengaul vor, der mit den Hinterbeinen spanischen Tritt macht.

Übrigens hat er Talent. Sein Ritter Ungestüm, um dessen Entscheidung in Sachen Insel er mich bat, scheint mir für die Insel nicht reif, und um das Geschwätz der Leute zu vermeiden würde ich von dem hauptbeteiligten Herausgeber nur erstklassige Sachen bringen. Glänzend finde ich eine kleine Interieurprosa – eine Idylle zwischen Schröder, Rosa und ihm – Du weißt wohl was ich meine, spielt am Klavier. Heymel sagte mir, daß Du es ungenügend findest. Ich hätte Heymel damit debütieren lassen u er hätte *sehr* gefallen. Du bist eben mehr fürs Gereimte, hast aber sehr unrecht, die Sache ist sehr tipp u wäre ich die Insel, würde ich solche Sachen mit Wonne bringen. Auch eine kleine hindustanische Pointe, die Heymel nicht mehr ganz auswendig wußte, schien mir fein. Solche Sachen sind seltener als viele die Ihr bringt u sind neu. Die Klaviersache halte ich für ganz ersten Ranges; ein Buch von solchen Geschichten wäre sehr schön.

Im übrigen wird Dir Heymel erzählen. Im Herbst hoffen wir uns alle in München zu treffen d.h. Spätherbst u ich möchte dann mit Euch wenn es geht irgendwohin in den Süden ausspannen. Ich höre jetzt auf auf 6 Monate lang Mensch zu sein u werde Kuli. Ich habe heute noch ein weiteres Lokal gemietet, es wird jetzt mit Hochdampf gearbeitet.

Ich freue mich sehr, daß Dein PAN im BUSCH Erfolg hat. Rieke sehnt sich sehr nach Dir. Sie war übrigens reizend mit Heymel u er charmant mit ihr, er ist ein sehr lieber Junge.

Das Problem »Schröder« ist übrigens eine sehr ernste Sache, an die ich nicht ohne eine gewisse Angst denke. Du hast da eine sehr ernste Aufgabe, es wäre ein wahrer Jammer, wenn die beiden auseinander kämen, sie lieben sich fast sündhaft u hassen sich fast unerlaubt. Den kürzeren zieht natürlich Schröder u das kann tragisch werden. Mir ist Schröder unendlich sympathisch.

Ich muß umgehend wissen, ob Denis die Croisade des Enfants illustrieren soll, oder Minne. Gieb mir darüber nach Rücksprache mit Heymel u Schröder bald Nachricht, ich habe H. davon gesprochen, er war aber nicht au courant.

Ich bin sehr für ein Quartal Jossot u Jossot hat jetzt gerade Zeit u ist erschwinglich.

Grüße Dein Ju

38 Alfred Walter Heymel an Marie Schultz

Paris, 5. 4. 1900 [Auszug]

In den nächsten Tagen geht Ihnen in meinem Auftrage von hier eine Reihe von Heften der *Dekorativen Kunst* zu, die mir gehören und die ich etwa nach 4/5 Monaten wieder brauche. Ich schicke sie Ihnen, weil ich glaube viel Interessantes ist dabei. Besonders alle Aufsätze von (gama) Meier-Graefe. Dieser unglaublich rege und vielseitige Mensch, mit dem ich *seit Februar* sehr eng befreundet bin ist immer so anregend belehrend in seiner angenehmen, leichten Form.

39 Meier-Graefe an Alfred Walter Heymel

Hotel Marienbad
2. XII [1906]

Lieber Heymel Ihr Brief an T. sehr gut so. Ich glaube, daß er die Begierde steigern wird. Die Langsamkeit beunruhigt mich etwas, weniger der Sache als des Manet wegen. Es wäre schlimm, wenn uns im letzten Moment das Bild durch die Lappen ginge. Tschudi ist etwas schlampig und überschätzt vielleicht die Geduld des Besitzers.

Sehr schön, daß Sie mit Trübner so gut fertig werden. Beide Bilder für 30 000 Mk ist *sehr billig*. Na, na, stärker als Liebermann. Vorsicht! Der frühe Trübner ist mir lieber als der frühe Liebermann. Später ändert sich, scheint mir, das Verhältnis gewaltig. Liebermann hat dreimal mehr Gehirn, zweimal mehr Distinktion und einmal mehr Conzentrationsfähigkeit; vielleicht dasselbe Talent, aber das heißt nichts. Er macht damit mehr, ist trotz seiner Schnoddrigkeit viel ernsthafter, hat mehr u mit Erfolg gesehen, ist viel klügerer Künstler.

Cassirer ist ein dummer »Gerissener«. Natürlich war's Wahnsinn, den Trübner nicht zu kaufen. Aber Sie wissen, daß da eine Frauengeschichte mitspielt, die Cassirer in milderem Licht erscheinen läßt. Frau Trübner raucht bekanntlich dicke Zigarren.

Olbrich, hm, nicht mein Fall. Ich halte auch seine Dressierkunst für Sezessionskitsch. Das Objekt wohl sehr dankbar, daher der Erfolg.

Ich stecke noch immer fest in Marées. Wenn Sie irgendwo mal darauf achten wollen d.h. überall, bin ich Ihnen dankbar.

Ich werde Tsch. schreiben, daß man sich noch nicht über Sie erkundigt hat. Bis Freitag bin ich noch hier mindestens.

Herzlich Ihr MG

40 Alfred Walter Heymel an Meier-Graefe

Tutzing, Villa Frauenberg, 5. August 09.

Lieber Meier-Graefe!
Es ist lange her, daß sie keinen Brief von mir erhalten und daß wir uns gesehen haben. Doch drängt es mich recht von innen heraus, mit Ihnen in Verbindung zu bleiben und wenn ich immer Ihnen schreiben wollte, wenn ich an Sie denke, oder wenn wir von Ihnen sprechen, dann müßte es eine Korrespondenz geben, wie die Goethe's an die Frau von Stein. Denn kaum vergeht ein Tag ohne Betrachtung von Bildwerken und diese nie mehr ohne ein intensives An-Sie-Denken, ein Überlegen was Sie wohl dazu sagen würden, oder ein Nachdenken, was Sie darüber gesagt haben.

Vor kurzem las ich den Schluß der Bruchteile Ihrer in der Rundschau veröffentlichten spanischen Reise und war wieder von Grund auf ergriffen durch die Intensität Ihrer Art aufzufassen, durch die Lebendigkeit Ihrer Darstellung und den sublimen Ernst Ihres ganzen Verhältnisses zur Malerei. Das sind so wundervolle, seltene, kostbare Dinge, daß man Ihnen gar nicht genug dafür danken kann, daß Sie unternommen haben jenes geistige Bemühen und das rechte Nachempfinden malerischer Werke in uns zu steigern, wodurch Sie uns eine solch große Reihe von Wundern und Genußquellen erschlossen haben, daß man Sie wohl im guten Sinne einen Zauberer nennen darf. Ich stehe immer ganz beschämt vor dem Schauspiel dieser einzigsten Konzentration auf eine würdige Sache und hoffe immer, daß, wenn mein Leben erst ganz in Ruhe gekommen sein wird, wenn das Münchener Häuschen als endgültiger Wohnort aus der Erde heraus, unter Dach und eingerichtet ist, mir dann etwas, im gebührenden Abstand Ähnliches mit der Literatur gelingen möge.

Tschudi ist hier, wir aßen zweimal zusammen und ich bin überglücklich, wie Sie sich denken können, ihn in München zu wissen, nun kann auch hier noch vieles gut werden. Aber schwer wird es ihm im Anfang gemacht werden, darum heißt es: Alle Mann an Bord, an die Segel und im Notfall an die Pumpen, was man beim Beschaffen von Geldmitteln für neue Erwerbungen, auch ans Pumpen nennen könnte usw. Ad Libitum, nicht etwa zu verwechseln mit Libido, wozu das Diminutiv, was Sie so sehr lieben, auch recht nützlich ist.

Wann werden wir uns wiedersehen? Schreiben Sie doch mal über Ihre Pläne. Rudi und Klärchen gehen bald nach Aussee, Gitta und ich kommen nach, das soll eine ausruhende und doch anregende Zeit werden. Wo stekken Sie überhaupt, in Berlin oder wo? Wie geht es der lieben Frau Maus?

Sobald die spanische Reise ausgedruckt ist, wäre ich für Zusendung der Korrekturbogen recht dankbar. Man könnte dann vielleicht gleich etwas in der hiesigen Presse vorbereiten, oder wollen Sie das nicht gern? Jedenfalls lassen Sie bald von sich hören und vergessen Sie und Frau Maus nicht ganz Ihren Ihnen Beiden treulichst zugetanen [Heymel]

41 Meier-Graefe an Alfred Walter Heymel

Julius Meier-Graefe

Berlin W.
Genthiner-Straße 13 Villa J
29. XII [1909]

Lieber Heymel
Sie guter Kerl! Ich war nicht wenig erstaunt, Ihre gastliche Hand zu entdecken, als ich die Douloureuse in Ihrem Hillmann zahlen wollte, und Rieke beargwohnt Sie stark als der Geber gewisser Veilchen, die uns den Heimweg duftig machten und uns sogar die kurze Pause in Isis Gemächern [ ] versüßten.

Das Zusammentreffen mit Liliencron und seiner Gattin war schmerzlos. Ich habe auf dem Nachhauseweg viel über unserer Dichter mißliche »Verhältnisse« nachgedacht. Man kann ja nicht wünschen, daß Dehmel und Liliencron andere Frauen und andere Parfüms hätten, denn dann wären es eben andere Menschen, nicht Dehmel und Liliencron und auch andere Dichter. Aber daß sie so sind, lastet auf uns. Der Rückschluß auf Leute mit weniger primitiven Bedürfnissen liegt nahe. Sie haben schon viel dadurch, lieber Heymel, und wenn ich Ihnen etwas sagen darf im

Anschluß an das Gespräch, das wir in Bremen führten, so wäre es das: lassen Sie sich Ihre Vorzüge dienen. Aber überschätzen Sie sie nicht. In der Biographie Liliencrons und Dehmels wird einst der Gestank ihrer Häuslichkeit nur einen Nebensatz füllen und man wird mit Recht als Folge ansehen, was uns, den Mitlebenden, zuweilen als Veranlassung erscheint. Wenn ich hoffen dürfte, daß Sie wahr machen, was Sie mir andeuteten, würde auch Ihr Leben, das was wir bisher davon sehen, nur eine Kleinigkeit erscheinen. Wie schön wäre das, Heymel! Vergessen Sie nicht, daß Sie sich und allen Ihren ernsthaften Freunden das schuldig sind. Sie müssen jetzt sehen, daß nur die Realisierung im Leben lohnt, alles andere ist Kram. Je mehr Sie die Kunst schätzen, desto mehr müssen Sie, denke ich, erkennen, daß nur die sachliche Realisierung des Höchsten, das ein Mensch zu geben vermag, zählt und daß es für Leute guten Schlages eine Beleidigung ist, wenn man sie mit den Argumenten lobt, die bisher für Sie sprechen. Sicher ist das alles schön und gut, was Sie bisher gethan haben, das beste davon scheint mir, daß Sie sich amüsiert haben. Aber nun muß das Richtige kommen. Arbeiten, Heymel! Lautrec scheint Sie nicht mehr zu reizen. Ich bedaure das, weil Sie glänzendes Material besitzen. Aber es kann ja für später bleiben. Sei es dies oder der Roman, nur mal los, feste dran! Pfeifen Sie auf alles andere und schießen Sie los! Es steckt ein Embryo von Idee in dem Plan, den Sie mir entwickelt haben. Aber Ideen haben hunderte, ich möchte, daß Sie mal anfangen, sich eine feste Disposition machen und dann loslegen. Wird es zuerst nichts, so haben Sie doch immer das gewonnen, daß Sie sich um ein schönes Stück konzentriert haben, das Sie fähig macht, das nächste Mal mehr zu leisten. Ich habe oft das Gefühl, daß Sie könnten, und fürchte nur immer, daß Sie sich à la Kessler zersplittern. Denken Sie ja nicht, daß das Aufnehmen, Erfahren allein genügt. Das haben Sie ja in Fülle. Aber die Künstler-Erfahrung, die das Schaffen begünstigt, ist ohne Produktion undenkbar und diese Erfahrung wird von einer übertriebenen Fülle von menschlichen Erfahrungen, die Sie nicht in Werke umsetzen, vielleicht gehindert. Denken Sie, wie wenig alle großen Geister äußerlich erfahren haben.

Ich habe so oft die große Hoffnung gehabt, daß aus Ihnen etwas Ordentliches wird. Selten so stark wie an dem Abend, als Sie mir das erzählten. Ich bin auch schon oft durch Sie enttäuscht worden. Und Sie glauben nicht, wie bitter solche Enttäuschungen sind. Ich habe immer die Angst, daß Sie in dem reizenden Bremen aus Ihrer Betriebsamkeit die Illusion einer Produktivität schöpfen, die ja sicher vielen Leuten Ihrer Welt als etwas Passables oder gar Hervorragendes erscheinen mag und die doch in gar keinem Verhältnis zu den Anforderungen steht, die Sie erwecken und die Ihr eigener Ehrgeiz entstehen läßt. Ich möchte Sie oft aus diesem Kreis herauskriegen und doch fühle ich ebenso oft, daß Sie schon selbst Kraft genug hätten, darüber zu stehen um nur den Vorteil aus Ihrer Umgebung zu gewinnen. Wenn Sie wüßten, wie ich mich freuen würde! Sie haben mir schon so viel Gutes und Liebes erwiesen und zwar in so reizender Art. Das Beste aber was Sie mir erweisen könnten, wäre die Freude über den großen Kerl, der in Ihnen steckt, aber noch nicht heraus ist. Sie werden enorme Schwierigkeiten haben, sich zu konzentrieren, viel größere als ein anderer. Aber die werden mit den Jahren nicht kleiner, sondern immer größer. Jetzt können Sie sie noch bezwingen, später – ?

Halten Sie mich bitte über Blei auf dem Laufenden. An den Cézanne denke ich. Nochmal vielen Dank von Riekchen und mir! und nehmen Sie was ich schreibe, wie es gemeint ist, als Ausfluß der warmen Freundschaft, die ich für Sie habe.

Ihr M-Gr

42 Franz Marc: Auszug aus »Geistige Güter«, *Der Blaue Reiter* (1912)

Es ist merkwürdig, wie geistige Güter von den Menschen so vollkommen anders gewertet werden als materielle.

Erobert z.B. jemand seinem Vaterlande eine neue Kolonie, so jubelt ihm das ganze Land entgegen. Man besinnt sich keinen Tag, die Kolonie in Besitz zu nehmen. Mit gleichem Jubel werden technische Errungenschaften begrüßt.

Kommt aber jemand auf den Gedanken, seinem Vaterlande ein neues reingeistiges Gut zu schenken, so weist man dieses fast jederzeit mit Zorn und Aufregung zurück, verdächtigt sein Geschenk und sucht es auf jede Weise aus der Welt zu schaffen; wäre es erlaubt, würde man den Geber noch heute für seine Gabe verbrennen.

Ist diese Tatsache nicht schauerlich?

Ein kleines, heute aktuelles Beispiel verleitet zu dieser Einleitung.

Meier-Graefe kam auf den Gedanken, seinen Landsleuten die wunderbare Ideenwelt eines ihnen unbekannten, großen Meisters zu schenken –

es handelt sich hier um Greco; die große Allgemeinheit, selbst der Künstler, blieb nicht gleichgültig, sondern griff ihn mit wahrer Wut und Entrüstung an. Er hat sich mit dieser einfachen und edlen Handlung in Deutschland fast unmöglich gemacht.

Es ist wahnsinnig schwer, seinen Zeitgenossen geistige Geschenke zu machen.

Einem zweiten großen Geber in Deutschland ging es nicht besser – Tschudi. Der geniale Mann schenkte Berlin die größten Kulturschätze an Bildern – die Folge war, daß man ihn einfach aus der Stadt vertrieb. Man wollte seine Erwerbungen nicht haben. Tschudi ging nach München. Dasselbe Schauspiel: auch hier wollen sie seine Geschenke nicht. Man besah sich in der Alten Pinakothek die Sammlung Nemes höchstens wie eine neue Modeauslage und wird erleichtert aufatmen, wenn die gefährliche Sammlung weg ist, ohne daß man etwas davon behalten mußte. Die Erwerbung eines Rubens oder Raffael wäre eventuell schon etwas anderes; denn die könnte man unbedenklich als eine Stärkung des *materiellen* Nationalreichtums ansehen.

43 Meier-Graefe an Paul Fechter

Julius Meier-Graefe

Berlin W.
Genthiner-Straße 13 Villa J
2/III [1909]

Sehr geehrter Herr
Ich danke Ihnen herzlich für Ihre Unterstützung in dem Greco-Streit. Seien Sie versichert, daß, wenn das Problem nicht so unumgänglich für jeden ehrlichen Denker wäre, ich nie damit angefangen hätte. Man hat einen Helden der Menschheit mit einem geschickten Friseur verwechselt und kann den Irrtum nicht gut machen, ohne den Friseur zu analysieren, an dessen Stelle der andere treten soll. Es ist niederdrückend, daß die Frucht die aus der Auseinandersetzung kommen könnte, gleich von den persönlichsten Angriffen unfruchtbarer Art kompromittiert wird.

Vielleicht kann ich einmal mit Ihnen darüber näher plaudern. Es wäre sehr schön, wenn das Marées-Fest am 8. dafür die Gelegenheit böte.

Ihr ergebener J. Meier-Graefe

44 Meier-Graefe an August L. Mayer

[Tgb. 1. 12. 1911]

Herrn August L. Mayer Pinakothek München

S. g. H.
Ich gestehe, daß es mir nicht ganz leicht wird, Ihnen für das Buch über Greco zu danken, das Sie die Güte gehabt haben, mir zu senden und das mir neulich bereits von anderer Seite zuging, so daß ich es schon lesen konnte. Denn es hat mir nicht gefallen. Ich bedaure, daß bei uns immer noch Bücher über Kunst geschrieben werden wie man Kochrezepte oder Wörterbücher schreibt und daß ein junger Mensch wie Sie einen so hervorragenden Menschen wie Greco mit so wenig Verständnis und was schlimmer ist, mit so geringem Distanzgefühl gegenüber zu treten wagt. Verzeihen Sie, daß ich Ihnen das so crûment sage. Meine Abneigung jemandem weh zu tun wird in diesem Falle von einem stärkeren Gefühl der Empörung über Ihre Darstellungsart unterdrückt. Ich kann durchaus verstehen, daß jemand kein intimes Verhältnis zu Greco findet und daß ihm die wichtigsten Dinge entgehen. Ich kann sogar zur Not begreifen, daß man gegen ihn ein Buch schreibt und es kann sogar einen gewissen Wert haben, wenn es gültige Gründe, die den Autor trieben, anschaulich zu machen weiß. Aber es entgeht mir, wie man ohne jeden inneren Drang, ohne daß irgendwelche legitimen Gründe ersichtlich werden, zu einem solchen hohen Thema greifen kann.

Als einzigen Anlas[s] erkenne ich allenfalls Ihre Absicht, erkennen zu geben, wie Sie Greco einschätzen. Selbst dieser Zweck wird bei Ihrer Wenn- und Aber-Methode nicht erreicht. Würde er aber erreicht, so kann ich mir nicht denken, Sie könnten unbescheiden genug sein, ihn für genügend zu halten. Keinen Menschen interessiert, ob Sie Greco über oder unter Velasquez stellen, ihn für über- oder unterschätzt halten. Dagegen könnte auch bei dem Buch eines sehr jungen Menschen interessieren, zu erfahren, welche allgemeine oder persönliche Gründe Sie zu dieser oder jener Schätzung getrieben haben. Diese haben Sie verschwiegen. Ich lasse dabei unberücksichtigt, daß Sie meiner recht ausführlichen Darlegung der Gründe, die mich zu Greco getrieben haben mit ein paar gelinde gesagt dreisten Worten abtun und es nicht für nötig finden, Cossio, ohne den Sie wahrscheinlich nie etwas von Greco gehört hätten, auch nur mit einem Wort zu erwähnen. Das ist nun einmal Kunsthistoriker-

Brauch, an den Cossio und ich nachgerade gewöhnt sind. Aber gern möchte ich Greco davor bewahren, daß er wie alle Größen unserer Kunst mit dieser ledernen Kunsthistoriker-Schablone abgetan wird. Fast könnte man nach Ihrem Buche bedauern, daß er entdeckt worden ist.

45 Meier-Graefe an Rudolf Alexander Schröder

LA MAISON MODERNE
J. Meier-Graefe
Maison de Vente: 82, Rue des Petits-Champs
(Rue de la Paix)
Administration et Ateliers: 95, Rue des Petits-Champs

Paris (Ier Arr.) le 20. V. 1903

Lieber Gefreiter Schröder
Na ich kann schließlich nicht schreiben »Seinem lieben Gefreiten und die ganze Sauce Schröder«. Daß Sie uns lieb sind, wissen Sie wohl [...]. Ich freue mich, daß Ihnen das kleine Werkchen gefallen hat. Demnächst kommt ein großes, d.h. im Herbst, die Ästhetik, deren erste Abschnitte Sie aus der Insel kennen. Auch die sind umgearbeitet – hätte ich Zeit, würde ich sie noch mehr umarbeiten, da mir manches recht roh erscheint – das Gute ist die Fortsetzung, die inzwischen nach viel Mühe fertig geworden ist.

Nachdem sich Pöllnitz zu mir in geradezu polizeiwidriger Weise benommen hat – mir vollkommen unerklärlich warum – habe ich das Buch einem anderen Verleger gegeben, der sich recht viel Mühe damit geben wird. Ich hätte es natürlich gern dem I. Verlag gegeben u habe Heymel zu Liebe mich 6 Monate lang an der Nase herumziehen lassen.

Ich war ein paar Tage in Geschäften in London und habe davon profitiert, ein paar Stunden im Britischen Museum zu bummeln, zum ersten Mal seit 6 [?] Jahren. Die Parthenonsachen haben mit einer solchen Macht auf mich gewirkt, daß ich platt war. Man versöhnt sich mit allem in London durch die fabelhaften Schätze. Ich war ein paar Stunden im Burlington Art Club, der eine Unmenge griechische Sachen *aus Privatbesitz* ausgestellt hatte. So was kann nur in England passieren.

Ich kann mir Ihre Militärsache recht gräßlich denken, aber es wird ja auch mal ein Ende nehmen und ich glaube *dann* wird die durchgemachte Anstrengung Ihnen immer gut gethan haben. Ich weiß, daß Sie vernünftig sind, sich nicht mit Ihren Leuten zu wichsen. Fressen Sie nur alles runter, nachher wird's dafür um so schöner in Paris. Grüßen Sie Ihren Bruder; er soll bei seiner Heirat an die Maison denken, resp. bei seiner Einrichtung.

Maus grüßt Sie schön, sie spricht furchtbar nett von Ihnen. Wir denken sehr oft an Sie.

Adieu, viele Grüße!

Ihr alter MG

46 Meier-Graefe an Rudolf Alexander Schröder

Hotel de la Paix et Helvetia
Rome
24. XII. [1906]

Lieber Rudi
Ich bin ziemlich starr über Deinen Bericht. Dieser Schuft! Ich stehe Dir und Heymel selbstverständlich für jede Aktion zur Verfügung, halte aber wie auch Du für das richtige, die Sache totzuschweigen. Ich halte mich in meiner ganzen Generation durch den Kerl für besudelt und bin sicher, daß Dehmel und alle anderen Freunde genau ebenso denken werden. Na, mir ist das einzig Wichtige dabei: Deine Eltern und Klärchen. O Gott, dieser Schweinehund! Hoffentlich bekommen sie es nicht in die Finger. Denn schaden kann es Dir im übrigen nicht. Alle anständigen Leute werden noch mehr als die Litteraten auf Deiner Seite sein. Schreib Kessler, daß er auch mit niemandem darüber redet.

Deine Catull-Übersetzung habe ich Pipern gegeben, der Dir darüber schreiben wollte, nachdem er sie gelesen. Ihr werdet schon einig werden.

Wir haben himmlisches Wetter, blauen Himmel und fühlen uns tout à fait voyage de noce. Schönes Marées-Material gefunden. Denke Dir, es ist doch fabelhaft, Marées hat im Jahre 73 Wagner glatt abgelehnt mit voller Begründung. Hörte ich gestern von Volkmann, ein wahnsinnig dummes Luder, aber guter Kerl, der täglich seinen Schädel preßt, um mir biographisches Detail zu geben. Wir bleiben noch 14 Tage, dann Neapel. Es leben die Lustknaben quand même! Bitte verschone die Bremer!!

Man ist übrigens ein Narr, nicht jeden Winter 4 Wochen hier zu sein und lieber in Berlin etwas zu fasten. Man ist wie Gott in Frankreich.

Prosit Neujahr! Deinen verehrten Eltern und sämtlichen Geschwistern, Schwagern, Nichten, Heymels, Paulis, dem Roland und dem Kaiser Wilhelm viele Grüße und Wünsche! Rieke hat sofort an Paula geschrieben. Ich denke, Du warst au courant Dein Ju

47 Meier-Graefe an Rudolf Alexander Schröder

Berlin W.
Genthiner-Straße 13 Villa J
27. X. 09

Lieber Rudi
Du altes Gewächse – wir sind ungefähr geborsten vor Lachen. Freut mich, daß Dir die Opusse gefallen. Den Marées schenke ich Dir gern, möchte wissen, wem ich ihn lieber gäbe. Bd I bekommst Du in Korrekturen. Ich danke Dir sehr dafür. Übrigens denke ich bei jeder Zeile an die Form. Wenn es so weiter geht, habe ich noch für 2 Jahre, komme gar nicht vorwärts. Aber gut wird es, darauf kannst Du Dich verlassen. Sehr gut, wenn Du mir hilfst.

Wir freuen uns baß Deines Besuches. Am 15. triffst Du uns sicher. Bis dahin werde ich in Paris sein. Wenn Du nett bist, bringst Du Klärchen mit.

Riekchen liegt im Bette und kugelt sich egal weiter über Dein Epos. Ich soll Dich grüßen.

Gestern hatten wir ein üppiges Dinner, das Dir nicht unangenehm gewesen wäre, u.a. Fasan in Kohl und dann kernlose Birnen auf Nußeis mit kochender Schokoladensauze. Vorher auch allerlei.

Die Sache war bestimmt, um Fischer u Cassirer für ein Projekt zu gewinnen, das Dich auch interessieren wird, Gründung eines französisch-deutschen Verlags in Berlin, der die französischen Klassiker gut drucken u gute deutsche Kunstbücher französisch herausbringen soll. Cassirer u Fischer haben Lust. Stein des Anstoßes ist ein wenig Blei, den ich in die Sache hineingezogen habe u der jetzt darauf rechnet, der technische Manager zu werden. Kann man ihm einen tüchtigen Kaufmann zur Seite setzen, so mag es gehen. Nun, wir reden darüber. Mein Interesse an der Sache ist, endlich die franz. Ausgabe der Entwicklungsgeschichte herauszubringen.

Adieu, mein Lieber, ich freue mich sehr auf Dich

Dein alter Ju

Piepe läßt Dir sagen, daß Du ihr auch in meiner Abwesenheit höchst willkommen bist. Also hast Du länger Zeit für Berlin u willst aus irgend einem Grunde schon eher da sein, so komm und erfreue den Square mit der Zuversicht meiner Cocufication.

48 Meier-Graefe an Rudolf Alexander Schröder

Berlin W.
Genthiner-Straße 13 Villa J
29. IV. 10

Lieber Rudi
Besten Dank für Deinen Brief. Ich nannte Dir, glaube ich, mal den Preis von 15 oder 16 Mille. Den müßte man legitimer Weise annähernd kriegen. Biermann darf sich natürlich nicht an die Preise für die frühen Münchener Bilder halten, die von dem persönlichen Marées doch nur erst Spuren erhalten. Aus dieser frühen Zeit ist in den letzten Jahren manches, auch nicht viel, in den Handel gekommen und man hat für doch schließlich recht skizzenhafte Dinge bis 8 und 10 000 Mk gezahlt. Aus der italienischen Zeit dagegen, giebt es nichts, das nach menschlichem Ermessen je auf den Markt kommen könnte. Der ganze Fundus beschränkt sich abgesehen von den Galerien auf die Sammlungen Balling, Hildebrand und Pallenberg. Die Bilder der Frau Balling gehen nach ihrem Tode an den preußischen u den bayerischen Staat über. Hildebrand wird aller Wahrscheinlichkeit nach seinen Besitz dem Marées-Museum überweisen, das wahrscheinlich im nächsten Jahre zustande kommt. Pallenberg ist ein reicher Enthusiast, der mein Bild gern hätte.

Das Bild ist 1874 in Florenz entstanden. Es giebt nur noch ein einziges Selbstbildnis aus späterer Zeit, das in der Schleißheimer Galerie. Wie Du weißt, hat mir Hildebrand das Bild geschenkt. Unter normalen Umständen ist der Verkauf eine Schweinerei. Es liegt mir nun sehr viel daran, daß Du Biermann den Fall genau auseinandersetzt. Ich fand vor 4 Jahren auf dem Besitztum Hildebrands in San Francesco bei Florenz in ganz verwahrlostem Zustand die lange gesuchten Skizzen zu den Werken, das Dreiflügelbild Paris Urteil und den größten Teil der anderen vermißten Bilder, von deren Existenz Hildebrand keine Ahnung hatte, im ganzen 40 Werke, die schlecht gerechnet den Wert einer Million haben. Ich ging zu Hildebrand und bat mir als Finderlohn aus, daß er 14 von mir bestimmten Bilder unentgeltlich der Nationalgalerie (die damals noch unter Tschudi stand) überwies. Ich hätte selbstverständlich diese Bilder oder wenigstens einen großen Teil auch für mich haben können. Auf einen Entgelt verzichtete ich und Hildebrand hat mich zwei Jahre später gebeten, das Selbstbildnis zu nehmen. Diese Umstände würden mich nicht moralisch berechtigen, das Bild loszuschlagen. Aber dazu kommt meine Dir bekannte Geldsituation. Statt 2 Jahre, die ich im Maximum für das Marées-Werk zu verwenden dachte, werden mindestens 4 wenn nicht 5. Statt Mk. 2000 Reisekosten habe ich jetzt glücklich 17 000 Mk allein auf Reisen resp. für den wiederholten notwendigen Aufenthalt in Neapel, Rom u Florenz u München ausgegeben. Meine Einkünfte aus dem Marées-Werk werden nicht mal diese Reisekosten ergeben. Die Summe wird Biermann phantastisch erscheinen. Sie ist aber eher zu niedrig als zu hoch. Ich bin nach dem Pausingerschen Bild allein, das heute im Museum von Elberfeld hängt, einmal nach London, einmal nach Paris und zweimal nach Wien gefahren, wo ich es glücklich bei einem Wucherer fand. Das Marées-Werk umfaßte die Notwendigkeit, die Bilder zu suchen, zugänglich zu machen u.s.w. Auch die Ausstellungen haben mich viel Geld gekostet.

Nun habe ich 6000 Mk Schulden, die ich zahlen muß und muß noch bis mindestens Ende Jahres an die Sache dran wenden. In dieser Lage glaube ich ein Recht zum Verkauf zu haben und auf die Rücksicht des Käufers in der Hinsicht rechnen zu können, daß er, wenn er in die Lage kommt, über die Sache zu reden, sie so wie sie ist, darstellt und sich diskret benimmt. Deshalb wäre mir Biermann, von dem ich das erwarten kann, willkommen und deshalb habe ich andere Angebote von Fremden, noch jüngst eines aus Wien, abgelehnt. Ich bitte Dich nun, lieber Rudi, sei nicht schlampig und setzte diese Geschichte Biermann genau auseinander. Weder Hildebrand noch irgend jemand, der mich kennt und die Entstehungsgeschichte des Marées-Werkes kennt, wird mir die Spur eines Vorwurfs machen, aber Du weißt, daß ich noch etwas anderes als Freunde habe.

So! im übrigen bin ich in den letzten Wochen gut vorwärts gekommen, stecke jetzt in dem wichtigsten Teil, der letzten Zeit. Rieke geht es gut u sie läßt schön grüßen. Grüße Biermann. Ich überlasse Dir, ob Du ihm den Brief oder Teil daraus geben willst. Grüße ihn schön.

Dein Ju

49 Meier-Graefe an Rudolf Alexander Schröder

Berlin W.
Genthiner-Straße 13 Villa J
19.V. [1910] Oybin

Mein lieber Rudi Nun, Du kannst Dir wohl vorstellen welche tobende Freude Dein Telegramm in meinem Herzen hervorrief, das Dein Brief mit der Trauerbotschaft am selben Tag zerrissen hatte. Oder Du kannst es Dir vielleicht nicht vorstellen, denn meine Sorgen waren groß, größer als ich Dir gesagt habe. Diese Wendung wird uns die Möglichkeit geben, nun ohne Einbuße ruhig weiter zu arbeiten. Sei züchtig aber mit herzlicher Liebe umarmt, mein Lieber. Großes thatest Du, vortrefflicher Biermannbesieger. Ich muß schon sagen, dieser kleine Biermann ist ein Prachtkerl. Gott erhalte ihn.

Ich komme am 14. früh nach Marienbad, München und bleibe den Tag und die Nacht dort. Solltest Du noch da sein, wäre es schön. Denn vieles möchte ich Dir sagen. Wenn nicht, sieh Dir bei Tschudi im Bureau den Laokoon an von Greco, natürlich auch den anderen.

Ich bin also still erwartend bis Biermann schreibt und reagiere bis dahin nicht. 16000 Mensch, es ist nicht auszudenken. Ich sehe fortwährend das kleine Ungeheuer sich in Todesqualen winden oder zerquetscht unter einem Auto zu Protoplasmus verwandelt. Der Himmel behüte ihn!

Ich bin noch immer nicht zu Deiner Korrektur gekommen, weil ich meine Arbeit nicht unterbrechen konnte, die ist nun schön gediehen und ich denke morgen zu stoppen und die Korrektur vorzunehmen. Ich habe dann noch etwa 4 Wochen zu schaffen. Das Werk erscheint also im Herbst. Ich hätte es nie für möglich gehalten, aber ich werde auch nie wieder so arbeiten.

Adieu, mein lieber Rudi. Sehe ich Dich nicht mehr, so gebe der Himmel Dir in Italien schöne Tage und freundliche Nächte. Wir gehen 1911 auf 6 Monate nach Rom. Wenn Du doch dabei sein könntest!

Rieke wird selig sein.

Dein J.

50 Meier-Graefe an Rudolf Alexander Schröder

Julius Meier-Graefe

4. I. 11 248 Bd Raspail

Lieber Rudi

Wann kommst Du her? Tue es ja bald und kräftig. Es winken Dir allerlei Genüsse und Du wirst Dich schon wieder an Paris gewöhnen müssen, denn ich fürchte, Deine Weissagung trifft doch ein: wir kommen schwerlich so bald zurück. Die alte Begassine erhöht uns um 300 Mk in der Miete und verlangt einen mehrjährigen Kontrakt. Folglich müssen wir ausziehen, denn keinesfalls will ich uns an Berlin binden. Na und da wird es schon so werden, daß wir hierbleiben. Ich kann hier besser arbeiten, es ist hier ein schärferer Anspruch an den Menschen. Fehlen werden uns die Freunde, Du vor allem. Aber es giebt Eisenbahnen. Aus meinem Buch über Paris wird ein Roman werden, der mich wohl gegen zwei Jahre festhalten wird, vielleicht auch länger. Disposition habe ich. Ob ich es treffe, ist eine andere Sache.

Marées-Werk bleibt recht unverstanden von den Lobern und von den Tadlern. Man macht es sich recht billig. Lies den inliegenden Dreck aus der Kölnischen, ziemlich typisch. Kannst Du nicht gelegentlich für etwas gründlichere Kritik sorgen? Es handelt sich ja doch auch schließlich um das nicht unwürdige Objekt, von dem ich fürchte, daß es demnächst in eine der aktuellen Versenkungen verschwindet. Von den Kunstzeitschriften erwarte ich mir nicht viel. Scheffler wird den schönen Ausweg mit der Überschätzung finden u.s.w.

Doralein schrieb, Du seist verreist. Nun hoffentlich erreicht Dich irgendwo dieses Prosit Neujahr. Piepchen war 14 Tage lang schwer erkältet und ist heute hurtig zum ersten Mal wieder aus, natürlich zu Vieillard. Die zu erwartenden 1000 M von Dir werden mit Glanz verpulvert.

Komm bald und – geil! Leo hat neulich Deine Rolle vertreten und mich etwas mit 66 bereichert. Er war 5 Tage bei uns. Bitte schick mir gelegentlich den Kölnischen Wisch zurück. Dein Ju

Hast Du eigentlich den I. Marées-Bd gelesen?

51 Meier-Graefe an Rudolf Alexander Schröder

Vertraulich

Julius Meier-Graefe

[Ende Febr. 1911]

Lieber Rudi

Sollte der Zufall wollen, daß Du in diesen Tagen nach Berlin kommst u sollte Wolde kauffähig sein, so sieh Dir doch den wunderbaren Renoir an, den ich Leo für Behrens geschickt habe und der eigentlich für Wolde bestimmt war »le ménage Sisley« betitelt, aus 68, *sehr schön*! Galeriebild. Bei 35 000 francs Verkaufspreis – wenig im Verhältnis zu dem sehr importanten Bild – Mensch Du 3000 fr. verdienen. Aber es müßte so gemanaget werden, daß das Bild nicht in die Kunsthalle kommt, damit Cassirer nicht vorzeitig davon erfährt. Und es müßte sehr schnell gehen, da das Bild zurück muß, falls nicht verkauft. Kannst Du es also nicht baldigst sehen oder sind keine Aussichten bei Wolde (Biermann scheint nicht sehr in Betracht zu kommen) so schreib ein Wort oder noch besser drate.

Du kennst das Bild wahrscheinlich von früher her, es war lange bei Cassirer. Ein Paar im Freien, Herr u Dame in Kostüm des II. Kaiserreichs, himmlisch u ziemlich groß, ganze Figuren ½ Lebensgröße.

Viele Grüße

Ich sah am letzten Tag in Berlin noch die Ratten von Hauptmann u finde das Stück lange nicht so schlecht als es gemacht wurde.

Wenn Du Kessler siehst, leg ihm doch nahe, mir den II. Bd der Odyssee zu senden. Ich würde ihn mir gern kaufen, aber er hat mir den ersten in dem pompösen Einband gestiftet u da möchte ich natürlich das Ganze so haben.

Riekchen ist von Geselliussens nach Monte Carlo entführt worden.

Dein Ju

52 Meier-Graefe an Rudolf Alexander Schröder

248 Bd Raspail
19. V [1911]

Mein guter Rudi
Dein Brief, den ich hier fand, hat mir viel Freude gemacht, denn auch mir geht der Verkehr mit Dir recht ab. Ich kann mir Dich schlecht abgewöhnen, und das ist auch einer der Gründe, warum ich einer Etablierung in Paris definitiver Art nicht recht zustimmen kann. Riekchen geht es übrigens ebenso.

Nun bauen sich Leos, deren Verhältnisse von Behrens durch Stiftung einer fetten Jahresrente geregelt sind, in Schlachtensee an und haben mir nahegelegt, mir in der Nähe etwas zu suchen. Ich war deshalb in Deutschland. Stern hat mir offeriert ein zinsfreies Darlehen zu dem Haus zu leisten, einen Teil des Geldes müßte ich durch eine Hypothek aufbringen. Die Miete würde mich 1800 Mk kosten. Es kommt freilich bei so einem Haus immer noch allerlei dazu, so daß man wohl mit 2000-2300 Mk Miete rechnen müßte, eine ganze Menge bei meinen unsicheren Verhältnissen. Was mich verlockt sind die Freunde. Auch Du könntest bei Deinen häufigen Besuchen Berlins bei uns wohnen, wenn es auch für Dich nicht so bequem wäre wie die Genthiner-Straße. Man fährt ½ St. von Potsdam, resp. Wannsee-Bahnhof. Ich habe mich noch nicht entschlossen, will es von Rieke abhängig machen. Hier ist es sehr schwer, eine gemütliche Wohnung zu finden und findet man wirklich etwas Passendes, so muß man viel Geld hineinstecken und das zwingt eben zu einem Engagement auf viele Jahre.

Wir kommen etwa am 1. Juli nach Deutschld, können aber nicht in die Wohnung, da diese bis zum Oktober vermietet ist. Wir gehen am 7. Juli mit Leos auf das Gut zu Behrens bei Hamburg. Zwischen 1 Juli und 7. könnten wir uns eventuell sehen. Wo bist Du in dieser Zeit?

Den Winter gehen wir sicher wieder hierher, da ich noch allerlei Arbeiten hier zu erledigen habe. Wir nehmen uns wahrscheinlich wieder eine meublierte Wohnung.

Am 15. Juli gehen wir mit Leos zu Mutzenbechers nach Schlesien. Dann wahrscheinlich mit Leos nach Agnetendorf. Leo will Hauptmann malen und ich möchte ganz gern einmal mit Hauptmanns länger zusammen sein. Wir werden aber nicht bei ihnen wohnen.

Der Tod des alten Wolde ist mir recht nahe gegangen. Die Art solcher Leute war nie sehr verbreitet und stirbt jetzt ganz aus. Grüß uns Frau Wolde recht herzlich und sage ihr, daß wir sehr oft ihrer gedenken. Die Arme wird es nicht leicht haben, und ich kann mir denken, daß Du ihr eine rechte Stütze bist.

Natürlich würdest Du mir eine große Freude mit einer Kritik des Marées-Werkes machen und überdies ein gutes Werk tun, denn die guten Deutschen haben Marées natürlich längst wieder vergessen, und das Projekt des Marées-Museums liegt im Papierkorb. Ich könnte natürlich Harden schreiben, der sich sicher freuen würde, möchte Dir aber keine Arbeit octroyieren, die Dir noch mehr Zeit nimmt. Also entscheide nach Deinem Behagen.

Ich habe kein gutes Arbeitsjahr hinter mir, habe ein leidliches Buch kleineren Umfangs über Renoir geschrieben, das ist alles. Mit dem Roman, den ich hier schreiben will, habe ich mich eigentlich nur skizzenhaft bisher beschäftigt. Dagegen wieder einmal mit großem Genusse Flaubert gelesen. Kennst Du eigentlich les *Trois contes*? Wenn nicht, bitte ich Dich, lies sie und zwar zuerst la légende de St. Julien l'Hospitalier. Es ist eine ganz kurze Geschichte, das Reifste, was Flaubert gemacht hat. Das wirst Du bestimmt lieben.

Adieu, mein Guter, Rieke grüßt, uns geht es gut sonst.

Dein alter Ju

53 Meier-Graefe an Rudolf Alexander Schröder

Julius Meier-Graefe

248 Bd Raspail
24. VI. [1911]

Diskret

Lieber Rudi
Theodore Duret hat vor 8 Tagen einen schönen Manet entdeckt und erworben, die erste Fassung des berühmten Bildnisses der Gattin Manets. Beifolgend eine Photographie. Das Bild stammt aus 1879, ist *sehr schön.* Wäre das nichts für Biermann oder hast Du einen anderen dafür? Ich schrieb neulich des Bildes wegen an Pauli, der antwortete mir, die Kunsthalle hätte Schulden und Vinnen. Es wäre ein Jammer, so eine

Gelegenheit auszulassen. Zu 40 000 francs, (ein im Vergleich zu den Pellerin-Preisen, die Cassirer erzielt hat, bescheidener Preis,) könnte ich Dir 3000 fr. zudeichseln, bei 45000 das doppelte. Die Bezahlung müßte innerhalb eines Jahres erfolgen. Das heißt eine feste Anzahlung bald, den Rest in Raten. Der Zahlungsmodus wird keine Schwierigkeiten machen. Duret ist sehr entgegenkommend. Überlege es Dir hurtig. Das Bild kann ohne irgend eine Verpflichtung sofort zur Ansicht geschickt werden, aber möglichst nicht in die Kunsthalle, da Duret nicht will, daß es vorzeitig bekannt wird.

Da Duret in einigen Tagen abreist, müßte die Sache sehr schnell besorgt werden. Die Entscheidung selbst ist nicht so eilig. Bitte telegraphiere mir sobald Du einen Plan hast.

Wir kommen in 8 Tagen zu Sterns nach Potsdam, bleiben dort bis zum 7. und gehen dann mit Leos auf 8 Tage nach Waldenau bei Hamburg auf das Gut von Theo Behrens und hoffen Dich irgendwo und wann zu sehen.

Adieu, mein Guter. Es wäre sehr schön, wenn Du den Manet sehen könntest. Das Bild ist lebensgroß, sehr frisch. Rieke grüßt

Dein Ju

Die Photographie lasse ich gleichzeitig rekommandiert an Dich abgehen.

Außer Pauli weiß bis heute niemand von dem Bilde.

54 Meier-Graefe an Rudolf Alexander Schröder

Nikolassee bei Berlin
Tg: Meiergraefe Nikolassee Berlin
Tf: Wannsee 164
26. IV [1914]

Mein lieber guter Rudi
Nun ist es jedenfalls gut, daß Heymel in guten Händen ist. Deine etwas pessimistischen Nachrichten haben mich und Rieke nicht überrascht. Er sah an dem Abreiseabend entsetzlich aus, übrigens wunderschön. Ich war gerührt wie Apfelmus und dabei redete man Banalitäten mit seinem Kippenberg, der définitivement ein Ekel ist.

Ja, mein Guter, das hast Du gut gemacht mit dem Rodrigo, hab tausend Dank; auch im Namen Klöschens. Von »Zufriedensein« kann keine Rede sein, Du lieber Kerl.

Nun hör zu. Benutze Deine Anwesenheit in Wien, um Dir die Sammlung Moll anzusehen. Moll besitzt eine kleine sehr gewählte Sammlung von italienischen Perlen, Qualität wie man sie nicht alle Tage sieht. Er will die Sammlung verkaufen, ist eventuell bereit, sie in 2 Teilen zu verkaufen, Primitive und spätere. Das Ganze kostet eine Million; die Hälfte bei Teilung ungefähr die Hälfte. Im ersten Fall sind 100 000 Mk zu verdienen, im zweiten 50 000. Wenn ich mit Deiner Hilfe den Coup landen kann, kriegst Du die Hälfte. Aber auch wenn Du keine Chance siehst, sieh Dir die Sache an. Du wirst schwelgen. Die Bilder haben unter anderen den Vorzug absoluter Intaktheit. Moll ist ein sehr feinsinniger Maler, der sich zu keiner Schmiererei à la Nemes hingiebt und alle Bilder von allen Übermalungen befreit. Ich habe bei seinem Restaurator gesehen und beobachtet, wie er vorgeht. Es ist nichts Verdecktes in den Bildern.

Nun besitzt Moll halb und halb ein Werk, das noch ein Geheimnis bleiben soll, da es erst Bode gezeigt werden muß: den schönsten Tizian, das Urbild der Frau mit dem Orgelspieler. Ich habe nur das Photo gesehen. Das Bild gehört Moll nur zum Verkauf. Es kostet allein eine Million Mark. Schon nach der Photographie bin ich starr. Du darfst offiziell nichts von dem Bild wissen. Zeigt er es, so ist es gut. Zeigt er es Dir nicht, so bist Du stille. Ich schreibe ihm soeben Dir die Sammlung und wenn irgend möglich auch den Tizian zu zeigen und versichere ihn Deiner absoluten Diskretion. Du wirst einen der größten Genüsse Deines Lebens haben, wenn Du das Bild, wie ich hoffe, zu sehen kriegst. Es ist noch beim Restaurator, da verschiedene alten Übermalungen entfernt werden müssen. Bei dem Verkauf des Tizian sind wiederum 100 000 Mk fällig. Dies ist ein gesondertes Geschäft. Beide übersteigen weit unsere gewohnten Möglichkeiten und werden sich wohl unseren Breiten entziehen. Aber es handelt sich in beiden Fällen um besondere Dinge. Man würde mit einem Schlag ein kleines Vermögen ergattern. Et on ne sait jamais. Du verlierst unter allen Umständen nichts mit der Opferung eines Nachmittags, sondern wirst mir dankbar sein. Ich habe Moll geschrieben, daß er Dich antelephoniert. Du mußt brüllen, er ist schwerhörig, aber im übrigen ein sehr feiner Mensch. Natürlich hast Du offiziell nichts mit dem Geschäftlichen zu tun.

Bitte laß diesen Brief nicht herumliegen, sondern vernichte ihn jählings.

Ich vermute, aus Deiner Fahrt von Meran nach Wien (die ich übrigens auch mal mit Riekchen gemacht habe, im Winter, vielleicht noch schöner als jetzt) wird sich zu einer Ode auswachsen, die Du mir hier vorliest. Du wirst erstaunliche Veränderungen in unserem Garten finden. Rieke hat die gewohnten ruinösen Toilettenausgaben auf den Garten konzentriert. Um das Zeltdach, das wir Kocherthalern verdanken, wächst ein Park. Leider groß wie der Stephansdom. Es ist übrigens himmlisch hier und ich bin momentan recht glücklich, obwohl ich mich entsetzlich mit der Arbeit schinde. Wenn Du herkommst, überreiche ich Dir Band I der neuen Entwicklungsgeschichte. Es wird jetzt ungefähr eine Entwicklungsgeschichte. Aber ich entwickele mich dabei zur Verblödung.

Gestern war ich bei einem Thee im Esplanade, den der Werkbund in Köln für seine Ausstellung gab, und hörte aus vielen schwungvollen Reden, daß dort die Kultur endgültig etabliert werden soll. Es ist zum Piepen.

Im Mai hoffe ich auf ein paar Tage nach Paris zu gehen. Grüß Hofmannsthals. Ich denke, ich sehe seinen & Kesslers Joseph in Paris. Die Zeitungen sind jetzt schon voll davon.

Mit meinem kleinen Neffen Otto Meier war ich neulich wieder mal in Was Ihr wollt. Na, aus Deiner Übersetzung ist langsam ein Schwank von Kadelburg geworden. Aber ich platzte vor Lachen. Übrigens mußt Du Unsummen an Tantièmen verdienen. Es ist immer ausverkauft.

Na, nun Schluß, sei kein Faultier und sieh Dir die Moll-Sache an.

Dein alter Ju

Heymel habe ich eben geschrieben. Natürlich sagen wir kein Wort. Wenn er sich zu sehr langweilt, fahre ich mal hin.
Die Photos der Schwester der Gesellia lagen Deinem Brief nicht bei, kommen wohl separat. Die Kleine ist in der Tat ganz geschickt. Ich sah ihre Anfänge in Finnland. Will gern mal Fr. & W. reden, die sich übrigens tadellos in der Behrens-Sache benommen haben. Ich habe uns entschuldigt.

55 Meier-Graefe an Rudolf Alexander Schröder

J. Meier-Graefe
Grunewaldallee 20
Berlin-Zehlendorf

La Banette
St. Cyr s. Mer
p. Marseille (France)

30. I [1933]

Lieber Rudi Kann Dir gar nicht sagen, wie mich Deine beiden Bücher und die Sachen in der Literarischen Welt, die ich mir schicken ließ, erfreut haben. Für Deinen Racine bin ich zu ungebildet, plein de respect aber zu dumm. Ein schöner Beitrag für die Verständigung mit Frankreich, die heute von den meisten unserer süßen Landsleute mit genagelten Stiefeln zertrampelt wird. Die deutsche Humanität! Wenn ich mich recht erinnere, warst Du mit gutem Grund gegen Stephan George. Heute sieht man die Frucht des Unfugs.

Über meine verzweifelte Stimmung hat mir Dein Wanderer hinweggeholfen. Die wundervolle Ruhe und Breite, der große Himmel über den kleinen köstlichen Realitäten, eine wahre Wohltat. Fast noch mehr hat mir die Geschichte aus dem Harz gegeben. Zweimal gelesen, und ich hebe sie mir auf. Der Humor darin, der echte Humor, also immer mit den Möglichkeiten der Tragik für ein ungeheures Schicksal. Von den drei Gedichten namentlich das erste, die Nachtigall schweigt, herrlich, herrlich, eine Landschaft. Überhaupt das Landschaftliche in Dir! das ist, glaube ich, gegen früher dazu gekommen. An die Stelle des Abstrakten, Chosen Bäume, Gärten, Blumen. Ich komme mir wie ein Schwein vor und kann gar nicht fassen, daß Du etwas an meinem »Vater« findest.

Was mich am meisten an dieser Begegnung mit Dir gewärmt hat, ist der Gedanke: Du bist wenigstens intakt geblieben, hast Dein Gesicht gewahrt und ausgedehnt, bist nicht abgeglitten. Ich versuche das Gleiche auf meinem Stoppelfelde. Wenn es einem nur nicht so dreckig ginge. Ich schinde mich arg. Wenn Du wirklich etwas über meinen Roman schreiben willst, hilfst Du mir sehr. Die Zeiten sind gräßlich. Die materielle Lage oberfaul. Mit der Gesundheit geht es immer noch leidlich, bin aber genötigt, hier unten zu leben. Es ist himmlisch hier, auch billig, und meine kleine Frau besorgt prachtvoll das Haus, aber man kann hier nur arbeiten. Verdienen muß man in Deutschland.

Kannst Du nicht mal herkommen? In der Nähe wohnen Schickeles. Schickele hat ein reizendes Buch geschrieben, die himmlische Landschaft.

Würde Dir gefallen. Wir bleiben wahrscheinlich bis Juli hier und werden im September nach Berlin kommen, soweit man Pläne machen kann.

Grüß Doralein. Bei Deiner Phantasie über Höllen-Hotel habe ich viel an die schönen Zeiten gedacht.

Dein oller Ju

56 Meier-Graefe an Maximilian Harden

J. Meier-Graefe
37 Rue Pergolèse, Paris

19. III. 98

Sehr verehrter Herr Harden
Sie können mir nicht verdenken, daß ich eine solche Sache nicht auf mir sitzen lassen mag, so widerlich mir ist, mich von solchem Verdacht überhaupt reinigen zu müssen. Die ganze Sache ist so ungeheuer lappalienhaft, daß es weiß Gott schade ist, darüber zu reden. Ich habe in der That ein Unrecht gegen Sie begangen, habe in einer maaßlosen Aufregung, zu der mich mein angenehmes Temperament hinriß, ein paar scharfe Äußerungen über Sie fallen lassen, habe über Sie geschimpft wie man in der Wut über alles schimpft was einem in den Weg kommt. Ich bitte Sie dafür herzlich um Entschuldigung, aber nicht wegen irgend anderer Dinge. Und das was Sie schreiben, zielt auf ganz etwas anderes. Es ist mir nicht nur nie eingefallen, Sie schlecht und gemein zu finden, sondern ich habe wohl zehnmal Gelegenheit gehabt, Sie ernsthaften Leuten, die auf diesem mir imputierten Standpunkt standen, recht energisch zu verteidigen, habe mich sogar in zwei Fällen deshalb mit Leuten, an denen mir lag, brouilliert. Das ist höchst unwesentlich und nicht der Rede wert, traurig, daß ich nötig habe, davon zu schreiben. Ich kann Ihnen verehrter Herr Harden, nicht den Vorwurf schenken, mich nicht wenigstens vorher zu fragen, bevor Sie blindlings der Überbringung eines Jünglings glaubten, von dem Sie wenigstens wissen mußten, daß er grün ist.

Hier der Sachverhalt, wie Ihnen Herr Fried ihn nicht mitgeteilt hat. Wir sind im Gespräch zweimal auf die leidige Dreifussaffaire [sic] zu sprechen gekommen. Ich stehe ihr gegenüber auf dem Standpunkt, den *hier* jeder verständige Mensch, der keinen Nebeninteressen gehorcht, einnimmt, in der Verurteilung einer Illoyalität und in dem Beharren auf dieser Illoyalität das Austragen eines Kampfes zwischen Militärwirtschaft und besseren Interessen zu sehen. Ich kümmere mich nie um Politik, aber diese Sache ist keine Politik und sie ist mir sehr nahe gegangen schon aus Egoismus, weil ich mich seitdem nicht mehr so wohl hier fühle – oder es mir einbilde – ja selbst halb und halb entschlossen bin, deshalb Frankreich zu verlassen.

Es wäre lächerlich, an Ihrem *deutschen* Standpunkt in der Sache, der der einzige vernünftige für einen einflußreichen Deutschen, der in Deutschland lebt, zu rütteln. Empört hat mich aber, wie ein junger Mensch wie Fried diesen Standpunkt im Gespräch mit viel intensiver beteiligten Menschen so weit treiben konnte, dieser sehr ernsten Sache den Ernst zu nehmen. Das ist erstens eine gesellschaftliche Rüpelei, die ich nie dulde, wo ich sie nicht zu dulden nötig habe und zweitens ist es für mich das Symptom eines Berlinertums, das mir in der Seele verhaßt ist, wie ich in diversen kleingedruckten Artikeln der Zukunft dargethan habe: Leute, die an sich mikrobenhaft komisch sind und dadurch ernst zu wirken suchen, daß sie alles andere komisch finden.

Fried hatte diese Nuance früher nicht, sonst hätte ich sie ihm wie manches andere ausgetrieben. Er brachte sie aus Berlin mit und wandte sie auf die Zolasache an. Als ich ihm dafür über den Schnabel fuhr, versteckte er sich hinter Ihrer Autorität. Ich habe wohlverstanden als ich ruhig war, Ihren Standpunkt hier vollkommen richtig gefunden u das auch dem guten Fried u seinem Freunde Peritz gesagt, aber das hatte gar nichts mit der Sache zu thun, die mich bei Fried empörte. Und als er mir damit mal kam – es war das zweite Mal – als ich bereits aufgebracht war, brauste ich auch auf Sie auf, aber es hat mir weiß Gott fern gelegen, mich einer so niedrigen Handlungsweise hinzugeben, die Sie mir sans façon zumuten *übel über Sie zu reden.* Übel redet man anderen Leuten gegenuber, nicht Fried. Nun ich denke, Sie verstehen die Nuance, ohne daß ich mehr darüber sage. Im übrigen müßte ich Ihnen einen Aufsatz schreiben über die Art wie Leute Ihres Schlages und Ihrer Art auf grüne Jungen wirken.

So steht die Sache, ich weiß nicht mehr und gebe Ihnen mein Wort darauf, *was* ich gesagt habe und das ist wohl der letzte Beweis, *wie* es gesagt wurde.

Ich hoffe, wir kommen durch diese dumme Lappalie nicht auseinander, das würde mir sehr leid sein, da die Schuld anscheinend auf meiner Seite wäre, es ist kanaillenhaft von dem kleinen Fried, der ein großer Lump zu werden verspricht, dies auszunützen, denn bei ihm ist es nur die liebe Gesinnung gewesen, sich dafür, daß ich ihn wie er es verdiente, an die Luft beförderte, zu rächen. Ich sehe aus einem Brief, den er mir heute schreibt (nachdem ich ihn gestern zur Rede gesetzt habe) daß er die Sache so zu drehen sucht, als hätte er nicht dulden wollen, daß man seinen Freund Harden angriffe, und sei deshalb »weggegangen«. Das ist eine stattliche Lüge. Der Grund warum *ich ihm* in nicht mißzuverstehender Weise zu hören gab, er möchte meine Wohnung verlassen, war eine freche Phrase über Dreyfuß, die mit Ihnen in nicht der geringsten Verbindung stand.

Die Bestätigung können Sie leicht durch den Ihnen bekannten Dr. Peritz erhalten, der dabei war und nachträglich blieb, daher in der Lage ist zu konstatieren, daß ich meine Heftigkeit bereute. Ich war sogar gutmütig genug meine Bonne mit einer Karte zu Fried zu schicken mit meiner Entschuldigung und der Bitte, wieder zu kommen. Diese traf ihn nicht – er saß inzwischen in Paris und dichtete seinen Brief an Sie. Als ihn darauf am nächsten Tag meine Entschuldigung erreichte, schrieb er mir sehr befriedigt, entschuldigte sich gleichfalls, erwähnte Sie mit keinem Wort, wie ich überhaupt nur im entferntesten auf die Vermutung kommen konnte, Sie könnten in diese lächerliche Sache hineingezogen werden. Der Fall schien erledigt. Jetzt sucht der gute Junge die Sache völlig umzudrehen, redet davon, er sei schon einmal »heftig« geworden, während diese Heftigkeit leider in beiden Fällen, wo Sie der weiß Gott harmlose Stein des Anstoßes waren, auf meiner Seite war.

Ich hoffe, damit ist die Sache zwischen Ihnen und mir erledigt; es bleibt die recht unerquickliche Erfahrung mit Fried von dem ich mich auf alle Dinge eher gefaßt gemacht hätte als diese wirklich haarsträubende Lumperei.

Ihr ergebener Meier-Graefe

57 Meier-Graefe an Maximilian Harden

37, Rue Pergolèse
22/II 03

Hochverehrter Herr Harden
Ich bitte Sie, zu dem schweren Verlust, den Sie – wie ich soeben aus Ihrer Karte lese – betroffen, mein herzliches Beileid entgegenzunehmen. Egoistisch, wie der Mensch ist, dachte ich sofort an meine eigene Mutter, die auch mittlerweile recht alt geworden ist u stelle mir den schlimmen Schritt vor, der auch mir mal mitten aus einem leider fern von der Mutter verlaufendem Leben an das Krankenbett zu thun bleibt. Meine Mutter gedenkt Ihrer übrigens oft in rührender Weise u propagiert im Luisenstift in Görlitz, einem ersten alten Weiberspital, wohin sie sich zurück gezogen hat, Ihren und der »Zukunft« Ruf.

Ich sende Ihnen beifolgend das Manuskript. Es kann, wenn es auf einmal zu viel sein sollte, wie auf S. 19 angegeben, in 2 Teile geteilt werden. Ich denke aber, es wird in Ihrer kleinen Schrift nicht zuviel werden.

Es wäre schön gewesen, wenn ich Sie in Wien gesehen hätte. Ich habe ganz fabelhafte Eindrücke von dort mitgenommen. Diese Leute haben sich aus dem Nichts heraus eine höchst anständige Kultur modernen Genres zurecht gemacht, vor der sich Berlin wieder mal verstecken muß. Ich bin sicher, es wird Sie interessieren u wenn Sie hingehen, suchen Sie doch ja die Leute von der Secession, namentlich meine Freunde Hofmann u Moser auf, reizende, gebildete u wohltuende bescheidene Menschen, die Ihnen ihre schönen Sachen gern zeigen werden.

Mit bestem Gruß

Ihr ergebenster Meier-Gfe

58 Meier-Graefe an Maximilian Harden

6/X. 04

Verehrter Herr Harden Ich war vorgestern in der »Elektra« und bin heute noch starr von der Sache. Ich habe solche Dinge noch nie gesehen, nicht annähernd – und habe noch nie eine so kongeniale Beurteilung gelesen wie Ihre Kritik darüber. Unheimlich richtig, der kleine Hofmannsthal muß sich splitternackt vorkommen, u dabei so schön von Ihnen bekränzt.

Wenn mir einer gesagt hätte, daß sich das Wiener Sphinxen-Fexentum so auswachsen könnte! Und es ist so nobel von Ihnen, daß Sie die Dummheit mit dem Orest nicht höher anschlagen, und sehr gerecht, denn man läßt sich wirklich alles gefallen unter dem Eindruck des tollen Frauenzimmers. Übrigens diese Eysoldt ist eine enorme Schauspielerin, Neues Genre und gutes Genre, in Paris nicht annähernd zu haben.

Ich danke Ihnen tausendmal, denn ich wäre ohne Sie vielleicht nie hingegangen.

Viele Grüße Ihrer Gattin Ihr Meier Gfe

Ich rutsche eben ab.

59 Meier-Graefe an Maximilian Harden

Berlin W.
Neue Winterfeldstr. 49
den 31 / V. 05

Lieber, verehrter Herr Harden!
Sie sind zu gut zu mir und ich stehe immer beschämt vor Ihnen – wenn ich Ihnen nur mal wenigstens den geringsten Dienst erweisen könnte. Na, Sie haben ja auch wohl und schlimmer als ich das ekelhafte Beschmutztwerden von rohen Gesellen gespürt u wissen, wie wohl da ein bischen Herzlichkeit thut. Ich bin starr wie gemein die Menschen hier sind, es ist in den »reinen Gefilden« der Kunst vielleicht noch auffallender als in der Politik, wo die Magen-Interessen mitspielen. Heilbut hat mir gestern glatt refüsiert, eine Besprechg des Böcklin-Buchs zu bringen, ohne ein Wort der Erklärung. Wenn so die sogenannten Kunstzeitschriften handeln, kann man Ihnen kaum zumuten, sich zu der Sache noch intensiver zu stellen, als Sie es schon herzlicher Weise gethan haben. Hätte ich eine Ahnung gehabt, daß Ihnen ein Vorabdruck willkommen sei, hätte ich mich rasend gefreut. Aber ich bilde mir immer ein, Ihnen zu viel zu werden. Es sind ja so jammervolle Verhältnisse, daß man von keinem Menschen mehr glaubt, er thue was der Sache, nicht des Persönlichen wegen.

Wollen Sie's doch noch thun, so bin ich nicht imstande, das zu thun, was ich thun möchte, ich habe eine Hilfe zu nötig. Sie können übrigens jeden Abdruck bringen, das Buch ist so gut wie unediert. Es sind 200

Exemplare verkauft! – Aber wie? der geringste Abdruck resp. Auszug nimmt mehr in Anspruch als selbst meine Unbescheidenheit Ihnen zumuten darf. Lassen Sie mich bitte darüber und über anderes morgen 10 Minuten mit Ihnen reden, gegen ¾ sind Sie nicht da, macht nichts.

Herzlichen Gruß Ihr dankbarer Meier Gfe

60 Meier-Graefe an Maximilian Harden

Berlin W.
Neue Winterfeldstr. 49
22/VII. [1905]

Lieber Herr Harden
Tausend herzlichen guten Dank! Sie haben es meisterlich gemacht wie immer und sind wie immer der einzige, der mutig seine Meinung sagt. Wie isoliert, können Sie an der letzten Einsendung Liebermanns an die Frankfurter als Antwort auf den schönen Aufsatz Thomas sehen.

Sie haben mir den Anlaß zu dem Buch gegeben, es war mir sehr wohl dies zu lesen, und nun treten Sie auch dafür ein – und sind bei alledem kein Maler, kein Kunstprofessor. Ihr Dasein hat etwas von Robinson Crusoe, aber das sieht wohl jeder anständige Mensch in seiner Art in Deutschland. Hoffentlich hilft es! Die Tournüre, die die Sache genommen hat, zeigt Ihnen, daß es sich nicht um eine Dekorfrage, sondern wirklich zwei Weltanschauungen handelt. Ihre Hilfe hat mir den Mut gemacht, mich auch meinerseits zu rühren und ich werde mich gleich hinsetzen und der Frankfurter eine deutliche Erklärung schicken, um den üblen Eindruck Liebermanns zu verwischen.

Schlimm, daß man Sie nie sieht, ich habe immer Angst, Sie zu stören und so reduziert sich schließlich der Verkehr auf das einseitige Bitte und Danke!

Ich habe viel gearbeitet und ich hoffe, hoffe, [sic] daß ich Ihre gute Meinung erhalte. Oktober kommt ein Buch über »Corot und Courbet« und: »Der junge Menzel«. Das letzte wird Ihnen, glaube ich, Freude machen.

Wie geht's zu Haus? Alles wohl? Grüßen Sie schön

Ihr Meier Gfe

61 Meier-Graefe an Maximilian Harden

22 / IX 05

Lieber Herr Harden
Sie Monstrum an Güte und – diesmal merke ich's am eigenen Leibe – Weisheit. Wie Sie das wieder mal so schnell zusammengebracht haben, verblüfft mich. Ich habe ja diesmal Ihren Mechanismus kontrollieren können. Vielen vielen Dank! auch dafür, daß Sie – Sie Kluger und Gerechter – Liebermann den leisen Rippentriller gegeben haben. Alles kommt im bestehenden Kampf darauf an, daß L. einigermaaßen stand hält, und Sie sind vielleicht der einzige, vor dem er sich mit von Bewunderung und Angst gemischten Gefühlen geniert.

Hat's Ihnen gestern und vorgestern in den Ohren geklungen? Ich habe mit meinem Differdinger Bruder, Thyssen und Stinnes ein paar mal in ganz kleinem Zirkel gegessen und es kam immer wieder das Gespräch auf Sie. Sie haben da aufmerksame Leser und *Kenner*. Über die berühmte moralische Frage zuckte jeder die Achseln, und ich versäumte nicht, zu sondieren. Stinnes hat es sehr leid gethan, daß Sie ihn damals in Düsseldorf nicht getroffen haben. Er hätte Sie gern gesprochen. Er ist übrigens der einzige wirklich Interessante der ganzen Gesellschaft. Sie haben ihn richtig erkannt. Thyssen ist der Diplomat der alten Schule, Stinnes läßt sich in die Karten gucken und operiert mit der Macht seiner Karten. Wenn wir solche Leute in der Politik hätten! (Ich weiß wohl, wieviel wirkliche Politik von ihnen schon gemacht wird.) Natürlich wird so ein Mann wie Stinnes mal der Manager der inneren Politik werden und es wäre daran rechtzeitig zu denken: wie erweitert man die Kultur solcher Leute. Stinnes hat einen glänzenden Verstand aber ist erstaunlich ungebildet. Ich weiß wohl, daß das erste auch für alle weiteren Fragen die Hauptsache ist und daß man den Leuten keine Ideale beibringt, indem man sie zur Gründung von Volks-Theatern und Volks-Museen u dergl. Kleinigkeiten nötigt. (Dehmel war gestern bei mir und hielt mir darüber die bekannte Rede) Wohl aber wäre es richtig, daß sich solche Leute frühzeitig ausdehnen, solange sie jung sind. Und da kommt mir immer wieder unsere Zeitungs-Idee. Man kann sich auf diese Leute stützen. Es handelt sich nur um die Form. Kommt Zeit, kommt Rat. Ich fahre im Juni auf ein paar Wochen in die Gegend.

Die Hibernia-Sache ist mir vollkommen klar. Die Sache wird gemacht werden, denn der Staat geht ins Syndikat, bekommt das Recht, sich seinen Gebrauch an Kohlen als Eigenbedarf zu rechnen und wird auf diese Weise gebändigt, keine Syndikatsgesetze zu machen. Stinnes arrangiert die Sache.

Ein Tuyau: wenn Sie ein Kapitälchen 1 ½ Jahr entbehren können, so kaufen Sie Differdinger. Die Leute haben gestern Nachmittag glücklich das amerikanische Träger-Patent für ein niedliches Sümmchen gekauft und halten diese Riesensache für Europa. Bin sicher die Papierchen sind in 1 ½ Jahren auf 400. Ich dachte gestern daran, ein Rendezvous mit Ihnen und den Onkels zu verabreden, aber fand es besser fürs nächste Mal, sie kommen ja mal wieder, sind gestern Abend wieder abgereist. Ich komme Sonntag früh auf ein Stündchen zu Ihnen, wenn Sie Zeit haben

Ihr ergebener M-G

62 Meier-Graefe an Maximilian Harden

den 3/X.05

Lieber Herr Harden Pech! Am schlimmsten weil Ihnen solche Geschichten den Entschluß zu Erholungsreisen immer wieder verleiden. Hoffentlich ist es nicht schlimm.

Dagegen ›die 420 Briefe‹. Hm, ehrlich, wie viele von diesen Briefen wären von einem geschickten Sekretär zu erledigen! ich versichere Sie, Sie wüsten unökonomisch. Sie dürfen sich's schon von mir sagen lassen, denn gleich nach Ihnen komme ich als Arbeiter. Ich hätte seit 9 [?] Jahren schon einen Famulus wenn ich Sie wäre. Wenn's mit einem Redakteur nicht geht, so versuchte ich's mit einem Korrespondenten. Ich wüßte gleich einen für Sie, einen famosen jungen Menschen in Breslau, der Sie verehrt, grundanständig und wäre selig, so eine Stelle zu erhalten. Schreibt auch sehr nett, hört auf den Namen Müller. Wenn Sie wollen, lasse ich ihn anschwirren. Ich bin sicher, Sie würden gut dabei fahren.

Je mehr ich über mein Œuvre nachdenke, desto mehr steht für mich fest, daß ich, wenn ich auch noch zehn Bücher schreibe, gegen den wahren Stein des Anstoßes in Deutschland nichts ausrichte. Man kann nicht mit der Kunst politische Dinge durchdrücken, d.h. Anschauungen verbessern, die im Kunstleben nur ein Symptom äußern u deren Wurzeln auf dem von Ihnen beackerten Feld liegen. Deshalb ist Ihre Thätigkeit so ungemein wichtig, und es wäre Sünde, nicht alles zu thun, Sie zum Segen des Landes so lange wie möglich zu erhalten.

Ich freue mich auf den heftigen Artikel gegen mich, um Ihnen zu zeigen, daß ich nicht empfindlich bin. Das Peinlichste in dem Fall Scheffler war mir der Gedanke, Sie könnten mich für einen Affen halten.

Zur Sache aber bitte ich Sie, sich in den neuen Salon von Fritz Gurlitt Potsdamerstraße 113 Villa II ungefähr an der Ecke Lützowstraße aber auf der Lipperheide gegenüberliegenden Seite zu bemühen. Sie finden dort herrliche Feuerbachs und können sich Ihren peintre-poète vergraulen, von dem auch ein paar Sachen aus denkbar bester Zeit da sind. Der Unterschied ist prinzipiell, so wie zwischen Ihnen und dem Chefredakteur des Berliner Tageblatts. Sie finden dort auch gute und schlechte Thomas die genau dasselbe Problem zeigen. Ich ginge gern mit Ihnen hin, denn es ist wirklich frappierend. Stehe immer von 5 Uhr an, nach Benachrichtigung 24 St. vorher, zur Verfügung. Von 2-5 bin ich in der Nationalgalerie. Ansehen müssen Sie sich die Sachen unbedingt. Vorher könnten wir einen Sprung zu Schulte machen. Dort könnten wir uns punkt ½ 5 treffen. Beschließen würden wir die Tournée bei den Monets von Cassirer, die seit gestern hängen et vous me direz de vos nouvelles. Dank für den Brief der M.N.N., ich habe mich royalement bei ihnen bedankt. Übrigens besitzen die Leute in 6 Briefen seit 1 Jahr meine Berliner Adresse. Das zwecklose Geschwindel ist das Ekelhafteste. Übrigens fabelhaft, wie die Zukunft auf diese Leute wirkt. (siehe Beilage) Es war possierlich anzusehen Ihr MG

63 Meier-Graefe an Maximilian Harden

6/X. 05

Lieber Herr Harden! Ich hoffe recht, daß Sie bald gesund werden. Was ist's denn? Wir müßten mal zusammen ein paar Wochen in Italien bummeln. Nein, ich bin durchaus nicht der Sekretäre abhold; hätte ich's Geld, ich hielte mir immer einen. Es giebt eine unendliche Menge Arbeit, die ein anderer machen kann und ich finde, Sie sind das uns allen schuldig, nicht Ihre Kräfte unökonomisch zu verschwenden. Neuste Nachrichten habe ich erledigt, ich möchte Sie nicht zu einer Arbeit in dieser elenden Sache meinetwegen veranlassen und wenn es Ihnen besser geht, die von

M. gewünschte Bemerkg ohne Unterstreichen zu Gunsten meiner Wenigkeit zu bringen, bitte ich Sie darum. Ich weiß wie Sie über mich denken und habe genug damit.

Den Aufsatz von Reinhart habe ich gelesen. Na, ich war auf Schlimmes gefaßt nach Ihren Vorbereitungen, lieber Herr Harden. (diese Delikatesse war sehr freundschaftlich) Aber dafür müssen Sie sich schon diesen Brief gefallen lassen. Langweilt Sie's so werfen Sie ihn weg. Ich brauche Sie wohl nicht zu versichern, daß Sie nie die geringste Befürchtung zu haben brauchen, ich könnte, nicht nur unbescheiden, sondern töricht genug sein, ein Prinzip de l'admiration mutuelle zu verfechten. Das Folgende gilt nur der Sache und dem, wenn ich so sagen darf, Freunde Harden.

Ich finde den Aufsatz haarsträubend schlecht, au dessous de tout und nur um eine Nuance im Sachlichen von den Duseleien eines Thode oder Bie verschieden. Es ist nur gut, wie soll ich sagen, im Bilde, als blumenreiche Sprache. Aber zum Teufel, es kommt doch wohl drauf an, was einer sagt, wenn es schon wahr ist, daß es nicht drauf ankommt, was einer malt. Dieser gute Mann ist genauso wie irgend ein Hypnotisierter und er müßte, wenn er logisch wäre, die Cigarre, die ihm gute Gedanken giebt, für ein geniales Kunstwerk erklären. Begreifen Sie doch, daß das was Sie daran stark nennen, nicht das Geringste mit der Kunst zu thun hat, sondern eine von dem eigentlichen Objekt ganz abgetrennte mehr oder weniger gelungene Ideen-Assoziation darstellt. Ich verschweige Ihnen nicht, daß ich selbst in dieser Hinsicht die Sache nicht gut finde, weil solche partiellen Lichter doch nie recht leuchten. Was wären sie, wenn man nicht hinter jedem Satz das feste Gebäude eines wirksamen Zusammenhangs, Systems erblickte. Das System hinter dem Reinhart, auf deutsch, seine Philosophie ist für die Katze. Schaum. Der erste Satz seines Aufsatzes zeichnet den ganzen Menschen. Woher kommt denn diese Wahrheit, daß die Seelengewalt von Gebilden der Malerei so selten, von neuzeitlichen fast niemals ausgeht? Von jedem großen Kunstwerk geht sie aus. Geht sie nicht aus, so ist kein Kunstwerk da. Wenn es aber einen Unterschied unter den Künsten überhaupt giebt, so kommt die höchste Elevation wahrscheinlich den bildenden Künsten zu (jedenfalls *nicht* der Musik) weil die verwendeten Schemas die denkbar größte Unabhängigkeit zeigen, die denkbar geringste Abhängigkeit von aller niedrigen Sinnlichkeit. Der gute Mann ist natürlich anderer Ansicht, ihm steht die geilste Kunst am höchsten. Er naht sich ihr mit plumpsten Egoismus, lediglich auf die vier Gedanken bedacht, die er daraus gewinnen könnte. Er braucht die Musik, die Architektur!! Das ist ungefähr so, als wollte einer dem Goethischen »Über allen Wipfeln ist Ruh« einen Roman von Balzac vorziehen, weil er dicker und länger ist. Er endet noch bei der Cigarre, versichere ich Ihnen. Seine Exemplifizierung auf das Drama ist nicht sachlich. Die »Furienkraft« ist nicht das Architektonische Shakespeares für ihn, sondern die Furie der Lady Macbeth, das grob Stoffliche, nicht von Shakespeare immaterialisiert, sondern von Reinhart suggeriert. Denn sonst könnte er nicht den Irrsinn schreiben, daß der Malerei »dieser Zauber geistigerer Künste« versagt sei. A toi Rembrandt, à toi Michelangelo! (er spricht von Alten!) Ich würde meine Ansicht von der Differenzierung der seelischen Werte nie drucken lassen, heute wenigstens nicht, weil solche Dinge zu kompliziert u irreleitend sind; ganz im geheimen aber sage ich Ihnen daß ich eher vermute, daß Michelangelo, Rembrandt größer sind als irgend ein Dichter, als umgekehrt, daß aber die Differenz nicht etwa eine von R. vermutete Verschiedenheit der Wirkungsbasis einschließt, sondern lediglich auf die verschiedene Größe der Menschen hinausläuft. R. aber hat den bekannten grob materialistischen Standpunkt, der fressen will coûte que coûte. Lesen Sie, ich bitte Sie, nur einmal diese erste Seite seines Aufsatzes, ohne sich vom Klang verleiten zu lassen, suchen Sie die Idee zu fassen, die Ästhetik dieses Traum-Denkers – Sie werden starr sein, wie ungemein banal der Irrtum ist. Daß es nie in der modernen Malerei anders sein soll als in der alten – er meint ehrlich gestanden *noch schlimmer* – ist die natürliche Konsequenz. Daß die großen modernen Maler alle *Alte* Meister sind à la Rembrandt, Hals, Velasquez, typisch altmeisterlich[,] entgeht ihm wie allen Leuten, die von Böcklin zur Kunst kommen. Sein zweites Kapitel ist Ruskin ad absurdum. Was er mir vorwirft, sein Kleben an der Technik, trifft ihn auf jeder Zeile. Seine Naturanbetung ist natürlich genau dasselbe. Für den der in der Natur lesen kann, hat ihre Unendlichkeit durchaus nichts Beschämendes, sondern ist der gebenedeite Behälter der Kunstschöpfung, das große Probierkarnickel, an dem der Künstler alles studieren kann. Die Ohnmacht resultiert nur aus einer Unterschätzung der Kunst oder dem Bewußtsein der Unfähigkeit. Das ganze Kapitel ist flauer Journalistendusel. In der letzten Zeile, wo es kommen müßte hört er auf wie Sudermann.

Und nun sehen Sie sich seine *Vertiefung* an. Er nimmt selbstverständlich (nach flüchtiger Berührung von Problemen, die er sehr detailliert in meinen Schriften finden könnte) als Exempel das mäßigste Bild von van

Eyck. Nicht etwa die beiden Perlen des Altars, Adam und Eva (Brüssel) die nur »einfache« Akte sind, sondern die Legende ›Ritter, Pilger, heilige Städte, Veilchengründe, Mysterium‹ und dann nennt er das von ihm Gedichterte »Seele« und wagt es Manets Olympia »Nervenreiz«[,] nicht »Seelenempfindung« zu nennen. Solche Menschen wie R. haben nicht einen Funken von Seele, aber sie haben nicht mal das bischen Verstand was zu jeder Methode, selbst zur schlechtesten gehört. Grad unter dem van Eyckschen Mysterium, das wesentlich Traditionswerk, Kirchenwerk ist und hier nebenbei in einer ziemlich mäßigen wenn auch halbwegs zeitgenössischen Kopie hängt, können Sie ein paar echte van Eycks sehen, göttliche Porträts, wahrhafte Mysterien, aber nicht mit Rittergeschichten zu erzählen, sondern nur dem Menschen mit Abstraktionsorganen wahrnehmbar.

»Entwicklung der Neusten« und alles was folgt ist reiner Thode; ich bin immer noch nicht klar wie viel an solchen Sachen nur Dummheit u wieviel Verlegenheit ist. Sie wissen so gut wie ich, daß das was er technische Evolution nennt, in Wirklichkeit nichts anderes ist als die Entwicklung der Spielmomente, Spielorgane, auf denen, mit denen der Künstler seine Seele orgelt. In der Entw. Geschichte und im Fall Böcklin habe ich das ungefähr auf jeder Seite gesagt. Ob das schwarz braun, grau oder weiß ist, ist wurst, ob es das Licht ist oder ein Centaur, ist wurst. Nur das *Spiel* ist wichtig, ob die Dinge wirklich tanzen. Und von der Art des Tanzes kann man auf die Tanz-Momente (Einheiten) gewisse Schlüsse ziehen u umgekehrt nun folgern, daß man heute nicht wie im 3. Jahrhdt. vor Christi tanzen *kann.* Weil der Tanz nicht mit den Beinen, sondern mit der Seele, d.i. der Summe aller eminent geistigen, eminent entwicklungsfähigen Organe gemacht wird. Aus der Beobachtung der tausend Tänze erfährt man vom Wesen des Totalbegriffs und kann folgern, wo kein Tanz, da keine Kunst u.s.w.

Kunstprogramme. Verfolgen sie nur ein bischen seine echt Thodeschen Schlüsse: Er behauptet, unsere (ich will mal annehmen daß er mich meint) These sei: »Der Vorwurf ist gleichgültig, die Bedeutung des Kunstwerks liegt in der Kraft der Darstellung.« Kein Mensch hat das je gesagt, der Sinn u Verstand hat. Nicht weil's falsch ist, weil's aber zu wenig ist. Ich habe in der Lehre von den Einheiten, im Böcklin Buch, eine halbwegs anständige Definition gegeben und notabene immer wieder betont, daß alle solche Definitionen hinken u es auch gar nicht darauf ankommen kann, in 36 Silben die Kunst zu formulieren.

Bon, lassen wir mal seine, mir zugeschobene, Formel gelten. Wie widerlegt er das von sich selbst zum Angriff frisierte? Das heißt soviel, behauptet er, *Konzeption ist überflüssig, Phantasie lächerlich*«. Voyez-vous le sale filou? Wieso heißt denn das so viel? Wer kann denn das aus dem selbst bornierten obigen Satz folgern? »Kraft der Darstellung« soll heißen Mangel an Konzeption u Verachtung der Phantasie.

Nun habe ich aber im Fall Böcklin lang und breit Konzeption u Phantasie und zwar absolut unantastbar dargelegt (kein Kunststück, da es sich um 2 × 2 handelt), gezeigt, daß die Phantasie des Malers das System seiner Flecken, seines Rhythmus u.s.w. erfindet, das er einem passenden Objekt auflegt. Wie kommt nun der Mann dazu, die Phantasieleugnung vorzuwerfen? Ebenso plappert er Thode nach, ich hätte gesagt, Manets Spargel ständen über Grünewalds Kreuzigung. Wo denn wann denn? Und wenn er mich nicht meint. Welchen Ochsen meint er, der das gesagt haben soll? Nun lesen Sie im selben Kapitel nur das über die Nordsee und das Schweigen im Walde. Es ist die tantenhafte Anthromorphisierung, die bei Böcklin selbst ganz genau so vorkommt. Monets Marinen großstädtisches Seeempfinden zu nennen – na!

Von Größe u Persönlichkeit: Und er ist doch ein großer Künstler, in diesem Falle großer Mensch. Sie werden in meinem Menzel Buch darüber (Künstler – Mensch) ein ausführliches Kapitel finden. Wer sagt: ein großer Künstler ist auch ein großer Mensch, begeht einen Pleonasmus, der klar ist wie dicke Tinte. Nur den Menschen sehen wir im Künstler und nur den Künstler sehen wir im Menschen sobald wir uns mit Künstlern beschäftigen. Der Grund ihrer Bedeutung, der uns zur Beschäftigung mit solchen Existenzen treibt, liegt selbstredend nur in dem Sichtbaren ihrer Thätigkeit, nicht in der Analyse ihrer Liebschaften. Wenn ich umgekehrt daher sage »kein Zeichner, kein Maler, aber ein großer Mensch«, was R. mit einer verstockten Phrase andeutet, so sage ich gottsträflichen Blödsinn und kann im nächsten Moment sagen »aber mein Bruder bläst die Flöte«.

A propos: er sagt, es sei jetzt mode, Böcklin zu enthronen. Wo denn? Unter den über 250 Kritiken über mein Buch sind 3 zustimmende, halt, 4. davon 1 Holländer, ein Franzose, 2 Deutsche. 10 anerkennende Ablehnungen oder mit Reserven formulierten Zustimmungen. Der Rest nennt mich Idiot, Schweinehund etc.

Ouff! ich kann nicht mehr. Na, Sie schlafen hoffentlich schon längst. Sie haben Pech, daß ich mich ausgerechnet auf Sie stürze mit meinem artigen Kram. Aber warum sind Sie ausgerechnet der einzige, an dem mir was liegt, von dem ich möchte, daß er ganz erfaßt; geradeso wie er so tausend andere Dinge ganz allein erfaßt hat. Sehen Sie, auch deshalb bin ich wütend, daß Sie keinen Sekretär haben. Die hundert Viertelstunden, die wir feiern [?] könnten; kostbare Viertelstunden, mir zum Nutzen, Ihnen zur Verehrung, aufrichtiger Freundschaft und Dankbarkeit Ihres

Meier Gfe

64 Meier-Graefe an Maximilian Harden

Julius Meier-Graefe

Paris 23. V. 07
Hotel du Luxembourg
Rue Vaugirard

Lieber Herr Harden
Ich habe Ihnen gleich telegraphiert, bin unbändig froh, denn Sie sind ja unfähig etwas zu schreiben, was Sie nicht fühlen und eine Anerkennung von Ihnen –

Ich lese zwischen den Zeilen, wie schlecht es Ihnen geht. Sie Armer! Ach was gäbe ich drum, wenn ich Sie bewegen könnte, mal ruhig ein paar Monate auszuspannen. Was haben Sie denn vom Leben! Ihre Krankheit ist Deutschld, man frißt sich auf in der Erbitterung. Ich, der ich 10 mal gesünder als Sie bin und zehn mal weniger Gelegenheit habe, mich zu ärgern, bin in den paar Jahren, die ich wieder in dem Lande bin, zu einem halben Melancholiker geworden, der sich nur durch Riesenarbeit vor der Galle rettet, fühle mich auch nie mehr wohl, bin x mal zu den Ärzten gelaufen und habe immer wieder gehört, daß es mir glänzend geht. Wie sollen denn Zustände so anormaler Art hier einen anständigen Menschen, der Mangel an allen aussichtsvollen Freuden, die täglichen kleinen u großen Stiche nicht den Menschen mürbe machen. Weggehen ist das einzige und wenn es nur auf ein paar Monate ist.

Ich habe hier einen wahnsinnigen Ärger. Der Übersetzer meiner Entw. Geschichte ist ein Escroc, hat mich persönlich um viel Geld geprellt und da ich mich hinreißen ließ, ihn zu prügeln, hat er die ganze Arbeit (zwei Jahre) vernichtet, auch meine für ihn hergerichteten Manuskripte. Seine Beziehungen zu Kessler, der ihn sehr schätzte, bestimmten mich immer wieder, Vertrauen zu gewinnen. Wie die Sache zum Kloppen kommt, nämlich wie sich herausstellt, daß der Mann seit einem Jahr überhaupt nichts mehr gethan hat, bitte ich Kessler seinen Einfluß auf den Menschen aufzuwenden, um meine Manuskripte und das gemachte Stück zu retten, und Kessler – versagt, aber wie! fährt die ganze Geschichte noch mehr in den Dreck und läßt mich dann mit einer graziösen Geste sitzen. Sehen Sie, so ein Typ ist nur bei uns möglich. Ein Mensch, der sich um alles bekümmert und die erste Gelegenheit, mal etwas ohne Eklat aber nützlich zu thun – Übrigens, eine himmlische Figur für eine Komödie »Der Snob«.

Ihre Einwendungen gegen das Stück sind absolut richtig. Titel wird geändert. Die Szene mit Müller habe ich Lust zu streichen, der Abgang Benzenbergs (freut mich sehr, daß Sie die Nuance fassen) ist albern und rührt von einer inzwischen gestrichenen Szene mit Blumen her, die ich aus Degout vor Reinhardts Dekorationsschwindel weggelassen habe. B. geht einfach ab, um die Freunde nicht zu stören. Ich empfinde noch viele andere Mängel, die ich vielleicht bei den Proben herauskriege. Der Transport Liesens ist zur Not durch Vorhangsgeschichten zu vermeiden, so daß man diese Szene im Hintergrund spielen läßt. Das ist mehr eine Regiefrage.

Daß Sie auf Strindberg kommen, *ehrt* mich und freut mich sehr. An ihn gedacht habe ich nicht, aber gelernt habe ich von ihm mehr als von irgend einem.

Wie froh bin ich auch, daß Sie die Impressionisten gern haben. Ich meine auch, ich bin ruhiger und anständiger geworden. Abdruck bei Ihnen natürlich sehr angenehm. Ich habe halt immer den Eindruck, daß Bruchstücke kein Bild geben, aber Sie sind freilich ein Coupeur de premier ordre.

Brahm ist mir sehr sympathisch. O Gott, die Theaterschweinerei, davor graut mir. Ich sah gestern hier den Voleur in der Renaissance – Guitry und Le Bargy – unglaublich als Spiel!

Donnerstag oder Freitag komme ich zu Ihnen, wenn ich Sie nicht zu sehr strapaziere.

Adieu, lieber Herr Harden, einen warmen Händedruck! Ihr MG

65 Meier-Graefe an Franz Blei

Julius Meier-Graefe

Berlin W.
Genthiner-Straße 13 Villa J
12 I. 10

Lieber Blei
Sie können einer guten Sache einen großen Dienst erweisen, da Sie mit Wedekind sicher intimer bekannt sind als ich. Aber Vorsicht und Diskretion! Voilà: es steht fest, daß Gretor alias Petersen, die Hand im Spiele gehabt hat bei der Flora-Büste. Dieser Gretor hat Bode schon verschiedene Geschäfte vermittelt, Bode hat ihn eingeführt, wo G. wollte und am 21. November hat sich der brave Gretor in einem entsetzlich blöden Aufsatz des Figaro als Schüler Bodes geriert.

Nun liegt mir daran, ein objektives Leumundszeugnis Gretors zu erhalten. Ich kenne ihn nicht persönlich, habe Frau Strindberg, die mich mal bat, ihn zu empfangen, (Frau Str. war seine Maitresse) die Bitte abgeschlagen, weil ich zu viel Übles über den Mann wußte. Was ich aber weiß, kann ich nicht belegen. Dagegen muß Wedekind sehr genau informiert sein, da er Gretor als Marquis Keith verewigt und viel mit ihm verkehrt hat. Namentlich käme es mir darauf an, die Rolle, die Gretor in Sachen Langen gespielt hat, zu erfahren. G. hat bekanntlich Langen viele falsche Bilder verkauft, so wurde wenigstens behauptet, und Langen Unsummen gekostet. Auch soll Gretor gestohlen haben. Stimmt es? Weswegen? Er heißt eigentlich Petersen.

Ich habe begründete Ursache zu glauben, daß Gretor die ganze Lionardo-Sache eingefädelt hat, Bode hineingelegt hat und dabei ein Vermögen verdient hat. Alles das hindert nicht, daß Gretor ein interessanter Typ ist.

Sie wissen, mit welchen Schimpfereien Bode auf die sachlichen Einwände gegen die Echtheit der Flora geantwortet hat. Kann man dokumentieren, daß ein beruflicher Fälscher – als solchen sehe ich Gretor seit Jahren an – ihn auf die Fährte brachte, wird die Sache in ein anderes Fahrwasser kommen. Ich möchte aber nichts sagen, was ich nicht genau nachweisen kann.

Können Sie nun mal Wedekind fragen, was er Genaues über G. weiß oder durch ihn erfahren, wer Genaues über ihn aussagen kann. Da nicht ich, sondern ein nicht exponierter Bekannter, dem man keine Parteilichkeit nachsagen kann, die Sache aufrollen will, möchte ich nicht, daß Wedekind erfährt, daß ich dahinter stecke. Der Bekannte ist Gustav Pauli,

Direktor des Bremer Museums, gegenwärtig in London, um alle Fäden der Angelegenheit zu entwirren. Das sage ich Ihnen. Es wäre nicht diplomatisch, den Namen Pauli Wedekind mitzuteilen, dagegen darf man ihm nicht verschweigen, daß es sich um die Flora handelt, und welche Rolle Gretors dabei aufzudecken ist. Sie können ja für eigenes Konto fragen.

Ich verlasse mich auf Ihre Klugheit und Diskretion

Besten Gruß Ihr Meier-Graefe

66 Meier-Graefe an Maximilian Harden

Berlin W.
Genthiner-Straße 13 Villa J
7. II. 10

Verehrter Herr Harden
Der Fall Bode steht jetzt so: Er ist Excellenz geworden, hat sich in England gerühmt, den englischen Angriffen in der Lionardo-Frage die Excellenz zu verdanken. Kein ehrlicher Mensch zweifelt mehr an der Autorschaft des Lucas (selbst Friedländer hat sich Bekannten von mir gegenüber geäußert, daß er nicht mehr an die Echtheit glaube u Lucas für den Autor halte). D. Posse, der bei dem von Gretor verübten Bestechungsversuch dabei war, von dem inl. Übersetzung eines Briefes an Pauli berichtet, ist Direktor der Dresdener Galerie geworden; Gronau, der litterarisch in mehr als bedenklicher Weise für Bode eintrat (im »Cicerone«) Direktor von Kassel. Fest steht endlich, daß Gretor, ein mehr als zweifelhaftes Subjekt, berüchtigt in allen Händlerkreisen, das Geschäft vermittelt hat, daß Bode diesen Menschen gesellschaftlich stützt.

Es erwächst nun die Frage, ob man dieses Corruptions-System nicht aufdecken soll. Ich bin dazu bereit, finde es aber nach wie vor richtiger, wenn Sie es thäten. Wollen Sie nicht, so sagen Sie mir bitte, ob ich es in Ihrer Zukunft thun darf. In diesem Fall bitte ich um Zurückgabe der Beilage. Dr. Pauli ist in London gewesen u hat die Thatsachen, den Bestechungsversuch Gretors in Anwesenheit Posses, in vollem Umfange bestätigt gefunden u hat von der Glaubenswürdigkeit des Lucas und seiner Zeugen den besten Eindruck gewonnen.

Mit bestem Gruß

Ihr ergebener J. Meier-Graefe

67 Gustav Pauli an Herrn Dir. Dr. Swarzenski, Frankfurt a/Main

18. Februar 1910

Sehr geehrter Herr Kollege,
Die Flora-Sache wird immer übler und für das Ansehen unseres Standes in Deutschland und vor dem Auslande auf das schwerste kompromittierend wenn sich nicht die Stimmen der Kollegen mehren, die dem von Berlin aus betriebenen Schwindel widersprechen. – Sie müssen doch auch wissen, wie es um die Sache bestellt ist, da in Ihrer Gegenwart Dr. Posse sich zu einer unbedachten Äußerung hinreißen ließ, daß die Affäre nur noch durch Geld gerettet werden könnte. Gleich darauf ist dann tatsächlich an der Türe des alten Lucas in Southampton in Gegenwart Posses von Gretor ein verschleierter Bestechungsversuch gemacht worden, der allerdings Gott sei Dank fehlschlug. Ich habe über diese Sache einen ausführlichen Bericht von Cooksey in den Händen, dessen Glaubwürdigkeit ich mir durch mündliche Unterhaltung in Southampton habe bestätigen lassen.

Der, auch im Ton pöbelhafte, Artikel von Voss in der letzten Cicerone-nummer zählt unter den Autoritäten, welche die Wachsfigur für echt halten, auch Seidlitz und Goldschmidt, obwohl mir beide, der erste brieflich, der letztere mündlich erklärt haben, daß sie sich inzwischen eines besseren besonnen haben.

Wir stehen wahrhaftig vor der Welt in einer gradezu schmählichen Rolle da, wenn wir durch unser Schweigen den Anschein erwecken, als ob wir an den Unsinn glauben, den Gronau, Schottmüller u.s.w. auf Bodes Wink veröffentlichen. – Die Affäre hat schon viel zu lange gedauert und kann nicht anders aus der Welt geschafft werden, als dadurch, daß unabhängige Männer der Wissenschaft unerschrocken ihre Meinung sagen. Zu den Berufenen gehören in erster Linie Sie. Gewiß werden Sie irgend einen Anlaß finden, sei es in einer Fachzeitschrift, sei es in der Tagespresse, Ihre Meinung öffentlich auszusprechen.

Mit besten Grüßen

Ihr ganz ergebener [Pauli]

68 Meier-Graefe an Maximilian Harden

Berlin W.
Genthiner-Straße 13 Villa J
9. IV. [1910]

Lieber Herr Harden Ohne den Besuch in Southampton, ich meine ohne den Gretor'schen Bestechungsversuch, bei dem Dr. Posse zugegen war, geht die Sache selbstverständlich nicht. Denn das ist doch das stärkste äußerliche Merkmal der *Korruption*, die ja doch das wirklich Verdammungswürdige der ganzen Angelegenheit ist. (Ich will übrigens nicht unbedingt den beiden Leuten, die inzwischen Direktoren in Dresden und Kassel infolge Bodes Eintreten geworden sind, das volle Bewußtsein ihrer Schweinerei zusprechen. Das ist es ja aber eben, daß in unserem Beruf das Bewußtsein der Sünde so schwer nachzuweisen ist, warum eben doppelte Delikatesse der Beteiligten notwendig wird. Bei Posse kann viel Dummheit im Spiel sein) Ich werde sofort Pauli schreiben, daß er Ihnen Dispens erteilt. Übrigens ist die Gretor'sche Sache keineswegs sein Eigentum.

Gern will ich, wenn ich irgend kann, etwas über die Ausstellungen schreiben. Es mangelt nicht an Zeit oder gutem Willen, aber ich bin so verrannt jetzt in das Marées-Werk, das gerade am heikelsten Punkt ist, daß ich wie blöd bin. Fühle ich einigermaaßen, Ihnen etwas Vernünftiges geben zu können, so geschieht's gern. Nun das wissen Sie ohnehin. Ich bin ein bischen abgearbeitet, schäme mich, wenn ich an Sie denke.

Zur Bode-Sache noch dies als Symptom. Ich war neulich bei Swarzenski, dem Direktor des Städelschen Instituts. Er erzählte mir, daß ihm Posse die Andeutung von der Bestechungsaffaire Gretor gemacht habe und meinte dann, er fände die Bode-Affaire so würdelos, daß er sich des Berufs schäme und einen Moment gedacht habe, zu gehen. Als ich ihm darauf sagte, das sei doch wohl übertrieben, nur müßten die Kollegen die Gemeinschaft mit Bode brechen, erfolgte das bekannte Verlegenheitslächeln. So verhalten sich alle durch die Bank mit Ausnahme Paulis und Brinckmanns. Lesen Sie doch auch den Aufsatz Schefflers »Qualität« in Heft V seiner Zeitschrift. Alles das sind schlimme Symptome. Scheffler ist sicher eine ganz ehrliche Natur, aber hat kein besonders enges Verhältnis zur Kunst. Solche Leute kommen dann einfach dahin, die Meisterschaft für den Einfall des Kritikers zu betrachten, der darüber schreibt.

Ich möchte Ihnen damit nur sagen, wie unendlich wichtig die *moralische* Festnagelung wäre. Auch ich bin durchaus der Ansicht, hier giebt es nur eins: à la porte! Der Mann ist ein Verbrecher.

Herzlichen Gruß Ihr Meier-Graefe

69 Meier-Graefe an Maximilian Harden

Berlin W.
Genthiner-Straße 13 Villa J
9. V/10

Lieber Herr Harden
Die Empfindlichkeit Liebermanns übertreibt, scheint mir, das Weh, das ich ihm angetan habe. Ohne dieses Hypersensitive hätte er erkennen müssen, daß ich nicht schmähen, sondern helfen will. Wie er nun einmal ist, existiert die Würde des Präsidenten der Sezession für ihn nur als Nebenamt. Er hat recht. Es ist hundertmal wichtiger, daß er in vorbildlicher Weise seinen Weg als Künstler geht, als daß er einwandfrei die Sezession leitet. Wie ich Ihnen Gestern sagte: in 50 Jahren wird sich der Biograph Liebermanns lächerlich machen, der auf seine Rolle in dieser oder jener Sezession eingeht und sich nicht auf den Künstler beschränkt. Dieser Standpunkt muß auch heute schon, auch wenn es sich nicht um die Kritik des Künstlers handelt, in dem Respekt vor dem großen Kämpfer zum Ausdruck kommen. Ich bilde mir ein, nie den schuldigen Respekt vor der Potenz des Mannes verletzt zu haben, und habe ihn auch in diesem Fall nicht verleugnet. Aber [wer] aus dem Aufsatz eine Feindlichkeit gegen Liebermann oder die Sezession herausliest, ist vorausgenommen [sic].

Solange wir noch nicht die weite Distanz zu dem Meister haben und die Aufgaben des Tages die Notwendigkeit mit sich bringen, Kritik an seinem sonstigen Wirken zu üben, ist Offenheit Recht und Pflicht; in diesem Falle besondere Pflicht. Ich habe seit Jahren nicht mehr über die Sezession geschrieben, weil es mißlich ist, sich negativ zu äußern, und die letzten Jahre haben keine Ausstellung der Sezession gebracht, die als Organisation, als Symptom des Systems, ein anderes als höchst negatives Urteil erlaubt hätte. Diesmal haben besondere Umstände, nicht nur Ihre Aufforderung, mich aus der Reserve gelockt, der Krach in der Sezession, den ich in der Nähe sah, und manche andere Begebenheiten derselben

Zeit, die man selbstverständlich deuten muß, nicht zuletzt die Flora-Geschichte, die auch mit den von mir gerügten Mißständen zusammenhängt. Diese Symptome brachten jedem, der sehen konnte, Wahrheiten zum Bewußtsein, die Ihnen so geläufig sind wie mir und über die ich mich in der Zeit als ich mit L. verkehrte so oft und eingehend unterhalten habe, daß er sich kaum wundern darf, auch wenn er nicht meine Bücher kennt, heute davon Ausdruck bei dieser Gelegenheit wiederzufinden. Sie gipfele in der Thatsache, daß unsere Kunst nicht vorwärts kommen kann, solange nicht untadelhafte menschliche Gesinnungen, die dem Künstler förderlich sein können, erzogen werden. Als eine Möglichkeit zur Erziehung muß man die Sezession betrachten. Wie kann sie erziehen? Nur mit vernünftig organisierten Ausstellungen nach einwandfreien Grundsätzen angeordnet, zu denen ich möglichst einsichtige Auswahl und Konsequenz in der Wahl rechne, daneben – als Korporation unabhängiger Menschen – mit Manifestationen rationeller Art gegen allgemeine Mißstände des Kunstlebens, Unbill der Behörden in künstlerischen Dingen u.s.w.

Von diesem Prinzip läßt die Leitung der S. höllisch wenig merken. Als Korporation konnte und mußte die Sezession in Sachen Tschudi Stellung nehmen. Sie hat es nicht gethan, aber Herrn Gorki gefeiert. In der Bode-Affaire hat sie sich ebenfalls gedrückt. Also in zwei für die Kunstverhältnisse Berlins höchst symptomatischen und wichtigen Fällen, in denen frechste Willkür und Schlimmeres gegen die einfachsten Gesetze des Anstands und der Pietät geradezu gewüstet haben, hat sie kläglich versagt. Steht Liebermann auf dem Standpunkt, der Direktor der Nationalgalerie, die Büste des Herrn Lucas gehen ihn nichts an als Präsidenten der Sezession? Dann soll er nicht den Anschein erwecken, die Sezession sei etwas anderes als eine Versorgungsanstalt oder degl., und nicht das Prestige einer gemeinnützigen Institution zu behaupten suchen. Und dann, notabene, haben Sie mit ihren schweren Vorwürfen in der Ferrer-Geschichte, auf die ich, auch im Interesse Liebermanns, geantwortet habe, vollkommen recht.

Verfolgt Liebermann auch bei den Ausstellungen der Sezession diese passive Tendenz, so schädigt er ohne jede Entschuldigung die ihm anvertrauten ideellen Interessen. Die bei jeder Ausstellung unvermeidlichen Kompromisse dürfen nicht so weit gehen, daß Künstler und Publikum aus den Entscheidungen der Jury keine erzieherische Richtschnur ablesen können. Das trifft hier zu. Muß man wirklich, was ich nicht weiß, von den Mitgliedern so miserable, unter jedem Niveau stehende Dinge annehmen,wie sie in der Ausstellung hängen, so giebt es schwerlich auch nur den Schein von Legitimität für Ehrungen Eingeladener, die keine künstlerische Bedeutung haben.

Herr Liebermann hat in meinen Worten über seine Beziehung zu Zorn eine Beleidigung gesehen. Ich bitte Sie, ihm zu sagen, daß ich das nicht im entferntesten erwartet habe u. diese Wirkung aufrichtig bedaure. Ich habe allerdings geglaubt, daß in seiner Schätzung Zorns seine Freundschaft zu dem Menschen den Ausschlag gab, und finde das bei einem Künstler, der nicht gehalten ist, die Genesis seiner Empfindungen zu kontrollieren, kein Manco dessen Feststellung beleidigend sein könnte. Wünscht Liebermann von mir eine öffentliche Bescheinigung, daß ich an seiner Schätzung Zorns nicht zweifele, so bin ich gern dazu bereit, müßte aber bei dieser Gelegenheit, um meine Ansicht zu belegen, die Fälle erwähnen, in denen eine gleiche Differenz zwischen Ehrung und Wert hervortritt: der Fall Klinger, der Fall Klimt, der Fall Mattys [sic]. Hier hat die Ehrung genauso deroutierend gewirkt und mußte so wirken. Über zwei der erwähnten Künstler hat sich Liebermann nachher in recht unzweideutiger Weise geäußert. Es liegt mir durchaus fern, aus solchen Fällen einen Mangel an Aufrichtigkeit zu konstruieren. Diese Inkonsequenzen entspringen dem Mangel an intensivem Interesse an den Entscheidungen, der menschlich durchaus begreiflich ist. Es ist sicher nicht bequem, ein Programm ohne arge Kompromisse nach allen Seiten durchzuführen, und ich würde durchaus verstehen, daß sich Liebermann nicht den Scherereien, die damit verbunden sind, aussetzen mag, nicht weil es ihm an Mut gebricht, sondern aus Bequemlichkeit. Aber wir haben darauf zu achten, daß, wenn er die Last auf sich nimmt, eins der wenigen dem Fortschritt dienenden Mittel nicht ausgeschaltet werde. Und schließlich, ist es denn wirklich so schwer, das Notwendige zu thun und das Vermeidbare zu unterlassen? Mir scheint es Kinderspiel im Vergleich zu den Pflichten des Künstlers, die Liebermann konsequenter als irgend einer bei uns erfüllt. Nur muß man nicht die Absicht haben, die Sache nur nach außen zu gestalten, mit möglichst viel Relief, gleichgültig, wie es gewonnen wird, sondern ein wenig auf die innere Stärkung der Gemeinde bedacht sein. Die habe ich mit meiner vermeintlichen Opposition im Auge, nichts weiter, nicht den Putsch der Jungen, an dem mich Liebermann anscheinend immer noch beteiligt glaubt. Übrigens eine schwierige Art, Vermittlerdienste, die von seiner Partei erbeten wurden, zu quittieren. Wenn ich auch nur halb so empfindlich wäre, könnte ich diese Äußerung einer Meinung, über deren Irrtum ich, wie Liebermann wissen dürfte, Herrn Cassirer aufgeklärt habe, als Beleidigung nehmen. Herr Liebermann unterschätzt meinen Ehrgeiz. Der hat nie dahin gezielt, den dunklen Geschichten der Sezession vorzugreifen, die mir bis vor kurzem immer herzlich gleichgültig war. Erst seit dem Krach interessiert mich die Sache, aus Gründen, die ich in dem Aufsatz auseinandergesetzt habe. Und ich werde dies Interesse weiter bethätigen, auch wenn es Liebermann weiter unerwünscht sein sollte.

Noch etwas: Liebermann schickt mir durch Sie eine Retourkutsche. Möglich, daß ich König überschätze, weil ich von nahem sehe, wie er arbeitet. Das kann niemand kontrollieren. Nur kann man nachweisen, daß er vorwärts kommt und nur mit der Anerkennung dieser Thatsache, deren Bedingtheit niemandem entgeht, und mit der ich niemanden verwirren oder schädigen kann, habe ich ihm und anderen, die von der süßen Presse verrissen werden, Mut machen wollen. Es scheint mir die objektive Pflicht der Kritik, die mit dem vorhandenen Material zu rechnen hat.

Wenn Liebermann, statt nach Persönlichem zu suchen, doch einsehen wollte, wie leicht es ihm wäre, alle vermeintlichen Frondeure innerhalb und außerhalb seiner Gemeinde unter einen Hut zu bringen! und wie gut ihm das stehen würde!

Besten Gruß Ihr Meier-Graefe

70 Meier-Graefe an Dr. Krebs (Freie Schulgemeinde)

[Tgb. Dezember 1911]

Sehr geehrter Herr Krebs
Es wird mir recht schwer, Ihnen zu antworten. Denn ich möchte alles andere nur nicht Sie verletzen. Sie verstehen wohl, daß wenn ich nicht sehr ernste Gründe hätte, ich Ihnen gern diesen persönlichen Gefallen getan hätte. Den Aufruf hätte ich ohne weiteres unterzeichnet, ich kann es nicht nach der Lektüre des Programms. Was mich abhält, ist weniger dieser oder jener bestimmte Grund als ein vages Unbehagen und das Gefühl, bei einem Experimentieren mit so ernsten Dingen keine scheinbare Verantwortung übernehmen zu dürfen. Ich werde nun einmal nicht den Eindruck los, daß diese Schulideen demselben oberflächlichen Moder-

nismus verfallen könnten, die den Menschen von heute Dinge erleichtert, die nur, wenn sie mit eigener schweren Aufbietung erreicht werden, fruchtbar werden können. Es wird heute alles zu leicht gemacht, man wird zu leicht gebildet, nun soll man auch noch zu früh erwachsen werden. Mir scheint, selbst mit dem größten Idealismus, den ich bei den Gründern, bei Leuten wie Ihnen als selbstverständlich voraussetze, muß in einer solchen Schule ein Dilettantismus einziehen, der alle guten Absichten ins Gegenteil kehrt. Sie wollen die Kunst in den Mittelpunkt setzen. Wissen Sie, daß es in Deutschland nicht 3 Lehrer an Universitäten giebt, die sich über die elementarsten Wertungen klar sind? Und Sie wollen[,] was unendlich viel schwieriger ist, Kindern von ernsthafter Kunst erzählen? Mir scheint, Sie vergessen überhaupt ein wenig, daß es sich um Kinder handelt. Es ist mir ein gräßlicher Gedanke, mir vorzustellen, daß fünfzehnjährige Jungen über Manet und Rembrandt diskutieren. So etwas muß Feiertagkuchen bleiben. Wenn die Jungen wirklich Männer geworden sein werden, werden sie die Kunst wie eine Beschäftigung für die reiche Jugend betrachten und sie ablehnen wie ja tathsächlich heute alle ernsthaften Leute die keine Snobs sind die Kunst wie etwas Nebensächliches ablehnen. Mit dem besten Willen von der Welt werden Sie in die Gefahr kommen, dem Materialismus zu dienen.

Auch was in dem Programm von dem Sprachunterricht und den naturwissenschaftlichen Studien steht gefällt mir nicht. Mir scheint eine Schule ist nicht oder nur zum wenigsten zur reellen Bildung von Kenntnissen da, sondern zur Schulung des Geistes. Es ist weniger wichtig, französisch auf der Schule zu sprechen, als von der Gymnastik zu profitieren, die eine vernünftig vorgetragene Syntax dem Geiste aufprägt. Darum bin ich unbedingt für die alten Sprachen auf der Schule und möchte das »Unnütze« dieses Lehrstoffs als Vorzug preisen.

Seien Sie mir nicht böse. Sicher[,] ein genialer Lehrer mag mit einem genialen Schüler auf Grund Ihres Programms etwas erreichen. Eine Schule auf solchen Ideen aufbauen scheint mir mehr als bedenklich. Und das sagt Ihnen einer der auf der Schule fast nur mit Trotteln als Lehrern zu tun hatte und zuweilen zu Tode gepeinigt wurde.

Ich möchte ein Buch schreiben, um Ihnen alles zu sagen. Ich möchte nur mit diesem Wenigen Ihnen sagen, daß es wirklich nicht böser Wille ist, wenn ich mich von einer Sache fern halte, die von sympathischen Menschen propagiert wird.

Ihr MG

71 Meier-Graefe an Richard Dehmel

Genossenschaft PAN
Berlin W Schillstr. 4

26. V. 95

Lieber Freund! Der schleunige Bescheid wie gewünscht, daß wir Ihre Sache vortrefflich finden. Justement das was wir wollten und das niemand so kann wie Sie.

Wegen Familien-Journal nur keine Bange! Der Tendenz ist nur das Glühlala unangenehm, nicht das Sachliche. Und es läßt sich darüber streiten. Ich gestehe, daß ich mich redlich bemüht habe, wenigstens mit der Zeit Ihr Trinklied schlecht zu finden, dieses Glühlala's wegen, das ich theoretisch für maßlos unkünstlerisch halte. Aber ich kann mir nicht helfen, ich halte es immer noch für das beste Gedicht, das ungefähr seit Walter von der Vogelwiese [sic] gemacht worden ist und ich glaube, das Glühlala ist wesentlich dabei; scheußlich das Klirrlala; wissen Sie in Ihnen steckt eine merkwürdige Mischung von fabelhaftem Geschmack und bärenmäßiger Geschmacklosigkeit. Sie haben eine Heidenangst, für einen Bourgeois gehalten zu werden, weil Sie sich mit Bourgeoismöbels zu umgeben lieben und in dieser Befürchtung begehen Sie Sachen, die von dem reinen und großen Künstler in Ihnen, den ich anbete, lächerlich erscheinen. Wissen Sie, ich meine wir können doch ganz ehrlich zu einander sein, ich kopiere den Brief nicht, also Ihrem Größenwahnsinn wird kein Abbruch gethan. Überall in Ihren œuvres kommt diese mir geradezu entsetzliche Manier zum Vorschein, es ist immer nebensächlich, aber wozu gar nichts als Ulken.

Solche Sachen gehören in eine Bierzeitung für einen amüsanten Kreis, meinetwegen auch mal in den Pan, aber nur aus Protestrücksichten und Kollegialitätsgefühl. Zu großen Kerlen gehört so etwas nicht, finde ich, oder es muß so produktiv wirken wie bei Stachu. Auch bei dem ist's eine maßlose Gefahr; diese verdammte Blague wird Stachu auffressen, passen Sie mal auf.

Daher finde ich auch in Ihrem Aufsatz diese eingestreuten Geschichten [?] überflüssig; es ist als ob Sie sich schämten, den klassischen Styl zu schreiben, den Sie beherrschen.

Dieser furchtbare lange Satz wird deshalb nicht verdaulicher weil Sie ein geschmacklosen Rahmen für gut sahen! Ich habe oft die Idee, daß

Sie sich schämen, wenn Sie mal etwas Gutes gemacht haben und nun schnell ein paar Klexe darauf machen.

Es ist der Rest von Bohémien in Ihnen und wir sind uns darüber klar, der Bohémien ist und bleibt Bierulk, genial meinetwegen, aber Ulk!

Da heraus ist Ihre Bewunderung des Scheerbartschen Trinklieds verständlich, des größten Stümpers den ich kenne, der gar nichts kann, aber auch keinen [?] Witz darüber machen. Wissen Sie, als Redakteur rutsche ich denkend vor Ihnen herum, froh so etwas zu bekommen, als Freund, als Privatgenüssler möchte ich Sie anflehen, diese Geschichten zu lassen. *Sie* werden nie trocken, glauben Sie mir, es ist eine lächerliche Selbstunterschätzung, der Sie da folgen Sie mit Ihrem Größenwahn.

Sehen Sie, ich rede hier als Fachmann. Ich schreibe so mit diesen Kinkerlitzchen. Aber bei mir ist es etwas anderes. Da sind diese Sachen echt und streng persönlich, resultieren aus individueller Nervenveranlagung, wirken künstlerisch und ich will Ihnen hier etwas sagen, der Brief wird ja nicht kopiert, ich empfinde das als die gemeinste, niederträchtigste Impotenz, als einen scheußlichen Compromiß mit meiner Schwäche. Ich kann Ihnen sagen, daß das bischen Ehrgeiz in mir jedes mal, wenn ich so etwas mache, Qualen aussteht. Ich *kann* keinen klassischen neuen Stil schreiben, vielleicht kann es überhaupt heute niemand, wie auch heute niemand stilvoll bauen und malen kann, aber wenn es irgend einer noch fertig bringt, so sind Sie es.

Übrigens ist es sehr leicht möglich, daß genau das Gegenteil von alledem der Fall ist, selbstredend!

Also Mittwoch um *2 Uhr*! freue mich sehr. [?] habe ich getreten.

Ihr MG

72 Meier-Graefe an Richard Dehmel

[Frühsommer 1897]

Lieber Dehmel
Ihre Kritik hat mir viel Freude gemacht, hätte mir nie eingebildet, an dem abgelegten Schinken noch so viel Pläsir zu erleben – denn es ist eine uralte Sache. Alles Gute, was Sie davon sagen ist zu viel, und alles Schlechte zu wenig.

Vallotton bekommen Sie natürlich – besser, vielleicht wenn ich die Zeit habe, zu korrigieren, sogar fein.

In der nächsten Zeit werde ich nur noch über Stühle und Tische schreiben, was mir momentan viel Spaß macht. Ich habe den Münchener Bruckmann rumgekriegt; am 1 Oktober erscheint »Dekorative Kunst«, das Studio für Deutschland, und hoffentlich besser, unter meiner Redaktion.

In Paris ist es immer noch nett und wenn Sie im Herbst oder wann Sie wollen unser Gast sein wollen, sind Sie willkommen auch mit Frau, die ich herzlich grüße, kann Ihnen zwei Betten zur Verfügung stellen, zieh am 1 Oktober in eine neue größere Wohnung. Ju kommt mit Gusti im Januar, Februar, März. Wenn Sie in dieser Zeit kommen, kann ich Sie nicht logieren, weil dann kein Platz – anderseits wäre es gerade schön, wenn Sie mit Ju hier wären. Vorher oder nachher wohnen Sie bei uns.

In 14 Tagen verlasse ich Paris und komme auf größeren Umwegen – London – Amsterdam – Kopenhagen – Ende Juli nach Berlin.

Viele Grüße Ihr Meier-Graefe

Bitte dedizieren Sie mir diesen Wustmann »Sprachdummheiten«. So etwas brauche ich absolut oder geben Sie mir den Verlag an.

73 Meier-Graefe an Richard Dehmel

Paris, 37 Rue Pergolèse
11. I. 98

Lieber Dehmel
Albert wohnt 75 bould St. Michel hier, Ihr Herr Schäfer ist mir willkommen nur bin ich einen Teil dieses Monats verreist, ich komme gegen Ende nach Berlin auf ein paar Tage u sehe Sie dann; rede dann auch über Ihren prächtigen Brief. Was Sie da über mein Buch sagen fühle ich nur zu sehr als Wahrheit. Das Schlimme ist, solche Sachen herauszugeben. Ja, wenn es überhaupt noch einen dritten Teil giebt, dann wird er gut, ich schreibe mir jetzt den kalten Stil an, ich meine das nur als ›Stil‹, es giebt kein besseres Mittel dafür als die Art Kunstschreiberei, die ich jetzt schreibe; über Bedarfskunst wie Sie es nennen. Ich will ein ganzes Buch darüber schreiben, ich sage Ihnen das drainiert, weil es hierbei nur auf Intelligenz ankommt, nicht auf Phantastereien. Und dann werde ich endlich einen anständigen Roman schreiben, den ersten. Natürlich Ge-

müt, aber das muß *gegen* den Willen des Autors hinein kommen und dann eine besondere Art. Na, das Gemüt im 20 Jahrhdt – feines Thema!

Auf Ihre Bedarfskunst werde ich gelegentlich zu reden kommen. Ich gebrauche mit Vorliebe »Nutzkunst«, ist noch kürzer; noch besser man redet überhaupt wenig von »Kunst« dabei. Ich sage Ihnen, es giebt andere Dinge, die viel wichtiger in der Sache sind. Ich komme gerade heute von einer Reise zu meinem Bruder zurück, bei dem ich *Maschinen* gesehen habe, besser als ein halb Dutzend Böcklins zusammen, so schön in der *Linie.*

Na warten Sie nur, wenn dies Buch kommt! – Extirpation der Venus Consolatrix – das ist eine Gemeinheit. Auf Wiedersehen, dann mehr.

Ihr MG

74 Meier-Graefe an Richard Dehmel

LA MAISON MODERNE
2 Rue de la Paix & 82 Rue des Petits-Champs
Paris

13 April [1901]

Lieber Dehmel
Und ich schreibe Dir doch, ich bilde mir ein, entweder man ist sich Freund u dann hat man die verfluchte Pflicht & Schuldigkeit, sich gewisse Dinge zu sagen oder man ist sich wurst.

Ich war neulich in München & las dort Korrekturen Deines Romans in Romanzen mit der gewissen Stelle, wo Du mit Konsonanten arbeitest »Wrwlt«

Ich gestehe Dir, ich begreife die Inselleute u namentlich Bierbaum, der Dir nahe steht, ebenso wenig wie Dich, daß so etwas gedruckt wird. Du wirst mich wohl für den Philister halten, der nicht begreift, daß man in gewissen Höhepunkten über die Stränge schlägt. Aber man thut es nicht in so einem Werk, Du bist doch weiß Gott über die Zeit Deines wundervollen Trinklieds hinaus, Du willst diese Sache als *das* Werk angesehen wissen, dann darf man nicht solche *nebensächliche* Unmöglichkeiten stehen lassen. Es giebt sicher keinen objektiveren Beurteiler als mich, sieh mal von allen kritischen Fragen ab, vor denen solche Dinge ja überhaupt nicht diskutabel sind, ich urteile als naiver Durchschnitt, denke mir wie andere vernünftige aufnahmefähige Menschen urteilen werden – na, ich sage Dir, man bekommt einen solchen Choc, daß man Deinen ganzen Roman dann unterschätzt. Du darfst so etwas nicht, Du am wenigsten, wenn Du Dich in solche Geschichten reinbeißt, gehst Du pleite. Herrgott, denk doch mal an Goethe, glaubst Du denn daß so etwas überhaupt noch im entferntesten mit Poesie zu thun hat, in der nächsten Fortsetzung wirst Du an der betreffenden Stelle vielleicht ein paar Noten drucken lassen.

Dir liegt heute vielleicht nichts mehr an mir, wir sind zu selten zusammen, Du mußt es mir halt glauben, daß ich Dich als den stärksten Kerl liebe, daß nicht der Funken einer Voreingenommenheit irgend welcher Art mich beeinflußt, daß ich also wirklich so objektiv urteile als Du es nur verlangen kannst. Es wird Leute geben, die Dich vielleicht am feinsten verstehen, die das Feuer in Dir lieben, die Dich, wenn Du diese Sachen stehen läßt, eine Nummer niedriger hängen werden. Ich für meine Person, die Deinen werten Dickkopf kennt, würde Dich wenn möglich noch höher schätzen, wenn Du es über Dich bringst, zu streichen.

Kommst Du am ersten Mai nach Darmstadt, ich habe Lust, zur Eröffnung der Sache hinzufahren.

Grüß Deine Frau herzlich

Dein MGfe

75 Meier-Graefe an Richard Dehmel

37, Rue Pergolèse
24. II. 03

Lieber Dehmel
Ja, Die Druckfehler sind ekelhaft. Man soll nicht gleichzeitig Korrekturbogen lesen u Geschäftsbriefe diktieren.

Das Bändchen u das nächste, das Du in 3-4 Wochen erhälst, sind ein paar Kapitel aus meiner Ästhetik, die jetzt endlich einen Verleger gefunden hat und im Herbst erscheint. Ich freue mich rasend, wenn Dir die Sachen gefallen.

Nun lies mal die Vorrede zur Impressionistenausstellung in Wien, die ich Dir beifolgend schicke, und stelle Dir vor, daß daraufhin Bierbaum in der »Zeit« ein Feuilleton gegen mich losläßt, in dem er mich als interessanten »Feuerwerker« behandelt. Hast Du das gelesen? Darauf halte ich vor 8 Tagen in Wien in der Sezession einen Vortrag, simpel und anständig wie es sich gehört, ohne eine Nuance Phrase und die »Zeit« bringt eine Besprechung, in der unter anderem von mir als dem eleganten commis voyageur des Beaux Arts die Rede ist. Der Vortrag wird auszugsweise demnächst in der Zukunft erscheinen. Die Zeit ist wütend, weil ich der N. F. Presse meine Sachen lieber gebe als ihr, nachdem sie sich mit mir u anderen im Anfang entsetzlich albern benommen hat.

Ich schreib Dir dies alles, um die Psychologie Bierbaums abzuschließen, von der ich Dir neulich mal schrieb. Du siehst, ich komme noch immer nicht über die Sache weg. Ich habe B. rasend gern gehabt, ihn selbstredend nie überschätzt, aber ihn für anständig gehalten, an die gewisse Atmosphäre geglaubt, die einem bei ihm immer wohl that. Es ist mir greulich fatal, ich komme mir grenzenlos blödsinnig vor, und es ist mir wirklich ernsthaft leid. Ich verkehre mit so wenig Menschen.

Wenn Du Gelegenheit hast, geh mal nach Wien, es ist dort viel los. Die Leute fangen an, nicht nur gute Möbel zu machen.

Schönen Gruß Deiner Frau u Dir

Dein Meier-Gfe

76 Meier-Graefe an Richard Dehmel

37, Rue Pergolèse
25. II. 03

Lieber Dehmel Ich habe bei alledem vergessen, Dir zu antworten. Ich finde an dem Beethoven gar keine Mache, das ist einfach schlechter Kram, nicht 5 Pf wert. Eine vulgäre Indecenz als Vorwurf, schamlos, haarsträubend ungefähr so wie Dein Kopp von Behrens, und dann gemacht – na! Ein jüdischer Parvenu kann nicht protzenhafter sein. Es ist modern style wie gewisse schlechte Publikumskulptur dekorativen Genres, die man in Wien billig macht. Nur theuer, maaßlos theuer, es ist ein Wunder, daß er nicht noch Beethoven Brillantaugen eingesetzt hat.

Na, Gott sei Dank, daß Du das auch nicht gut findest. Servaes, der in Wien wieder bei seiner Frau ist – so was soll man nicht thun – schreibt über Klinger Bücher.

Mit der Mache hat das alles gar nichts zu thun, Mache schadet nie, wenn sie wirklich gute Mache ist, Routine ist eben geistlos. Temperament, selbstverständlich, so selbstverständlich, daß ich mich darüber nicht verbreitet habe, siehe Zola. Das vergißt man immer, daß man mit einfachen Landschaften, Blumen u Bourgeoisporträts Temperament haben kann.

Im Unterschied zu welchen Anderen haben Manet u Turner [?] und *allenfalls* auch Degas Temperament? Vielleicht von Lautrec? Monet? Cezanne? Nee, nee, nee!!! – Die haben alle wahnsinnig viel mehr Talent und Temperament als alle deutschen Maler zusammen. Blos bei Euch muß es immer gleich spritzen. In Deutschland giebt es nur tolle, heftige, wilde Temperamente (d.h. in der Kunst, was anders bei Leibe nicht, Siehe Willem's Leibminister!). Es giebt hier auch andere. Ich hätte eine wahnsinnige Lust mit Dir einen Briefwechsel zu mimen. Es ist vielleicht eine greifbarere Form als Bücher. Die Leute sehen in mir immer nur den Ästhetiker u.s.w. resp. sehen in diesen Fragen ästhetische Spezialdinge, während sie viel wichtiger sind.

Dein MG

77 Meier-Graefe an Richard Dehmel

11. 6. [1904]

L. D. Sehr kitzlich die Sache mit der Ehrlichkeit. Wären unsere Ideen (d.h. *nicht unsere*) über Kunst nicht mit so blöden ABC-Geschichten befangen, so würde man wohl die Gemütlichkeit Thomas als Bauernschläue und Böcklins Brutalitäten als Vorspiegelungen falscher Thatsachen empfinden. Ich halte dieses Wursteln schlechterdings für *intellektuelle* Unehrlichkeit und wenn wirklich Seele, Persönlichkeit etwas in der Kunst bedeuten, woran ich, wie Du gesehen haben wirst, glaube, so sind diese Leute üble Schwätzer. Du hast die Nuance mit Klinger richtig erkannt u. daß Du dies Kapitel nobel findest, thut mir rasend gut. Nee, nee ich überschätze keinen Franzosen; überschätzen kann man Besnard, Carrière u.s.w. Die Manet, Renoir, Cézanne & Degas sind so wenig zu überschätzen in ihrer Art wie Rembrandt, van der Meer [sic] oder die Venezianer. Ich bin glücklich, daß Du das Buch wirklich gern hast. Ich komme ganz sicher nach Schwalbach. Grüße Deine Frau

Dein alter MG

78 Meier-Graefe an Richard Dehmel

Corneliusstr. 1
26. II. 05

Lieber Richard Ich komme mit einer Idee. Die ganze deutsche Kritik, vielleicht auch noch mehr leidet unter einer höchst zweifelhaften Deutschtümelei, an der glaube ich, das Schädlichste die vage Consistenz, ein alles u nichts sagendes Phrasentum ist. Ich bilde mir ein, daß eine öffentliche Aussprache helfen könnte, und beabsichtige eine Rundfrage zu veranstalten. Über das Detail bin ich mir noch nicht klar. Es handelt sich darum, die Frage so zu stellen, daß der Punkt, wie weit das Nationalitätsgefühl in ästhetischen Fragen mitzusprechen hat und wie weit nicht, hübsch säuberlich zum Vorschein kommt. Es handelt sich dabei auf deutsch um eine direkte Opposition gegen das Richard Wagnertum soweit es nicht auf Musik, sondern auf Flausen beruht, Thode und Genossen, um Entscheidung der Zulässigkeit gewisser fremdländischen Beeinflussungen etc. etc. Das würde ich schon heraus kitzeln und es versteht sich von selbst, daß die Rundfrage Dir vor Deiner Entscheidg zur Korrektur vorliegen würde. Das Resultat würde ich in einem Buch publizieren. An wen man sich wendet, etc. würden wir gemeinsam entscheiden.

Ich meine Du, ich und noch ein dritter, vielleicht noch ein vierter müßten die Rundfrage zeichnen. Als dritter habe ich an Hauptmann gedacht, als vierten müßte man einen Gelehrten oder Politiker aufgeklärter Richtung, vielleicht Harden nehmen.

Du bist natürlich der erste, mit dem ich darüber rede. Hast Du Lust? Richtig gemacht, könnte etwas sehr Feines u Nützliches herauskommen. Arbeit würdest Du abgesehen von der Korrektur meiner Vorschläge nicht haben. Die Chose muß natürlich scharf präcisiert sein, aber nicht auf Detailkram hinauslaufen. Übrigens wäre, wenn Du dabei bist, das erste, daß ich die Sache mal zu skizzieren versuche, damit wir beide uns zunächst mal einigen. Rede nicht darüber.

Herzlichen Gruß von Haus zu Haus Dein MG

79 Richard Dehmel an Meier-Graefe

[um den 28. 2. 1905]

Die Idee ist mir sehr sympathisch. Zufällig schrieb ich kürzlich auch einen Aufsatz, worin ich der »volkstümlichen« Kunst mal ordentlich hinter die Vorhänge geleuchtet habe. Die einzelnen Punkte des Fragebogens, und vor allem die treffsichere Fassung, besprechen wir wohl am besten mündlich; [...] Inzwischen kannst Du Dir vielleicht schon den Entwurf der Fragen ausarbeiten, und ich notiere Dir dazu auf Deinen Zettel (anbei zurück) einige Ergänzungen; es muß alles möglichst präcisiert werden, damit keine vagen Antworten (Drückerbergereien) einlaufen. Titel der Sache (auch des späteren Buches) wohl am besten: *Nationale Kultur?* (mit Fragezeichen). Das wirkt etwas herausfordernd, soll es aber auch; wir müssen gewisse Leute zum Widerspruch reizen, sonst gibt's eine bloße Langweilerei, ästhetischen Conventikeljux. Der Bericht (in dem späteren Buch) muß durchaus polemischen Charakter haben, d.h. es müssen gewisse Antworten mit Hilfe der anderen geohrfeigt werden; nur dann kann es öffentlich weiterwirken, und darauf kommt hier wohl Alles an. Deshalb scheinen mir 3 Unterzeichner nicht genug für die Rundfrage. [...]

Mit allen Grüßen von Haus zu Maus.

80 Entwurf der Rundfrage

[1905]

Euer Hochwohlgeboren

bitten wir Unterzeichneten um aufmerksames Gehör.

Unsere Zeit verlegt sich auf Massenproduktion und ersetzt auf fast allen Gebieten die Einzelkraft durch die Vielheit. Politik und Volkswirtschaft und das Leben jedes Einzelnen werden durch die Notwendigkeit der Arbeitsteilung in eine immer größere Anzahl von Spezial-Interessen zerspalten, und wir geraten in die Gefahr, unter der anfechtbaren Logik der gesonderten Mehrleistungen den Blick für das Ganze zu verlieren. Der Regulator des ungeheuren Komplexes ist der Drang nach materieller

Macht. Ihm dient heute fast aller Geist und Fleiß, fast alles Sinnen und Trachten der leitenden Gruppen. Ihm verdankt Deutschland den gewaltigen Aufschwung seit dreißig Jahren. Er ist es aber auch, der uns mit Schwächung der edleren, das dauernde Wohlsein eines Volkes verbürgenden Instinkte bedroht. Nur in Wenigen lebt heute das tatkräftige Bewußtsein von der Unzulänglichkeit materieller Machtfülle, von der Gefahr, daß unseres großen Volkes Genie unter der einseitigen Ausnutzung seiner Gaben den Adel seiner Gesittung und damit sein künftiges Machtfundament einbüßen könnte. Auf allen Gebieten des Geistes, die aktuellen *Machtzwecken* (Maßzwecken) nicht zugänglich sind, herrscht eine Zerfahrenheit, die seltsam von der aufs äußerste geregelten Ordnung der anderen Felder absticht und deutlich von Vernachlässigung zeugt. Über die Beschäftigung mit Kunst und Litteratur, mit ideeller Kultur überhaupt, wird heute mehr als je gesprochen und geschrieben; die Beschäftigung selbst aber, so viel auch der Tätigen sind, wird immer zur bloß nutzbaren Nebensache, und fast könnte man glauben, das Ideale sei nur noch ein wohlfeiles Schmuckwerk, ebenso käuflich wie der Rest, statt der zur Züchtung des Volkes unentbehrliche Lebensbestandteil.

Nichts ist weniger zur Abwehr geeignet als phrasenhaftes Selbstbewußtsein, mit dem man sich und andere über den Zustand der Gefahr hinwegtäuschen möchte, ja das womöglich den Zustand preist, damit der Schein *eines Willens* die Willkür verdecke. Daß es um andere Nationen heut meist nicht viel besser bestellt ist, darf uns nicht blind machen vor dem eignen Irrweg. Nur die ehrlichste Sachlichkeit, die hier ebenso planvoll und logisch vorgeht wie auf den materiellen Gebieten, nur die klare Erkenntnis der Gegenwart kann einer solideren Zukunft Brücken bauen.

Unter den Argumenten, mit denen die Kulturfrage heut ausgestattet wird, kehrt keins so häufig wieder und greift in so viele Gebiete des Geistes hinein wie der Begriff der *Nationalität*. Er deckt die Seele des Volkes: die mannigfachen Eigenschaften, die den Charakter der Nation ausmachen. Als solcher muß er sich natürlich, gemäß den von dem Volkskörper durchlaufenen Entwicklungen, nach und nach verändern. Wir *stoßen* (begegnen) aber gegenüber unendlich vielen Erscheinungen unserer Zeit *auf die* (der) mehr oder weniger dogmatische(n) Anschauung von einem nicht relativen, sondern absoluten Begriff, als sei Nationalität etwas Feststehendes, das allein und innerhalb der unaufhörlich flutenden Bewegung der Zeit seinen ein für allemal gegebenen Bestand bewahre. Ein so verstandener Begriff muß notwendig auf wichtige Kulturprobleme, auf vielerlei Fragen der Politik, der Sozial-Ökonomie, vor allem aber der geistigen Kultur, seinen Schatten werfen und jeden Versuch, sich über solche Probleme Klarheit zu verschaffen, *bedenklich präjudizieren* (präjudizierend beeinflussen). Wir finden denn auch in dem verwirrtesten Kulturgebiet Deutschlands, in der *Kunst*, jenes Dogma am deutlichsten formuliert; ja, es ist vielleicht der Grund der Verwirrung. Wir dürfen daher annehmen, daß eine Klärung dieser Situation zu einer Reinigung vieler Anschauungen führen könnte. Wenn das Wort Menzels, daß eine Besserung der Kritik auch die Kunst bessere, richtig ist, könnten wir daraus sogar mehr erhoffen, erst recht wenn wir den Kreis der Betrachtung nicht auf Kunst und Kunstkritik beschränken.

Dieser Zweck scheint uns durch eine *Rundfrage* erreichbar. Wir wenden uns deshalb an eine kleine Gruppe von Deutschen, von der wir sachliche und allgemeinwertige Antworten erwarten können, und nehmen in der Wahl unserer Korrespondenten keinerlei Partei. Auch geben wir jedem Befragten das Recht, weitere Persönlichkeiten zur Beteiligung anzuregen, und stellen auf Wunsch die nötige Anzahl Fragebogen zur Verfügung. Alle Antworten, soweit sie sich sachlich an unsere Fragen halten, werden wir in *Buchform* veröffentlichen und dann jedem Antwortgeber ein Exemplar der Schrift überreichen. Ein etwaiger Gewinn aus dem Vertrieb des Buches wird für einen noch näher zu bezeichnenden (Wohltätigkeits- bezw.) gemeinnützigen Zweck verwendet werden.

Indem wir Euer Hochwohlgeboren hiermit ergebenst zur Beteiligung einladen, zeichnen wir

mit besonderer Hochachtung

N.B. Die Antworten werden an Herrn Meier-Graefe, Corneliusstraße 1, Berlin, erbeten.

Entwurf

Fragebogen

Nach Ausfüllung an Herrn *Meier-Graefe, Berlin, Corneliusstr.1* zurücksenden.
Die Beteiligung schließt *nicht* die Notwendigkeit ein, *alle* Fragen zu beantworten.
Die Antwort braucht nicht auf dem Fragebogen zu erfolgen.

1. Sind die Formen der Kultur stabil? Wenn nicht, was bildet den stärkeren Entwicklungsfaktor: der natürliche *Rassencharakter* (Charakter) jeder Nation oder die international humanen, kosmopolitischen Ideale?

2. Sind die künstlerischen Formen einer nationalen Kultur stabil? Wenn nicht, was bildet den Entwicklungsfaktor: die nationale Inzucht oder die internationale Kreuzung der Form-Elemente?

3. Hat es je exklusiv nationale Kulturen gegeben? Oder strebt jede reife Kultur nach kosmopolitischer Tragweite?

4. Wie verhält sich die nationale zur kosmopolitischen Kultur? Ist eine der anderen hinderlich? Ist eine ohne die andere denkbar?

5. Sind die Künste notwendig zur Kultur? Sind es auch die Naturwissenschaften? Auch Philosophie und Religion? Ist all das gleichermaßen notwendig, oder was ist notwendiger? Und warum?

6. Beruht die Technik der Künste mehr auf nationaler oder internationaler Tradition?
   a) Bildende Kunst?
   b) Musik?
   c) Poesie?

7. Ist unter den übrigen Kultur-Elementen irgend eines auf überwiegend nationale Tradition angewiesen?

8. Giebt es in der Gegenwart eine typisch deutsche Kultur? Was sind dann ihre Eigentümlichkeiten?

9.Welche Beziehungen bestehen zu den früheren deutschen Kulturen, zum Beispiel zu den Zeitaltern Göthes [sic] und Luthers?

10. Welche politischen Ereignisse waren im 19. Jahrhundert der deutschen Kultur förderlich oder hinderlich?

11. Giebt es heut eine spezifisch deutsche Politik, äußere oder innere, von ausschlaggebender Bedeutung? Ein tonangebendes deutsches Gesellschaftsleben?

12. Ist die sogenannte moderne Weltanschauung, die ein harmonisches Verhältnis zwischen Naturforschung, Philosophie und Religion anstrebt, vornehmlich ein Erzeugnis deutschen Geistes?

13. Sind der Militarismus, die industrielle Technik, die Staats- und Wirtschaftsform Deutschlands der Kultur besonders förderlich im Vergleich zu früheren Zeiten oder anderen Völkern?

14. Spricht aus den öffentlichen Gebäuden Deutschlands eine eigene Architektur? Ein neuer Charakter? Ein werdender Stil?

15. Giebt es eine neudeutsche Plastik? Mit welchen Eigentümlichkeiten? Und sind sie entwicklungsfähig?

16. Giebt es eine deutsche Malerei? Mit welchen entwicklungsfähigen Eigentümlichkeiten?

17. Ist ein plötzlicher Rückgriff der neudeutschen Kunst auf das Zeitalter Dürers oder noch früherer altdeutschen Meister zukunftskräftig? Oder ist *vielmehr* eine stete lebendige Wechselbeziehung zwischen einheimischer und ausländischer (, meisterhafter) Kunst*, soweit sie meisterhaft betrieben wird oder wurde,* wünschenswert?

18. Ist Richard Wagner's nationale Dogmatik in seinen Kunstschöpfungen zu spüren? Hat sie die deutsche Musik gefördert? Oder vielleicht die deutsche Kultur?

19. Giebt es in Deutschland eine moderne Litteratur, poetische wie sonstige, die Kulturwert hat und nicht von internationalen Einflüssen befruchtet ist? Gab es in irgend einem Lande je eine solche Literatur?

20. Ist der Ausbau einer deutschen Kultur in (einer) *absehbarer*(n) Zukunft auf den gegenwärtigen Grundlagen denkbar? Oder auf wie veränderten Grundlagen? *Etwa mit Staatshilfe? Oder wie sonst?*

81 Dehmel an Gerhart Hauptmann

21. 3. 1905

Lieber Herr Hauptmann!
Wollen Sie die beiliegende Rundfrage mitunterzeichnen? Die Anregung ist von Meier-Graefe ausgegangen; und weil ich ihm zutraue, daß er ein gutes Buch machen wird, habe ich ihm bei der Ausarbeitung der vorbereitenden Schriftstücke geholfen und ihm versprochen, auch zur Werbung der nötigen Ehrenkohorte mitzuhelfen. Wir wissen natürlich, wie viel Unfug im allgemeinen mit Rundfragen getrieben wird; aber hier scheint mir wirklich eine produktiv kritische Frage vorzuliegen, die in die heillose Confusion des öffentlichen Urteils etwas raison bringen könnte, und wie gesagt, ich halte Meier-Graefe für den geeigneten raisonneur. Um genügendes Material für sein Buch zu bekommen, braucht er einige anerkannte Leute aus den verschiedenen Schaffensgebieten als Mitunterzeichner des Circulars, und unter den Dichtern hat er außer mir noch auf Sie abgesehen. Für die bildenden Künste haben wir uns auf Trübner und Klinger geeinigt; Liebermann kommt als Jude nicht in Betracht, weil die Rundfrage sonst von vorn herein in pro-domo-Geruch geraten würde. Aus demselben Grunde hat für die Musik schon Mahler abgelehnt, den ich trotz seines Judentums (ich sprach ihn kürzlich in Hamburg) gern mit dabei gehabt hätte; ich möchte also, wenn Sie einverstanden sind, Conrad Ansorge einladen, denn Richard Strauss geht mir in vielem bei allerhand Hochachtung gegen den Strich, und von den andern Componisten habe ich keine Meinung. Für die Philosophie ist wohl Frau Förster-Nietzsche der beträchtlichste Name, und für die Wissenschaften nimmt man wohl am besten den Sozialhistoriker Karl Lamprecht und vielleicht den Physiker Röntgen. Wenn Sie aber andere Vor-

schläge haben, sind sie natürlich willkommen, vorausgesetzt, daß Sie überhaupt wollen. Ich würde sehr bedauern, wenn Sie sich ausschlössen; denn wenn Sie und Klinger ablehnten, würde wahrscheinlich auch [ich] nicht mittun, und dann will Meier-Graefe die ganze Sache fallen lassen. Das würde ich aber bei der greulichen Epidemie der kulturellen Phrasen für eine wirkliche Unterlassungssünde halten, und ich meine, daß grade wir Dichter die natürliche Verpflichtung haben, uns ein bischen um das allgemeine Geistesleben zu kümmern und für den Zusammenschluß der tüchtigen Einzelkräfte zu sorgen. Auf alle Fälle bitte ich Sie, mir möglichst *bald* Bescheid zu geben.

Mit allen Grüßen Ihr Dehmel

82 Richard Dehmel an Meier-Graefe

Blankenese, 25. 5. 5.

L. M. G.

Hauptmann hat, nachdem er zweimal um Bedenkzeit gebeten, sozusagen gekniffen. Er lobt zwar den »anregenden« Fragebogen, der ihn »besonders in seinen schwierigen Partieen noch lange beschäftigen« werde, glaubt aber nicht an einen Erfolg der Rundfrage. Die kulturelle Confusion lasse sich nicht beseitigen; es werde immer wieder Leute geben, die sie erregen. Natürlich sei nationale Inzucht ein Unding; aber die sterilen Geister, die über Fremdherrschaft in den Künsten zetern, werde man nie zum Schweigen bringen u.s.w./etc. Deshalb, und weil viele Fragen gewissenhafterweise nicht einfach mit ja oder nein beantwortet werden könnten, möchte er sich »an der Beantwortung nicht beteiligen«. Einen Bescheid auf mein Ersuchen, den Aufruf mit zu unterschreiben, hat er mir eigentlich garnicht gegeben. Wenn Du willst, kannst Du nun doch noch an ihn schreiben, daß er den Fragebogen überhaupt nicht zu beantworten brauche, daß nur seine Unterschrift zu dem Rundschreiben gewünscht werde; Adresse Agnetendorf i/Riesengebirge, Schloß Wiesenstein. Ich selber mag ihn nicht nochmal anzapfen; erstens halte ich es für aussichtslos, zweitens geniert es mich. Ich bin bereit, noch an Klinger zu schreiben, obwohl ich glaube, daß er noch bestimmter ablehnen wird als Hauptmann. Aber wenn Dir sehr an der Sache liegt, will ich mein Möglichstes tun. Ohne Klingers Unterschrift scheint mir die ganze Geschichte zwecklos; denn dann würde die ganze Crapüle, die Du mundtot machen willst, sich eben auf Klinger berufen und erst recht das Maul aufreißen. Also schreib mir, ob ich ihm schreiben soll oder nicht; und wenn ja, dann lege mir ein Exemplar des *Aufrufes* bei (Fragebogen habe ich noch.) –

Für Dein Böcklin-Buch schönsten Dank; denn zum Glück ist es besser als das Epigramm, das Du mir vorn hineingeschrieben hast. Was helfen alle »Maße«, wenn man zu kurz dabei kommt! Probieren geht über Studieren. Schließlich ist – unbeschadet aller Übersinnlichkeit – für uns irrsälige Sinnengeschöpfe das »Essen« doch die Hauptsache; selbstverständlich cum grano salis. Die Sprache hat nicht umsonst die Worte Augenweide und Ohrenschmaus geschaffen, und selbst die Askese ist ein geistiger *Genuß*. Die ästhetische Wissenschaft kann indertat nur die Maße, die leeren Normen (Kant sagte Formen) fürs Allgemeinempfinden formuliren. Inhalt und Gegenstand aber wird von jedem einzelnen Menschen, je nach seiner Natur und Kultur, verschieden hinein- oder unterlegt. Zwei Leute können über die Maßstäbe und ihre Handhabung vollständig einig sein (das ist Verstandessache) und trotzdem so verschieden fühlen, daß dem Einen der fragliche Wertgegenstand vollkommen angemessen, dem Andern durchaus unzugänglich erscheint. Wer will entscheiden, wessen Gefühl das feinere, gebildetere, erfahrenere, erstarktere ist, ganz abgesehen von der ursprünglichen Verschiedenheit der Gefühlskräfte; vielleicht ist es nur überfeinert, verbildet, blasiert und borniert. Daher sich alle Preisrichter viel häufiger auf ein mittelmäßiges Kunstwerk einigen als auf ein außerordentliches, auch wenn die Richter selber durchaus keine mittelmäßigen Leute sind; die Mittelmäßigkeit appellirt eben überwiegend an Verstand und Sinne, das Außergewöhnliche an die ganze Seele, und da protestiert meist das fremde Gefühl, wenigstens auf den ersten Eindruck. Wir alle lassen uns durch die Gewöhnung viel lieber, weil bequemer, überzeugen als durch das ursprüngliche Gefühl, und wo liegt die Grenze zwischen guter und schlechter Gewöhnung, Tradition und Convention! Manchmal freilich packt uns ein Mißtrauen gegen alle und jede Gewöhnung und rebellirt die rohe Natur. Dann schlagen wir centaurischen Wesen, die wir ebenso aberwitzig wie gewitzt sind, gegen Vernunft und Sitte aus und stürzen uns in ein Gefühlsabenteuer; aber schließlich kommt doch der Verstand hinterdreingehinkt und nimmt das Gefühl wieder an die Leine – und so scheint mir der »Fall« Böcklin zu liegen. Ich kenne *Niemanden*, den nicht beim ersten Anblick vor

Böcklins Bildern geschaudert hätte; aber damals, im Anfang, sagten wir uns: eben drum! nu grade! man zu! erst recht! und so gewöhnten wir uns an ihn. Bis wir allmählich, besonders da er immer mehr auf bloße – man kann sagen »reine«, man kann auch sagen »rohe« – Gefühlswirkung ausging, trotz aller Gewöhnung spürten, daß unser gesitteter Verstand und unsre gebildete Sinne sich auf die Dauer doch nicht so abspeisen ließen, daß sie den allgemein harmonischen oder den specifisch malerischen – man kann's so oder so »begründen« – Genuß vermißten, kurz unbefriedigt blieben. Also grade das »*Essen*« kam nicht auf seine Kosten bei ihm, war in gewissen Ingredienzien zu knapp bemessen, war eine zwar reichliche, aber nicht nachhaltige Portion, stark übersättigend im Augenblick und deshalb später immer weniger einladend; zu viel direkt durchschlagende Reizmittel, zu wenig indirekte Nährstoffe. Das hast Du – (NB! bei Klinger scheint mir das Mißverhältnis grade umgekehrt zu liegen, und bei manchen Franzosen stören mich ähnliche fausses proportions) – besonders im zweiten Teil Deines Buches ganz unwiderleglich nachgewiesen, wenigstens für die wenigen Leute, und das sind sehr wenige, die im Kunstwerk eben eine harmonische Befriedigung aller seelischen Organe suchen; die meisten wollen ja nur einseitig angespannt oder abgespannt werden, und für die giebt es m e h r »Vollkommenes« in der Welt als für Unsereinen. Trotzdem wollen wir natürlich nicht tauschen mit ihnen, weil selbst unsre halben Freuden gottvoller sind als ihre ganzen. Mir ist durch Dein Buch vor allem klar geworden, warum mir der Böcklin der letzten Periode noch heute malgré tout acceptable ist, während der Böcklin der Schack-Gallerie mir von jeher unverdaulich war. Was Du über sein theatralisch dekoratives Compositionsprincip sagst, trifft den Nagel auf den Kopf. Er hat sich da allmählich eine zwar gewaltsame, aber immerhin starke »Einheit« angebändigt, sozusagen einen Outsider-Style; das unterscheidet ihn von Thoma, der bei aller Gemütskraft ein Wurschtler ist, und unterscheidet ihn auch von seiner eignen Übergangszeit, wo er altmeisterliche Feinheiten mit nagelneuen Rohheiten durcheinandermanschte. Und grade daß er in diesem schöpferischen Gefühlskuddelmuddel nicht stecken blieb, sondern sich – wenn auch auf Deibel-komm-raus – aus dem romantischen Chaos eine Art barbarisch antiken Kosmos zurecht scharwenkte, ist ein Beweis für seine Künstlerschaft, für sein natürliches Genie, mag er in kultureller Hinsicht noch so talentlos gewesen sein. Sicher war er kein »großer Maler«, aber ebenso sicher ein großer *Kerl*; und sein riesiger Irrtum hat uns vielleicht viel gründlicher und heilsamer aus dem deutschen Dusel und Schwindel gerissen als alle Leibl's und Liebermann's. Von Nietzsche und Wagner gilt Ähnliches, in gewissem Grade sogar von Goethe; sie streifen oft die gefährliche Grenze, wo Genie und Dilettantismus sich treffen, und mit den ästhetischen Fachbegriffen gerät man da erst recht ins Bockshorn. Auch Deine Kaufmannsanekdote rennt sich da die Pointe ab; sie trifft nur auf den Durchschnitt zu, auf den normalen braven Fachmann, nicht auf die abnorme Persönlichkeit, den Unternehmer im großen Stil. Erinnerst Du Dich an jenen Strousberg, den sogenannten Eisenbahnkönig, der in der 70er Jahren den Berliner Gründungsrummel beherrschte? Er endete mit tollstem Bankrott, kein Mensch hat ihm noch »Prokura gegeben«; er war drum doch ein genialer Kerl, und nach manchermanns Meinung sogar ein genialer Kaufmann. Und Bonaparte? Er war vielleicht kein großer Monarch, jedenfalls keiner wie Friedrich der Große; war er deshalb kein großer Regent? Böcklin war dito kein großer Maler, vielleicht – wer weiß – auch kein großer Künstler, und dennoch sicher ein großer Schöpfer. Ein gefährlich großer, wie Du bewiesen hast! Wenn Du Lust hast, Dich nochmals mit mir darüber zu zanken, dann besuch mich doch auf Deiner Reise nach Oldenburg mit Frau Maus! ... Behrens schrieb mir, daß Ihr zur Eröffnung der Ausstellung hinfahren wollt; mich lockt der Trubel eigentlich garnicht.

D.

83 Meier Graefe an Richard Dehmel

Berlin W.
Neue Winterfeldstr. 49
26/V/05

Lieber Dehmel Also lassen wir die Rundfrage. Ich bin so angeekelt von der ungeheuerlichen feigen Gemeinheit, mit der man mich hier behandelt, daß mir das deutsche Kulturniveau langsam so gleichgültig wird wie die Nasenlöcher Gerhart Hauptmanns. Es giebt nicht nochmal so ein gemeines Volk wie uns Deutsche. Dessen kannst Du heilig versichert sein.

Mit »Essen« meinte ich natürlich »Fressen«, nicht die Kritik subjektiver Aufnahme, sondern nur die, die sich lediglich an das Materielle hält wie die Leute bei Böcklin. Er ist nur materiell wesentlich, accidentell wenn Du willst, rührt unsere brutalsten Rauschgefühle, nicht die durch Hingabe geförderten Instinkte. Und alles das ist eben nicht das Wahre.

Was er uns gegeben hat, bestimmt nicht seinen Wert. Man bekäme eine nette Liste zusammen, wenn man die Aktualitäten der diversen Generationen zusammenstellte, die der Jugend ihrer Zeit zu geben vermochten. Gewiß war es so, Du hast ganz recht »Eben drum! und grade!« Aber ich begreife nicht warum dieser Irrtum heilsam war. Heilsam doch nur, wenn er Reaktionsmittel gab. Aber wer reagiert denn? Und die Heftigkeit solcher Mittel ist immer böse. Ich meine schon, es wäre besser gewesen, wenn Leibl u Liebermann statt B'[öcklin]s genommen worden wären. Daß das nicht geschah, lag eben an der ungeheuren Sauf-Stimmung. Und wenn diese Leute zu trocken sind, warum nicht Marées, der, als wir anfingen, glücklich starb.

Ein großer Kerl? – Ja, damit stehst Du eben genau da, wo alle stehen. Denn diese Einschränkung, mit der Du mir recht giebst, ist resp. wäre nur eine Nuance. Ich stehe auf dem Standpunkt, daß ein großer Mensch nur ausschließlich, nur durch die Leistung seine Größe mitteilen kann. Ob diese Leistung in Bildern, in Worten, in irgend was geschieht, ist gleich. Uns darüber zu kritteln, wäre unwürdig. Aber ich kenne keine Leistung, weder der Malerei, noch einer anderen – nicht Technik – sondern Form, Worte, Gebärde sogar, die bei Böcklin auf Größe deutet. Ich sehe nur ein groteskes, halb wahnsinniges Scheusal vor mir, das mich anekelt. Daß er Leuten wie Dir und mir etwas gegeben hat, besitzt nicht mehr Bedeutung als der Stein, der Dir oder mir auf den Kopf hätte fallen oder das Liebesverhältnis, das wir mit irgend einer Gans hätten anfangen können und aus dessen Folgen lediglich durch unseren nicht durch den objektiven Apparat unsere Entwicklung zustande kam. Nietzsche ist dann doch was anderes, selbst wenn er nur tragisch wäre, nur durch die höchst sichtbaren und ergreifenden Stadien seiner Psyche eine bedeutende Katastrophe dargestellt hätte. Wagner ist ganz jenseits, selbstverständlich, – Goethe, Barmherziger, wenn wir einen Goethe hätten, er braucht nicht mal sein Genie zu haben, nur seine Gesinnung! –

Mich deprimiert das ehrlich gestanden, daß Du so schreibst, ich frage mich was werden soll, wenn selbst Menschen wie Du solche ernsten Sachen leicht nehmen. Herrgott, mir ist doch die ganze technische Frage wurst, das sind für mich nur Zipfel, an denen man ziehen kann, um das dahinter steckende Blödsinnige sehen zu lassen, aber man dürfte dessen eigentlich nicht bedürfen, der Mensch ist übel von A-Z man braucht ihn nur anzutippen.

Strousberg, von dem mir mein Vater viel erzählt hat, war genau das Gegenteil von Böcklin. Er hatte eben das was Böcklin nicht hatte: Genie, ein Mensch der für bestehende Probleme neue Lösungen brachte. Ich sehe ganz davon ab, was er thatsächlich geleistet hat, daß ungefähr die ganze Industrie bei uns auf ihn zurückgeht. Was er wollte, war genial und wie er's durchsetzen wollte war genial. Das heißt er operierte mit durchaus gesetzmäßigen Möglichkeiten und man kann ihm nur vorwerfen, daß er wie Napoleon *schließlich* den Faden verlor. Hätte er so angefangen wie er aufhört, wäre er lediglich ein Abenteurer.

Was aber ist bei Böcklin das thatsächlich Erreichte u wo ist die rationelle Basis, von der aus er vernunftsgemäß wirtschaften konnte? Seine ureigentliche Sache ist der Unsinn, der Erfolg ist eine namenlose Zerrüttung. Bei alledem interessiert er mich nur als Symptom. Ich halte die Kultur, die solche Leute auf den Schild hebt, für Zero.

Du hast schon ganz recht, daß die Schack-Zeit recht übel ist. Aber hier liegt der Vorfall nur sehr deutlich[,] nicht ohne Reste von anständiger Gesittung sehen zu lassen. Nachher ist dann das Wirtshaus-Schild fertig. Der erste Schauder vor den Böcklins beweist natürlich nichts, den hat man auch vor allen großen Werken. Aber dieser Schauder allein weist Böcklin noch nicht zu den Großen. Es liegen eben in der Seele die entferntesten Welten so eng bei einander – wie schnell steigt man vom sublimsten Gedanken zur gemeinsten That! – dazu sind die Worte für das eine wie das andere fast dieselben, also da Klarheit schaffen, ist nicht immer leicht, nun gar sie darstellen – Und doch bin ich meiner Sache so sicher und weiß, wenn man nur ein wenig geduldig sein wollte und ergänzen, was sich natürlich ergänzt, müßte man mir glauben.

Enfin, ich bin ein bischen verärgert. Es war eine Dummheit hierherzugehen, ich hätte Commis bei irgend einem Kunsthändler werden u in Paris bleiben sollen. Sei nicht böse, daß ich so ekelhaft schreibe.

Ich denke wir kommen zu Dir wenn wir nach Oldenbg gehen, bin aber noch nicht sicher ob wir hingehen. Bin nicht ganz auf dem Damm, habe mir von Behrens [unleserliches Wort] aufschwatzen lassen und fühle mich seitdem sau schlecht. Grüß Deine Frau wenn Du schreibst

Dein alter MG

84 Richard Dehmel an Meier-Graefe

29. 5. 1905

L. M. G.

Das muß ich mir nun aber doch ernstlich verbitten, daß Du mir unterlegst, ich nehme »solche ernsten Sachen leicht«. Wenn ich das täte, würde ich Dir wohl nicht so lange darüber Rede stehen; ich habe schließlich noch mehr zu tun. Ich könnte Dir Deinen Vorwurf sehr leicht retourkutschen; leicht fertig ist der Kritiker mit dem Wort. Mir ist Böcklin nie so nahe gegangen, wie offenbar Dir; deshalb habe ich nicht das Bedürfnis, mir an ihm die Zähne zu zerbeißen. Ich versuche ihm als einem Menschen, der sich auf eigne Faust durch sein verteufeltes Jahrhundert geschlagen hat, gerecht zu werden; c'est tout. Was er für unsre Kunst und Kultur bedeutet, beweist doch wohl am besten eine so heftige Reaktion, wie die Deine. Soweit sie sachlich ist, stimme ich Dir bei; für persönliche Rechthaberei – und das ist jede leidenschaftliche Gegnerschaft – ist mir die Kunst stets zu Schade gewesen. Das nämlich, was *ich* unter *Kunst verstehe*, und was mir *über* mein eigenes Für- und Wider-Empfinden geht. Wenn Du in solchen Sachen Erfolge von heute auf morgen erwartest, dann bist Du noch garnicht reif, über »Entwicklung« mitzureden. Natürlich bist Du aber *doch* reif, und ich sage Dir das blos, um Dich von dieser fixen Idee auf vernünftigere Gedanken zu bringen. Wenn Du noch lange auf diesem Böcklin herumreitest, gerätst Du nolens volens ins Bockshorn. Du scheinst meinen Brief nicht zwischen den Zeilen gelesen zu haben; sonst würdest Du mich nicht für gar so schwachsinnig halten.

Gute Besserung wünschen. D.

85 Richard Dehmel an Meier-Graefe

[Mitte Dezember 1910]

Lieber!

Du hast mir mit Deinem Marées-Werk eine ausnehmende Freude gemacht: es kam grade zu meinem Geburtstag an. Hoffentlich ist es Dir nun eine kleine Weihnachtsfreude, wenn ich Dir sage, daß es mir zwar eine Anstrengung, aber eine erhebende war, mich durch den Wälzer durchzuschlagen. Wirklich ein musterhaftes Werk! Ganz abgesehen von dem bewundernswerten Fleiß, der hier mehr als Gelehrtentugend, weil Ausdruck einer inständigen Begeisterung: noch gründlicher hat mich der Eifer erbaut, mit dem Du alles künstlerisch Bildhafte ins menschlich Vorbildhafte gedeutet hast. Das ist – mit dieser Planmäßigkeit, oder besser gesagt Beharrlichkeit – ein neuer Zug in Deiner Anschauungsart, an dem ich mir schmeichle einigen Anteil zu haben; und es ist auch Deiner Schreibart zugute gekommen. Dein Stil ist noch nie so durchweg solid gewesen, so gezügelt bei aller Gelenkigkeit. Am deutlichsten kann man das daran merken, daß die Citate vom alten Herrn Marées und besonders von Fiedler nicht aus der Karre rutschen. Überhaupt: wie Du das Verhältnis des Hans zu seinen Freunden und Blutsverwandten dargestellt hast, das ist in jeder Hinsicht ein Beweis dafür, daß Stil- und Taktgefühl sich decken (le style c'est l'homme). Ich kann mir denken, was für Skrupel Du grade bei Fiedler hast durchmachen müssen. Ich weiß sogar, daß er noch weniger Ahnung, als Du ihm zugestehst, von Marées hatte, ja von der Malerei schlechtweg – (noch viel weniger z.B., als Du von der Dichterei, mein Teurer!). Er begriff in der Kunst nur das Constructive, nicht das Structurelle; das ideell Harmonische, nicht das spirituell Organische. Noch 6 Jahre nach Marées' Tod (1893, als ich das erste Mal aus Italien kam und Fiedler in München besuchte) wußte er z.B. an dem »Drachentöter« nichts weiter zu rühmen, als daß »seit Cranach keiner verstanden habe, ein solches Rot richtig hinzusetzen« (wörtlich so!). Ich habe das deshalb so genau behalten, weil mir an dem specifischen Marées-Kenner, für den er damals doch galt, unbegreiflich war, wie man Cranachs rote Theatermäntel mit diesem Zaubermantel vergleichen könne. Und das tat er nicht etwa aus Reserviertheit (entschuldige das scheußliche Mischwort) – denn ich kam mit Empfehlungen von Hildebrand und Volkmann, und er gab mir nachher eine große Marées-Mappe und eine von seinen Schriften mit. Wenn er trotzdem in seinen Abhandlungen manchen allgemein wertvollen Satz über das Wesen der Kunst formuliert hat, so ist das nur ein Beleg dafür, daß man ein schlechter Praktiker und doch ein guter Theoretiker sein kann, in der Ästhetik wie allenthalben; er war eben ein vernünftiger Kerl, und die Logik im Kunstwerk ist schließlich dieselbe wie bei jeder andern geistigen Arbeit (blos daß sie sich am konkreten Einzelfall schwerer feststellen läßt als in abstracto). Bei Dir liegt die Sache umgekehrt; Du hast von Hause aus weit mehr praktischen als theoretischen Kunstverstand (daher auch mehr Verständnis für die bildenden als für die sogenannten redenden Künste) – und doch stimmst Du in allen kritischen Dogmen (Wertregeln, Maßstäben) mit den abstraktesten Idealisten überein. Was natürlich nur ein gutes Zeichen für Deine konkrete Intuition ist. Und weißt Du, was mir den größten Effekt an Deiner ganzen Arbeit gemacht hat, in ästhetischer wie biographischer Hinsicht: daß man vollkommen ausgesöhnt wird mit der späten Anerkennung des Helden. Ich habe mir sogar gesagt: Eigentlich ist es ein wahrer Segen, daß man nicht schon bei Lebzeiten mit solcher Ehrfurcht gewürdigt wird. Man verlöre sonst – nicht etwa die Selbstkritik, sondern im Gegenteil (Du wirst mich nicht mißverstehen) die naive Selbstanbetung, das dämonische Glück der einsamen Andacht vor dem Gott in unsrer Brust; und daraus wächst doch wohl alles vorbildlich Menschliche. Also mit einem untragischen Weihnachtsgruß und Geburtstagsdank

Dein Alter R. und D.

86 Meier-Graefe an Richard Dehmel

19/XII [1910]
248 Bould Raspail

Lieber Richard Das ist Dir freilich gelungen: die Weihnachtsfreude! Ja, das war der große Haken: das Umdeuten des Künstlerischen ins Menschliche und das in einem Tempo, das langsame Steigerungen erlaubte. Weißt Du, was Marées ist, das habe ich vielleicht mehr als irgend ein Mensch am eigenen Leib erfahren. Nicht die Einsicht in seine Sachen, du lieber Gott, das ist kein Kunststück. Man profitiert von dem niedrigen Niveau der anderen. Aber merken, wie man bei der Darstellung solcher Dinge besser wird, wie die Begriffe der Ökonomie des Künstlers einem höhere Begriffe von der Ökonomie des Schriftstellers beibringen, wie sich das umsetzt: das war etwas Himmlisches. Ich bin auch sein Schüler geworden in meiner Art. Und jedem jedem, [sic] der sich mit dem wunderbaren Kerl beschäftigt, muß es so gehen. Ich habe die fünf Jahre lang eigentlich nicht gearbeitet, sondern gelebt, Marées einfach gewähren lassen und fühle mich heute – trotz des enormen Lochs in meinem Kopf – ekelhaft, sage ich Dir! – vor manchen meiner früheren Dummheiten sicher. Nun kommt die Saubande und weil sie an der Arbeit selbst nichts

Schlagworthaftes aussetzen kann, heißt es: Überschätzung des Objekts, eine große Anstrengung an einem doch recht diskutablen Gegenstand – so Stahl, Scheffler. Es ist zu ekelhaft. Sie sehen nicht, daß Marées vielleicht das grandioseste Phänomen unserer Rasse ist mit allem, was man sich unter deutsch denken kann, daß hier im Schicksal eines Menschen die edelsten Triebe unseres sogenannten Volkes plastisch werden; daß daneben die fabelhafte Bedeutung des Werkes an sich fast nebensächlich erscheint. Man soll sich doch nur einmal einen Marées ausdenken, der frei da war, richtig lebte. Wo bleibt da Goethe? Man soll doch nur den schönen Altruismus Goethes, der zum Dilettantismus führte, mit diesem eisenharten Künstlertum vergleichen, in dem nicht ein Atem von Artistenschwindel übrig geblieben ist. Da haben wir nun mal einen wie ihn kein Volk hervorgebracht hat und – na? Ich hatte Tschudi glücklich so weit, daß er für die Überführung der Fresken und die Etablierung eines Marées-Museums, in dem alle Werke vereinigt werden sollten, eintreten wollte; hatte Hildebrands Zusage. Der Staat hatte schon einen Platz dafür hergegeben, Prinz Rupprecht wollte für Geld sorgen. Neulich komme ich nach München und frage – Luft! Schließlich ist aber doch Marées nicht dazu da, daß ich ein Buch über ihn schreibe. Wenn der Mensch wirklich zu einer Gestalt der Deutschen würde, müßte Gutes entstehen, klein oder groß, irgendwie, dafür könnte man doch etwas tun.

Nun hör zu, Richard! Wenn Du mir etwas Gutes tun willst, so schreib einen Aufsatz, Du kannst es besser als irgend einer, denn Du weißt, auf was es ankommt. Brauchst mich gar nicht zu erwahnen, aber schreib über die Sache, tritt für Marées ein. Es wäre übrigens ganz gut, wenn Du dabei Deine Episode mit Fiedler berichtetest, diese groteske Sache mit Cranach (o Gott!), denn natürlich, trotz meiner äußerst delikaten Behandlung des Verhältnisses zu Fiedler u.s.w. ist der Kreis natürlich etwas verschnupft. Ich habe Hildebrand bis zum äußersten geschont – man hätte sehr viel Derberes sagen können, vielleicht sagen müssen. Ich habe Hildebrand 32 Bilder von Marées gebracht, die auf seinem Besitztum verschimmelten (20 Jahre fast unter freiem Himmel) von denen er keine Ahnung hatte, die er noch, als er sie restaurieren ließ, für nichtig ansah, heute tut er so, als sei er immer der dickste Freund von Marées geblieben. Er hat mir drei Jahre lang die Korrespondenz vorenthalten, mir Schwierigkeiten aller Art gemacht, ich habe mit einer wahren Lammesgeduld seine Eitelkeit ertragen, habe mit wahnsinnigen Schwierigkeiten einen Prozeß der Familie Marées gegen ihn hintertrieben: heute zuckt er zurück. *Das alles darfst Du natürlich niemandem sagen, auch nichts davon andeuten.* Es ist ja auch an sich belanglos. Du sollst nur wissen, daß auch heute noch die Nächsten eine recht kümmerliche Haltung einnehmen. Ich bin aber überzeugt, Du könntest sie aufrütteln, um so mehr als ich auch nicht locker lasse. In dem Keller der Nationalgalerie stecken zehn Bilder, die ich hingebracht habe, Frau Balling würde die ihrigen hergeben, auch ein paar andere kämen noch hinzu, man könnte wirklich etwas sehr Schönes machen. (Siehe den Schluß in Bd I und die Notiz am Ende des Bdes S. 557f.f.)

Na sieh zu, mein Lieber, ich würde Dir nicht damit kommen, wenn mein persönliches Interesse obenan stünde. Das kannst Du mir glauben.

Wir haben uns hier sehr nett eingerichtet und sind froh, hier zu sein. Es ist doch das einzig Wahre, hier zu leben. Man verkümmert [?] nicht so leicht in der sogenannten Wirksamkeit, die doch nur auf Tratsch hinausläuft. Kommt doch mal her. Wir bringen Euch in der Nähe billig unter, aber Isi müßte Zeit haben; nicht zu kurz.

Gute Weihnachten, Alter Dein Ju

87 Meier-Graefe an Jonas Cohn

St Tropez (Var)
2 / X [1911]

Sehr geehrter Herr Ich erhalte soeben hier im Süden Ihren Aufsatz und Ihre freundlichen Zeilen und danke Ihnen für beides herzlich. Ihre Auffassung von Marées hat mich sehr erfreut, und ich sehe kaum etwas, wo ich Ihnen nicht zustimmen könnte. Am besten gefallen hat mir Ihr rechtes Erkennen des Unterschieds zwischen Marées und Fiedler-Hildebrand mit dem Hinweis auf Gehalt und Leben. Freilich sagen solche Worte ja so unendlich wenig im Vergleich zu dem Vielseitigen eines Menschen, der, wie Sie richtig andeuten, das Problematische von sich wies und es gleichzeitig mit seltener Energie durchkaute.

Das Schönste von allem was man mit Marées machen kann, bleibt schließlich doch das Anschauen seiner Bilder. Ich habe es neulich, als ich in Schleißheim war wieder einmal recht gemerkt und mir mit Beschämung gestanden, wie wenig ich mit meinen dicken Büchern gegeben habe. Und das Wichtigste, was von allen Marées-Freunden getan werden kann, ist das energische Eintreten für das Marées-Museum. Ich war vor 14 Tagen in Neapel, wo sich trotz der vielen Redereien nichts geändert hat. In Schleißheim faulen die Bilder noch immer an den feuchten Wänden. Und in Berlin steht ein Schatz von Maréesschen Bildern seit 4 Jahren im Keller! Und es wäre alles so leicht mit wenig Mitteln zu machen, wenn nur ein paar Menschen energisch dafür eintrieten. München hatte schon einen Platz hergegeben und der Prinz Rupprecht war Feuer und Flamme für das Projekt. Es scheitert an der geringen Regung unserer Landsleute für nicht aktuelle Dinge.

Wenn Sie einmal nach Paris kommen, würde ich mich freuen, Sie zu sehen. Ich wohne dieses Jahr XIVème 16 Rue Boissonade

Ihr ergebenster J. Meier-Graefe

88 Meier-Graefe an Richard Dehmel

J. Meier-Graefe

Dresden, Kaitzerstr. 4.
15. X. [1918]

Mein lieber Richard! Ich weiß nicht, ob es Dir so geht wie mir. Trotzdem wir an dem Desaster unschuldig sind und keiner von uns in seinen Schriften den Unsinn, der jetzt zur Katastrophe geführt hat, unterstützt hat, ja mancher von uns das Gegenteil zu bewirken suchte, habe ich einen Mordskater. Ich komme aus der Schweiz, habe dort mit vielen vernünftigen Leuten, die uns wohl wollen, gesprochen und habe immer mehr Kater gekriegt. Lies das Inliegende. Ich habe das Gefühl, so etwas sind wir uns schuldig, ein ganz rücksichtsloses Peccavi. Ich fange an, selbst Italien um seinen Lause-d'Annunzio zu beneiden, weil der wenigstens sein Zeug zu dem Volk sagen durfte und gehört wurde. Denke weiter daran, wie es Dir, wie es mir und vielen anderen entging [sic], wie »unverwendbar« wir den Leuten, die die Macht hatten, erschienen; wie schamlos man mit uns umging und wie duldsam wir mit uns umgingen ließen. Es geht jetzt etwas los. Ich habe keinen verrückten Optimismus, aber wenn je ein Moment in unserer Sauce kommen kann, wo Geistige hervortreten müssen, ist er da. Glätten, Mildern hat gar keinen Zweck, eher müßte man noch schärfer losgehen und ruhig riskieren, daß sie uns einsperren. Sie werden es nicht wagen, wenn wir in geschlossener Reihe dastehen.

Ich sende Dir das Ding und bitte um Deine Ansicht und Vorschläge, an wen wir uns wenden. Es hat natürlich nur Sinn, wenn die Unterschriften wirklich Repräsentanten sind. Ich habe an Dich, an Hauptmann, an Liebermann, Adolf Hildebrand gedacht. Vielleicht nennst Du mir die Leute, zwei oder drei, an Universitäten. Vielleicht kann man Harden dazu nehmen. Du bist natürlich der erste und einzige, dem ich die Sache gebe. Ich warte Weiteres ab, bis Du schreibst. Vielleicht wäre es gut, auch ein paar Leute der jungen Generation dazu zu nehmen. Schlage vor. Die Beitrittserklärung gilt natürlich nur unter der Voraussetzung, daß alle mittun, oder daß wir uns über die Schritte einigen, wenn dieser oder jener nicht will. Herzlich Dein Ju

Ich finde vielmehr, jeder von uns soll die Adressen in Empfang nehmen und damit gleich dokumentieren, daß es sich hier nicht um eine der berühmten namenvollen und wesenlosen Proklamationen, sondern um fortlaufende *Tätigkeit* jedes einzelnen von uns handelt. Und das werden wir am besten auch in den Begleitbriefen betonen. Mit dem billigen Altruismus, der sich mit einer Unterschrift behilft, muß es vorbei sein.

Es würde also heißen: »Anmeldungen nimmt jeder der Unterzeichneten entgegen.« Und dann kommt zu jedem Name die Adresse.

Nun zu Deinem Brief. Mit Gaul, Behrens, Klinger einverstanden. Auch Corinth muß dazu. Dito Schäfer, Ricarda Huch (selbstverständlich!) – Rathenau – nicht in die Hand. Mit solchen herzlosen Schwätzern und verlogenen Geizhälsen wollen wir nichts gemein haben. Harden opfere ich Dir gern. Er ist der Mann, oder vielmehr die Feder, die sehr viel Richtiges vom ersten Augenblick an gesagt hat, obwohl er sich über Wilson gründlich oder halb täuscht. Aber es ist mir recht. Immerhin ein ganz anderes geistiges Kaliber als Rathenau. Überlege es noch mal. Deine Entscheidung ist mir recht. Mit Deinen Gelehrten einverstanden. Man müßte wohl noch Lujo Brentano dazutun. Von Naumann, Traub & Joell rate ich ab. Halt, Max Scheler, München, muß noch dazu. Kennst Du sein vorzügliches Buch »Die Ursachen des Deutschenhasses«? – Soll man nicht auch *Rilke* nehmen und Rudi Schröder? Ich kann Hauptmann, Hildebrand, Strauss und nachher Ansorge übernehmen, auch Rilke, Schröder (?) Behrens, Gaul, Corinth, Scheler. Ich notiere sie mir, nehme an, daß Du Kopie Deines Briefes hast und die bleibenden herausziehen kannst. Ich halte es für richtig, den Leuten zu schreiben, daß wir sie von dem Eintreffen der Antworten unterrichten werden und sie ihre Unterschrift von der Beteiligung der anderen abhängig machen können. Jeder sammelt seine Adressen und giebt sie mir weiter. Hast Du mehr Zeit und kannst es übernehmen, so Du. Ich habe eine Tipp-Dame. Sie ist freilich arg überlastet, aber ich kann's machen.

Nun, der Termin. Nein, mich treibt nicht der Schnellbetrieb, obwohl ich in anderer Hinsicht genug davon habe – Leider! , sondern, ich sag Dir's ohne jede Phrase – die Scham, das hier Gesagte nicht öffentlich vorgetragen zu sehen, die wirklichen geistigen Leute noch immer flau sitzen zu sehen, als ob sie das gar nichts anginge. Ich beabsichtige ganz das Gegenteil der Flaumacherei. Wahrheit, Wahrheit! Mit dem Argument der Flaumacherei wurde das ganze Elend mit Bethmann & Hollweg und nachher auch Kühlmann (ich sage diese Namen nur, um zeitliche Dinge zu fixieren) geschehen gelassen. Wir können gar nicht früh genug uns bekennen, wenn wir wirklich nach unserem Bekenntnis *handeln* wollen, dafür einstehen. Und notabene, es giebt enorm viel zu tun. Wir müssen den Leuten das Soldatenspielen abgewöhnen und schon gesammelt sein, wenn irgend eine praktische Notwendigkeit, deren Auftauchen jeden Moment sein kann, uns braucht. Wir müssen auf die Schule wirken, auch Kultur-Ministerien bestehen, die keine Beamten, sondern Schöpfer sind. Bei der Elementar-Schule anfangen, die Kinder anzuhalten, sich einen meinetwegen indianerhaften aber menschlichen Begriff des Heldentums zu bilden. Politik – merke wohl was ich meine – müßte im Gymnasium gelehrt werden; d.h. die Notwendigkeit, daß jeder am Ganzen, nicht nur an seinem Quark teilnimmt. Emanzipation von den preußischen Geschichten schon im Gymnasium; da vor allem sogar! nichts verkleinern, was groß war – bei Gott nicht – aber die Größe nicht im luftleeren Raum, sondern in der Welt, wo so und so viel Größen sind, zeigen. Geht schon, nur richtige Kerls ran. Dann die Universität! – na, mein Lieber. Meinetwegen mögen sie saufen und weiter fechten. Aber die Pest, der Stumpfsinn in den Korps, in allen Korporationen, das Korporative, das in Fotzkereien besteht, muß heraus, sonst wird gar nichts. Die *Schiebung* der Korps – ich denke dabei gar nicht mal an die *praktischen* Folgen, sondern an die Vergiftung des jungen Menschen, der auf ein buntes Band hin Regierungsrat zu werden hofft. Der Klassenschwindel und der Männlichkeits-Schwindel. Der Unfug, lieber blödsinnige Kommers-Reiterei zu treiben, statt mit seinem Mädel zu schwärmen und zu lieben. Die Frauensache! Die Gemeinheit unserer Stellung zur Frau, die innere meine ich. Na, mein Guter, ein Augias-Stall ist nichts dagegen. O Gott, Mensch, wenn wir ganz kaput geschlagen werden und dann ein Volk werden, das sich lohnt, ist alles billig erkauft. Du rechnest noch immer mit einer Rettung des Alten. Das muß alles fallen, mit oder ohne Katastrophe, nichts ist von dem Regime zu retten, gar nichts! Und damit machen wir nicht flau, sondern bauen das Neue auf. Jawohl, möglich, daß ein Heldenkampf noch kommt, aber nur der um die neue Idee. Ich glaube nicht, daß das Volk sich irgendwie militärisch aufrafft, einfach weil es uns dreckig geht. Bis nach Berlin lassen sie den Feind kommen, wenn sie nicht etwas Besseres zu verteidigen haben, als den alten Kram. Widerstände geben wir ihnen, wenn wir ihnen das *geltend* machen, was jeder halbwegs anständige Kerl ahnt und im kleinen Kreise sagt, nur leider schielend. Schreib gleich! Ich habe vorgestern dem Prinz Max geschrieben, schicke Dir hier die Abschrift, brauche sie *nicht zurück.*

Herzlichen Gruß Euch beiden! Dein Ju

89 Aufruf für ein neues Deutschland

Wenn man für eine *hohe* Idee kämpft, und der mit Aufbietung aller Kräfte durchgefochtene Kampf *geht unglücklich aus* (unglücklich ausgeht), wird der Besiegte tragisch. Die Idee, für die er *gelitten* (gestritten) hat, tröstet und adelt ihn. Wir glaubten unsre Existenz von Feinden bedroht. Sie neideten unsre Erfolge im friedlichen Wettbewerb, haßten uns, weil wir fleißiger und *umsichtiger* (intelligenter) waren. So hieß es. So wurde der Haß Aller gegen Einen ausgelegt. Wohl ergänzte sich dieser und jener im Stillen die Gründe. Die weitgreifenden Fehler unsrer Politik *lagen* (liegen) offen, aber da wir sie auf naives Ungeschick zurückführten, schienen sie *uns* nicht so groß, um den Aufstand der ganzen Welt gegen Deutschland zu rechtfertigen. Daher unsre *anfangs* einmütige Wehr, daher die Entschlossenheit, mit der jeder von uns alle möglichen Opfer brachte. Das überfallene Vaterland mußte verteidigt werden.

Die *Fehlgriffe* (Fehler) vor dem Kriege, die wir gewähren ließen, sehen heute anders aus. Wir ermessen sie nicht nur auf politischem Gebiet, sondern erkennen in ihnen Schwächen und Irrtümer, die sich seit langem in unsre Weltauffassung, unsre Sitten und Formen eingeschlichen haben und jedem von uns anhängen. Sie sind die entscheidende Ursache des Deutschenhasses und wurden von *der* (dem) bis jetzt bei uns herrschenden *Kaste* (Regime) in *jeder* (jeglicher) Weise *gepflegt und beschönigt* (genährt). Die *Fehlgriffe* (Fehler) während des Krieges sind natürliche Folgen. Getrieben von einem Patriotismus, der alle Mittel erlaubt schienen ließ, träumten unsre *Geschäftsführer* (Führer) eine Macht ohne Geist, *sogar* (wenn nicht) ohne Recht, eine Weltherrschaft, die sich auf die Güte der Waffe, auf wirksame Organisation und andere materielle Mittel stützte. Es hat heute den Anschein, als ob alles, was nicht unmittelbar zu der Klasse dieser *jetzt* (nunmehr) gestürzten Machthaber gehörte und den *großen* (schweren) Kampf mit *besseren* (anderen) Mitteln beenden wollte, selbst die eigentliche Regierung, die von Rechtswegen über *jeder Kaste* (der Armee) steht, des Einflusses beraubt und zu Handlungen genötigt wurde, die (geeignet waren) den Glauben an die Aufrichtigkeit aller unsrer öffentlichen Äußerungen schwer erschüttern *mußten.* Wieweit dieser Anschein sich mit der Wirklichkeit deckt, vermögen wir noch nicht ganz zu enthüllen; was wir in der letzten Zeit gehört und gesehen haben, rechtfertigt jede *schlimme Vermutung* (Skepsis). Fest steht schon heute die Tatsache, daß sich unsre Situation im Weltkrieg *übermäßig verschlechtert* (sehr verschlimmert) hat, weil alle politischen Maaßnahmen nicht von weitsichtigen Staatsmännern, sondern von *verbohrten Verfechtern gewisser Interessengruppen* (militärischen Machthabern) diktiert wurden. Dieser eines freien Volkes unwürdiger Zustand war dem Ausland früher offenbar als uns selbst und ließ draußen den Ruf entstehen: Wo bleiben die geistigen Führer Deutschlands? Wir haben heute (mit Scham) zu wiederholen: Wo sind die geistigen Führer Deutschlands geblieben?

Irregeleitet durch unsre Eigenart und die *(Scheuklappen-) scheinbare Ordnung* unsrer Verhältnisse, die jedem Einzelnen von uns auf begrenztem Gebiet Genugtuung gewährte, gewohnt, Politik wie etwas *eben* so Begrenztes zu nehmen, das den geistigen Schöpfer nichts angehe, haben wir das Unheil geschehen lassen. *Vor den* (Die) Manen der großen Deutschen, die vor 100 Jahren in einem edleren Kampfe standen, *muß auch der Beste von uns sich schämen, daß wir es dahin kommen ließen, vom Ausland auf Ideale verwiesen zu werden, die einst an unserm eigenen Herd geläutert und geprägt wurden* (werden es uns nie verzeihen).

Wir waren befangen in der Selbsttäuschung, daß es genüge, wenn sich jeder mit allen Kräften für sein besonderes Werk einsetze. (Wir sind getäuscht worden von anderen und den Stimmen in uns selbst.) Heute wären wir unsers hohen Berufs unwürdig, wollten wir nicht *deutlichst* (mit allen Mitteln) den Argwohn von uns wenden, *daß wir noch immer* Mißstände (zu) dulden, die uns am Schreibtisch, (im Atelier) *in der Werkstatt, auf dem Lehrstuhl zwar* nicht *be*hindern, *aber* (und) die Voraussetzung *zerstören,* auf der unser(e) ganzes *Schaffen* (Tätigkeit) beruht (, zerstören). Kein Vorwurf treffe den *erschöpften* (geschlagenen) Soldaten; er hat in der Erfüllung der befohlenen Pflicht das Äußerste geleistet. Aber weitab rücken wir von *allen* den (obersten) Führern, die den natürlichen Bereich ihres *Amtes oder Geschäfts* (Standes und ihres Amtes) und die Rücksicht auf das Allgemeine außeracht ließen, *indem sie starrsinnig* ein Ziel *verfolgten,* das der *geschichtliche wie* (historische und) sittliche Sinn als eitel erkennen mußte, ein Ziel das, wenn es erreicht worden wäre, der Welt und uns die Knechtschaft des Geistes gebracht hätte. Auch diese Irrenden, denen heute die Last der Verantwortung die *Stirn* (Schulter) beugt, *tragen eine durch Gewohnheit entschuldbare* (haben ihre ererbte) Schuld. Wir wollen sie nicht richten, aber erwarten, daß ihrem unheilvollen Treiben jeglicher Nimbus genommen wird, *daß* (und) man sich nicht etwa erdreistet, sie dem Volke als unglückliche, aber heldenhafte (große) Menschen zu preisen.

Deutsches Heldentum hat jetzt zu beginnen. Es wird nicht mit Fanfaren die Welt zu erobern suchen, sondern klanglos die Überwindung unsrer eignen Schwächen und Irrtümer vollbringen, *es wird nur ruhig die eignen Leistungen an den echten Werten des Auslands prüfen. Es wird überhaupt nicht nach außen schielen, mit den gierigen Augen des Wettbewerbs um die Gunst der fremden Märkte. Es hat nicht den geringsten Anlaß, sich vor irgend einer Großmacht sich jetzt klein zu fühlen. Deutschland hat den Krieg nicht deshalb verloren, weil bei uns ein schlechterer Geist als in den anderen Staaten, sondern bei uns kein besserer herrschte. Wenn alle Welt dem Geschäftsgeist verfallen ist, der nur mit Kräften und Wirkungen des mechanischen Maßenbetriebs rechnet, siegt natürlich die größere Masse. Die kleinere kann sich nur dann behaupten, wenn edlere Kräfte sie beseelen. Unser schlimmster Feind war nicht die fremde Machtsucht, sondern die Ohnmacht des eignen Größenwahns.*

Wir versprechen *es* uns und unserem Volk, *von jetzt an* alles zu versuchen, damit *das neue Deutschland* (es) vor *seinen wahren* Helden (vor dem Forum der wirklichen Helden Deutschlands), den Führern deutschen Geistes *von ehedem* (in der Vergangenheit), bestehe. Dazu gehört nicht nur die Schöpfung würdiger Werke, sondern *planvolle und taktvolle* (besondere) Gestaltung unsers alltäglichen Gebarens. Immer, wenn wir Gelegenheit haben, sei unsre Pflicht, darauf zu weisen, daß kein Titel, keine staatliche Auszeichnung, kein *gesellschaftlicher Vorrang* (Stand) geeignet ist, die Kritik der persönlichen Leistung zu beschränken; (und daß von) jedem *Einzigen ist* in jedem Beruf *durchaus* die Leistung *abzufordern* (gefordert werden muß), die nicht nur dem besonderen *Gegenstand* (Objekt) seiner Tätigkeit gerecht wird, sondern *vorallem* (auch) den natürlichen Anspruch an die Menschlichkeit *seines Tuns* (des Tätigen) erfüllt. Unsre Weltanschauung muß nicht nur ernster, sondern froher und lichter (, menschlicher) werden als das in *gewaltsamer* Rastlosigkeit aufgehende *Maschinen*-Ideal (des Volks, das den Weltkrieg verlor), *das die Völker in den Weltkrieg trieb.* Zu dem universellen Haß auf Deutschland haben nicht zum wenigsten Eigenschaften beigetragen, die wir *Jahrzehntelang* für Tugenden *hielten* (gehalten haben), und die *auch in der Tat* Tugenden sind, wenn sie nicht das Ziel aller Anstrengung, unser und *andrer Menschen* (der anderen) *rücksichtslos* aufs Spiel setzen. Wer zu uns kommt, lasse alle verdorbenen Reste einer *überbetriebsamen* (vergangenen) Zeit vor der Tür, und *er soll uns* (wir wollen ihm) nicht als Dichter, Künstler, Gelehrter, sondern als Mensch, der zu Menschen will, *von ganzem Herzen willkommen sein* (begegnen). Bleiben wir dann allein, so laßt uns zu den Einfältigen und Geringen des Volkes gehen, *die des Geistes wirklich bedürfen.* Wehe uns, wenn wir nicht ihre Sprache verstehen, wenn wir nicht von ihnen verstanden werden. Denn wenn eine Klasse von Menschen unbescholten und *ruhmeswert* (mit Ruhm bedeckt) aus der Prüfung hervorgegangen ist, so sind es diese *Geduldigen* (Leute). *Das* (Diese Gesinnung) sprechen wir mit der Unterschrift unter diesem Geständnis und Gelöbnis aus und verpflichten uns demgemäß, jedes Mal, wenn allmenschliche *Angelegenheiten* (Interessen), *mögen sie* die Würde unsers *eigenen* Volkes oder anderer Völker *berühren,* durch Maaßnahmen einer öffentlichen und geheimen Regierung gefährdet erscheinen, uns *sofort zu nachdrücklichem Einspruch* (wirksamen Schritten) gegen solche Versuche zusammenzuschließen. *Zunächst richten wir hierdurch an unsere Volksvertretung die selbstverständliche Aufforderung unverzüglich durch Reichsgesetz die Abschaffung jeglicher Zensur zu erwirken, besonders auch der Theaterzensur. Wir bitten alle Mitarbeiter am geistigen Leben der Nation, die den gleichen guten Willen haben, ihre Namensunterschriften mit den unseren zu vereinen. Anmeldungen nimmt jeder Unterzeichnete entgegen.*

90 Meier-Graefe an Gerhart Hauptmann

4. 11. 18

Lieber Herr Hauptmann!
Ich denke mir, daß wir in dieser Zeit manchen Gedanken, manchen Wunsch, manche Hoffnung gemein haben und müßte mich sehr täuschen, wenn Sie nicht jetzt das Bedürfnis nach einer Ausdehnung der Wirksamkeit spürten, nach einer Beteiligung an der großen Arbeit, die unserem Volk zu tun übrig bleibt, und bei der es unserer Unterstützung bedarf. Von den Gründen, die jeden von uns anhielten, der eignen schöpferischen Tätigkeit keine Kraft zu entziehen, besteht der wichtigste noch heute. Alle anderen aber sind weggefallen, oder könnten wegfallen. Der Wirksamkeit außerhalb des eignen Werkes, auf die mancher von uns aus gebotener Skepsis verzichtete, steht jetzt vielleicht ein großer Weg offen, und das Volk, das neue Volk, auf das wir rechnen müssen, erwartet von uns eine Mitteilung unserer Kräfte jenseits des persönlichen Werkes, darf sie von dem Dichter der Weber in erster Reihe erwarten.

Welcher Art diese Wirksamkeit sein wird, das hat jeder mit sich selbst abzumachen. Ich halte aber eine öffentliche prinzipielle Erklärung für notwendig und habe gemeinsam mit Dehmel niedergeschrieben, wie wir uns die Sache denken. Die Erklärung liegt bei. Natürlich ist sie nur ein Anfang. So wichtig die Manifestation als solche sein mag, sie darf natürlich nicht als solche allein aufgefaßt werden, sondern muß wirklich unser zukünftiges Handeln in großen Umrissen bestimmen. Über alle gemeinsam zu unternehmenden Schritte werden wir uns natürlich verständigen.

In Dehmels und meinem Namen wende ich mich an Sie als Ersten und bitte Sie um Ihren Beitritt. Ich würde mit dem hohen Ansehen, in dem Sie bei uns stehen, ein Unterstreichen der Bitte nicht für vereinbar halten. Wünschen Sie eine Korrektur, so bitten wir um Vorschläge. Wir warten Ihre Zusage ab und werden uns dann an folgende Persönlichkeiten wenden:

Max Liebermann, Strauss, Adolf Hildebrand, Ansorge, Brentano, Peter Behrens, Gaul, Stefan George, Scheler (Professor der Philosophie in München), Max Klinger, Wilhelm Schäfer, Ricarda Huch, Max Weber, Franz von Liszt, Arthur Bonus, Eucken, Wundt, Franz Oppenheimer.

Wir haben ausschließlich die Männer gewählt, die als Repräsentanten gelten können, und die jüngere Generation absichtlich weggelassen. Sollten

Sie die Liste zu ergänzen wünschen, so bitten wir um Vorschläge. Sind Sie sowohl mit dieser Liste als auch mit der Fassung der Erklärung einverstanden, so bitte ich im Interesse der Beschleunigung um ein Telegramm.

Die Wirkung des Aufrufs hängt von dem geschlossenen Auftreten ab. Daher sind wir, wie Sie und jeder der aufzufordernden Herren an die Unterschrift nur unter der Bedingung gebunden, daß mindestens vier Fünftel der Namensliste zusagen. Nach Eingang der Unterschriften werden wir den Aufruf drucken lassen und jedem der Unterzeichneten eine gewisse Anzahl von Exemplaren zustellen. Diese wird jeder der Unterzeichneten nach seinem Gutdünken verteilen und auf diese Weise Beitrittserklärungen erlangen. Die Namen werden mir dann zugeschickt. Es wäre natürlich einfacher, um die Unterzeichner von der Mühe des Sammelns von geeigneten Mitgliedern zu entbinden, den Aufruf einfach der Presse zu übergehen, und die Beitrittserklärungen an eine Sammel-Adresse gehen zu lassen. Wir möchten aber selbst in einer Äußerlichkeit alles vermeiden, was an »Betrieb« erinnern könnte, zudem kommt es auf nichts weniger als die Masse der Zustimmenden an.

Mit bestem Gruß Ihr ergebener [Meier-Graefe]

91 Meier-Graefe an Richard Dehmel

MAREES-GESELLSCHAFT
Leiter: J. Meier-Graefe, Dresden
Geschäftsstelle: R. Piper & Co, Römerstr., München

Dresden, Kaitzerstr. 4
den 13. XI. [1918]

Lieber Richard Die Sache ist also ad acta, hoffentlich nicht die Idee, die mich dazu trieb. Geschrieben hatte ich außer an Hauptmann (der recht schimmerlos antwortete) niemandem, da bei uns der Kindersegen unerwartet losging. Mein Junge hat es, als der Kaiser verschwand, nicht mehr ausgehalten, hat aber der Mutter rechte Quälereien gebracht. Es war eine tolle Nacht; sie hat schauerlich gelitten und mußte schließlich noch operiert werden. Ich immer zwischen der Revolution in der Stadt und der Klinik. Ich hielt schließlich alles für verloren, da Helene nicht mehr konnte. Ihr sehr gesundes Herz hat durchgehalten, und jetzt geht es ihr schon wieder gut, und der Junge kräht. Ich bin unglaublich vergnügt trotz aller Sorgen.

Setzen die Sozis wirklich die *soziale* Republik durch mit allen Chikanen, so wird das Dasein zum Kotzen. Und das wäre eigentlich logisch. Der Geist hat so kläglich versagt in der ganzen Welt, daß kein Grund vorliegt, ihm jetzt eine besondere Auferstehung zuzutrauen. Trotzalledem, da der Junge nun mal da ist, man hofft und wird sich rühren. Mit einer vernünftigen demokratischen Republik wäre alles zu machen. Von mir aus kann die ganze Industrie und Landwirtschaft verstaatlicht werden, nur der Rest sollte frei bleiben. Und ob sie vor dem Rest halt machen, na hoffen wir. Ich werde sehen, ob man sich hier dem Soldatenrat zur Verfügung stellen kann, um etwas für die Galerien zu tun, die das ancien régime arg heruntergebracht hat. O Gott, dies Regime! Daß nicht einer von dem Dutzend einen anständigen Abgang gefunden hat – ekelerregend!

Wenn Du mal nach Berlin kommst, drate mir, damit wir uns eventuell treffen können. Sieh zu, daß ein vernünftiger Mensch Eure Kunsthalle in die Hand bekommt, wenn Pauli abgesagt wird.

Daß die Franzosen mitmachen, ist mir eine helle Freude (nicht nur unseres Friedens wegen!)

Grüß Isi Dein Ju

92 Meier-Graefe an Richard Dehmel

MAREES-GESELLSCHAFT
Leiter: J. Meier-Graefe, Dresden
Geschäftstelle: R. Piper & Co, Römerstr., München

Dresden, Kaitzerstr. 4
den 30/IX. 19

Lieber Richard! Nun kommst Du endlich mit dem Rembrandt dran, zu dem Du mir vor langer Zeit zugesagt hattest. Das Werk hat sich inzwischen verändert. Es war mir nicht solide genug. Ich habe Anlaß, unseren Zeitgenossen zu mistrauen [sic], ob sie den guten Rembrandt stark genug fassen könnten. Da kam mir ein junger talentvoller Kunsthistoriker Dr. Pfister mit dem Projekt, die religiösen Zeichnungen Rembrandts zu faksimilieren und mit einem Text von ihm herauszugeben. Dieses Werk möchte ich mit meiner alten Idee kombinieren und neben den Originalen die Radierungen moderner Leute bringen, diese im Text und nach religiösen Bildern (Gemälden) Rembrandts. Kann sehr schön werden. Dr. Pfister hat sich gern mit meiner Idee einverstanden erklärt. Ich hoffe, Du tust es auch. Pfister wird sich in seinem Text besonders mit dem eigentlichen Thema beschäftigen mit der Religiosität Rembrandts als – wie er sich ausdrückt – Weltgefühl einerseits, Form andererseits. Ich kann mir zwar von dieser Disposition kein rechtes Bild machen, weiß aber, daß der gute Mann etwas Vernünftiges schreiben wird, habe über R. recht gute Sachen von ihm gelesen und behalte mir natürlich die Oberleitung vor. Dir fällt die Vorrede zu, in der Du über die Totalität R's loslegen kannst, brauchst Dich nicht an die Religiosität zu halten – Rembrandt schlechtweg. Ich habe mich sehr lange mit Pf. über die Anlage unterhalten, da mir im Prinzip eine so stoffliche Abgrenzung unsympathisch war. Er meint es aber ganz vernünftig, denkt mehr an Legende als an Religion, und das läßt sich hören.

Ich hoffe, ich darf auch in dieser erweiterten Form des Werkes auf Dich zählen, denn das Werk wird natürlich nur zehnmal schöner als es projektiert war. Ich habe keine Ahnung mehr, welches Honorar wir abgemacht hatten oder ob überhaupt davon die Rede war. Jedenfalls gelten die Abmachungen nicht mehr, da sich die Zeiten so geändert haben. Ich kriege zwar immer noch von Piper für meine Bücher die Friedenshonorare und finde auch nicht, daß die anderen Brüder sich sonderlich den Zeitläuften anpassen. Du sollst aber anständig behandelt werden. Umfang bleibt Dir überlassen. Nur eins: ich müßte Deinen Text bis Ende des Jahres haben, denn der Druck ist rasend kompliziert und soll natürlich so schön wie möglich werden. Geht das?

Nun noch was. Du kannst mir einen sehr großen Gefallen tun, mir und vor allem der Sache. Ich bin seit Jahren mit Liebermann verkracht, dito mit Slevogt. Mit beiden aus Gründen, die nur sie belasten. Liebermann hat sich zu mir recht flau benommen, kennst ja seine Art. Datiert noch von der Tschudi-Affäre her und aus der Böcklin-Zeit, wo er mich trotzdem er sich engagiert hatte, schnöde sitzen ließ. Nachher Rancüne, weil ich sein Alterswerk nicht so schätze wie er möchte und das, übrigens in absolut korrekter Form, schriftlich ausgedrückt habe. Slevogt hat mir übel genommen, daß ich ihn für einen der größten Illustratoren halte, ein Urteil, mit dem wohl heute jeder halbwegs vernünftige Mensch übereinstimmt. Beide haben sich eingebildet, ich hätte, da mit Leo König befreundet, irgend eine Rolle in dem Sezessionsstreit gespielt, Sezessionspräsident werden wollen und ähnlicher Unsinn; Geschwafel, das hundertmal von Leo König widerlegt worden ist. Ich wäre eher Kloakenpräsident geworden. Na, ich vermute, Liebermann ist inzwischen etwas vernünftiger geworden und dürfte auf eine Vermittlung von Deiner Seite reagieren. Tut Liebermann mit, haben wir Slevogt von selbst. Auf beide würde ich bei dem Werk nur sehr ungern verzichten. Auch Liebermann wird das wachsende Prestige der Marées-Gesellschaft nicht entgangen sein. Ich wäre zu einer Aussprache bereit, wenn er dieser Absicht nicht entgegen ist, und werde dann den alten Mann, dessen Wert ich besser als andere kenne, entsprechend behandeln. Du bist insofern der beste Vermittler, als Dir an der Würde des von Dir beschrifteten Opus über Rembrandt gelegen sein kann, dem der erste Künstler Deutschlands nicht fehlen darf. Er wird wohl manche Sächelchen der M-G gesehen haben. Etwas Besseres ist schließlich in der Art noch nicht gemacht worden. Ich denke an zehn Künstler, die also jeder so eine Radierung zu liefern hätten (nach einem religiösen Werke Rembrandts ihrer Wahl): Liebermann, Slevogt, Korinth [sic], Leo König (?) Kokoschka, Beckmann, Barlach (?) Hofer, Scharff, Seewald. Über die beiden letzten und die anderen Fragezeichen bin ich mir noch nicht ganz klar. Ich habe von Scharff & Seewald gute Sachen in der Richtung gesehen. Ob Barlach etwas schafft, ist unsicher. König würde nur mittun, wenn er selbst überzeugt wäre, etwas Tüchtiges zu leisten. Er vergöttert Rembrandt und würde sich wahrscheinlich über gewohntes Maaß hinaus steigern. Unter Umständen kommt auch Grossmann und Max Neumann in betracht; haben beide glänzende Sachen für uns gemacht.

Uff! mein Lieber, hilf mir. Kommst Du in absehbarer Zeit nach Berlin, machst Du's vielleicht mündlich. Gar zu lange möchte ich's nicht aufschieben, denn das Werk macht rasend viel Arbeit und man hat in Deutschland nur ein paar halbwegs anständige Kupferdrucker, die stark besetzt sind. Kommst Du nach Berlin, würde ich auf einen Wink ev. auch hinkommen. Ich habe übrigens nächstens wegen Proben zu meinem Lustspiel bei Barnowski dort zu tun. Über dieses Lustspiel, mehr Posse, wirst Du Dich übrigens amüsieren, wenn es nicht gar zu dumm von Barnowski, ein kapitales Rindvieh, inszeniert wird.

Hoffentlich geht's Euch gut. Wir sind zufrieden. Der Junge gedeiht körperlich kompromittierend, ich fürchte nur, er wird dumm. Kommt Ihr etwa mal nach Dresden?

Viele Grüße Euch beiden von Wicki und mir Dein Ju

Natürlich handelt es sich bei den Radierungen um vollkommen freie Übertragungen. Mir wäre im Prinzip lieb, wenn die Übertragung nicht zu ungehemmt wäre, sondern wie Cézanne Delacroix, Delacroix Rubens u Raffael übertragen hat, weil bei der engeren Interpretation das Resultat viel amüsanter wird. Aber das muß man natürlich den Leuten überlassen.

93 Meier-Graefe an Richard Dehmel

Dresden, den 6. November 1919

Lieber Richard!

Ich habe Deinen Brief vom 31. mit dem Brief Liebermanns, der sich mit meinem Brief, den ich in den letzten Tagen an ihn schrieb, gekreuzt hat. Du mußt mir schon erlauben, diese Antwort nicht mit der Kürze abzutun, mit der Du sie mir übermittelst. Du schickst mir einen schwer belastenden Brief und sagst dazu, wie der verflossene König von Sachsen: »Nun mach dir deinen Dreck alleene«! – Ich zwinge meine Freunde nicht, meine schmutzige Wäsche zu waschen, muß aber erwarten, bevor sie auch im mindesten Stellung nehmen, daß sie mich fragen: du, wie steht das? Es steht so: 1. Die erste Auflage der Entwicklungsgeschichte und die 2. Auflage, sind zwei vollkommen verschiedene Werke, die bis auf wenige Seiten des Anfangs nur den Titel gemein haben. Die erste wurde 1899 geschrieben und wurde, da ich keinen Verleger fand, erst mehrere Jahre später gedruckt. Die zweite habe ich 1913 geschrieben. Der dritte Band ist noch nicht erschienen. Die 14 Jahre dazwischen umschließen 1. eine nicht unwesentliche Möglichkeit für Modifikationen des Objekts, soweit es aus lebenden Künstlern besteht. Umfassen zum B. bei Liebermann einen erheblichen Teil des Spätwerks, das vorher zur Beurteilung nicht vorlag; und sie begreifen 2. die Möglichkeit einer Veränderung des Subjekts, die ich Gott sei Dank nicht ungenutzt gelassen habe. Das erste Werk war eine spontane Gebärde; das 2., ob richtig oder falsch, eine systematische Arbeit. Die erste Ausgabe hast Du sicher; von der zweiten sende ich Dir zur Sicherheit gleich den zweiten Band zu und bitte Dich, mir die halbe Stunde zu schenken und das Liebermann-Kapitel Seite 322 und folgende zu lesen. Ich überlasse Dir, festzustellen, ob das Urteil von unsauberer Voreingenommenheit diktiert erscheint, oder ob ein gesteigertes

Erkenntnisvermögen, mit Recht oder Unrecht, auf Grund der angegebenen sachlichen Erwägungen zu solchen Resultaten gelangen kann, und vor allem, ob die Veränderungen in dem kritischen Verhalten zu Liebermann im Rahmen der anderen Veränderungen liegen, die das Werk von der ersten Auflage unterscheiden. Also ob das System hier ebenso durchgeführt ist, wie im übrigen Werke. Ich kann nicht von Dir verlangen, daß Du zu diesem Zweck den ganzen Band liest. Ein paar Stichproben werden Dich sofort überzeugen, daß genau dieselbe Modifikation des Urteils die Kapitel über Leibl, Feuerbach, Trübner, Degas und viele andere und zwar in einer zum Teil sehr viel schärferen Form bestimmt. Degas wurde in der ersten Auflage als einer der Säulen der modernen Malerei behandelt, und in einem, in diesen Tagen erscheinenden Buch über Degas, das natürlich alles, meiner Ansicht nach, wertvolle von Degas gelten läßt, wird aus der ganzen Genesis und der Anschauung des Meisters auf die höchst problematische Stellung, die er von rechtswegen einnimmt, geschlossen; ein Fall, über den ich sicher mit Liebermann durchaus nicht einig gehe, aber der sich mit absoluter Konsequenz aus meiner richtigen oder falschen Einstellung auf Kunstprobleme ergibt. Über Whistler war die erste Auflage des Lobes voll. In der zweiten wird er überhaupt nicht erwähnt und inzwischen ist mein Buch »Die großen Engländer« erschienen, in der dieser Popanz der modernen Malerei die verdiente Behandlung gefunden hat. So ist es vielen anderen Künstlern gegangen, unter anderen auch solchen, mit denen ich persönlich verkehre, und die in der zweiten Auflage überhaupt nicht erwähnt worden sind. Jeder, der auch nur ein Buch von mir gelesen hat, wird die Vermutung, ich könnte mich von äußerlichen Geschichten bestimmen lassen, wie einen nonsens zurückweisen, aus dem einfachen Grunde, weil keine ernsthafte Anschauung solche Spielereien verträgt, ohne überall Löcher zu zeigen. Man kann mir alles nachsagen, nur keine Inkonsequenz, und daß ich ebenso wie mit anderen, rücksichtslos mit mir selber bin, das beweist eben die Entwicklung, die mein Schriftstellertum genommen hat und die ohne das Eingeständnis früherer Irrtümer schlechterdings unmöglich war. 2. Es ist mir neu, daß Liebermann den Aufsatz als Grund seiner Rancune zitiert. Du findest den Aufsatz in der Fischerschen Rundschau Novemberheft 1914 Seite 1576. Bitte lies ihn ja, er hat nur drei Seiten. Cassirer gab damals so eine Kriegszeitung heraus, dafür durften die Beiträge nur ganz kurz sein; ich glaube die Schrift wurde lithographiert, wahrscheinlich habe ich damals die Sache zusammengestrichen;

es blieb immer noch zu lang, und so gab ich Fischer die Sache in der ursprünglichen Fassung. Die Vermutung, ich hätte mein Manuskript nach dem Verleger gerichtet, ist ein niedlicher Einfall. Es stehen mir Gott sei Dank für meine Prosa ebensoviel Verleger zur Verfügung, wie Liebermann Kunsthändler für seine Bilder. Unter einem »infamen« Angriff verstehe ich Verleumdung oder dergleichen. Ich überlasse Dir die Entscheidung, ob der Aufsatz so etwas enthält. Die inkriminierte Stelle lautet: »Ein anderer kommt auf den Einfall, seinem Polospieler einen Säbel in die Hand zu geben, und bildet sich ein, so schaffe man einen Sieger.« Ich hatte grade in jener Zeitschrift viele Beispiele vor Augen und zitierte unter anderen dieses. Das kriegsmäßige Motiv schien mir eine Äußerlichkeit, und daran mag ebensoviel meine damalige, etwas jugendliche Stimmung, die leidenschaftlichere Töne forderte, schuld sein, wie der Liebermann. Wären damals keine anderen Infamien begangen worden, könnten wir ruhig sein.

Ich denke heute über dieses und jenes anders, auch über Liebermann. Inzwischen war seine große Ausstellung in der Akademie; bei allem, was schärfste Kritik gegen Liebermann finden kann, ein wohltuendes Ganze von Anstand, Kultur, Intelligenz. Ich bin nie so dumm gewesen, zu bezweifeln, daß Liebermann der erste deutsche Künstler der Gegenwart ist, und gehe nur vielleicht darin mit ihm auseinander, daß mir dieses Prädikat weniger als ihm bedeutet. Das Wohltuende der Ausstellung lag in einem höheren Begriff. Es war der Hauch des Europäischen, der über den Berliner Kram hinausging. Heute hat man mehr Grund als je, diesem Hauch seine Reverenz zu erweisen, und man wird damit einen besseren Beweis für sein Europäertum geben, als Liebermann mit seiner allzumenschlichen Rancune.

Ich bitte Dich, mit diesem Brief ebenso zu verfahren, wie Du es mit dem Schreiben Liebermanns gemacht hast. Reagiert er auch dann noch negativ, muß ich mich bescheiden. Es würde mir leid tun, nicht nur unseres Rembrandts wegen.

Herzlich Dein Ju

Der Postsperre wegen kann ich Dir den Band der E. Geschichte nicht senden. Du hast ihn in jeder Bibliothek.

94 Meier-Graefe an Julius Levin

Friedenshütte
p. Morgenroth
Oberschlesien
31. X. 95

Lieber Leu! Schön. Das abgekürzte Verfahren paßt mir sehr, aber nun auch nicht vergessen. Also mit dem Salon steht es so. Ich wollte vom Pan aus einen machen, hatte auch das Geld zusammen, als der Krach kam. Nun stehe ich mit Pächter schon lange in geschäftlichen Beziehungen, er kennt mich sehr genau und möchte in Hamburg, wo die Verhältnisse sehr günstig liegen einen Salon à la Bing mit mir machen, allerdings mit der japanischen Nuance, die für das Geldverdienen wesentlich ist. Du weißt, daß ich Fachmann für die Salonidee bin, die ich mit vieler Arbeit ausgeheckt habe, man kann mit dieser Chose sozusagen ein Kulturwerk verrichten und dazu bin ich wenn ich mein eigenes Vergnügen dabei finde, nie abgeneigt. Nun ist die Sache von einem Hauskauf abhängig, den Pächter für den Salon in Hamburg machen müßte und diese Gelegenheit findet sich nicht alle Tage.

Nun steht die Sache so, ich gehe sehr ungern wieder nach Deutschland und so sehr ich den Wert gut bezahlter Kulturwerke schätze würde ich doch wahrscheinlich in Paris bleiben, wenn ich den genügenden Boden finde vor allem das nötige Geld verdiene, denn über allen Kulturwerken steht die liebe Individualität wie Du weißt und meine Panerfahrungen haben mir diese Einsicht noch näher gebracht. Da man nun mit der Schriftstellerei nur ungenügend verdient, will ich neben dem auch die Kunst anzapfen, indem ich mich mit dem Verkauf gangbarer deutscher Artikel wie Menzel etc in Paris beschäftige, von gangbaren Leuten kaufe etc. Dafür ist nötig, daß ich eine nette Wohnung habe, wo ich etwas aufhängen kann und das deckt sich mit meinen und meiner Kleinen Lebensgewohnheiten. Chambre garnie halte ich nicht mehr aus u sie auch nicht; ich habe ihr künstlich Bedürfnisse anerzogen, die ich ihr nicht wieder abgewöhnen will. Du weißt, es wächst der Mensch mit seinen höheren Bedürfnissen. In eine Wohnung gehören Möbels. Da mein Muttchen das Seebachstift in Weimar als edle Wohlthäterin übernimmt, steht unsere Berliner Wohnung leer, ich kann also ein paar Sachen dort sehr gut entbehren, außerdem habe ich niedliche Londoner Sachen bei

Liberty stehen, die ich mir ebenso gut in Paris aufheben kann. Allerdings spielt der Transport eine Rolle. Wenn ich z.b. nach 7 Monaten in Paris nach Hamburg übersiedele, hat sich die Sache nicht gelohnt. Nun steht aber die Sache so. Siedele ich nach Hamburg über so ist meine Stellung so glänzend – denn nur mit sehr viel Geld mache ich mich nochmal zum Sclaven –, daß die paar hundert Mark Transport keine Rolle spielen. Übrigens kann man ja nicht wissen, ob sich nicht ein Geschäft in Paris entwickelt, das nachher meine Sachen behält, wenn ich weggehe. Bleibe ich in Paris, so wirst Du einsehen, daß ich weise that, mich gleich nett einzurichten, denn ich finde es um jede 4 Wochen schade, die man unkomfortabel verbringt.

Nun wird meine Idee durch Dich verbilligt da Du mitparticipierst[,] während Du eine billige Gelegenheit findest Dir ein Heim zu schaffen. Es ist also tadellos. Welche Rolle Albert in der Pariser Sache bekommt, weiß ich noch nicht, ich glaube, ich werde den Kram zuerst mal alleine versuchen. Du wärst mir viel lieber als Hilfe, schade, daß Du nicht die Orientierung Alberts hast, das ist eigentlich das einzige, das ihn mir wertvoll macht.

Trotzalledem weiß ich nicht ob Du nicht auch irgendwie mitthun kannst, mit oder ohne Albert, ich weiß überhaupt noch gar nichts. Jedenfalls ziehen wir zusammen und das weitere findet sich. Du wirst Dich sehr wohl bei uns fühlen, meine kleine Frau liebt Dich bereits – platonisch, bitte ich mir aus, Du wirst schon auch die Wahre finden, wir helfen Dir. Ich habe unerhörten Dusel gehabt, meine Maus ist justement das was ich brauche; nun, ich muß der Wahrheit gemäß konstatieren, daß ich lange genug gesucht habe und mich durch die vergeblichsten Versuche nicht habe abhalten lassen, immer wieder auf die Freite zu gehen.

Die Hauptsache ist eine Wohnung. Und ich bitte Dich nochmals, finde eine oder mehrere, damit wir dann, wenn wir kommen, nur zu wählen brauchen. Da ich noch nach Wien und Pest muß können wir erst am 18. nächsten Monats in Paris eintreffen, am 25. müssen wir fix u fertig eingerichtet sein, denn ich habe gleich viel zu thun. Also suche, theurer Leu – ich finde diese Bezeichnung für Dich groß – renne rastlos, Du weißt was wir brauchen, wir können darüber korrespondieren. Vergiß auch nicht den Dienstbotzen [sic]. Meine Möbels sind unterwegs, ich habe sie an den Spediteur van Oppen 14 rue Favart schicken lassen, wo sie vor unserer Ankunft eintreffen werden und zugemacht bleiben, bis ich komme.

Mit Heilbut sei vorsichtig, er hat sich in Hamburg unmöglich gemacht. Solche Ambitionen, wie für die »Zeit« zu schreiben, kann ich Dir auch befriedigen, Du weißt wohl aber nicht, daß Bahr 5 fl pro Seite zahlt. Ich gehe zu Bahr in Wien, der mich mit Briefen bombardiert, um Artikel zu bekommen, und werde versuchen bessere Honorare für Dich u mich zu erreichen, sonst hat es keinen Zweck.

Übrigens besucht uns Harden noch in diesem Jahr in Paris, der hat bessere Leute an der Hand, die er mir nennen will – Amerika! und da participierst Du natürlich auch. Wir machen überhaupt eine Kommanditgesellschaft für Feuilletons. Du kannst so viel schreiben als Du willst, los werden wir sie schon es frägt sich nur zu welcher condition.

Adieu, Leuchen, also rastlos!

Meine Adresse bleibt hier bis zum 7. dann Pest Hotel Hungaria

Dein Meigrae

95 Meier-Graefe an Julius Levin

24. Nachts
[25. 3. 1898]

Lieber Leu Dein Brief bestätigt die alte Regel, daß man nie zuviel vorher erzählen soll; aber eine solche Kühle hätte ich doch nicht erwartet. Ganz versteh ich Dich nicht, Du meinst, man lernt in Berlin die Italiener *ebenso kennen* – o! o! o! wo denn? Du willst doch nicht etwa im Ernst behaupten daß man in Berlin an den paar Botticellis die da sind Botticelli bemessen kann; noch weniger aber doch wohl *Fra Angelico* und die ganze Horde der *Kollegen Fra Angelicos* und noch viel weniger die Kollegen Botticellis vor allem *Filippo Lippi* und die Anderen die in Berlin überhaupt nicht sind. Ich behaupte im Gegensatz daß *ein einziger Saal* der *Uffizien* oder der Akademie mehr von Italien erzählt als ganz Berlin zusammen. Und nicht nur Berlin, sondern der Louvre & London. Und nicht nur Florenz steckt in Florenz sondern Venedig; solche *Tizians*, Giorgiones, u dann *Bellinis*! und dann …

Das nennst Du eine Bereicherung Deiner Materialkenntniß! – Junge, Junge!

Nein, mein Lieber, mein Buch lasse ich nicht *mehr reifen*, es ist mir so lieber als alles was ›Materialkenntniß‹ dazuthun könnte; ich pfeife auf

Deine Materialkenntniß wenn sie Dich abhält so schöne Dinge genießen zu können. Das eben ist ja der ganze Witz des Buches.

Über Raffael könnte man sich in dem Buch einigen, nicht so daß einer von uns nachgiebt, sondern daß etwa in Dialogform jeder seine Meinung sagt. Unübertrefflich ist er gewiß, aber das sind unendlich viele, auch Menzel ist unübertrefflich; aber ein Genie nee, nee, nee, Genie ist ganz etwas anderes. Bellini ist ein Genie, Michelangelo; ja selbst Botticelli ist mehr Genie, er hat mehr zu sagen als Raffael. Raffael ist ein *enormes Talent.* Zum Genie gehört allmächtige Originalität und jeder auch nur der entfernteste Hauch von Epigonentum ist ihm fremd; er mag auf anderen stehen, aber die Stütze ist so nebensächlich so rein äußerlich konventionell, daß es beim Erscheinen wie eine Bombe in die Welt platzt, keine Welt beschließend, sondern eine neue anfangend. Darum ist Turner ein Genie, darum Millet, nicht Renoir nicht Segantini, obwohl die Vieles ihrer großen Ahnen viel besser gemacht haben. Und das ist keine *human* vorgehende Kritik, die nach menschlicher Gerechtigkeit entscheidet, sondern sie entspricht den Thatsachen. Thatsächlich genießen wir mehr an der wundervollen embryonalen ganz und gar instinktiven Macht des Genies, als aus dem ebnenden glättenden Schaffen des Talentes. Rede mir nur nicht von Technik; sobald man überhaupt Technik u Inhalt unterscheiden kann, ist der Maler gerichtet. Und es ist einfach nicht wahr, daß der rein natürliche Eindruck des Medaillons von Filippo Lippi kleiner ist als der der berühmten Madonna della Sedia sondern umgekehrt und ich pfeife auf die bekannte »trotzdem-Bewunderung« Raffaels in der Konditionalform. Nach meiner Ansicht ist es einfach Faulheit, Raffael göttlich zu finden.

Ich zweifele ein bischen, daß wir das Buch zustande bringen. Aber das ist mir trotzdem ich's bei Gott bedauere, nebensächlich im Vergleich zu dem Bedauern, daß Du in Florenz nicht findest, was ich dort gehabt habe.

Die dekorativen Valeurs dieser Leute in den Kirchen – darüber reden wir, das ist ein feines Kapitel. Alle werden dabei einen Strich tiefer gesetzt, aber wo bleibt bei diesem nicht ganz ungerechtfertigten Standpunkt Dein theurer Raffael? Der dekorative Wert Raffaels: minus o.

Uns geht es lila. Ich habe recht viel Ärger mit Mama, Keller & Reiner u Fried. Mit diesen dreien bin ich ziemlich fertig, am fertigsten mit Fried, der sich geradezu schamlos benommen hat. Denke Dir, diese Canaille hat Harden hinter meinem Rücken mitgeteilt, daß ich über ihn geschimpft habe, Du weißt als der gewisse Freund, der sich für die Ehre des Freundes aus dem Haus jagen läßt. Ekelhaft, ekelhaft, zumal in den Details und geradezu bodenlos in der Frechheit der Lüge. Wo gehst Du am 4. hin?

Maus grüßt Dein Ju

96 Meier-Graefe an Julius Levin (mit einem vierseitigen Ms. über Kunstkritik)

Berlin W. 10
Hohenzollernstr. 5
24. 2. [1927]

Lieber Leu, ich habe es etwas ausführlicher skizziert, und die Länge schadet nichts, wenn dadurch Klarheit entsteht. Das ist jetzt, scheint mir, der Fall. Nun mach Du daraus, was Du willst.

Herzlich Dein Ju

Zu S. 2

Die Zunft ist eine Gesellschaft von Gelehrten, die als ihre Aufgabe betrachten, objektive Tatsachen aus dem Bereich der Kunst und der Künstler festzustellen. Sie sammeln die Werke und katalogisieren sie, sammeln Künstler und reihen sie in historische Kategorien ein. Der Maler X hat dann und dann gelebt und das und das geschaffen. Auch Biographien werden gesammelt und endlich sammelt man bis zum gewissen Grade die objektiven Eigentümlichkeiten der Kategorieen.

Da keine geistige Tätigkeit ohne subjektive Regungen auskommt, fließen auch in diese allerlei persönliche Momente hinein, die das eigentliche Gebiet der Zunft zu erweitern suchen. Das führt zu einer Kunstkritik, die sich mit der Feststellung subjektiver oder wenigstens verhältnismäßig subjektiver Tatsachen beschäftigt. Diese kommt ausdrücklich erst in zweiter Reihe und hat unmittelbar durchaus nichts mit dem Hauptgebiet zu tun, wird auch von vielen Zünftlern durchaus abgelehnt. Man hört oft die Bemerkung: wir haben nur das Geschichtliche festzustellen, das, was ist. Das, was sein müßte, geht uns nichts an.

Die Feststellung kunstgeschichtlicher Tatsachen ist verdienstlich. Man kann sich freuen, daß es Bode gelungen ist, den Meister … als

Bernhard Striegel [sic] zu bestimmen, denn wir haben einen Strigel mehr. Es fragt sich: wem nutzt das? Führt die Feststellung lediglich zu einer Benamsung und zu einer Addition, so wird ausschließlich einem Zunftinteresse gedient, an dem das Wohl der Menschheit unbeteiligt bleibt. Das Bild, das man vorher kannte, ändert nicht seinen Wert, ob es so oder so heißt. Der Mensch, der den Namen trägt, kann durch das Werk geändert werden. Darauf kommt es der Anschauung, der M-G dient, allein an. Von zwei Gesichtspunkten aus, die in seinen Büchern immer wieder auf verschiedenen Wegen geltend gemacht werden, wehrt er sich gegen die Zunft oder, richtiger gesagt, sucht sie zu ergänzen. Erstens: Das Sammeln der objektiven Tatsachen bedeutet nichts, ist eher schädlich, wenn es nicht zur Gewinnung allgemein gültiger, nicht nur den Zünftler interessierenden Werte führt. Wir ertrinken auf allen Gebieten in der Fülle von Tatsachen. Die Kunst allein kann die Einheit der Anschauung, die verloren zu gehen droht, erhalten. Läßt eine kunstgeschichtliche Forschung diese Möglichkeit außer acht, so nützt sie der Kunst nicht nur nicht, sondern wirkt ihrem Geist entgegen und schädigt die Menschheit.

Zweitens wendet er sich gegen eine Kunstbetrachtung, die nur Kenner züchtet. Kennerschaft in dem heute üblichen Sinne ist Materialkenntnis; in zweiter Linie Warenkunde. Diese Besitztümer, die zur Sache gehören, erwirbt heute mancher Händler mit Leichtigkeit, dem alle ideellen Beweggründe durchaus fern liegen. Die Kunst ist aber auch für den Sammler immer mehr ein schlecht verhehltes Handelsobjekt geworden. Sie wird vor allem gekauft. Die Käufer gewinnen aus dem Umgang mit dem Objekt wiederum nur Materialkenntnis und Warenkunde, ohne des geringsten ideellen Nutzens teilhaftig zu werden. Weder fördert diese Kennerschaft das Individuum, dessen geistige und moralische Qualität unberührt bleibt, noch fördert sie die Allgemeinheit, für die das Kunstwerk Kaviar bedeutet. Gewiß sind wir dank der Kennerschaft unseren Altvordern, die sich eine Menge wertloser Dinge an die Wände hingen, weit voraus. Doch fragt es sich, ob wir heute der Kunst als Erlebnis so nahe stehen wie sie ihr waren.

MG kämpft um das Erlebnis. Er sucht dem Spezialismus der Historiker und Kenner die Bedeutung des Mittels zu geben, das uns, wenn es einem höheren Zwecke untertan wird, zu fördern vermag. Der höhere Zweck ist das Menschentum. Erst mit der Erhellung der Beziehungen zwischen Mensch und Kunst, somit der folgerichtigen Bewertung des Verhältnis zwischen Kunst und Künstler, beginnt die Vergeistigung der Kennerschaft und die geistige Verwendung des gesammelten Materials. Diese nicht rezeptive, sondern durchaus produktive Tätigkeit bedarf starker ethischer Stützen, denn sie sucht im Künstler den persönlichen Aufwand, der die Zufallsgabe des Talents als rohen Stoff nimmt und nur das, was daraus gewonnen wird, betrachtet. Der bleibende Gewinnst gelingt nur bei großer Selbstzucht, bei hohem Intellekt, bei einem Opfermut, der immer bereit ist, das persönliche Wohl der Sache zu opfern; d.h. es bedingt rein menschliche Eigenschaften, die vorbildlich wirken. Dies geht durch alle Bücher MGs hindurch: Talent ist nichts, der Wille ist alles. Nur den Kämpfern gehört sein Interesse, gehörte es bereits, als diese Kämpfer weit entfernt von dem öffentlichen Erfolge waren. Er hat in der Kunst den Begriff des Heldentums begründet und sein Begriff scheint reiner und gültiger als der, den wir Carlyle verdanken, und dürfte die Zeiten sicherer überdauern.

Die Gefahren dieser allmenschlichen Kunstschätzung liegen auf der Hand. Es kann einer der reinste Wille, die lichteste Sittlichkeit und ein schlechter Musikant sein. Gegen diese Gefahren schützt M-G sein sicherer Kunstinstinkt. Er ist Kenner, der auf jedem Gebiet die Werte, auch die noch nicht von der Menge geschätzten, zu spüren weiß, hat diese Kennerschaft bei seinem langjährigen Aufenthalt in Paris und auf vielen Reisen in allen Herren Länder erworben, aber ist nie Kenner allein und wäre imstande auch in einem kunstlosen Milieu, nur angewiesen auf Menschen seine Kennerschaft zu erweisen. (Vergl. seinen Tscheinik!)

Jeder der die Tatsachen … (S. 3)

S. 4. Der Satz: Ob *sie dabei von Gelehrsamkeit* … bis *gleichgültig* ist irreführend. Ich würde statt »ganz gleichgültig« sagen: *steht dahin.*

97 Meier-Graefe an Julius Levin

J. Meier-Graefe
Hohenzollernstr. 15
Berlin W 10

La Banette (Maison Ducros)
St. Cyr s. Mer
p. Marseille (France)
10/III [1930]

Lieber Leu Dank für Deinen Brief vom 5. Eine dumme Geschichte mit dem Verlag. Es ist halt die allgemeine Pleite, die bei Büchern nicht sensationeller Art schwer eingreift. Ich habe für meinen Corot, an dem ich nahezu ein Jahr gearbeitet habe, 6-7000 Mk bisher, kriege vielleicht nochmal 1000. Rechne dir aus, was das bei meinem Budget bedeutet. Ich habe auch nicht zu lachen. Ich verdiene viel mehr als Du, aber was bleibt! Arbeiten und nicht verzweifeln. Bis jetzt habe ich einige Hoffnung auf den Roman. Er ist eine Auseinandersetzung zwischen Vater und Sohn, mein Alter und ich, aber nicht in Ich-Form. Sehr viel Sachliches[,] Industrie-Milieu. Enfin, nous verrons.

Busch gehts sehr gut. Mir fehlen ein paar Jahre, die ich zu viel habe. Merke doch sehr an den Knochen, wie ich alt werde. Da ich ziemlich intensiv arbeite, schlafe ich schlecht. Mit dem Wetter haben wir bisher nicht viel Glück. Sehr viel Regen. Landschaft göttlich. Ein schöner Tag dazwischen giebt viel. Am 22. kommt Buschs Mutter. Momentan ist Klöschen bei uns, dessen Zukunft recht düster ist. Er ist entsetzlich verbittert. Es giebt immer noch welche, denen es hundertmal dreckiger geht, und das Schlimmste ist die Skepsis solcher armen Teufel. Schwer zu helfen.

Wenn Du Gelegenheit [hast], lies doch mal die Bücher von dem in Frankreich geborenen Amerikaner Julien Green, namentlich Leviathan. Sehr stark. Auch den Alexanderplatz von Döblin[,] hat mir sehr gefallen. Mordskerl. Solltest es lesen.

Das Eintreten Einsteins wird Dir schon irgendwie oder wo helfen. Beanspruche ihn nicht zu oft, nur da, wo es sich lohnt und er wirklich etwas, das ihm entspricht, tun kann. Adieu, mein guter Leu! Busch grüßt Dich.

Denke Dir, wir müssen die Berliner Wohnung aufgeben. Lutz will sie allein haben. Wir sind uns noch nicht ganz klar, was wir machen werden. Eine Berliner Wohnung zu kaufen, haben wir kein Geld. Wahrscheinlich werden wir uns irgendwie in Frankreich etablieren. Auf dem Lande[,] und uns in Berlin mit einem Absteigequartier begnügen, aber sprich nicht darüber. Ich weiß noch nicht, auch die B.T.- Frage ist zu überlegen.

Adieu nochmal, grüß Deinen lieben Bruder von uns

Dein Ju

98 Meier-Graefe an Julius Levin

St Cyr 19. IV. [1930]

Lieber Leu, Ich habe gerade Dein Bach-Buch aus gelesen. Es hat mir sehr viel gegeben. Da ich wenig von Musik weiß und noch geringeres Musik-Gedächtnis habe, entgeht mir natürlich sehr viel, aber selbst einem Laien wie mir wächst aus dem Buch die Gestalt des Fugengestalters. Wieder mal bewunderte ich Dein stupendes Wissen. Du hast alles, was mir fehlt. Unendlich viel von den Episoden war mir neu, so die rührende Geschichte von Brahms, daß er nachdem er Bach gespielt hatte, seinen eigenen Kram so fehlerhaft vortrug und abbrechen mußte, weil er sich banal fand – was ich ihm nachfühle. Nicht Deiner Meinung bin ich bei Liszt und Wagner. Daß sie von ihm nehmen, ist klar, aber die Entnahmen macht sie noch nicht zu Geistesverwandten, und gerade den Bach'schen Geist vermisse ich in meiner Einfalt bei diesen Nachfolgern. Magst recht haben, Bach romantisch zu nennen wie Shakespeare, Goethe, Delacroix, Marées; diese das Gefühl bezeichnende Romantik, die sich dem Gesetz unterwirft, ist doch was anderes als der Wagner'sche Egoismus, ja widersetzt sich meinem Empfinden nach dem ins Unbegrenzte tobenden Sensualismus. Der Begriff *deutsch*, der aus Bach hervorgeht und das *Deutsche* Wagners sind Gegensätze, die Du meiner Meinung nach übersiehst, weil Du vielleicht zu sehr Musiker bist. Ich habe vor Bach die Ehrfurcht wie vor etwas überaus Reinem, etwas ganz Geistigem, das ich in meiner Dämlichkeit nicht ganz aufnehmen nur ahnen kann. Bei Wagner ein großartiges Virtuosentum mit Größenwahnsinn. Es fällt mir auf, weil Du gerade bei Schubert sehr feine die von der Überlegenheit Bachs gezogenen Grenzen siehst und nicht verschweigst.

Soeben kommt Dein Brief vom 15. Dein Lippi wird also immer noch getippt, macht mir doch einige Sorgen, weil es sich in die Länge zu ziehen scheint. Halte mich ja auf dem Laufenden; Daß Du christliche Bestellungen kriegst, könnte man nicht nur als Zufall deuten, denn das

Bach-Buch beweist, wie tief Du das Christentum erfassest und wie fern Du dem Berliner Judentum stehst. Du hast was Altmodisches in Deiner Schreibweise, das mir sehr behagt und dem Stoffe angemessen ist. Etwas von dem Anstand des Herrn Mendelssohn ist in Dir.

Dein Pariser Vorschlag ist gar nicht dumm. Bevor ich mir die Kosten einer neuen Berliner Wohnung mache, würde ich diesen Ausweg erwägen, aber zunächst bietet uns Zehlendorf einen annehmbaren Kompromiß, da dort die früher von der Großmutter Buschs benutzte Wohnung leer steht. Ich wünsche Dir, lieber Leu, vielen Erfolg für das Bach-Buch; mehr als ich mit meinen letzten Büchern habe, vor allem aber schleunigste Heilung.

Dein alter Ju

99 Meier-Graefe an Julius Levin

St. Cyr s. Mer
4. I. 34

Mein lieber Leu, Du dürftest einer der ganz wenigen Deutschen sein, denen die Emigration nicht ein Notbehelf sondern eine Erhöhung der Hoffnung gebracht hat. Nach Deinem Brief scheint Dir die denkbar wesentlichste Förderung gesichert, und ganz resultatlos kann die hohe Verbindung kaum bleiben. Du bist ein Mordskerl. Sei klug und spinne mit Vorsicht, ohne Dich zu übereilen, den wertvollen Faden weiter. Kannst Dir denken, wie ich mich freuen würde, wenn es Dir endlich gelänge, eine Schule, wenigstens ein Atelier, das Dir die Ausdehnung Deines Wissens und Deiner Fertigkeit erlaubt und Dich materiell sichert, zu gründen. Will nicht gleich zu viel! Hast Du erst mal Deine Tätigkeit bescheiden geborgen, so daß Du eines kleinen Kreises sicher bist, geht es schon weiter. Bei uns sinkt die Hoffnung im gleichen Verhältnis. Wenn man die Forderungen der sog. Kulturkammer nicht unterschreibt, wird man in Deutschland nicht mehr gedruckt, und alle Möglichkeiten, auf die ein deutscher Autor rechnen muß, verschwinden. Davor graut mir einigermaaßen, auch wenn wir's materiell eine Weile aushalten können bei großer Sparsamkeit und Verzicht auf jede Unterstützung der beiden Frauen. Mit der Unterschrift, auch wenn es bei einer Formalität bliebe, begeht man eine heillose Gemeinheit. Dazu habe ich mich nicht entschließen können. Ich habe recht schwere Wochen hinter mir, da ich mir durchaus nicht klar bin, ob mein ohne Weiteres bei oberflächlicher Betrachtung gerechtfertigter Standpunkt auch vor einer intimeren Kritik des Gewissens besteht.

Dein armer Bruder! Den hat's gefaßt, weiß Gott, erst die Krankheit, dann die Nazis.

Busch war vor ein paar Tagen bei ihrer Mutter in Berlin, macht nette Beschreibungen. Man soll der Straße das Gedrückte ansehen. Die Begeisterung scheint doch zu sehr großem Teil Schwindel, und es giebt eine Minorität, die auch formal nicht mittut und arisch ist. An die Hoffnung, daß die Schweinerei in absehbarer Zeit zusammenbricht, glaube ich nicht.

Es ist fatal, mein lieber alter Leu, daß wir das alles im Alter erleben. Von Herzen wünsche ich Dir Erfolg. Schreib, wenn's glückt, und auch wenn's schief geht.

Busch grüßt Dich vielmals. Rieke ist fanatisch Nazi.

Dein Ju

100 Meier-Graefe an Julius Levin

St. Cyr s. Mer
6/IV [1934]

Lieber Leu Dank für Deine Karte. Ich hatte mir schon gedacht, daß der Tod des Königs Deinen Plänen nicht vorteilhaft sein würde. Wieder scheint da eine Hoffnung zu scheitern. Etwas anderes ereignet sich kaum noch in der Welt außer der Erfüllung bedrohlicher Zeichen. Wir leben still, möglichst sparsam und essen unsern letzten Groschen auf, hoffend, daß bis dahin ein Roman, an dem ich langsam arbeite, fertig wird. Für Deutschld ist jede halbwegs ernste Tätigkeit unmöglich. Seit Monaten habe ich für die F. Z. keine Zeile geschrieben. Sie können unsereinen schlecht brauchen, und mir macht es kein Vergnügen. Ich bin dem sogenannten Kulturbund nicht beigetreten und trotzdem unbehelligt geblieben, bis jetzt wenigstens. Gesundheit leidlich, schlechter Winter, kalt, viel Regen.

Klossowski, der in der Nähe wohnt, geht es gesundheitlich und finanziell miserabel. Schrecklich, daß Dein Bruder immer noch leidet. Mein

Gott, wie lange schon! Du scheinst auch nicht wohl. Hast Du denn wenigstens in Brüssel Existenzmittel?

In Zehlendorf geht es im Großen wie hier im Kleinen. Sie essen auf, was sie haben. Onkel Fritz hat die Stellung im K.W.-Institut pensionslos aufgegeben und ist so deprimiert, daß ich immer fürchte, es kommt zu einer Katastrophe. Im Grunde ist er immer noch besser daran als tausend andere, kann sich aber nicht herausreißen. Conte schlägt sich leidlich durch, wohl gleichgeschaltet. Leo hat seinen Vater verloren und hat seine uralte Mutter zu sich genommen, die langsam stirbt. Auch er führt ein recht gedrücktes Dasein. Lutz Wolde geht es immer noch, so scheint es, gut. Sonst höre ich nichts. Busch ist wohl, ihre Jugend ein wahrer Labsal. Ich bin entsetzlich alt geworden, mein guter Leu, aber wie gesagt es geht immer noch. Wir haben unsere nette Wohnung, Bücher. Schickeles, die unser lieber Verkehr waren, sind nach Nizza gezogen. Dann und wann besuchen wir sie. Er hat natürlich auch große Schwierigkeiten. Große Freude habe ich mit den letzten Büchern von Thomas Mann, erstaunlich, kaum ihm zugetraute Leistung. Hoffentlich sehe ich gelegentlich etwas von Deinen Werken. Mein kleines Novellenbuch hatte gar keinen Erfolg. Fischers sind momentan in Rapallo. Er ganz vertrottelt, wird nicht mehr lange machen. Der Verlag krebst.

Adieu, lieber Leu, Busch grüßt. Wenn Du Deinem Bruder schreibst, bestelle ihm unsere Grüße. Man wagt kaum, ihm Besserung zu wünschen, weil es wie Strafe klingt.

Dein Ju

101 Meier-Graefe an Franz Servaes

DEKORATIVE KUNST
Direction: H. Bruckmann/Munich
& J. Meier-Graefe/Paris

Paris, 37-39 Rue Pergolèse
le 1. V. 98

Lieber Herr Servaes
Ich habe eine rechte Bitte. Es wird meiner Zeitschrift nicht ganz leicht, ich habe mir fast mit eigener Schuld da eine Concurrenz geschaffen, die uns in Deutschland anscheinend – jedenfalls klagt mein Verleger das Blaue vom Himmel – das Leben sauer macht. Wie gewöhnlich steht die

Presse auf Seiten der nationalen Skribenten, die für ihre Sache nun eben das Schlagwort national haben, während ich auf dem einzig möglichen Standpunkt stehe, daß in einer Frage, wo die Industrie mitspielt die liebe Geographie nur eine untergeordnete Bedeutung besitzt. Wenn Sie die D.K. ein wenig verfolgt haben, werden Sie leicht merken, daß es eine Frechheit ist, mich mit solchen Schlagworten abzuspeisen, ich verfechte ganz etwas anderes, Vernunft, Logik, Geschmack, bei dem diese nationale Geschichte gar keine Bedeutung hat.

Können sie uns nicht ein wenig propagandistisch helfen? Sie haben das beste Mittel in der Hand, mal einen kritischen Vergleich zu ziehen und auf den Kern meiner, wie ich Sie versichere, arbeitsreichen Bemühungen einzugehen. Ich bitte nicht für mich, sondern für die Sache, der ich so gut ich kann diene. Man behandelt mich in der Presse wie den absonderlichen Herrn, Dekadenten, Geschmacksmenschen oder wer weiß was, es ist wirklich traurig wenn die Leute nicht die Gesundheit merken, die in meinen übrigens anspruchslosen, praktischen Aufsätzen der D.K. steckt.

Verzeihen Sie den Stoßseufzer u die dreiste Bitte. Es ist aber wirklich nötig. Ich schreibe gleichzeitig Bruckmann, daß er Ihnen falls dies etwa nicht geschehen sein sollte alle erschienenen Hefte sendet und auch in Zukunft Sie versorgt. Vielleicht warten Sie noch das 9. ab, das 1 Juni erscheint. Sie haben dann ein abgeschlossenes Bild. Und ich bin überzeugt, daß Harden oder irgend eine andere Zeitschrift sehr froh sein wird, wenn Sie dann etwas Intensives darüber loslassen. Mich würden Sie damit herzlich verbinden.

Ihr ergebener Meier-Graefe

102 Meier-Graefe an Franz Servaes

Paris, 37. Rue Pergolèse
18/IX 98

Lieber Herr Servaes
Ich danke Ihnen herzlich für den Aufsatz und den Brief. Ihre Kritik hat mich natürlich sehr interessiert, es ist das erste vernünftige Wort, was in Deutschland über die D.K. geschrieben worden ist, und Sie haben mir damit keine geringe Befriedigung zu diesem schönen Sonntag Morgen verschafft. Zur Sache mögen Sie vielleicht recht haben mit meinem Ver-

hältniß zu Deutschland. Ich weiß das selbst nicht recht. Unsere Bewegung ist noch primitif, daß nationale Differenzierungen zu früh kommen; sie teilen da, wo noch nichts zu teilen ist. Erst mal vernünftige Metiers, Industrien, Grundsätze, die ganz allgemein überall geltend sind, Befreiung von dem internationalen Übel der »reinen« Kunst, das ist momentan und wer weiß wie lange noch die Hauptsache. Das andere kommt von alleine, aber dies kommt alleine gar nicht, es gehört Traditionsänderung dazu, und Sie haben sicher recht, daß ich diese einseitig durchzuführen suche, aber es ist nur einseitig möglich.

Nun aber zu Ihnen. Ich bin Ihnen so verpflichtet, daß ich schon deswegen alles thun werde, was in meinen Kräften steht, zumal aber, wo es sich um eine »Sache« handelt. Für die Propaganda wäre es vorteilhaft.

Besprechungen in der Revue Blanche, im Mercure, in der Aurore, von Barrès & A. France; auf Bourget ist nicht zu rechnen, dagegen vielleicht La Jeunesse im Journal. Der beste Weg, Sie schicken mir baldmöglichst das Buch zu, denn um persönliche Schritte zu thun, muß ich['s] natürlich gelesen haben. Ich sage Ihnen dann was Sie für Briefe zu schreiben haben etc. Kurz Sie können im weitesten Umfang auf mich rechnen. Aber erwarten sie um Gotteswillen nicht viel. Die Verhältnisse dieser Art sind hier schauerlich korrumpiert, ohne Zahlen ist für das Gewöhnliche nichts zu erreichen. Alles wird bezahlt, wenig oder viel. Zumal in den Tagesblättern ist es fast unmöglich, eine Zeile ohne Geld hineinzubringen. Enfin, nous verrons. Was gemacht werden kann, geschieht. Bejahung u.s.w. habe ich mehr als nötig.

Herzlichen Gruß u nochmals Dank Ihr Mei-Grf

103 Meier-Graefe an Franz Servaes

37, Rue Pergolèse
30/6 04

Lieber Servaes Danke schön für Ihren Brief. Ja ich hoffe im nächsten Monat nach Wien zu kommen u suche Sie natürlich auf. Behrens hat Sie recht berichtet, ich habe die Maison aufgegeben, d.h. sie gegen Zahlung der Schulden losgeschlagen (sie geht weiter) und bin etwas ausgeplündert. Es ist weiter nicht schlimm, immerhin mache ich mir ein bischen Sorgen. Ein wahres Glück, daß wir keine Kinder haben. Schlägt mein

Buch ein, so ist alles gut, ich habe eine Menge Arbeiten vor, aber einen mehr als wankelmütigen Verleger, der – na, Sie können sich schon denken.

Sie können mir einen sehr großen Freundschaftsdienst erweisen, lieber Servaes – ein ordentlicher Feuilleton über die E.G. Sie sind ein zu anständiger Kerl, um sich durch das »überlegene Mitleidslächeln«, von dem Sie schrieben, enuyieren zu lassen, das Sie nebenbei bemerkt überschätzen. Eine ordentliche Besprechung in der N.F.P. ist für mich schlechterdings ausschlaggebend für Österreich, vor allem dadurch, weil es die anderen ein wenig zum Unfrieden zwingt. Ich bin in der angenehmen Lage auf ein dutzend anständiger Leute und 188 Blätter angewiesen zu sein, die in dem Buch nur die Opposition gegen ihren traurigen Kram sehen, nicht die positiven Argumentationsversuche und, mon dieu, die ehrliche Arbeit. Es ist wichtig, daß besagte 12 Leute sich nicht über mich ärgern aus irgendwelchen Kleinigkeiten. Ihr schreibt Dramen, Romane, ich habe nichts Besseres zu vergeben und habe mich wahnsinnig damit geplagt. Es ist schlechterdings ekelhaft wie manche Leute leichtsinnig über so eine Arbeit schreiben wie gerade heute Hirth in der »Jugend«, ich habe es gerade gekriegt.

Na, Dehmel, Muther, Liebermann, Tschudi u ein paar andere werden mich herausreißen, aber der Leim [?] ist, daß nicht einer darunter ist, der sich nicht an irgend einer Kleinigkeit ändert [ärgert?]. Je präciser man ist, desto mehr Leute schlägt man vor den Kopf u dabei ist mir alles näher als Krakehl.

Also, Servaes, Sie waren schon mal der einzige vor 10 Jahren, der was Anständiges über mich schrieb. Verzeihen Sie, daß ich Ihnen so offen sage, wie viel mir auch diesmal daran liegen würde.

Nach diesem pro domo gratuliere ich Ihnen zum Erfolg Ihres Stückes von dem Sie schreiben. Wenn es in Deutschld gegeben wird, sehe ich mir's an u schreibe Ihnen. Ich will im Herbst mit meiner Frau nach Italien, um eine neue Arbeit zu korrigieren. Es ist als ob die paar Jahre Geschäftsmann mich trainiert hätten, ich habe einen wahnsinnigen Produktionstrieb. Sicher, das habe ich von der Maison gehabt u ich könnte es fast jedem wünschen, das mal durch zu machen. Ich habe unglaublich viel erlebt und muß mich halten, keinen Namen zu schreiben. In 10 Jahren fange ich wieder einen Roman an, nicht eher.

Lesen Sie mein Buch, lieber Servaes, thun Sie mir den Gefallen. Sie haben vielleicht auch was davon. Und ärgern Sie sich nicht. Das Buch ist eigentlich die reine Liebeserklärung, und es ist mir schlechterdings unerfindlich wie man auf meinen Pessimismus u dergleichen schließen kann, auf meine Deutschhasserei u.s.w. Ich bin so guter Deutscher wie Goethe, nicht besser.

Grüßen Sie Ihre Frau. Ich schreibe Ihnen wenn ich nach Wien komme. Schönen Gruß von der meinigen

Ihr Meier-Graefe

104 Meier-Graefe an Franz Servaes

Berlin Magdeburgerstraße 31 I
3 / VIII [1905]

Lieber Servaes

Ja, ganz ehrlich gestanden war ich ein wenig außer mir über Ihren Brief; ich hatte das Gefühl, daß Sie unter einer ungeheuerlichen persönlichen Gereiztheit schrieben und war baff, wie ein Mensch wie Sie durch ein Buch wie dies zu solchen Reactionen gebracht werden kann. Von allen Vorwürfen trifft mich immer am empfindlichsten der des Snobismus, der Unsachlichkeit u dergl. Wer in mir nicht ein ganz warmes u aufrichtiges System sieht, ist eben blind und wer sich die Mühe nimmt, ein wenig über diese Systematik nachzudenken, wird mir zum mindesten nicht den Respekt versagen. Daran fehlte es, so schien mir, in Ihrem Brief. Ich bin so wenig verwöhnt mit Verständniß, daß ich wohl mehr sah, als in dem Brief stand. Tant mieux! Daß ich nicht der Affe bin, blindlings die Schwenkung zu meinen Anschauungen zu erwarten u Gegenreden taub gegenüber bleibe, können Sie sich wohl denken. Nur muß man diskutieren, nicht schimpfen u ich habe den Eindruck, daß es Ihnen darum zu thun war, mich mit der bekannten Geste abzuthun.

Ich war noch nicht in Wien u werde, wenn ich hinkomme Sie natürlich besuchen.

Wenn ich kann, schreibe ich Ihnen ein Feuilleton, es war mir der Moneten wegen um den Auftrag zu thun. Ich muß Geld verdienen, es ist sehr gräßlich.

Viele Grüße Ihrer Gattin

Ihr Meier-Gfe

105 Meier-Graefe an Franz Servaes

Berlin W.
Genthiner-Straße 13 Villa J
16. IV. [1910?]

Lieber Servaes
Ihr spontaner Gruß thut mir recht wohl. Daß wir uns im Zeichen Marées wiederfinden, kann für unsere Freundschaft nicht ohne Vorbedeutung sein.

Böcklin. Marées. Das Programmatische liegt in der Sache, nicht in mir. Ich habe übrigens aus naheliegenden Gründen seit meinen Arbeiten über Böcklin diesen Gegensatz nie wieder betont und mich namentlich jetzt gehütet, ihn zu unterstreichen. Ich denke mir, das kommt jetzt alles von selbst. Erst mal den Mann wirklich fassen, dann kommt der Schluß gegen Böcklin mit unerbittlicher Logik. Nehmen Sie ganz allein die Thatsache, daß Marées von der Form aus geht, um Symbole zu finden, während Böcklin vom Gedanken ausgeht. Wo ist der *höhere Gedanke*? Für mich ist das keine technische Frage. Man kann es nicht so und so machen, sondern nur so! Das ganze deutsche Problem nicht nur der deutschen Kunst steckt in dem Gegensatz zwischen einem ideologischen Materialismus, der, mag er noch so viele Einfälle haben, nicht von der materialistischen Grundlage loskommt, und einem Idealismus des Denkens, der sich rationelle Grundlagen und Folgerungen sichert und doch dadurch immer nur wieder den Idealismus bethätigt.

Wir kommen nicht herum, sobald wir wirklich etwas von der Auseinandersetzung mit künstlerischen Fragen haben wollen. Das ist bei mir keine fixe Idee, keine Rechthaberei, sondern die Einsicht in Thatsachen, denen ich selbst mein bischen Freiheit und Genuß verdanke. Heute wird Marées zugelassen. Das ist uninteressant. Wichtig wird die Sache erst, wenn Marées hilft, den Deutschen die faule Romantik à la Böcklin, Wagner, Schiller auszuziehen. Wo er steht, ist für Böcklin kein Platz, nicht nur kein kleiner Platz, sondern überhaupt keiner. Ich werde mich schon hüten, das heute auszusprechen, weil in unserer Lodderwirtschaft jede Bethätigung immer nur nach persönlichen Motiven durchsucht wird und es heute schon ein paar Schlauen eingefallen ist, zu erklären, ich hätte Marées nur erfunden, eigens um Böcklin zu massakrieren. Einen Marées erfinden! Wenn Sie den Menschen erst auch mal persönlich kennen, wie sich seine ganze Thätigkeit im Einklang mit einem unwiderstehlichen Bewußtsein von der Notwendigkeit solchen Handelns vollzog, wird sich rein menschlich schon die Trennung von Böcklin vollziehen. Ich beneide Sie um diesen Moment. Man kriegt einen Schwupp dich nach oben. Und um Gotteswillen lassen Sie sich nicht von der Toleranz und der Konsequenz und all diesen üblen Dingen leiten.

Sie werden sagen: giebt man ihm einen kleinen Finger ... Aber ich schwöre Ihnen, lieber Freund, mir sollen Sie gar nichts geben. Ich kann so herzlichen Worten nicht mit albernen Phrasen antworten.

Vielleicht ist es ganz gut, daß die N.F.P. nicht reagiert hat, so fatal es für die Propaganda für Marées ist. Aber heute kommt es zunächst am meisten darauf an, daß die wenigen Menschen, die zu haben ist [sic], ganz und gar einstehen. Und das hätte die N.F.P. nie erlaubt. Wenn Sie wüßten, wie wenige deren sind. Kaum waren Sie weg, so kamen van de Velde, Kessler: für sie war Marées O. Es ist ein verflixtes Land und wenn nicht eben doch mal so ein Marées und Goethe kämen, könnte man einpacken.

Viele Grüße Ihrer Frau. Zu Metzner gehe ich, sobald ich ein bischen Luft habe. Grüßen Sie Moll.

Ihr Meier-Gfe

106 Meier-Graefe an Franz Servaes

MAREES-GESELLSCHAFT
Leiter: J. Meier Graefe
Geschäftsstelle: R. Piper & Co, Verlag, München

Dresden, Kaitzerstr. 4
den 11. IX. 20

Lieber Servaes
Ich möchte gern für unser diesjähriges Jahrbuch »Ganymed« einen Aufsatz über Richard Dehmel. Der Ganymed, den Sie vielleicht mal gesehen haben, versucht immer noch europäisch zu sein und gern hätte ich ein europäisches Wort über Dehmel. Ich meine also einen Standpunkt, der von dem relativen Deutschtum absieht und den Dichter nach der denkbar höchsten Skala zu beurteilen sucht. Geradezu: War Dehmel Europäer?

Sehr heikel, ich weiß, man kann dabei nicht die in die Augen springenden Schwächen – die bei uns gern zu flink zu Originalität umgedeutet werden – verschweigen, aber kommt dabei doch, meine ich, zu dem Punkt, wo der vielleicht nicht riesige aber unerschütterliche Wert Dehmels liegt.

Wollen Sie?

Ich könnte Ihnen 4-5 Rundschau-Seiten zur Verfügung stellen. Honorar, unabhängig vom Umfang, 400 Mk.

Wollen Sie nicht, können Sie vielleicht jemanden nennen. Ich müßte den Aufsatz Ende September haben.

Besten Gruß Ihr ergebener J Meier-Graefe

107 Meier-Graefe an Hugo von Hofmannsthal

Berlin W.
Neue Winterfeldstr. 49
23. VIII. 05

Lieber Herr von Hofmannsthal
Ich komme heute von einer vierzehntägigen Fahrt zurück und finde Ihre Shakespeare-Rede neben sehr viel weniger erquicklichen Dingen. Es ist mir gerade ein feierlicher Glockenton in meiner klappernden Werkstatt. Ich habe mich gleich in dem angenehmen Ankunftszustand nach 12 Stunden in einem miserablen deutschen Schlafwagen – selbst das ist schlecht bei uns – hingesetzt und habe das Ganze nochmal gelesen. Die schönste II. Hälfte kannte ich schon aus der Zukunft. Und nun ist es mir sehr merkwürdig ergangen. Die fremde Feierlichkeit wurde mir auf einmal sehr vertraut. Ich finde in der Rede nur Anschauung, der ich mich gern verwandt nennen möchte, wenn das dem Handwerker erlaubt ist. So möchte ich wohl auch über Shakespeare schreiben, wenn ich es könnte, und schriebe jeder so – wenn auch weniger klangvoll – über jede Sache, so ganz auf den Zusammenklang hin, so kämen wir weiter.

Mögen die Herren Gesichter geschnitten haben! Ich sprach Erich Schmidt vorher, er fast rührend in seiner objektiven, burschikosen Freude auf das zu Hörende.

Also vielen Dank! Bitte wenn Sie mal herkommen, gehen Sie nicht an unserem Hause vorüber. Vom ersten Oktober an wohnen wir mit Schröder zusammen Genthinerstr. 13 in dem Hause der Frau Begas, die Sie ja kennen. Wir müssen noch ein Jahr hier bleiben.

Meine Frau ist in Finnland, sonst würde sie sich Ihrer Gattin empfehlen lassen. Richten Sie ihr bitte meine ergebensten Versicherungen aus

Herzlichen Gruß Ihr Meier-Graefe

Ich schicke den Brief durch S. Fischer. Er erreicht Sie hoffentlich.

108 Meier-Graefe an Hugo von Hofmannsthal

Julius Meier-Graefe

Berlin W.
Genthiner-Straße 13 Villa J
31. XII. 07

Verehrter Herr v. Hofmannsthal
Sie machen mir mit Ihrem liebenswürdigen Vertrauen große Freude. Und auf Ihre Verantwortung, daß ich schreiben darf, wie mir der Schnabel gewachsen ist, will ich es gern thun. Nur nicht sofort und nicht gern in einer Zeitung. Das zweite ist eine Grille, das erste blutiger Zwang. Ich stecke über die Ohren in komplizierten Arbeiten, die mir, selbst wenn ich wollte, nicht die Leichtigkeit der Aussprache erlauben würden. Ich habe auf unsere Weihnachtsfahrt nach Blankenese und Bremen Ihren zweiten Band mitgenommen, bin aber nicht über die beiden ersten schönen Aufsätze hinausgekommen, weil ich nicht 5 Minuten Ruhe hatte. Aber im April, so Gott will, gehen wir auf lange Zeit nach Spanien. Dort werde ich Muße und Gelegenheit finden, und es wird eine wirkliche Freude sein, was es ja doch sein muß, wenn irgend etwas dabei herauskommen soll. Marx hat mir übrigens noch nicht geschrieben. Liegt Ihnen sehr viel am Tag und erlaubt es Fischer, dem ich für Spanien verkauft bin, so lasse ich die Grille natürlich fahren.

Im Februar sind wir bestimmt hier und es wäre sehr nett, wenn Sie bei uns einen behaglichen Abend zubringen wollten. Melden Sie sich einfach an. Wir gehen fast nie aus.

Ihre freundliche Nachsicht mit meinen Arbeiten bedrückt mich fast. Ich hoffe mit der Zeit meine Sachen lesbar zu machen. Das »Fach« ist höllisch im Wege. Jedenfalls machen mir solche Anerkennungen viel Mut. Ach, wie viel mehr gilt, was Sie von der zweifelhaften Existenz schreiben, von unsereinem. Es ist eine viel tollere Fiktion, meine Wirkung als die Ihre. Sie haben doch wohl hundert oder mehr ernsthafte

Leser. Das Neue Jahr bessere es! es bringe Ihnen und Ihrer verehrten Gattin, die wir gern wiedersehen möchten, vieles Gute!

Wieviel Geld verpufft der Herr Wärndorfer in Wien mit seinem sehr reizenden Theater. Lohnte es sich nicht, ihm bessere Kanäle zu öffnen?

Schöne Grüße Ihr Meier-Graefe

Ich habe vor einigen Tagen die kleinen Dramen vom Insel-Verlag bekommen. Wenn dies das verheißene Exemplar ist, vielen Dank! ist es ein doppeltes, so habe ich gute Verwendung für das andere, und danke doppelt. Wir (denn auch meine Frau liebt Ihre kleinen Dramen sehr) werden sie uns mit Wonne vorlesen.

109 Meier-Graefe an Hugo von Hofmannsthal

[Tgb. 29. 3. 1908]

Lieber Hofmannsthal Ich hoffte, da Sie mir Billets für die gestrige Generalprobe Ihres Stücks in Aussicht gestellt hatten, mit Ihnen über den kuriosen Studentenbrief zu sprechen. Da sich diese Gelegenheit nicht ergeben hat und ich den Ärger über diesen Fall nicht mit auf die hohe See nehmen will, müssen Sie mir schon gestatten, ihn schriftlich abzuladen. Sie müssen mit Liebermann u. Kessler gut gefrühstückt haben, als Sie diesen – Ihren Prosaschriften wenig würdigen Brief verfaßten. Er erscheint mir als das denkbar bedenklichste Symptom der Kopflosigkeit einer Politik, in deren Namen er geschrieben wurde. Sie haben mir am gleichen Tage oder einen Tag vorher zu greifbare Beweise Ihrer freundschaftlichen Gesinnung gegeben, als daß ich nur einen Moment bei Ihnen oder Kessler – das versteht sich von selbst – an eine beleidigende Absicht glauben könnte. Ich bin Ihnen dadurch näher gekommen, gestehe ich ehrlich, und deshalb möchte ich, diese Annäherung übertreibend, als Freund, nicht als der von Ihnen Angegriffene sagen: lieber Hofmannsthal, das war dumm und nicht Ihrer würdig, so wenig wie Kesslers, in dessen Namen Sie schreiben. Ich bin Psychologe genug, um zu wissen, wer Sie handeln ließ, und überhaupt, daß Kessler den Brief nicht gelesen hat. Aber, gerade, daß Sie sich von der ewig verlogenen Politik Liebermanns suggerieren ließen, nicht scharfsinnig genug waren, die in politici immer in letzter Instanz erbärmlichen Motive dieses großen Künstlers und kleinen Gentleman zu erkennen!

Voyons, was wollen wir? Tschudi helfen und in den jungen Leuten, in denen sich die deutsche Streberei – der Fluch des jungen Landes – noch nicht bemerkbar macht (rare Vögel selbst auf unseren Hochschulen) eine anständige Regung unterstützen. Ich überlasse Ihnen die Antwort, was Sie mit dem Brief erreicht haben. Weder Sie noch Kessler, noch Liebermann haben mit einem Wort versucht, mich zu bestimmen, meinen Einfluß bei den jungen Leuten aufzubieten, um die Kundgebung zu unterdrücken. Das war doch wohl zum mindesten notwendig, bevor Sie den Studenten diesen Brief schrieben. Nicht mir haben Sie damit geschadet, sondern Tschudi und sich selbst und der Gesinnung der jungen Leute. Halten Sie mich für so radikal d.h. blödsinnig, um an der Möglichkeit, mich mit vernünftigen Argumenten zu überzeugen, zu verzweifeln? Für so modern? – Mein Lieber, ich komme mir verdammt altmodisch diesen Tendenzen gegenüber vor, und bin stolz darauf. Der Modernismus, und keiner auf den Sie stolz sein können, ist auf Ihrer Seite.

Schwierig. Genau dasselbe, was wir in Deutschland im großen erleben, hat sich hier im minuskülen Rahmen zugetragen. Sehen Sie die Satyre?

Was uns fehlt, ist nicht die Perfektion der Form, das Wissen und wer weiß was noch, sondern die starke Empfindung, die große Politiker ebensosehr wie große Dichter auszeichnet. Ich möchte Ihnen wehethun, lieber Hofmannsthal, nicht um Unbill zu rächen, sondern um durch die wunde Stelle zu Ihrem Inneren, zu dem eigentlichen Hofmannsthal zu dringen, der sich selbst entzieht

Ihr MG

110 Meier-Graefe an Loris (Hugo von Hofmannsthal)

Sagunt, den 18. Juni [1908]

Lieber Loris! Sie werden nicht erstaunter sein, diesen Brief von mir aus Sagunt zu erhalten, als ich es war, als man mir Ihre Karte aus Delphi gab. Die Ansichtskarte ist doch eine segensreiche Erfindung. Das Bildchen mit dem Theater Delphis erinnert ein wenig an die Stelle, wo wir gerade hausen. Auch ich sitze auf fast klassischen Boden, wenn auch fern von dem kastalischen Quell Ihres Parnasses. Ich kritzele diese Zeilen im Schatten römischer Mauern, nicht weit von dem Amphitheater Sagunts, das mit dem Ihren mindestens die Zerfallenheit gemein hat. Das ist ein gutes Postament, um mit Ihnen zu plaudern. Der Ort ist würdig, ich möchte mich Ihnen näher fühlen, so nahe das barbarische Sagunt der Stelle kommen kann, wo Ödipus das Orakel befragte. Der Blick auf die antike Bühne gibt mir Mut, Berlin ist weit, der Ort verlangt die Geste. Loris, ich habe Ihnen vieles abzubitten. Ich habe Ihnen oft nicht die Wahrheit gesagt. Ich habe mich vielleicht auch nur selbst belogen, wenn ich Ihnen etwas Angenehmes sagte. Vielleicht war es Ihnen gar nicht angenehm. Vielleicht hörten Sie aus meiner Zustimmung viel mehr das Gegenteil heraus, als ich zu verschweigen hatte. Loris, ich habe Sie zuweilen gehaßt, gerade dann, wenn Sie fröhlich zu mir hereinkamen und über den krummen Rücken lachten, der da am Schreibtisch ächzte, gerade wenn ich Ihnen sagte, wie wohl mir Ihre Unterbrechung tat. Sie störten mich. Ich saß in meinen Geschichten und quälte mich mit Lust und Wonne und meinte, das müsse so sein, und jedesmal, wenn Sie bei mir gewesen waren, konnte ich nicht mehr gut weiter. Ich habe Ihnen oft zugehört mit herzlich lächelnder Miene, während mir zumute war wie den Jakobinern, die im Tempel die vornehmen Gefangenen bewachten und zuhörten, wie die sich am Vorabend ihrer Hinrichtung von feinen Dingen unterhielten. Eine Mischung von allen möglichen unlieblichen Instinkten. Einmal sprachen Sie über den Dichter, Sie, der Dichter über sich selbst. Es schien mir das freche Manifest einer längst abgesetzten Kaste. Was mich am meisten daran empörte, war mein Gefallen an Ihrem Wort. Im Getümmel der Straße, in den hundert banalen Gesprächen mit den anderen und bei der Arbeit hatte ich Ihre Worte in den Ohren. Nicht Ihre Gedanken. Mit denen wurde ich schon fertig, so gut wie die Jakobiner mit den Köpfen ihrer Gefangenen. Aber Ihre Worte. Es war mir manchmal, als hätten Sie alle die Worte, die ich im Schweiße meines Angesichts suchte, für sich genommen, für sich und Ihresgleichen. Ich beneidete Sie darum, wie die Schergen ihre Gefangenen um die schönen Kleider und um noch etwas, um die Fähigkeit, sie zu tragen. Ich beneidete Sie, daß Sie von hier bis dort reden können, ohne zu straucheln, während ich mir auf demselben Wege hundert blaue Flecke hole und, was das Schlimmste ist, trotz alledem viel weniger sage, als ich sagen möchte. Waren die Leute in den schönen Kleidern, die in dem großen Karren zur Maschine gefahren wurden, komisch oder waren es die anderen, die um den Karren tanzten? Ich tröstete mich damit, daß Sie eben ein Dichter sind, während ich doch nicht gut meine Sachen anders als in Prosa schreiben kann. Soll ich vielleicht mein Buch über die Vorgänger der Impressionisten in freie Rhythmen fassen? Jemand hat gesagt, wenn

Goethe heute wiederkäme, würde er einen lenkbaren Luftballon oder ein Serum statt Gedichten erfinden. Ich glaube, es war Herr Dubois-Reymond oder ein anderer dieser modernen Heiligen. In den nächsten hundert Jahren würde Goethe vielleicht eine Art Bankdirektor werden im Genre unseres gemeinsamen Freundes Benz, der schon ganz geschwollen ist von überwundenen Atavismen. Man könnte auch einmal die Geschichte umdrehen und fragen, was wohl so ein Benz im Zeitalter Goethes gewesen sein mag.

Es ist manchmal ganz gut, Ferien zu haben und in barbarische Länder zu reisen, wo die Ruinen, die bei uns von modernen Postgebäuden verdrängt sind, noch als Gerümpel darliegen. Ich kann mir denken, daß Sie gern in solchen Ländern sind. Nun also, heute brachte mich ein ganz primitiver Gedanke zu Ihnen. Er wäre mir gekommen, auch wenn ich nicht Ihre Karte aus Delphi erhalten hätte. Wir hatten einen wunderschönen Tag. Unter der Maske gleichgültiger Reiselaune gingen uns tausend angenehme Dinge durch den Kopf, die alle einen gewissen Zusammenhang unter sich und mit Sagunt hatten. Es war so schön, daß ich den naiven Wunsch hatte, den Tag festzuhalten, um mich später in Berlin daran zu erinnern. Nicht dieses oder jenes Objekt. Dafür gibt es ja die Photographie und tausend andere moderne Dinge. Aber das Gewisse oder Ungewisse zwischen den Objekten. Ich fiel natürlich auf die Schreiberei. Schließlich, warum sollte ich nicht mal zu meinem Pläsir schreiben? Einen Satz wollte ich, einen einfachen Satz, der klipp und klar das gab, was ich hier tagelang, monatelang, jahrelang empfinden würde. Sehen Sie, Loris, das konnte ich nicht. Ich setzte mich richtig hin, zwischen die Ruinen des Theaters, an einen ungemein behaglichen Platz. Es ging nicht. Es wurde gleich zu spezifisch, zu sehr gegen oder für die Antike, die gar nichts mit der Sache zu tun hatte. Dann stieg ich hinauf auf das Plateau, wo früher die Burg stand und es heute noch viel schöner ist als früher. Da war es mir zu luftig. Es kam nur ein lächerliches Gekrächz heraus, Gedankenstriche zwischen Worten, dermaßen common place daß man es hätte drucken lassen können, oder unleserlich. Ein Satz, ein einzig vollkommener Satz! Schließlich nicht die Welt. Man kann weniger bescheiden sein. Die Griechen sollen ganze Dramen so geschrieben haben. Aber, sehen Sie, Loris, jetzt kommt wieder die Geschichte: taten Sie es wirklich? Drückten Sie Ihre Gedanken so vollkommen aus, wie wir es möchten? Kommen wir wirklich von Ihren Dramen zu ihnen, zu den Menschen, die eines Tages am Berge saßen und etwas dachten, das sie gern für sich festhalten wollten? Oder dekorierten sie etwa nur ihre Szene, die heute in Ruinen liegt? Kommen wir etwa von ihren Dramen nur zu einer »Kunst«? Sind ihre Dramen nicht auch schon Ruinen? Lockt Sie zum Beispiel nicht etwa gerade dieser Zustand, neue Gedichte damit zu versuchen?

Loris, das ist der Punkt. Ich sitze hier auf einer Ruine, und Sie sitzen auf einer anderen. Ich werde in der Literatur nie die Empfindung los, daß wir, jeder in seiner Art, nur dafür da sind, den Besten unserer Zeit genug zu tun. Und ich denke nicht mal daran, daß das in einer Epoche der Benz nichts Unüberwindliches darstellt. Ich habe einen teuflischen Argwohn. Möglicherweise kommt er nur von dem anmutigen Ruinengefühl dieses Nachmittags her. Aber ich habe ihn auch schon mal in Weimar gespürt. Ist Ihnen nie aufgefallen, daß die Werke der bildenden Kunst dauerhafter sind? Es ist mir ganz unmöglich, an die Grenze eines Phidias zu gelangen. Ich bedarf, um ihm, wie man es nennt, gerecht zu werden, nicht einer der Abstraktionen, zu denen mich stets jedes Dichterwerk gleichen Datums nötigt. Ich brauche ihm überhaupt nicht gerecht zu werden. Er schafft sich selbst Gerechtigkeit. Man kann nicht um ihn herum. Kein Teilchen ist an ihm veraltet, kein Teilchen wird jemals veralten. Wir akzeptieren seine Absicht als die unsere, und die Erfüllung segnet uns jeden Tag aufs neue. Bei allen großen Meistern ist das so, und sogar bei manchen kleineren. Wir machen der Verwegensten Absicht zur unseren, sehen mit ihren Augen Dinge, die längst entschwunden sind, sehen sie wie Ereignisse von heute. Wenn uns ein Ziel von der Zeit abhängig erscheint und wir uns darüber hinwegzusetzen vermögen, wenn es nicht so realisiert ist, daß wir es heute nicht besser zu realisieren vermöchten, haben wir es nicht mit den absolut Regierenden zu tun. Die, die wir historisch nennen müssen, gehören nicht dazu. Gerade in den Großen aber ist die Entwicklungsgeschichte lebendig.

Kann man von großen Dichtern das gleiche sagen? Sie wissen, wie ich über Flaubert denke, und halten es nicht wie Rudi für ein Verbrechen gegen Goethe, ihn den größten Prosaisten unserer Zeit zu nennen. Ich glaube, es gab keinen vollendeteren Künstler des Wortes, es hat niemand differenzierter von der mit Wörtern zu gebenden Kunst gedacht. Der alte Duret erzählte mir vorigen Sommer eine amüsante Geschichte. Er trifft einmal Turgenjew bei Flaubert. Turgenjew hat gerade einen Brief an einen Verleger zu schreiben, tut das, während die anderen dabei sind, und sucht bei einer Stelle nach einem Wort für »freudig« oder dergleichen. »Kann man wohl joyeux sagen?« fragt er Flaubert. – »Das kommt darauf an«, meint der Gefragte. »Gib mal her.« – Turgenjew reicht ihm die Epistel und zeigt ihm die Stelle. Flaubert liest sie durch und nach einer Weile nimmt er den Brief und geht damit in sein Arbeitszimmer. Die beiden bleiben allein und erzählen sich Geschichten. Es vergehen zwei Stunden. Schließlich sehen sie nach Flaubert. Der sitzt an seinem Schreibtisch. »Hör mal«, sagt er, »joyeux geht nicht, ich werde das richtige Wort finden, aber du mußt mir das Ding bis morgen hier lassen.«

Mit einem unerhörten Aufwand erreicht Flaubert die Einordnung des sinnfälligsten Ausdrucks in den Rhythmus des Satzes. Der Empfindlichkeit seines Künstlertums sind alle Zufälle, alle Gegebenheiten des Augenblicks verdächtig. Die Natur ist ihm nicht natürlich genug, und er macht hundert Umwege zu ihr. Seine Prosa läuft wie klares Wasser über geschliffene Kristalle. Aber manchmal scheint es mir, als sei das Wasser künstlich getrieben, ja, als komme es Flaubert darauf an, das Artifizielle des Antriebs sehen zu lassen, wie um zu erweisen, daß menschliche Energie eine Wüste zum blühenden Garten zu verwandeln vermag. Ist die Tentation de St. Antoine nicht von einem Antonius der Wüste geschaffen?

Gewiß, ich brauche nur eine Seite, wo es auch sei, in der Madame Bovary aufzuschlagen, um der Illusion des Lebens zu verfallen. Oder verfalle ich nur dem unwiderstehlichen Amateurgelüst an der Aufbietung des Künstlers, der das Unmögliche tut, um den rechten Ton zu halten, um das verwirrend komplizierte Uhrwerk der Handlung in der den tausend Rädern und Rädchen gemäßen Bewegung zu halten, ohne die Kunst merken zu lassen? Denke ich an den Zweck der Aufbietung oder berauscht mich die Aufbietung selbst? Werde ich selbst Teil des Mechanismus oder bleibe ich wirklich darüber? Nein, wenn ich ihn lese, fühle ich die Kunst, ich weiß ja, wie alles zusammenhängt, ich habe es schon zu oft gelesen, um nicht genau zu wissen, daß das, was hier geschieht, dort zum weiteren Geschehnis treiben muß. Aber wenn man mal, wie ich hier in diesem Augenblick zwischen kühlen Ruinen, nicht die Möglichkeit hat, zu dem Apparat, ich meine zu dem Buch, zu greifen und nachzusehen, da können einem Zweifel kommen.

Eins steht fest, Flaubert ist seines Stoffes so sehr Herr geworden, daß ihm nie die Zeit das kleinste Stück davon entreißen wird. Er wird nie altmodisch werden. Empfindungen, Gewohnheiten, Trachten werden altmodisch, nicht das dunkle, unpersönliche Wesen, das sie entstehen läßt, Flauberts Held. Es gibt keinen Zweiten, von dem man das mit gleichem Recht, in gleichem Umfang sagen kann. Doch hat er über seine Kunst die Achseln gezuckt. Man fühlt es in allem, was er darüber schrieb, und fühlt es in seinen Werken selbst. Es gehört zu seiner Kunst, daß wir es nachfühlen. Er haßte seine Kunst und fürchtete sich vor ihr. Die Salambo ist nichts anderes als die Flucht vor der Dichtung. Deshalb plagte er sich mit den tausend Details historischer Forschung mit dem Fleisch des Sitzgelehrten, er, Flaubert. Hier draußen kommen mir solche Dinge ganz phänomenal vor. Schließlich hat er sein Leben lang nichts anderes gemacht, als seine Kunst zu verbergen. In die Bewunderung dieser Selbstzucht ohnegleichen mischt sich die Einsicht, daß es ihm nicht nur gelang, seine Kunst zu verbergen, sondern daß sich der Mensch verbarg, um nicht zu sagen, kleiner machte. Seine Dichtung hat nur ganz oberflächliche Teile des Künstlers erschöpft, war unfähig ihn auszulösen. Mir scheint, er hat die adäquate Form nur da gefunden, wo er sie nicht suchte, in seinen Briefen. Da ahnt man, was der Mensch ohne seine Kunst, fast hätte ich gesagt ohne seinen Spleen, vermochte. Sie haben mich mal gefragt, was ich von zeitgenössischer Literatur am höchsten stelle. Daß ich Ihnen diese Briefe nennen konnte, scheint mir heute ein wahres Rätsel. Das Drollige ist, daß ich sie Ihnen heute wieder nennen würde. Man kann nun doch wohl nicht gut konstruieren, daß Flaubert als Briefschreiber unbewußt größerer Künstler war als in seinen Romanen. Die Briefe sind ja keine Kunst, sie sind der ungesuchte Ausdruck von Empfindung, und Empfindungen vergehen, werden altmodisch, wenn sie nicht in künstlerischen Formen stecken. Oder wäre es anders? Könnte etwa die Empfindung eines bedeutenden Menschen wichtiger sein als die Form der Übertragung? Aber dann, Loris, dann – ach, ich hätte Sie jetzt gern hier. Die Ruinen geben allerlei dumme Gedanken. Es ist nicht nur das Äußere, was sie zerstört. Auch im Innern werden sie morsch. Ihre Mauern sinken in gleichem Maße in sich zusammen, als sie das fruchtbare Unkraut überschwemmt. Eigentlich ein melancholischer Anblick. Diese Flucht vor der Kunst gleicht aufs Haar der modernen Flucht vor der Liebe und ist vielleicht dasselbe. Man findet beide nirgends so unverhohlen als bei den Franzosen, der künstlerischsten und liebreichsten Nation. Auch an ihrer Malerei nagt der Wurm Flaubertscher Selbstenttäuschung. Wer malt noch in Frankreich? oder, was dasselbe ist, wer malt nicht? Wer schreibt noch oder wer schreibt nicht? Flaubert war der beste Franzose. Sein Schicksal ist das Memento mori einer Kultur, von der wir leben. Zu dem barbarischen Strom, der von außen her immer größere Massen fruchtbaren Interesses von ihr wegschwemmt, gesellt sich der Wurm im Innern, der die Widerstände durchbohrt.

Darum schreckt mich's, daß Sie auch jetzt in Delphi auf Ruinen sitzen. Was tun Sie dort, Sie, der Glückliche, der es noch wagt, glücklicher als wir, die nur noch gewesene Freuden suchen! Sie sind einer der letzten Starken, Sie dichten, die Worte strömen Ihnen zu, noch nagt an Ihnen nicht der Wurm. Und wenn ich Sie deshalb zuweilen neidvoll zu hassen meine wie der wüste Jakobiner seinen vornehmen Gefangenen, glauben Sie mir, es gehört im Grunde nur Ihr Glück dazu, um meinen Haß in Anbetung zu verwandeln.

111 Meier-Graefe an Hugo von Hofmannsthal

Dresden, Kaitzerstr. 4
26/II [1920]

Mein lieber Hofmannsthal
Ihr rührender, lieber Brief – haben Sie vielen Dank. Ich kann mir schon denken, daß Sie sich so isoliert fühlen in der Nation, zumal die politische Misere dazu allerlei beiträgt, aber es kommt ja nur darauf an, daß man sich als Künstler in dem Zusammenhang, für den man wirkt, nicht allein fühlt, daß man den Organismus seiner Sache spürt – und das fühlen Sie, haben Recht es zu fühlen, und es geht auch – das übersehen Sie – vielen anderen ein, die Ihre Werke kennen. Ich hätte ja viel eher Anlaß, skeptisch zu denken, denn meine Wirksamkeit hat nicht im mindesten den unendlichen Unsinn gehindert, der jetzt allenthalben in der Kunst getrieben wird. Aber auch ich sage mir, alles das ist Fiktion. Es ist das Schlimme bei Pannwitz, daß er diese Fiktion nicht sieht und sich einbildet, mit seinen Büchern an das Chaos heranzukommen, helfen, aufbauen zu können. Man kann sich immer nur selbst aufbauen und hoffen, daß, wenn man damit halbwegs fertig wird, der Bau als Ganzes anderen Bauern helfen kann, nicht der blödsinnigen Masse. Bei Ihnen wird das ein wundervolles Chateau, in dem man schon heute wohnt. Bei mir – mein Lieber, ich bin tief durchdrungen von meiner belanglosen Improvisation. Ich habe allerlei Organisches in der Empfindung, aber es fehlt an

Zusammenhängen mit größeren Komplexen, ich bin auch zu ungebildet, kann nur nachholen, was eine liederliche Selbsterziehung in der Jugend versäumt hat. Enfin, vielleicht bringe ich nochmal den anständigen Roman zusammen, die Verallgemeinerung, die bisher meiner Sache fehlt. Und alt werden, Hofmannsthal! Unsere Umwege verlangen hundert Jahre.

Doch, es trifft wohl etwas von Delacroix auf Sie zu, und der Vergleich giebt manche Perspektiven. Man spürt bei Ihnen auch etwas von dem subjektivierten Barock, das Delacroix zu dem schönen Conventionalismus verhalf, den ich fast am höchsten bei ihm schätze. Auch Sie bekommen fertig, mit ganz abgelegenen Dingen so zu verfahren, als seien sie noch im normalen Fluß gegenwärtiger Entwicklung. Die Frau ohne Schatten erinnerte mich sehr stark an die himmlische Verstiegenheit Flauberts – Sie wissen, wie ich's meine. Wie unendlich billig ist die heute gewohnte lächelnde Kritik, die mit dem Artistentum dieser Helden des Geistes – vielleicht tragischer Helden – kurzen Prozeß macht.

Lieber Hofmannsthal, Sie schreiben, Sie haben vorgehabt, nach Leipzig zu fahren. Fassen Sie sich ein Herz und kommen sie auf ein paar Wochen zu uns. Wir haben ein einfaches Fremdenzimmerchen. Dresden im Frühling ist bezaubernd. Wir haben ein nettes Haus, genug zu essen, meine Frau Nr. II wird Ihnen gefallen. Sie müßten sich etwas zu arbeiten mitbringen, denn ich führe ein arg arbeitsames Dasein, aber es bleibt Zeit zum Plaudern genug. Ich schreibe Ihnen das nicht »so«, sondern von einem herzlichen Wunsch getrieben. Wir sollten mal ein bischen zusammen sein. Man sollte solche Sachen machen. Früher war das selbstverständlich, heute hat man nie Zeit. Ich kann wegen der wahnsinnigen Belastung mit der Marées-Ges. nicht frei weg, habe keine genügende Hilfe, muß tausend Bagatellen selbst machen, weil wegen der albernen Wohnungsnot das Bureau außerhalb des Hauses fehlt, wo man sich einen ordentlichen Stab von Mitarbeitern hinsetzt, und verbringe mein gegenwärtiges Leben in dem Kampf des Schriftstellers mit dem Verleger, Drucker, Redakteur, die ich alle in einer Person zu vereinen habe. Ihr Kommen wäre eine rechte moralische Hilfe und große Freude.

Pannwitz

Ich bin manchmal recht ärgerlich auf ihn. Er schreibt mir Briefe eines enthronten Fürsten an seinen Vassallen und überschwemmt mich mit Literatur. Nachgerade wächst er sich zu einem Nietzsche aus, auch das Christus-Motiv des letzten Nietzsche fehlt nicht. Mir ist diese Seite N's schon gräßlich genug. Bei ihm hilft einem immer wieder der wundervolle Esprit des Menschen. Bei Pannwitz muß ich mir mit einer abstrakten Anerkennung der geistigen Potenz helfen, die mir unendlich wenig zu geben vermag. Vor ein paar Wochen kam der sehr dringende Wunsch, ihm eine Million zu verschaffen. Ich antwortete mit einem leisen Witz, der ihn vorsichtig mahnte, diesen Stil aufzugeben. Gestern kam nachgerade ein Befehl. Ich kann nicht betteln gehen. Die Menschen, bei denen man nicht eine Million, aber ein paar tausend Mark kriegen könnte, sind mir ziemlich gräßlich. Andererseits fühle ich mich aus fast dekorativen Gründen getrieben, keine Butter zu essen, wenn ein im Umfang so bedeutsamer Mensch darbt, und will ihm einfach 5-10000 Mk von meinem Honorar schicken, habe Piper geschrieben, ob er auch etwas tun will, möchte meine Schenkung als Schneeball benutzen und gebe Ihnen anheim, ob Sie damit eine größere Aktion zu seinen Gunsten anfangen wollen. Sie werden aber auch wohl genug haben. Jedenfalls, diese Summe soll er haben.

Ich kann seine Sachen nicht lesen, einfach weil ich keine Zeit habe, zu ungeduldig und zu ungebildet bin, mit solcher Freskenmalerei etwas anfangen zu können. Zu helfen ist ihm nicht. Das ist üble Verstiegenheit im Gegensatz zu Flaubert; deutsches Problem. Es schmerzt einen, wenn man immer wieder einen wundervollen Satz findet, der das glänzende Material beweist. Ich vergehe dann in Bewunderung und Wut.

Vorigen Sonntag war die Trauerfeier für meinen alten Dehmel in Berlin. Schauerlich! Man hatte mich gebeten und ich habe abgelehnt, weil ich Dehmel zu gern habe, um ihm mit Kompromissen zu kommen, zu denen mich einmal seine Dichtung nötigen würde, und fand es nicht genügend, ihn, den graden lustigen Kerl, mit Redensarten abzuspeisen. Dafür hatte Schleich den speech übernommen. Es war kaum anzuhören und ich hörte mit tiefer Scham zu – Pastoren-Gewäsch, das in die Hymne auf die trauernde Wittwe [sic] ausklang, die dem Dichter alles gegeben habe. Isi saß sphinxhaft da, genau so wie damals in München bei Bierbaum, als Dehmel uns seine Zwei Menschen vorlas, dieses hübsche Zeugnis der Wirksamkeit der entsetzlichen Isi. Wir versaufen in Banalität, sobald man nur einen Schritt auf die Straße tut.

Das wäre denn doch toll, wenn wieder unsere Drucke zum Teufel wären. Ich lasse auch hier einen Laufzettel los.

Ich versuche für eine für den Herbst geplante Rubens-Mappe die Zeichnungen der Albertina loszueisen. Moll und Glück sind dafür tätig.

Ich wünsche Ihrer Gattin mit vielen Grüßen baldigste Genesung. Na, bis mein Brief zu Ihnen kommt, ist sie längst wieder auf und sie kommen dann wohl ohne Sorge hierher. Man stellt sich übrigens die Reiserei immer schlimmer vor, als sie ist. Übrigens giebt es Schlafwagen!

Adieu, mein lieber Hofmannsthal, ich würde mich freuen, wenn sie kämen!

Ihr herzlich ergebener J Meier-Graefe

112 Meier-Graefe an Rudolf Pannwitz

Dresden Sedanstr. 39
21. VII. [1918]

Verehrter Herr Pannwitz Es freut mich sehr sehr, daß sie in Marées hineinkommen und auch dem Interpreter dabei so gerecht oder ungerecht werden. Denn, wirklich, es war kein Kunststück. Es ist ja überhaupt so etwas Himmlisches, über solche Menschen zu schreiben. Nein, immer wieder kommt etwas, das eine ganz andere Vertiefung zuläßt. Ich kann an selbstständiger Produktion – ich meine bei meiner – nie diese Befriedigung finden; natürlich liegt es zum Teil an meiner spezifischen Begabung für das eine und meiner mangelhaften für das andere. Aber nicht allein. Es ist vielleicht auch die schöne Kombination mit dem Geschichtlichen. Man sagt eben doch nichts, was sich nicht sogleich erweisen läßt. Das ist wunderbar.

Mit den Bildern ist es natürlich faul. Da versagt die Abbildung. Um Gotteswillen, glauben Sie nie, daß ich mich mit meiner Einschätzung irre und die Bilder Sie enttäuschen könnten. Ich bin ein alter abgebrühter Angucker, mit allen schönen Sachen der Welt »gesalzt«, habe Marées nach allen Richtungen immer wieder kontrolliert, nicht aus Zweifel, sondern weil sich ja solche Kontrollen bei allen Meistern immer wieder von selbst ergeben. Nur die Abbildungen müssen enttäuschen; die Hesperiden z.B. abstrakt wirken. Die Wirklichkeit ist das Gegenteil. Das ist das ganz Phantastische an dem Menschen, sich so reinigen, vereinfachen zu können, so vergeistigen, und dabei Improvisiertes in jedem Pinselstrich, Kind – wie Sie es in Ihrem famosen Aufsatz im Jungen Deutschland meinen. Das ist noch *nie* in der Welt gesehen worden. Die Franzosen haben das Himmlische, als Kinder zu wachsen. Wir können das fast nie, werden dick und schwer, doktrinär, verworren aber geben dafür etwas Ernstes, daß die Franzosen nicht erreichen. Marées hat beides. Seine Kombination von Rembrandt und Antike ist eben Wirklichkeit. Das ist etwas ganz Unmögliches im Denken. Sie haben manchmal, selten, sehr selten etwas Ähnliches in Rußland: im Russen kann Antikes stecken. Ich meine es ganz platt. Sie sehen einfach solche Menschen in Rußland, die sie daran erinnern.

Eine Ahnung bekommt man nur durch die Abbildungen des Pferdeführers mit der Nymphe, etwa den drei Reitern und des »Ganymeds«. So enden, wie? Ganymed war sein letztes Bild, und an der Staffelei fand man nach seinem Tode eingeklemmt zwischen diesem Bild und der Leiste die letzte Zeichnung N° 1000. So muß man enden.

Sie haben mir einen schönen Sonntag gemacht. Ich dachte gleich, als ich die ersten Sachen von Ihnen las (Hofmannsthal gab sie mir) ich möchte Sie kennen lernen. Nun lieben Sie auch Dostoyewski! [sic].

Ich habe manchmal ein wenig Angst, daß Sie zu abstrakt werden; merke aber immer wieder, mit Unrecht.

Ich sitze auch ewig in gräßlicher Arbeiterei und habe hier leider gar keine Menschen. Nun, das geht jedem so.

Die Abbildungen der Zeichnungen sind besser; d.h. die Fehler-Möglichkeiten geringer. Sie können das an den paar unvollkommenen Probedrucken sehen. Nun sollen Sie sich aber nicht quälen. Geht es Ihnen über Marées nicht leicht von der Hand, sollen Sie sich nicht verpflichtet fühlen. Ich habe schon genug, weil wir uns ein wenig kennen gelernt haben.

Ihr ergebener J Meier-Graefe

113 Meier-Graefe an Rudolf Pannwitz

J. Meier-Graefe
Dresden, Kaitzerstr. 4
29. VIIII [1918]

Lieber Herr Pannwitz Ich bin heute früh aus der Schweiz zurückgekehrt und nehme aus dem Wust von aufgestapelten Briefen den Ihren heraus, um gleich zu antworten. Über Kokolsky mündlich – wann? Ich habe in der Schweiz an Sie gedacht. In Genf war eine Riesenausstellung Hodler, durch die man wie durch ein Gebirge aus bunter Pappe schritt; und eine herrliche Ausstellung Rodin, mit manchen verunglückten Einzelheiten, mit plastischen Dingen, die nicht plastisch waren, mit Banalitäten, Luxusdingen; mit all dem Wust, was so ein undisziplinierter Mensch mitlaufen ließ, und man war wie im Himmel. Glauben Sie mir, ich pfeife auf alle Systeme und Theorien, wenn der Mensch nur seine Größe, sein Herrschen über die Materie herausbringt. Ich habe viel Schönes in den 14 Tagen erlebt; ein sonderbares Glück, zu sehen, daß inzwischen draußen Kunstwerke entstanden sind! Nun, es gäbe viel zu reden.

Ihre Correktur I ist schon beim Drucker und ich freue mich, sie zu lesen.

Maurachers Idee, über die Amazonenschlacht etwas zu schreiben, ist mir sehr willkommen. So über ein einzelnes Werk läßt sich das Allgemeine konkret geben. Ich freue mich darauf.

Furien scheinen verloren gegangen. Ich hoffe Ihnen einen neuen Druck senden zu können. Die Separatabzüge bekommen Sie.

Viele Grüße! Soeben läuft ein Brief von Hofmannsthal ein.

Herzlich Ihr Meier Gfe

114 Meier-Graefe an Rudolf Pannwitz

MAREES-GESELLSCHAFT
Leiter: J. Meier-Graefe, Dresden
Geschäftsstelle; R. Piper & Co, Römerstr., München

Dresden, Kaizerstr. 4,
den 3. XI. [1919]

Lieber Herr Pannwitz Ihr Brief setzt mich in einige Verlegenheit. Das was Sie wollen, ist nicht durch einen anderen, nur durch Sie selbst zu erreichen, durch die Macht einer persönlichen Gebärde. Der Fall Marées – Fiedler, Michelangelo – Papst Julius u.s.w. Ich bin immer bei den reichen Leuten der Bittsteller für den armen Dichter oder Künstler, Sie verstehen. Wirft Almosen ab, nicht die große Summe, die Sie nötig haben. Was Sie brauchen ist natürlich massenhaft da. Ich halte es auch für möglich, es zu erreichen. Nur müssen Sie selbst in persönliche Aktion. Vielleicht wäre Graf Kessler der Mann für Sie, nicht der reiche Mann selbst, obwohl er über Mittel verfügt, aber vielleicht der beste Mittler. Aber Sie müßten nach Berlin, dafür Zeit opfern, die Sie natürlich am wenigsten haben. Enfin, ich will nachdenken. Kein Gedanke aber macht den Zufall lebendig, den Sie brauchen. Die Großstadt, die alles hat, zumal Berlin, besitzt auch ihren Menschenfreund, nur ihn packen! Ich kann das unmöglich, keiner kann das, nur Sie!

En attendant habe ich mich in Ihre deutsche Lehre gestürzt und eine schöne Stunde gehabt, der noch viele folgen werden. Sie haben da wohl die reinste Form Ihres Zarathustra gefunden; wohltuend einfach, wirklich Lehre! Fragt sich, ob die Menschheit noch zu belehren ist; unsere – Menschen! Zu überwältigen ist sie, zu brutalisieren, und dies allein ist Ihr Weg auch für Ihr persönliches Dasein, und das, was Sie gegeben haben und noch geben werden, kann Sie vor sich selbst legitimieren. Für die anderen wird es ein Theater, das gefällt oder nicht, Erfolg oder Mißerfolg hat, *das Sie spielen müssen*, wenn wirklich anders kein Weg geht. Gräßlich! aber ich kann Ihnen nichts vormachen.

Ihr J Meier-Gfe

115 Meier-Graefe an Gerhart Hauptmann

Nikolassee bei Berlin
Tg: Meiergraefe Nikolassee Berlin
Tf: Wannsee 164
11. IX [1914]

Lieber Herr Hauptmann
Ihre Einladung ist sehr verlockend. Wir möchten schon gern, ich wäre froh mit Ihnen zu sprechen. Aber man traut sich nicht recht weg. Meine Frau hat alle Hände voll zu tun, da wir die disponiblen Räume bis zum Dach mit armen Künstlern besetzt haben, die gefüttert werden wollen. Ich werde mich bei Ihnen melden, sobald ich endgültigen Bescheid habe, daß meine Kunstsamariten-Idee, die ich dem hohen Generalstab unterbreitet habe und die mir die Möglichkeit gewähren würde, doch mit zu kommen, gescheitert ist. Ich habe zwar nur wenig Hoffnung, will mich aber parat halten.

Leo König ist auf ein paar Tage hier und sendet Ihnen viele Grüße. Kalisch nahm ein schnelles Ende für ihn, da das Herz sofort streikte, der Arzt wies ihn zurück. Die Folge des Ausflugs war Elendigkeit während 8 Tagen. Nun hat er sich aber schon erholt. Er war in Woltersdorf auf dem Gut der Eltern, wo die Mutter und die arme Math sitzen. Math macht mit ihrem Patriotismus schwere Stunden durch. Solche gemischten Ehen haben doch, selbst wenn die Exemplare so gut sind und so viel Zuneigung zu einander haben, viel Bedenkliches. Ich denke es mir gräßlich, wenn ich in dieser Zeit Sorgen und Freude nicht aussprechen könnte. Wir trösten Math, so gut es geht, und sie ist auch sehr verständig. Mir geht selbst Paris schrecklich nahe. Sehen Sie, hätten Sie uns gefolgt oder das, einen Augenblick mit Leo gehegte, Projekt ausgeführt und wären nach Paris, als ich dort war, gekommen. Dies Paris werden Sie nie mehr sehen. Sie finden in der N° des Tageblatts von heute etwas darüber.

Ja, nach dem Krieg sollten wir alle ordentlich zusammenhalten. Vielleicht wird dann eine sauberere Minorität als vorher möglich sein. Das wäre schon ein großer Gewinn.

Also, wenn ich den Leichtsinn aufbringe und es sonst geht, bin ich so frei, mich anzumelden. Momentan kann ich nicht. Vielen Dank und schönste Empfehlung auch Ihrer verehrten Gattin für die Einladung. Auch von meiner Frau

Ihr herzlich ergebener J. Meier-Graefe

116 Meier-Graefe an Gerhart Hauptmann

Nikolassee bei Berlin
Tg: Meiergraefe Nikolasse
Tf: Wannsee 164
25/IX [1917]

Lieber Herr Hauptmann!
Ich komme mit einer recht großen Bitte. Sie werden sich kaum erinnern, daß ich vor dem Kriege einmal flüchtig vorbeieilend Ihnen von dem Unternehmen sprach, das der inliegende Korrektur-Abzug des Prospekts expliziert. Ich hatte große Rosinen vor. Ein bischen ist davon übrig geblieben, und vielleicht kommt eine Zeit, die auch die Verwirklichung anderer Pläne dieser Marées-Gesellschaft erlaubt.

Bitte lesen Sie das Prospekt und das Menu der Drucke. Ich möchte sehr gern, daß Sie für den III. Druck (Shakespeare-Visionen) die Vorrede übernehmen. Die Idee dieses und des VIII. Drucks wurde mir von dem Wunsch eingegeben, die Künstler auf möglichst gangbaren Pfaden zu einer formalen Sammlung zu bringen und sie von der drohenden Mathematik allzubilligen Schemas zu entfernen.

Habe natürlich nicht die Illusion, damit irgend etwas Schulmäßiges, Schulbildendes erreichen zu können, das sich der Dummheit der Masse entgegenstellt, bin schon froh, wenn ein Exempel erreicht wird. Und dieses hoffe ich durch persönlichen Einfluß auf die Jüngeren, die ich neben den Älteren heranzuziehen gedenke, halbwegs fertig zu bringen.

Ihre Vorrede natürlich ganz unabhängig von diesen Plänen, von denen Sie mindestens die gute Absicht gutheißen werden. Sie können sagen, was Sie wollen, was Ihnen über Shakespeare zu sagen einfällt; ganz gleich, ob es paßt oder nicht. Ihre in Ihrem Genie gelegene Verallgemeinerung irgend eines Standpunkts wird ganz von selbst die Beziehung ergeben.

Möchten Sie lieber einen anderen Text unternehmen, so steht Ihnen jeder andere außer XI. (Poussin) zur Verfügung. Ich nehme für mich, was übrig bleibt.

Ich werde außer Ihnen noch Dehmel, Hofmannsthal und Werfel bitten. Versuchen möchte ich auch, Däubler zu etwas Ordentlichem zu bringen, weiß aber nicht, ob es gelingt, und mache die Annahme davon abhängig.

Ich bin mit dem Honorar beschränkt; 200 Mk und ein Exemplar. (Es handelt sich um sehr kostspielige Drucke) dagegen sind Sie selbstverständlich ganz frei, den Umfang zu bestimmen, zwei Seiten, zwanzig, am liebsten 200000! Ich denke, es wird Ihnen, wenn es erst fertig ist, gefallen. Ich bin mir nicht unbewußt, wie sehr Sie mich verpflichten.

Wegen des Zeitpunkts brauchen Sie sich nicht zu beunruhigen[.] ¼ Jahr mindestens auch ein halbes, wenn es sein muß.

Hoffentlich sehen wir uns bald einmal.

Besten Gruß von uns beiden an Ihre Gattin

Ihr Meier-Graefe

117 Gerhart Hauptmann an Meier-Graefe [1925]

Lieber Herr Meier-Graefe!
»Die doppelte Kurve« beschäftigt mich viel. Sie enthält eine Geistigkeit, welcher die Kraft innewohnt, in alledem zu erneuern, was uns das Wichtigste ist: im wahren Kulturellen. Sie wissen ja, daß ich mit der bildenden Kunst und ihrem Schicksal vielleicht tiefer zusammenhänge als mit jeder anderen. In mancher Beziehung bin ich allerdings weniger pessimistisch als Sie, aber all dies führt auf ein zu weites Feld, zu weit mindestens für diesen Brief. Natürlich ist der ganze große Problemkomplex, den Sie berühren, auch mein täglicher Umgang, ja ich suche ihn auf meine Weise in epischer Form lebendig darzustellen. Über das Symbol kommt man natürlich nirgend hinaus. Ihr Buch, das will ich noch sagen, ist mir jedenfalls ein Wert und Gewinst.

Was Sie, lieber Herr Meier-Graefe, von dem Wechsel in Ihren Familienverhältnissen mitzuteilen die Güte haben, war uns halb und halb bekannt. Meine Frau und ich, wir hatten und haben nur einen Wunsch, daß der Ausgleich zum Guten für alle Teile durch Schicksalschluß stattfinden möge.

118 Meier-Graefe an Gerhart Hauptmann

J. Meier-Graefe
La Banette
St. Cyr s. Mer
p. Marseille (France)
Telegr. Meiergraefe St. Cyr s. Mer
24/II 33

Lieber Herr Hauptmann
Viele von uns warten auf das Wort des größten deutschen *Repräsentanten* zu dem Unheil in der Heimat. Sie allein haben die Stimme.

In herzlicher Verehrung Ihr Meier-Graefe

119 Gerhart Hauptmann an Meier-Graefe

26. Februar 1933.

Lieber Herr Meyer[sic]-Graefe!
Sie überschätzen mich. Ich könnte im Augenblick nur zu ohnmächtigen Behelfen greifen und etwa einige der zehn Gebote ins Feld führen: »Ihr sollt nicht falsch Zeugnis reden«, sondern seid wahr! oder: »Edel sei der Mensch, hilfreich und gut!«, »Du sollst nicht töten«, und so fort. Wer würde mich hören? Keine Laus. Es ist eine Art Kirmeßprügelei im Gange: Tische, Stühle, Gläser, Flaschen, Fenster und Türen werden zerschlagen, das ganze Haus wird demoliert. Die wahren Nutznießer eines Wahnsinns, wie ihn Deutschland noch nicht gesehen hat, stehen lauernd außerhalb der Grenzpfähle. Nur die Erschöpfung und die traurige Folge kann zur Besinnung rufen, dann hoffentlich nicht zu spät. Gott sei uns armen Deutschen gnädig!

120 Meier-Graefe an Hugo Bruckmann

Nikolassee bei Berlin
Tg: Meiergraefe Nikolassee Berlin
Tf: Wannsee 164
22. IX [1914]

Lieber Herr Bruckmann
Ihr Brief hat mich recht erfreut. Schade, daß Sie nicht hier wohnen, aber seien Sie froh. Ich bin ziemlich entsetzt über die Intellektuellen Berlins. Die ungeheure Unfähigkeit unserer Geister wird einem in solchen Zeiten doppelt schmerzlich. Es macht jeder seine Spezialität weiter, und der einzige Unterschied ist, daß sie etwas leiser reden.

Man muß froh sein, wenn die Basis der Verständigung zwischen den wenigen Freunden, die man hat, etwas breiter wird. Der einzige Erfolg des Krieges für unser geistiges Dasein kann nur eine Säuberung der Minorität sein, die Befreiung von den lausigen Phrasenhelden. Aber es ist ein grausames Misverhältnis [sic] zwischen diesem bescheidenen Ziel und den Millionen, die für Deutschland kämpfen.

Es wäre ganz gut, wenn nachher weniger Bücher gedruckt würden, wenn dafür bessere geschrieben und von besseren Lesern gelesen werden.

Ich denke es mir in München angenehmer als in Berlin. O Berlin, Berlin. Sie ahnen nicht, wie wenig das penetrante Berlinertum von den Ereignissen berührt wird, wie wenig diese Stadt der Würde des Objekts entspricht. In München wird mindestens eine naive Natürlichkeit, Plumpheit, Derbheit reagieren und was sie nicht kann, nicht simulieren wollen. Hier wird Patriotismus konfektioniert wie bei Aschinger die Würstchen.

Na, trotzalledem quand même! man erlebt in diesen Wochen. [sic]

Viele Grüße! Ihr Meier Gfe

121 Meier-Graefe an den großen Generalstab

[Tgb. 10. 8. 1914]

Ich habe mich bisher vergeblich bemüht, als Soldat genommen zu werden und erlaube mir, mich an den großen Generalstab mit der ergebensten Anfrage zu wenden, ob ich mich in irgend einer Form nützlich machen kann. Ich bin 47 Jahre, habe nicht gedient, bin auf Grund eines an sich ganz harmlosen Leidens vom Militärdienst befreit worden, bin im übrigen gesund und kräftig und allen Strapazen gewachsen. Ich habe circa zwanzig Jahre in Paris gelebt, spreche französisch wie deutsch, habe einige meiner Bücher selbst ins Französische übersetzt, beherrsche auch das Patois. Ich bin eng vertraut mit französischen Verhältnissen, habe oft komplizierte Verhandlungen in Paris geführt, kenne genau den Kunstbesitz Frankreichs und habe drüben viele Freunde namentlich in der Kunstwelt. Ich kann eine Schreibmaschine für deutsch und französisch zur Verfügung stellen.

Ich bin leidlicher Schütze. Auskünfte über mich abgesehen von der Kunstwelt können erteilen:

Generalleutnant Frhr. v. König gegenw. Ostrowo 3. Landwehr-Division

Frhr. V. v. Mutzenbecher

Ich wohne in Nikolassee im eigenen Hause Kirchweg.

Falls ich nützlich verwendet werden kann, bitte ich mir telephonisch oder schriftlich mitzuteilen wo ich mich zu melden habe

Hochachtungsvoll MG

122 Aufruf für Meier-Graefe und Antwort von Wölfflin [1915]

Erklärung

Julius Meier-Graefe,

obgleich nicht mehr dienstpflichtigen Alters, hat sich bei Ausbruch des Krieges in selbstloser Weise unter Einsetzung seines Lebens der Rettung Verwundeter gewidmet. Bei dieser Betätigung seiner patriotischen Gesinnung ist er in russische Gefangenschaft geraten und nach Sibirien gebracht worden.

Diese Gelegenheit wird von verschiedenen Seiten benutzt, Meier-Graefe öffentlich in einer Weise anzugreifen, die seinen Ruf als Mensch und Künstler schädigen soll.

Wir Unterzeichneten, die wir Meier-Graefe *als ehrlich strebenden Mann* [von Wölfflin mit der Hand angefügt] kennen [»und schätzen«: von Wölfflin gestrichen], sind der Meinung, daß der Burgfriede gegenüber einem Abwesenden, der sich nicht verteidigen, und dessen deutsche Gesinnung sich in seiner Mitarbeit für die deutsche Jahrhundertausstellung und in seinem Marées-Werk auch schon in verflossenen Friedenszeiten auf unzweifelbare Weise bewährt hat, besonders streng gewahrt werden müßte.

Antwort von Heinrich Wölfflin :

Ich bin bereit die Erklärung mit zu unterzeichnen unter der Bedingung, daß in dem Text eine Ergänzung im Sinne meiner Eintragung aufgenommen wird. Nach dem jetzigen Wortlaut würden sich die Unterzeichner mit dem Gehalt der M.-Gr.'schen Schriften bedingungslos einverstanden erklären (»schätzen«), was mir nicht möglich wäre.

H. Wölfflin

123 Eduard Arnhold an Meier-Graefe
[vermutlich vor Februar 1917]

Sehr geehrter Herr Meier-Graefe!
Ich verkenne nicht die Bedeutung und den Ernst Ihrer Anregung, aber ich kann ihr in diesem Augenblick keine Folge geben. Sie überschätzen die Leistungsfähigkeit Ihrer wohlhabenden Mitbürger soweit sie nicht Kriegsgewinnler sind. Wir alle haben den letzten Heller unseres einigermaßen liquide zu machenden Vermögens in Kriegsanleihe umgesetzt, und ich würde ganz außer Stande sein Ihnen ein oder zwei Millionen für den besagten Zweck zur Verfügung zu stellen, es sei denn, daß die Verkäuferin sich mit Kriegsanleihe bescheidet. Außerdem habe ich ein anderes Bedenken. Wenn sich das Unglück vollziehen sollte, daß wir Elsaß Lothringen verlieren, so wird, fürchte ich, kein fiktiver Verkauf, und als solcher würde sich mein Eintreten immer darstellen, denn man weiß, daß ich keine *alten* Bilder sammle – die künftigen Herren von Kolmar hindern, das kostbare Altarbild zurückzufordern. Und sieht der Friede, was ich immer noch nicht fassen kann, so aus, daß man uns rechts und links amputiert, dann würden wir einem solchen Verlangen kaum widerstehen können. Außerdem muß ich ganz offen bekennen, so hohen Wert ich dem Grünewald beimesse: gehen Deutschland und Preußen durch einen schimpflichen Frieden zu Grunde, dann muß auch das Altarbild damit zu Grabe getragen werden.

Diese Erwägungen können mich gerade weil ich einen so traurigen Abschluß des entsetzlichen Ringens noch immer für vermeidbar halte, nicht abhalten, Ihren Bestrebungen ein warmes Interesse zu widmen, und ich würde Ihnen deshalb dankbar sein, wenn Sie mich von weiteren Schritten in der Angelegenheit unterrichtet halten wollten.

Mit freundl. Grüßen Ihr aufr. ergebener Arnhold

124 Meier-Graefe an Georg Reinhart

J. Meier-Graefe Dresden, Kaitzerstr. 4
den 3. 1. 1919

Sehr verehrter Herr Dr. Reinhart!
Ich komme heute mit meinen besten Glückwünschen zum Neuen Jahr noch mit einer Kriegsbitte, die hoffentlich die letzte ist, die mit dieser unglückseligen Katastrophe zusammenhängt. Herr Sergei Stschukin aus Moskau, der berühmte Sammler und Philanthrop, ist vor einigen Monaten aus Rußland geflohen und sitzt in Weimar. Die Kinder seiner Frau aus erster Ehe, ein Mädchen von 20 Jahren und ein Junge von 17 Jahren, sind mit Hilfe der französischen Regierung nach Paris gebracht worden, und sowohl er wie seine Frau haben den dringenden Wunsch, sich wieder mit diesen Kindern zu vereinen. Dies kann nur in einem neutralen Lande geschehen, also am besten in der Schweiz. Der Bolschewisten wegen erlaubt die Schweiz den Russen nicht den Aufenthalt. Meine Anfrage und Bitte geht dahin, ob Sie dem alten Herrn nebst seiner Gattin und einem kleinen Töchterchen aus zweiter Ehe, die ebenfalls beide in Weimar leben, die Erlaubnis erwirken können, nach der Schweiz zu kommen. Sie würden Stschukin damit einen außerordentlichen Dienst erweisen und einen Mann verpflichten, der zu den edelsten Wohltätern der Menschheit gehört. Ähnlich wie Sie hat Stschukin seine Sammlung allgemein zugänglich gemacht und sie zuletzt dem Staat geschenkt. Es handelt sich, wie Sie wissen, um eine außerordentlich kostbare Sammlung. Daneben hat Stschukin sein sehr großes Vermögen darauf verwendet, allen Bedrängten zu Hilfe zu kommen. Seine Rolle im Kriege ist über jedes Lob erhaben. Ich und viele andere Kriegsgefangenen in Sibirien verdanken ihm die Rettung aus äußerster Not. Ebenso gütig hat er sich zu Kriegsgefangenen anderer Nationen verhalten. Er ist im übrigen identisch mit dem Russen Somotschin meines Buches »Der Tscheinik«. Ich kann mir nicht denken, daß der generöse Schweizer Bundesrat einem Menschen dieser Qualität die Aufnahme verweigert, und wage es deshalb, Ihren Einfluß zu seinen Gunsten zu erbitten. Seine Adresse ist Weimar, Hotel Fürstenhof am Karlsplatz.

Nehmen Sie im voraus meinen verbindlichsten Dank.

Ihr ganz ergebenster J. Meier-Graefe

125 Meier-Graefe an Georg Reinhart

MAREES-GESELLSCHAFT
Leiter: J. Meier-Graefe, Dresden
Geschäftsstelle: R. Piper & Co, Römerstr., München

Dresden, Kaizerstr. 4
den 20. 1. 19

Sehr geehrter Herr Doktor Reinhart!
Vielen Dank für Ihren Brief vom 11. Januar. Ich habe mich sofort mit Stschukin in Weimar in Verbindung gesetzt und ihm den freundlichen Inhalt Ihres Schreibens mitgeteilt. Stschukin antwortet mir soeben, daß es ihm natürlich ebenso erwünscht oder noch erwünschter wäre, nach Paris zu gehen, da ja dort seine Kinder aus erster Ehe leben, eine Tochter von 20 Jahren und ein Sohn von 17 Jahren. Stschukin frägt, ob es Ihnen vielleicht möglich wäre, bei der französischen Botschaft in Bern einen Paß für ihn, seine Frau und sein Kind nach Frankreich zu verschaffen. Auskunft über ihn kann Credit Lyonnais (Hauptgeschäft) Durand-Ruel, Vollard, Bernheim usw. geben. Auch Claude Monet, Renoir und viele andere. Seine Tätigkeit für die Einführung der französischen Kunst in Rußland ist bekannt. Er hätte auch in Paris einige Geschäfte zu ordnen, ist Direktor der großen Textilfabrik in Moskau (Emil Zündel). Viele Aktionäre dieser Fabrik sind Franzosen und wohnen in Paris oder Versailles wie z.B. Ernest Schlumberger. Alle diese Leute haben große Vermögensinteressen in Moskau, die durch Stschukin gefördert werden könnten. Stschukins Adresse ist Weimar, Hotel Fürstenhof.

Selbstverständlich geht Hofer vor, und ich hoffe, Ihre Bemühungen in seinem Interesse haben Erfolg. Es kommt Stschukin auch nicht auf ein paar Wochen an. Vielleicht können Sie die Sache nach Frankreich leichter arrangieren als die nach der Schweiz. Stschukin würde dann über Basel reisen. Er bittet Sie, sich seiner größten Dankbarkeit versichert zu halten.

Mit bestem Gruß Ihr ergebenster J Meier-Graefe

126 Georg Reinhart an Meier-Graefe

Winterthur, den 15. April 1919

Sehr geehrter Herr Meier-Graefe!
Mit großem Interesse und ebenso großer Freude habe ich Ihren schönen Artikel über meinen verstorbenen Vater gelesen und möchte Ihnen hierfür meinen besten Dank aussprechen.

Ich benütze diesen Anlaß um Ihnen mitzuteilen, daß es meinen Bemühungen endlich gelungen ist, die Einreisebewilligung für Herrn Stschukin zu erhalten.

Mit freundlichen Grüßen

Ihr ergebener Georg Reinhart

127 Meier-Graefe an Oskar Reinhart

Ratzeburg 4. August 17
(Lauenburg)
Hotel Waldesruh

Sehr geehrter Herr Reinhart, Ich danke Ihnen und Ihrem Herrn Vater herzlich für die Briefe vom 29. und 30. Juli. Ich bin sehr erfreut, daß vielleicht die Mitarbeit Hofers an den Shakespeare-Visionen zustande kommt. Wie froh wäre ich, wenn Hofer frei würde. Den Instructionen Ihres Vaters folgend, habe ich meine Möglichkeiten nie ausgenutzt und auch stets Frau Hofer gesagt, immer alles ihm zu überlassen. Mein Freund Graf Kessler bei der deutschen Gesandtschaft in Bern steht Ihnen, wenn Sie etwas für Hofer wollen, sicher gern zur Verfügung, wenn Sie sich auf mich beziehen. Er sagte mir einmal, er könne wohl den Austausch erreichen, ich bat ihn aber nicht das Geringste zu unternehmen und er hat auch nichts getan.

Ich freue mich – freilich mit einem weinenden Auge – daß die Pidollsche Sammlung bei Ihnen ist, gratuliere Ihnen. Es ist bitter für mich, daß all die braven Marées-Sammler alten Datums, die alle ihre Sachen von Marées geschenkt erhielten, ihre Sammlungen verkaufen, anstatt sie zu meinem leider Traum gebliebenen, Marées-Museum zu vereinen. Ich habe bei der ganzen Affäre für mich selbst kein Stück erworben, immer hoffend, alle bedeutenden Werke einmal zusammen in einem Museum zu sehen. Meine Besitzer-Angaben im Marées-Werk waren richtig. Frau v. Pidoll beanspruchte die nachträglich Herrn Peter Bruckmann zugesprochenen Zeichnungen. Sie waren damals alle in Rom bei Pallenberg. Erst nachher hat Frau v. Pidoll auf Veranlassung Pallenbergs sie Bruckmann wieder überlassen. Sie waren als ich den Katalog machte, offiziell Eigentum der Baronin, nicht Bruckmanns. Alle anderen habe ich bei der Baronin in München resp. bei dem jungen Pidoll in Paris gefunden.

Für die Angabe der Adresse des Herrn Hahnloser schönen Dank! Ich habe ihm soeben geschrieben und ihn gebeten, mir die Aquarelle, die ich gern in mein Werk aufnehmen möchte, zu borgen resp. sie in unsere Reproductionsanstalt, Hanfstängl München, zu senden. Ich vermute, Sie sind mit Herrn Hahnloser bekannt. Sie würden mich recht verpflichten, wenn Sie meine Bitte, an deren Erfüllung mir viel gelegen ist, bei Herrn H. unterstützen würden. Das Werk wird recht schön. Ich bin für die Herstellung der sehr soignierten Drucke darauf angewiesen, die Blätter in München zu haben.

Ob ich sobald in die Schweiz komme, weiß ich noch nicht. Vielleicht! Die Ausstellung würde mich sehr intressieren. Man sieht nicht mehr viel Schönes bei uns, seitdem die Grenzen geschlossen sind.

Möglicherweise kommt nächstens mein Verleger R. Piper, Geschäftsführer der Marées-Gesellschaft, ein kunstsinniger Mann und mein langjähriger Freund, nach Bern und besucht Sie in Winterthur.

Mit herzlichem Gruß an die Ihrigen, auch an Ihren verehrten Vater

Ihr ergebener J. Meier-Graefe

128 Meier-Graefe an Oskar Reinhart

J. Meier-Graefe

Dresden, Kaitzerstraße 4, den 19. XI. 19
Tel. 20 696

Lieber Herr Reinhart!
Ich möchte Ihnen für Ihr Museum nahelegen, sich doch eine Plastik von Lehmbruck zu kaufen. Er war nicht nur für Deutschland ein hervorragender Künstler, der als Klasse auf das Niveau Maillols gehört und sicher auch eines Tages so geschätzt werden wird. Man kann zu verhältnismäßig billigen Preisen Zementabgüsse kaufen, von denen man schon recht viel

hat. Ich habe mir soeben einen solchen Torso in Zement gekauft. Frau Lehmbruck, die ich vor kurzem in Berlin traf, sagte mir aber, daß sie im Züricher Kunsthaus einen Marmortorso ausgestellt habe. Ich dachte gleich an Sie. Vielleicht sehen Sie sich das Stück einmal an. Frau Lehmbruck kommt wohl in einigen Wochen nach der Schweiz zurück. Sie wohnt Zürich, Höhenweg 8.

Mit bestem Gruß Ihr ergebenster J. Meier-Graefe

129 Meier-Graefe an Oskar Reinhart

Marées-Gesellschaft
Leiter: J. Meier-Graefe, Dresden
Geschäftsstelle: R. Piper & Co, Römerstr., München
Tel. 20 696

Dresden, Kaitzerstr. 4. den 27. April 1920

Sehr geehrter Herr!
Die Marées-Gesellschaft beabsichtigt, in der diesjährigen Veröffentlichung des Ganymed eine Reihe von Aufsätzen zu bringen, die über den gegenwärtigen Stand der modernen Kunst in Deutschland, Frankreich, Skandinavien und der Schweiz orientieren sollen. Aus allen bisher erschienenen Publikationen der Marées-Gesellschaft werden Sie ersehen haben, daß unser Standpunkt völlig frei von lokaler Gebundenheit und nationalistischer Überschätzung ist, daß wir vielmehr immer die großen Linien der Entwickelung, die eigentlich entscheidenden Taten der bedeutenden künstlerischen Persönlichkeiten darzustellen suchen. Von dieser Voraussetzung aus möchten wir auch die oben angeführten Themen behandelt wissen. Es würde im wesentlichen darauf ankommen, festzustellen, welche künstlerischen Kräfte in den letzten Jahren sich im Sinne der höchsten Aufgaben und Leistungen betätigt haben, inwieweit die Tradition der großen europäischen Meister lebendig geblieben ist und welchen Zielen die gegenwärtige Generation zustrebt. Da der direkte Kontakt unter den Völkern während der letzten Jahre zwangsweise unterbrochen war, so hoffen wir, durch eine Folge derartiger Aufsätze wieder Sinn und Verständnis für die allgemeingültigen Fragen der Kunst zu wekken, indem wir von Kennern des betreffenden Landes die speziellen Verhältnisse in kritisch durchdachten Ausführungen und mit gut gewähltem

Abbildungsmaterial darstellen lassen wollen. Es würde sich also nicht darum handeln, nur festzustellen, daß heute in aller Herren Länder Expressionismus gemacht wird, sondern um den Versuch, diejenigen Künstler und Werte zu erkennen, die lebensfähig und fruchtbar sind und bleiben werden. Es würde dazu eine eingehende Kenntnis der Produktion der letzten Jahre gehören, um scharf und eindeutig, wenn auch immer mit Verständnis und Wohlwollen für die neue Zeit urteilen zu können. Wir halten eine solche kritische Orientierung über das Kunstschaffen aller wichtigen europäischen Länder für äußerst notwendig, damit der Blick aus der jahrelangen Beengtheit wieder in die Weite und ins Freie schweifen kann.

Mit der Abfassung eines solchen Aufsatzes über die Schweiz würden wir Sie, sehr verehrter Herr Reinhart, sehr gern betrauen, da wir glauben, daß Ihnen die erforderlichen Unterlagen zur Verfügung stehen. Betrachten Sie bitte diese Zeilen nur als eine Anregung, zu der Sie sich freundlichst äußern wollen. Sollte Ihnen persönlich aus irgendwelchen Gründen dieser Vorschlag nicht genehm sein, so wären wir Ihnen sehr dankbar, wenn Sie uns einen Verfasser nennen könnten, der dieser Aufgabe fähig wäre und sie gern übernehmen würde.

Hochachtungsvoll ergebenst J. Meier-Graefe
Besten Gruß!

Herrn
Oskar Reinhart
Winterthur

130 Meier-Graefe an Oskar Reinhart

J. Meier-Graefe

Berlin W. 10 Hohenzollenstr. 17
den 29. Okt. 1921.

Sehr geehrter Herr Reinhart!
Mein Freund, Professor Dohrn in Neapel, hat eine schöne Skizze von Marées, den Entwurf für die Bildniswand der Fresken in Neapel in der Station, die sein Vater gegründet hat. Sie finden die Skizzen im Marées-Werk abgebildet. Er möchte, da die Familie in Not gekommen ist, das Bild verkaufen und fragt mich, ob ich ihm in der Schweiz eine Stelle

angeben könnte, die vielleicht als Käufer in Betracht käme. Er würde ein Museum vorziehen. Ich habe ihm Ihren Namen genannt und ihn gebeten anzufragen, ob Sie Lust hätten, er denkt an einen ziemlich hohen Preis in unserer Währung, möchte 20.000.– schw. Franken. Ich vermag nicht zu übersehen, ob Sie für das Werk eine solche Summe aufbringen können. Vielleicht schreiben Sie mir ein Wort. Dohrn wird sicher bereit sein, Ihnen das Bild zur Ansicht zu senden.

Besten Gruß Ihr J. Meier-Graefe

131 Meier-Graefe an Oskar Reinhart

J. Meier-Graefe

Berlin W. 10 Hohenzollernstr. 17
10/XII [1921]

Lieber Herr Reinhart
Schneller als ich hoffte, bietet sich eine Gelegenheit, Ihren Wunsch, Sie auf occasions aufmerksam zu machen, zu erfüllen. Mein Freund Karl Moll in Wien schreibt mir soeben, daß Zsolnay an den Verkauf seines Settignano denkt. Ich weiß nicht, ob Sie von dem Stück gehört haben; es ist eines der herrlichsten Werke des Quattrocento, ein jugendlicher Johannes in polychromer Terracotta. Bode hat es schriftlich begutachtet. Nach meiner Empfindung ist das Werk allen verwandten Werken im Bargello weit überlegen. Ich sah es vor zwei Jahren in Rom, wo es Moll für Herrn v. Zsolnay kaufte. Ich bat Moll um Photos, da ich das Werk gern veröffentlichen möchte, und sende sie Ihnen *mit der Bitte um Rückgabe*! Zsolnay soll Geld brauchen und hat Moll gesagt, er würde das Stück für 120 000 schw. Franken abgeben. Wenn Sie das Geld auftreiben können, würde ich Ihnen mit allen Kräften raten, zuzugreifen. Kümmern Sie sich nicht darum, ob das Stück in Ihre Sammlung paßt oder nicht, es ist ein göttliches Werk, das in solcher Qualität alle 10 Jahre mal im Handel erscheint. Sie müssen natürlich geschickt sein und versuchen, es so billig wie möglich zu bekommen. Selbst wenn Sie aber 120 zahlen müßten, wäre es nicht zu viel, Duveen hat damals in Rom ein viel weniger bedeutendes Stück für 80 000 Dollar gekauft. Es ist in Lebensgröße und ganz intakt. Moll ist seit dreißig Jahren mir als einer der anständigsten Menschen bekannt und mein intimer Freund. Seine Adresse: Karl Moll

Wollergasse 10 Wien XIX. Ich würde mich riesig freuen, wenn Sie das Stück erwerben könnten, stehe Ihnen natürlich gern zur Unterhandlung zur Verfügung. Durch Moll, der sehr viel in Italien ist, der beste Kenner italienischer Kunst, könnten Sie überhaupt manches erwerben.

Manchmal kann man neidisch werden. Ich weiß nicht, was ich täte, um das Stück zu besitzen!

Viele Grüße Ihr J. Meier-Graefe

132 Meier-Graefe an Oskar Reinhart

J. Meier-Graefe

Berlin W. 10 Hohenzollernstr. 17
den 16. 4. 23

Lieber Herr Reinhart!
Von dem Delacroix ist noch nichts zu melden, dagegen bringe ich Ihnen heute eine Gelegenheit, die mehr als Ersatz zu leisten imstande wäre, wenn wirklich der Delacroix durch die Binsen ginge. Der Maler Tewes, mit dem ich seit 20 Jahren befreundet bin, und der seit 1912 mit einer Spanierin verheiratet in Madrid wohnt, ursprünglich Bremer, hat einen Goya in die Hand bekommen, den ich für das schönste männliche Bildnis halte, das Goya gemalt hat. Es ist sein letztes Bild, wenige Tage vor seinem Tod entstanden, war lange verschollen und ist erst in der Literatur der letzten Jahre aufgetaucht. Es hing als Leihgabe eine Zeit lang im Prado und sollte vom Museum Bilbao für 50 000 Pesetas erworben werden. Der Besitzer lehnte aber ab. Ich sende Ihnen 2 gute Photos, die mir Tewes gebracht hat, außerdem die Zeitschrift für »bildende Künste Heft 5« 1922 und La Esfera Nr. 409, außerdem lege ich eine Übersetzung des in der letztgenannten Zeitschrift erschienenen Aufsatzes in französischer Sprache bei. Dieser Aufsatz ist von Beruete, dem kürzlich verstorbenen Direktor des Prado. Ich hatte von dem Bild schon viel gehört. Es ist nicht so dunkel wie es auf der Photo erscheint, sondern auf einem grünlichen Ton, im Fleisch wundervolle farbige Töne. Das Ganze sehr leicht gemalt und dabei durchaus Rembrandthaft. So behauptet Tewes, auf den ich mich unbedingt verlassen kann. Der Besitzer verlangt 60 000 Pesetas. Wenn ich Ihnen einen Rat geben darf: Greifen Sie mit allen Händen zu. Ich habe keine rechte Vorstellung von der Höhe des Preises. Im Frieden

wäre es billig gewesen, heute ist es vielleicht teuer bei der verrückten Welt. Ich habe Tewes gefragt, ob es möglich sei den Preis zu reduzieren. Er behauptet nein, aber das ist natürlich von mir nicht festzustellen. Keinesfalls wird die Differenz, die man erzielen könnte, groß sein. Tewes verdient natürlich etwas an der Sache; das finde ich auch ganz in Ordnung. Ich würde vielleicht empfehlen, 55 000 Pesetas zu bieten. Geht es aber nicht, so legen Sie ruhig die Differenz zu, denn so ein Bild kommt natürlich nicht wieder und wäre ein ungeheurer Schatz Ihrer Sammlung. Die Erwerbung ist etwas kompliziert, aber durchaus durchführbar. Das Bild ist nicht mehr in den Händen des Besitzers, der in Madrid lebt, sondern in den Händen eines etwas beutegierigen Herrn in Barcelona, der dem Besitzer auf das Bild gepumpt hat. Es ist also verpfändet.

Ich habe Tewes gesagt, daß es Ihnen vielleicht nicht angenehm sein wird, nach einer Photo zu kaufen und Sie deshalb vielleicht vorziehen würden, selbst hinzufahren. Dies läßt sich durchaus arrangieren; dann müßte es bald sein. Im übrigen würde ich, trotzdem ich im allgemeinen auch nicht nach Photos kaufen würde, in diesem Fall ganz beruhigt sein, denn erstens sieht man genug auf der Photo und zweitens ist mir die Meinung von Tewes, der ein feinsinniger Maler ist, durchaus kompetent. Ich kenne übrigens andere Bilder aus derselben Zeit, die auch dieselbe Rembrandthafte Höhe haben, aber es kommt keines an dieses Werk heran. Sind Sie entschlossen, so gibt es für die Erwerbung zwei Wege. Entweder Sie vertrauen Tewes die Kaufsumme an und Tewes muß sich verpflichten, das Bild aus Spanien herauszubringen. Es ist etwas unter Lebensgröße, also weiter nicht schwierig zu transportieren, oder Sie überweisen die Summe einem Vertrauensmann in Barcelona mit der Bestimmung, daß die Summe bezahlt wird, sobald das Bild versehen mit dem Ausfuhrschein gebracht wird. Die Ausfuhr kann Tewes, der gute Beziehungen zu dem Ministerium hat, mühelos besorgen und hat sich dazu bereit erklärt. Ob Tewes in der Lage ist, falls Sie beide Wege nicht wünschen und doch das Bild haben wollen, die Summe auszulegen, vermag ich nicht zu übersehen, vermutlich nicht. Seine Bremer Familie lebt in guten Verhältnissen und auch ihm scheint es gut zu gehen, aber diese Summe dürfte wohl doch seine Mittel übersteigen. Wichtig ist, Zeitverluste zu vermeiden, da das Bild natürlich auch von anderen gekauft werden kann und Gegenstand vieler Gelüste ist. Wollen Sie das Bild kaufen, so geben Sie Tewes sofort telegraphische Nachricht. Er ist gegenwärtig in Paris, seine Adresse ist: Tewes chez Elliot 1 Rue Platon. Er trifft Donnerstag in Paris ein und wird 5 Tage bleiben. Sie könnten ihm außer dem Telegramm, also wohl auch noch briefliche Instruktionen zukommen lassen. Evtl. fährt er dann sofort nach Barcelona. Diese Reise würde er natürlich auf seine Kosten übernehmen. Er bekommt vom Besitzer eine Entschädigung. Sollten Sie nicht reflektieren, so haben Sie die große Freundlichkeit, mir die heute mitgeschickten Sachen sofort zu retournieren. Tewes würde dann in einigen Tagen wieder hier sein und sie in Empfang nehmen.

Ich bitte um eine einzige Revanche: Vergessen Sie mir nicht die Degas.

Herzlich Ihr J. Meier-Graefe

133 Meier-Graefe an Oskar Reinhart

Marées-Gesellschaft
Leiter: J. Meier-Graefe

Berlin SW 68, Lindenstr. 18/19
den 30. 11. 23

Sehr geehrter Herr,
Wir erlauben uns, Ihnen als Drucksache den Prospekt der zehnten Reihe unserer Drucke zu überreichen. Es ist uns bis jetzt gelungen, ohne Kompromiß die sehr schweren Zeiten zu überdauern, aber wir halten es nicht für angebracht, unseren Freunden zu verschweigen, daß unsere Mittel erschöpft sind. Die Eigenart unserer Publikationen bringt es mit sich, daß wir viel Ehre und keinen Besitz einheimsen können, da wir infolge unserer beschränkten und einmaligen Auflagen keine »Substanz« behalten. Auf der anderen Seite wachsen die Herstellungskosten immer weit über die Einnahmen der hervorgehenden Werke hinaus. So haben sich z.B. die Kosten der photographischen Aufnahmen gegen das vorige Jahr um das sechsfache in Goldmark und um das mehrfache des Friedenspreises erhöht. Dieses Verhältnis zwingt uns zu einer Erhöhung unserer Preise, doch erreichen diese immer noch nicht die Friedenspreise im Gegensatz zu anderen Verlagswerken. Das teuerste Werk dieser Reihe, die Mappe der Gegenwart, ist im Vergleich zu der seinerzeit mit 1200.– M herausgegebenen französischen Skizzenmappe billig zu nennen. Wir hoffen auf Ihre Subskription zählen zu können und wären Ihnen sehr verbunden, wenn Sie im Kreis Ihrer Freunde ein wenig für uns zu werben versuchen

wollten. Es wird Ihnen wünschenswert erscheinen, eins der wenigen auf ideeller Grundlage errichteten, von künstlerischen und handwerklichen Gesichtspunkten geleiteten Unternehmen zu erhalten. Wir werden von unserer Seite das Äußerste aufbieten, aber nur wenn wir die annähernd notwendige Anzahl von Subskribenten gewinnen, sind wir in der Lage, die Drucke über die zehnte Reihe hinaus fortzusetzen. Sämtliche Werke liegen vollständig fertig vor und können sofort geliefert werden.

Hochachtungsvoll ergebenst
Leitung der Marées-Gesellschaft
J. Meier-Graefe

Herrn
Oskar Reinhart
Winterthur

134 Meier-Graefe an Oskar Reinhart

Rom Hotel Hassler
16/XI [1925]

Lieber Herr Reinhart
Ich soll für meinen Verleger R. Piper & Co, München, ein gutes Wort bei Ihnen einlegen. Der Verlag möchte gern eine Anleihe in der Schweiz aufnehmen, da die schweren Zinsverhältnisse in Deutschland vernünftiges Wirtschaften ungemein erschweren. Ich bin in der Lage, die denkbar genaueste Auskunft über den Verlag zu geben und kann Sie versichern, daß alle drei Inhaber (Piper, Eisenlohr und Hammelmann) absolut vertrauenswürdig und solid sind. Ich kenne die Leute von ihren ersten Anfängen an und habe sie immer nur sehr correkt und durch und durch anständig gefunden. Es ist nach meiner Meinung der einzige deutsche Verlag von ganz sicherer europäischer Marschroute, geschäftstüchtig ohne menschliche ideelle Interessen hintenan zu setzen.

Der Verlag hat eine sehr große Summe in den Nachlaß Dostojewskis angelegt und ist etwas in der Tätigkeit gehindert. Er ist in der Lage, jede Anleihe zu versichern, daß dem Geldgeber Risiken erspart bleiben.

Ich habe keine Ahnung, ob Sie in der Lage sind, auf eine Anleihe selbst einzugehen oder dem Verlag dabei behilflich zu sein. Die Herren werden Ihnen schreiben, und dann wird es das Richtige sein, wenn Sie eine Möglichkeit sehen, Sie lassen sich einen der Herren kommen. Eisenlohr und Hammelmann sind übrigens persönlich wohlhabende Leute. Piper ist der ideelle Spiritus rector. Ich persönlich bin bei der Sache nicht interessiert, da meine letzten Bücher oder vielmehr meine unmittelbar bevorstehenden (Dostojewski und ein Reisebuch) nicht bei Piper erscheinen. Ich bin auf Vorschüsse angewiesen und mußte daher zu Rowohlt gehen. Das hat aber mit meinen Beziehungen zu Piper nichts zu tun.

Ich bin auf der Reise nach Egypten, schiffe mich am 21. November in Neapel nach Cairo ein, bin bis 21. Mittags Hotel Riviera, Neapel. Meine Adresse ist immer durch die Marées-Gesellschaft Lindenstr. 18/19 Berlin S.W. zu erfahren. Ich bleibe 6 Monate im Orient.

Herzlichen Gruß Ihr Meier-Graefe

135 Meier-Graefe an Mary Balling

Hotel Marienbad
München 17. II. 07

Sehr verehrte gnädige Frau
Verzeihen Sie die Indiskretion dieses Schrittes. Der Zufall will, daß ich zum dritten Mal in einem und demselben Hotel mit der Dame wohne, von deren guten Willen die Vollständigkeit eines Werkes abhängt, das ich zu Ehren von Hans von Marées unternommen habe.

Ich weiß oder glaube zu wissen, welche persönlichen Gründe Sie abhalten, meine Ihnen wiederholt durch mich oder andere übermittelten Wünsche zu erfüllen. Aber noch bestimmter habe ich die Überzeugung, daß Sie diesen Widerstand modifizieren würden, wenn mir Gelegenheit gegeben wäre, mit Ihnen einmal persönlich zu reden.

Ich versuche mit meinem Werk über Marées nicht eine deplazierte Kunstpolitik zu treiben und irgend eine einseitige Anschauung damit zu illustrieren, sondern habe mir die Aufgabe gestellt, diesen, einer der merkwürdigsten Menschen und Künstler, in dessen Schicksal sich unendlich viele Probleme unserer Zeit und zumal unseres Volkes treffen, getreu darzustellen. Bei dem Reichtum und der Größe des Menschen, aber auch bei der Menge von sich widerstreitenden Tendenzen im Künstler ist diese Aufgabe wissenschaftlich nur bei der breitesten Darstellung durchführbar. Nur dann kann man das wirklich Vorbildhafte sehen lassen, weil dann alle die einschränkenden Faktoren gleichfalls mit zur Sprache kommen. Ich bin deshalb genötigt, in der objektiven Forschung bis an die Grenze des Erreichbaren zu gehen und alle Persönlichkeiten, die beitragen können, zu konsultieren. Dies geschieht seit 6 Monaten, seitdem ich auf Reisen bin und dabei ist sowohl hier wie in anderen Orten Deutschlands, namentlich auch in Italien ein sehr großes bisher unbekanntes Material zum Vorschein gekommen. Ich habe von meinen neusten Resultaten gestern Herrn Professor Hildebrand unterrichtet.

Ihr Herr Gemahl hat die materielle und zum großen Teil auch die künstlerische Existenz des Künstlers ermöglicht. Was Ihm Deutschland schuldet, das auszusprechen, würde die Indiskretion dieses Briefes nur vergrößern. Es ist selbstverständlich, daß ohne seine schriftstellerische Hinterlassenschaft die Marées Biographie sogut wie unmöglich wäre. Was ich mir mündlich erlauben möchte, Ihnen auseinanderzusetzen, ist, daß trotzdem ein Werk wie das meine zu einer notwendigen Pflicht sowohl der Pietät wie vor allem der Erhaltung unserer ideellen Werte geworden ist. Gelingt mir dies, so wage ich zu hoffen, daß gerade Sie nicht einer nützlichen Angelegenheit Ihren Beistand versagen werden.

Meine Bücher sind in Deutschland mit grenzenlosem Unverstand aufgenommen worden, und es hat sich namentlich an mein Buch über Böcklin eine Polemik geknüpft, die alles andere nur nicht sachlich war, daß mir für die Dokumentierung über Marées außerordentliche Schwierigkeiten erwachsen sind. Allmählich sind diese besiegt worden und ich habe sogar von der Familie Böcklin selbst vor kurzem wertvolles Material erhalten, weil mir nachzuweisen gelang, daß meine Absichten sowohl bei Böcklin wie bei Marées von keinen unedlen oder sonstwie verwerflichen Tendenzen getrübt waren und sind.

Ich würde es im Interesse meiner Aufgabe ungemein beklagen, wenn dieses, ich gestehe, unverdiente Glück an einer Stelle und zwar der wichtigsten Schiffbruch litte. Aber vielleicht darf ich Sie, gnädige Frau, bitten, dieses Geschick nicht dauernd über mich zu verhängen, ohne mich anzuhören. Ich werde die erbetene Güte nicht mißbrauchen.

Mit der Versicherung meiner ausgezeichneten Hochachtung verbleib ich, gnädige Frau, ganz ergebenst

J. Meier-Graefe

136 Meier-Graefe an Mary Balling

Hotel Marienbad 20/II. [1907]

Sehr geehrte, gnädige Frau!
Ich habe nicht das mindeste Recht, Ihre Gründe anzufechten, und doch die Pflicht, meine Arbeit zu verteidigen. Mir scheint die größte Schwierigkeit mein Verhältnis zu Thode. Vielleicht denken Sie darüber ein wenig milder, wenn Sie meine Lage bei dem bedauerlichen Streit übersehen.

Ich war 10 Jahre im Ausland gewesen und fand bei meiner Rückkehr einen Zustand, den ich allen Grund hatte, für verderblich zu halten. Die Einbildung, ihn mit einem Buche bessern zu können, war kindlich, verdiente aber nicht die Art der Angriffe gegen die Person des Autors. Nachdem mich die ganze Presse täglich beschimpft, begann Thode sein Kolleg. Hatte ich mir vorher gesagt, daß mit der Presse nicht zu rechten sei, so konnte ich von einem Mann der Wissenschaft strenge Sachlichkeit erwarten, und daß ich mich darin täuschte verletzte mich sehr viel empfindlicher, als die gröbsten Angriffe der Skribenten. Sicher folgte Thode keinen häßlichen Instinkten, aber daß er sich einer schweren Fahrlässigkeit gegen mich schuldig machte, darf ich auch Ihnen sagen. Er hat sich sicher von einem Idealismus leiten lassen und man mag dieser Subjektivität die Form verzeihen, aber man sollte doch auch ein wenig an die Subjektivität des Angegriffenen denken, der sich moralisch von einer Instanz verurteilt sah, die bei einiger Reflexion mindestens die ideellen Absichten meiner Bücher verstehen mußte. Ich bin in meiner Abwehr sehr weit gegangen, aber es wäre nicht ganz gerecht, wollte man die Umstände außer acht lassen, unter denen diese Abwehr erfolgte.

In meinen Marées-Wünschen bin ich zunächst weniger von dem Bestreben geleitet, zu publizieren, als zu sehen. Allerdings ist es mir überaus schmerzlich, daß mir die Publikation der Briefe nicht erlaubt wird. Ich kenne keinen großen Künstler irgend einer Zeit, dessen außerkünstlerische Äußerungen wie seine Briefe nicht wesentliche Aufschlüsse, mindestens Bestätigungen enthalten. Bei Marées aber, dessen Bestreben, andere zu unterrichten, mindestens ebenso stark war als die Lust an der eigenen Schöpfung, gewinnen solche Äußerungen besondere Bedeutung. Was an ihm nützlich für uns ist, beschränkt sich keineswegs auf das Œuvre. Nur das außerordentliche Niveau und die Restlosigkeit seines Idealismus, das Endlose seiner Entwicklung, sind der Nachahmung wert, nicht die Resultate. Nun besitze ich bereits sehr viele Briefe (an

Georg v. Marées, Bayersdorfer, Böcklin, Volkmann u.a.) die gewisse Einblicke gewähren und daher von mir veröffentlicht werden, aber der Mangel der Briefe an Herrn Dr Fiedler und Herrn v. Hildebrand läßt eine klaffende Lücke, denn beiden fühlte er sich am nächsten. Natürlich befreie ich alle Korrespondenzen von dem rein Persönlichen der Tagesbemerkung und von allem was zum Klatsch führen könnte, aber beschränke mich durchaus nicht auf die Aussprüche über Kunst. Diese sind ja zum großen Teil von Herrn Dr Fiedler extripiert [sic]. Ich finde aber, daß die Maréesschen Briefe schon in ihrer Form manche Seiten, und zwar gerade die nicht darstellbaren, des Menschen sehen lassen, die die Vorstellung von seinem Wesen ungemein begünstigen.

Im Vordergrund steht natürlich das Werk. Ich habe jetzt bald vermutlich alles gesehen, was noch vorhanden ist. Es fehlt mir nur, was Sie, gnädige Frau, besitzen und nicht ausgestellt haben; soviel mir Herr Professor v. Hildebrand sagte, sind es einige Zeichnungen, zumal die der Mappe und einige Bilder. An der Publikation des Bildnisses, das Sie die Güte haben, zu erwähnen, denke ich nicht; wohl aber würde mich interessieren, inwiefern es mislang, da ich eine interessante Zeichnung zu dem Bilde gesehen habe. Ich wage nicht einen Moment zu bezweifeln, daß Herr Dr Fiedler im Recht war, wenn er dieses oder andere Bilder der Öffentlichkeit vorenthielt und daß Sie legitimen Erwägungen folgen, wenn Sie mir dieses oder jenes Material nicht zugänglich machen wollen. Aber verzeihen Sie, wenn ich es auszusprechen wage, daß die Pietät gegen Herrn Dr Fiedler unter Umständen mit höheren Rücksichten kollidieren kann. Was dem Genossen eines Künstlers für erreichbar und nützlich gilt, ist kein auch in der Folgezeit unwandelbarer Begriff. Der Freund eines Michelangelo hätte vielleicht nur den Moses, den David und die Medici-Gräber aufgehoben, und möchten Sie eins, auch nur eins der vielen vorhandenen Fragmente entbehren? Vielleicht hätte derselbe Freund auch die Gedichte und Briefe Michelangelos versteckt, weil ihn eine Vorschrift des Sterbenden dazu verpflichtete. Sicher würde sich Marées im Grabe umdrehen, wenn er wüßte, daß ich aus seiner Münchener Zeit 40 Bilder ans Licht bringe. Aber finden Sie nicht auch, daß uns dieser tote Marées nichts mehr angeht und daß wir nur ein Stück von ihm zeigen würden, wollten wir uns auf das beschränken, was er würdig fand. Vielleicht wäre ihm schon die herrliche Sammlung in Schleißheim viel zu viel. Wir können uns nicht an das Sterbliche, und dazu muß man füglich solche Wünsche rechnen, halten, sondern müssen versuchen, den ganzen Menschen, diesen wundervollen reichen Organismus, mit allen Mitteln darzustellen. Daß Herr Dr Fiedler von den Briefen kürzte und von den Werken ausschied, war große Weisheit. Mir würde das gleiche Verfahren heute bei einem Werke wie dem meinen wie Willkür, ja fast pietätlos erscheinen. Wir haben so wenig große Menschen und nichts ist uns so notwendig, viel notwendiger noch als die Ästhetik, daß eigentlich alle bei der Darstellung eines der bedeutendsten zusammengehen sollten. Ich habe ein paar Bilder gefunden, die mir unwesentlich scheinen und die ich daher nicht veröffentliche, es muß gewiß alles wirklich Unwesentliche wegfallen, aber eigentlich kann das nur der beurteilen, der das Ganze gesehen hat.

Ich bitte Sie, gnädige Frau, zu verzeihen, wenn ich unbescheiden erscheinen sollte. Ich habe gezögert, die Dreistigkeit meines ersten Briefes durch diese Antwort noch zu vergrößern. Sie würden gewiß diese Zudringlichkeit nachsichtiger beurteilen, wenn Sie wüßten, welche großen Freuden ich dieser Aufgabe verdanke.

Genehmigen Sie, gnädige Frau, die Versicherung meiner größten Ehrerbietung

ganz ergebenst J. Meier-Graefe

137 Meier-Graefe an Mary Balling

Berlin W.
Genthiner-Straße 13 Villa J
28/II. [1908]

Hochverehrte, gnädige Frau!
Ihr Brief hat mir große Freude gemacht. Immer wieder bitte ich Ihnen im stillen Vieles ab, was ich Ihnen in Gedanken unrecht gethan. Sie wissen ja gar nicht, welche Rolle Sie bisher in meinem Marées-Dasein gespielt haben, wie viele kindische Gedanken an die Tür Ihres Zimmers im Marienbad drangen, wenn wir – was possierlicher Weise oft der Fall war – im Hotel zusammen waren. Man könnte einen ganzen Roman des Buches schreiben. Und daß schließlich alles gut ausgegangen ist, während im Anfang und sogar während eines ganzen Jahres *alles* schlecht ging, ist doch wieder ein Beweis für die wundervolle Persönlichkeit von Marées. Man bekommt oft ganz plastische Vorstellungen von der Unsterblichkeit großer Menschen.

Ich glaube, die Briefe können nicht mehr (auch von böswilligen Gesellen) misverstanden werden, wenn sie erst mal im Zusammenhang im Marées-Werk publiziert sind. Denn mein Kommentar ist ja keine Konstruktion, die man willkürlich ändern kann, so wenig ich ihn willkürlich mache, sondern Extrakt der Wahrheit. Das fühle ich schon heute, daß jeder, der das Buch lesen wird, sich sagen muß: so war es. Die Sache und der Mensch sind zu vielseitig und zu kompliziert, als daß man das geringste falsch machen könnte; ich meine, in den entscheidenden psychologischen Fragen. Ich habe in den Briefen viele Bestätigungen rein vermuteter Zusammenhänge gefunden, die aber gar nicht anders sein können.

Ich freue mich sehr auf die Abschrift der Tagebuch-Notizen. Schade, schade, daß aus der späteren Zeit nichts da ist. Ich hatte im stillen gehofft, Fiedler hätte mal notiert, welche Bilder zu einer bestimmten Zeit im Atelier waren. Einige Datierungen schwanken noch. Alles Wichtige steht freilich ziemlich fest. A propos, wissen Sie vielleicht, wann ein festes Abkommen finanzieller Art zwischen beiden geschlossen wurde. Ich habe den Eindruck, daß in den ersten Jahren Fiedler gab, wenn es nötig wurde und daß dann ein monatliches Fixum eintrat. Thatsächlich hat M. [Mareés] natürlich von etwa 68 an von Fiedler gelebt.

Gestern Abend war Hofmannsthal bei uns, und ich hatte die Freude wieder mal durch Marées einem Menschen, mit dem ich sonst wenig gemein habe, näher zu kommen. Er hat viel Verständnis für Marées bewiesen, obwohl er sonst der Kunst nicht viel vitale Interessen entgegenbringt. Solche Menschen, die an äußerem Ehrgeiz zu scheitern drohen, können alles von M. haben.

Die Premiere meines Stückes habe ich endlich auf nächsten Winter verschieben können. Ich hatte einen rechten Spaß mit dem Theater-Direktor. Er frug, ob Marées auch ein Theaterstück sei. Nein, das ist kein Theater.

Mit der Influenza geht es besser.

Das Thema Manet gebe ich bei Ihnen noch nicht auf. Sie wissen nicht, welch ungeheurer Mannesmut und Idealismus in den Leuten steckte, ganz abgesehen von ihrem Künstlertum. Doch das ist ein langes Kapitel. Ich liebe überhaupt Frankreich, weil ich dort politische und allgemein menschliche, nicht zuletzt künstlerische Ideale gefunden habe d.h. bestätigt gesehen habe, die bei uns gar zu oft nur in der Theorie existieren. Ich habe mit Zola die berühmte »Affaire« mitgemacht und versichere Sie, mancher bei uns würde anders über Frankreich denken, der in der gleichen Lage gewesen wäre. Gerade die Fähigkeit, über das Artistentum hinauszugehen, wie sie Zola – ein Held von Gettos geworden – und so viele andere in der Dreyfuß-Affaire [sic] bewiesen, mangelt bei uns nur zu sehr. Man bildet sich bei uns allzu oft ein, man könnte Künstler und ein x beliebiger Mensch sein. Oder aber man fällt in den Phrasen-Kram und konstruiert sich ein vorsündflutliches Menschentum zurecht, das allem Zeitgenössischen ins Gesicht schlägt. Was wäre Marées ohne das eminent feinfühlige Bewußtsein von der Notwendigkeit, die Kunst nur als Realisierung der Perfektion des Menschen zu betrachten. Und zwar einer ganz bestimmten Perfektion, die seinen Anlagen, seinen Ideen entsprach. Anlagen und Ideen, die auf ein *neues* Menschentum deuten, nicht von den Kreuzzügen herkommen. Das *Moderne* ist nicht nur ein Modebegriff, sondern etwas ganz Herrliches, Fortschritt, Vollendung, Leben. Wie wunderbar, daß nie in Marées der leiseste Archaismus, das geringste Zurückgleiten in alte Formen zu spüren ist. Trotzdem er besser als irgend einer die Alten verstanden hat.

Und das liebe ich auch bei Manet: die intellektuelle Sicherheit den Alten gegenüber, eine Kultur, die alles von den Alten kennt und nimmt und dabei sprühend neu und vital ist.

Wenn Sie doch einmal herkämen! ich würde Ihnen wunderschöne Sachen zeigen, die Ihnen auch Marées von einer ganz neuen Seite zeigen würden. Es gehört zu den wunderbarsten Dingen, daß er alles im Instinkt hatte, ohne viel gesehen zu haben; daß er sich mit Manet als Überwinder auseinandergesetzt hat und dabei kaum ein Bild von ihm gesehen hat.

Da ich's Ihnen gesagt habe, sende ich Ihnen das Böcklin-Buch. Aber um Gottes willen, lassen Sie sich nicht dadurch die Zeit zu besseren und nützlicheren Dingen rauben und vor allem, hochverehrte gnädige Frau, werfen Sie es rechtzeitig fort!

Verzeihen Sie, daß ich so viel und so freimütig geschrieben habe. Ihr Brief hat mich so glücklich gemacht.

Ihr ganz ergebener J. Meier-Graefe

138 Meier-Graefe an Mary Balling

Toledo 6 / V.08

Hochverehrte gnädige Frau
Sie können keinen Brief mehr an mich schreiben, ohne mir eine gute Nachricht zu geben. Die über die Hildebrandsche Korrespondenz ist ebenso unerwartet wie glücklich. Sicher stehen die Briefe in keinem Verhältnis zu den Ihrigen. Nach diesen sind sie aber die wichtigsten, und ich hätte es bitter beklagt, sie nicht veröffentlichen zu dürfen, da in ihnen die weichste, fast zärtliche Seite des Menschen und doch auch schöne Teile des denkenden Künstlers zum Vorschein kommen. Nun haben wir Marées vollständig, und ich müßte schon ein elender Stümper sein, wenn ich ihn nicht herausbrächte mit solchen Dokumenten. Wundern Sie sich nicht, daß Sie manches vielleicht am Marées'schen Werk früher übersahen – den Selbstvorwurf verdienen Sie wahrlich nicht, wo Sie jetzt so viel für ihn thun. Den ganz großen Leuten kann es nie anders gehen, da das Genie ja immer umso weniger scheint, je größer es ist, zumal in unserer Zeit, wo es stets aus der Opposition hervorgeht. Denken Sie, daß eins der größten Genies der Menschheit, Greco, seit 4 Jahrhunderten tot ist und heute noch in der Zeit der Jahrhundert-Ausstellungen und Briefmarkensammler von Leuten wie Bode und Justi für annähernd verrückt erklärt wird, trotzdem ihn Velasquez für die »Bibel der Kunst« hielt. Genau der Fall von Marées. Ich finde hier täglich in Kirchen und Klöstern seine Bilder in genau dem Zustand, in dem die Marées waren, als ich nach San Francesco kam. Und es ist genau ein halbes Jahr her, daß ein Bekannter das erste verständige Buch über ihn geschrieben hat. Nun kommen die Snobs, die Sammler, die Geldleute. Und bis dieser Mensch wirklich in den Werdeprozeß der Kunstentwicklung eintritt, werden nochmal viele Jahre vergehen. Die Teilnahme an dieser Förderung ist vielleicht das Schönste, das es auf der Welt giebt; viel zu schön als das man stolz darauf sein könnte.

Wo Sie so herzlich und gütig für die gemeinsame Sache eintreten, muß ich Ihnen auch meine kleineren Schmerzen mitteilen, nachdem die großen nahezu überwunden sind. Es fehlt an Geld. Erschrecken sie nicht. Es ist genug da, um es leidlich, sogar recht leidlich zu machen, aber nicht genug, um das Ideal zu erreichen. Dieses erblick ich in der Vollständigkeit und Güte der Abbildungen, sodaß keine wesentliche Sache unveröffentlicht bleibt und die guten Hauptwerke glänzend gegeben werden. Ich bin insofern schuld, als ich im Anfang, als ich nach Italien kam, die ersten Sammlungen von Zeichnungen bei Volkmann, Pallenberg, Frau v. Pidoll, zu vollständig habe übernehmen lassen, was sehr kostspielig war. Nun möchte ich manches Entbehrliche dieser Sammlungen weglassen. Die Kosten des Werkes sind nach und nach auf das dreifache des ursprünglich festgesetzten Umfangs gestiegen, ich habe persönlich ein kleines Vermögen geopfert, Marées (hatte) auch ein paar tausend Mark und von Freunden habe ich durch Subskriptionen einer sehr kostbaren Ausgabe des Marées Werkes circa 20 000 MK zusammengebettelt. Es fehlen immer noch 3000 MK etwa. Ich hoffe sie zu bekommen, aber da Sie nun mal mit zu dem sehr kleinen Kreis gehören, würde ich es für töricht halten, wenn ich Ihnen diese Internas verschwiege. Ich denke, Sie urteilen darüber ebenso unpersönlich wie über den Rest und misverstehen mich nicht. Selbstverständlich denke ich nicht an Sie persönlich – ich weiß oder kann mir denken, wie mancher Musikant an Ihnen hängt. Vielleicht wissen Sie aber ein paar reiche Wohlthäter, die für die Sache zu haben wären. Mislingt es, so leidet der Bau des Werkes wie gesagt nicht. Es handelt sich sozusagen um die letzten Spitzen des Turmes – aber schön wäre es. Unter meinen Bekannten ist niemand mehr, der nicht hat bluten müssen.

Sattler ist mit der bewährten Energie an der Arbeit. Was Sie und er über die Bilder schreiben, stimmt ganz zu meinen Vermutungen. Ich denke bald die Photos zu erhalten, freue mich sehr, daß Sie so schnell die Bilder nach München gesandt haben.

Ich versichere Sie, ich würde heute auch blutig mit dem Blaustift wirtschaften, wenn ich den Böcklin nochmal schriebe. Sie glauben nicht, wie viel Galle über ganz andere Dinge als Böcklin unversehends [sic] in das Buch gelangt ist. Ich finde unsere ganze Nation politisch, moralisch und geistig im allgemeinen Sinne in einem hurtigen Bergab-Tempo mit dem Mann mit dem Helm an der Spitze und da unsereins anders nicht kann oder nicht will, setzt man an solchen Symptomen zu scharf ein. Mit dem Modernismus der Form treffen Sie etwas sehr Richtiges. Ich bessere mich langsam und werde auch »altmodisch«. Man ist eben selbst Kind einer niederträchtigen Zeit und wird die oberflächliche Originalität nie ganz los. Wie wunderbar ist das Beispiel von Marées! Der Mann, der in der Jugend nur mit der Hand zu zucken brauchte, um ein glänzender Impressionist zu sein, zwang sich und seine Schüler im Alter, mit der linken Hand zu malen, um ja nicht *geschickt* zu sein. Das ganze Problem der modernen Kunst steckt da drin. Auch der Grund seiner Impopularität, der Mangel an allem Gefälligen selbst auf Kosten des Werkes. Stellen Sie sich einen Wagner oder Nietzsche vor, der es über sich gebracht hätte, gleich unpersönlich zu sein. Sie haben mir sehr wohl gethan mit diesem Tadel. Wenn es nicht so dreist wäre, schickte ich Ihnen Bücher, die ich seit dem Böcklin geschrieben. Ich kann auch immer nur wie Marées sagen, es wird langsam klarer, gut natürlich noch lange nicht.

Ich nehme Sie beim Wort für Ihr Versprechen, mich über das Verhältnis Fiedler – Marées zu überhören. Niemand kann es besser kennen als Sie. Im Prinzip glaube ich nicht, daß Sie zu bekehren haben. Ich denke kaum anders über das Verhältnis als Sie, oder woraus schließen Sie eine Abweichung? Fiedler hat den Menschen in Marées besser verstanden als Marées sich selbst. Die Beweise sprechen in der Korrespondenz und in jeder Handlung Fiedlers. Den Künstler hat er in den Absichten genau so richtig geschätzt, Resultate unterschätzt aber wahrscheinlich nicht niedriger als Marées. Es giebt selbstredend einen Standpunkt, auf dem das Erreichte Marées' relativ erscheint. Diesen Standpunkt mußte Fiedler einnehmen, da Marées sein Leben lang nichts anderes that, als ihn zu betonen. Wir heute aber, denen die persönliche Beziehung zu Marées fehlt, können nicht anders als den Standpunkt des Maréesschen Idealismus zu gewinnen und gelangen notwendig, wenn dies gelingt zu einer höheren Schätzung des Resultats. Denn was kann ein Werk Größeres vollbringen als die Suggestion eines großen Idealismus! Der Begriff Fertig oder Unfertig tritt daneben ganz zurück.

Von Tschudi höre ich nichts seit ich Berlin verlassen habe. Die Sache ist also unverändert, d.h. nicht gerade ungünstig.

Wir verleben himmlische Tage. Dies Toledo ist ein Traum, von einer landschaftlichen Schönheit über jede Beschreibung und dabei vollgestopft von fabelhaften Dingen. Denken Sie nicht, daß ich die Zeit Marées stehle. Ich arbeite fleißig und es kommt dem Werk direkt und indirekt zu gute. In 14 Tagen hoffe ich in der Alhambra zu sein und werde Ihrer freundlichen Mahnung gedenken.

Und nicht wahr, Sie zürnen nicht, daß ich so indiskret war in diesem Brief und denken nicht, daß ich nicht mit dem, was Sie mir gaben, genug habe! Ich würde es nicht so schätzen wie ich es thue, würde ich es mit meinen kleinen Schmerzen vergleichen. Bitte darüber ein Wort nach Madrid.

Bitte empfehlen Sie mich dankbar Ihrem Herrn Gemahl. Meine Frau, der ich zugesagt habe, daß sie sich Ihnen im Winter vorstellen darf, trägt mir ihren Respekt für Sie auf

Ihr ergebener J. Meier-Graefe

139 Meier-Graefe an Mary Balling

25. V. 08 Granada

Hochverehrte gnädige Frau!
Sie schreiben, Sie geben mir keine gute Nachricht und dabei erfüllen Sie, woran ich nicht im Traume geglaubt habe. Denn an Sie selbst als Spenderin habe ich wirklich nicht gedacht. Ich möchte das nochmals betonen, damit meine Keckheit nicht zu unverschämt erscheint. Ihr Ausweg ist eine glückliche Lösung. Denn es wird mir ein Leichtes sein, den Käufer für etwa 20 Zeichnungen zu finden, für die man ohne Weiteres 3000 MK erzielt. Und aus Ihrer schönen Sammlung lassen sich leicht soviel Zeichnungen ausscheiden, ohne daß Sie ein *Motiv* verlieren, also Doubletten. Ich werde sehen, daß der Käufer ein Museum ist und zwar denke ich namentlich an das Museum in Elberfeld, der Vaterstadt Marées', wo schon einige Bilder hängen. Nehmen Sie vielen Dank, verehrte Frau. Sie glauben nicht, wie froh ich bin. Es wäre fatal gewesen, hätten wir der verhältnismäßig geringen Summe wegen auf die Vollständigkeit verzichten müssen. Mein erster Weg, sobald ich zurück bin, wird zu Ihnen sein. Dann reden wir über das Nähere und ich schlage Ihnen eine kleine Auswahl vor.

Ich schreibe Ihnen in einem entzückenden Gärtchen, das fast im Park der Alhambra liegt. Die Nachtigallen schlagen immer noch und wir fühlen uns hier wie Gott in Frankreich. Welche törichten Ideen sind über Spanien verbreitet. Seit fast 2 Monaten reisen wir hier herum, haben überall ehrliche Menschen, lächerlich bescheidene Bedingungen und mindestens genügende Reinlichkeit gefunden. Das Paket mit dem Insektenpulver ist noch nicht aufgemacht und wird wohl intakt wieder nach Hause kommen. Wir sind bisher aus keinem Ort geschieden, wo wir nicht länger hätten bleiben wollen. Außer Sevilla, das außer dem unbeschreiblich schönen Dom gar nichts bietet (die Romantik steckt nur in der Literatur) wurden überall die Erwartungen übertroffen. Eine der Perlen, vielleicht die schönste, ist Granada. Die Lage unbeschreiblich. Denken Sie sich Ihr Riedberg um ein paar hundert Meter erhöht, in einem himmlischen Waldpark, mit der Aussicht über eine blitzend weiße Stadt auf der einen Seite, auf sanft aufsteigende 3-4000 M. hohe Schneeberge (immer ruhige Linien, nicht das fatale Gezackte unserer Alpen) und wieder nach einer anderen Seite auf eine unendliche Ebene à la Lüneburg. Dazu tragische Flora mit deutschen Bäumen, schöne Menschen. Man glaubt die Welt auf einen Umkreis von zehn Meilen zu haben. Wir verleben hier göttliche Tage. Mit uns reisen sehr liebe Freunde, der Maler Leo von König und seine Frau, die Frauen verstehen sich, die Männer auch. Gestern Abend, gerade als Ihr Brief kam, hatten wir stundenlang geplaudert. Wissen Sie von was? Von Marées. Sie glauben nicht, wie gut die Reise meiner Arbeit bekommt, obwohl ich keinen Strich an dem Marées Werk arbeite. Man gewinnt Abstand und sieht ihn besser. Werden Sie mir glauben, daß er hundertmal bedeutender ist als die Leuchte Spaniens, über die sich hunderttausende begeistern, ohne eine Ahnung von Marées zu haben! Velasquez ist grenzenlos überschätzt. Meine Enttäuschung im Prado (ich fuhr eigentlich nur wegen Velasquez nach Spanien) war so stark, daß ich tagelang wie ein mislauniger Verbrecher herumschlich. Ich hatte einen gelassenen Alleskönner erwartet, ein Vorbild der Selbstzucht und Würde, einen Geschmack, der sich bis zur ethischen Größe steigerte, und finde einen modernen geschickten Hofmaler, der die Hohlheit nur mit größter Anstrengung verbirgt. Die Bilder in Wien, London und Rom sind alle besser als die im Prado. Ich würde sie jetzt natürlich auch anders ansehen, habe sie stets als richtige Versprechungen genommen, die im Prado erfüllt werden würden. Greco wirkt daneben wie Marées neben Lenbach. Natürlich ist Velasquez ein glänzender Lenbach, das Äußerste des Talentes. Die Geschicklichkeit, die Pose sind fabelhaft, gewisse Details wundervoll in der Farbe. Aber das Problem bleibt dasselbe wie bei Lenbach oder bei Reynolds, oder bei Whistler: das Nachstreben nach einem leicht Erreichbaren, das Abmalen vorhandener Situationen im Gegensatz zur Schöpfung von Symbolen des Lebens wie sie Rembrandt, Greco, Marées gelangen. Die Unvollkommenheiten an Marées sind gleichsam vernachlässigte Kleider, unter denen ein ganzer Mensch steckt. Velasquez ist ein glänzendes Kostüm über einem kümmerlichen Menschen. Ohne Greco wäre unsere ganze Reise infolge dieser Enttäuschung sehr traurig geworden. Mit Greco wurde sie eine Fahrt wie ich sie nie wieder machen werde. Ich kann Ihnen das alles nicht so beschreiben, aber sie werden vielleicht nachfühlen, wieviel ich dadurch für Marées gewonnen habe. Ich habe hier eine Bestätigung seines Ideals gefunden, die ich nie erwartet habe. Trotzdem ich schon manche Bilder von Greco kannte, fuhr ich ganz ohne an ihn zu denken, hierher, immer nur in Gedanken an Velasquez. Nun trifft es sich, daß Greco der wirkliche Lehrer von Velasquez war, daß die Essenz von dem zeigte, was Velasquez nachher – übrigens ohne Plagiat! – verwässert hat.

Altmodisch gern, aber, verehrte Frau, unsere Zeit, nicht Berlin, nicht das neue Deutschland, aber der Geist unserer Zeit ist etwas Herrliches. Ich verstehe darunter den Kampfgeist der Leute wie Flaubert, Dostoyewski, Delacroix, die Stärke der Gedanken, die wir heute haben zum Höchsten. Keine Zeit hat so erhabene Ideale, ist so sauber im Denken, so unbestechlich in der Liebe zu großen Dingen. Daß diese starken Eigenschaften nur in wenigen vertreten, vielleicht überhaupt nicht plastisch hervortreten, ist an sich gleichgültig, die Hauptsache, daß sie als bestehend gedacht werden können. Vielleicht können sie nur deshalb nicht so allgemein sichtbar werden, weil sie so reich sind, so mannigfaltig, kompliziert. Das giebt den fausses valeurs, die heute mehr als je grassieren, tausend Möglichkeiten, sich zu verstellen, weil der dunkle Ausdruck, die Unvollkommenheit im Äußerlichen, Perlen wie Nullitäten bergen kann, aber es kommt doch wohl in allen Zeiten immer nur auf die Möglichkeiten an, und die sind heute größer als je zuvor.

Ich schicke Ihnen meine Impressionisten und die Engländer. Im ersten Buch lesen Sie zunächst bitte nur die Einleitung, da ich Ihnen nicht Ihre kostbare Zeit mit Dingen rauben möchte, die zumal für den, der die behandelten Künstler nicht kennt, schwer lesbar sind. Die Engländer werden Ihnen geläufiger sein.

Wie dankbar bin ich Marées für die Vermittlung der Bekanntschaft mit Ihnen. Ich denke, die Beziehung wird über die unmittelbare Veranlassung hinaus gehen. Und das würde wieder beweisen, daß Marées nicht nur ein Kunstthema ist. Leute, die sich in seinem Kreis ernsthaft begegnen, müssen notwendig über große menschliche Fragen verwandt denken. Bitte grüßen Sie herzlich Ihren Herrn Gemahl. Ich habe, bevor ich zu Ihnen kam, nie gedacht, daß ich mich auf den zweiten Besuch in Partenkirchen ebenso freuen würde wie auf den ersten. Und ich gestehe Ihnen, daß die zweite Freude noch viel schöner ist. Vor September wird es nicht werden.

Die sieben Photographien der Bilder habe ich vorgestern bekommen. Herrlich muß das Bildnis der Frau Schäuffelen und das Selbstbildnis sein. Die alte Frau wirkt geradezu unheimlich lebendig. Dabei schon die Kombination des Monumentalen mit der Improvisation des Lebens, die Marées immer weiter getrieben hat. Von den Bildnissen der Frau v. Hildebrand verblüfft mich die Deformation der Backe. Hat Frau v. H. jemals so ausgesehen, ich meine, war diese Unebenheit der Gesichtsbildung auch in der Natur? Man sollte es fast meinen, da sie auf allen drei Bildern resp. Skizzen wiederkehrt. Marées hat vermutlich stark übertrieben. Im übrigen fehlen mir natürlich die Farben. Es ist eigentlich schrecklich, daß es Photographien giebt. Von den Skizzen scheint die mit dem laufenden Pferd sehr reizvoll. Es ist gräßlich, daß es so lange dauert, bis ich die Sachen sehe.

Ich freue mich sehr, daß Sie so rüstig in der Arbeit vorwärts kommen. Fiedler ist leicht darzustellen in großen Umrissen, weil seine That ohne weiteres hinreicht. Die Schwierigkeit wird in den Nuancen liegen. Und da denke ich, werde ich, in Ihnen und Ihrem Herrn Gemahl, der, wie Sie schreiben, so tief in den Gedankengang eindringt, unfehlbare Hilfen haben. Bei Marées liegt die Schwierigkeit in dem tollen Durcheinander der Nuancen. Ich will absolut ehrlich sein und nicht das mindeste verschweigen, das zur Psychologie beitragen kann, weil die Kompliziertheit des Menschen erst der Vereinfachung, der der Künstler nachstrebte, das rechte Relief giebt. Da richtig den Atem behalten, daß die Details nicht den Umriß stören, ist die Schwierigkeit. Es wird ein Spiel von Schatten und Licht werden, wie es selten im Leben wieder vorkommt. Er ist in einer Person Don Quichotte, Fürst, Bettler, nahezu Verbrecher, Kind von unglaublicher Reinheit, Dichter, Gentleman, nüchtern, trunken. Und dabei immer er selbst, ein und derselbe Mensch. Auch nur in unserer schönen Zeit denkbar, trotz seiner Abneigung gegen die Gegenwart, der Typ des modernen Geistes. Fiedler neigt mehr nach der kontemplativen Seite, die bei Marées geradezu *nicht* vorhanden ist. Der Gegensatz zwischen beiden ist schwierig, weil sie sich keineswegs mit dem billigen Kontrast »Künstler – Denker« deckt. Beide dachten. Nur vermied Marées geradezu geflissentlich jede Formulierung außerhalb der Kunst, während Fiedler, so scheint es mir bisher, fast an nichts anderes dachte. Insofern ist er die *tragischere* Erscheinung der beiden. Marées lebte stärker, realisierte instinktiv ebensosehr wie bewußt. Fiedler zog sich fast mimosenhaft von der Realität zurück, selbst von der Realität des Kunstwerks. Der Idealismus ist bei beiden derselbe, nur in ganz verschiedenen Formen. Darüber muß ich noch viel nachdenken. Es fehlen mir noch viele Stützpunkte, um über die Zurückhaltung Fiedlers wegzublicken. Hätte man seine Briefe an Marées, würde man mehr sehen, obwohl er sich sicher auch Marées gegenüber kaum erschlossen hat. Nun, niemand weiß mehr von ihm als Sie. Als menschliches Dokument wird das Verhältnis Fiedlers zu Marées – so verschieden von dem Hildebrands zu Marées – sicher das interessanteste Blatt des Buches werden. Es wäre unmöglich, in einem Roman, noch weit weniger im Drama, solche Nuancen darzustellen, weil das Interesse des Lesers nicht aushielte. Dieses wird in unserem Falle immer durch die im Hintergrund liegende Kunst wachgehalten. Es wird ein schöner arbeitsreicher Winter werden.

In herzlicher Ergebenheit Ihr dankbarer J. Meier-Graefe

140 Meier-Graefe an Gustav Pauli

Julius Meier-Graefe

Berlin W.
Genthiner-Straße 13 Villa J
9. III [1908]

Lieber Herr Pauli
Ich vermute, daß Sie die haarsträubende Abdankung oder Diskret-Legung Tschudis gehört haben. Er hat einen Urlaub von einem Jahr diktiert erhalten und was nachher kommt, ist klar.

Ich fände es sehr schön, wenn aus dem Kreis seiner Kollegen ein öffentlicher Hinweis auf die beispiellose Geschichte geschähe. Sie wissen so gut wie ich was wir alles an Tschudi verlieren. Ich rechne die Thatsache, daß [er] ein Gentleman [ist], der vor dem Kaiser gerade zu stehen wußte[,] reichlich ebenso hoch als die Verdienste des Galerie-Direktors. Hier findet sich natürlich auch eine große Anzahl seiner Freunde, die öffentlich für ihn eintreten. Ich glaube aber, daß gerade eine nicht so beteiligte Stimme wie die Ihre eine Resonanz fände.

Die Gründe, die die Sache zum Klappen gebracht haben, sind ziemlich irrelevant. Wenn Sie sie zu wissen wünschen, kann ich sie Ihnen mitteilen, zum Teil unter Diskretion. Meyerheim, den ich mal Meyerschleim getauft habe, spielt natürlich auch eine Rolle.

Der Minister wird die Sache natürlich so darzustellen suchen, als habe Tschudi um Urlaub gebeten. Der bekannte Truc, der die Empörung, die ein aktueller Bruch zur Folge gehabt hätte, dämpfen soll. Und Tschudi kann öffentlich natürlich nicht das Gegenteil erklären, solange er Beamter ist. Unterstützung bei den Vorgesetzten – vacat wie gewöhnlich. Doux pays! Tschudi ist gesund.

Herzlich Ihr Meier-Graefe

141 Meier-Graefe an Magda Pauli

Berlin W.
Genthiner-Straße 13 Villa J
28. XI. [1909]

Liebste Frau Pauli
Das ist das erste indiskutable Verdienst Bodes, daß er mir einen Brief von Ihnen einbringt und einen so netten! – Ich kann mir wohl denken, daß Ihnen nicht immer behaglich ist, wenn Pauli loslegt. Und es ist sicher, er schafft sich keine Majorität damit. Aber wie in der goldenen Wolke und dem sanft entstehenden Kriegerverein, der Filiale, handelt es sich auch überhaupt in unserem doux pays darum, die Minorität zu kräftigen und auf die Masse zu pfeifen. Wenn's Ihnen unbequem ist, gestehen Sie, daß es Sie auch freut, einen Mann zum husband zu haben, der nicht mit der elenden Schweinebande mitthut, sondern sich säuberlich trennt. Es ist das nach meinen u sicher auch Ihren Begriffen keine Moral, sondern Reinlichkeit.

Nein, es wäre nicht besser, wenn Lichtwark statt Pauli losschlüge. Es wäre besser wenn Lichtwark Pauli wäre. Von Seidlitz nicht zu reden. Die Gesten dieser Herren sind Liedertafel und Geheimratsgebärden. Nein stellen Sie sich nur vor, Sie wären Frau v. Seidlitz. Ich will Ihnen nicht das cauchemar zumuten, sich als Frau Lichtwark zu denken, denn dafür müßten Sie ja ein Mann sein.

Was nun Bode und sein Florchen anbetrifft, so kann ein kluge und energische Attaque so wirksam von keinem anderen als Ihrem Mann kommen. Deshalb habe ich's ihm geschrieben, auch weil ich ihm assistieren kann. Und dessen können Sie heilig versichert sein, wir werden zusammenhalten wie die Kletten. Ob ich ihm Freunde verschaffen kann! –

entre nous, Beziehungen mit mir pflegen nicht dahin zu führen, das ist nun mal so. Aber ein paar Leute sind immer noch in Deutschland vorhanden, die energisch ihren Mann stehen.

Schade, daß Sie nicht mitkommen. Es thäte Ihnen sicher gut, sich einmal von der schärferen Proletenluft hier anblasen zu lassen. Es thut uns *recht recht* leid, Rieke und mir, daß Sie nicht wohl sind. Wir sollten alle mal zusammen nach Rom oder nach Paris gehen, aber auf 6 Monate. Es ist eigentlich lächerlich, daß man's nicht thut. Da würden wir alle gesund sein. Wir waren 5 Monate frisch wie die Spanferkel. Und seitdem wir wieder hier sind, sind wir schlapp wie Bodes Florchen.

Meine Frau sendet Ihnen von Herzen alles Gute und Liebe.

Mit gehorsamstem Handkuß Ihr Meier-Graefe

Gusti werde ich nichts davon sagen. Obwohl es ihn vielleicht rühren würde.

142 Meier-Graefe an Gustav Pauli

Julius Meier-Graefe

16 Rue Boissonade XIVe
Paris
30/XII [1911]

Lieber Pauli

Dein netter Brief hat mir viel Freude gemacht. Mein Guter, ich habe an diesen Gesinnungen nie gezweifelt. Es ist ja ganz klar, daß sich auch unsere Freunde immer zunächst an den Mängeln unserer Vorzüge reiben und wenn ich von der zweiten Sorte einige habe, die von der ersten sind reichlicher vorhanden. Überdies ist ja in unserem Beruf manches so schwer zu durchschauen. Man wird sich kaum über sich selbst klar, geschweige über andere. So ist es kein Wunder, daß Du über dieses oder jenes an mir skeptisch denkst und zumal, wie ich vermute, mein Temperament nicht richtig einschätzt, das eigentlich das eines sehr braven Spießers ist. Daß Du dem großen Ganzen meiner Wenigkeit nicht übel gesinnt bist, war mir längst klar. Aber es macht nichtsdestoweniger Freude, es in Deinen warmen Worten bestätigt zu finden.

Der Tod Tschudis hat mir einen rechten Schlag versetzt. Ich hatte ihn sehr gern und wir hatten ein eigenes Verhältnis miteinander, haben auch manches zusammen durchgemacht. Wer wird der Nachfolger werden. Man nannte u.a. auch mal Deinen Namen. Ich würde Dir nie raten, in die Lauseatmosphäre zu gehen, wo es Tschudi trotz sehr schneller Resultate schlimmer hatte als in Berlin. Sollte Dich aber doch der Ehrgeiz locken, so gieb mir einen Wink. Schwerlich wird man übrigens Tschudis Sache zerstören. Die Fortsetzung ist natürlich noch zweifelhafter.

Hab vielen Dank für Deinen Aufsatz. Du kriegst ihn wieder, aber erst nach einer Weile (wenn Du ihn nicht etwa in Bälde brauchst). Solltest Du zufällig ein Photo des *ganzen* Stichs von Marc Anton haben, so würdest Du mich sehr verbinden. Ich möchte gern den ganzen abbilden. Du mußt mir auch noch gelegentlich den Jahrgang und die N° der Monatshefte schreiben, damit das Zitat korrekt wird. Wenn Dir sonst noch was über Manet an Dokumentarischem einfällt, bitte ich um Hinweis.

Dein pp. Hartmann kenne ich nicht. Schreib doch der Verlagsanstalt daß sie zum Buchhändlerpreise (als Autor) ein Exemplar Deines opus schickt. Ich habe es nämlich nur flüchtig gesehen. Nach Bremen vielleicht im Frühling. Ich habe viel zu arbeiten. Der Manet wird gar nicht groß, aber es macht nichts mehr Arbeit als die Modifikation früher geschriebener Dinge.

Adieu, mein lieber Pauli. Dir und Magda alles Gute von uns beiden. Es ist niedlich, daß sich unsere Frauen so gut stehen. Rieke hat Magda sehr lieb. Von mir zu schweigen.

Dein gerührter M-Gfe

Bei Bernheims sah ich gestern einen sehr preziösen Liebermann aus 1880, der mir ganz unbekannt war. Sehr wertvoll. Sie fordern 20 000 fr.

143 Meier-Graefe an Gustav Pauli

Julius Meier-Graefe

16 Rue Boissonade, XIVe
Paris
8/I [1912]

Lieber Pauli
Vielen Dank für Deinen Liebermann und der Guldenkammer mit Deinen sehr schönen und warmen Worten über Tschudi. Was Du über ihn (namentlich 224 und 225) sagst, hat mir sehr gefallen. Es trifft das Wesentliche.

Über Deinen Liebermann habe ich Dir einen sehr langen Brief geschrieben und nicht abgeschickt, da ich, wie mir Rudi gestern schrieb, nach Bremen zu einem Vortrag kommen soll in 14 Tagen. (Es paßt mir schrecklich schlecht, ist auch recht unökonomisch wegen eines einzigen Vortrags. Aber die Freunde, Euch, liebe Bremer, zu sehen, überwiegt die bourgeoisen Bedenken). Du wirst in meinem Vortrag ungewollt die Basis alles dessen finden, was ich Dir auf 6 Seiten vorgekaut habe. Es handelt, erschrick nicht, von Kultur. Da Du mich so freundlich autorisiert hattest und ich in der Tat finde, daß man sich unter Freunden unbedingt die Wahrheit sagen und sich dadurch gegenseitig helfen soll, hatte ich mich zumal auf meine Einwände beschränkt. Die wesentlichsten stehen und fallen aber mit der Art des Buches und treffen Dich eigentlich nur insofern, als Du eben diese sehr bedenkliche Form akzeptiert hast. Du hast Dir gesagt, mache ich es nicht, so macht es ein anderer schlechter. Und so wäre es ja auch geworden. Damit meine ich nicht die Sammlung von Bildern in dieser Form. Deine Wahl scheint mir vortrefflich. Ich vermisse kein einziges wichtiges Bild. Im Text sind mir als Einzelheiten belangloser Art aufgefallen S. XIII, wo Du 1870 Feuerbach in Wien, Marées in Rom vermutest. Feuerbach ist, soviel ich weiß, erst 1873 nach Wien gekommen, Marées war 70-73 in Deutschland. Die Beziehung zu Munkacsy ist wiederholt angedeutet, kommt aber nicht genug heraus. Sie ist für Liebermann entscheidend, mindestens sehr wichtig gewesen (siehe die Munkacsy im Budapester Museum und im Hause von Nemes. Nebenbei solltest Du versuchen, Dir eine dieser ganz fabelhaften Skizzen schenken zu lassen. Nemes wäre vielleicht zu haben. Vielleicht wäre es auch gut gewesen, den mittelbaren Zusammenhang mit der Leibl Schule anzudeuten. Die Gänserupferinnen haben in der Leibl Schule Parallelen z.B. Hirths Bild im Breslauer Museum.

Was ich vor allem gegen das Buch einzuwenden habe ist der Titel. Man darf Leute wie Liebermann, noch weniger Uhde, Thoma, Schwind, nicht zu den Klassikern rechnen. Der Einfall eines Verlegers darf für Leute wie wir nicht bestimmend werden. Der einzige Grund, der diese Bezeichnung (Klassiker) rechtfertigt ist die Einsicht, Liebermann ist der beste bei uns. Das ist er sicherlich, und diese Tatsache motiviert die dicksten, ernsthaftesten Bücher, in denen man sehr viel Gutes über ihn sagen könnte, Dinge, die Du auch gesagt hast. Aber es geht nicht an, ihn zu den Klassikern zu zählen. Menschenskind, fühlst Du nicht, wenn Du das ganze Buch durchblätterst und an die Bilder die dargestellt sind, denkst, ein leises Unbehagen bei dem Gedanken, das soll klassisch sein? Dein Nachweis des Liebermannschen Klassizismus lahmt. Du schreibst, Du wollest verzichten, ihn an dem Wert anderer Klassiker zu messen und nennst solches Begehren dilettantisches Vergnügen. So? Glaubst Du das wirklich? Ja, wird dann Kalkreuth nicht auch ein bischen klassisch, nachdem es Uhde und Thoma schon sind, nicht schließlich auch Dein guter Vinnen ein ganz klein bischen! Wie willst Du werten, wenn Du den Vergleich als Dilettantismus abweisest? Wie willst Du irgend einen menschlichen Begriff ohne das feststellen? Wie willst Du einen greifbaren Begriff, der nicht dilettantische Willkür bleibt, feststellen ohne Hinsicht auf die Leute, die uns diesen Begriff geschenkt haben! Wenn nicht auf die Leute, mindestens auf die Dinge dieser Leute, was dasselbe ist. Na ich sehe schon, ich komme wieder auf 6 Seiten. Daß man auf andere Weise klassisch sein kann als Phidias oder Rubens, beweist schon der Unterschied zwischen diesen beiden, in dem die ganz Weite eines nicht an einen Stil gebundenen Begriffs liegt. Aber soll der Begriff irgend einen Sinn behalten, so muß sich mit ihm der *Umfang* verbinden, Umfang an Menschentum, an Perfektion der Qualitäten, vor allem Umfang an Wollen u.s.w. Diesen Umfang erzielt nicht die relative Ausfüllung eines Talents, das treu und redlich und mit Scharfsinn das tut, was es kann. Es gehört eine durchaus universelle Veranlagung dazu. Wir nennen nicht die Tüchtigkeit klassisch wenn wir von unseren Klassikern reden, sondern die gewaltige Harmonie in der alles umfassenden Auseinandersetzung des Individuums mit der Welt und ihren Fahigkeiten; nicht also daß das erreicht ist, was man will, das ist immer nur Talent, das nie klassisch werden kann; sondern daß das erreicht wird, was uns das Gefühl unbegrenzten Umfangs verleiht, das ist immer nur Genie.

Ich bitte Dich, lies meinen Aufsatz *Delacroix als Literat* in der Fischerschen Neuen Rundschau Juni 1910, ich habe das Heft leider nicht hier; wo ich über den Begriff des Klassischen manches gesagt und ihn Leuten wie Renoir, Cézanne, Manet abgesprochen habe und zwar auf Grund greifbarer Tatsachen. Doch ist der geistige Umfang dieser Leute viel größer als der eines Liebermann, der sobald man ihn aus Deutschland herausnimmt unweigerlich den Anflug eines Provinzialismus erhält. Wo kommen wir hin, wenn uns die Begriffe von Größe verloren gehen. Dann freilich wird Reinhart ein Kulturheld und Hofmannsthal zu einem Äschylos.

Tant pis für Deutschland, wenn Liebermann der größte Künstler ist. Das hat nichts zu sagen. Deutschland ist ein wandelbarer Begriff, und wir brauchen uns mit dem aktuellen nicht mehr als angängig zu identifizieren. Es wird sehr bedenklich, wenn wir auf die höheren Begriffe verzichten, aus deren Kultur wieder einmal Größeres entstehen kann. Wahren wir uns unsere Ansprüche, verflucht und zugenäht!

Ich habe trotzdem allen möglichen Respekt vor der derben nüchternen Sachlichkeit Liebermanns, habe vor ein paar Jahren ein großes Buch über ihn angefangen, habe es aufgegeben, weil es ohne seine unerbetene Beihilfe nicht zu machen war und werde es vielleicht einmal machen, wenn ich ihn überlebe und er mir nicht mehr hineinreden kann.

Aber dieser Respekt darf und kann nicht unbedingt sein. Wenn man Deiner tüchtigen Arbeit einen ernsthaften Vorwurf machen kann, ist es der, daß Du, gezwungen von dem Rahmen des Buches, diese Bedingtheit, die nützlich zu erweisen war, außer Acht gelassen hast. Mein Lieber, warten ist alles. Nicht willkürlich werden, wohlverstanden, sondern mit dem ganzen Apparat des Denkens und Wissens. Ohne Warten ist der ganze Apparat für die Katze und wir bringen uns um das einzige indiskutable Gut, das uns die Kunst gewährt.

Näheres mündlich, wenn ich in 14 Tagen komme und Du mir nicht böse bist. Aber das kannst Du nicht sein, denn Du verstehst wohl, daß ich Dir das alles nicht schreibe, um meine Prosa zu üben, sondern unserer Freundschaft willen, deren ich mich würdig erweisen möchte, so wie ich von Dir stets solche Beweise mit herzlicher Dankbarkeit empfangen werde. Na, das versteht sich von selbst.

Nun sind es richtig wieder 6 Seiten. Ach, solcher Briefe wegen möchte ich doch wieder in Deutschland sein. Jetzt möchte ich eine halbe Nacht mit Dir reden. Das kann man hier eben doch nicht. Grüß Magda vielmals von uns.

Dein Meier-Gfe

144 Meier-Graefe an Gustav Pauli

Julius Meier-Graefe

16 Rue Boissonade XIVe
Paris
13. I [1912]

Nein, mein Lieber, obwohl Du keine Antwort willst, die kann ich Dir doch nicht schuldig bleiben, wäre es auch nur um Dir den Zahn auszuziehen als schätzte ich nicht an Dir den tüchtigen Gelehrten und energischen Kunstfreund. Reden wir nicht von dem albernen Fritzen, der Dich leichtsinnig nennt. Man ist doch an stärkere Dosen gewohnt.

Aber eben weil ich Dich so schätze und sehr wohl weiß, wie klar Dir der Unterschied zwischen Vinnen und Liebermann ist, habe ich Dich auf eine Überlegung festnageln wollen, die Dir nicht sehr wichtig erscheint und mir gerade ungeheuer viel bedeutet.

Gebe Dir nicht recht, daß man Greco und Velasquez nicht vergleichen kann und behaupte, daß es höllisch bequem ist, das alles als Tatsache hinzustellen. Alles läßt sich vergleichen, nur kommt es auf den Standpunkt an, von dem aus das geschieht. Und hätte ich zum Beispiel gegen den Realismus des Velasquez die Mystik Grecos ausgespielt, so hättest Du recht. Das ist mir aber nicht im Traume eingefallen. Bei der historisch feststehenden Beziehung zwischen Velasquez u Greco und angesichts der Tatsache, daß sich Velasquez in seinen Bildnissen der Mittel Grecos bedient resp. zu bedienen versucht hat, daß er zu Greco wie zu einer »Bibel der Malerei« aufblickte, ist es wohl angängig, zu untersuchen, was er in der Bibel gefunden hat. Meine ganzen Darlegungen in der Spanischen Reise beruhen aber gar nicht auf dem Vergleich der beiden, und auch mein Erlebnis ist von den Erfahrungen in Sachen Grecos ganz unabhängig. Der Vergleich, zu dem ich auf die natürlichste Weise von der Welt kam, da ich den einen neben dem anderen fand, unterstützt höchstens meine Argumente, ist aber durchaus nicht der Ausgangspunkt meiner Ansicht. Diese hält sich vielmehr lediglich an die in Velasquez selbst liegenden Probleme, seinen Illusionismus, seinen Farbensinn, sein Verhältnis zur modernen Kunst und zur alten Kunst. Alle Argumente aber freilich beruhen auf dem Vergleich. Der entscheidenste Vergleich erscheint mir der des großen Karls V. Tizians mit den Reiterbildnissen des Velasquez. Dabei ergiebt sich nach meiner Ansicht alles, was gegen V. zu sagen ist.

Na, wir reden wohl noch diverse Male über diese Dinge. Hoffentlich wird etwas aus meiner Bremer Sache, ich habe nichts weiter gehört. Daß Magda nicht da ist, nimmt meiner Reise schon sehr viel. Kannst Du zum Beispiel nicht zu dem Vortrag kommen, so kann ich auch nicht. Schließlich ist man kein bezahltes Maultier für Frau Meier und Frau Lehmann. Nichtsdestoweniger hoffe ich auf ein Wiedersehen

Dein M-Gfe

Der Bernheimische Liebermann ist bei Dir S. 42 abgebildet.

145 Meier-Graefe an Gustav und Magda Pauli

Nikolassee bei Berlin
Tg: Meiergraefe Nikolassee
Tf: Wannsee 164
8 / XI [1915]

Liebe Magda, lieber Pauli
Ihr lieben Menschen, laßt Euch für die guten Worte an uns und alles Gute was Ihr für Rieke gehabt habt, die Hände küssen und drücken. Gott weiß, wie dankbar ich bin, so gute Freunde zu haben. Das war die Geschichte in Sibirien wert.

Mir ist es in Sibirien im Grunde sehr gut gegangen. So ein Alkohol- und si j'ose m'exprimer ainsi samenfreies Dasein hat auch etwas. Man veredelt ins Aschgraue, erinnert sich an seine Kindheit, wo man schließlich auch so lebte, wird einfach und bescheiden und lernt mit den größten Schafköpfen mit Milde umzugehen. Ich war immer gesund, wurde dagegen recht elend, sobald ich die Freiheit wieder hatte und tobte heute vor 8 Tagen in 41,2 Grad Fieber herum. Jetzt geht es wieder besser. Mein Gesicht sieht noch etwas buntscheckig aus. Ich glaube, ich bin sehr hart am Fleckentyphus vorübergehuscht. Nun fange ich an, mich in Europa wieder einzugewöhnen. Rieke – na Ihr könnt Euch das alles nicht vorstellen. Man lebt ein sonderbares Dasein als Gefangener, immer nur mit Ideen. Auf dem Bahnhof küßte ich außer Rieke und Math König und Lilly Behrens, die mich abholten, auch verschiedene fremde Damen ab, die gerade da standen.

Nun habe ich zunächst kein anderes Ziel als unseren armen Leuten in Sibirien zu helfen. Will sehen, was sich tun läßt. Ein bischen was hoffe ich zu erreichen.

Natürlich kommen wir in absehbarer Zeit nach Hamburg. Ich habe große Sehnsucht, Euch wiederzusehen

Rieke grüßt vielmals Euer Ju

146 Meier-Graefe an Gustav Pauli

MAREES-GESELLSCHAFT
Leiter: J. Meier-Graefe, Dresden

Dresden, Sedanstr. 39
den 24/XI [1918]

Lieber Pauli Danke Dir herzlich. Weißt Du, es ist ja natürlich, man kommt unwillkürlich in den Geruch der Snobdienerei, *auch vor sich selbst.* Aber der Gedanke, der jetzt realisiert wird, datiert vom Todesjahr Tschudis, das auch zum Todesjahr meiner schönen Idee vom Marées-Museum wurde. Erzähle Dir mal. Jetzt bekam ich die Mittel, deshalb wurde es jetzt gemacht. Es ist mir eklig genug, die gute Konjunktur mitzumachen. Gerade deshalb liegt mir an Menschen wie Dir, ganz abgesehen von unserer persönlichen Beziehung. Es giebt wirklich Sachen, die ins Museum gehören, wie die Cézanne- und die Skizzenmappe. Ich danke Dir, daß ich Dir die Drucke reservieren darf. Weiter will ich ja gar nichts. Du bist frei, nachher alles zurückzuweisen, schädigt uns in keiner materiellen Hinsicht. Die Sachen gehen ab wie warme Semmel.

Luxuriose Ausstattung der Drucke giebts nicht. Die Skizzenmappe ist auf die Originalpapiere gedruckt, Cézanne auf China, das wir noch vor dem Kriege gekauft hatten, und finde an Shakespeare das obligate Japan unentbehrlich. Wir machen die Sachen anständig, aber ohne jeden Protz. Ganz einfache Passepartouts und Mappen, trotzdem heillos teuer, liegt an der Zeit. Diese Sachen alle in ganz einfachem sachlichen Gewand. Anders stehts mit unseren Büchern. Da ist äußerster Luxus gerade gut genug. Du wirst in der nächsten Serie ein Buch ganz in Kupferstich, gedruckt auf *alles* Japan-Bütten, die Suiten auf japanische Papiere des 17. Jahrhunderts erleben, fabulös. Für Bibliophilen. Macht Spaß. Werde Dir nie raten, so was zu kaufen, hat trotzdem als *Handwerk* seine Bedeutung. Natürlich müssen wir den Snob benutzen. Ohne den geht bei uns nichts, so wenig wie ohne die Juden. Die Hauptsache, daß durch diese Benutzung etwas Schönes zustande kommt, das der Allgemeinheit nutzt. Am liebsten machte ich die Sachen 2000 Mk für die Bibliophilen, 3 Mk für die anderen. Aber schon wenn man so eine Mappe Cézanne für 250 Mk herausbringt (nur möglich, weil sich 50 Leute finden, die über das doppelte zahlen) nutzt man.

Ja, stimmt, die Fälschung. Jedes Ding hat zwei Seiten. Der Degas aus meinem Germinal ist 2 mal im Drouot, einmal bei Lepke als Original verkauft worden, trägt aber deutlich rechts unten den Stempel. *Jedes unserer Faksimiles trägt den Blindstempel*, der sich nicht entfernen läßt. Trotzdem werden Schweinereien passieren wie bei allen guten Kopien. Aber sieh die andere Seite: Es giebt nicht viele Aquarelle Cézannes und sie sind teuer. Der ästhetische *Genuß* ist absolut gleich. Für 25 Mk hast Du so ein Blatt. So ein Kabinett mit 10 Drucken ist schon etwas unerhört Schönes. Nobler wäre, noch 100-200 mehr zu ziehen um billiger zu sein. Erstens eine rasende Arbeit. Ich bin schon von 200 Drucken vollkommen verblödet, wenn ich die Kontrolle hinter mir habe. Zieht man mehr, ist die absolute Perfektion nicht mehr zu schaffen. Daneben selbstverständlich die Einsicht: der Amateur liebt kleinere Auflagen. Ich gebe es Dir ehrlich zu. Ohne das Liebhaber-Laster geht nichts in diesem Genre.

Wäre froh, Dich mal hier zu haben. Der gute Seidlitz ist arg alt geworden, und seine Frau hockt wie eine Norne im Stühlchen. Lehrs und – Gattin noch nicht gesehen, reiße mich nicht. Im übrigen eine himmlische Stadt. Blieb gerne ganz hier.

Grüß Magda. Vom 10. XII an bin ich ein paar Wochen bei Lutz in Berlin

Dein Meier-Gfe

147 Meier-Graefe an Fritz Wichert

Berlin W.
Genthiner-Straße 13 Villa J
26. X. 09

Sehr geehrter Herr!

Ich gratuliere Ihnen zu Ihrem sehr rationellen Projekt. Es ist mit den Mitteln, die Sie zur Verfügung haben zu realisieren, denn ich bilde mir ein, Sie werden mit den Privatmitteln leicht auf 100 000 Mk kommen. Dafür kann [man] mit einigem Glück in 10 Jahren hundert Bilder allerersten Ranges haben; mit besonderem Glück noch mehr. Ich bin gern bereit Ihnen meinen Rat zu geben u Ihnen bei der ersten Ausstellg zu helfen. Ob ich es für die Zukunft kann, wird nur von Ihnen abhängen, ob Sie – verzeihen Sie, daß ich Ihnen das offen sage, Ihrem Programm *rücksichtslos* treu bleiben. Es gehört dazu sehr viel persönliche Einsicht, wie Sie wissen. Die Marktfrage ist immer die geringere Schwierigkeit.

Um uns darüber zu verständigen u gleich die Ausstellg zusammenzubringen, müßten wir uns in Paris treffen. Ich komme am 8. Nov. hin, um die Marées Ausstellg einzupacken im Herbst-Salon (Grand Palais) den man (an) diesem Tage schließt. Ich werde einen Tag zulegen und zu Ihrer Verfügung sein, sagen wir am 10. Ich halte es für richtig an [sic], daß Sie bis dahin in Paris sich umsehen, aber keine Schritte thun bei den Händlern, die selbst mit Empfehlungen kaum zu haben sein werden. Das müssen wir mündlich zusammen thun, und dann werden wir in einem Nachmittag mehr erreichen als Sie allein in vielen Tagen. Wollen Sie es doch versuchen, so will ich Ihnen gern für Durand Ruel, Bernheim u Vollard Briefe geben.

Ich nehme an, daß Sie die Materie kennen, also den Louvre (Thomy Thiery, Sammlg Moreau eingeschlossen) und die Privat-Sammlg von Durand-Ruel. Sollte Ihnen letztere, die natürlich sehr wichtig ist, nicht bekannt sein, so brauchen Sie nur D.R. meine Karte, die ich beilege zu geben. Ich rate Ihnen auch D.R. zunächst nichts von Ihrem Plan zu sagen. Die Sache ist für Mannheim nicht ganz einfach und wir müssen sie ein wenig diplomatisch anfangen. Auch Vollards sogenannte Privatsammlg sehen Sie sich bitte an. Auch für ihn liegt eine Karte bei. Wenn Sie also etwa am 4. in Paris sind, werden Sie bis zum 8. leicht eine Übersicht haben. Wir treffen uns dann. Vielleicht sagen Sie nur, wo Sie wohnen.

Die Bilder für Ihr Museum werden kaum, abgesehen von den Ihnen vielleicht geschenkten, bei den Händlern sein, denn diese Preise übersteigen natürlich Ihr Budget. Die Austllg läßt sich aber nicht ohne sie machen.

Nun darüber mündlich

Ihr ergebener J. Meier-Graefe

148 Meier-Graefe an Fritz Wichert

Julius Meier-Graefe

Berlin W.
Genthiner-Straße 13 Villa J
31. XII. [1909]

Lieber Herr Wichert!
200 000 Mk – das ändert allerdings die Situation mächtig. Nun verhehle ich Ihnen nicht meine Abneigung gegen den Renoir, der sicher kein prima Stück ist, sonst würde ich ihn kennen und gegen den Monet, der nach m. A. nicht zur Wahl gestellt werden dürfte, wenn nur einigermaaßen Mittel da sind. Mit 200 000 Mk ist folgendes zu machen: Vor allem die Hinrichtung. Sie besitzt Denys Cochin, aber nur dem Namen nach. In Wirklichkeit ein Konsortium mit den Bernheims. Ich habe mit Cassirer gesprochen. Er behauptet das Bild zu dem sehr bescheidenen Preise von 100 000 fr kaufen resp. *Ihnen verkaufen* zu können. Gefordert würde viel mehr. Könnte aber er (Cassirer) das Bild fest kaufen für Sie, so bekäme er es für den Preis für Sie. Ich sagte ihm, ohne Kommission könnten Sie natürlich nicht und redete ihm zu, das Bild zu erwerben, mit dem er nie sitzen bleiben würde. Antwort, er habe viel Mittel fest. Wenn er aber z.B. den Daumier (Drama) loswürde, könnte er's machen. Ich sagte, Sie würden sicher gern das Drama kaufen, wenn nicht die natürliche Rücksicht auf Tschudi wäre. Sie dürften ihn nicht autorisieren, Tschudi die Kabinettsfrage zu stellen, das sei unkollegial. Habe Tschudi bestimmte Aussicht, so müsse er freie Hand haben. (Ich denke das entspricht Ihren Ansichten, ich selbst kann auch Tschudi gegenüber nicht anders.) Cassirer sah das ein und will nun in den nächsten Tagen mit Tschudi reden, da er sowieso nach München zu seiner Tochter fährt, am zweiten. Willigt Tschudi ein, so machen Sie mit Ihrer Kommission zunächst mal das Drama fest, das natürlich eine ganz fabelhafte Acquisition ist. Willigt die Kommission ein, so kauft Cassirer die Hinrichtung und schickt sie Ihnen ohne Risico für Sie. Dann haben Sie zwei Bombenbilder für 120 000 Mk dazu den Courbet 10 000.

Statt des faden Monet würde ich das Hafenbild Manets nehmen für 40 000[,] Cassirer verlangt 50 000. Wenn sie aber ein so großes Geschäft mit ihm machen, muß er Ihnen die 3 Bilder zu 160 000 geben. Dann behalten Sie noch 30 000 übrig, wenn es klappt. *Eventualvertrag* mit

Cassirer (daß Sie die drei Bilder zu 160 000 bekommen) machen! Ich denke, das ist zu erreichen.

Was geschieht nun mit den 30000? Ich sagte Cassirer, Sie wollten die Kreuzfahrerskizze erwerben u ich finde das sehr gut. Darauf sagte C. sie sei nicht – echt! sondern eine Kopie von Andrieu. Durand Ruel u.a. hätten das *festgestellt.* Ich verhehle Ihnen nicht, daß mir Feststellungen durch Händler immer dubioser Art sind. Es giebt nur eins: nehmen Sie das Bild und schicken Sie es an Moreau Nélaton Rue du faubourg St. Honoré. N° weiß jeder Emballeur in Paris. Bitten Sie M.N. um eine Bestimmung, ohne ihm näheres zu sagen. Natürlich müssen Sie erst die Autorisation bekommen haben. Diesem schreiben Sie wohl. Vielleicht fragen Sie auch Tschudi. Ich habe die Skizze nur 2 mal gesehen und nie an der Echtheit gezweifelt, würde es aber für verkehrt halten, daß Sie ein angezweifeltes Bild erwerben ohne sich gründlich zu sichern. Ich glaube für meine Person bei nochmaliger gründlichen Untersuchung sagen zu können, ob die Skizze echt ist oder nicht. Moreau Nélaton ist aber jedenfalls eine sichere Autorität für Delacroix.

Totenecht sind die Löwen, aber schwieriger durchzudrücken. Nun bliebe für die 30 000 der Ausweg, daß Sie das Ackermann'sche Stillleben von Manet erwerben, das nur aus Versehen (so sagt Cassirer) frei zurückgeblieben ist. Ob es A. für 30 000 gäbe, weiß ich nicht. Cassirer kann sich vielleicht mit ihm arrangieren, wenn Sie ihm für die 4 Bilder 190 000 Mk bieten, das ist ein schönes Stück Geld. Jedenfalls wäre das nach meinem Dafürhalten eine ideale Kombination.

Hat den Nachteil, Durand Ruel nicht zu befriedigen. Das würde, versprach Cassirer, er auf sich nehmen. Der Blumenkohl Renoirs schwebt mir als mäßig vor und ist aus sehr späten Zeit, dagegen die Blumen vielleicht. Unendlich viel vorteilhafter wäre der Renoir, den ich im Kopfe habe. Ich habe vor 5 Tagen an Romanelli geschrieben, ob er das Bild noch hat oder haben kann. Jedenfalls warten Sie darauf, wenn ich raten darf. Es habe den Vorzug, keine Kommission abzustoßen, war *sehr schön.* Nun Sie haben ja Zeit genug. Inzwischen wird Cassirer mit dem »Drama« operieren, Sie mit der Kreuzfahrerskizze, wegen der ich übrigens selbst an Ackermann schreiben werde, wenn ich seine Adresse bekomme.

Keinesfalls würde ich den Buveur kaufen, noch weniger den Feuerbach, viel zu früh und ledern u heillos theuer.

Die van Gogh'schen Bilder sind auch nicht zu haben, sagt Cassirer. Freilich diese Platane … !!! Aber die läßt Tschudi nicht durch.

Nun das allgemeine: Doch es kommt absolut auf die Qualität an. Kompromisse kann man nur so machen, daß man einen Künstler wegläßt, nicht aber ein mäßiges Werk eines Künstlers kauft, noch weniger einen guten Künstler durch einen schlechten ersetzt. Mit 200 000 Mk können Sie auf einen Schlag ein paar europäische Bilder bekommen und sind sofort obenan. Sehr wichtig für die ganze Zukunft! So etwas markiert sowohl für Ihre eigene Zukunft, für Ihre Leute und für die Mitwelt in Paris u in Deutschland.

Ist Ihr Fritze partout gegen Renoir, so keinen Renoir.

Bei Durand Ruel weiß ich keinen prima Monet, aber prima Renoir. Sehen Sie, sehen Sie, [sic] Sie haben doch nicht gute Renoirs genommen. Ich warnte Sie. All dieser Landschaftskram, Sisley u Konsorten hält nicht. Manet, Renoir, Cezanne, Degas! le reste ne vaut pas le mot de C.

Übrigens Degas! Können Sie Durand Ruel nicht mit Degas abspeisen. Aber wie gesagt, das Abspeisen besorgt eventuell Cassirer. Nur nicht das als Direktive nehmen.

An den Courbet erinnere ich mich. Er geht sehr gut, ist das Bild, das ich meinte.

Also eventuell Manet Exécution de l'E. M.
Monet Hafen
Daumier Drama
Manet Stillleben (zusammen) 190 000
Courbet 10 000

Wissen Sie, Nicht-Handeln ist Faulheit. Verlangen Sie doch, daß Cassirer noch den Delacroix zu 8 000 dazuthut.

Also Manet Ex.
Monet Hafen
Daumier Drama
Monet Stillleben
Delacroix Löwen (zusammen) 190 000

Sagen Sie nicht, daß ich Ihnen zugesagt habe!!! vous comprenez.

Immer Eventual-Vertrag mit Cassirer.

Oder Manet Execution
Monet Hafen
Daumier Drama (zusammen) 160 000
Delacroix Löwen 5 000
Renoir der neue 15 000 (?)
Courbet 10 000

Blieben noch 10 000 für Durand Ruel übrig
Ich beneide Sie doch!
Seien Sie klug und ruhig!

Prosit Neujahr Ihr MG

Sylvester 11 Uhr

149 Meier-Graefe an Fritz Wichert

Julius Meier-Graefe

Berlin W.
Genthiner-Straße 13 Villa J
22. I [1910]

Lieber Herr Wichert
Hoffentlich bekommen Sie die Erschießung. Gehen Sie ruhig zur Not bis 100 000 fr. Es ist eine herrliche Qualität. Und das Drama Daumiers, wenn es Tschudi hergiebt. Erkundigen Sie sich, wo der Roi Rodrigue, von Delacroix, aus der Vente Cheramy hingekommen ist. Vollard dürfte es wissen. War auf der Vente spottbillig. Zu 10000 fr ist er es auch noch, auch zu 15 000. Außerdem hatte Cheramy zwei sehr schöne Corots. Die Landschaft Genzano und den Homme en armure. Auch der H. Sebastian war prachtvoll. Alle drei sind verhältnismäßig billig verkauft worden. Auch viele andere herrliche *Delacroix* waren bei Cheramy. Auch Tschudi könnte vielleicht für die Pinakothek daran denken. Sagen Sie bitte Tschudi, daß 2 Karten für ihn im Grand Hotel liegen, da er mir diese Adresse angegeben hatte. Schreiben Sie Romanelli 8 Rue Claude Chahut, ob er den Renoir hat u Sie ihn ansehen können. War nach meiner Erinnerung glänzende Qualität und war zu 20 000 fr. billig.

Besten Gruß Ihr M-Gfe

150 Meier-Graefe an Fritz Wichert

Nice 11/XI [1910]

Lieber Herr Wichert
Ich komme Montag Mittag 1,19 durch Mannheim. Fahren Sie doch ein Stückchen mit. Ich habe Ihnen etwas Intressantes zu erzählen. Ich sitze in dem durchgehenden Wagen von Genua resp. Vintimille nach Berlin (I. Kl.)

Besten Gruß Ihr Meier-Graefe

151 Meier-Graefe an Fritz Wichert

Palast Hôtel
[Briefkopf des Hotels mit Bild]

Berlin-W.9.
Potsdamer- und Leipziger Platz
16/XI [1910]

Lieber Herr Wichert
Ja, es war dumm, daß wir uns nicht sehen konnten, aber die interessante Sache, die ich Ihnen mitzuteilen hoffte, ist inzwischen leider negativer Art geworden. Man hatte mir von einer Medea Delacroix' in – Genua gesprochen, die ich gut kannte. Ich komme hin, aber das Bild ist schon vor einem Jahr an Duveen für ein Butterbrot verkauft worden. Zu spät. Leider geht Ihnen auch der Renoir durch die Binsen. Romanelli schreibt mir soeben, daß er das Bild für einen wesentlich höheren Preis einem Pariser Amateur verkauft hat. Immer die alte Geschichte. Zugreifen können, wenn die Gelegenheit da ist. Sie bekamen das Bild für 25000 fr., wenn ich hätte ja sagen können. Na, es wird schon mal etwas anderes kommen.

Mit Budapest einverstanden. Es ist natürlich das einzig Wahre, daß Herr v. Nemes nicht weiß, warum ich komme. Schreiben Sie ihm bitte, daß ich in der nächsten Woche gegen Mittwoch komme und mir seine Sammlung genau ansehen möchte. Sie haben mir davon erzählt, voilà tout. Ich möchte zunächst in aller Ruhe mir eine feste Meinung über das Ganze und das Einzelne bilden. Liegt der Fall so, daß zwischen dem nach meiner Meinung gültigen Wert und der Forderung eine ganz unüberbrückbare Differenz liegt, so hat es keinen Zweck daß ich meine Rolle weiter ausdehne. Steht es aber so, daß man darüber reden kann, nun so werden wir uns telegraphisch verständigen und ich würde dann versuchen, den Mann zu einer vernünftigen Offerte zu bringen. Bei der Taxierung werde ich, wie das immer geschieht, Grenzwerte feststellen und dabei an unsere Besprechung in Paris denken. Ich meine, es wird uns niemand einen ernsten Vorwurf machen, wenn wir uns etwa um 20% von einer sehr pessimistischen Schätzung entfernen; wenn wir also z.B. auf 2 Mill. 400 000 Mk im ganzen kommen, während eine sehr enge Schätzung nur 2 Mill. ergiebt. Diese Differenz können wir uns selbst gegenüber mit dem Hinweis auf die Psychologie des Käufers vertreten und sie wird uns nie von anderen zum Vorwurf gemacht werden. Dagegen darf über diese Grenze unter keinen Umständen hinaus gegangen werden ohne den Käufer zu informieren. Will er dann doch kaufen, ist es seine Sache. Ich meine, so ist es vernünftig.

Nun Tschudi. Eine Garantie, daß er mitkommt, kann ich nicht übernehmen, aber ich will alles, was menschenmöglich ist, versuchen, um ihn zur Mitreise zu bestimmen. Da wir gute Freunde sind, wird er es tun, wenn er überhaupt kann. Ich nehme natürlich an, daß ihm seine Kosten ersetzt werden. Das könnte durch Ihr Museum geschehen. Es wird sich ja nur um eine Bagatelle handeln und Herr Lanz ersetzt sie dann dem Museum. Ich werde Mittwoch früh in München bei Tschudi sein, und es wäre vorteilhaft, wenn Sie ihm Montag einen Brief schrieben, in dem Sie ihn bitten, dem Museum den großen Gefallen zu erweisen und meine Bitte zu erfüllen. Die Kosten würde das Museum tragen. Es würde sich um eine rein private Äußerung handeln, Sie verbürgen ihm, daß seine Meinung nie publik werde. So, denke ich, wird es am besten sein. Kommt er trotz aller Bitten doch nicht mit, so können Sie jedenfalls in einer Hinsicht ganz sicher sein: meine Schätzung wird mit oder ohne ihn so zutreffen, wie es überhaupt nur möglich ist. Denn ich bin mir natürlich der Verantwortung bewußt. Es kann mir natürlich einmal bei einem Leibl die Bestimmung Mühe machen. Solche zweifelhaften Fälle werde ich ganz einfach bei Seite stellen. Nach Ihrer Liste sehe ich solche Fälle übrigens nicht voraus. In der Qualität dagegen werde ich mich sicher nicht irren. Sie könnten übrigens so gut sein, mir eine Liste der Bilder mit dem Bemerken, wie weit sie kunsthistorisch festgestellt sind, zugehen lassen; auch eventuell mit Ihren Bemerkungen.

Wie lange ich brauche kann ich noch nicht sagen. Ich meine aber in etwa 4 Tagen die Sache erledigen zu können. Es wird wohl kaum Schwierigkeiten machen, die Bilder wenn nötig deplazieren zu können.

Ich schreibe nun heute an Tschudi, ob er Mittwoch in München ist und gebe Ihnen sofort Nachricht, sobald ich Antwort habe.

Die 2000 Mk bitte ich an die Nationalbank Potsdamerstraße 22 b Berlin W auf mein Konto einzahlen zu lassen.

Besten Gruß Ihr M-Gfe

152 Meier-Graefe an Fritz Wichert

Julius Meier-Graefe

248 Bd Raspail
2/XII 10

Lieber Herr Wichert
Ich bin gestern zurück gekehrt. In den 4 Tagen in Pest habe ich mir die Bilder sehr genau angesehen und viele ohne das störende Glas. Wird die Sammlung zu 2 Mill. oder etwas darüber erworben, macht der Käufer einen recht guten Kauf. Wie weit er darüber gehen will, ist seine Sache.

Nemes ist ein Typ, ziemlich wahllos in seinen Mitteln und mit Vorsicht zu behandeln. Die blödsinnige Übermalung des einen Greco war richtig paprikahaft. Er wird Ihnen wer weiß was über diese Übermalg erzählen, wie er mir noch angesichts der Operation immer wieder vorredete, das sei nur der »Galerieton«. Der Restaurator Bär weiß Bescheid und ist zuverlässig. Terey ist von seltener, na sagen wir, Passivität und ein charmanter Mensch.

Ihrem Telegramm gemäß habe ich keinerlei Andeutungen über meine Mission gemacht. Auch Nemes tat so, als denke er nie daran zu verkaufen. Die Gutachten habe ich gesehen.

Schon in Berlin wurde mir von Hatvany gesagt, ich ginge mit Tschudi nach München [gemeint ist: Pest] um die Samlg Nemes zu expertisieren. Ich stellte es natürlich in Abrede. Wie die Leute das herausbekommen haben, ist mir rätselhaft.

Halten Sie mich bitte auf dem Laufenden.

Ihr Meier Gfe

153 Meier-Graefe an Fritz Wichert

Bd Raspail 248
13/XII [1910]

Lieber Herr Wichert
Haben Sie meinen Brief nebst Expertise erhalten, ich würde gern hören wie Sie darüber denken. In mehreren Budapester Zeitungen sind phantastische Interviews über mich erschienen – ich weiß nicht ob N. [Nemes] dahinter steckt. Brauche Ihnen nicht zu sagen, daß sie Schwindel sind.
Besten Gruß Ihr MG

154 Meier-Graefe an Fritz Wichert

Berlin W.
Genthiner-Straße 13 Villa J
25/III [1911]

Lieber Herr Wichert
Das sind ja recht angenehme Verhältnisse. Aber ich weiß nicht, ob ich es bedauern soll. Der Brief, den Ihnen Cassirer geschrieben hat, hilft vielleicht, und man kann in dem Stil noch allerlei machen. Aber, lieber Herr Wichert, benutzen Sie, wenn ich mir erlauben darf, Ihnen einen Rat zu geben, die Gelegenheit, um sich ernstlich klar zu werden, ob Sie wirklich in Mannheim eine vernünftige Thätigkeit finden. Ich gestehe Ihnen, ich werde ein rechtes Unbehagen nicht los, denke ich Sie mir weiter im ewigen Kampf mit solchen Miseren. Ist es nicht vielleicht schade? Sie haben mir vielleicht nur in einer momentanen Wut die Absicht kundgethan, zu gehen. Ich weiß nicht, ob es nicht das einzig richtige wäre. Sie sind kein Tschudi. Ich möchte Ihnen damit eine Schmeichelei sagen, ohne Tschudi unrecht zu thun. Tschudi gehört zu den seltenen anständigen Menschen, deren Produktivität gerade mit den mehr gesellschaftlichen Anforderungen[,] dem Hin u Herreisen, der Sammlung u Ordnung genug findet, um seine Unbestechlichkeit, Klugheit u.s.w. zu bethätigen. Er könnte nichts anderes gleichgut machen. Können Sie das, haben Sie diese Klugheit? und könnten Sie nicht mehr? Sehen Sie mal wie viel notwendiger als eine Sammlung in Mannheim wäre der kluge und mehr als

kluge Schriftsteller, der anständige Kunstbücher schriebe. Es giebt keinen einzigen. Ich bin so solo, daß es mir manchmal unheimlich wird und meine doch: so, nur so wäre aus dem immensen Interessenfundus etwas Nützliches zu schaffen. Das Judentum ist auch in der Kunstschriftstellerei sehr fix zur Hand. Ideen, die man mit aller Bedingtheit vielfältiger Beziehungen ausspricht, werden im Handumdrehen Cliché, aber die Selbstständigen, die *ihre* Organisationen, nicht das was sie mit Sammelbüchern zusammen organisieren, sehen lassen, giebt es nicht einen. Dazu bodenlose Verlogenheit, Hehlerei, Stehlerei etc und strotzende, protzende Dummheit. Sollten sie nicht besser gute Bücher und Aufsätze schreiben können? Ich habe sie ja früher nur einmal gesehen, aber habe so sehr den Eindruck, daß Sie sich enorm entwickelt haben, daß es wohl nicht zu gewagt wäre, Ihnen ein glänzendes Horoskop zu stellen. Freilich ein materiell entsetzlicher Beruf, selbst bei sehr hohen Honoraren; nur lukrativ, wenn man schwindelt. Die Arbeit ist für den Menschen, der sich an der Kunst entwickelt, so ungeheuer, daß man nur wenig fertig bringt. Ich sitze trotzdem ich das zehnfache Quantum an Arbeit zu leisten vermag als der gewöhnliche Piefke, fünf Jahre an dem Marées, das wissen Sie alles; aber ich möchte Ihnen bei der Gewissensfrage, die Sie sich sehr sicher täglich stellen, ein wenig helfen. Kommen Sie in Mannheim nicht zur ordentlichen Thätigkeit, dann würde ich gehen. Nun muß ich aber sagen, ich halte es nicht gerade für nötig, daß Sie gehen, wenn Sie mit dem Museum nichts erreichen können. Ihr Kompromiß wäre nur dann verwerflich, wenn Sie außer Ihrer nicht erfolgreichen Direktoren-Thätigkeit nicht eine andere unbedingt einwandfreie betrieben. Sie werden ja immer das Museum auch ohne erbitterten Kampf noch besser machen als Herr X u Y. Aber könnten Sie sich nicht einfach die Sache wie den bewußten Bibliotheksposten des Dichters einrichten, der eben Nebenbeschäftigung treibt? Das Museum machen wie Bethmann das Reich und im übrigen tüchtige Dinge schreiben, in denen Sie die Konsequenz nachholen.

Geht das nicht, dann, glaube ich, müssen Sie die Kabinettsfrage stellen, denn Leute wie Sie dürfen nicht unter die Räder des Provinz-Omnibus kommen. Ich weiß nicht, wie Sie organisiert sind? Vielleicht könnten Sie den Gehalt von der Frankfurter Ztg als Feuilletonist bekommen und doch genug Freiheit haben, unfeuilletonistische Dinge zu schreiben. Es ist ein himmlischer Beruf, der unsere, wenn man nicht verhungert. Aber er ist eben kostspielig; erstens weil man sich rasend verwöhnt. Leute, die wirklich mit den Sinnen die Kunst aufnehmen, werden auch wenn sie das Sinnlichste noch so sehr ethisch verwerten, bis zum gewissen Grade Lebemenschen, das ist nun mal so und ganz normal. Und dann zwingt der Beruf zu sehr kostspieligen Reisen, wenn man nicht wie Scheffler versimpeln und verkommen will in unserem gesegneten Lande.

Seien Sie mir nicht böse, daß ich Ihnen das alles so à la Papa schreibe. Ich möchte so gern Ihnen helfen und zwar nicht Ihrer selbst wegen, sondern Ihres Talents wegen, das ich ja freilich nur ahne. Wissen Sie, Leute, die die Kunst nicht wie eine in einem Kasten separierte Sache, sondern wie ein Lebensorgan betrachten, sind so enorm selten; und dann werden sie auch noch gewöhnlich Philosophen oder Nationalökonomen. Wenn sie nur leben können, das ist wichtig.

Adieu, mein Lieber, gute Ostern! ich fahre heute nach Schlesien, bin Dienstag wieder da.

Ihr Meier-Graefe

155 Meier-Graefe an Wilhelm Lehmbruck

16 rue Boissonade
Paris 10/XI [1911]

Sehr geehrter Herr
Ich bestätige Ihnen gern, daß ich Ihre stehende Frauenfigur, die Sie für Duisburg bestimmt haben, für eine vortreffliche Arbeit halte, durchaus wert, in einem Museum ihren Platz zu finden.

Mir ist, wie ich Ihnen gesagt habe, Ihre neuere halbkniende Figur, die das beste Stück der Plastik im diesjährigen Herbstsalon war, noch lieber, weil sie den Ihnen eigenen Stil mit noch größerer Bestimmtheit ausdrückt. Aber ich kann mir nicht verhehlen, daß dieses Werk schwerlich, eben seiner hohen Originalität wegen, die Stimmen einer Ankaufskommission zu vereinigen mag, während die andere Gestalt mit ihren, auch von Laienaugen erkennbaren, schönen Eigenschaften eigentlich jedermann nach einer kleinen Zeit aufmerksamer Betrachtung gefallen muß. Sie hat außerdem den großen Vorzug, leichter in Marmor ausgeführt werden zu können.

Man könnte Ihrer Vaterstadt nur gratulieren, wenn sie mit diesem Werk einen vielversprechenden Anfang machte, und meine das durchaus nicht, weil Sie Duisburger sind, sondern in so echter Schätzung Ihres Werkes, das überall neben den besten Arbeiten unserer Zeit mit Ehre bestehen kann.

Ihr Meier-Graefe

Herrn W. Lehmbruck
127 Ave du Maine

156 Meier-Graefe an Wilhelm Hausenstein

Piper & Co Verlag, München

München, den 28. 12. 21
Römerstr. 1

L. H.
Ich habe Ihre Gotiker gelesen (Bild I) und auch Ganymed – Uff! Ihre Gotiker sind nun mal nicht die meinen. Eben das Biegungslose, das Sie mit Recht hervorheben und das natürlich *nur* für die deutsche, also einen winzigen, ganz provinzlerhaften, entlehnten Teil gilt (darum auch nur für die Malerei dieser Gotik gilt) mag ich nicht. Habe allen Respekt, aber langweile mich zum Sterben vor diesen Bildern. Das sind alles verkorxte Holzbildhauer und das Merkwürdige, daß in der deutschen *Plastik* der Gotik mich fast alles anzieht. Die vergöttere ich und stelle diese fast über Chartres. Im Holz und im Stein finden sie Ersatz für die antike Gewandfalte, die sich in der Malerei so trocken protestantisch gebärdet (und da gibt es Notabene selbst bei uns Antike, denken Sie an Bamberg!). Gewiß, ehrlich sind die Maler, bieder, alles Mögliche. Ein einziger anständiger Rogier van der Weyden oder Bouts bläst die ganze Gesellschaft um und ist doch mit seinem Anstand viel menschlicher. Ich liebe vom deutschen Mittelalter leidenschaftlich den Stein, das Holz. Das war unser Material. Es ist keine Materialfrage; genau so wenig, wie es eine Materialfrage ist, daß wir im 17. u. 18. Jahrh. keine Malerei und dafür himmlische Musik gemacht haben. Alles was Sie in den Bildern lieben, ist in der Plastik der Gotik noch viel schöner und am Schönsten in der Gotik, die noch romanisch war. Ich vermisse die Vision. Denken Sie an die Pieta im Liebighaus in Frankfurt. Doch schließlich ebenso tatsächlich, und wie ungeheuer! Ich gebe fast Grünewalds Altar dafür her (nicht aber das Münchner Dombild Grünewalds, wohlverstanden). Sehr sympathisch natürlich Ihre Ab-

wehr der präraffaelitischen Gotik – so etwas war aber eben nur in England und Deutschland möglich. Der Kölner Dom ist schon bedenklich linear. Kein Mensch wäre in Frankreich auf Linearisierung der Gotik gefallen.

Ganymed. Mein Kompliment! Eine schöne, recht gelungene Sache. Niveau und nicht langweilig. Das Experiment ist gelungen. Vielleicht wird Nr. 4 noch besser. Aber wenn es auch nur gelingt, dieses Niveau zu halten, bin ich sehr zufrieden. Nun das Einzelne: Ihr Aufsatz I recht gut. Sie gehen in Ihrer höchst berechtigten Abwehr des Ästhetentums vielleicht über die Grenzen. Lassen sich die *Erkenntnisse* großer Leute des 17. Jahrhunderts und vor allem Delacroix' mit Ihrem Programm vereinen? Sie geraten in Gefahr, die fabelhaft intellektuelle Rolle großer Künstler zu unterschätzen. Aber lieber in dieser Richtung übertreiben als das Gegenteil. Das Zitat Paul Klees trifft mich wie kaltes Wasser. Enfin, jeder hat seinen Klee! Redaktionell unglücklich finde ich das Dostojewskibildnis als Titelblatt, zu spezifisch dafür. Hier hätte eine große Kanone hingehört. Das Bambergerblatt vorher himmlisch, aber ein wenig sehr bekannt.

Zweitens. Rembrandt – eine sehr große Freude, ganz prachtvoll. Ich habe Esswein gleich geschrieben, famoser Kerl.

Drittens. Kassner, auch sehr schön, angenehme Überraschung. Sehr klug und wohltuend geistig.

Viertens. Beckmann, auch sehr gut. Schade, daß Sie die Abbildungen nicht auf diesen Aufsatz konzentriert haben. Das griechische Gesicht und Beckmann ist eine Ohrfeige.

Fünftens. Faure. Na ja! Sie haben daraus das Menschenmögliche gemacht.

Sechstens. Botticelli. Ich weiß immer noch nicht, was »Semiotik« ist. Der Aufsatz recht dünn. Wie soll einer über Botticelli, ohne ihn in alle Tiefen zu verdammen, was Ordentliches schreiben? Gräßlicher Kerl, und die Illustrationen sind die schlimmsten Blasphemien Dantes bis zum 19. Jahrh.

Siebtens. Hildebrand. Sehr anständig und ich finde es nobel und richtig, daß Sie ihm zu viel geben. In diesem Fall ist das mortuis nihil nisi bene richtig.

Achtens. Goethe und Dostojewski. Nicht ganz ungemischt. Liegt auch am Thema Goethe und Dostojewski, Giotto und Cézanne, Phidias und Rodin (nein, das wäre viel vernünftiger). Nimmt er aber schon mal so ein Kilometerthema, dann muß es viel gründlicher, tiefer gefaßt werden. Dann eine bodenlose Unterschätzung Dostojewskis, die mir recht schmerzlich ist. Solche heikle Sachen möchte ich doch gern vorher lesen, sie sind doch nur möglich, wenn die Redaktion stärkste Reserven erhebt. Man behandelt Dostojewski wie Thoma behandelt werden müßte. Statt sich an das Werk zu halten, sucht er Dostojewski durch biographische Albernheiten anderer zu diskreditieren. Nachher der Übergang zu Goethe von geradezu unerträglicher Banalität. So was darf nicht bei uns stehen. Die einzige wirkliche Beziehung zu Goethe (der Faust) wird verschwiegen. Dafür wird manches interessante Nebensächliche gesagt. Die Differenz zwischen den beiden Religionen – o Gott, nee, Menschenskind, sowas nie wieder! Piefke dieser Döblin!

Neuntens. Annette – Quatsch! Wozu?

Zehntens. Mann. Sehr gut, mir nicht sympathisch, obwohl ich annähernd seiner Meinung bin. Nicht sympathisch, weil nach meinem Gefühl ein wenig mehr Breite, auch mehr Zartheit für den Gegenstand da sein müßte. Aber eine Leistung, sehr respektabel.

Vom weiteren habe ich bisher nur die sehr hübschen Briefe aus Italien (wer ist denn M.P.?) gelesen. Ihren sehr zutreffenden Aufsatz über Vermeer (am besten die letzten Sätze) und den herzlich überflüssigen Brief Kubins gelesen. Wozu der? Private Angelegenheit, die um 50 Jahre zu früh kommt, und dann wird wohl von dem ganzen Kubin nicht mehr viel übrig sein. Die Zeichnungen gehören in ein Gäste-Buch.

Aber wenn in so einem Buch neun Zehntel gut sind, kann man bei Gott zufrieden sein. Ich danke Ihnen herzlich für die schöne Arbeit und habe heute gleich an Besson wegen einer Platte von Matisse und nach Nauheim an Gorki geschrieben. Ich versuche Slevogt zu bekommen, den wundervollen Kopf Busonis für uns zu radieren. Schwierig, wäre eine wundervolle ihm sehr gelegene Sache. Prosit Neujahr!

Ihr Meier-Graefe

157 Meier-Graefe an Franz Werfel

[Tgb. 14. 11. 1916]

Ihre Zweifel sind gut zu verstehen, kommen nur in Ihrem ersten Brief in einer Form heraus, daß ich schwer darauf antworten konnte. Wenn wir nicht mehr auf das bischen Konventionalismus zwischen uns halten, geht alles zum Teufel.

Es geht ohnehin alles zum Teufel. Dies ist ziemlich. Aber, wer sich noch irgend einer Illusion über größere Gemeinsamkeiten hingiebt, etwa wie Nation, ist blind. Der Materialismus erwacht jetzt, sogar eine so groteske Form seiner Borniertheit, daß die Tragik beinahe aufhört. Es ist nur komisch, das Blut, das daran klebt, macht die Komik traurig, nicht groß. Also trauen Sie mir keine Phantastereien zu. Ich kämpfe für keinerlei Freiheit. Ich sehe große Begabungen, Leute mit berechtigtem großem Prestige, Dichter, Gelehrte, an der Maschine als Tagelöhner, als Schlepper zugrunde gehen. Die Maschine kann mit ihnen nichts Besseres anfangen als sie tot schuften zu lassen. Mit so einem Menschen ist nicht zu paktieren. Der Krieg ist der offen gewordene längst vorhandene Bankrott der Welt. Man kann höchstens aus dem Chaos noch dies oder jenes herausfischen für sich und drei andere. Ich bin in den Krieg mitgegangen, um ein paar Leute zu retten. Dies ist mir gelungen. Dasselbe kann einem außerhalb des Kriegs gelingen. Dies der Zweck der Übung. Der Plan stammt aus der Zeit vor dem Kriege und sollte ursprünglich eine Marées-Gemeinde zusammenbringen, die sich des verluderten Besitzes des großen Menschen annahm. War mit großem Apparat gedacht. Ich habe zurückgesteckt. Ich bin zufrieden, wenn ich eine anständige Tafel decke, für eine Stunde lang gesittete Leute bei mir sehe. Mir einzubilden, damit würde etwas Völkisches oder dergleichen erreicht, fällt mir nicht ein. Ich gestehe Ihnen, heute würde ich selbst das kaum noch wagen, sondern mich nur auf meine Arbeit beschränken. Wir haben aber immer noch die Organe für eine Allgemeinheit und können sie uns nicht abschneiden.

Intakte Leute, die zu schreiben vermögen, nicht in irgend einer Spezialität stecken, giebt es bei uns kein halbes Dutzend. Über Hofmannsthal denke ich genau wie Sie, über die anderen auch. Die Erweiterung des Gesichtspunktes gelingt ihnen nur mit einer Erweiterung der Zugänglichkeit allen Lastern der Sprache gegenüber. In jedem aber stecken Reste und jeder mimt ihnen den Mann vor, der er sein möchte, sobald sie ihm das passende Dekor und das Rufwort geben, glaubt sogar womöglich selbst an die Mimik.

Mit der Fiktion kann man operieren. Es geht prachtvoll auf eine halbe Stunde. Die halbe Stunde ist kostbar.

Ich denke dabei weniger an die Offizialität dieser Leute, die mir nicht unwillkommen ist, als an ihre zweifelhaften Fähigkeiten. Ohne die Offizialität wäre der Luxus der halben Stunde nicht zu bezahlen. Und Sie werden sehen, daß sehr gute Prosa dabei herauskommt. An Qualität hat es nie gefehlt.

Sie können keine mangelhafte Widerstandskraft vorziehen. Hören Sie, man ist mit Leuten, mit denen man zu Tisch sitzt nicht verheiratet und es kann trotzdem ein Moment großer Schönheit entstehen. Wir sind wie routinierte Amants, die eine Frau zur Passion bringen.

Ich denke nicht ganz so wie ich schreibe. Kommen Sie einmal her, damit wir plaudern. Man kann schon noch leben. Den Kosmos aber kann man sich nur in seiner Arbeit zusammenschustern. Seien Sie froh, daß wirs noch können. Die Universalität der Brotkaste wird dann auch diesen Luxus bald unterbinden.

158 Meier-Graefe an Julius Elias

3. 12. [1917]

Lieber Elias!
Es sind ohne und gegen meinen Willen nun so viel Nachrichten in die Presse gelangt, daß ich es doch für richtig finde, etwas Authentisches loszulassen. Im Allgemeinen sind die kurzen Notizen wohlwollend. Willy Pastor kann es sich aber nicht verkneifen, seinen recht blöden Nationalismus auszutoben und bringt dabei Dinge heraus, die Sie amüsieren werden. Ich füge den Abschnitt bei. Es wäre ganz verkehrt, darauf etwas zu antworten, und uns mit so unterirdischen Standpunkten in eine Polemik einzulassen. Nur zeigt der Abschnitt Momente, auf die man in einem Nebensatz eingehen könnte. Wenn doch diese guten Nationalisten da für Deutschland eintreten möchten, wo sie nicht nur schimpfen, sondern mitarbeiten könnten. Als ich die Jahrhundertausstellung machte, die schließlich die ganze Forschung in der neueren deutschen Kunst orientiert hat, standen sie in der Ecke und maulten, und als ich Marées, den größten deutschen Meister der Neuzeit, aus dem Dreck herauszog, behielten sie die Hände in den Hosentaschen. Bei Menzel haben sie immer nur das Nein gesehen, nicht die Tatsache, daß der intakte Junge Menzel dabei herauskam, eine Potenz, die nicht nur in Berlin, sondern in der ganzen Welt zählt und für die Entwicklungsgeschichte bedeutend ist. Jahrelang habe ich versucht, in München das Marées-Museum auf die Beine zu bringen, die Fresken aus Neapel zu holen (die mir zuerst

unentgeltlich, nachher für das Butterbrot von 100 000 Mark zugänglich waren) und die Schleißheimer Bilder, vor allem die drei Flügelbilder richtig aufzustellen. Damals konnte man den größten Teil des Jugendwerkes, das in wenigen Händen war, für Geringes erwerben. Bedeutende Sammlungen waren mir für den Zweck unentgeltlich zugesagt. Man hätte ein paar Säle mit Zeichnungen haben können. Heute ist alles in die vier Winde. Ich habe über das Projekt im Marées-Werk eingehend gesprochen. Wir hatten von der Stadt München einen Platz zugesagt erhalten, der Prinz Rupprecht war gewonnen, Hildebrand hatte schon ein Projekt gemacht. Die Sache scheiterte an der Kombination zufälliger Hinderungen, zuletzt an dem Mangel an Interesse. Ich kam in dem kleinen Marées-Werk wieder auf die Sache zurück, und damals entstand die Idee der Marées-Gesellschaft, mit deren Hilfe Marées gesammelt werden sollte. Ich bekam nicht das Geld für den Anfang zusammen. Die Preise sind inzwischen gestiegen (ins Phantastische) das Interesse ideeller Art ist aber heute noch Null, sonst würden z.B. die Putten zu dem Drei-Flügelbild »Drei Reiter« in der Pinakothek, die jahrelang im Handel herumturnen und wohl auch heute noch zu haben sind, Putten entzückender Art, ohne die die drei Reiter nie richtig aufgestellt werden können und deren Ankauf ich der Pinakothek empfohlen habe (ich glaube, sie sollten 4-6000 Mark kosten) nicht immer noch ihre richtige Bestimmung erwarten.

Aus dem praktischen Zweck wurde der weitere Standpunkt der M.G. [Marées-Gesellschaft] von dem im Prospekt die Rede ist; ein weiterer höherer »PAN«. Noch heute aber möchte ich die ursprünglichen Ziele nicht aufgeben und hoffe, wenn erst ein Kreis von Kunstfreunden durch unsere Drucke zusammen gekommen ist, die eigentliche Gesellschaft konstituieren zu können, die sich der Erhaltung und Zusammenstellung des Marées'schen Œuvre annimmt.

Im übrigen habe ich damit noch andere Pläne in petto, über die ich einmal mit Ihnen plaudern werde, und die mit dem Marées-Museum zusammen hängen.

Aus dem Programm der M.G. und dem Prospekt der ersten vier Drucke ist genug zu ersehen, wie die Redaktion der Publikationen vorgehen will. Den Künstlern sollen Aufgaben gegeben werden, die sie ohne Pedanterie zwingen, auf breitere Überlieferungen zurückzugehen und die allzu spezifischen aktuellen Programme zu kontrollieren. Siehe Druck III (Shakespeare) Druck VII (Deutsche Gedichte) und Druck

VIII (Rembrandt). Am liebsten hätte ich für Druck III den Künstlern eine bestimmte Szene oder Gestalt Shakespeares vorgeschrieben, um die Einheit des Stoffes zu erhalten. Ich muß nur daran denken, daß die Sachen für den zu gewinnenden Kreis auch Reiz genug behalten. Bei dem Rembrandt-Druck, dem ich vielleicht, wenn er glückt, auch einen Rubens-Druck gegenüberstelle, wird man schon weiter kommen. Übrigens ist der Shakespeare schon ein unendlich erfreuliches Resultat. Es gibt eine recht respektable Graphik bei uns.

Daneben Werke für Studium und Liebhaber, wie Druck II, IV, VI, VIII, XI, die das der getreuen Reproduktion überhaupt zugängliche Material wie Zeichnungen, Aquarelle, Pastelle usw. in absoluten Faksimiles geben. Ich habe dabei mit der Liebhaber-Tradition gebrochen, davon ausgehend, daß eine vollkommene Reproduktion eines Meisterwerkes, auch wenn sie mechanisch erzielt wird, unendlich nützlicher und glatterdings schöner ist, als eine Original-Graphik eines zweifelhaften Künstlers. Dies sind zumal Werke, die ich in öffentlichen Sammlungen und Lehranstalten sehen möchte. Leider haben bisher nur einige (etwa 6) unserer Sammlungen reagiert. Diese Reproduktionen sind das Beste, das bisher die Technik zustande gebracht hat. Sie können Probedrucke durch Piper und mich erhalten.

Die dritte Gruppe von Werken sind schöne Bücher, die in Original-Technik illustriert werden. Ich hoffe, sie bald auf eigenen Handpressen drucken zu können. Da soll das Handwerk im besten Spezimen heran.

Endlich Werke wie Druck I und XII, die talentvollen Menschen, denen die Wege in die Öffentlichkeit fehlen, die richtige Stätte bieten. Wir haben mit Seckendorff begonnen, dessen vielversprechendem Talent leider nur ein Gedenkstein gesetzt wird. Von ihm hätten wir noch viel erwarten können. Die M.G. wird später eine Ausstellung seines ganzen Lebenswerkes veranstalten.

Ich komme Donnerstag nach Berlin, wohne bei Dr. Ludwig Wolde, Hohenzollernstr. 15 und werde wohl einige Wochen dortbleiben.

Es wäre gut, hinzuzufügen, falls Ihnen das nicht zuviel scheint, daß Prospekte von der Geschäftsstelle der M.G. München Römerstr. 1 bezogen werden können.

Herzlichst

159 Meier-Graefe an Paul Cassirer

z. Z. Stuttgart 9/IV [1917]
Marienstraße 35

Lieber Herr Cassirer

Ich sprach Ihnen einmal flüchtig von einer Reihe von Publikationen, die ich mit Piper zu machen gedenke. Das Unternehmen tritt jetzt in Erscheinung und ich möchte für eins der ersten Werke, die Shakespeare-Visionen gern die Mitarbeit Liebermanns und Slevogts. Ich habe beide eingeladen, mache mir aber keine Illusionen, daß sie sich ohne weiteres schwerlich von den persönlichen zum Teil recht belanglosen Geschichten, die zwischen uns gespielt haben, befreien können. Ich empfinde es als meine Pflicht, für ein repräsentatives Werk dieser Art alles zu tun, was in meinen Kräften steht, um der Beteiligung alle persönlichen Hemmungen zu nehmen. So wenig die Sache von den beiden Künstlern abhängt, so wenig verschließe ich mich der Tatsache, wie empfindlich das von mir gesuchte Gesamtbild deutscher Kunst durch das Fernbleiben der beiden getrübt werden müßte.

Darf ich Sie bitten, gelegentlich, wenn Sie wieder wohl sind, ein gutes Wort bei Herrn Liebermann und Herrn Slevogt einzulegen. Ich vermute, daß das Unternehmen, dessen provisorischer Prospekt Ihnen hier zugeht, Sie interessieren wird.

Ich bin hier bis zum 15. und komme am 20. auf einige Tage nach Berlin Zelten 12

Besten Gruß Ihr Meier-Graefe

160 Meier-Graefe an Max Unold

Ratzeburg (Lauenburg) 1/IX 17

Sehr geehrter Herr Unold

Ich danke Ihnen für Ihren Brief vom 27. Solche Geschichten würden wir natürlich sogleich erledigen und Sie werden verstehen, daß Ihnen hier niemand mit einer subjektiven Ansicht zu nahe treten will, sondern nur das lebhafte Interesse an Ihnen und der Aufgabe, die ich wie alle von mir herausgegebenen Dinge als gemeinsam betrachte, entscheidet. Gewiß läßt sich, was ich Ihnen schrieb bis zum gewissen Grade gegen alle Illustration sagen. Es kommt immer darauf an, daß die Illustration der Sache ein Gesicht giebt, das der Vision des Dichters keine Koncurrenz zu machen sucht, sondern sie aus einem durch die Bedingungen seiner Materie gebotenen zweiten Gesicht ergänzt. Was bei anderen Büchern bis zu einem gewissen Grade gilt (zu diesem gilt es immer) scheint mit gerade bei diesem Julian im höchsten Grade zu gelten. Jedem, dem ich Ihre Blätter zeigte, gefiel am meisten die Landschaft (mit dem Knieenden). Warum? weil die Landschaft mit ihrem Rhythmus die Vision von einer anderen Seite bringt. Natürlich waren es Leute, die den Julian gut kennen und lieben. Nun finde ich den Julian das Meisterwerk unserer Literatur. Wagt man dieses anbetungswürdige Ding zu dekorieren, muß dies Dekor des Meisters würdig sein. Das heißt, eine sehr schwierige Aufgabe. Sie können wundervolle Dinge machen, trotzdem vor dieser Aufgabe versagen. Will sagen, der Umstand, daß Sie es nicht gleich getroffen haben, braucht sie nicht zu bekümmern. Ein bischen des immensen Aufwands, den Flaubert für die Sache hergab, müssen wir auch hergeben. Gelingt es, haben wir nicht irgend ein Buch herausgebracht, das nett und gut ist, sondern etwas sehr Schönes gemacht. Gelingt es nicht, bin ich mit Ihnen d'accord, dann müssen wir es lassen. Die Taktfrage ist bei diesem Werk suprema lex. Flaubert hat aus dem Takt geradezu Genie gemacht. Gerade das ist, was wir im Auge behalten müssen.

Nun kann man die ganze Aufgabe lösen mit Takt und angenehm, hübsch, daß es jeder gern in die Hand nimmt. Schon das ginge. Oder man kann es mit Takt genial lösen. Im ersten Fall pure Ornamentik, im zweiten scheinbare Ornamentik und in Wirklichkeit in dem ornamentalen Gewande Schöpfung des zweiten Gesichts. Halten Sie sich nicht an eins meiner Argumente, sondern den Sinn meiner Überlegung. Es giebt hundert Wege. Vor allem haben Sie nicht die Gene, es ginge nicht. Es geht sicher. Nur ein bischen suchen, und nicht denken, ich säße auf einer fixen Idee.

Mit der Darlegung über den farbigen Holzschnitt haben sich mich vollkommen überzeugt. Also schwarz, mir vollkommen recht. Die Farbe war nur ein Beispiel. Praktisch wäre die farbige Sache durch Handkolorieren zu lösen, aber ich bestehe nicht im mindesten darauf, wie ich mich überhaupt allem unterwerfe, was Sie in irgend einer Richtung machen, die mir eingeht. Bitte schicken Sie, was Ihnen einfällt. Wir kommen schon zu Rande. Lassen Sie sich nicht die Zeit verdrießen. Flaubert hat noch viel mehr Zeit gebraucht und weniger Anerkennung dabei beim Publiko gefunden als Ihnen der gelungene Wurf – glauben Sie es mir – einbringt.

Sie erwähnen Bonnard. Seine Illustration erscheint mir als ein schlechterdings unsterbliches Muster, weil es ihm gelang, mit seinen Zeichnungen ein Symbol zu realisieren, das man in dem Roman immer nur ahnt: lebendiges Griechentum, das Griechentum jenseits von Archäologie, von Winckelmann, David und Cornelius, diesen arkadischen Zauber, den man heute noch in Paris oder in Schleißheim oder wo man sonst will unter bestimmten Bedingungen als Luftspiegelung erlebt, wenn man mit den rechten Menschen zusammen ist. Griechentum ohne Apparat. Er hat etwas dem Roman mindestens Gleichwertiges geschaffen. Und was war bei ihm die Hauptsache? – *die Einstellung*. Und viel schöner als jedes einzelne Bild, obwohl Juwelen darunter sind, ist der sublime Takt der Einstellung auf das zweite Gesicht der Dichtung, das von uns geahnte Griechentum.

Im Falle Flaubert schien mir das Glasfensterhafte, das bei Flaubert erst in der letzten Zeile zum Vorschein kommt, ein zweites Gesicht. In der Tat, liest man die letzte Zeile, so findet man auf einmal eine Lösung des ganzen Zaubers: man habe immer in den Worten, eine Art Glasfenster vor sich.

Schade, daß Ihnen Piper s.Z. das Buch nicht gezeigt hat, das ich meinte: es ist eine glückliche Verbindung zwischen französischem Einfall und englischer Buchkunst: The Queen of the Fishes von Lucien Pissarro, farbige Holzschnitte, wahrscheinlich handkoloriert. Ich denke natürlich nicht im mindesten daran, Sie zu einer Anlehnung zu enkouragieren, um Gotteswillen nicht. Nur hätten Sie gesehen, daß es fabelhaft gelungene farbige Bücher giebt. Freilich ist The Q. of the fishes ein Märchenbuch, ein viel bescheidenerer Vorwurf als der Ihrige.

Senden Sie bitte, was Sie haben, wann Sie wollen; Skizzen u.s.w. Ich werde mich leicht in ihnen zurecht finden und wir kommen sicher zu einem Resultat.

Ihr Holzschnitt für Shakespeare wird, so wie er ist, bei Wolf u. Sohn gedruckt. Kommen sie in absehbarer Zeit nach Deutschland? Es handelt sich um die Signatur der Japandrucke. Im äußersten Notfall signieren wir sie mit einem Gummistempel nach Ihrer Handschrift. Da das Werk kaum vor Mitte November, vielleicht erst noch später erscheint, bleibt Zeit genug

Herzlich Ihr Meier-Graefe

161 Meier-Graefe an Lovis Corinth

MAREES-GESELLSCHAFT
Leiter: J. Meier-Graefe, Dresden

Dresden, Sedanstr. 39
den 17.5.18

Verehrtester Herr Corinth!
Ich danke Ihnen, daß sie das bewußte Aquarell Frisch gegeben haben. Dieses Aquarell, sowie die »Liegende Frau«, deren glücklicher Besitzer ich bin, erscheint in der deutschen Skizzenmappe, welche eine Art Jahrhundert-Ausstellung deutscher Meister von den Klassizisten bis zur Gegenwart in Faksimiledrucken bringt. Natürlich von allen Meistern nur das Beste. Ich freue mich, daß Sie in diesem bedeutenden Werk so schön vertreten sind.

Gurlitt habe ich wiederholt gebeten, mir seine Fotos zu senden. Ich bin bei der Arbeit an dem Werk über Sie und habe die ersten großen Schwierigkeiten halbwegs überstanden.

Unabhängig von diesem Werk, das bei Piper erscheint und unabhängig von dem Werk über Ihre Aquarelle, von dem ich Ihnen neulich sprach, möchte ich eine Mappe mit Radierungen von Ihrer Hand in der Marées-Gesellschaft herausgeben und frage hiermit an, ob Sie dazu Lust hätten. Ich hätte ganz gern, daß sich diese Radierungen um einen bestimmten nicht zu eng gefaßten Gegenstand gruppieren, sei es Interpretation einer Dichtung, oder eine Mappe mit Landschaften, oder eine Mappe mit Stilleben, oder Interieurs. Vielleicht lassen Sie sich die Sache einmal durch den Kopf gehen. Wir werden natürlich darüber reden, und ich könnte, falls Sie dann noch in Berlin sind, im nächsten Monat zu Ihnen kommen. Momentan würde es sich nur um die prinzipielle Einigung handeln. Wir könnten für die Platte etwa 600 M. zahlen.

Besten Gruß Ihr ergebener J Meier-Graefe

162 Meier-Graefe an Lovis Corinth

MAREES-GESELLSCHAFT
Leiter: J. Meier-Graefe, Dresden

Dresden, Kaitzer Straße 4
den 19. Februar 1921

Lieber und verehrter Herr Corinth!
Ich überreiche Ihnen hier durch Ruckenbrod die Platte für die Dantebarke und wäre Ihnen sehr dankbar, wenn Sie für das hundertjährige Jubiläum dieses Bildes die Radierung machen wollten. Da es sich um unser Jahrbuch handelt, kann der Verlag leider nur ein sehr bescheidenes Honorar bewilligen, nämlich Mk. 1000.–. Hoffentlich entschädigt Sie die Freude, dem Meister eine kongeniale Huldigung zu widmen, ein wenig für dieses dürftige Entgelt.

Eine Anzahl der Drucke muß signiert werden. Darüber erlaube ich mir noch, Ihnen nach Druck Mitteilung zu machen.

Mit bestem Gruß Ihr ergebener J Meier-Graefe

163 Meier-Graefe an Lovis Corinth

J. Meier-Graefe

Berlin W. 10
Hohenzollernstr. 17
2/VII 23

Lieber Herr Corinth Ich habe gestern einen unvergeßlichen Eindruck in der Nat.Galerie gehabt; seit vielen Jahren der stärkste, der eines ganzen Menschen. Ich bin, wie Sie wissen, im Herzen den großen Franzosen zugeneigt und habe oft vor Ihren Bildern Mühe, alle Vorstellungen von dem Organismus des Bildes, die sich mit Renoir, Cézanne, Delacroix verknüpfen, zurückzudrängen. Nie ist mir das so leicht geworden wie gestern. Das Geschmäckliche hat bei einem so bildhaften Künstler wie Ihnen nichts mehr zu sagen. Es riecht vielleicht besser in Paris, aber ich pfeife auf jedes Parfüm, wenn ich so viel überströmende Natur empfange.

Es ist ganz gut, wie man die Ausstellung gemacht hat, ziemlich wahllos, aus dem Vollen. Jeder kann sich seinen Corinth zurecht machen. Ich wollte, es käme einmal eine ganz gewählte Ausstellung Ihres Werkes zustande, wie ich sie schon vor Jahren Gurlitt proponiert habe. Auch das wäre herrlich. Es soll aber keine Einschränkung bedeuten. Ich bewundere Sie als den letzten großen Deutschen, der noch etwas Notwendiges zu sagen hatte.

Heute ist Ihre Platte angekommen. Haben Sie vielen Dank! Ganz paßt sie ja nicht zu dem großen Eindruck von gestern. Das Werk, für das sie bestimmt ist, hat große Bedeutung, und ich hätte Sie darum lieber mit einem ganz vollgültigen Werk gesehen. Es ist eine Unverschämtheit das zu sagen bei dem Lause-Honorar, das wir leider nur zu bieten haben, aber ich habe andererseits eine zu tiefe Verehrung für Sie, um diesen Gedanken nicht ganz offen auszusprechen. Vielleicht ist auch das Motiv Schuld, das sich wohl doch nicht mit der Radierung so farbig behandeln läßt wie in Ihren herrlichen gemalten Still-Leben.

Mit herzlichem Gruß Ihr ergebener J Meier-Graefe

164 Meier-Graefe an Max Beckmann

11. 3. 18

Lieber Herr Beckmann!
Piper hat Ihnen mitgeteilt, wie sehr mir daran läge, noch in letzter Stunde Sie in den Shakespeare-Visionen zu haben. Es ist mir ein rechter Schmerz gewesen, daß Sie nicht mittun wollten, und ich habe den Grund nie recht begriffen. Sie werden, wenn Sie einmal unsere Publikationen sehen, vermutlich den Eindruck empfangen, daß diese Dinge von einem künstlerischen Willen bestimmt werden, dem man mindestens nicht die Achtung versagen darf. Ich kann im übrigen sehr wohl verstehen, daß Sie in der Kriegsstimmung gegen alles mißtrauisch sind; das geht heute manchem so, und wenn ich zu unseren Gunsten um eine Ausnahme plaidiere, weiß ich, was ich zu verantworten habe. Unsere Sachen werden nicht von verlegerischen oder snobistischen Interessen bestimmt, sondern entsprechen einem sehr bestimmten Plan, den ich Ihnen sehr gern einmal auseinandersetzen werde, und es liegt schon so viel an Realisierungen vor, daß Sie sich ein Bild machen können. Damit soll nicht gesagt werden, daß gerade die Shakespeare-Visionen ein ganz einwandfreies Werk werden. Man hätte es noch viel besser machen können. Immerhin stellt es für Deutschland ein verhältnismäßig recht an-

ständiges Niveau dar, und Sie sind in der Lage, dieses Niveau noch um ein erhebliches zu erhöhen, wenn Sie mir das wundervolle Blatt »Die Nacht« geben. Dies ist der Shakespeare, den ich bei dieser Mappe geträumt habe. Es ist auch in der Mehrzahl der Fälle gelungen, ihn herauszubringen, entsprechend der Anlage der mitwirkenden Künstler. Von den im Prospekt erwähnten Mitarbeitern bleiben aus: René Beeh, Karl Caspar, Artur Degner, Franz Heckendorf, Wilhelm Wegner, Karl Walser, doch wirkt noch mit: Ahlers-Hestermann, der ein wundervolles Blatt gemacht hat. Namen sind nicht viel, Sie müssen die Blätter sehen.

Leider drängt die Zeit jetzt ungemein, denn wir müssen herauskommen. Die Aussicht, Sie zu gewinnen, hat mich veranlaßt, den Druck des Inhaltsverzeichnisses und die Konfektion der Buchbinderarbeiten telegraphisch stocken zu lassen. Ich muß mich aber in dieser Woche unbedingt entscheiden.

Piper schreibt mir, daß Sie nach Berlin kommen, so läßt sich die Sache noch arrangieren. Ich treffe am 14. mittags in Berlin ein, bin am 15. in Stettin und am 16. gegen ein Uhr wieder in Berlin und bleibe bis zum 20. wohne bei Dr. L. Wolde, Hohenzollernstraße 15 Telefon 3890. Bitte schreiben Sie mir dorthin oder noch hierher, wann und wo wir uns in Berlin treffen wollen und zwar so bald wie möglich. Ich stehe, falls Sie etwa schon am 14. dort sein sollten, nachmittags von zwei Uhr an bis um 7 Uhr zu jeder Stunde zu Ihrer Verfügung. Könnten wir uns in Berlin selbst treffen, wäre es mir natürlich am liebsten, da ich sehr viel zu tun habe. Evtl. trinken Sie bei mir Tee, kommt Ihre Gattin mit, freue ich mich noch mehr.

Ich diktiere den Brief, weil Sie meine Klaue nicht lesen können.

Besten Gruß Ihr Meier-Graefe

165 Max Beckmann an Meier-Graefe

F. 13. 3. 23

Lieber Herr Meier-Graefe meine Manuskripte sind leider derartig schlecht geschrieben und geordnet, daß kaum ich sie lesen kann. Ein Verschicken wäre daher zwecklos und unnütz. Wir müssen schon eine Gelegenheit appassen [sic] wo ich Ihnen mal was vorlesen kann. Zum

Diktieren und Tippen fehlt mir Zeit Kraft und Energie. Es hat schließlich auch noch Zeit damit. Ich bin wieder bis über die Ohren in der Malerei. Male eben ein großes Akrobatenbild, das mich ganz in Anspruch nimmt.

Es giebt doch nichts Schöneres als Malerei
Hoffentlich geht es Ihnen gut

Herzlichst Ihr Beckmann

166 Max Beckmann an Meier-Graefe

Frankfurt a/M. Schweizerstr 3 Ende Juli 26.

Lieber Herr Meier-Graefe, sehr herzlichen Dank. Ich habe mich *besonders* über Ihre Zeilen gefreut. Die Einsendung des Damenportraits war mir ein gewisser Prüfstein auf die Nase der Berliner. Daß Sie prompt negativ reagiert haben, hatte meine Überzeugung der dort herrschenden unglaublichen Zustände nur wieder bestärkt. Umso mehr freut mich, daß gerade Sie die bereits in *festen* und *bewußten* Umrissen vorliegende Erweiterung meiner Form bemerkt und empfunden haben. – Der Weg war lang und der Kampf unsagbar schwer bis ich, ohne das *Gerüst* zu verletzen, diese Erweiterung vollziehen konnte. – Aber nun gehts, und ich kann *ohne* aus dem Gleichgewicht zu geraten – *mehr Gas* geben. – Sie verstehen, wenn ich mich quasi als ein Automobil fühle. – Seit 10 Jahren habe ich unendlich mühevoll einen Stein auf den andern gebaut, da ich mir klar war ganz von neuem beginnen zu müssen um *auf meine* Weise wieder in die *Malerei* (wie Sie sehr richtig sagen) zu gelangen. – Das ging nicht ohne *die* neue Construktion zu finden, die mich nun von den andern großen alten und neuen Malern trennt oder sagen wir selbstständig macht. – Es ist schön, daß Sie das gemerkt haben. – Jetzt ist die Bahn frei für *wirklich* neue Dinge. Mein Corpus ist noch völlig intakt und ich denke noch 20-30 Jahre zu arbeiten. – Es wäre schön, wenn wir uns da öfter mit unseren Antennen berühren würden.

Also herzlichen Dank Ihr Max Beckmann

167 Meier-Graefe an Rudolf Großmann

J. Meier-Graefe
Telephon: Lützow 4884

Berlin W. 10, d. 11. 12. 27
Hohenzollernstr. 15

Lieber Herr Grossmann,
Ich möchte Ihnen doch nach Besichtigung Ihrer Bilder noch einmal sagen, wie sehr mich diese Stunde erfreut hat. Mir ist, seitdem ich Sie kenne, die Zukunft Ihres Künstlertums nie zweifelhaft gewesen und als Ihr an sich sehr geistvolles Journalistentum dazwischen trat, habe ich das als einen persönlichen Verlust empfunden. Wieder wurde mir heute bestätigt, wie schwer bedauerlich nicht nur in Ihrem sondern im Interesse der ganzen deutschen heute arg ramponierten Kunst es wäre, wenn Sie nicht mit aller Energie Ihre hohe Begabung ausnutzen könnten. Der Plan, von dem Sie mir erzählten, scheint mir sehr vernünftig, und ich glaube den Herren garantieren zu können, daß das Geld nicht verloren gehen wird und zwar in keinem Sinne. Es handelt sich für Sie nur darum, ein paar Jahre ruhig arbeiten zu können. Verfügen Sie über mich, wenn Ihr Konsortium einen künstlerischen Vertrauensmann brauchen sollte. Ich bedauere, Ihnen nicht auch finanziell mein Vertrauen beweisen zu können.

Besten Gruß und gute Besserung für Ihre Frau

Ihr ergebener Meier-Graefe

168 Rudolf Großmann: »Meier-Graefe«, *Fünfzig Köpfe der Zeit* (1926)

Eins der typischen Phänomene des guten alten Deutschland. Reich gesegnet mit Erfolgen (und Mißerfolgen) doch immer still (oder laut) vor sich hinschaffend.

Ist stets bereit und geschwellt von neuen Ideen, die er schnell und gleichmäßig hinter sich wirft. Das Leben sorgt für immer neue Zufuhr, Meier-Graefe steht sich gut mit dem Leben. Mit einer unermüdlichen Organisationstätigkeit stellt er die Dinge nicht nur dauernd um und richtig, sondern entdeckt dazwischen sogar seinem Volke gleich ein ganzes Jahrhundert (deutscher Malerei). Stärkt so die Stellung der Heutigen und gibt ihnen Ahnen, von denen sie nichts Genaueres wußten. Schraubt sich zu immer höheren Bahnen und wagt sich an das Hauptproblem: die Entwicklungsgeschichte der modernen Kunst (von gestern), watet im Überfluß des französischen Impressionismus herum, ohne ihn in seinem Freudenüberschwang immer ganz zu fassen. Reagiert auf die Kunst von heute stark und ehrlich bedrückt mit: »Wohin treiben wir?«, einer dieser auch in der Resignation noch großen Gesten, die er niemals aufgeben wird, wie er niemals die Begeisterungsfähigkeit eines den allgemeinen Lehrfächern abgewandten Schülers der oberen Klassen ablegen wird.

Die Tolle im Winde stürzt er fremde Götzen, erschlägt Böcklin und Velasquez, ein frischer Mörder, und hebt die eigenen, Greco und Marées, auf den Thron, gründet mit Marées auch gleich eine Gesellschaft. Springt noch etwas Menschliches dabei heraus wie bei van Gogh, so ist der Kontakt mit seinem Helden um so enger.

Dazwischen sympathische kleine Eingeständnisse von Sünden. (Dramen, »Heinrich der Beglücker«, »Die reine Farbe«, und Novellen) Liebt Dostojewski, läßt als Frucht dieser Liebe den Tscheinik brodeln, aus dem leichter Dostojewskimief steigt.

Durch die stets geliebte große Geste, die nur den Nichtkenner täuscht, sieht der Kenner auf den Grund eines weiten, unbeschränkt aufnahmefähigen Herzens, dessen Noblesse um so unbestrittener ist, als sie heute nicht hoch im Kurs steht.

169 Paul Klee an Meier-Graefe

Sehr geehrter Herr Meyer-Graefe!
Der Anlaß dieser wenigen Zeilen ist mein Wunsch, Ihnen Frau Emmy Scheier vorzustellen, die im fernen Westen Pionierarbeit tut und auf ihrer europäischen Reise Sie kennen zu lernen wünscht –

Wundern Sie sich nicht, daß ich den Vermittler mache; unser Verhältnis ist zwar etwas einseitig, d.h. ich schätze Sie auf dem Gebiet, das Sie uns erobern halfen; aber auch in meine Kreise sind Sie ja schließlich eingedrungen, und das mußte sich ja in der durchaus nicht uncomplizierten Art vollziehen, wie Sie mir in Ihrem Essay in der »Entwicklungsgeschichte« bekannt geworden ist.

Ihr Klee

Dessau 28 Juni 1928

170 Erich Klossowski an Meier-Graefe

[10. XI 1926]

Mein lieber Ju, ich wollte Dir all diese Wochen schreiben, vor allem für die Übersendung der 200 M im Sept danken und überhaupt von mir erzählen. Ich kam nicht dazu, weil ich ungefähr die ganze Zeit an meine Staffelei gefesselt war und von morgen bis abends malte, dann gewöhnlich so erschöpft war, daß ich mich zum Schreiben nicht aufraffen konnte. Ich habe bis jetzt ausgehalten, weil ich mir geschworen hatte nicht resultatlos weg zu gehen. Grâce à Mr Stinnes von dem ich, schon nicht mehr erhoffter Weise, im Oktober das Geld für meine Pastelle erhielt, (übrigens von einem ungewöhnlich liebenswürdigen Brief begleitet), konnte ich mich so lange hier halten. Auch das verdanke ich Dir, lieber Ju, sei hiermit nochmals bedankt dafür. Nun gehe ich in den nächsten Tagen fort, Strohls haben mich noch nach Zürich eingeladen, dort werde ich auch zu meiner großen Freude meinen Balthusz wieder sehen, der sich noch in der Schweiz aufhält u alles in Bewegung setzt, um eine Landkirche am Thuner See auszumalen, le bougre!

Das Ergebnis meiner hiesigen Anstrengungen ist numerisch etwas mager, ich habe lange gebraucht um mich in diese bajuwarische Umwelt etwas einzusehen und zu begreifen, was sich für mich hier herausholen ließe. So habe ich denn mehr mißlungenes oder durch Herumsuchen zerstörtes aufzuweisen, als zu hoffen gewesen wäre. Vielmehr, zu erhoffen war ja bei meiner jahrelangen Zerstörtheit zunächst gar nichts und es handelte sich viel mehr darum, mich wieder mal als Maler zu entdecken und wohl dunkel bewußte, aber verschüttete Fähigkeiten neu zu beleben. Im Augenblick kam es mir also darauf an, eine mehr oder weniger durch Zufall gegebene Umwelt zum Anlaß zu nehmen, prinzipiell und (mit den unscheinbarsten Motiven) malerischen Ausdruck zu gewinnen. Bis zu einem gewissen Grade ist mir das glaube ich gelungen, so daß ich das Gefühl habe, mich wieder gefunden zu haben und am Anfang einer neuen Phase zu stehen. Es ist mir ja unmöglich, auf eine wenn auch noch so bescheidene persönliche Form zu verzichten und einfach Verkaufsmaterial zu produzieren; die äußeren Umstände, unter denen ich die letzten zehn Jahre existierte, waren, wie Du ja weißt, nicht dazu angetan, mir das zu erlauben was ja für jeden Maler allerbanalste Voraussetzung ist, sodaß ich mich diesmal an diesen sich zufällig bietenden

Landaufenthalt klammerte, um noch einmal zu versuchen, auf meine alten Tage das nachzuholen, was mir solange schmerzlich gefehlt hatte. Ich denke, Du wirst meine Sachen in ungefähr vierzehn Tagen oder etwas früher bei Eugen ansehen können, an den sie wohl Anfang nächster Woche von München aus abgeschickt werden können. Es sind im Wesentlichen nur 6 kleine Bilder (51 × 60) (und eine Anzahl von Skizzen oder Entwürfen) die aber glaube ich zusammengehen und ungefähr den Eindruck vermitteln von dem was ich hier angestrebt habe. Schade daß es zu Ende geht. Ich zerbreche mir den Kopf, wie es weiter gehen kann und auf welche Weise ich später in Berlin meine Recherchen fortsetzen könnte. Dazu die Komplikation des Geld verdienen müssens, (nicht nur für mich sondern auch für meine Leute in Paris), mein Outsider-tum, das mich jeden Kontakts mit Berliner Kunstbetrieb beraubt u s w. Ich hatte mir gedacht, vielleicht eine kleine Kollektivausstellung irgendwo zu veranstalten, wo eventuell vielleicht der eine oder andere zahlungsfähige Snob für meine Sachen zu interessieren wäre (etwa bei Flechtheim?) Leider habe ich ja wenig, oder müßte die paar Stücke mit kleineren Schnipseln & ev ein paar aus privatem Besitz entliehenen älteren Sachen garnieren. Zunächst wäre es mir lieb zu hören, was Du zu meinen Versuchen sagst u ob Du Dich mit ihnen befreunden kannst. Sie erinnern in nichts an frühere Arbeiten von mir, ich habe sie, momentan wenigstens, sehr gern, bin mir aber (bei) meiner oft bis zur Hysterie gehenden inneren Unruhe und Selbstkritik durchaus nicht klar, wie sie auf andere wirken mögen. Es sind übrigens alles aus dem Kopf gemalte Sachen, auf Grund von kleinen Zeichnungen (besser Notizen) die ich mir draußen mache, wenn ich glaube, aus irgend einem Winkel etwas gestalten zu können. Hinterher, wenn ich meine sujets in natura wieder sehe, bin ich immer aufs neue verblüfft u zuweilen beunruhigt, wie die Dinge sich in meiner Vorstellung verwandelt haben, trotzdem ich geglaubt hatte, mit geradezu dokumentarischer Genauigkeit wiedergegeben zu haben. Aber vielleicht kommt es ja grade auf diese Transposition an. Es ist dies übrigens die Arbeitsweise von Bonnard, dem Du mich ja immer zu assimilieren suchst, ich bin gespannt ob Du in den neuen Sachen dieselbe Verwandtschaft finden wirst, in der äußeren Erscheinung jedenfalls nicht, im Wesen aber vielleicht mehr als früher.

Ich bin nächsten Montag oder Dienstag spätestens in Zürich u wäre Dir dankbar, dort ein Wort von Dir zu erhalten (Adr Prof Strohl, Zollikon-Zürich, Wytellikerstr 12), ich denke etwa 3 Wochen dort zu bleiben u dann wieder nach Berlin zu kommen. Was macht Dein Buch u wie geht es Dir im Allgemeinen? Beste Grüße an Deine Frau, herzlichst Dein alter Kl

171 Erich Klossowski an Meier-Graefe

[Anfang der Dreißiger Jahre]

Lundi
Sanary s /mer (Var)
20 rue Lauzet aîné
chez Mr. Grosjean

Lieber Ju, nun bist Du wohl schon seit mehreren Tagen wieder in B [Berlin], eine herzbeklemmende Vorstellung. Ich sitze, wie immer, in dem Dir wohlbekannten Zimmer, umgeben von den Werken von Mr Gr. [Grosjean] und den Gespenstern meiner ungeborenen Werke. Es ist sehr heiß u mein Cadaver noch erschlaffter als sonst. Ich versuche, aus meinen Fensteraussichten etwas zu machen u trage mich mit freier komponierten Sanary Bildern herum, in die campagne hinauszugehen bis zu meinen Motiven ist jetzt fast unmöglich, man kommt immer halbtot an. Hier ist jetzt alles voll von Sommergästen – abends wird in den Cafés getanzt, der Jazzband des kleinen Mannes. Es hängt mir alles zum Halse heraus. Nicht zuletzt ich mir selber. Inzwischen ist auch das Geld angekommen, das ich Dir und Deiner Intervention bei G. verdanke. An ihn lege ich hier ein paar Zeilen bei u möchte Dich bitten, sie ihm zuzuschicken, wenn Du meinst, daß es so geht. Seine Adresse ist mir unbekannt.

Ich bekam plötzlich eine Anfrage von B. Cassirer, ob ich bereit wäre, ein kl. franz. Malerbuch, das bei ihm erscheinen soll u das an unzulänglicher Übersetzung krankt, zu überarbeiten. Ich antwortete, daß ich erst über das Objekt, Liefertermin u Honorarfrage Bescheid haben müßte, ehe ich mich bereit erklären könnte. Ich vermute, es handelt sich um Basler's La peinture religion nouvelle … Ich habe keine große Lust dazu u fürchte mir etwas aufzuladen, was mich wieder hemmt, wollte aber nicht gleich nein sagen wegen der Möglichkeit, etwas zu verdienen.

Ich lese z Zt »la vie de Manet« p Alb. Flament, vor kurzem erschienen bei Plon (in der Serie le roman des grandes existences), das mich sehr interessiert. Es ist wohl das erste Mal, das über Manet mit einer so intimen Kenntnis seiner Privatexistenz geschrieben wurde, das Buch ist auch sonst nicht schlecht, weshalb ich es Dir signalisieren möchte. Sollte es etwas für Fischer sein, würde ich ev. es ganz gerne als Winterarbeit übernehmen. Du bekommst es vermutl. in der internat. Buchhandlung Passauerstr 3 (gegenüber K.d.W.) Kostet hier 15 fr.

Hast Du in Paris einiges erlebt, hast Du Mucki besuchen können? Ich bekomme selten Nachricht von ihr. Bleibst Du vorläufig in Berlin oder hast Du neue Reisepläne? Ich bin Dir immer herzlich dankbar für jedes Wort. Schönste Grüße an Madame. Dein

alter Kl

172 Meier-Graefe an Carl Moll

den 1. 12. 24

Lieber Freund!
Ich bin Dir garnicht böse wegen Deines Briefes. Ich verstehe, daß die Liste herzustellen, recht schwierig ist. Ich muß mir anders helfen und rechne auf Deine Hilfe für eine spätere Kontrolle.

Die französische Ausstellung ist natürlich eine glänzende Idee, und ich gratuliere Dir herzlich. Ich würde sehr gern mit Dir in Paris sein, und es ist nicht absolut ausgeschlossen, daß ich am 13. ds. [M.] reisen könnte, eher leider nicht. Kannst Du solange aufschieben, ohne Dich zu bemühen? Ich würde dann von Paris, falls Du nicht etwa über Weihnachten bleibst, mit Dir nach Wien fahren und in Wien die Feiertage verleben. Ich hatte schon vor, mir die Reise zu gönnen, um Euch wiederzusehen. Am nettesten wäre natürlich die Kombination Paris–Wien, aber ich kann noch nicht absolut garantieren, ob ich das Geld für Paris auftreiben kann; immerhin ist es wahrscheinlich! Wenn Dir die Regierung den Louvre zur Verfügung stellt, so ist die Ausstellung spielend zu machen. Du meinst offenbar das Selbstbildnis von Delacroix im Louvre. Ich habe im Augenblick, da ich meine Bibliothek nicht mehr besitze, mein Buch über Delacroix nicht zur Hand. Ist es etwa das Selbstbildnis, das bei Chéramy war? Dieses befindet sich jetzt in der Porträtsammlung der Uffizien in Florenz resp. des Pitti. Ja, das meinst Du. Dort ist übrigens auch ein wundervolles Selbstbildnis von Corot. Bekommst Du den Louvre nicht, so haben natürlich die Bernheims in ihrer Privatsammlung himmlische Sachen, u.a.

den Delacroix »Frau mit Tiger«. Renoir seit 1895 etwa bis zum Schluß, also für meine Begriffe die beste Zeit, befindet sich bei Maurice Gagnat [sic], sehr liebenswürdig und zugänglich, ein Amateur, der, soviel ich weiß, nicht handelt, Verwandter von Paul Gallimard, der hoffentlich noch lebt und auch sehr schöne Sachen von Delacroix, Corot und anderen hat, sehr wichtig. Gute Sachen hat der Händler Rosenberg und natürlich auch Barbazange [sic]. Gott, wie gern wäre ich bei Dir in Paris. In Deutschland kommt natürlich eine ganze Menge in Frage, wenn Du den Louvre nicht bekommst. Diese Frage muß erst einmal entschieden werden. Sehr helfen könnte in Paris auch Moreau Nélaton, der Stifter der himmlischen Sammlung, der immer noch schöne Dinge besitzt, sehr gut beschlagen und von sehr großem Einfluß ist. Leider Deutschenfresser, wie man mir sagte, aber das braucht Dich nicht abzuhalten. Mit der richtigen Empfehlung wirst Du ihn mit Deiner Liebenswürdigkeit schon herumkriegen. Ich könnte Dir, glaube ich, manches helfen, wenn ich in Paris wäre. Selbstverständlich muß man Pellerin haben, auch Vollard hat noch allerlei, ist nur entsetzlich unzuverlässig. Da könnte Dir vielleicht Tewes helfen als eine Art Agent, der die Leute anhält, ihre Verpflichtungen zu erfüllen. Freilich ist Tewes bequem. Brauchbar wäre auch Dr. Gold, 9 Rue Ro [?]. Wann soll denn die Ausstellung sein?

Könnt Ihr mich zu Weihnachten brauchen? Ich möchte aber dann nicht bei Blochs wohnen, sondern in Eurer Nähe, evtl. im Gasthaus. Ich habe allerlei schmerzliche Dinge durchzumachen und brauche ein wenig Ausspannung. Viele Grüße

Dein

173 Meier-Graefe an Carl Moll

den 12. 1. 25

Lieber Karl!
Heute bekommst Du einen wenig erfreulichen Brief. König macht die Hergabe seines Bildes von Cézanne von der Korrektheit der Versicherung abhängig. Er fragte mich, welche Versicherungsgesellschaft in betracht käme, und ich war schließlich genötigt, auf die Franzosen zu verweisen. Davon will er nichts wissen. Er sagt: kommt etwas an das Bild, so wird es einem Franzosen nicht im Traume einfallen, einen Deutschen zu entschädigen. Außerdem sind alle Schäden dieser Art mit unendlichen

Prozessen verknüpft. Er hat leider mit der Nana von Manet schlechte Erfahrung gemacht resp. die schlechte Erfahrung von Theo Behrens aus der Nähe gesehen. Eine Verletzung wurde nur ganz minimal entschädigt. Er ist bereit, das Bild herzugeben, wenn eine deutsche Versicherung das Bild zu 80 000 Gm. versichert. Noch lieber wäre ihm die Garantie eines angesehenen Privatmanns wie z.B. Dr. Eissler, der sich bereit erklärt, im Falle der Beschädigung die Summe zu erlegen und das Bild zu behalten. Ich bin ein wenig enttäuscht über die Härte dieser Bedingung. Es spielen dabei verschiedene Momente mit. Erstens bildet sich Leo ein, den Franzosen einen Gefallen zu tun, mit dem sein Nationalismus nicht übereinstimmt. Zweitens ist in der Tat der Cézanne sein wesentlichster Besitz. Auf die leihweise Hergabe an die National-Galerie würde er ohne weiteres eingehen, da er dann das Bild selbst hinbringen könnte. Die Bedingungen der National-Galerie wegen der beiden Monet werden also auf diesem Wege erfüllt. Kannst Du das Selbstbildnis nicht mit leichter Mühe ersetzen, so würde ich Dir raten, eine Milderung der Bedingung dadurch zu erreichen, daß Du ihm einen netten Brief schreibst mit präzisen Vorschlägen, die ihn beruhigen. Seine Adresse ist: Freiherr Leo von König, Seestr. 13 Berlin-Schlachtensee.

Nun etwas anderes. Ich ging gestern zu Cassirer. Er machte eine hoch wichtige Miene, nahm mich in sein Geheimkabinett und flüsterte: Sie müssen sofort Moll warnen. Es kommt jetzt in Amerika zu einem großen Skandal wegen der Fälschungen Volpis und Balbonis. Der Mino ist eine krasse Fälschung, der Donatello krasse Fälschung, die Gruppe von Simone krasse Fälschung. Ich kniete mich hinein und erklärte ihm, hinter dieser Machination stecke Duween [sic] und der süße Berenson. Er gab das zu. Trotzdem seien es Fälschungen. Ich habe den Eindruck, daß er die Sachen überhaupt nicht gesehen hat. Ich ging darauf heute sofort zu Friedländer, der von Amerika zurück ist, und fragte ihn, wie er zu der Sache stehe. Er sagte, der Donatello und der Mino machten auch ihm einen sehr schlechten Eindruck, doch sei Plastik nicht seine Spezialität. Die Gruppe von Simone, die inzwischen von Valentiner umgetauft sein soll, hat er nicht gesehen, da er bei Frick nicht eingelassen wurde. Auch er glaubt an das Ausbrechen eines großen Skandals, den Duween [sic] loszulassen beabsichtige. Ich habe ihm meine Ansicht nach Kräften gesagt. Gegen Dich fiel natürlich kein Wort; Friedländer sprach im Gegenteil sehr nett von Dir. Cassirer erklärte Dich für den anständigsten Menschen der Welt, die süße Schlange. Ich machte Cassirer darauf aufmerksam, daß mir sein leidenschaftliches Interesse an meinen Geschlechtsorganen etwas übertrieben erscheine. Darauf erklärte er natürlich alles für eine Erfindung Lindemanns. Es sei ihm nicht im Traume eingefallen, mir die interessante Krankheit nachzusagen, sondern Lindemann habe ihn darauf aufmerksam gemacht, wie erschrocken ich mittags bei der Unterhaltung gewesen sei, als gesagt wurde, Syphilis töte in so und so kurzer Zeit und darauf habe Lindemann vermutet, ich sei beteiligt etc. Eine ganz romantische Geschichte. Ich erkläre sie hiermit feierlichst für erledigt. Du könntest aber Lindemann orientieren, damit sich dieser junge Mann abgewöhnt, seinen romantischen Einfällen gerade den Kanal in die Brust Cassirers zu öffnen. Majestät sollte mit ihren Einladungen in Zukunft spärlicher sein. Man kann mit solchen Menschen immer nur wieder sublime Erfahrungen machen und wird mit Recht bestraft, da man ja schließlich die Gemeingefährlichkeit kennt.

Ich gebe anheim, ob Du Balboni informieren willst. Friedländer will nicht genannt werden. Die Sache ist übrigens bereits ziemlich public. Dr. von Frey, auch so eine süße Zwiebel, sagte mir heute ob ich die Geschichte von den italienischen Fälschungen in Amerika kenne. Na, wappne Dich mit sokratischem Gleichmut und laß Dir sagen, daß dies alles nicht die geringste Bedeutung hat. Ich sagte Friedländer, daß, wenn sich die Fälschung der Simone herausstellen sollte, ich ein größeres Werk über den Fälscher zu veröffentlichen gedenke. Friedländer ist übrigens, wie ich mit Vergnügen bei dieser Gelegenheit wiederum konstatierte, anständig und sachlich.

Besten Gruß Dein

Ich erzählte Friedländer von dem komischen Verhalten Berensons beim Anblick der Reproduktion des Ducchio [sic] und erklärte ihm, daß ich ihn für absolut bestechlich und des denkbar schlechtesten Glaubens halte. Friedländer meinte, B. sei zu klug, um zu intrigieren und ziehe es vor, seine Ruhe zu genießen. Natürlich ein sehr naiver Standpunkt. Er gab zu, daß über italienische Kunst in Amerika ganze Gobelins von Intrigen gesponnen werden.

174 Meier-Graefe an Carl Moll

den 22. I. 25

Lieber Karl!
Ich schicke Dir hier Justis Brief zurück. Er entspricht durchaus der Dummheit der Museumsleiter, von der Du ja genug Proben in Deinem Leben empfangen hast. Ich habe vorgezogen, meine Erwiderung schriftlich darzubringen und schicke Dir Durchschlag dieses Briefes. Ob er hilft, lasse ich dahingestellt. Die beiden Monets sind sehr schwer zu ersetzen. Es würde sich darum handeln, Bilder zu finden, die nicht die alberne chromatische Theorie Monets, sondern seine in der Jugend so lebendige Lyrik zeigen. Von Frau Goldschmidt-Rothschild noch keine Antwort. Du irrst, die Arlesienne ist ganz unersetzlich und ungleich schöner als die anderen Bildnisse. Gachet ist ganz nett und kommt natürlich in betracht. Mit Kessler werde ich reden; ich hoffe, er gibt den Signac her. Kessler besitzt übrigens auch eine wunderbare Landschaft von van Gogh, eine der allerschönsten. Willst Du sie haben, so schreibe mir sofort. Mit dem Vorwort kannst Du natürlich machen was Du willst. Bei Leo [von König] liegt der Fall insofern etwas verzeihlich, als er tatsächlich Angst um sein Bild hat; billigen tue ich seine Ablehnung natürlich auch nicht. Ich bin überzeugt, er würde nachgeben, wenn Du ihm nett schriebst. Du mußt Dir immer klar sein, daß Eure zweifelhafte Versicherungs-Geschichte im Grunde sehr faul ist. Ein Besitzer kann selbstverständlich legitimer Weise verlangen, daß er außer seiner Güte kein Risiko läuft.

Hoffentlich hast Du in Paris den gewünschten Erfolg; ich zweifle eigentlich nicht daran. Schreibe mir bitte, wann die Ausstellung beginnt. Hoffentlich nicht vor Ende Februar, aber auch nicht später. Ende Februar würde mir glänzend passen. Ich bin bis Mittwoch früh Hotel Bellevue Dresden, Sonnabend den 31. d. M. wieder hier, halte Vorträge.

Herzliche Grüße Dein

175 Meier-Graefe an Ludwig Justi

den 23. I. 25

Sehr geehrter Herr Geheimrat Justi!
Moll schickt mir Ihren Brief vom 17. ds. [M.] Ich beklage aufrichtig Ihren Bescheid und bitte Sie, zu glauben, daß mich dabei nicht das rein amateurhafte Bedauern, der schönen Ausstellung wichtige Dokumente entzogen zu sehen, bestimmt, sondern ein weiterer Gesichtspunkt. Mir sind die politischen Erwägungen, die Sie andeuten, keineswegs fremd. Ich habe sie in unserer Unterredung nicht angeschnitten oder nur ein Desideratum daraus gezogen, das unseren Vorteil unzweideutig im Auge hatte. Wesentlich ist mir der Wunsch, Deutschland möge bei dieser Veranstaltung nicht fern bleiben. Sie haben natürlich ganz recht, daß ein grober utilitaristischer Instinkt Frankreichs Politiker, soweit sie bei dieser Frage in betracht kommen, bestimmt, aber es ist Ihnen doch sicher so klar wie mir, daß mit solchen Ausstellungen von Werken, die leider immer noch dem großen Publikum ganz fern stehen, nur eine recht begrenzte Propaganda zu machen ist. Welche Wiener Politiker werden überhaupt in die Ausstellung gehen. Diese Leute sind hier nicht anders wie bei uns und in Frankreich. Wesentlicher ist allenfalls die Haltung der Zeitungen, aber eben dieses Argument spricht für meine Absicht. Sie glauben, wir helfen Frankreich in seinen dunklen Umtrieben, wenn wir Bilder zu der Ausstellung hergeben. Ich bin vielmehr der Ansicht, daß, wenn neben dem Louvre und dem Luxembourg die Berliner National-Galerie erscheint, den französischen Politikern der Wind aus dem Segel genommen wird. Glauben Sie nicht auch? Übrigens habe ich durch meine Einsicht in die Pariser Verhandlungen den bestimmten Eindruck gewonnen, daß Herriot, der persönlich seine Initiative und zwar gegen die unteren Instanzen in die Waagschale legte, nicht an einen engen politischen Standpunkt dachte. Für mich ist politisch gedacht dieser Anlaß eine Gelegenheit für die feindlichen Länder, sich auf einem neutralen Terrain in würdiger Weise zu begegnen, und mir scheint, man sollte diese Gelegenheiten beim Schopf fassen. Im übrigen habe ich genug Beziehungen zur Wiener Presse und halte einen einleitenden Vortrag in der Ausstellung, sodaß ich in der Lage wäre, einer Ausnutzung der Manifestation auf unsere Kosten entgegen zu treten. Dies würde aber schon von meinem Freund Moll, einem ebenso talentvollen wie durch und durch deutsch denkenden Menschen, nicht geduldet werden. Dazu kommt bei mir der Standpunkt

des guten Europäers, über den ich gerade gestern mit einem Franzosen, dem Prinzen Rohan sprach, der sein Vermögen und seine Beziehungen dransetzt, um jenseits von allem Pazifismus für Verbindung unter den Intellektuellen aller Länder zu sorgen. Rohan wird bei Ihnen gewesen sein oder noch kommen.

Bitte nehmen Sie mich nicht für einen Unbescheidenen, wenn ich wage, Ihnen diesen Standpunkt nahezulegen. Ich kann selbstverständlich alle Hemmungen des Galerie-Direktors verstehen. Die sehr liberale Art Ihrer Aufnahme meiner Vorschläge ließ mich hoffen, Sie würden in diesem besonderen Falle diese höchst legitimen Erwägungen zurückstellen.

Die Schärfe Ihrer Bedingungen macht es den Wienern, wie mir Moll schreibt, unmöglich. Sie können nicht mehr als die normale Versicherung garantieren und sich meiner Vermittlung bedienen, um Ihnen während oder nach der Ausstellung durch deutsche Bilder Ersatz zu leisten. Es ist mir ebenso klar wie Ihnen, wie billig dieser Ersatz ist, aber die Wiener haben kein Geld und ebenso viele Schwierigkeiten in intellektuellen Fragen wie wir. Ich gebe anheim, ob Sie Gnade vor Recht ergehen lassen wollen und bitte in diesem Falle um ein Wort. Ich bin von Sonnabend früh bis Mittwoch früh Hotel Bellevue Dresden, dann ein paar Tage unterwegs und am 31. des Monats wieder zurück.

Mit den besten Empfehlungen Ihr ergebenster

176 Meier-Graefe an Paul Cassirer

den 25. 2. 25

Sehr geehrter Herr Cassirer!
Ich habe mir Ihre freundlichen Bemerkungen, die Sie neulich im Interesse Molls fallen ließen, gemerkt, und obwohl ich bereits vollkommen orientiert war, noch einmal sowohl an Moll wie an den Präsidenten des Vereins der Wiener Museumsfreunde geschrieben und habe von beiden die Bestätigung des Sachverhalts, wie er mir bekannt war, erhalten. Von Moll schriftlich, von dem Präsidenten des Vereins, der gerade hier ist, mündlich. Man hat Sie in einer für mich unbegreiflichen Absicht vollkommen falsch unterrichtet. Die Idee der Ausstellung ist niemals von irgend einer Behörde, oder von irgend einer anderen Seite Frankreichs

ausgegangen, sondern ausschließlich von meinem Freund Moll. Moll ist seit einiger Zeit in dem Vorstand des besagten Vereins und hat sich als Aufgabe gestellt, die Tätigkeit des Vereins auf eine vernünftige Basis zu bringen und künstlerisch ganz umzugestalten. Er hat mit einer Ausstellung der italienischen Renaissance angefangen und fährt nun mit der französischen Ausstellung fort. Als er diese Idee konzipierte, fiel ihm Painlevé ein, den er von früher her kannte. Painlevé ist ein begeisterter Anhänger der Musik von Mahler, Molls Schwiegersohn, und kam immer mit Piquart nach Wien zu den Erstaufführungen. Es hat sich da ein rein persönliches Freundschaftsverhältnis gebildet, und ausschließlich diesem Verhältnis ist die Aufnahme des Projekts in Paris zu danken. Painlevé hat sich für Moll verwendet und den sehr großen Widerstand der Kunstinstanzen besiegt. Herriot hat sich persönlich für die Sache interessiert, und ich kann mir wohl denken, daß politische Rücksichten ihm die Erfüllung der Bitte seines Kollegen erleichtert haben. Zwischen dieser Auffassung und der Behauptung, es handle sich um einen Akt französischer Politik besteht eine Differenz, die Ihnen sicher nicht entgehen wird. Es wäre ungemein bedauerlich, wenn politische Rücksichten in Verhältnisse hineingetragen würden, wo sie nichts zu suchen haben. Auch Sie werden mit mir der Meinung sein, daß das Kunstleben von solchen Dingen nicht beunruhigt werden darf. Ich werde mich jedenfalls nach diesem Gesichtspunkt richten. Sie täten sicher der Allgemeinheit einen großen Gefallen, wenn Sie Ihren Gewährsmann der Wahrheit dieser Darlegungen entsprechend orientieren würden.

Ihr ergebener

177 Meier-Graefe an Hermann Uhde-Bernays

[Tgb. 24. 9. 1927]

Ich habe Ihre Münchener Malerei gelesen und glaube, man kann so etwas kaum besser machen, die Darstellung der multiplen Begegnungen, die einmal eine Bedeutung gehabt und keinen bekannt gemacht haben. Sie haben es sachlich gemacht, mit Kritik, mit bewunderungswürdiger Sachkenntnis, mit unermüdlicher Vollständigkeit. Trotzdem werde ich des Buches nicht froh. Wir sind zu gute Freunde und ich habe vor Ihrer Tüchtigkeit zu viel Respekt, um Sie mit Redensarten zu bemogeln. Ich glaube, man kann heute solche Aufgaben nicht mehr mit ausgiebigem Nutzen für die Allgemeinheit unternehmen. Der Wunsch, vollständig zu sein, tötet die Kritik. Ich bewundere die Nuancen, die Sie zur Staffelung der Prädikate gefunden haben und die tätige menschenfreundliche Art Ihrer Diktion. Sie lieben das alte Drecknest, suchen Ihre Liebe zu legitimieren, aber vielleicht ist die Münchener Kunst dazu nicht geeignet. 90% der Namen, die Sie erwähnen, sind uns Hekuba, müssen uns Hekuba sein, weil wir nicht Platz dazu haben. Und die 10% kommen dadurch schlecht weg. Dann kann man keine Kunstgeschichte Münchens schreiben, werden Sie sagen, und das ist es. Nein, man darf sie nicht schreiben. Sind Sie nun böse? Sehen Sie mal, es geht doch heute um die Wurst. Es steht nicht München, sondern Europa auf dem Spiel, nicht die Kunst dieses kleinen Milieus sondern die Kunst überhaupt. Ich glaube an keine Rettung, am wenigsten mit den Mitteln des Historikers. Das einzige, das wir machen können, ist Sicherung – mögliche Sicherung der Hauptsachen.

Es wäre mir sehr fatal, wenn Sie mir grollten. Hätte ich Sie nicht so gern, würde ich's Ihnen nicht sagen.

178 Meier-Graefe an Annette Kolb

Berlin-Schlachtensee den 30/VIII 1924
Seestraße 4

Meine liebe Annette Der besten Freundin Wickis möchte ich so gern die Geschichte auseinanderpelken. Annette, es ist natürlich »fou« in irgend einem Sinne. Nur schreib die Folie keiner allzuspezifischen Gattung zu, sonst würdest Du nicht mir, sondern der Sache unrecht tun, letztens auch Wicki. Es ist heillos kompliziert und ganz einfach. Nur müßtest Du mein Vorleben und mich so gut kennen wie Wicki und ihr Dasein, bevor wir uns zusammentaten. Dann sähest Du eines sofort: die beiden paßten nicht zusammen. Ich habe vorher länger als zwanzig Jahre mit einem sehr sehr schwierigen Menschen gelebt, den ich leidenschaftlich liebte und mit dem man nicht fertig werden konnte. Man = tout le monde. Ein ulkiger Typ mit gräßlichen Außenseiten und sehr schönem Interieur, das zu mir paßte. Ich hab mir viel Mühe mit ihr gegeben, *nicht genug*, war zu sehr mit meinem eigenen Kram absorbiert, der Entwicklung eines unbegabten Menschen, der alle seine Kräfte braucht, um etwas halbwegs Vernünftiges zu werden. Ich empfand Rieke als eine Last, in guten Stunden als notwendige Last, um mich stabil zu machen; immer als Last habe ich mich arg mit ihr geschunden. Da lernte ich Wicki kennen, genau das Gegenteil. Irgend jemand hat sie mal Hellas genannt. Stimmt! So wirkte sie auf mich. Es geht also auch so, sagte ich mir, man kann ohne die ewige Nörgelei, ohne fortdauernden Kampf gegen ein ewiges Nein, gegen eine geradezu pathologische Skepsis leben. Der Himmel! Stell Dir das gut vor, Annette, dann hast Du schon das ganze Problem. Stell Dir einen Menschen vor, dem man plötzlich eine Last wegnimmt. Glaubst Du, er ist vergnügt? Dafür ist er viel zu blödsinnig, er läuft herum wie ein Besessener und hat nichts Schnelleres zu tun als sich eine neue Last zu suchen. Ich war zu dumm für Wicki, auch nicht jung genug. Kombiniere mal einen rembrandthaften nordischen Typ (versteh es nicht falsch) mit einem südlichen, der anscheinend ganz unbelastet ist. Das ist nicht mal in der Kunst gegangen, viel weniger im Leben, wo ja nicht ein Wille, eine schöpferische Disposition entscheidet, sondern eine Fülle ekelhafter Kleinigkeiten. Gleich am Anfang stellt sich zweierlei heraus: erstens, was ich nicht vermutet hatte, daß Rieke bis zur Raserei, bis zur Gosse unglücklich wird. Ich war nicht nur ihr Mann, sondern der einzige Mensch, mit dem sie konnte, relatif konnte, und der sie *verrät.* Ich erspare Dir, was ich als Entschuldigung oder Erklärung dieses Verrats anführen könnte. Zu verzeihen war der Verrat *nicht.* Das habe ich kapiert, u wäre ein Schwein, wenn ich es nicht mit allen Konsequenzen kapiert hätte.

Zweitens, dieses Hellas ist keineswegs entlastet, sondern in einer entfernt ähnlichen Lage. Sie hat maaßloses Pech mit der ersten Ehe und mit anderen Geschichten gehabt und sehnt sich leidenschaftlich nach der großen Liebe. Sie möchte endlich fliegen. Ja, das möchte er auch, das möchte jeder. Folgst Du? Plötzlich sieht sie, wie er krebst und wie so ein kampfsinniger [?] Bär nach seiner Last sucht. Da hat sie nicht die unmögliche Klugheit, mit ihm zu kriechen, mit ihm zu suchen, sondern fängt an zu leiden, verschließt sich.

Verstehst Du, Annette, es hat mich geärgert, daß Du die Sache zu äußerlich faßt. Wer soll's denn sehen wenn nicht Menschen wie Du?

Nun kommen tausend Misverständnisse. Sie will alles, sie tut alles, führt ein Sauleben, hofft, eines Tages wird es besser, weil sie ein Sauleben führt. Falsche Kausalität. Sie wurde mit der Rieke-Sache nicht fertig. Ich weiß heute, sie konnte, durfte nicht mal mit ihr fertig werden; es wäre gegen ihre Art gewesen. Für sie war Rieke eine metaphysische Kraft irgendwo, die alle ihre Bemühungen lähmt. Sie konnte den Verrat, den ich begangen hatte, nicht verstehen und konnte noch weniger ihren Teil auf sich nehmen. Das ist der große zentrale Anlaß. Tausend Dinge, eng oder ferner, kristallisieren sich daran herum. Dies war die Krankheit unserer Ehe in den ersten drei vier Jahren. Darüber sind wir nicht weggekommen.

Hat so eine Sache ein Loch, findet sich immer etwas, das in das Loch hineinpaßt und die Öffnung noch größer macht. In diesem Fall ist es ein Kind, das ich sehr gern habe, mein »Colie«, 18 Jahre. Mit diesem Teil verschone ich Dich, und glaub mir, es ist nicht banal. Die Liebe eines alten Esels zu einem Kind. Kann ekelhaft, kann auch sehr merkwürdig sein.

Diese Sache ist aber kein Anlaß primärer Art, sondern führt uns zur Lösung. Die Lösung bringt auf einmal die beiden Menschen zu sich. Wicki hat sich in dieser gräßlichen Geschichte, für sie von Qualen, die ich Dir nicht schildern kann, so menschlich, so *echt*, so gut und so natürlich gezeigt, daß ich zum ersten Mal ihr ganzes Wesen kapiert habe. Schlimm, daß es immer erst solcher Katastrophen bedarf. Es ist aber so, kann gar nicht anders sein. Wicki hält sich für ganz einfach, mich für wer weiß wie kompliziert. Umgekehrt ist es. Ich bin ganz einfach, und sie ist *in unserer Ehe* ungemein schwer zu durchschauen. Ein Tresor, Annette, ich weiß es. Natürlich ist es eine furchtbare Unfähigkeit von mir, daß ich ihn nicht zu haben vermochte.

Die Menschen schieben so etwas immer nur eine gewisse Zeit. Nachher werden sie mit Gewalt von der Konsequenz der Situationen weiter getrieben. Wie man es macht, ist verkehrt; so oder so. Bei mir steht es einfach so, daß ich jetzt diese dritte Sache als letzte Probe mache, ob ich ein irrsinniges Schwein oder ein Mensch bin. Glaub mir, es giebt in solchen Geschichten Stadien, wo der Verzicht auf das sogenannte Unrecht nie [?] zu Stärke, sondern einfach Gemeinheit wird oder Faulheit, Feigheit, was weiß ich. Nach dem bischen Umsicht und Einsicht, das mir geblieben ist, glaube ich, unsere Trennung ist unter allen Übeln das notwendigste, sowohl für mich, wie für Wicki.

Alles andere ist Detail. Die Fixigkeit, mit der alles schließlich ging, ist natürlich ekelhaft, aber nicht beabsichtigt. Stell Dir doch nur vor, Annette, daß unser eins in so einer Standesamt-Sache keine Affaire sehen kann. Ja, jetzt sehe ichs, und es wäre natürlich besser gewesen, zu warten. Aber Wicki kommt und fragt. Man ist des Schwindelns so müde, daß man antwortet. Annette, ich will Dir nur eins sagen. Die Trennung von Rieke war furchtbar. Die Trennung von Wicki ist für mich viel viel schlimmer. Ich werde die Kleine nicht darunter leiden lassen, man lernt mit der Zeit.

Nun bildet sich Wicki ein, es sei nie zwischen uns etwas für mich Wesentliches gewesen. Ich bin immer noch Optimist. Ich sage mir, Menschen, die mit einander ordentlich gelitten haben, und bei Gott, das haben wir, besitzen allein daraus eine unzerstörbare Gemeinsamkeit. Kein Leiden ist umsonst. Auch die Schmerzen Wickis sind nicht umsonst. Wir werden beide wieder kommen. [?] Schließlich sind wir schwache aber nicht gemeine Menschen.

Dein Ju

Ich bin wahrscheinlich gegen den 8. in München. Gieb mir Deine Adresse!

179 Meier-Graefe an Annette Kolb

Grand Hôtel
12, Boulevard des Capucines
Paris
20/XII 1924

Liebste Annette, es war leichtsinnig von Dir, nach München zu fahren, aber tant mieux, da es gut ging. Ich erfülle auch die kleinen Verpflichtungen, da ich bei den größeren prompt versage. Cigaretten lasse ich Dir schicken und Piper schreibe ich wegen des Buddho. Umsonst wird er Dir ihn nicht geben aber zu 50%. Es geht dem Verlag dreckig.

Stell Dir vor, Paris wird seitdem ich hier bin, den Nebel nicht los, dicker Londoner Nebel, was die Engländer alles fertig bringen!

Es war diesmal nicht sehr nett hier, ich komm nicht aus der ekelhaften Stimmung heraus und kann nicht arbeiten, und ein besonders drastischer Fall zeigt mir die unsinnige Wut der Menschen auf mich. Der wütende Bourgeois ist ein widerlicher Anblick. Die Kunstmenschen sind selig über die vermeintliche Legitimität ihres Hasses. Alles weil ich 1914 einen

Aufsatz geschrieben habe, den jeder anständige Mensch in meiner Lage schreiben mußte und der nur, wenn er böswillig verdreht wird, verletzten konnte. Daß sich gerade die sogenannten Intellektuellen zu solchen Verdrehungen hergeben!

Im allgemeinen hassen mich die Menschen freundlich. Ich bin nicht stolz darauf, sondern frage mich immer wie ich das Widerliche loswerden kann, das ich haben muß und das tout le monde, auch anständige Leute abstößt. Ich muß so was haben. Auch Wicki haßt mich und nicht erst seit der Trennung. Sie irrt sich, wenn sie es Liebe nennt. Es ist wahrscheinlich nur eine Schlamperei von mir, ein leichtes Getue oder so was. Na, ich werde mich auf mein Schloß in Buxtehude zurückziehen. Doch Annette, glaub mir, im Grunde ist es der verfluchte Haß Wickis. Sie liebt einen Menschen, dessen Art sie ihrer Natur und Erziehung nach hassenswert fand. Voilà le problème. Und mich machte das ungeduldig.

Ich fahre morgen mit Moll nach Zürich auf den Tag und bin am 23. in Wien bei Carl Moll Wollergasse 10 Wien XIX. Am 5. Januar wieder Berlin.

Moll habe ich hier rasend geschadet, nur weil ich mit ihm war. Man könnte verzweifeln. Ich erzähle es Dir mal. Mit der Frankfurter klappt es auch nicht. Der »Schutzverband« geht gegen mich los. Die Menschen sind zum Piepen.

Dein Ju

180 Friedrich Sieburg an Meier-Graefe

5, Place du Pantheon. V^{e}
Odéon 25-19
Paris, 23. 12. 29

Lieber und sehr verehrter Herr Meier-Graefe
Sie können sich schwer vorstellen, welche Freude Sie mir mit Ihrem »Corot« bereitet haben. Ich habe das Buch bereits verschlungen und genieße nun fast täglich die geniale Auswahl der Bilder, die mir diesen Maler neu und, wie ich nun weiß, in dem einzig richtigen Aspekt erschließt. Sie großer und glücklicher Schriftsteller, dem das Schicksal es erlaubt, Gott in Frankreich ganz ohne Fragezeichen zu verehren! Ich kann nicht sagen, wie stolz ich bin, daß Sie mir das Buch gesandt haben.

Ich habe es mit dem jünglinghaften Gefühl eines Verehrers geöffnet, der Sie seit zwanzig Jahren liest und auf eine solche persönliche Nähe nie zu hoffen gewagt hat.

Mein Dank muß heute ohne Ende sein, – wegen Ihres Aufsatzes über mein Buch, der mir eine unendliche Freude bereitet hat. Besser, tiefer, vollständiger und gütiger kann man mein Buch nicht beurteilen.

Lassen Sie mich hoffen, Sie bald wiederzusehen. Im Frühjahr verlasse ich Paris um nach London überzusiedeln. Hoffentlich kommen Sie vorher noch hierher.

Mit den herzlichsten Grüßen und besten Empfehlungen an Frau Meier-Graefe

Ihr sehr ergebener Sieburg

181 Meier-Graefe an René Schickele

St. Cyr s. M.
26. V. [1931?]

Lieber Schickele
Ich habe gerade Ihr Buch ausgelesen. Weiß nicht, wie ichs Ihnen sagen soll. Sage ich, daß ich überrascht bis zur Plattheit bin, so denken Sie, für was hat er mich bisher gehalten? und verschweige ich dieses Gefühl, lüge ich. Also immer noch besser, Sie mit einer Anerkennung kränken, umso mehr als es sich hier wohl um einen cas unique handelt. Auch Goethe hat nur einen Werther geschrieben. Man trifft so was einmal und es wäre sonst fast eine Gemeinheit. Wissen Sie, Ihr berühmter Dualismus – Deutscher–Franzose – das ist hier einmal geradezu märchenhaft Gestalt geworden. Ich habe das alles auch in Paris erlebt aber ohne Lo, ohne Feste im Park, ohne einen einzigen Franzosen, voilà la différence. Ach wie nett, daß Sie mir diese Widmung hineingeschrieben haben. Sie haben wohl verstanden, daß Sie in mir einen Leser finden würden. Das ist das rührend Nette an Ihnen, fern von aller Kameradschaft. Ich bin immer darauf beschränkt, Reflexe dieses Paris in unsterblichen Dingen darzustellen. War dabei blödsinnig glücklich und hätte eine Liebesgeschichte für meinen Part für dumm gehalten (tatsächlich habe ich nie was mit einem franz. Mädel gehabt, nicht mal haben wollen, komisch, wie?) Ich beneide Sie, mein Lieber. Sie gehören eben doch dazu, ich nicht, aber da Sie auch zu uns gehören – nur, Du lieber Gott, wo sind wir? – kommt

michs wahrhaftig fast brüderlich an, Bruder des irgendwo. Hören Sie, es ist sehr kindisch, wollen wir uns nicht Du sagen? Wenn es Ihnen unangenehm ist, lassen wirs. Mir ist das noch nie passiert. Das ist das sehr Schöne an dem Buch: es trägt über den Schriftsteller hinweg. Die Sache ist stärker als Sie selbst. So wie auch Renoirs Sache größer als er selbst ist. Ich glaube, man könnte Fehler finden, kleine Verzeichnungen und so (weiß nicht, meine nur) und erstaunlicherweise trägt der so erstaunlich leichte Duktus absolut fest über solche Dinge hinweg, selbst über die Lo-Geschichte. Das mag wohl das Deutsche an dieser sehr französischen Geschichte sein. Ich kann es nicht gut ausdrücken. Ich glaube, dies kleine Ding ist wirklich Ihr Buch oder Dein's, wenn es Dir recht ist

Herzlich Ihr Meier-Graefe

182 Meier-Graefe an René Schickele

J. Meier-Graefe
Grunewaldallee 20
Berlin-Zehlendorf

La Banette
St. Cyr s. Mer
p. Marseille (France)
20. VI. [1931]

Lieber Schickele Dein Brief hat mich doppelt und dreifach intressiert. Am liebsten würde ich ihn Simon schicken. Ich glaube, Du hast mit der F.Z. nur zu recht. Über Sieburg denke ich etwas besser. Ich werde, wenn ich nach Frankfurt komme, Simon zureden, Reifenberg ins Feuilleton zu nehmen. Da war er sehr gut. Kracauer geht nicht in Paris. Es klingt komisch, was ich sage: er sieht zu schlecht aus, und sein Sprachfehler macht es vollends unmöglich. Ein Stotterer am Telephon. Netter, begabter Kerl. Du siehst ihn richtig. Auf die Maria Capponi freue ich mich. Ich möchte wissen, wer uns lesen soll, wenn wir es nicht tun. Ich bin nur sehr gehemmt durch meine Arbeit. Seid Ihr, bist Du gegen 15. Juli noch in Ascona? Dann ginge es. Ich würde die Gelegenheit benutzen und v.d. Heydt für Klossowski anpumpen. Ich suche zehn Menschen, die monatlich 20 Mk für ihn zahlen und dann ein kleines Bild nach einem Jahr kriegen. Man kann diesen Menschen nicht verrecken lassen. Er wohnt bei mir. Wenn wir weggehen, zieht auch seine Fräulein Stieler in unser Haus. Bis August etwa habe ich Geld genug für ihn. Nachher wird es faul. v.d. Heydt hat schon mal ein bischen, aber muß nochmal ran. Vielleicht kannst Du mir bei v. d. H. helfen. Wir denken am 12. mit dem Wagen nach Lausanne zu fahren, wo ich die Sammlung Reber sehen und Reber für Kl. anzapfen will. Ich denke wir sind am 14. abds in Lausanne, bleiben zwei Tage und können wohl am 16. in Ascona sein. Ich kann es mir nur leisten, wenn v.d. Heydt da ist, der mich eingeladen hatte, blieben paar Tage in Ascona resp. 2 Nächte und gondeln dann den 18. weiter. Die Freude für uns in Ascona wärest Du. Also schreib, wenn Deine Sachen feststehen. Ich kann im Notfall auch schon am 10. weg.

Viele Grüße Dein MG

Soeben trifft das Buch ein. Tausend Dank!

183 Meier-Graefe über *Die Witwe Bosca*

[Tgb. 12. XII. 1933]

Renés Witwe Bosca ausgelesen. Die F.Z. bittet mich um die Besprechung. Ich weiß nicht, ob ich kann. Die Freundschaft bindet mich, namentlich der Umstand, daß René meinen Roman so liebevoll besprochen hat. Le principe de l'admiration mutuelle. Ich fühle auch, daß ich nicht ganz objektiv sein kann. Nicht nur meine Beziehung zu René sondern meine Vertrautheit mit dem Milieu des Romans, die ich nicht einfach ablegen kann. Ich möchte ihm Freude machen und habe Angst. Albern natürlich. Der Roman ist im Œuvre René's ein Höhepunkt und überhaupt ausgezeichnet, liegt mir aber eigentlich nicht recht. Diese dichterische Ideenverbindung, die oft die Willkür streift und sich nicht vor Romantik fürchtet, ist genau das Gegenteil von meiner Art oder von der Art, wie ich sein möchte. Der Gang, der innere Gang ist wichtig. Es stört mich auch die Einsicht in seine mir unbegreifliche Tätigkeit, dieses Eruptive mit verhältnismäßig wenig Korrektur, während ich mir jede Zeile abquälen muß. Das sind unbewußte Hemmungen. Übrigens glaube ich, daß seine Vision der Provence gerade denen, die das Land nicht kennen, eingeht, und das ist ein gutes Kriterium. Komisch, die Heldin die Sibylle und Frau Pauline sehe ich immer als deutsche vor mir. Die verwickelte Beziehung zwischen Frau Pauline und der Bosca, die beide denselben Mann geliebt haben, ist nicht absolut zwingend gegeben und vielleicht auch gar nicht nötig. Der Gegensatz ist schon da ohne das, wird raumhaft unterstrichen. Paul etwas dürftig. Sibylle vollkommen, die Bosca und der Anwalt dito. Meisterhaft die Haltung zwischen Humor und Tragik, die mir nie gelingen würde; der Mut, bei diesem Gesamtton sehr viel Blut fließen zu lassen. Einige Banalitäten. Die Schatzgräber z.B. sind Kleinigkeiten, die ich ihm geraten hatte, zu streichen.

184 Meier-Graefe an Thomas Mann

J. Meier-Graefe

La Banette
St. Cyr s. Mer
p. Marseille (France)
24. II [1933]

Verehrter Herr Mann
Ihre Rede hat mir unausprechliche Freude bereitet. Haben Sie Dank! Ihre Worte übertreffen die Würde in dem J'accuse Zolas.

Ich schreibe soeben an Hauptmann, ob er sich nicht aufraffen will, sich zu den deutschen Ungeheuerlichkeiten zu äußern.

Für meinen bescheidenen Part hoffe ich, eine Gelegenheit zu finden.

In herzlicher Ergebenheit Ihr J Meier-Graefe

185 Meier-Graefe an Thomas Mann

St. Cyr s. Mer 18/VII 33

Lieber Herr Mann, Das Wunderbare an Ihrem Monument ist das Biblische ohne die geringste Spur von Archaismus. Zwischen den Zeilen etwas von den Buddenbrooks und Ihren anderen Werken, das sonderbar Bürgerliche, unendlich bedeutender geworden. Der Mythus, von der natürlichen Aktion der Menschen getragen. Vielleicht sind sogar die Buddenbrooks archaischer. Mir ist das gestrige Stück noch näher gegangen als die Vorigen, aber das liegt nur an dem Zuhörer, der mehr in den Ton hinein kommt. Daß heute noch einer diesen Ton treffen kann. Natürlich nur ein Deutscher! Ihr Werk löscht alle Schweinerei des trostlosen Landes aus. Ob Hitler in drei Monaten oder in drei Jahren fällt, kann uns wurst sein.

Flaubert kam ein einziges Mal, in dem Julian, solcher Überlegenheit nahe. Seinem Wunder half das legendarische Wunder. Man darf ihm nicht den Archaismus (was nahe läge) vorwerfen, weil er so etwas Himmlisches grade damit gemacht hat. – Daß wir heute solche Nirwanas diskutieren können. Wo giebt es so ein Deutschland auf der Terrasse?

Eine Winzigkeit, die mir auffiel aber sehr wahrscheinlich nur am Zuhören lag: die Haselnußtränen. Vielleicht müßte der Ausdruck zwei, dreimal wiederholt werden, um die Tränen noch mehr zu detaillieren und dadurch die geringste Parteilichkeit zu entfernen. Ihre Details sind eine wahre Wonne und werden nie, wie so oft bei anderen Werken Flauberts, zu viel. Hier liegt – man wagt es kaum auszusprechen – Ihre Überlegenheit über den Anbetungswürdigen.

Eine rechte Perversion, diese Würde mit den von Ihrem Bruder servierten Geschichten abschließen zu lassen. Wahrscheinlich wollten Sie uns und womöglich sich selbst mit einem banalen Witz die Rückkehr erleichtern. Mir ist der Witz höllisch in die Knochen gefahren, habe die Nacht gebraucht, um ihn wieder loszuwerden. Verzeihen Sie die Indiskretion! Die Angegriffenheit Ihres Bruders verdient alle Nachsicht und Sympathie. Nur grade auf der Terrasse –

Heute steht nur Ihr kristallklarer Ton vor mir. Weiß gar nicht, wie ich Ihnen danken soll.

Toto Becker habe ich wegen ›Tod in Venedig‹ geschrieben.

Grüßen Sie Ihre Frau. Ich bilde mir ein, sie habe bei dem Dessert mit mir gelitten.

Herzlich Ihr Meier-Graefe

186 Meier-Graefe an Thomas Mann

St. Cyr s. Mer 20/XII [1933]

Lieber Thomas Mann, habe die letzten Monate viel mit Ihnen zu tun gehabt, hätte Ihnen gern längst geschrieben, wenn mir nicht die Möglichkeit fehlte, meine Bewunderung, ohne Ihnen beschwerlich zu werden, auszudrücken. Denn es gäbe, weiß Gott, Berge der Bewunderung zu bewegen über Ihr Buch. Diese Verknüpfung des Diesseits und des Jenseits, die untadelige Festigkeit der Realität, vor allem diese merkwürdige glückliche Kombination: Objektivierung der Legende mit den bedächtigen

Mitteln des Historikers, die wiederum nur ein Mittel ist, um dem Dichter zu erlauben, die Legende vor uns entstehen, atmen, sich regen und fortschreiten zu lassen wie eine vor uns geschehene Begebenheit mit allen Gefühlen, selbst bis zu den Höhepunkten rührendster Zärtlichkeit und Intimität. Schon das Wollen so einer Aufgabe ist ein Entschluß von phantastischer Seelengröße. Soll ich Ihnen gestehen, daß ich trotzdem mich die vorgelesenen Stücke hingerissen haben, immer noch ein bischen für das Ganze fürchtete. Das Wagnis, das ich im ganzen Umfang kaum ahnte, die Angst vor Archaismus, vor dem Apparat. Ihr Genie hat alles realisiert. Ich verehre neben Ihrem Genie etwas, das einem armen Schlucker wie mir besonders viel bedeutet: die Arbeit, den Fleiß, die Dichtigkeit. Das letzte Wort möchte ich zehnmal unterstreichen. Wir sprachen einmal flüchtig von Flaubert. (Wie ärgere ich mich, daß man eigentlich auf Ihrer netten Terrasse immer nur flüchtig sprach, in einer albernen Hemmung!) Und Sie sagten mir, Sie hätten ihn wieder vorgenommen, um zu erkennen, wie Sie's nicht machen dürften. Mir ging damals allerlei durch den Kopf, ob es wirklich möglich war, das ganze Werk so real wie Flaubert zu halten und trotzdem die Klippe Flaubert restlos zu vermeiden. Sie haben's geschafft. Viele andere vermeiden natürlich auch die Klippe, kein Kunststück. Der Witz ist, die Dichtigkeit Flauberts zu behalten, nicht einfach genial herumzufludern, Sie verstehen schon.

Ich habe in den letzten Monaten Ihr ganzes Œuvre soweit ichs hier besitze, nochmal gelesen. Die Höhe, die der Schreiber der Buddenbrooks erreicht hat, kommt als größte Kostbarkeit hinzu.

Ich wollte Ihnen eine kleine Freude mit der Widmung eines Flaubert-Essay bereiten, der, nachdem er Monate lang bei der F.Z. lag, dort vor kurzem in zwei Teilen ohne die Widmung erschienen ist. Die süße Redaktion hat die Dedikation, ohne mich zu fragen, einfach gestrichen. Es war nicht nur eine belanglose Courtoisie für den Verfasser der Jaakobsgeschichten, sondern hatte einen meinen Text ergänzenden, ganz bestimmten Sinn. Enfin, es giebt heute schlimmere Übeltaten. Wenn Sie den Essay nicht haben und lesen wollen, schicke ich Ihnen das Ding.

Mein lieber Mann, hoffentlich erfüllen sich Ihre an die Schweiz geknüpften Wünsche. Das ist die einzige Unaufrichtigkeit, zu der ich mich hergebe.

Grüßen Sie Ihre liebe Gattin und die Brüder. Meine Frau ist in Berlin und versucht, anscheinend mit einiger Aussicht auf Erfolg, blockiertes Geld für die Anschaffung eines Autos freizukriegen.

Ich habe mich bei der Kummerzelle gemeldet. Bermann behauptet das genüge und es bedürfe keiner Verpflichtung zu dem Regime. Kann mir kaum denken, daß sie's so billig machen. Eine Erklärung, mitzutun, werde ich ablehnen, wenn sie verlangt wird.

Herzlich Ihr Meier-Graefe

187 Meier-Graefe an Thomas Mann

Hopital de la Providence
Vevey, den 2. 6. 35

Lieber Thomas Mann,
Meine besten Wünsche zum 60. Es war mir so bitter, in das Geburtstagsalbum keine Zeile einschreiben zu können. Sie wissen, wie gern es geschehen wäre, aber wie man sich gleichzeitig auch bei Ihnen bei einer solchen Gelegenheit zur Verantwortung angehalten fühlt. Gönnen Sie sich ein Geburtstagsgeschenk, den Besuch der großen Italiener in Paris. Die Ausstellung wird übrigens auch nach Ihrer Rückkehr auf seien im Petit Palais.

Grüßen Sie Ihre Frau und Ihre Kinder

Ihr Meier-Graefe

188 Meier-Graefe an Klaus Mann

St. Cyr s. Mer (Var)
15/VII [1933]

Lieber Herr Mann, es giebt ernste materielle Schwierigkeiten. Ich darf nicht riskieren, uns ohne unabweisbaren Anlaß die dürftigen Einnahmequellen in Deutschland, auf die außer uns meine beiden früheren Frauen angewiesen sind, zu verstopfen, und vermute, daß meine Mitarbeit an Ihrer sicher sympathischen Zeitschrift die Gefahr beträchtlich steigern würde. Ist einmal der dünne Faden ganz zerschnitten, dann gern. Momentan bin ich übrigens mit einem im Herbst erscheinenden Buch sehr besetzt.

Meine Frau grüßt schön. Die untreue Ida wurde durch eine sehr nette Femme de ménage glücklich ersetzt.

Freut mich, daß Ihnen der Aufsatz in der Rundschau zusagt. Man hat mir ein paar für den Standpunkt wesentliche Sätze, u.a. gegen den metaphysischen Imperialismus Wagners, ohne mich zu fragen, gestrichen. Über die Schweinerei gegen Liebermann habe ich in der Frankf. Zeitung gelegentlich der Besprechg eines albernen Buches Justis – auch einer, dem es nichts genutzt hat – ein Wörtchen fallen lassen. Trostlose Gesellschaft.

Wir hatten neulich einen himmlischen Abend auf der Terrasse der Tranquille, als der Vater wieder ein Stück seines Romans, diesmal den Segen Isaaks, vorlas. Dies ist doch die beste Art des Protests. Kann Ihnen nicht sagen, wie wohl Ihr Vater tut. – Was Ihr Onkel über die Hitlerei hinzufügte, war weniger erquicklich.

Ich wünsche Ihnen guten Erfolg. Um Gotteswillen, machen Sie nichts in der Art Ihres Onkels. Vollkommen vorbei. Nur mit dem Positiven, der einwandfreien Leistung, läßt sich etwas erreichen. Nun, das wissen Sie wohl alleine

Herzlich Ihr J Meier-Graefe

189 Meier-Graefe an Benno Reifenberg

22. IV [1932]
St. Cyr s. Mer
(Var)
La Banette

Lieber Herr Reifenberg
Ihr Brief vom 14. nach Berlin kommt erst heute. Natürlich tue ich für Hausenstein mit und was Sie als Thema andeuten, erleichtert den Fall. Die einzige Schwierigkeit: die Zeit, denn es geht bei meiner Senilität immer langsamer, aber ich will versuchen, bis dahin fertig zu werden, muß nur vorher noch eine kleine Arbeit für die F. Z. über die in Basel ausgestellten Deutschen der Sammlung Reinhart beenden.

Was sie in dem Brief über mich und den *Vater* schreiben – das schmeckt, mein Lieber, zumal ich fortwährend die größte Angst habe, daß der Roman doch Dreck ist. Wenn ich noch ein paar Jahre hätte, kriegte ich ihn besser. Manches ist inzwischen noch ein bischen dichter geworden, aber es wimmelt immer noch an faulen Stellen. Mai und Juni habe ich noch für das Manuskript. Im Juli will Fischer drucken. Mein Alter war ein fabelhafter Kerl, das hat mir den Fall sehr erleichtert. Wacker-Prozeß war zum piepen. Ich komme jetzt nicht dazu, etwas zu schreiben. Vielleicht später mal. Sagen Sie es bitte Gubler. Viele Grüße auch Ihrer lieben Frau, und vergessen Sie nicht, wenn Sie abends von Frankfurt abfahren, sind Sie mittags um 12 in Marseille und von dort in einer Stunde mit unserem Hanomag bei uns.

Herzlich Ihr Meier-Graefe

190 Meier-Grafe an Benno Reifenberg

8 / XII [1932]
Streng vertraulich

Lieber Herr Reifenberg, ich muß eine kleine Intrige spielen. Fischer gab mir den ersten Teil des neuen Sieburgschen Buchs im Manuskript. Er wird es nicht bringen. Bitte um Diskretion.

Ich würde Ihnen nicht darüber schreiben, wenn mir Fischer nicht gesagt hätte, Simon denke daran, wenn er, Fischer, das Buch nicht akzeptiere, es trotz mancher Widerstände doch zu verlegen. Sollte das der Fall sein, so lassen Sie sich bitte den ersten Teil geben. Es genügt, daß Sie den Teil »Die Wahrhaftigkeit als Wille und Vorstellung« (S.62) lesen. Ich bin überzeugt, Sie werden Simon abreden, falls dies wirklich nötig sein sollte. Sieburg selbst sagte mir, Simon habe abgelehnt, sprach übrigens bei dieser Gelegenheit außerordentlich warm von Ihnen beiden und erwähnte sehr dankbar die Mühe die sich Simon mit dem Buch gegeben habe.

Das Buch bringt viel Richtiges und Schönes aber wird, davon bin ich überzeugt, großen Schaden anrichten; nicht nur bei uns auch in Frankreich. Sie wissen, wie gern ich Sieburg habe. Wenn ich den Fall nicht für überaus wichtig hielte, würde ich Sie verschonen.

Ich komme am 5. Januar auf 2 Tage nach Frankfurt.

Herzlich Ihr J. Meier-Graefe

191 Meier-Graefe an Benno Reifenberg

J. Meier-Graefe
Laubenheimer Str. 7
Tel. Wagner H 8 1547
Berlin-Wilmersdorf

15/XII [1932]

Lieber Herr Reifenberg
Ich habe von dem Buch nur die ersten circa 100 Seiten außer der Einleitung gelesen. Soweit man nach diesem immerhin beträchtlichen Teil urteilen kann, scheint mir die Tendenz und die Dialektik verfehlt und geeignet, großen Schaden anzurichten. Eigenschaften des Deutschen, deutsche Tradition, deutsche Ideen, über die man verschiedene Ansichten haben kann, werden mit einer fast gewaltsam zu nennenden Subjektivität als Tugenden und berechtigte Eigentümlichkeiten, als gültige Grundsätze hingestellt und sehr oft nur mit dem Gefühl, nicht sachlich genug belegt. Das tritt an vielen Stellen hervor, am bedenklichsten in dem Kapitel von der Wahrhaftigkeit. Hier muß man, so glaube ich, fast jedem Satz widersprechen, sogar den richtigen, weil sie von dem unzutreffenden immer falschen Ton, falsches Licht erhalten. Taugt ein Volk etwas, das nur in Uniform zu seiner Zusammengehörigkeit gelangt, nur als Militär sich zu erziehen vermag und kann man die Behauptung, das deutsche Heer sei nicht dazu da, um Kriege zu führen, um Gewalt zu üben, um zu töten, prinzipiell sichern? – Sieburg bringt Einwände gegen den Militarismus, gegen Wilhelm II. u.s.w. aber bringt sie, nachdem er die vermeintlich sittliche Grundlage seiner Theorie vom Wesen unseres Heers festgestellt hat, gewissermaßen in einem Nachsatz, der die Schroffheit nicht mildert. Aus dieser Theorie gewinnt er Forderungen gegen Versailles, die ich als unpolitischer Deutscher gleich ablehnen würde. Dieses Kapitel wird im Inland von den Nazis ausgenutzt als neue Argumentation ihrer Tollheit fruktifiziert werden, wird die Gegenseite und zwar die besten Köpfe und Herzen der Gegenseite verletzen und verbosen [sic] und wird im Ausland als wilde Kriegspropaganda, verbrämt mit Paradoxen der übel beleumdeten deutschen Metaphysik, aufgefaßt werden. Mit Unrecht insofern, als Sieburg wohl etwas anderes vorschweben mag, mit Recht, weil er das andere nicht klar genug herausbringt und weil ihm die journalistische Pflicht nahe legen müßte, alles zu tun, um in diesen ungemein heiklen Dingen Misverständnisse auszuschließen. Gerade er, der

Repräsentant Deutschlands u Frankreichs, durch das wundervolle Buch über Frankreich besser legitimiert als irgendein Botschafter, der geistige Deutsche wird drüben verherend [sic] wirken.

In dieser Art das ganze Stück das mir vorlag. So das ebenfalls sehr wichtige Kapitel über unsere Liebe zur Arbeit um ihrer selbst willen, höchst diskutabel. Wenn man daraus ein Ideal machen will, oder sagen wir, wenn man dieser Passion die legitime Seite, die selbstverständlich existiert, abgewinnen will, muß eine Behutsamkeit aufgeboten werden, die hier fehlt. Wohl sieht Sieburg die Schwächen des Arbeitshungers, aber wie in dem Kapitel über die Wehrmacht kommt die Bemängelung hinterher und viel zu schwach. Gerade dieser Gegensatz gegen die Lebensphilosophie Frankreichs wird drüben mit Recht beanstandet werden. Ich höre schon die Antwort.

Ich habe immer neben den Nazis Frankreich im Auge, weil wie mir scheint dies eine Haupttendenz des Buches ist: der Nachweis, daß eine Gemeinschaft der beiden Völker unmöglich ist. Vielleicht hat er recht. Selbst wenn es wahr wäre, dürfte *er* es nicht sagen, am wenigsten in dieser Form. Nur der Ton tiefster Tragik wäre in diesem Falle angebracht. Mir und vielen anderen gilt die von Sieburg angenommene und freilich mit manchem treffenden Argument gestützte tragische Hypothese nicht für erwiesen, und ich für meine Person finde, daß wir doch so gut wie nichts getan haben, um unseren maßlosen Beitrag zur Feindschaft zu mindern. Gute Franzosen sagen dasselbe von ihren Leuten. So muß es sein.

Sieburgs Tendenz ist Nationalismus, natürlich nicht Hitler. Er erkennt am Anfang des Buchs das formlose, kernlose Volk der Mitte und sagt glänzende Dinge darüber. Ich begreife nicht, warum er uns ausgerechnet die Rolle der Nationalisten zudiktiert, die wir nie gespielt haben und gegen die sich unsere größten Denker ausgesprochen haben, anstatt uns zuzutrauen, gerade das Entgegengesetzte zu erwirken. Ich verstehe schon, warum er so denkt, und es steht in den schönen Sätzen über unseren Hang zum Chaos oder zwischen den Zeilen. Er glaubt uns durch den Nationalismus von den Schäden des Hangs zum Chaos zu kurieren. Schlechtes Geschäft!

Zu verbessern ist das Buch nicht. Tritt Sieburg damit an die Öffentlichkeit, so wird er wahrscheinlich einen Haufen von Anhängern gewinnen. Eines Tages wird ihm davor grauen, dafür ist er ein zu nobler Kerl. Lesen Sie um Gotteswillen das Buch! Vielleicht gelingt es Ihnen und Simon, eine Wartezeit von ihm zu erreichen. In einem Jahr, dessen bin ich sicher, würde er Ihnen danken. Ich weiß schon, wahnsinnig schwer, aber versuchen müßte man es. So gut ist das Buch nicht, um den Mut, sich damit so kraß zu exponieren – bei einer Minorität, an der ihm liegen muß, sonst wäre er nicht unter uns – zu rechtfertigen. Ich finde es nicht mal schriftstellerisch gut. Alles, was ich sonst von ihm gelesen habe, steht unglaublich höher. Gerade das, was ihn sonst auszeichnet, die Dichtigkeit der Realität verbunden mit der Flamme, fehlt. Selbst sein Riesentalent bricht an der fragwürdigen Sache. Wozu frage ich mich, wozu?

Herzlich Ihr J. Meier-Graefe

192 Meier-Graefe an Friedrich T. Gubler

St. Cyr sur Mer (Var) 7. 9. 33

Lieber Gubler, Ihr Brief vom 4. – andere habe ich nicht erhalten, war mir zuerst vollständig rätselhaft. Wie kann ein Künstler wie Bonnard Anstoß erregen! Nachträglich hat ein Bekannter, dem ich, um eine Erklärung zu finden, den Aufsatz gab, mich auf die Möglichkeit eines Misverständnisses aufmerksam gemacht, die in ein paar Zeilen enthalten sein könnte. Wenn Ihnen diese Stelle bedenklich erschien, begreife ich nicht, warum Sie mir nicht eine ohne wesentlichen Eingriff mögliche Änderung vorgeschlagen haben. Es täte mir sehr leid, wenn Sie deshalb Unannehmlichkeiten gehabt hätten.

Gleichzeitig höre ich, daß ich in einer deutschen Zeitschrift (ich versuche, Näheres zu erfahren) als »flüchtiger Jude« angegriffen wurde. Mein Judentum ist eine alte Legende, von subalternen Gegnern meiner künstlerischen Ideen aufgebracht. Ich habe mich nie viel um meine Herkunft bekümmert, aber Verwandte haben es getan. Soweit die Nachforschungen ergaben, habe ich weder von väterlicher noch mütterlicher Seite jüdisches Blut. Freilich reicht es bei den Meiers nur bis zum Urgroßvater, einem Volksschullehrer in Schlesien, bei den Graefes bis in die Anfänge des 18. Jahrhunderts. Mein Großvater Meier war ein geachteter Professor der Altphilologie, Rector Magnificus der Hallenser Universität; in der Familie Graefe Ärzte und Officiere, darunter Albrecht von Graefe, der bekannte Augenarzt. Mit meiner Flucht steht es so: eine chronische

Nierenerkrankung, Folge eines Flecktyphus, den ich mir am Schluß meiner Kriegsgefangenschaft in Sibirien zuzog, zwingt mich seit Jahren, möglichst im Süden zu leben. Hier wohne ich seit vier Jahren. Dies für den Fall einer Nachfrage bei Ihnen.

Herzlich Ihr MG

193 Meier-Graefe an John Holroyd-Reece

St. Cyr sur Mer 21. 11. [1933]

Lieber John, Dein Aufsatz über mich hat mich sehr erfreut und amüsiert, und ich danke Dir herzlich. Mit der Zeitschrift meinst Du die »Dekorative Kunst«, Verlag Bruckmann, deren Beiträge in der Tat meist so wie Du beschreibst zu stande kamen. Übrigens hat sie länger bestanden. (In den 300 M. waren auch noch die Photokosten einbegriffen.) Ich habe auch eine französische Ausgabe unter dem Titel »L'Art décoratif« gegründet, die sich dann selbstständig machte und viele Jahre bestanden hat. Sie ist erst vor Kurzem, soviel ich weiß, in »Art et Décoration« aufgegangen.

Über die Deutsche Jahrhundertausstellung in der Nat.Galerie bist Du nicht ganz im Bilde. Tschudi war Schweizer, und mein Einfluß auf ihn, obwohl wir befreundet waren, hat nie vermocht, ihm die Liebe zu seinem Landsmann Böcklin auszutreiben. Er war ein prachtvoller Kerl, durch und durch aufrichtig und mutig, einer der seltenen Aristokraten in unserem Beruf und der bei weitem bedeutendste Museumsdirector unserer Zeit, aber hatte diese eine Schwäche. Das ist um so merkwürdiger, als er zu den wenigen beneidenswerten Menschen gehörte, die Marées gut gekannt haben. Grade das hat ihn gehindert, die Überlegenheit Marées' zu erkennen. Ein sehr komplicierter psychologischer Fall, schriftlich zu langwierig. Infolgedessen habe ich nicht erreichen können, daß Böcklin ausgeschlossen wurde. Ich habe das auch nicht beabsichtigt, wollte uns aber auf den jungen Böcklin beschränken, der seine Meriten hat, und nur den eigentlichen Böcklin, das nationale Übel, weglassen. Auch das konnte ich nicht trotz heißer Kämpfe durchsetzen. B. bekam ein ebenso großes Kabinett wie Marées. Auch ist Tschudi nicht Böcklins wegen gefallen. Der Kaiser machte sich gar nichts aus B. sondern war wütend, weil die gewissen deutschen Hof- und Historienmaler fehlten und dafür eine ganze Anzahl vollkommen unbekannter und wertvoller Leute zur Stelle waren. Der Sturz Tschudis kam etwas später und hing mit den Franzosen zusammen, eine der lustigsten Geschichten und größten Gemeinheiten des alten Regime. Ich habe diese Geschichte irgendwo geschrieben. Der Kaiser blamierte sich unsterblich und handelte wie ein kleiner Lakai.

Ich weiß nicht, ob Du das noch ändern kannst. Wenn es ein Aufsatz in einer amerikanischen Zeitung ist, dürfte das Unglück nicht groß sein. Nur dürfte es nicht nach Deutschland gelangen, wo man natürlich über die Sache Bescheid weiß.

Ich schließe aus dem Aufsatz, daß die neue Ausgabe erschienen ist oder jetzt erscheint, was mir auch schon zwei Bekannte berichteten. Du kannst Dir nicht denken, wie ich darauf resp. auf die Folgen harre. Durch die Einführung des neuen Kulturkammer-Gesetzes dürfen vom 15. Dez. an Autoren, die nicht zu dem Hitler-Regime übergegangen sind, nicht mehr in Deutschland gedruckt werden. Wenn man mit mir keine Ausnahme macht, was ich nicht vermuten kann, hört dann auch die letzte Möglichkeit von Einnahmen auf. Ich enthalte mich natürlich aller Politik aber kann ebenso wenig diese Sache mitmachen. Es sieht böse bei uns aus. Dazu fällt der Dollar auf 50%.

Albatros soll gut gehen, höre ich. Das freut mich. Huxley sprach mir davon.

Ich hatte Fischer beauftragt, Dir meine vor Kurzem erschienenen »Geschichten neben der Kunst« zu schicken. Hast Du sie erhalten? Vielleicht könnten die in England oder U.S. interessieren.

Besten Gruß Dein Ju

194 Meier-Graefe an John Holroyd-Reece

St. Cyr sur Mer 8. 5. 34

Lieber John Eben Deine Briefe vom 5. und 6. Mai mit der amerikanischen Abrechnung und dem Check von 158.6.4 1/2. Du kannst Dir kaum vorstellen, wie willkommen mir dieses Honorar ist. Es geht natürlich infolge meiner Verpflichtungen in viele Teile, immerhin ein Aufatmen. Empfange meinen herrlichsten Dank. Ich weiß sehr wohl, wieviel Anstrengung Dich diese Realisierung gekostet hat, während ich still saß. Wir können beide mit dem Resultat zufrieden sein.

Deine Zusage, bald an die Entw. Gesch. zu gehen, erhöht noch die Freude. Glaube mir, mein Lieber, es ist keine subalterne Eitelkeit noch eine fixe Idee, das mir diese Übersetzung so wünschenswert erscheinen läßt. Deutschland ist für unsereinen nahezu erledigt, und nur im Ausland kann ich auf Aufträge rechnen. Die richtige Domäne für Übersetzung meiner Bücher wäre natürlich Frankreich, wo noch nichts von mir erschienen ist, aber hier ist das tragikomische Schicksal gegen mich. Bleiben England und U.S. Da die E.G. immer noch das einzige zusammenfassende Werk internationaler Art ist, verspreche ich mir von ihr eine besondere mittelbare und unmittelbare Wirkung, die der Erfolg des Vincent noch konsolidieren dürfte. Was soll ich Dir sonst noch sagen? Du weißt das alles. Ist es unnatürlich, daß ich dem Strohhalm, den Du seit mehreren Jahren in der Hand hältst, wenn es wirklich nur ein Strohhalm ist, mit einiger Erbitterung nachgetrauert habe. Mach die Übersetzung, und die letzten Reste der Trauer verduften.

Du brauchst nur zu sagen, zu welcher Zeit Dir mein Besuch paßt. Wir haben immer noch einen Wagen, und wir sind gern zu Deiner Verfügung, können mittags da sein und abends zurück. Gut wäre es, wenn wir dann gleich die Details der Übersetzung, von denen Du sprichst, erledigen könnten, aber auch abgesehen davon, komme ich gern, um Dir mündlich zu danken und, so hoffe ich inständig, eine vernünftige Atmosphäre zwischen uns herzustellen.

Dein

195 Meier-Graefe an den Insel-Verlag

Berlin W.
Neue Winterfeldstr. 49.
17. VII. 05

Sehr geehrter Herr!
Ich habe die Bruckmann-Liste durchgesehen. Diese Bilder würden genügen. Aber die Autotypie ist nicht sehr schön. Immerhin! Übrigens hat sich das Buch jetzt nach einer Form entwickelt, die das Reprodukt. Material nicht gerade unbedingt nötig macht. Sie brauchen sich also nur nach Ihren Chancen zu richten. Bringt man einmal Reproduktionen, so müßte die Sache schon komplett sein, also die 18 Clichés die Br. [Bruckmann] hat, umfassen. Sonst ohne alles.

Nun muß ich Ihnen aber etwas anderes wegen dieses Buches mitteilen. Ich bin damit reingefallen; insofern nämlich als ich jetzt seit 5 Monaten daran arbeite und aus dem ursprünglichen Projekt etwas ganz anderes geworden ist als ich vorhatte. Ich wollte eigentlich ein kurzes Aperçu über die wertvollen Bilder M's [Menzels] geben. Es ist daraus eine sehr umfassende Darstellung des ganzen Menzel-Problems geworden mit sehr viel kulturpolitischen und allgemein ästhetischen Ausblicken. Auch der Umfang hat sich verschoben. Wir hatten 3-4 Bogen in Aussicht genommen. Es sind 12 daraus geworden. Auch die Möglichkeit, das Buch in einer Neu-Auflage der Entw. Gesch. zu verwenden, schließt sich aus diesem Grunde aus, ich kann nur Bruchstück [sic] brauchen.

Ohne ein Kleinigkeitskrämer zu sein, muß ich daher an's Honorar denken. Sie zahlen für das Buch für alle Auflagen 500 Mk u haben diesen Preis meinen Forderungen gemäß aufgestellt, dachten aber natürlich nicht an diesen Umfang. Das Buch zu reduzieren wäre schade, da ich mir einbilde, es ist leidlich geworden. Da meine ich nu: wollen Sie mir das Honorar unter diesen Umständen auf 1000 Mk erhöhen. Ich habe mich schon bei dem Corot-Courbet-Buch geschnitten. Sie werden sicher nicht wollen, daß eine unvorhergesehene wesentliche Mehr-Anstrengung unhonoriert bleibt. Um Sie nun aber nicht zu nötigen, bitte ich Sie um folgendes: Können Sie mir das Honorar nicht bewilligen, so erlauben Sie mir, mir einen anderen Verlag zu suchen. Ob es mir in der Eile glückt, ist zweifelhaft, denn das Buch muß aus bestimmten Gründen im Herbst erscheinen. Glückt es mir nicht, so bekommen Sie's zu 500 Mk. Ist Ihnen das recht?

Wenn Sie darauf bestehen exekutiere ich natürlich Ihre Forderung und nehme die Teile heraus. Aber ich versichere Sie, daß es schade wäre.

Hochachtungsvoll ergbst J. Meier-Gr

196 Meier-Graefe an Anton Kippenberg

Julius Meier-Graefe | Berlin W.
Genthiner-Straße 13 Villa J
5. VIII [1907]

Geehrter Herr Dr. Kippenberg
Rudi Schröder rät mir, Ihnen von einem kleinen Buch zu schreiben, dessen Publikation ich für den Herbst plane. Es handelt sich um eine Arbeit über Delacroix und Géricault, die ich in diesem Jahr für die 1899 [sic!] erscheinende zweite Ausgabe der Entwicklungs-Geschichte gemacht habe. Ich beabsichtigte ursprünglich nicht, diese Sache vorher als Buch zu publizieren. Nun hat sich in dieser Woche die Kunsthandlung Gurlitt hier entschlossen, zum Oktober eine große Ausstellung von Delacroix und Géricault zu veranstalten. Ich interessiere mich sehr für diese Ausstellung, die sehr schön zu werden verspricht. Es werden berühmte Bilder von Paris herkommen. Zum ersten Mal wird man Delacroix und Géricault vernünftig sehen können.

Ich weiß nicht, ob Sie D. [Delacroix] genug kennen. Er ist der bei weitem größte Künstler des neunzehnten Jahrhunderts und der Motor der ganzen modernen Entwicklung. In Deutschland ist nie ein Buch (weder über ihn, noch über seinen großen Vorgänger und Genossen Géricault) erschienen und der deutsche Ecclecticismus krankt an nichts mehr als an dieser unbegreiflichen Unkenntnis oder Unterschätzung, weil die in Deutschland geschätzten französischen Meister ohne Delacroix nicht verstanden werden können. Ich bedaure, neulich nicht mit Ihnen darüber gesprochen zu haben, ich hätte Ihnen dann Abbildungen zeigen können, falls Sie nicht die Delacroix des Louvre kennen. Für mich ist Delacroix das was für Sie und jeden gebildeten Deutschen Goethe. Ich will damit nicht sagen, daß er mir Goethe verdrängt, sondern er steht neben ihm, hat dieselbe Universalität, war ein ebenso großer Mensch und zeigt Goethes schönes Gleichmaaß zwischen Künstler und Menschen. Cassirer hat recht mäßig das »Tagebuch« veröffentlicht. Ich denke daran, später die ganz unbekannten Aufsätze Delacroix' und vielleicht auch mal seine Briefe zu publizieren (die letzteren existieren in einer guten französischen Ausgabe.)

Das Manuskript hat 46 Manuskriptseiten mit 41 Zeilen. Die Zeile etwa von 15 Silben. Man müßte etwa 40 Reproduktionen bringen. Ich bin in der Lage, bis zum 15 August 40 der schönsten Photos zu liefern, zum Teil von unbekannten Bildern und würde für die Photos und das Honorar 700 Mk verlangen. Ich vermute, daß es Ihnen angenehm wäre, sich nicht um die komplizierte Besorgung der Photos kümmern zu müssen.

Das Manuskript steht Ihnen zur Verfügung. Es wäre wünschenswert, daß das Buch am 1 Oktober erschiene und nicht mehr als 6 Mk kostete. Bei flotter Arbeit ist das durchaus möglich.

Ob das Buch besser gehen würde als Corot–Courbet, wage ich nicht zu versprechen. Meine letzten Bücher haben immerhin einen leidlichen Verkauf gefunden. Keinesfalls würden Sie viel Geld riskieren, vielleicht meine beiden anderen Bücher dadurch wieder ins Rollen bringen und jedenfalls eine recht dankbare Aufgabe erfüllen.

Bitte schreiben Sie mir. Ich fahre morgen auf 2 Tage nach Dessau, bin dann bis Ende der Woche wieder hier.

Ihr ergebenster J. Meier-Graefe

197 Meier-Graefe an den Insel-Verlag

Julius Meier-Graefe

Paris 24 / VI [1912]

Sehr geehrte Herren Ihr Entschluß, von dem Sie in Ihrem Brief vom 22. Juni schreiben, ist hoffentlich nicht endgültig. Denn, glauben Sie mir, es würde dem Buch nur schaden, wenn wir es »sachlich« illustrieren würden. Erstens ist keine Einheitlichkeit möglich. Vor allem interessiert keinen Leser das Bildnis von Lawrence, eins der hundert manierierten Hofbildnisse der englischen Schule, noch die Bilder von Gros, noch die von Charlet. Und wenn es manchem Leser wohl interessant wäre, einen Poussin oder Puget zu sehen, so brauchen wir wegen dieser vereinzelten Menschen noch nicht stillos zu werden. Im Sinn des Buches liegt, wie ich das ja auch in der Einleitung angedeutet hab, Delacroix zu zeigen, denn an diesen Aufsätzen reizt nicht das Sujet, das zum Teil unbekannt, zum Teil in verdiente Vergessenheit gesunken ist, sondern das was Delacroix Allgemeines uns über sich dabei gesagt hat. Nun wär es geschmacklos und infam, *Gemälde* von Delacroix zu bringen. Die Zeichnungen, die nicht in den Kapiteln, sondern vor den Kapiteln stehen würden, sind ein denkbar günstiger Kompromiß. Und last not least: diese Zeichnungen, die ich bringen würde, sind ganz unbekannt und herrlich!

Man kennt Delacroix als Zeichner bei uns überhaupt nicht. Außerdem, will man die Aufsätze halbwegs sachlich illustrieren, so müßte man doch wohl alle ausführlich besprochenen Gemälde bringen. Das würde 100 Illustrationen ergeben. Dann wäre das Sachliche gewahrt, aber der Stil des Buches ganz beim Teufel.

Ich weigere mich nicht, wenn Sie ein Machtwort sprechen, und besorge Ihnen dann die leicht zu beschaffenden Photos (die Zeichnungen D's sind viel schwerer zu bekommen) Aber wenn Sie meinen Rat befolgen wollen, den ich im *materiellen* und *geistigen* Interesse des mit so vielen Mühen u Kosten realisierten Buches ausspreche, so halten wir uns nur an Delacroix. Dann entsteht ein einheitliches, nützliches Buch, von dem ich mir Erfolg verspreche. Gerade in Ihren Verlag würde der grobe Standpunkt der sachlichen Illustration nicht passen

Bitte entscheiden Sie recht bald

Hochachtungsvoll Ihr Meier-Graefe

198 Meier-Graefe an Anton Kippenberg

Nikolassee bei Berlin
Tg: Meiergraefe Nikolassee
Tph: Wannsee 164
27. Juni 16

Lieber Herr Kippenberg
Ich freue mich, daß Sie aus dem Schlamassel heraus sind und hoffe, Sie erholen sich in Leipzig.

Die Zeichnungen des guten Seckendorff habe ich mit wahrer Sehnsucht wiedergesehen. Seckendorff hat nichts Besseres gemacht. Er unternahm sie auf meinen Rat, wobei mir die kostbaren frühen Illustrationen vorschwebten, die er zu den Liaisons dangereuses gezeichnet hat. Zu den farbigen Blättern für die Psyche gehören die drei Blätter mit einfarbigen Randleisten. Wir hatten an einen schmalen Satzspiegel gedacht. Zur Psyche giebt es also 22 Zeichnungen, für »Was Ihr wollt« 13.

Die Reproduktionsfrage ist ungemein schwierig. Seckendorff wollte alle Zeichnungen, auch die bunten, in Litho übertragen. Hoffentlich existieren noch die Steine für die kleinen Leisten. Für die farbigen würde es sich, wenn man die Sache ganz perfekt machen will, darum handeln, einen jungen Künstler zu haben, der die Zeichnungen textuell überträgt. Wenigstens zweifle ich, ob die Photolithographie ausreichen würde. Sie könnten es ja einmal mit einem Blatt versuchen (das Sie event. dann als Prospekt verwenden können). In dubio kommt auch eine Kombination von Photolitho und Künstler in betracht.

Der ideale Mann und ideale Drucker, der die Sache vollendet schaffen würde, wäre Clot in Paris, der für mich das Puppenspiel Orlando und Angelika gedruckt hat. (Haben Sie es, sonst dediziere ich es Ihnen). Dieser hat Zeichnungen von Rodin, Cézanne u. anderen faksimiliert. Auch druckt er besser als irgend einer bei uns. Mit Handkolorieren ist bei der unbestimmten Fassung der Platte nichts zu machen, wenigstens nicht in Deutschland. Wollten Sie mir die Sache überlassen, so frage ich erst mal Bruckmann, mit dem ich befreundet bin und der technisch au fait ist.

Den Rahmen für den ersten Akt würde ich bei allen Akten wiederholen. Die Randleisten würden jeden Akt beginnen. Es sind glücklicherweise 5. Daraus ergiebt sich die Breite des Spiegels. Als Format würde ich etwa 16 × 21,5 nehmen, das Format der meisten farbigen Zeichnungen. (Nur das Titelblatt ist kleiner.) Über den Text habe ich damals mit Seckendorff gesprochen, und wir waren uns einig, unbedingt französischen Text zu nehmen. (Mir war die ganze Sache in dem Trubel aus dem Gedächtnis gekommen). Überdies wäre es kostspielig und überaus schwierig, eine anständige Übersetzung zu erzielen. Es käme dafür nur Rudi Schröder in betracht. Selbst eine ideale Übertragung aber wird immer, wie soll ich sagen, optisch peinlich wirken. Zu den Zeichnungen gehört die französische Weise. Drugulin hat vielleicht etwas Passendes. Im Notfall tut es eine alte französische Elzevier. Die Art der schönen großformatigen aller Molière-Ausgaben, von denen Sternheim eine besitzt, kommt nicht in betracht; so meine ich wenigstens. Man müßte eine möglichst leichte Type finden. Nun, dafür sind Sie ja mit allen Erfahrungen gewappnet.

Die Herausgabe der wundervollen Zeichnungen für den Shakespeare ist einfacher. Hoffentlich hält die Tusche nach. Ich habe mit Wolde, der gerade bei uns ist, nachgedacht, wie die Zeichnungen etwa passen und auf den Blättern notiert, wie wir sie uns etwa denken. Ihre Einsicht findet vielleicht noch zutreffendere Stellen. Künstlerisch stehen diese Zeichnungen vielleicht noch höher als die farbigen.

Auch die Psyche-Zeichnungen gehen über das ganze Stück. Seckendorff hat die Stellen auf den Blättern notiert.

Die Wandbilder sind alle vollendet. Die Staffeleibilder sind bei Baronin Seckendorff Gauß Str. Braunschweig. Ich denke daran, einmal etwas über das Ganze zu schreiben und das Beste abbilden zu lassen.

Ich sende Ihnen heute die Zeichnungen wieder zurück, damit Sie sich ins Reine kommen können. Herzlichste Grüße, auch an Ihre Gattin von uns

Ihr Meier-Graefe

Den Shakespeare könnte man natürlich deutsch bringen, vielleicht die Schrödersche Übertragung. In dubio englisch.

199 Meier-Graefe an Samuel Fischer

16 Rue Boissonade. XIVe
Paris
den 21. II. 12

Lieber Herr Fischer

Der gute Levin hat sich einer Indiskretion schuldig gemacht, die aber hoffentlich zum Guten ausschlägt. Also, da Sie nicht herkommen, bleibt nichts anderes übrig als Ihnen den Kram zu schicken. Doch hat das gewisse Schwierigkeiten. Die Zeichnungen – sie stammen von meinem Freund Erich Klossowski – sind auf das sehr empfindliche Lithographiepapier gezeichnet und Klossowski entschließt sich schwer, sie zu senden. Entweder kann man Ihnen nur eine Anzahl senden, oder was das richtigste wäre, ich komme auf einen Tag mit den Zeichnungen zu Ihnen, was auch den Vorteil hätte, Ihnen bei dieser Gelegenheit Arrangement u andere schriftlich schwer zu erledigende Details mitzuteilen.

Um Ihnen eine Idee zu geben, sende ich Ihnen den in manchen Einzelheiten noch nicht druckreifen Text; möchte Sie aber bitten, ihre Entscheidung nicht lediglich von diesem Teil abhängig zu machen, der das bei weitem weniger wertvolle ist; mindestens ergänzen sich Text und Zeichnung so, daß nur die Berücksichtigung beider ein Urteil erlaubt.

Ein paar Worte über das Ganze: Klossowski und ich sind im vorigen Herbst zusammen in Neapel gewesen und sahen dort Vorstellungen der alten Marionettentheater. Diese Theater sind meines Wissens die einzigen, in denen die alte Marionettenkunst noch unverfälscht ohne jede literarisch-snobistische Nuance zur Geltung kommt. Sie sind durchaus populär. Das Publikum: Matrosen, Straßenjungen etc. Entree 10 centimes.

Man spielt als Wertvollstes die Geschichte der Paladine Karls des Großen. Die Puppen sind fabelhaft und werden in unnachahmlicher Art gehandhabt. Man erlebt die ganze Ritterlichkeit der alten Heldensagen mit außerordentlich dramatischen Momenten, vergißt zuweilen ganz, daß es sich um Puppen handelt und kommt doch nie dank der Komik der Gesten und dem Schematismus des Ganzen irgend einem Realismus zu nahe. Sie würden hin sein, wenn Sie die Sache sähen. Das beste dieser winzigen Theater ist im Dezember leider abgebrannt.

Der Text ist reine populäre Überlieferung und stützt sich auf die uralten Quellen, aus denen Ariost geschöpft hat, begegnet sich oft mit dem »Rasenden Roland«, ist aber keineswegs mit ihm identisch, ganz unliterarisch, populäre Mundart, ohne jeden Archaismus, oft Straßenjargon.

Die Vorstellungen ziehen sich über viele Abende hin. Jeden Abend kommt ein folgendes Stück dran, ähnlich wie in den japanischen Epen. Wir haben uns nun für unseren Zweck eine Art Extravorstellung machen lassen, die von den hunderten von Akten deren *neun*, die wichtigsten, umfaßt. Diesen Text habe ich sehr frei übertragen, wobei ich mich eigentlich nur an die Situation des Vorbildes hielt und mich im übrigen bestrebte, den ulkigen populären Ton zu treffen. Treten Sie mit großen literarischen Ansprüchen an die Sache, so werden Sie arg enttäuscht sein. Mir schien nach allen artistischen Mätzchen unserer Theater so eine simple lustige Kost nicht deplaziert.

Dieser Text ist nun in ganz fabelhafter Weise von Klossowski illustriert worden mit teils einfarbigen; teils mehrfarbigen Lithographien. Ich glaube nicht, daß sie so etwas von Klossowski gesehen haben. Es ist nach meiner Ansicht, die nicht allein steht, der bei weitem talentvollste unter den jungen Deutschen. Ich kenne ihn seit 12 Jahren. Ein Künstler mit sehr universellem Empfinden, sehr fein gebildet, ein feiner Mensch, den Sie sehr gern haben werden. Er hat ein gutes Buch über Daumier geschrieben, ist im übrigen der Öffentlichkeit stets fern geblieben und ich begrüße dieses Buch als eine sehr schöne Gelegenheit, ihn endlich wenigstens von einer Seite dem lieben Publikum vorzuführen. Die wenigen Leute, die bisher seine Lithos gesehen haben wie Rudi Schröder und Kessler sind entzückt. Klossowski war von den neapler Marionetten so fasziniert, daß er allein noch mal zurück gefahren ist und mehrere Monate mit Studien nach den Marionetten verbracht hat. Sie geben ganz getreu die typischen Puppenbewegungen und dabei mit feinsinnigem Takt den Eindruck des Künstlerischen.

Das Buch könnte natürlich nur in einer immerhin beschränkten Anzahl gedruckt werden wegen der Lithos, müßte Luxusbuch als Ausstattung werden. Darüber schweben uns ganz bestimmte Formen vor, die ich Ihnen mündlich auseinandersetzen könnte. Die Kosten sind nicht übertrieben. Nach Ansicht Kesslers u der meinen ist ein Erfolg möglich. So und nun lesen Sie bitte ein paar Seiten mit der Reserve, daß das bessere Ende folgt, und schreiben Sie mir, wann ich kommen soll. Manuskript anbei.

Beste Grüße! Ihr M-G

200 Meier-Graefe an Hedwig Fischer

Nikolassee bei Berlin
Telegr.: Meiergraefe Nikolassee Berlin
Teleph.: Wannsee 164
8. I. 14

Liebe Frau Fischer
Ihr Brief, das heißt Ihre Karte, macht mir Mut, Ihnen mit einer großen Bitte zu kommen. Wollen Sie einem jungen Menschen etwas Gutes tun? Nun hören Sie. Was ich Ihnen schreibe, ist für Fischer bestimmt. Sie werden es ihm zeigen, wenn Sie es für richtig halten. Ich möchte ihn nicht quälen.

Ich sprach Fischer von einem jungen Wiener Dichter, keinen der gewöhnlichen Art, den ich für sehr talentvoll halte und der am Verhungern ist. Wir haben ihn ein paar Wochen bei uns gehabt und ich habe mich, was nicht schwer war, überzeugt, daß sehr viel dahinter ist. Allerdings momentan noch ein bischen dahinter, es kommt aus allen möglichen Gründen in seiner reinen Poesie noch nicht heraus. Um so greifbarer ist es in den Essays des Dichters. Übrigens heißt er *Kaus, Otto Kaus.* Der Mann, er ist 21 Jahre, sprach von einem Aufsatz über Flaubert – Dostojewski. Ich ermunterte ihn sehr, denn ich weiß kein wichtigeres Thema in der Literatur, Gegenüberstellung des Völkischen (Dost.) und des Artisten.

Der Mann schickt das Ding. Leider sind Sie weg. Ich schickte es Bie und nun schreibt mir Bie inliegenden Brief. Sie können sich wohl denken, wenn ich den Aufsatz nicht für ausgezeichnet hielte, hätte ich mir nie erlaubt, ihn einzusenden. Wenn ich Redakteur der Rundschau wäre, würde ich solche Sachen mit Wonne nehmen und zwar aus genau denselben

Gründen, die Bie bestimmen, ihn zurückzuweisen. Sein wesentliches, unausgesprochenes Argument ist der Mangel des Verfassers an Berühmtheit. Die Arbeit ist von der größten Delikatesse des Gedankens und stellt das Problem richtig hin, löst es, soweit es überhaupt zu lösen ist, und enthält die denkbar wertvollsten Anregungen.

Der langen Rede kurzer Sinn: Bies Refüs ist nicht ganz unbedingt. Wollen Sie Fischer fragen, ob er das Ding lesen will und dann, wenn er meiner Meinung sein sollte, geneigt wäre, bei Bie ein gutes Wort einzulegen. Es handelt sich um sehr viel für den jungen Menschen. Wenn der Aufsatz in der Rundschau erscheint, bringe ich Piper dahin, Kaus ein Buch zu bestellen, und damit ist der Mann für ein Jahr gesichert. Ich will, glauben Sie mir, liebe Frau Fischer, keine extraordinäre Güte für meinen Mann; die Rundschau würde eine Sache bringen, die ich sehr stolz wäre, geschrieben zu haben. Seien Sie so gut, lieb und klug wie immer. Sie tun ein sehr sehr gutes Werk!

Mit vielen Grüßen an Fischer und Sie

Ihr Meier-Graefe

Eile tut not.

201 Meier-Graefe an Samuel Fischer

Marées-Gesellschaft
Leiter: J. Meier-Graefe

Berlin SW 48, Friedrichstr. 16, den 22. 2. 22

Lieber Fischer!
Hollaender hat mich um ein paar Worte über Hauptmann zum 60. Geburtstag gebeten für irgend eine Publikation. Mir liegt es nicht, eine Festrede zu schreiben mit dem obligaten Lob. Ich kann nicht gewisse Einwände unterdrücken, die an der Größe des wundervollen Menschen nichts ändern, aber nach meinem Gefühl gesagt werden müssen. Andererseits möchte ich nicht ein Geschenk machen, das den Jubilar verletzt und der wundervolle Mensch ist ein wenig empfindlich. Inliegend das Manuskript. Sie kennen ihn in diesen Dingen vielleicht besser als ich, können entscheiden, ob die Worte ihn, wie meine Frau vermutet, verletzen würden. In diesem Falle lasse ich sie natürlich im Kasten liegen.

Besten Gruß Ihr J. Meier-Graefe

[Fischer fügte mit der Hand folgende Antwort bei:]

Ich gehöre zu den Verehrern Ihrer lebendigen und temperamentvollen Art und ich höre lieber Ihre nicht offizielle Ansprache als jede noch so schön gedrechselte Festrede. Indessen, Hauptmann ist empfindlich und wird an diesem Tage seine Freunde lieber im Frack sehen wollen und darum würde ich raten, das Positive Ihres Bekenntnisses zu Hauptmanns Menschlichkeit so stark in den Vordergrund zu stellen, daß nicht viel Schatten darauf fallen. Das wird ihm wohl tun und darauf kommt es an.

202 Gottfried Bermann Fischer an Meier-Graefe

Berlin-Grunewald
Gneiststr. 7
Chantarella, St. Moritz
d. 10. Jan. 34

Lieber Freund, ich wende mich heute mit der dringenden Bitte an Dich, bei unserem Freund Schickele einmal ein Machtwort zu sprechen. Ich sende Dir seinen letzten Brief an mich und meine Antwort darauf. Wenn dieser Brief Schickeles das Ergebnis unserer Arbeit für ihn darstellt, dann hat allerdings unsere Arbeit wenig Zweck, und der immer wieder zurückgedrängte Gedanke, alles aufzugeben und sich zurückzuziehen, tritt mit Macht hervor. Daß Sch. mir unsere Aktion in der Sammlungsfrage vorhält ist direkt grotesk, daß er mit dem Angebot eines anderen Verlages droht – man kann es nicht gerade als sehr edel bezeichnen, wenn man weiß, wie weit der Verlag über alle vertraglichen Abmachungen hinausgegangen ist und wie wenig sich Sch. an die Verträge gehalten hat. Daraus resultierte ein sehr großer Vorschuß von über 36000 –, an dem er nun herumdeuteln will, trotzdem wir soeben noch den Beweis lieferten, daß wir zu seinen Gunsten wieder auf die Verrechnung eingehender Summen verzichteten. Wenn wir dazu noch immer wieder dieses Gerede von »Verlag nach dem Ausland verlegen sollen« zu hören bekommen, das nachgerade hunderttausend Mal von uns durchdachte und als unmöglich erkannte Traumgebilde, so bekomme ich wahr und wahrhaftig den Katzenjammer und verliere den Mut diese selbstaufgebürdete Last weiterzuschleppen. Glaube mir, daß es leichter, bequemer und erfreulicher für uns wäre, den Kram hinzuschmeißen und wie der König von Sachsen zu sagen: Macht Euren Dreck alleene. Ich kriege es vorläufig noch nicht fertig. Ich kann nicht zusehen, wie alle diese uns lieben und teuren Menschen einem Phantom nachjagend ins Elend geraten. Schickele verliert jegliche Existenzbasis, wenn er den deutschen Markt verliert. Wir wissen doch, wie relativ gering der Absatz seiner Bücher schon jetzt ist. Wie erst, wenn der deutsche Markt fortfällt? Da läßt er sich von irgendeinem Angebot eines Emigranten-Verlages verlocken und hält mir das vor. Es ist ein Unrecht und ich bitte Dich mit Sch. einmal ein ernstes Wort zu reden und ihm klar zu machen, wie sehr er uns Unrecht tut, wie sehr er aber seine eigene Basis gefährdet, wenn er uns entmutigt und enttäuscht.

Diese weite Entfernung ist ein Unglück. Brieflich läßt sich nur so wenig erklären. Aber ich verstehe nicht, daß die Tatsache unseres Herbstprogrammes, der große Erfolg des Thomas Mann-Romanes [unten mit der Hand: für den Th. Mann dank der Bemühungen seines Anwalts und des unsrigen sein Honorar ausbezahlt bekommt!] einen Mann wie Schickele nicht daran hindern, mir zu sagen, wir müßten uns beugen etc. Wenn man innerhalb Deutschlands den Kopf verliert, so ist das zu verstehen, draußen aber sollte man doch wenigstens soviel Objektivität aufbringen, bei unseren Freunden wenigstens, sich von böswilligen Entstellungen fernzuhalten und unseren Bemühungen Gerechtigkeit widerfahren zu lassen. Glaubt man denn wirklich draußen, es wäre ein Spaß, den Verlag so weiterzuführen? Und dann von einem Freund hören zu müssen, der S. Fischer Verlag ist nicht mehr der alte, deshalb kann jeder Vertrag mit ihm gebrochen werden und wenn das auch nur zitiert wird. Immer benutzt Schickele dieses Zitat als Beweis dafür, wie hoch es ihm anzurechnen ist, daß er trotzdem seinen Vertrag gehalten hat.

Entschuldige bitte meine Schärfe und gestatte mir, daß ich Dir einmal mein Herz ausschütte. Gib das alles gemildert weiter. Ich hoffe, daß Du mich verstehst. Es war doch ein Fehler, daß ich Dich nicht zu der Aufsichtsratssitzung hergebeten habe. Wir hätten das alles besprechen können. Ich hoffe aber, daß sich doch bald die Gelegenheit ergibt, sich zu sehen.

Wir sind jetzt seit 10 Tagen hier und haben uns schon sehr von diesen letzten Monaten, die uns mächtig an die Nerven gingen erholt. Etwa am 20. fahren wir zurück, lassen aber die Kinder noch ein paar Wochen hier.

Herzlichst Dein *Bermann*

Ich bitte um Rücksendung des Briefes von Schickele.

203 Meier-Graefe an Gottfried Bermann Fischer

St. Cyr 14. 1. 34

Lieber Freund, Eure Geschichte hat mir schon mehr Kopfschmerzen gemacht, als Du Dir denken kannst, nicht nur weil hier ein Fall vorlag, der von meiner Aufsichtsratwürde mehr als Form verlangte, sondern weil ich als Freund beider Parteien und als Schickeles Intimus in eine überaus heikle Situation geriet und die Differenz voraussah. Sch. ist in dieser Sache empfindlich und geneigt, meine sachlichen Erwägungen nicht ganz richtig zu werten, nicht etwa weil er mit Egoismus auf meine Parteilichkeit rechnet, durchaus nicht. Er ist grundanständig aber a) in einer von der Not diktierten Zwangslage, b) wie die meisten Dichter geschäftlichen Dingen nicht gewachsen. Wohl weiß er seine Interessen zu verteidigen, oder glaubt, es zu wissen, aber immer nur hopp hopp und von hier bis da. Sein Regulativ: ein moralisches Recht, das sich nicht immer mit dem juristischen deckt, absolut guten Glaubens. Dazu eine gewisse Lässigkeit, mit der er am meisten sich selbst schadet. Trotz hervorragender Intelligenz entgehen ihm oft die simpelsten Dinge, weil er ihnen keine Bedeutung zumißt. »Die Sammlung« war ein eklatanter Beleg. Davon später, erst mal das Geschäftliche. Dieses ist ohne genaue Unterlagen schwer zu beurteilen. Soweit ich sehe, steht die Sache so: der Verlag hat ihm drei Romane für dreißig Monatsraten à 1000 M. abgekauft, bewogen von einem vorliegenden günstigen Vertrag mit Gretlein. Da Sch. die Termine nicht einhielt, wurden die Raten gestoppt und dann durch einen Nachkontrakt wieder hergestellt. Für die drei Romane wurden 25000 M. gezahlt, außerdem an K. Wolff 10000 M. für Ablösung. Es ist mir nicht ganz klar, ob Sch. für die 10000 herangezogen werden kann. Ich habe im Sommer einmal die Kontrakte gelesen, kann sie mir nicht wieder ausbitten. Wie dem auch sei, der bei weitem größte Posten fällt auf die drei Romane, von denen die Bosca der letzte ist. Es wäre wichtig, festzustellen, wieviel von den gezahlten Geldern durch Autortantiemen abgelöst ist. Jedenfalls, scheint mir, kann der Posten nicht als eine Privatschuld Schickeles aufgefaßt werden. Ihr habt ein schlechtes Geschäft gemacht, aber er hat mit Verspätung seine Pflichten erfüllt. Wenn noch etwas hängen geblieben ist, kann es kaum sehr schlimm sein. – Die Verspätung kannst Du ihm nicht gut vorwerfen, denn sie entstand ohne seine Schuld infolge Erkrankung. Ich habe ihn damals in Badenweiler besucht und fand ihn in jämmerlichem Zustand; Asthma und das nervöse Haut leiden, das ich aus eigener Erfahrung kenne. Damals hat ihn mancher aufgegeben. Wie Sch. behauptet, hat ihm der Verlag damals mündlich in sehr netter Form Dispens gewährt. Die Krankheit dauerte zwei Jahre, und das Asthma ist bis heute geblieben. Sch. ist nichts weniger als gesund, kann kaum länger als zehn Minuten auf ebenem Terrain ohne schwere Atemnot gehen. Das kann, soweit überhaupt außergeschäftliche Gründe gelten dürfen, nicht übersehen werden. Dazu seine oberfaule materielle Lage. Ich habe nicht den Eindruck, daß er diese nach dem Vorbild vieler deutscher Dichter, die über ihre Verhältnisse leben, verschuldet hat. Der Krankheit kommt großer Anteil zu. Seitdem er hier unten ist, kenne ich sein Dasein wie das Unsere. Er lebt wie wir überaus bescheiden, ohne Dienstboten mit einer Femme de ménage. Kann Dir Zahlen nennen, Maximum 2500 Frcs im Monat. Sch. ist insofern schlimmer daran als wir, als sie zu dreien sind, davon zwei kranke Männer, denn auch Hans ist schwer asthmatisch und müßte ganz anders genährt werden. Das Geld zu einer vernünftigen Ausbildung des Jungen fehlt. Der Wagen, der ihnen geschenkt wurde und der für Sch. ein Medikament war, haben sie abgeschafft während wir einen haben. Lannatsch quält sich arg. Wie bei uns wirft natürlich jede Krankheit oder eine andere Extrawurst das Budget um. Sch. geriet ohne seine Schuld in Schulden und hatte einen sehr schlimmen Sommer. Weiß nicht, was ohne die Voss geworden wäre. Sänger wurde von mir orientiert. Von weitem sieht es namentlich bei Menschen, die sich nichts merken lassen, nicht so schlimm aus. Du kannst mir glauben, es ist nicht einfach. Darauf bietest Du ihm einen Kontrakt an, der ihm 1000 Mark für den Roman läßt, da er die Voss für Deckung der Schulden brauchte. Comment faire? Ich weiß nicht, ob der Verlag das Voss-Honorar als Deckung des Debet verrechnen darf. Selbst angenommen, es wäre so, wie sollte Sch. aus der Klemme heraus? Was hilft in solchen Fällen das Recht? – Schickele hat das Unrecht begangen, binnen zwei Jahren drei Bücher schreiben zu wollen, durfte es um so weniger tun, als er zu den Dichtern gehört, die ruckweise produzieren.

Ich hoffe, Du ziehst nach diesem langen Gewäsch wenigstens einen Stachel heraus, wenn er in Deiner Haut stecken sollte: moralisch läßt sich gegen Schickele kaum etwas einwenden. Wenn irgendwo das viel mißbrauchte Force majeure am Platze ist, so hier.

Nun das andere. In der Frage »Sammlung« hast Du absolut recht. Hier kam vielmehr das Interesse Schickeles als das des Verlags in Frage, und Du hast höchstens Anspruch auf seinen Dank. Das hat er mir übrigens noch heute zugegeben. Ich habe mir damals große Mühe gegeben, Th. Mann und Sch. zu bestimmen meinem Beispiel zu folgen und Claus Mann nicht nur die Mitarbeiterschaft sondern auch die Benützung des Namens zu verweigern. Habe beiden die möglichen Folgen vorgestellt und auf die Geringfügigkeit der Sache hingewiesen. Beide waren mit mir d'accord. Bei Th. Mann müssen wohl Familiengeschichten eine konträre Rolle gespielt haben. Beide setzten nicht voraus, daß Claus Mann die Namen gleich bringen würde. Schickele wollte sich dagegen sichern und Claus Mann schreiben und hat es einfach verbummelt. Dafür haben sie sich nachher zu einer schmerzlichen Rectifizierung entschließen müssen.

Den Brief Loerkes beurteilst Du, glaube ich, nicht ganz richtig, weil Du ihn vielleicht nicht mehr im Detail im Gedächtnis hast, denn er war mit der Hand geschrieben. Mir hat Loerke mit der Kritik meines Romanmanuskripts einen großen Dienst erwiesen, bin also nicht voreingenommen. Mit der Ablehnung der beiden Paare fällt der Roman Schickeles. Es war des Lektors gutes Recht, dem Verlag von der Publikation abzuraten und dies dem Autor zu sagen. Der Brief mußte aber in Sch. die Vermutung des Opportunismus entstehen lassen, denn Loerke hat ehrlich selbst seine Befangenheit durch die gegenwärtigen politischen Verhältnisse zugegeben. Das steht wörtlich und, wie ich glauben möchte, nicht unabsichtlich da. Sch. behauptet, der Verlag habe ihm vorher zustimmend geschrieben und nachher schwerwiegende und unmögliche Änderungen verlangt. Das hat Sch. verbittert und die ganze Situation ungemein verschärft. Er glaubte, am eignen Leibe die Veränderung des Verlags zu spüren. Von hier aus hat Deutschland ein anderes Gesicht als von Berlin aus. Wer hat das Richtige?

Damit hängt die Frage der Übersiedlung zusammen. Ich gestehe Dir, wir haben sie alle gewünscht. Mann und Sch. ließen sich dabei vielleicht zu ausschließlich von der Prestige-Frage bestimmen, während mir die Einsicht in die Verlagsverhältnisse die Möglichkeit gewährte, die zumal auf Deinen Schultern lastende Verantwortung zu ermessen, wobei es nicht einmal feststand, ob Du Fischers zu dem folgenschweren Entschluß zu bringen vermochtest. In diesem Falle sah man wohl von hier aus den Fall zu einfach und zu leicht. Auch mir ist es so gegangen, und ich hätte die Dezimierung des Verlags und seiner Möglichkeiten für die Autoren in Kauf genommen. Heute denke ich etwas anders, aber wie man heute denkt, ist wurst, denn jetzt kommt die Übersiedlung als freier Entschluß kaum noch in Frage. Ein langes Kapitel. Will Dir nur sagen: ich verstehe, daß Ihr so gehandelt habt, verstehe namentlich die Schwierigkeit Deiner Rolle, glaube Dir gern, daß keine subalterne Gründe Euch zum Ausharren bestimmten und Ihr damit wohl den schwereren Weg gewählt habt. Gelingt es, mit der größten Tatkraft und Umsicht die Kontinuität der Freien Bühne zu wahren? Das hängt nicht nur von Euch ab, muß abgewartet werden. Jedenfalls, wenn Ihr alles dafür tut, wird Euch der Respekt der Leute, auf die es ankommt, nicht fehlen. Nur zu klar ist mir, daß wir alle ohne den deutschen Markt verratzt sind. Das sieht auch Schickele vollkommen ein.

Hoffentlich habt Ihr gute Tage im Schnee. Auch mir ist es recht leid daß wir uns nicht sehen. Noch wichtiger wäre eine Zusammenkunft vor einem Viertel Jahr gewesen. Grüß Tutti. Meine grüßt Euch herzlich.

Dein Meier-Graefe

Schickeles Brief beiliegend

204 Reinhard Piper an Meier-Graefe

14. Dez. 1912

Sehr geehrter Herr Meier-Graefe!
Soeben kommt von Paul Cassirer Ihr Buch mit den Lithographien von Klossowski. Ich danke Ihnen aufs verbindlichste für die freundliche Dedikation. In den Weihnachtstagen werde ich Zeit finden, mich in das entzückende Buch zu vertiefen. Ich danke Ihnen auch für Ihren Brief über die Zeitschrift. Ich würde mir über das, was Ihnen vorschwebt, sehr viel schneller klar werden können, wenn Sie mir einmal eine Liste von den Themen aufstellen wollten, die Sie behandeln würden. Sie haben von dem »Allweltlichen« geschrieben, das ohne Snobismus durchgeführt werden müßte. An Namen haben Sie nur den Delacroix's genannt. Ich wüßte gern genaueres. Sie werden diesen Wunsch naiv finden, aber eine Verständigung ist doch am besten auf Grund möglichst konkreter Angaben möglich. Wenn Sie es für überflüssig hielten Aufsätze über orientalische, byzantinische, nordische etc Kunst zu bringen, weil diese Dinge schon »bekannt« und »gesichert« seien, so weiß ich nicht, was denn schließlich so unbekannt sein soll, daß es sich noch lohnt, darüber einen Aufsatz zu schreiben. Ganz so unbekannt ist Delacroix doch auch nicht.

Aber es handelt sich eben gar nicht um Bekanntes oder Unbekanntes, sondern um eine *Verarbeitung für die Gegenwart.* Jede Generation muß diese Dinge neu für sich verarbeiten. Außerdem glaube ich wirklich nicht, daß diese Dinge so sehr bekannt sind. Um die deutsche Gotik kümmert sich tatsächlich niemand, sonst ließe man nicht die Grünewalds in Colmar versauern, wo sie eine völlig unwürdige Existenz führen. Ich beabsichtige z.B. große Details aus diesen Bildern Grünewalds zu bringen, eine Hand des Gekreuzigten und dergl., die es in Ausdruck und Farbe sehr wohl mit Greco aufnehmen können. Diese Werke erschüttern im Innersten, während man bei Greco doch oft über das Manirierte nicht hinweg kommt. Aber das ist nur *ein* Name von Hundert. Was das mit »Kleinstädterei« zu tun haben soll, weiß ich nicht. Eine Zeitschrift kann natürlich nicht für die hundert Leute arbeiten, die ein wirklich universales Bild der Kunst schon in sich tragen. Diese werden selbstverständlich auch weiterhin ohne die Zeitschrift auskommen können. Es gibt aber doch auch Menschen, die es nicht soweit gebracht haben, und dankbar sind, wenn man ihnen Dinge zeigt, die sie sonst nicht zu sehen bekämen. Verübeln Sie mir nicht, wenn ich auch von Ihnen glaube, daß Sie z.B. deutsche Gotik nicht so kennen, wie diese Dinge es verdienen. Gewiß kann Ihnen niemand daraus einen Vorwurf machen. Aber es liegen tatsächlich kolossale Gebiete brach, die höchstens in ein paar gelehrten Abhandlungen behandelt worden sind. Es kann ja auch gar nicht anders sein, da sich eine Zeitschrift wie Kunst und Künstler nur um die Berliner Sezession und um die Impressionisten kümmert, die Kunst für Alle um den Glaspalast u.s.w.

Daß wir auch die neue Generation wenigstens *zu Wort kommen* lassen wollen, dürfen Sie uns nicht unbedingt verübeln. Denken Sie doch an *Ihre* Anfänge. Sie schleuderten den Leuten Ihre Broschüre über Munch ins Gesicht. Damals war doch auch Delacroix schon lange tot. Warum sollen wir uns da nicht nebenbei auch einmal für *Nolde* interessieren, der dazu noch mit Munch vieles gemeinsam hat. Wir brauchen ihn deshalb doch noch nicht zu überschätzen, bloß weil wir ihn nicht totschweigen.

Ich beschäftigte mich vor einiger Zeit einmal wieder mit den ersten Jahrgängen der Dekorativen Kunst, die Sie damals für Bruckmann herausgaben. Ich kann nicht finden, daß Sie damals nur Dinge von bleibendem Wert publiziert hätten. Und das war auch ganz in der Ordnung. Eine Zeitschrift ist nun einmal ein großes Magazin, eine Revue alles dessen was passiert. Sie kann nicht nur von lauter Abgeklärtheit existieren, sonst würde ein Jahrgang nicht voll. Wir werden uns aber immer an das künstlerisch Ernsthafte halten, nicht wie die Kunst für Alle, wahllos den Kitsch reproduzieren, den die bedeutungslosesten Akademieprofessoren oder Dilettanten Jahr für Jahr in die großen Ausstellungen schicken.

Sie fürchten immer die Zeitschrift wird ein Organ des Blauen Reiters. Das stimmt aber nicht im geringsten. Ich finde den einen Band des Blauen Reiters, der in unserm Kommissionsverlag erschienen ist, sehr interessant und unterhaltend, jedenfalls unterhaltender als manche Hefte von Kunst und Künstler und als viele Jahrgänge der Kunst für Alle. Ich bin aber überzeugt, daß in einem Bild von Beckmann oder in einer Skulptur von Barlach mehr Expressionismus steckt wie in all diesen sogenannten Expressionisten. Sie haben sich von den jungen Modernen eigentlich nur für Hofer und für Lehmbruck interessiert. Ich finde Beckmann und Barlach viel wichtiger und persönlicher. Von Hofer habe ich schon Bilder à la Marées und 8 Tage später à la Daumier und à la Greco gesehen.

Die rein dekorative Kunst wie sie z.B. von E. R. Weiß gepflegt wird, halte ich für sehr schwach und unbedeutend und bin mir vollständig darüber klar, daß Leute wie Pechstein und Marc in erster Linie *dekorative* Talente sind. Aus dem Kubismus von Picasso mache ich mir *nicht das geringste.*

Ich hatte die Absicht u.a. Sie um einen Aufsatz über Tintoretto zu bitten, der auch völlig verkannt wird, trotzdem er natürlich nicht »unbekannt« ist. Sie nennen Delacroix einen Revolutionär. Ich weiß nicht, wie weit Delacroix über Tintoretto hinausgeht. In Deutschland gibt es ja keine Delacroixs und die Bilder im Louvre sah ich das letztemal vor 10 Jahren.

Auch über die Alterswerke von Rembrandt hätte ich in der Zeitschrift gern einen Aufsatz von Ihnen.

Ich glaube, daß wir uns mündlich recht gut verständigen könnten. Daß dies nicht früher geschehen ist, ist eigentlich nicht meine Schuld. Ich hatte früher immer geglaubt, Sie würden es einmal für die Mühe wert halten, bei einem Ihrer Münchener Besuche mit mir in die alte Pinakothek zu gehen, wie ich dies vor ein paar Tagen mit Beckmann tat; aufdrängen wollte ich mich aber nicht. Sie waren immer von Herren, die Ihnen gesellschaftlich näher stehen, wie Heymel und Sternheim in Anspruch genommen, und hatten im Verlag gerade nur Zeit für das Geschäftliche. Vielleicht haben Sie doch bei Ihrem Januarbesuch einmal etwas mehr Zeit für mich, doch möchte ich Ihnen keinesfalls zur Last fallen.

Mit besten Grüßen Ihre ergebenen
[Firmenstempel]
Reinhard Piper

205 Meier-Graefe an Reinhard Piper

N. 11 / XII [1913]

Lieber Herr Piper
Ich bin Ihnen für Ihren Hinweis auf die Kritik Schefflers dankbar, hatte sie nicht gelesen. Ja, recht übel, verdient Ohrfeigen. Ich bin gestern gleich in die Stadt gefahren, traf aber den Monsieur nicht in der Redaktion, er ist auf 2 Tage verreist. Ich sagte meine Sache dem Verleger und habe die Revokation der beiliegenden Worte in der nächsten Nummer verlangt. B. Cassirer stellte sie als fraglos in Aussicht. Sollte Scheffler morgen etwa nicht ohne jede Einschränkung diese Meinung teilen, so bekommt er, was er verdient. Ihre Auffassung ist vollkommen richtig. Scheffler ist ein recht übles Kapitel. Ein wenig begreiflicher Neid sickert überall durch sein morbides Geläute. Ich bin immer sehr nett zu ihm gewesen und habe ihm die ersten literarischen Wege geebnet. Nun, er ist ein Proletarier. Das Schlimmste ist, daß ich gestern den ganzen Tag verloren und blödsinnige Magenschmerzen gekriegt habe. Die Wut fuhr mir in die Gedärme.

Eine schlimme Jüngerschaft hat Scheffler übrigens in dem Buch über Italien erwiesen, die bedenklichste Entgleisung, die sich wohl je ein deutscher Schreiber geleistet hat. Ablehnung der italienischen Meister auf Grund schließlich rein ethnographischer Momente.

Ich sende Ihnen heute die Korrektur bis zum Schluß Constable in einem Paket, das im übrigen Photos der Fontainebleauer enthält. Ich überlasse Ihnen die Auswahl. Nicht zu viel. Die Photos bitte ich nach Gebrauch *in reinem Zustande* also ohne Blaustiftnotizen an D. Ruel zu retournieren.

Ich muß Ihnen nochmal mit meiner Kritik Ihrer Buchausstattung kommen. Sie nehmen die Sache zu leicht. Die Zeichg Delacroix' ist natürlich göttlich, aber der Einband trotzdem unvornehm. Bitte besorgen sie sich das Buch Hanckes über Liebermann, das bei Bruno Cassirer erschienen ist, hat mehr und kostbarere Reproduktionen als der Delacroix, größeren Umfang und kostet, gebunden in einem durchaus bibliothekmäßigen schönen Einband 35 Mk. Vergleichen Sie Papier, Text, Druck der Illustrationen, die alle separat gedruckt sind. Es ist wirklich wichtig, daß Sie ein Gefühl für die *Klasse* solcher Bücher bekommen als buchgewerbliche Leistung. Streiten Sie nicht mit mir, ich meine es gut.

Der Wiener Kaus, dessen verrücktes Theaterstück Sie erhalten haben, schreibt, wie er mir mitteilt, eine Studie Flaubert–Dostojewski, die gut werden kann.

Ich hoffe den Corot in einigen Tagen zu beenden. Es wäre sicher das richtige damit den I. der drei Bände zu beschließen.

Bitte bald um Lieferung II. Dauert furchtbar lange.

Besten Gruß Ihr MG

206 Meier-Graefe an Reinhard Piper

12. II. 15

Lieber Piper Ich habe Pech gehabt und sitze hier in Pokrow (Gouv. Wladimir) als Kriegsgefangener, hoffend, daß man von Deutschland versucht, meine Auslieferung zu erlangen. Leider bedroht mich die Aussicht, nach Ostsibirien gebracht zu werden. Es geht mir bis jetzt sehr gut, ich habe fast immer eine sehr humane Behandlung erfahren. Es fehlt mir nichts außer der Freiheit. Völkerrechtlich ist meine Auslieferung, da ich weder Soldat bin, noch war und lediglich aus Humanitätsgründen an der Front war, indiskutabel, aber wo ist das Völkerrecht geblieben! – Schreiben Sie mir per amerikanisches Generalkonsulat Moskau über Schweden. Herzlichen Gruß Ihr M-G

Soeben erhalte ich den Befehl, heute nach Omsk abzureisen, also Sibirien.

207 Meier-Graefe an Reinhard Piper

12/VI 17

Lieber Herr Piper
Ich habe Elias gebeten, Ihnen, falls er die Vorrede Delacroix annimmt (habe ihm nochmal geschrieben) zu telegraphieren, damit Sie die Notiz hinzufügen: *Text von J. Elias.*

Die *Ausstattung*:

macht mir viel Sorgen. Ich weiß nicht, ob ich von hier aus alles so schaffen kann, wie es sein muß und ob wir wirklich ohne jeden Buchkünstler auskommen. Nun habe ich heute – zunächst nur auf meine Kappe an E. R. Weiß geschrieben, unseren bei weitem tüchtigsten Mann auf dem Gebiet, den ich gut dirigieren kann und der auch als Name etwas bedeutet. Ich habe ihm angedeutet, daß ich für den Posten nur ganz geringe Mittel habe. Obwohl er viel gesucht ist, wäre es möglich, daß er als alter Bekannter und aus Interesse an der schönen Sache Bedingungen macht, die uns nicht drücken, halte Sie auf dem Laufenden

Cassirers Cézanne

Um keine Zeit zu verlieren, habe ich heute mit Reber Mannheim, der auch einige Aquarelle Cézannes besitzt, telephoniert. Er ist bereit, eins oder alle an Hanfstängl zu senden, sobald ich telegraphiere. Wir wären also *für* den Moment gedeckt. Cassirer ist aber unentbehrlich.

Best. Gruß Ihr MG

208 Meier-Graefe an Reinhard Piper

21/XII 23

Lieber Piper
Ich möchte Ihnen und Ihrer Frau von uns herzliche Grüße zu Weihnachten senden und auch dem Verlag gratulieren. Ich habe gerade Ihren Almanach durch geblättert, auch manches gelesen, z.B. den famosen Morgenstern. Es ist schon ein stattliches Haus, was Sie da aufgebaut haben, bei weitem das gediegenste in Deutschland; gute Fassade und noch besserer Grundriß, so wie ein Haus sein muß. Ich war gestern Abend bei einem Essen bei *Fischer*, wo auch *Bruno Cassirer* war, komischer Weise der einzige Verleger, der etwas Ähnliches wie Ihr Verlag hat, trotzdem

sich die Inhaber so wenig gleichen. Auch er sprach in sehr warmen Worten von Ihnen, was mir sehr wohltat, ich fühle mich ja doch als so eine Art Partner. Auch B. Cassirer macht nur, was er für gut findet und ist zähe. Fischer macht alles vergleichsweise. Mit so einem Dreck wie Kerr über Spanien kompromittiert man sich für ewige Zeiten. Nun, Ihnen hätten die Ohren klingen können, auch Eisenlohr und Hammelmann.

Es geht eine Nuance besser als wir fürchteten, auch mit den Marées-Drucken. Wir werden immerhin die wirklichen Kosten wenigstens herausbekommen, denke ich. Eine etwas trübe Seite an dem Almanach ist die Seite Meier-Graefe mit den vielen »Vergriffen«. Mein Lieber, ich bitte Sie herzlich, die Neuauflage mit Energie zu betreiben. Sowohl weil darin mein bischen Hab und Gut für mich und die Meinen steckt, als auch weil das schließlich alle Möglichkeiten meiner Wirksamkeit in Deutschland enthält. Sie sind mir und auch sich selbst das schuldig. Das bischen, was ich geben kann, steckt in meinen Büchern.

Ich danke Ihnen im voraus für die Bücher-Sendung. Ich habe schon allerlei von *Hausenstein* bekommen, auch das Gastgeschenk und den Giotto. Ein sehr beweglicher geistige[r] Mensch, fehlt nur noch an Fleisch, zu viel Brühe, gute Brühe. Er muß einfach werden. Ich glaube eines Tages kommt er dahin, wenn er nicht vorher ausgeschrieben ist. Es ist eine schlechte Generation, dünn, manieriert, das merkt man bei jedem, selbst dem besten.

Die Wiener Theater-Sache ist dieselbe, die ich damals in Wien angeregt habe. Und wenn Sie den Leuten schreiben (Deja schreibt Ihnen darüber) könnten Sie darauf hinweisen. Schroll (Meyer) schrieb mir soeben, daß sich die Leute an ihn wegen Übernahme des Generalvertriebs gewendet haben. Ob es möglich sein wird, die Herstellung dem Ganymed zuzuführen, weiß ich nicht. Sie können ruhig die 50 Exempl. garantieren. Ich würde Ihnen helfen, sie unterzubringen. 20-25 kann Ganymed ruhig übernehmen.

Das Beckmann-Buch sieht gut aus. Aber der Abgott genügt nicht ganz für diese Üppigkeit.

Nun, alles Gute, für unsere [?] geschäftliche Sache.

Ihr Meier-Graefe

209 Meier-Graefe an Reinhard Piper

Savoy Hotel
Luxor (Upper Egypt)

10/II 1926

Lieber Piper
Vielen Dank für Ihren Brief vom 1. Febr. Ich denke mir, daß die Auflage Vincent jetzt weg sein muß. Bis wir auf Zsolnays Angebot kommen, muß es ganz anders gehen. Hoffentlich kommt es noch.

Von Rowohlt habe ich bisher keine gute Nachrichten über Dostojewski. Es sind nach heutigem Brief (unter uns!) 800 Exempl. verkauft. Rowohlt klagt sehr über den Mangel an Besprechungen. Wenn es nicht anders kommt, ist er schwer reingefallen. Allerdings kam das Buch sehr spät im Dezember. Die paar Leute, von denen ich was höre, beurteilen es sehr günstig. Was Sie mir darüber schreiben, freut mich sehr, denn Sie sind nicht der erste beste über Dostojewski. Ich muß Ihnen sogar sagen, daß es mir sogar sehr lieb war, Ihre Zustimmung zu erhalten. Ja, den »Jüngling« liebe ich fast mehr als alles, trotz der Schwächen. Es sind so ein paar Sachen drin zwischen Vater und Sohn – na! Das Schöne an ihm ist ja, daß die Fehler ihm nichts anhaben. Aber man muß sie wohl sehen, um seine Liebe abzuhärten. Für mich ist das alles natürlich ganz belanglos neben dem Riesenwerk und höchstens bedeutsam, weil es wiederum (auf Umwegen) auf menschliche Vorzüge weist. Denn er fehlte immer nur aus Hemmungen, die ihm seine Menschlichkeit zwischen die Beine steckte. Ach wissen Sie, daß man überhaupt zu schreiben wagt, wenn man ihn kennt, ist schon eine Gemeinheit.

Ich erlebe hier tolle Dinge. Ägypten ist für die Plastik das, was das moderne Frankreich für die Malerei, Dostojewski für die Literatur bedeutet. Ein Glück, daß ich das noch gesehen habe. In der Frankfurter ist noch nichts erschienen. Ich habe vor kurzem etwas geschickt.

Es ist mir leid, zu hören, daß Sie noch keine Moneten gefunden haben. Von Reinhart habe ich nichts anderes erwartet. Hier wimmelt es von Leuten (Deutsche) die in Geld schwimmen und in Ägypten nichts tun, wie Geld ausgeben, aber man kann schwer heran in solchen Geschichten. Man müßte diesen Menschen – wenn man mal auf einen fällt – einen Eitelkeits-Vorteil bieten können oder so was. Das Geschäftliche interessiert sie natürlich nicht. Wenn ich zurück bin, reden wir mal darüber.

Noa Noa ist auch meine arge, arge Sorge. Ich habe eine unverhältnismäßig hohe Summe in dem Unternehmen stecken. Ich bin sehr froh, daß Sie Ihren Reisenden Prospekte mitgeben. Der Prospekt muß in diesen Tagen erscheinen.

Nein, umschreiben werde ich die E.G. für Frankreich nicht. Daran ist ja schon die erste Ausgabe bei Hachette gescheitert, weil ich das nicht konnte, obwohl das Buch schon halb gedruckt war.

Am 15 sind wir wieder Cairo Légation allemande und bleiben bis 20. März. Dann Palästina. Im April Griechenland.

Schade, daß dieses Buch nicht bei Ihnen erscheint.

Herzlichen Gruß auch den beiden anderen

Ihr J. Meier-Gfe

210 Meier-Graefe an Reinhard Piper

R. PIPER & CO. VERLAG MÜNCHEN
Verlag der Marées-Gesellschaft
G.M.B.H.

München, den 25. XI. 1926
Römerstr. 1

Lieber Herr Piper,
ich bin Ihnen und dem Verlag für die freundliche Absicht, zu meinem Geburtstag sehr dankbar und will nur hoffen, daß die Kosten und Mühen nicht zu arg werden und der Nutzen lohnt. Ich will gerne meine Ansicht sagen, soweit das sachlich möglich ist. Um das einzelne kann ich mich beim besten Willen nicht kümmern, sonst schämt man sich zu sehr oder es wird penibel.

Hauptmann kennt wohl einige Bücher von mir und schreibt wohl etwas. Das müssen Sie sehen.

Levin könnte die Biographie nicht machen, aber vielleicht Erinnerungen an die Pariser Zeit und an die Pan-Zeit schreiben, denn er ist der einzige, der mich damals schon gekannt hat, außer Franz Servaes und Willy Pastor. Diese beiden geben vielleicht kleine Äußerungen. Willy Pastor ist natürlich Gegner. Servaes gerade kein Genie.

Ich weiß nicht, wer eine anständige Biographie schreiben könnte. Der berühmte Menschenmangel. Hausenstein, Esswein. Die Realitäten könnte ich notieren. Ich kann im Januar, – Anfang (oder noch im

Dezember) auf meine Kosten nach München kommen, wenn ich dort Hausenstein oder Esswein sprechen soll. Die biographischen Hauptsachen kann ich auch bald notieren.

Hofmannsthal hat einige meiner Bücher sehr gern (Delacroix) und wird vielleicht etwas schreiben.

Auch Rudolf Alexander Schröder in Bremen, der mich sehr gut kennt und einen glänzenden Stil schreibt. Er könnte Erinnerungen an unsere gemeinsam verbrachte Zeit nach Paris schreiben. (Berlin, Genthinerstraße) Leider ist er faul.

Pannwitz weiß wenig von mir, aber wird natürlich was von sich geben können.

Werfel – ich weiß nicht, ob er meine Bücher kennt. Er hat mich, glaube ich, gern. Gräßlich penibel. Man müßte mit Takt fragen, ohne ihm zuzusetzen, um Gottes willen!

Reifenberg könnte vielleicht über meine Reisebücher schreiben (Spanische Reise, Tscheinik, Orientreise).

Pauli vielleicht über meine deutschen Bücher: Marées, der Junge Menzel, Böcklin, und im Zusammenhang damit über die von mir angeregte und zum wesentlichen Teil realisierte deutsche Jahrhundert-Ausstellung (Auch die Marées-Ausstellungen in München und Berlin.)

Paul Fechter vielleicht über den belletristischen Teil. Er hat mal recht gut über mein Stück »Adam und Eva« geschrieben. Man müßte ihn fragen, ob er auch für das Lustspiel »Heinrich der Beglücker«, das von Hartung in Frankfurt während des Krieges glänzend gegeben wurde und über die Novellen und die zum Teil recht bescheidenen ersten Romane schreiben will. Zu den Stücken kommt auch noch das lustige Puppenspiel »Orlando und Angelika«. Vielleicht könnte man auch den Dostojewski da hinein nehmen, obwohl es Rowohlt vielleicht besser passen würde, wenn er separat verarztet würde.

Nach meinem Empfinden gehören Vincent und Dostojewski zusammen. Wer dieses Kapitel übernehmen könnte – vielleicht wäre das was für Werfel. Auch Hauptmann könnte es natürlich, wenn er wollte.

Bei der Kritik meiner Kunstbücher käme es darauf an, daß endlich mal die blödsinnige Rubrik des »Menschen des Impressionismus« zerstört und eine etwas umfassendere Psychologie durchgeführt würde. Es wäre schon angebracht, wenn einer die Entwicklungsgeschichte betuen könnte und auf die Unterschiede der beiden Fassungen eingehen. Ob das Waldmann kann?

Ich weiß nicht, wie Sie sich die Sache denken. Ich fände es natürlich sehr schön, wenn aus allen meinen Büchern ein paar charakteristische Stellen abgedruckt würden. Ein bis drei Seiten etwa. Das gäbe etwa 60 bis 80 Seiten. Dazu die Aufsätze ohne Bilder.

Am Schluß wäre wohl eine Kritik meiner Redakteur- und Herausgebertätigkeit möglich, Pan, Dekorative Kunst, Germinal, Marées-Gesellschaft, vielleicht könnte das Lehrs machen, ich weiß nicht. Allenfalls Marées-Gesellschaft separat. Vielleicht Dr. Fischer Stuttgart.

Uff, viel Arbeit, es könnte vielleicht nützlich sein. Wenn es schon im Frühjahr erscheinen soll, ist es recht eilig. Ausländer hat nicht viel Zweck.

Reece könnte über meine Stellung im Ausland schreiben. Es wäre praktisch und vielleicht auch ganz nett.

Von meinen Freunden kommt Swarzenski in Frankfurt in Betracht. Ist aber momentan in Amerika und immer sehr beschäftigt, wohl nur für etwas Kurzes zu haben. Besten Gruß, nochmal Dank!

Ihr M.-G.

Vorzugsausgabe mit Graphik? Weiß nicht recht. Es ist mir ein bischen sonderbar, daß Sie die Leute um Platten zu bitten versuchen, um sich selbst Kosten zu machen. Lohnt es sich? Es mag schon sein, wenn Munch und Corinth mit tun. ohne die beiden sicher nicht. Dagegen müßte das Buch anständig gedruckt werden. Ich denke, daß Hegner, der mir verpflichtet ist, die Sache sehr billig machen würde. Zu Selbstkosten, er wird es sicher tun.

Ihre Änderung der Titel akzeptiere ich. Scheint mir sehr gut. Für Band II: Idealismus und Realismus, im Prinzip viel besser als mein Vorschlag, nur ein bischen abgebrauchte Kategorie. Ich möchte lieber einen Gegensatz wie Arkadien und Wirklichkeit. Was meinen Sie zu diesem:

Um Traum und Wirklichkeit

Marées und Manet

Das Heikle ist immer bei solchen Unterscheidungen, daß die Realität eines Marées verkannt wird. Sachlich liegt der Unterschied viel mehr in Raum und Fläche, aber das klingt zu abstrakt und deckt auch nicht den generösen Teil der Marées-schen Überlegenheit. Titel sind meistens nur halb und so ist vielleicht doch: Um Traum und Wirklichkeit, möglich –

Band III: angenommen:

Die Kunst unserer Tage

Von Cézanne bis heute.

Goya-Mappe:

Brief von Mayer schicke ich, sobald ich Antwort aus Madrid von der Anstalt habe. Diese Leute sprechen wohl nicht französisch oder haben keine Lust. Für Mayer wäre es viel leichter, das zu besorgen. Was sollen wir machen ohne Antwort, ohne Proben, ohne Preise?

Mir fehlt auch noch Ihre Antwort, wo ich die londoner Sachen bestellen soll?

Dem Buche über Th. Th. Heine weine ich keine Träne nach. Es ist recht schwach geworden. Besten Gruß auch Ihren Kollegen

Ihr M.-G.

211 Meier-Graefe an Reinhard Piper

Weinen's Hotel de France
Pavillon sur la Mer
Palermo
P. Weinen

Palermo, 22 / III [1927]

Lieber Piper, ich habe in Rapallo Hauptmann wiederholt gesehen. Leo hat ihm mehrere Male die Sache sehr freundlich nahe gelegt, und H. [Hauptmann] hat zugesagt, wird es aber wohl doch nicht tun. Zu faul, und dann ist es für ihn vielleicht auch nicht leicht, die richtige Form zu finden. Wir stehen uns nicht nahe, ich habe ihm früher manchmal meine schweren Bedenken über gewisse seiner Spätwerke nicht vorenthalten, und wir haben uns in den letzten 10 Jahren immer weniger gesehen. Er führt ein mir ganz unbegreifliches herzlich unsympathisches Luxusdasein, umgiebt sich mit Schmeichlern von recht ungewählter Art – ein allgemeines Geschmuse. Haben Sie seine Dorothea Angermann gelesen? Das ist schon ein böser Film-Stil.

Ich verkenne nicht die Reklame, die in seiner Beteiligung stecken würde, aber wie die Sache lag, konnte ich nicht zureden. Vielleicht macht er doch noch was, er war sehr nett, sonst müssen wir uns ohne ihn behelfen.

Ich schicke Ihnen hier einen heute an die Frankfurter abgegangenen Aufsatz über die Berliner Munch-Ausstellung, weil Sie vielleicht mit der Magdeburger abgeschlossen haben. Natürlich muß abgewartet werden, bis die F.Z. den Aufsatz gebracht hat. Ich habe nur das Recht auf eine einzige Zeitung für den Nachdruck, daher wäre es wichtig, daß die Magdeb. 130 Mk zahlt per Monat. Ich könnte ihr auch meine ägyptischen Aufsätze zur Verfügung stellen. Sie würde 2 Aufsätze pro Monat erhalten.

Dies das eine. Außerdem hoffe ich während meines Aufenthalts in Sizilien noch einen Aufsatz für den anderen Konzern zu schreiben, wobei ich mindestens 300 Mk für mich rechnen würde.

Sie können mir hierher schreiben. Ich bleibe noch bis etwa 29. hier, erhalte aber dann die Briefe nachgeschickt. Nach dem 2. April hat es wenig Zweck mehr, hierher zu schreiben, da wir am 15. April wieder in Berlin sind. Die Briefe gehen langsam. Wichtige Dinge lieber telegraphieren.

Für Ihre ital. Reise alles Gute. Vergessen Sie in Ravenna nicht San Zeno, überhaupt ist Ravenna eine ganz herrliche Sache. Von Ravenna fahren Sie mit dem *Auto* nach Siena. Es giebt regelmäßige Verbindung.

Der Palazzo in Venedig mit dem Giorgione heißt Giovanelli. Sie wohnen in Venedig sehr billig in einer Pension am Zattere. Die schönste Aussicht auf die Salute etc hat man freilich nur von den Hotels in der Nähe des Markusplatzes am Grand Canal. Ich wohnte Hotel Grand Canal e Monaco, von den großen Hotels immer noch das billigste. Natürlich Zimmer vorne heraus nehmen.

In Florenz S. Miniato al Monte nicht vergessen, bezaubernd! Auch die Castagnos im Cenacolo di S. Apollonia. Wichtig! Lieber anderes weglassen! Von den Kirchen Dom, Baptisterium, S. Croce, Maria Novella, Lorenzo und wie gesagt S. Miniato (mit Wagen). Museen: Pitti, Uffizien, Uffizien [sic], Pitti, viel, sehr viel! Natürlich Bargello, Akademie, Schluß.

Venedig so oft wie möglich S. Marco, fast alles andere von Kirchen entbehrlich. Unbedingt nach Torcello. Natürlich Akademie. In der Akademie nicht den kleinen P. della Francesca vergessen.

Ravenna !!

Rom, der Sebastian, der jetzt im Palazzo Venezia hängt, ist von Melozzo da Forli, wenn ich mich recht erinnere, göttliches Bild. Es könnte auch Benozzo Gozzoli sein, die ich immer verwechsele. Im Vatikan schenken Sie sich die entsetzlich ermüdenden Antiken, die Sie viel besser im Museo Nazionale finden. Dagegen außer der Sixtina und den Loggien natürlich die Bildergalerie, die Borgia-Gemächer und die antiken Fresken im letzten Zimmer der Bibliothek. Farnesina, der Wissenschaft wegen. Palazzo Doria mit dem Papst von Velasquez. Nach Tivoli fahren, wenn das Wetter gut ist.

Sie haben Recht, nach Vicenza zu fahren, auch der Bilder wegen.

Beste Grüße Ihr MG

212 Meier-Graefe an den Piper-Verlag

Berlin 29. Mai 1927

Lieber Verlag

Soeben kommt Ihr Buch zu meinem Geburtstag. Ich gestehe Ihnen, daß ich ein wenig Angst davor hatte; erstens weil ich von meinem Wert durchaus nicht so durchdrungen bin, um auf wesentliche Zustimmung rechnen zu können und auch in dieser Hinsicht wenig verwöhnt wurde, zweitens weil mir persönliche Geschichten nie sehr sympathisch sind, weil sie oft bei uns in ungewollte Taktlosigkeiten ausarten. Ich bin in der frohsten Weise überrascht worden. Ich habe bisher nur schnell das Buch überschlagen und den Eindruck gewonnen, daß die Beteiligten eine gewisse Herzlichkeit und Aufrichtigkeit bekunden.

Ich weiß ganz gut, welchen Prozentsatz man auf die Jubiläumsrubrik rechnen muß, es bleibt doch etwas übrig. Sie haben mindestens den Teil Ihrer Absicht, mir Freude zu machen, erreicht. Ich habe viel Freude daran, gestehe ich Ihnen. Es macht mir Spaß, im mir selbst spazieren zu gehen und ich werde mir das in Cassis ausführlich leisten. Haben Sie Beide vielen Dank und schreiben Sie bitte gelegentlich meinem Freund Piper, wie herzlich ich seiner gedenke.

Schicken Sie bitte Frau Meier-Graefe Kirchweg 1, Berlin-Nikolassee, 1 Exemplar und mir hierher 10 Exemplare.

Ich nehme an, daß Sie den Autoren je einen Beleg zugehen lassen. Leo von König ist wieder in Schlachtensee, Seestraße 13. Ich könnte mir denken, daß das Buch auch großen Nutzen für meine Bücher bringen wird. Es sieht sehr gut aus.

Ihr ergebener

213 Meier-Graefe an Reinhard Piper

Laubenheimerstr. 7 1. XII. [1932]

Lieber Herr Piper
Ich bin Ihnen sehr dankbar für die Aufrichtigkeit. Mir fehlt, da ich sehr lange an dem Dinge gearbeitet hatte, das Urteil, und ich neige eher zur Geringschätzung. Vielleicht schätzen Sie nicht ganz richtig das Problem ein, das von A bis Z der Schatten des Vaters ist und den Jungen bewegt und belastet. Sie haben mich, den Sie kennen, mehr vor Augen, nicht die Gestalt des Romans, eine ganz problematische Gestalt, die sich wortwörtlich mit dem Trauerklos [sic], der ich einmal bis zum Tode des Alten gewesen bin, identifiziert. So war ich, darauf können Sie sich verlassen, die Realität steht fest, und vielleicht können auch andere Söhne dieser Generation so gewesen sein. Der Ironiker war vielmehr der Alte, der zu stark war, um unter seinem Übergang vom Künstler zum Materialisten äußerlich schwer zu leiden, aber sich von Skepsis nährte und trotzdem ein ritterlicher Geselle blieb. Ich denke sehr niedrig von meiner Jugend und von meinem ganzen Kreise, auch von dem Pan, der ein aufgelegter Blödsinn war. So darf eine junge Generation nicht auftreten. Das hat mein Vater richtig erkannt. Über dieser ganzen Sturm- und Drang-Zeit, in die die Ihnen bekannte Cornelia eintrat, schwebt die Lächerlichkeit. Vielleicht geht der junge Mensch, der am Begräbnistage das Haus verläßt, nun einen besseren Weg. Na ja!

Ich danke Ihnen sehr im voraus für die Bücher, die ich lesen werde, in St. Cyr: hier komme ich nicht mehr dazu. Anfang Januar fahren wir wieder hin. Physisch geht es mir gut, aber die ewigen Geldsorgen drücken zu arg. Die beiden Renten sind ein ewiges Cauchemar, und ich weiß nicht, wie es weitergehen soll, wenn der Erfolg des Romans ausbleibt. Allein ginge es vielleicht, da Nr. III eine fabulöse Haushälterin ist. Reece macht die Übersetzung des I. Bandes der Entwicklungs-Geschichte nicht zu Ende, steckt in tausend Geschäften und bringt mich um eine bescheidene aber bei meinem Budget merkbare Einnahme. Na, anderen geht es noch schlechter. Hier sieht man heillose Dinge, wohin man kommt. Sie haben es vielleicht in München besser, wo das moderne Dekor nicht so stark mitspricht und stabilere Zustände bei Ihnen in der Luft liegen.

Herzlich Ihr

214 Aus *Mein Leben* von Carl Moll

S. 167/168:
Zum Nachspiel meiner spanischen Reise, das für mich von Bedeutung werden sollte, mein Leben wieder bereicherte, wird das Erscheinen eines Buches »Spanische Reise« von Julius Meier-Graefe. Es veranlaßt mich, diesen in Berlin aufzusuchen. Ich hatte ihn im Jahre 1900 in Paris flüchtig kennen gelernt, im Jahre 1904 in Wien anläßlich eines Vortrages über den französischen Impressionismus wieder begegnet. Das Buch zeigte ich Klimt und mache ihn auf die Übereinstimmung aufmerksam, mit dem was ich ihm nach meiner ersten Spanienreise erzählt hatte. »Na ja«, meint Klimt, »das sind ja Deine Worte – das hast Du halt Meier-Graefe auch erzählt«. Ich hatte diesen aber seit 1904 – vor meiner und seiner, ein Jahr späteren Reise nicht wieder begegnet.

In Nikolassee bei Berlin, in Meier-Graefes's entzückendem Heim war ich sein Gast und beginnt eine intime Freundschaft, die im Jahre 1933 die erste Trübung erfahren sollte.

Dem Verkehr mit ihm danke ich die Ordnung meiner direkten Eindrücke vor den Meisterwerken des französischen Impressionismus – seinen Zusammenhang mit der Tradition, seinem Ergebnisse: Van Gogh, Cézanne – vor allem aber meine Bewunderung für Delacroix – dem ich, im Banne des vielen Neuen, das ich erlebt hatte, bisher fremder gegenübergestanden bin.

S. 191/192:
Meier-Graefe war, im Kriege in Sanitätsdienst in russische Gefangenschaft geraten, aus Sibirien heimgekehrt. In seinem Buche »Die weiße Straße«, das er in der Gefangenschaft geschrieben, erkennt man die Entfremdung, welche zur Trennung von seinem besten Kameraden, seiner Frau Rike, führt. Er überläßt ihr, als anständiger Mensch, sein Haus, alles was er besitzt, und übersiedelt mit einer Freundin seiner Frau nach Dresden. Oft, wenn wir später von der Vergangenheit sprechen, gesteht er, sich des Unrechtes bewußt zu sein.

Aus Dresden fragt der frühere sächsische Gesandte in Wien, Graf Nostiz bei mir an, ob ich die Direktion der staatlichen Gemälde-Galerie in Dresden übernehmen möchte. Ich hatte in Wien im Hause Nostiz verkehrt, der Contakt Meier-Graefes mit Nostiz, der jetzt Intendant in Dresden ist, mag das Seine dazugetan haben. Meier-Graefe hat in Brüssel zu tun und fordert mich auf, ihn zu begleiten, um wichtiges in Ruhe zu besprechen. Ich fahre mit ihm, das Leben im Kriege, im besetzten Gebiete interessiert mich. Meier-Graefe erkläre ich über die Angelegenheit der Galeriefrage dasselbe, was ich vor Jahren in Wien erklärt hatte, wozu noch die Verbundenheit mit meiner Vaterstadt kommt, die zu verlassen ich mir nicht vorstellen kann.

S. 227/228:
Den nächsten Winter (1932/33) locken uns unsere Freunde Meier-Graefe in ihre Nachbarschaft. Sie leben in St. Cyr sur mer, zwischen Toulon und Marseille. Sie empfehlen uns den ihnen zunächst liegenden Ort Sanary, ein kleines Städtchen, meist von Fischern bewohnt, mieten uns Quartier und wir entdecken Neu-Land – die Provence. Der Ort, unser Quartier, die Lebensbedingungen, alles war überaus angenehm, die Eigenwirtschaft wieder wie in Algier etabliert. Ich lerne den coloristischen Zauber der Provence kennen, wir machen Ausflüge nach Marseille, nach Aix – wo Cézanne gelebt und gearbeitet hat. Sein Atelier und Garten sind pietätvoll erhalten, ich pflücke mir einen Lorbeerzweig zum Andenken.

Der Contakt mit unseren Freunden wird ungemein rege, da sie einen kleinen Ford haben, der sie in 20 Minuten von St. Cyr zu uns bringt, verbringen sie jeden zweiten Abend bei uns. Einmal sage ich zu Meier-Graefe: Jetzt imponiert mir die Malkultur der Franzosen nicht mehr so unbegrenzt wie früher. Wer in diesem edeln Colorismus der Natur geboren wird und aufwächst, dessen Auge muß sich anders bilden wie das unsere, das im dunkeln und hellen Grün ohne Gegenstände sich abstumpft. Wer den Tonzauber der Provence registriert, muß noch kein Genie sein, wer ihn nicht empfindet, erscheint mir als Mißgeburt.

Unserm Kreise schließt sich Meier-Graefe's Freund René Schickele an, der feine Schriftsteller aus dem Elsaß, dessen »Blick auf die Vogesen« und »Himmlische Landschaft« ich sehr liebe. Die Abendunterhaltungen sind ungemein anregend, bis ein Mißton sie stört, den die Politik hervorruft – ein mir so fernes Gebiet, dem mich plötzlich die Ereignisse in Deutschland näher bringen.

Adolf Hitler ist zum Reichskanzler ernannt – seine, die nationalsozialistische Partei, kommt ans Ruder. Meier-Graefe, durch mehr als zwanzigjährigen Aufenthalt in Paris – durch seine profunde Kenntnis der Französischen Kunst – sehr zu Frankreich neigend, fühlt den Gegensatz, aber nicht die Berechtigung, die Notwendigkeit desselben, so wie ich ihn sofort fühle. Zudem ist seine dritte Frau Jüdin. Bei jedem Zusammensein gibt es erregte Debatten, zum großen Leidwesen meiner Frau, welche die Harmonie unseres Zusammenseins so genossen hat. Meier-Graefe war ja der anregendste Mensch und durch sein Temperament, seine erfrischende Heiterkeit ein ganz selten reizvoller Umgang. Er kann mir meine Stellungnahme nicht verzeihen und kommt zu unserer Abreise nicht nach Sanary.

S. 234/235:
Es war in den letzten Jahren Gepflogenheit, daß Meier-Graefe's im Herbste paar Wochen uns widmeten – mein zum Wohnzimmer umgewandeltes Atelier bewohnten.

Ich dankte Meier-Graefe unendlich viel geistige Anregung, meine Frau, meine Kinder seiner unverwüstlichen Heiterkeit genußreiche Stunden. Als richtiger Berliner kannte er Österreich – das Österreichische – nur von der oberflächlichsten Seite. Ihm mein Vaterland näher zu bringen, war meine Aufgabe in den ungestörten Wochen unseres Zusammenseins, meine Revanche. Mit Klosterneuburg fing ich an, mit Heiligenkreuz setzte ich es fort – dann kam die Wachau, Altenberg, Zwettl, St. Florian, Wilhering, St. Wolfgang, Hallstadt – Salzburg. Ich konnte mit dem Resultate meines praktischen Unterrichts zufrieden sein.

Wir sitzen unter den Bäumen im Gasthausgarten in Dürnstein, zu Füßen der Strom, zu Häupten die köstliche Barockkirche; von der Orgel tönt leise ein Choral herüber, die Wellen fließen im Dreivierteltakt. Singt die Amsel nicht ein Schubertlied?

Dem Natur- und Kulturzauber schließen sich harmonisch kulinarische Genüsse an. Da sagt Meier-Graefe zu seiner Frau: »Buschi, jetzt versteh' ich die Phaeaken, denk an Grunewald, an unser Zehlendorf«. »Denk an Potsdam – Sanssouci«, repliziert die Berlinerin. »Ja, Sanssouci! das ist erdacht, erzwungen, das hier ist gewachsen«.

Auch das ist jetzt zu Ende – unser Freund lebt nicht mehr – im 65. Lebensjahr ist er einer akuten Tuberkulose erlegen.

215 Auf die Nachricht von Max Liebermanns Tod

[Tgb. 15. 2. 1935]

Liebermann ist am 8. Februar im 88 Jahre gestorben. Also hat er uns doch nicht alle überlebt, wie Leo [von König] immer voraussagte. Die alberne Gemeinheit, mit der ihn die Nazis behandelten (man verbot ihm die Ausübung des Berufs) drängt einen natürlich auf seine Seite. Sieht man dieses lange Leben ein bischen von nahe, fällt es schwer, neben den vielen vorhandenen Seiten des Menschen die argsten Defekte zu übersehen. Er war kein bedeutender Künstler aber hatte ein gewisses Niveau, hat sich besser als viele andere deutsche Künstler gehütet, im Alter alles was er als junger Maler konnte und wollte, zu verleugnen. Seine Bildung und sein Intellekt, sein Witz schützten ihn. Er versagte am meisten da, wo es ihm am leichtesten gewesen wäre, sich anständig zu behaupten, als Führer. Seine Wirksamkeit außerhalb des Ateliers war recht bedenklich. Trotzdem für ihn nichts natürlicher gewesen wäre, als die oppositionelle Stellung, die ihm zufiel konsequent durchzuführen und möglichst zu erhöhen, verberlinert er und war für jeden Kompromiß bereit. Im Verhalten zu Tschudi, zur Sezession, zur Akademie etc. immer gesinnungslos oder zum mindesten recht zweifelhaft, und zwar gesinnungslos ohne Sinn. Es hätte ihn nichts gekostet sondern sein Ansehen nur vergrößert, wenn er im Innern die Vornehmheit gehabt hätte, die er äußerlich mit schnodderigen Redensarten markierte. Wir sind durch die Böcklinsache auseinandergekommen. Er drängte mir seine Hilfe auf, und als es darauf ankam, mir beizuspringen, als das ganze Gesindel mich mit Dreck bewarf, ließ er mich sitzen. Das hätte ich ihm verziehen, aber wie zu mir, hat er sich zu Tschudi und in hundert anderen Fällen benommen. Interessanter Beitrag zum Judenproblem, zumal zum Berliner Juden.

Anhang

Julius Meier-Graefe: »Gustave Flaubert« (1933)[1]

I. Von der Romantik zum Realismus.

Nachdem die ausgezeichnete Conard-Ausgabe,[2] der ein gewichtiger Anteil an dem Wiederaufleben des Interesses für Flaubert zukommt, die zu Lebzeiten des Dichters nicht veröffentlichten Jugendwerke und die verworfenen Fassungen der »Tentation« und der »Education sentimentale« zugänglich gemacht hat, ist es den Dumesnil, Demorest, Descharmes[3] und vielen anderen geglückt, die Teile des ereignisarmen Lebens, die

1 Diese Abhandlung erschien in 2 Teilen in FZ 13. und 16.12.1933. Daß MG sie als seinen »Schwanengesang« betrachtete (Tgb., 14.12.1933), mag bei einem Kunstschriftsteller überraschen; doch setzte er sich sein Leben lang mit dem Schriftsteller auseinander, weil er in Flaubert die Problematik des künstlerischen Schaffens in moderner Zeit verkörpert sah. Flauberts »Schicksal« war ihm die Probe auf die Größe oder die Fragwürdigkeit unserer Kultur. Die zentrale Frage war diese: Was wird aus Kunst, wenn sie nur für sich, nicht für die Gemeinschaft besteht? Ferner: Sind Kunst und Wissenschaft vereinbar? Bedroht die Wissenschaft das künstlerische Schaffen? Ist »objektive«, unpersönliche Kunst – Flauberts Ideal – ein Widerspruch, eine Aporie? – Fragen, die MG verfolgten. Was ihm bei Flaubert fragwürdig erschien, scheint er bei Marées geschätzt zu haben, nämlich das Unpersönliche seiner Kunst in einem Zeitalter, in dem der Individualismus alles zersetze.
In früheren Jahren, zur Zeit der *Spanischen Reise* (1910), beschäftigte MG das Dilemma, was bedeutender sei: Flauberts großartige Korrespondenz oder seine »kunstgerechten« Romane? Der Mensch oder der Künstler? (siehe Nr. 110.) Ein Vierteljahrhundert später, konzentrierte er sich auf die Bedeutung von Flauberts später Erzählung *La Légende de Saint Julien L'Hospitalier*, an die er sich klammerte, als biete sie eine Rettung vor dem gefürchteten Schiffbruch. Hierin schöpfte er die Hoffnung, daß eine humane, zugängliche Kunst im Zeitalter der Wissenschaft und der Technik noch möglich sei. Was hier an Flaubert, an der Literatur, erprobt wird, galt in MGs Augen mutatis mutandis auch für die Kunst.
Nie ist MGs Sprache klarer, überzeugender gewesen als in diesem Flaubert-Essay, in dem er seine Gedanken über das Schicksal der Kunst am Beispiel eines der Größten ausspricht.

2 *Œuvres complètes de Gustave Flaubert*, édition Conard 1910-1954, 26 Bde., davon 13 für die Korrespondenz.

3 Drei große Namen der Flaubert-Forschung. Siehe u.a. René Descharmes und René Dumesnil, *Autour de Flaubert*, Paris, Mercure de France 1912, und René Dumesnil, *Flaubert, l'homme et l'œuvre*, Paris, Desclée de Brouwer, 3. Auflage 1947.

nicht schon in den achtziger Jahren von den Freunden aufgeklärt wurden, restlos zu erforschen. Keinem anderen französischen Dichter des 19. Jahrhunderts, erst recht keinem Künstler, selbst nicht Delacroix, an den man am ersten denken könnte, dient eine Bibliographie ähnlichen Umfangs.[4] Das Studium der ausgedehnten Korrespondenz[5] erlaubte erschöpfende Einblicke in den Ideenkreis des Theoretikers. Andere Forscher, namentlich Gérard-Gailly,[6] sind den in den Romanen benutzten Modellen nachgegangen, und auf diesem Wege wurden wichtige psychologische Momente aufgedeckt. Zuletzt hat die große Biographie von René Dumesnil (Desclée de Brouwer & Cie, Paris 1932) alle Ereignisse mustergültig zusammengefaßt. Die Beschränkung auf die französischen Bemühungen entspricht dem Wesen dieser Forschung, die sich, dem Beispiel des Dichters folgend, zumal die Bereitstellung und Analyse der Tatsache angelegen sein läßt und von der Aufgabe, kritische Folgerungen zu ziehen und die Stellung Flauberts in der Weltliteratur zu fixieren, absieht.

Der gewaltige Aufschwung des Kults im letzten Jahrzehnt begegnet einer Krisis der französischen Literatur. Während manche junge Romanciers, nicht die schlechtesten, gewisse, dem Dichter teure Anschauungen und Traditionen zu umgehen suchen und, wenn sie vor sich und anderen bestehen wollen, kaum anders können, sammeln sich die Verteidiger um das Heiligtum. Die Anhänger Flauberts behaupten, der moderne diktatorische Subjektivismus zerstöre den Roman, Frankreichs ruhmreichen Besitz, und sehen das Heil nur im Objektiven. Die Angegriffenen wehren sich mit gut geschliffenen Gründen und meinen, es habe nie eine wirklich objektive Dichtung gegeben, noch gebe es die behauptete moderne Diktatur. Ihre Dialektik, soweit sie sich öffentlich äußert, sieht nur von der Entwicklung bedingte Gradunterschiede, und die Güte jeder Methode hänge von der Verwendung ab. Unter sich redet man radikaler. Es ist nicht mehr die Zeit für Einsiedler. Wer sich heute in sein Zimmer in der Provinz vergraben wollte, nur auf die Heiligkeit der Methode bedacht, geriete in Gefahr, daneben zu schreiben. Bestand nicht schon zu Zeiten Flauberts die Klippe, und sind die anderen, die ihr entgehen, gesicherter?

4 R. Dumesnil und D.-L. Demorest, *Bibliographie de Gustave Flaubert*, Paris, Giraud-Badin 1937.

5 Die Korrespondenz in 9 Bänden erschien zwischen 1926 und 1933 (Ed. Conard), 1954 folgte ein »Supplément« von 4 Bänden.

6 Emile Gérard-Gailly veröffentlichte u.a. *Flaubert et les fantômes de Trouville* (1930) und *L'unique passion de Flaubert: »Madame Arnoux«* (1932).

Er stammt aus bürgerlichem, wohlhabendem Haus und gehört zu den nicht häufigen Schöpfern, die vom Vater, nicht von der Mutter herkommen. Viele Vorfahren der väterlichen Seite, auch der Vater der Mutter, waren Ärzte. Geboren 1821 im Hospital von Rouen, dem der alte Flaubert, bedeutender Chirurg und warmer Menschenfreund, als Chefarzt vorstand. Das Kind wuchs zwischen Patienten auf und sah die Leichen im Anatomiesaal. Die ersten Anfänge verhalten sich meist gegensätzlich zu dem Milieu. Ein Romantiker reinsten Wassers, Sphäre Victor Hugos und Byrons, geschichtliche und philosophische Themen, lateinische Verse. Plötzlich eine moderne Liebesgeschichte. Die »Mémoires d'un Fou« des Siebzehnjährigen, ein erstaunlich hellseherisches Bekenntnis, scheinen aus der Retrospektive eines längst gereiften Mannes geschrieben und entrollen die Skepsis. Bei manchen Stellen denkt man an die Kellerloch-Memoiren Dostojewskis, des russischen Arztsohns, der im gleichen Jahre zur Welt kam und auch von einem Hospital die ersten Eindrücke empfing. Auch Flaubert verschlingt alle erreichbaren Dichter und Denker. Goethes »Faust« erschüttert ihn mehr als alles andere. In Paris soll er die Rechte studieren und treibt mit Leidenschaft Literatur. 1847 liest er in Rouen zwei Freunden die erste »Tentation de St. Antoine« vor. Erinnerungen an Marionettenspiele der Kindheit und zumal der Anblick eines Bildes des alten Breughel haben ihn auf das Motiv gebracht. Auch der »Faust« ist beteiligt. Die Vorlesung dauert vier Tage. Die beiden Zuhörer, angehende Dichter, sind strenge Richter, und als der Autor ihre Meinung will, empfiehlt ihm Louis Bouilhet, das Ding ins Feuer zu werfen und nicht mehr davon zu reden. Zu wenig Handlung, zuviel Lyrismus, die Abgelegenheit und Verworrenheit der Szene. Mancher dieser Vorwürfe trifft mit fast gleichem Recht die Fassung von 1856 und bis zum gewissen Grade sogar die endgültige, überaus glanzvolle »Tentation« von 1872. Die Schwäche des Werkes hängt mit dem Anlaß des Motivs zusammen. Flaubert verwechselte die Bedingungen des gemalten Bildes mit denen der Dichtung und glaubte mit einer Wandeldekoration in Worten die Grenzen der Beschreibung zu überwinden. Den Zuhörern der Vorlesung fiel es um so leichter, die problematische Künstlichkeit der »Tentation« festzustellen, als die erste Fassung der später erreichten verführerischen Magie – man denke an die juwelenhafte Erscheinung der Königin von Saba – entbehrte. Sie wiesen den Freund auf Balzac und die Gegenwart. Was mag ihn die Einsicht in die Gültigkeit ihrer Kritik gekostet haben! Er unterwarf sich ohne Zögern. Louis Bouilhet, damals noch Student der Medizin und

Praktikant im Rouener Hospital, riet ihm die tragische Geschichte eines Landarztes in der Nähe, die beiden bekannt war, zu schreiben, ein echt Balzacsches Thema. Flaubert folgte und gab sich an »Madame Bovary«. Bouilhet hat nicht allein das Verdienst. Der alte Flaubert war kurz vorher gestorben. Der Tod löste den Einfluß des Vaters aus, und dieser bestimmte oder vertiefte zum mindesten die entscheidende Wandlung. Aus dem Romantiker wird ein Realist von einer bis dahin unerhörten Konsequenz. Balzac sinkt in den Schatten.

»Madame Bovary« ist ein Arzt-Roman, nicht nur weil so viele Ärzte und ärztliche Dinge darin vorkommen, sondern weil ein ärztlicher Geist die Führung übernimmt. Flaubert spricht selbst von dem »medizinischen Blick«. Sein Roman sei, schreibt er einer Freundin, »ein Werk der Kritik oder vielmehr der Anatomie«.

Der Sohn bekennt sich zu der Methode des Vaters. Er hat zwar die Medizin nicht berufsmäßig studiert, aber sich durch eingehende Lektüre gründliche Kenntnisse in der Anatomie, Physiologie und Pathologie angeeignet, in solchem Umfang, daß er sein eigenes Leiden, eine schwere Neurose, besser als die Ärzte zu behandeln verstand. Wie Dumesnil nachweist, befinden sich in Schriften bedeutender Mediziner der Epoche, z. B. Claude Bernards[,] fast wörtlich die Glaubenssätze Flauberts. Er besteht vor Taine unbedingt auf dem Gesetz der Kausalität, verlangt vom Romancier genauestes Studium des darzustellenden Falls und aller Begleitumstände, absolute Objektivität, Verzicht auf alle persönlichen oder ethischen Voraussetzungen und Folgerungen, zumal auf jede Art von Conclusion, d.h. die Moral der Geschichte. Zeigen, was ist, nie sich selbst, immer nur die handelnde Person denken und reden lassen, wie es ihren Gegebenheiten entspricht. Man soll so unparteiisch analysieren wie der Physiologe.

Mit Flaubert zieht die Wissenschaft in die Dichtung ein. Einige Jahrzehnte später sollten die Bildenden Künste den gleichen, nur hier um vieles gefährlicheren Schritt vollziehen, dessen letztes Resultat die Vertreibung des Menschen aus der Kunst[7] bedingt. Balzac war vorausgegangen,

7 Der Begriff stammt von Ortega y Gasset, der diese »Vertreibung« für »notwendig« hielt. Siehe Ortegas Essay *La Deshumanisación del Arte*, 1925, zuerst auf deutsch in José Ortega y Gasset, *Die Aufgabe unserer Zeit*, mit einer Einleitung von E. R. Curtius, Zürich, Verlag der Neuen Schweizer Rundschau 1928. MG vertritt in einem Artikel der FZ 24.10.1931, »Vertreibung des Menschen aus der Kunst«, den entgegengesetzten Standpunkt.

Zola und viele andere folgten. Keiner hat die Vorschrift mit dem Ernst Flauberts befolgt. Balzac bediente sich geschichtlicher Umrisse, innerhalb deren seine Phantasie ein zuweilen sentimentales und oft willkürliches Spiel trieb. Die summarische Form begünstigte die Willkür. Zola, dessen »Ignoranz« Flaubert rügte, stützte sich auf eine populäre Pseudo-Wissenschaft und ließ sich unbewußt von vorgefaßter Meinung leiten. Maupassant tändelte vergleichsweise mit den Dingen und hat nie die kühle Sachlichkeit des Meisters erreicht. Der Irrtum Flauberts, eine rationale Wissenschaft zum Träger der Dichtung machen zu wollen, Reaktion auf die Verwechslung der Dichtung mit dem Bild, entsprang der Skepsis eines Einsamen, der von der Nichtigkeit aller bestehenden öffentlichen Gemeinschaft durchdrungen war. Sein fanatischer Haß auf den, alle Ideale fälschenden Bourgeois, Zweifel an der Moral jeder Zivilisation und die Einsicht in eine Entwicklung der Menschheit, die dem Einfluß der Persönlichkeit entrückt schien, bestimmten seinen Weg. Paul Bourget[8] nannte ihn einen Nihilisten, »einen Nihilisten, der nach dem Absoluten hungert«. Lieber Wissenschaft, mag Flaubert gedacht haben, lieber strenge Analyse, wenn die immer nur traumhafte Synthese die Unordnung vergrößert. Ganz ähnlich haben ein Menschenleben später Maler wie Seurat gedacht, die, um der Willkür der unkontrollierbaren Originalität zu entgehen, die Gesetze der Spektralanalyse zur Richtschnur nahmen. Heute sind ähnliche Gedanken Gemeingut von Tausenden.

Noch ein weiterer Umstand legt den Vergleich mit der Bildenden Kunst nahe. Flaubert glaubte an sein Sehvermögen. Für den Romancier, sagt er, verwandelten sich alle wahrgenommenen Tatsachen zu Werkzeugen einer auf Beschreibung angewiesenen Illusion, so daß für ihn die Dinge der Welt und auch das eigne Dasein keinen anderen Nutzen außer dem der Beschreibung besäßen. So denkt der moderne Landschafter. Was er vom Eignen dazutut, ist keine außerhalb der Natur existierende Idee, sondern die Fähigkeit, das Wahrgenommene lebendig zu formen. Wenn es Flaubert auf diesem Wege nicht gelang, anderen zu schaden und die eigene Dichtung zu töten, halfen drei Momente:

8 Die Flaubert-Studie des Romanciers und Kritikers Paul Bourget (1852-1935) erschien zuerst in *La Nouvelle Revue* 15.6.1882, dann in *Essais de psychologie contemporaine*, Paris, Lemerre 1883 – ein Buch, für das Nietzsche schwärmte, das verschiedentlich neu aufgelegt wurde; der 2. Teil der Flaubert-Studie handelt von Flauberts »Nihilismus«.

erstens, die Vollkommenheit seines Irrtums, die eine unnachahmliche Stärke des Geistes erforderte; zweitens, seine Unruhe, die wohl in diesem und jenem Werk, nicht in jedem, den Verzicht auf Regungen des Lyrikers zuließ und Abwechslung der Motive verlangte. Man kann nahezu einen regelmäßigen Wechsel von Werken à la »Bovary« und von mehr oder weniger romantischen à la »Tentation« nachweisen, auch wenn er der zweiten Gruppe keineswegs die Unterstützung wissenschaftlicher Forschung versagte. Zum dritten, die klassische Reinheit des Ausdrucks. Flaubert hat uns gelehrt, daß es kein belangloses Detail gibt, daß nicht durch vollendete Fassung dem Leser hohe Genüsse zu bereiten vermöchte. Die Geschichte der Herodias schließt mit den drei Anhängern des geköpften Täufers, die das Haupt nach Galiläa bringen. »Da es sehr schwer war, trugen sie es abwechselnd.« »Comme elle était très lourde, ils la portaient alternativement.« Keine Übersetzung kann den Wert des nichts als sachlichen letzten Wortes als Schlußwort wiedergeben.

Wir wissen, daß er für jeden Roman ganze Bibliotheken durcharbeitete, um bis in die letzten Kleinigkeiten das Wissen von den die Gestalten umgebenden Dingen zu beherrschen. Dann galt es, den Klang, der das Ohr befriedigt und wie von selbst entstanden wirken muß, zu finden, »eine Sprache[,] rhythmisch wie der Vers und genau wie wissenschaftliche Formeln«. Wie Maupassant erzählt, sprach er sich jede Phrase laut vor und lauschte, wie sie sich mit dem Vorangegangenen und der Folge vertrug. Nie stellte er den Klang über den Begriff. Das Wort, sagte er, das vollkommen den Gedanken wiedergebe, besitze auch die gesuchte Sonorität. Kein Wunder, daß ihn mancher Satz Tage kostete. An »Madame Bovary« hat er fünf Jahre gesessen. Seine Tage waren lang. Die Schiffer richteten sich in der Nacht nach der grünen Lampe seines Arbeitszimmers in Croisset. So stark wirkte die beschriebene Begebenheit auf ihn, daß er bei dem Selbstmord der Bovary der Autosuggestion einer Vergiftung unterlag und das Arsen im Munde spürte.

Kein Vorwurf trifft ihn weniger gerecht als die oft gehörte Behauptung, es sei ihm nichts eingefallen, und deshalb habe er die Wissenschaft an seinen Wagen gespannt. Sein Einfall begann da, wo er bei vielen anderen aufhört oder nachläßt, bei der Verbindung zwischen den studierten Dingen. Und die Dinge selbst? Das Dickicht der Regungen einer Emma Bovary, ihre grauen Morgen, ihre bengalischen Nächte, ihre Launen, ihre Handlungen konnten unmöglich von einem im Grabe liegenden

Urbild abgelesen werden. Was weiß die Wissenschaft von dem Täufer und der Herodias, von den Heiligen Antonius und Julian? Wichtiger als alle ethnographischen und kulturhistorischen Dokumente über Karthago, die er für das zuweilen überreiche Geschmeide der »Salambo« verwendete, ertragreicher als die im Interesse der Forschung unternommene Expedition nach Tunis, waren Erinnerungen an persönliche Erlebnisse auf einer sechs Jahre vorher gemachten ägyptischen Reise. Die Tochter Hamilcars bekam Züge einer ägyptischen Tänzerin, der er eine unvergeßliche Liebesnacht am Nil verdankte, und dasselbe Modell stand später auch noch für die Salome. Die Forschung erleichterte ihm keineswegs die schöpferische Tätigkeit, sondern vervielfachte die Ansprüche an die Phantasie. Er gleicht dem Entdecker physikalischer Gesetze, der sich nicht mit dem Sekundenrausch erobernder Intuition begnügt und nachträglich Schritt für Schritt die Beweise für die Richtigkeit seiner Fernsicht ergründet. Die schwerste Hemmung war seine Selbstsucht, der fanatische Glaube an die absolute Wahrheit. Eine Gewissenhaftigkeit von der Art nordischer Primitive[r], die auch vor dem Kleinsten nicht zurückschreckte, steckt in diesem Normannen mit dem herkulischen Äußeren. Nicht die geringste Unklarheit, Schlupfwinkel persönlichen Gefühls, stehenlassen. Gefühl ist Voreingenommenheit. »Je weniger man eine Sache fühlt, desto geeigneter ist man, sie so, wie sie wirklich ist, auszudrücken.« Das schreibt er einer Frau, die seine Geliebte war, Louise Colet. Sie dichtete auch. Seine jahrelang fortgesetzten Versuche, sie zu seiner Sachlichkeit zu erziehen, blieben erfolglos.

II. Vom Realismus zur Romantik.

Er ist nicht immer den Gefahren der geforderten Unvoreingenommenheit entgangen. Wohl in der »Madame Bovary«. Hier dient die Fülle von kühler Beobachtung und Analyse dem Fortgang einer vollkommen übersichtlichen und abgerundeten Handlung. Die im Untertitel genannten »Sitten der Provinz« geben die natürliche und notwendige Kulisse und gefährden nie die Struktur des Romans. Kann man von der »Education sentimentale« dasselbe sagen und genügt der anders geartete, komplizierte Stoff, um den Vergleich zu verbieten und die von »Madame Bovary« erfüllten Ansprüche außer Kraft zu setzen? Es scheint so. Die »Education« gilt als das Hauptwerk und wird allgemein, auch von Dumesnil, dem ersten Roman bei weitem vorgezogen, wohl weil man den breiten historischen Rahmen überwertet. Ein unendlich kunstvoller Rahmen, der das Bild erdrückt. Gewiß liest man nicht eine Seite, mag man aufschlagen, welche man will, ohne Nutzen und Ergötzen, lernt alle möglichen Typen, Ideen, Vorgänge unter Louis Philippe und zur Zeit des Staatsstreichs, die den Hintergrund bilden, kennen, aber vermißt den Vordergrund. Nicht der geringe menschliche Wert des zu erziehenden Helden Frédéric steht in Frage. Die führenden Gestalten in »Madame Bovary« sind keineswegs bedeutender, aber werden anders belichtet. Der farblose Held trägt nicht, ebenso wenig die Partnerin, Madame Arnoux, eine Frau von hohem Niveau, und die platonische Liebe zwischen den beiden füllt zwei Jahrzehnte und zwei Bände, ohne auf die Dauer ernstlich zu fesseln. Es liegt nicht am Motiv, sondern an der diffusen Mache. Die Absicht, die den Titel des Romans rechtfertigenden Begebenheiten sich zufällig abspielen zu lassen, so daß die ordnende Hand des Autors unbemerkt bleibt, wird nur zu vollkommen erreicht. Bewundernswerte Kleinarbeit. Immer neue Variationen des Bürgers und seiner mehr oder weniger ernsthaften Gegner, alle Pariser Schichten, jede mit ihrer eignen Art von Blague, wohlgeeignet für die »Erziehung«, jede einzelne Episode echt und fabelhaft geformt. Eine ständig bewegte dichte Atmosphäre, eine Art von *Trottoir roulant.* Man kann jeden Augenblick aufsteigen oder abspringen. Das hatte die »Bovary« nicht oder nur in viel geringerem Maße. Die unvoreingenommene Bewegung hat zweifellos zugenommen, aber die zentrale Tragödie der Bovary, ein Schicksal, an dem wir teilnehmen und das uns bis zum Schluß in Spannung hält, fehlt.

Dem Roman kommt bekanntlich besondere autobiographische Bedeutung zu. Flaubert hat die platonische Liebesgeschichte selbst erlebt. Madame Arnoux war Elisa Schlesinger, eine mit dem ursprünglich Berliner, dann Pariser Musikverleger Moritz Schlesinger verheiratete Französin. Schlesinger, von dem Heine berichtet, hat geraume Zeit in Musikerkreisen eine gesellschaftliche und geschäftliche Rolle gespielt, stand mit Richard Wagner und vielen anderen Komponisten in Verbindung und beutete sie nach Kräften aus. Wagner hat ihn im ersten Band seiner Memoiren in wenig schmeichelhafter, aber offenbar zutreffender Weise gezeichnet. Flaubert lernte als Junge von fünfzehn Jahren die um zehn Jahre ältere Frau in Trouville kennen und betete sie an. Die Maria in den »Mémoires d'un Fou« ist der Niederschlag dieser Liebe. In dem frühen Roman »Novembre« (1843) kommt Maria wieder, und als Flaubert die erste »Education« schrieb (1845), stand die Leidenschaft im Zenit. Er wurde wiedergeliebt, aber mußte sich, da Elisa ihren Filou von Mann nicht betrügen wollte, mit seelischer Gemeinschaft begnügen. Nach Gérard-Gailly ist Flauberts Bildnis der schönen Frau sprechend ähnlich. Sie siedelte später mit dem schiffbrüchigen Gatten nach Deutschland über, überlebte ihn und den Dichter und starb hochbetagt 1888 in dem bekannten Irrenhaus in Illenau in Baden. Auch Arnoux scheint ziemlich gut porträtiert. Viele Nebenfiguren, deren Urgestalten bestimmt wurden, stammen aus der Umgebung Flauberts. Dagegen geht es nicht an, den schemenhaften Helden des Romans, abgesehen von belanglosen Äußerlichkeiten, für ein Abbild des Dichters zu halten, kaum für eine Selbstkarikatur. Mag er sich mit der faulen Romantik Frédérics über eigene Jugendpassionen, die zum Glück nie ganz überwunden wurden, lustig machen, die Charakterisierung wirkt im Vergleich zu dem Menschen, den wir nach zahllosen sicheren Dokumenten kennen, wie eine zaghafte Konstruktion. Offenbar hat er aus empfindsamer Scheu das selbsterlebte Motiv nicht restlos preisgeben wollen. Nach den wenigen erhalten gebliebenen Briefen an Elisa widerstand die schwärmerische Verbindung dem Alter. Er blieb unbeweibt, hat aber nicht mönchig gelebt. Die hier und da aufgetauchte Behauptung, Impotenz habe ihm den Platonismus erleichtert, trifft, wie verschiedene leidenschaftliche Abenteuer und das Verhältnis mit Louise Colet beweisen, keineswegs zu. Keine Passion von ähnlicher Tiefe kam wieder. Seine Phantasie baute dem Kult schimmernde Altäre. Die Leidenschaft zu einem Phantom der Erinnerung, dem man vergeblich neue und gröbere Lüste entgegenstellt, ein eines Romantikers würdiges Thema. Vielleicht erlebte er es mit allem Prunk der Metaphysik in der geheimen »Königskammer« seines Innern, er, der dem Werther näher war als dem Don Juan. »Der medizinische Blick« duldete keine Metaphysik. In die »Education« ist kein Hauch von Königskammer gelangt.

Biographische Daten haben bei der Beurteilung eines Werkes zu schweigen, sonst müßte man die Wahrheit des in der »Education« sichtbar Gemachten bezweifeln. Aber auch wenn diese theoretisch ungültigen und uns teuren Widersprüche ausscheiden, bleibt die Frage offen, ob die von Flaubert gesuchte Vollständigkeit im Objektiven mit seiner Methode erreicht wurde und erreichbar war.

Mit Recht gilt das Werk französischen Forschern als von Goethe inspiriert. In seinem »Flaubert à l'école de Goethe« weist Léon Degoumois[9] die Abhängigkeit überzeugend nach. Zumal die erste und verworfene Fassung seit 1845, die mit dem Roman von 1869 nur den Titel gemein hat, erinnert sehr oft an Wilhelm Meister, dessen französische Übersetzung kurz vorher erschienen war. Maxime du Camp ging bei einer Vorlesung Flauberts so weit, manche Stellen als fast wörtliches Plagiat zu bezeichnen, eine gehässige Übertreibung des zweifelhaften Freundes. In der endgültigen Fassung, für die allein Flaubert die Verantwortung trägt, mag allenfalls die breite Anlage auf Goethe, dem der naturwissenschaftliche Blick nicht fehlte, zurückgehen. Die Beziehung läßt sich zu dem Verhalten Dostojewskis zu dem geliebten Schiller vergleichen. Die psychologische Behandlung steht dem Geiste Goethes fern.

In dem nach achtjähriger Arbeit unvollendet hinterlassenen Roman »Bouvard et Pécuchet«,[10] der kurz nach dem Tode ohne Abschluß erschien, droht die wissenschaftliche Methode in Spleen auszuarten. Wieder wird jede Einzelheit mit flauberthafter Sachlichkeit gegeben, der wunderbare Anfang des Romans, das Zusammentreffen der beiden subalternen Schreiberbeamten, deren Seelen sich finden und zu einer brüderlichen Gemeinschaft zusammentun, um die Grenzen des Wissens und der Dummheit zu ermessen. Da der eine der beiden erbt, verlassen sie Paris, kaufen sich einen Landsitz, treiben mit wissenschaftlichen Methoden Ackerbau und Viehzucht, haben drastischen Mißerfolg, ergeben sich der Chemie, studieren Medizin, Hygiene, Magnetismus, Theologie, Geschichte, Philosophie, Literatur, werden immer wissender und immer weniger fähig, vernünftig zu leben, geraten mit den Leuten in alle möglichen Konflikte, decken überall auch in den mit Eifer studierten Büchern groteske Widersprüche auf, wollen Philanthropen sein und richten Unheil an, begreifen schließlich das Problematische aller Spekulationen und sehnen sich wie Faust am Schluß nach Arbeit, enden, wie sie begannen, als Schreiber. Eine Wandeldekoration wie die »Tentation«. Trotz der Natürlichkeit aller Episoden spürt man deutlich die durchaus künstliche Konstruktion, das lediglich Gedachte des Vorgangs. Dieser Umstand treibt manchen Leser, das Buch in die Ecke zu werfen, und erscheint dem Freund Flauberts als Vorzug vor der »Education«. Es ist eine ganz bewußte und großartige Konstruktion, getragen von einer neuen Art von Roman-

9 Léon Degoumois: *Flaubert à l'école de Goethe*, Genf, Impr. Sonor 1925.

10 MG las das Buch 1912: »Buvard et Pécuchet [sic!] gelesen. Spleen. [...] ein papierner Faust-Monolog, denn schließlich sind Buvard et Pécuchet eine Person, und die ist Flaubert.« (Tgb., 20.3.1912).

tik, der Form gewordene Hohn auf alle Methodik unserer Kultur, auch, wohl verstanden, auf die eigne Methode des Dichters, auf den rastlosen Wissensdurst und die Objektivität, auf den ärztlichen Blick; ein lächelndes Geständnis. Der in der »Education« schmerzlich vermißte Humor liegt hier so nahe an der Oberfläche, daß die verhüllenden Realitäten nur seine Würze steigern. Und die beiden Hauptgestalten sind diesmal wirklich, d. h. im Dichterischen wirklich, Helden, stehen im Vordergrund, zum greifen deutlich, während sich in wohlbegrenzten Plänen die ganze Erde um sie dreht. Der Odem des »Don Quijote« belebt den monumentalen Spleen. Goethe hätte ihn nicht verleugnet.

Die meisten Franzosen haben für »Bouvard et Pecuchet« wenig übrig. Vielleicht muß man Deutscher sein, um die süße Bitterkeit dieser Philosophie zu schlürfen. Von dem geplanten zweiten Band, der nach Andeutungen des Dichters ein Lexikon bürgerlicher Gemeinplätze werden sollte, kann man absehen. Er wurde nicht geschrieben, und es hieße, den üblen Kommentaren, die den Dichter für krankhaft hielten, nachgeben, wenn man ihm im Ernst die Realisierung und Veröffentlichung eines solchen Machwerks zutrauen wollte.

Zu diesen Kommentaren hat sein Nervenleiden, an dem er schon im dreiundzwanzigsten Jahre erkrankte und das ihn bis ins Alter immer wieder heimsuchte, manches beigetragen. Maxime du Camp hält es für epileptische Krämpfe und behauptet, es habe die schöpferischen Fähigkeiten stark gehindert und gewisse Schwächen der Dichtungen verschuldet. »Ohne das wäre er ein Genie.« Maxime du Camp war ein skrupelloser Streber, der, obwohl mit äußeren Erfolgen überhäuft, den Ruhm des Jugendfreundes fürchtete und alles tat, um ihn zu verkleinern. Sein Verhalten nach dem Tode Flauberts gleicht dem Falschspiel Gauguins nach der Katastrophe van Goghs. Dumesnil hat die Ansichten der Ärzte und die Äußerungen des Patienten über die Anfälle gesammelt. Es scheint keine ausgesprochene Epilepsie wie bei Dostojewski gewesen zu sein. Er verlor Sprache und Bewegung, nicht das Bewußtsein, und nannte die Krisen »Schlaganfälle im kleinen«. Das Leiden hat wahrscheinlich seine Melancholie gesteigert, aber hinderte ihn nicht, die großen Komplexe seiner Arbeiten zu bewältigen. Die Frage hat geringe Bedeutung. Und wäre es das Leiden des großen russischen Partners, der eine diametral entgegengesetzte Richtung aufbaute, so würde das Zusammentreffen nur wieder die Unergründlichkeit der Zusammenhänge physiologischer Phänomene mit der Schöpfung bestätigen. Jeder wirtschaftet mit seiner Materie.

In der Korrespondenz mit George Sand,[11] dem bedeutendsten Dokument des Briefschreibers, das auch durch die Antworten glänzt, vertritt die Frau die Humanität gegen die abstrakten Ideale des Dichters und wirft ihm vor, nur für die zwanzig Menschen zu schreiben und die anderen, die ihn lesen, zu bedrücken. Ihr Alter, ihre Einfalt und ihre warme mütterliche Freundschaft, auch die Sicherheit, mit der sie sich auf die Schätzung Flauberts verlassen konnte, erlaubten ihr, ohne Umschweife zu reden. Mit *l'Art pour l'Art* verlor man die Menschheit. Sie fand seine Methode um so weniger zulässig, als sie den Kern seines Wesens, unbefriedigte Sehnsucht, kannte, wußte, wie er selbst unter seinen Gestalten litt und sich mit mutwilliger Verstellung um Sympathien brachte, die ihm kein Elfenbeinturm ersetzte. – Er verzichtete in der Antwort auf das große Geschütz, meinte, seine Art sei die einzig mögliche für einen armen Schlucker wie ihn, jede andere mache ihn lächerlich usw. Der Appell traf ihn in einem günstigen psychologischen Moment, als er in der Materialbereitung für »Bouvard et Pécuchet« zu versinken drohte. Um sich zu erholen, unterbrach er die Arbeit und schrieb in verhältnismäßig kurzer Zeit die drei Erzählungen, kleine Werke mit, wie er selbst sagte, »moralischer Tendenz«. »Le cœur simple«, die Geschichte von der alten Magd mit dem Papagei, eine harmlose Episode, entnahm er einer Jugenderinnerung. Die Anregung zu den beiden anderen gewann er wieder aus Bildern: Herodias aus einem primitiven Steinrelief in der Fassade der Kathedrale von Rouen, den gastfreundlichen St. Julian, die sagenhafte Geschichte von dem jagdtollen Junker, der in der Umnachtung Vater und Mutter erschlägt und in der Buße zum Heiligen wird, aus einem farbigen Glasfenster im Chor derselben Kathedrale. Gäbe es nur den »Julian«, »eine kleine mittelalterliche Dummheit«, sagte er, hätte man schon Anlaß genug, die Sand für ihren Eingriff zu segnen. Wieder wurde ein umfangreicher wissenschaftlicher Apparat aufgeboten, eingehende Fachstudien, um mittelalterliche Gepflogenheiten, die damals verwendeten Jagdhunde, Jagdgeräte festzustellen. Er würzte die Prosa mit klangvollen Bezeichnungen, die man in keinem normalen Lexikon findet. Das Detail stärkt die ungreifbare Wahrscheinlichkeit innerhalb des Zaubers. Jede Verwechslung mit der Wirklichkeit scheidet aus, trotzdem kein hemmender Archaismus. Die dekorative Knappheit des Kirchenfensters wird farbiges Epos. Wir hätten die Vorstellung glasfenster-

11 *Correspondance entre George Sand et Gustave Flaubert*, préface de Henri Amic, Paris, Calmann-Lévy 1904 (verschiedene Neuauflagen bis 1916).

haften Leuchtens, auch wenn wir nichts vom Ursprung der Geschichte wüßten. Es entsteht eine der analytischen Methode versagte Kostbarkeit: die Legende. Nicht die moralische Tendenz bezwingt abgebrühte Zweifler, die in der Kathedrale die Musik des Raums suchen und sofort den ärztlichen Blick aufsetzen, wenn mehr als die dem Menschenwerk dankbare Wallung verlangt wird. Was uns hinreißt, ist der Ton der Geschichte. Der legendarische und in jedem Satz flauberthafte Ton läßt uns das Unglaubliche, die Prophezeiung des sprechenden Hirsches, die Wandeldekoration der den Jäger verhöhnenden Tiere und die anderen Abenteuer, zuletzt die Himmelfahrt Julians wie unbestreitbare Tatsachen hinnehmen, leichter hinnehmen als die vergleichsweise mechanische Kausalität der »Education«, die immer nur Teile ergibt.

Vielleicht bedurfte ein Kleinod von der Art und Vollendung dieser Legende des Schweißes der »Education«, um ans Licht zu kommen, und der uns von den großen Romanen aufgelegte Zwang mag die Bewunderung des kleinen einzigartigen Werkes steigern. Ich sage einzigartig, weil sich eine über den »Julian« hinausgehende Entwicklung nicht denken läßt. Das gleiche trifft auf die Totalität mancher anderen Werke Flauberts nicht zu. Sie scheinen vielmehr in einer Entwicklung begriffen.

Man mag, verführt von der Großartigkeit des Menschen und seines Problems, den Verzicht auf die im »Julian« durchbrechende Romantik erst recht als heroische Selbstzucht preisen, aber wäre des Geschenks unwert, wollte man den Unterschied verkennen. Ein Unterschied des Werts, nicht nur der Gattung. Der Flaubert der »Education« trieb ein exklusives Spezialistentum hohen Grades, genährt von Erbitterung, und schon dieser Umstand bestreitet die Gültigkeit seines fiktiven Objektivismus, den man in einem nicht banalen Sinne provinziell nennen könnte.

Müßte ich mit einem einzigen Werk den Gipfel der französischen Literatur bezeichnen – ein beliebtes Gesellschaftsspiel –, so würde die Sonderheit der »kleinen mittelalterlichen Dummheit« mich nicht abhalten, den »Julian« zu zitieren. In ihm bewahrt sich das Universelle des Dichters. Man könnte fast die paradoxe Behauptung wagen, daß in dieser Legende selbst der spezifische Wert der Sprachmusik, die hier die maximale Höhe erreicht, in den Hintergrund rückt. Wer den »Julian« in verschiedenen Sprachen[12] gelesen hat, weiß, was ich meine. Einzelheiten widerstehen

12 MG versuchte sich mit Erich Klossowski an der Übersetzung von Flauberts Erzählung *La légende de Saint Julien l'Hospitalier* (siehe Tgb. Anfang Februar 1912); wie weit sie es brachten, wissen wir nicht.

noch hartneckiger [sic] dem Übersetzer als Sätze anderer Werke, aber die Vision ist so reich, der Rythmus der Handlung so zwingend, daß ähnlich wie bei Dostojewski unvollkommene Übertragungen das Wesen des Werkes nicht zu zerstören vermögen.

»L'Education sentimentale« ist die Erziehung zur Literatur. Kein Romancier, links oder rechts, kann sie entbehren. Man muß sie essen. Möglicherweise macht sie der Mangel, von dem »Madame Bovary« freiblieb, als Lehrmittel geeigneter. Die Zugänglichkeit des »Julian« läßt sich nicht erlernen. Erstaunlich, daß Flaubert darauf kam. Seiner Methode sicherer als je und im Besitz aller Mittel, verläßt er den Elfenbeinturm und geht dahin, wo Dostojewski immer war, zu den Menschen. Auch der Einfältigste, dem der Kontrapunkt der Sprachmusik entgeht, kann sich an Julians Schicksal laben. Der Russe greift zu Spannungen der Hintertreppe, damit die Komplikationen seiner Psychologie nicht die Gemeinschaft mit dem Volke gefährden, und die Hintertreppe verschwindet, nachdem der Zweck erreicht ist, und läßt die Legende übrig. Im überkultivierten Westen bedarf es eines besonderen Glücksfalls, um dem Skeptiker legendarische Dichtungen[13] zu schenken.

13 Von zeitgenössischen Werken rechnete MG Joseph Roths Roman *Hiob* dazu, den er in FZ 4.1.1931 besprach; auch Alfred Döblin sah er als einen Schöpfer von »Legenden« – und natürlich, als Größten, Thomas Mann mit den *Geschichten Jaakobs* (siehe Nr. 185 und 186).

Editorische Notiz

Die erhaltene Korrespondenz von Meier-Graefe ist umfangreich, sie erstreckt sich über einen Zeitraum von vierzig Jahren bis zu Meier-Graefes Tod 1935. Für die Auswahl der vorliegenden Ausgabe wurden zahlreiche Archive an verschiedenen Orten genutzt. Es wurden die Briefe aufgenommen, die sowohl für die Persönlichkeit Meier-Graefes wie für seine Zeit von Interesse schienen. Sie bilden untereinander kleine oder größere Kreise durch gemeinsame Freund- oder Bekanntschaften, durch ihren thematischen Zusammenhang und durch die Querverbindungen, auf die die Anmerkungen verweisen. Dort werden auch weitere Quellen zitiert, die das Bild erweitern oder abrunden – Auszüge aus unveröffentlichten Briefen oder aus Meier-Graefes Tagebuch, das wir in absehbarer Zeit zu veröffentlichen gedenken. Die erste Voraussetzung für die Aufnahme eines Briefes war die Möglichkeit einer präzisen Entzifferung, was sich im gegebenen Fall nicht von selbst versteht, weil Meier-Graefes Handschrift oft schwer zu lesen ist. Zur Abrundung des Bildes wurden gelegentlich auch an Meier-Graefe gerichtete Briefe sowie einige wenige zeitgenössische Dokumente aufgenommen.

Fast alle Briefe werden hier zum ersten Mal veröffentlicht; sie geben ein lebendiges Bild der Zeit, mit vielerlei Anregungen und Aufschlüssen. Die Briefe an einzelne Briefpartner werden in der Regel gruppiert gebracht und chronologisch dort eingereiht, wo ihr Schwerpunkt liegt, so daß eine Lektüre der Reihenfolge nach Meier-Graefes Entwicklung im Wandel der Zeit vergegenwärtigt. Bewußt wurde Privates weggelassen – die Briefe an die erste Frau zur Zeit der Trennung (KB 1917, DLA) und die zahlreichen Briefe an die dritte Frau (ebd.), jene an die zweite Frau wurden auf deren Wunsch verbrannt –, was ganz im Sinne des Briefschreibers ist. Der mit Humor und Zartgefühl geschriebene Brief an Annette Kolb (Nr. 179) bildet dabei eine kleine Ausnahme.

Im Deutschen Literaturarchiv Marbach (DLA) befindet sich ein Teilnachlaß Meier-Graefes, der aus der Hinterlassenschaft der dritten Frau, Annemarie Meier-Graefe-Broch, stammt. Er umfaßt neben Korrespondenzen von den zwanziger Jahren an auch Tagebücher, Kopierbücher, Manuskripte, Zeitungsausschnitte, Photographien und Geschäftliches. Briefe von Meier-Graefe finden sich u.a. auch in den Nachlässen Bodenhausen, Heymel, Kessler, Julius Levin, Pannwitz, Benno Reifenberg (alle DLA); die frühen *PAN*-Kopierbücher (ebd.) enthalten zahlreiche Schreiben von Meier-Graefes Hand. Weitere Fundgruben waren das Archiv des Piper-Verlags in München (APV, 1999 Depositum DLA) und die Staats- und Universitätsbibliothek Hamburg (SUBH), die den umfangreichen Briefwechsel Meier-Graefes mit Richard Dehmel aufbewahrt. Von den vielen Briefen, die Meier-Graefe und Lichtwark zur *PAN*-Zeit und während der Vorbereitungsphase der Deutschen Jahrhundertausstellung gewechselt haben (KhH), wurde hier nur ein Brief aufgenommen, da dieser Briefwechsel in einschlägigen Untersuchungen ausgewertet wurde. Die Briefe an die beiden Museumsleiter, Gustav Pauli in Bremen (KhB) und Fritz Wichert in Mannheim (StAM), sind aufschlußreiche Dokumente. Wichtige Konvolute sind ferner Meier-Graefes Briefe an Maximilian Harden (BAK) und jene an Mary Balling, die Witwe Konrad Fiedlers (SBM). Aus dem Briefwechsel mit der Freundin Annette Kolb (StBM) beschränkten wir uns hier auf zwei Briefe, da sie oft die private Sphäre berühren. Aus den zahlreichen Briefen an Rudolf Alexander Schröder (R. Borchardt Erben, 1999 Depositum DLA) wurden nur einige ausgewählt, wie auch aus dem Briefwechsel mit Hofmannsthal, den Ursula Renner im *Hofmannsthal Jahrbuch* 4/1996 veröffentlicht hat (wir haben allerdings einen neuen Brief an Hofmannsthal entdeckt, der das Bild bereichert). Die hier abgedruckten Briefe an den Insel Verlag und dessen Leiter Anton Kippenberg müssen durch die frühere Verlagskorrespondenz (GSA), besonders aus den Jahren 1902-03, die Entstehung und die Veröffentlichung der *Entwicklungsgeschichte* betreffend, ergänzt werden. Sie wurde zum großen Teil im *Hofmannsthal-Jahrbuch* 4/1996 (als Anhang zu *MGs Weg*) publiziert.

Alle Briefe sind vollständig und wortgetreu wiedergegeben, nirgendwo wurde korrigiert oder geglättet, noch die Schreibweise vereinheitlicht – mit Ausnahme der Vereinheitlichung des wechselnden Gebrauchs von ss und ß zu ß sowie der Umlaute von ae etc. zu ä etc. Kürzungen wurden beibehalten, bzw. die Ergänzung in eckigen Klammern [ ] hinzugefügt. Korrekturen von Meier-Graefes oder fremder Hand sind im Text hervorgehoben oder durch Klammern signalisiert, worauf die Anmerkungen verweisen. Das biographische Register der Briefpartner gibt einen Überblick von Meier-Graefes Freundes- und Bekanntenkreis. Nur wenige Namen, die in Meier-Graefes Leben gezählt haben, fehlen, entweder weil keine Briefe auffindbar waren – etwa an den Freund Leo von König – oder weil die vorhandenen für unsere Auswahl entbehrlich schienen – wie die französisch geschriebenen Briefe an den Architekten Viktor Horta (Musée Horta, Brüssel), an Henry van de Velde (Bibliothèque Royale, Brüssel) oder an Auguste Rodin (Musée Rodin, Paris). Wichtig für die kunstgewerbliche Bewegung um 1900 ist die umfangreiche Korrespondenz, die Meier-Graefe ab 1897 mit Friedrich Deneken, Leiter des Kaiser Wilhelm Museums Krefeld, führte (Kaiser Wilhelm Museum Krefeld), die an anderer Stelle ausgewertet werden wird. Daß bei der Liste der Adressaten keine Vollständigkeit angestrebt wurde, ergibt sich aus dem Prinzip unserer Auswahl, die als repräsentativ betrachtet werden kann.

Abkürzungen und Siglen

ABKN	Archiv für bildende Kunst, Nürnberg
AD	L'Art Décoratif
APV	Archiv des Piper-Verlags, München; 1999 Depositum DLA
BAK	Bundesarchiv, Koblenz
Biogr. Reg.	Biographisches Register der Briefpartner
Bl.	Blatt
BT	Berliner Tageblatt
Dehmel-Albert	Eine deutsch-französische Brieffreundschaft, Richard Dehmel – Henri Albert, Briefwechsel 1893-1898, hg. von Catherine Krahmer, Herzberg, T. Bautz 1998
DK	Dekorative Kunst
DLA	Deutsches Literaturarchiv, Marbach
e. Br.	eigenhändig geschriebener Brief
Edvard Munch	Edvard Munch, Vier Beiträge von Stanisław Przybyszewski, Franz Servaes, Willy Pastor, Julius Meier-Graefe, hg. von St. Przybyszewski, Berlin, S. Fischer 1894
EG	Julius Meier-Graefe, Entwicklungsgeschichte der modernen Kunst, Stuttgart, J. Hoffmann 1904
e. K.	eigenhändig geschriebene Karte
FDHS	Freies Deutsches Hochstift, Frankfurt am Main
FZ	Frankfurter Zeitung
GSA	Goethe und Schiller-Archiv, Weimar
Hans von Marées	Julius Meier-Graefe, Hans von Marées, Sein Leben und Werk, München und Leipzig, Piper 1909 (Bd. II), 1910 (Bd. I u. III)
Henry van de Velde	Henry van de Velde, Ein europäischer Künstler seiner Zeit, Hg. Klaus-Jürgen Sembach und Brigitte Schulte, Köln, Wienand 1992
In Memoriam	In Memoriam Julius Meier-Graefe, Zum 70. Geburtstag am 10. Juni 1937, Privatdruck der Ganymed-Presse, Berlin
Kat.	Katalog
KB	Kopierbuch; ohne weitere Angabe: Meier-Graefes Kopierbücher, DLA
KhB	Archiv der Kunsthalle, Bremen
KhH	Archiv der Kunsthalle, Hamburg
KuK	Kunst und Künstler
LL	Lilly Library, Indiana University, Bloomington, IN
Ma-Ge	Marées-Gesellschaft
masch. Br.	maschinenschriftlicher Brief
MG	Julius Meier-Graefe

MGs Weg	Catherine Krahmer, Meier-Graefes Weg zur Kunst, Hofmannsthal-Jahrbuch zur Europäischen Moderne, 4/1996
Moffett	Kenworth Moffett, Meier-Graefe as art critic, München, Prestel 1973
Ms.	Manuskript
Munch-Mappe	Edvard Munch, Acht Radierungen, hg. von A.J. Meier-Graefe, im Verlag des Herausgebers, Berlin W62
N	Nachlaß
NDR	Neue Deutsche Rundschau
NR	Neue Rundschau
ORAW	Archiv Sammlung Oskar Reinhart »Am Römerholz«, Winterthur
ONBW	Österreichische Nationalbibliothek Wien
SBB	Staatsbibliothek Berlin
SBM	Bayerische Staatsbibliothek München
StAM	Stadtarchiv Mannheim
StBM	Stadtbibliothek München
StBW	Stadtbibliothek Winterthur
SUBH	Staats- und Universitätsbibliothek, Hamburg
Tgb.	ohne weitere Angabe: Meier-Graefes Tagebuch, DLA
ThMAZ	Thomas Mann Archiv, Zürich
Toulouse-Lautrec	Pariser Nächte, Henri de Toulouse-Lautrec, Kunsthalle Bremen, Edition Braus 1994
Ts.	Typoskript
Tschudi	Manet bis Van Gogh, Hugo von Tschudi und der Kampf um die Moderne, hg. von Johann Georg Prinz von Hohenzollern und Peter-Klaus Schuster, München und New York, Prestel 1996
Widmungen	Julius Meier-Graefe Widmungen zu seinem sechzigsten Geburtstage, München, Berlin, Wien, bei Piper, Rowohlt und Zsolnay 1927

Anmerkungen

1 **Autobiographische Skizze Meier-Graefes**
Ts. APV, 1999 Depositum DLA.

Titel und geringfügige Korrekturen von der Hand Reinhard Pipers – im Text in [] – und handschriftliche Ergänzungen von MG – im Text in (), wie auch das von Piper Gestrichene. Der letzte Satz der »Skizze« (»Gegenwärtig arbeite ich ...«) läßt auf ein Entstehungsdatum Anfang der zwanziger Jahre schließen.

Mein Vater] Eduard Meier (* Halle 1834, † Friedenshütte/Oberschlesien 1899), bedeutender Hüttenfachmann, erwarb das Thomas-Verfahren für Deutschland. Die Beziehung Vater–Sohn war für MG ein zentrales Erlebnis: siehe den autobiographischen Roman *Der Vater* (1932).

mein Großvater] Moritz Hermann Eduard Meier (Halle 1796-1855), Philologe und Altertumsforscher, Sohn jüdischer Eltern, trat 1816 zum evangelischen Glauben über (sein ursprünglicher Name war Moses Meyer, das »y« wurde in »i« umgewandelt).

Vorzug, auf ungarischem Boden zur Welt zu kommen] am 10.6.1867 in Resitza, wo auch der ältere Bruder Max 1863 geboren wurde. In einem Brief an Rudolf Alexander Schröder vom 18.2. (1914) schreibt MG folgendes über seine Herkunft: »Aus dem Schandfleck meiner Geburt in Ungarn wurde hier in deutsch-nationalen Kreisen sofort der ungarische Jude. Wenn Dich mal jemand fragt: mein Vater war drei Jahre in österreichischem Staatsdienst u bei der Gelegenheit kam ich auf die Welt. Er war einer der bedeutendsten Technologen u hat in Schlesien ein Denkmal. Mein Großvater Meier war s. Z. berühmter Philologe, lange Jahre rector magnificus der Hallenser Universität u hat viel gelehrte Bücher geschrieben. Sein Vater war ebenfalls Philologe u Nachkomme eines protestantischen Pastors. Mein Großvater mütterlicherseits (Graefe) war Offizier u hat gegen Napoleon gefochten. Sein Vater war Arzt. Mein Onkel Albrecht und Alfred Graefe haben die Augenheilkunde begründet. In beiden Familien ist kein Jude nachweisbar.« (R. Borchardt-Erben, 1999 Depositum DLA) Annemarie MG-Broch bestätigte uns, daß sich MG bis zum Schluß nicht bewußt war, jüdisches Blut zu haben; vgl. Br. 192.

Marie Graefe ...] Ihr Onkel Carl Ferdinand, ihr Vetter Albrecht und ihr Bruder Alfred waren alle drei Augenärzte. Carl Ferdinand wurde in den erblichen Adelsstand erhoben, weshalb in der Vettergeneration zwei Linien bestehen, die durch das Prädikat »von« getrennt sind. Über den Begründer der Augenheilkunde Albrecht von Graefe, der 1870 mit 42 Jahren starb, schrieb Hermann Helmholtz unter dem Eindruck der Todesnachricht: »Sein Verlust für die Wissenschaft ist geradezu unersetzlich, denn Männer, die im Gewühl der Praxis noch große Ideen verfolgen können, kehren nur nach Jahrhunderten zurück.« MG, der sich zu Anfang seiner

Laufbahn Alfred Julius Meier-Graefe nannte, nahm als einziger den doppelten Namen von Vater und Mutter an.

Clothilde Vitzthum von Eckstädt (1834-1917)] MG war der Stiefmutter verbunden und hat sich bis zum Ende um sie gekümmert. In seiner Berliner Zeit, 1890-1895, wohnte er mit der vom Vater verlassenen Stiefmutter zusammen.

einen um drei Jahre älteren Bruder] Max Meier (1863-1919), studierte Eisenhüttenkunde und ergriff erfolgreich den Beruf des Vaters; er baute ein großes Hüttenwerk in Differdingen (Luxemburg) und übernahm 1908 die technische Oberleitung der Bismarckhütte in Oberschlesien.

Herman Grimm (1828-1901), Sohn von Wilhelm, Neffe von Jakob Grimm, Kunsthistoriker und Schriftsteller, erster Inhaber des Lehrstuhls für Kunstgeschichte der Universität Berlin von 1873 bis zu seinem Tod. Er faßte die Kunstgeschichte als Geschichte der großen Meister auf. Sein Nachfolger Heinrich Wölfflin hingegen machte sich zum Anwalt einer »Kunstgeschichte ohne Namen«.

Lazarus] Moritz Lazarus (1824-1903), Inhaber eines Lehrstuhls der Philosophie an der Universität Berlin seit 1873. Sein Lehrangebot umfaßte sowohl Philosophie als auch Kultur- und Kunstgeschichte, Individual- und Völkerpsychologie, Pädagogik, angewandte Rechtslehre und Ethik. Er war kein systematischer Theoretiker.

Heinrich von Treitschke (1834-1896), Historiker und politischer Publizist (national-liberal); sein Hauptwerk in 5 Bänden ist *Deutsche Geschichte im 19. Jahrhundert.*

Georg Simmel (1858-1918), Philosoph und Soziologe jüdischer Abstammung, interessierte sich für die verschiedensten Gebiete, von der Philosophie des Geldes, der Geschlechter und der Religion bis zur Mode und der Kunst.

ein nervöses Hautleiden, an dem MG von Kindheit an litt; es tauchte periodisch immer wieder auf.

»Ein Abend bei Laura«] Die Novelle erschien unter dem Titel »Ein Abend bei Excellenz Laura« in *Westermanns Monatshefte* 1892 unter dem Pseudonym Just Meigrae. Das frühe, unveröffentlichte Stück *Die Magd* (Ms. in Privatbesitz) behandelt dasselbe Thema in dramatischer Form.

»Nach Norden«] die Erzählung einer Kreuzfahrt entlang der norwegischen Küste, eine Art Totentanz aller Eitelkeiten, der im Nebel des Nordkaps endet. Dieses Jugendwerk bekundet Humor und Beobachtungsgabe.

Damals hatte Berlin einige junge Menschen] die Berliner Bohème, die im Lokal »Zum schwarzen Ferkel« verkehrte. In diesem Kreis wurde 1894 die Zeitschrift *PAN* gegründet; siehe MGs Briefe an Munch, Przybyszewski, Bodenhausen und Dehmel aus dieser Zeit.

Huysmans] Joris-Karl Huysmans (1848-1907) schuf mit seinem Roman *A rebours* 1884 (deutsch: *Gegen den Strich*) das Hauptwerk einer ästhetisch-dekadenten Sensibilität.

eine Folge von erotischen Romanen] *Die Keuschen – Eine Folge von Romanen über das Liebesleben im neunzehnten Jahrhundert*, I *Fürst Lichtenarm*, II *Der Prinz*, Berlin, Schuster & Löffler 1897.

gern einstampfen lassen würde] Wir besitzen ein Exemplar von *Fürst Lichtenarm* mit der Widmung an die Sekretärin der Ma-Ge E. Kutschke: »Noch eine Jugendsünde 2/VII.20«.

Munch … dem Gegenständlichen seiner Bilder] Daß MG Mitte der neunziger Jahre vor allem für die Modernität von Munchs Themen empfänglich war, beweist sein frühester Text über den Maler, seine erste Schrift über Kunst schlechthin: *Edvard Munch*.

Broschüre über Munch] *Edvard Munch*; ursprünglich war Peter Hille als vierter Autor vorgesehen, an dessen Stelle MG trat; siehe NDR, Febr. 1894, Fußnote S. 150.

Radierungen Munchs in einer Mappe] Munch-Mappe, als »Meier-Graefe-Mappe« bekannt geworden; siehe Kat. *Edvard Munch 1895, first year as a graphic artist*, Munch-museet, Oslo 1995, mit dem Abdruck von MGs Vorwort zur Mappe in englischer Übersetzung; auch in: Jay A. Clarke, »Munch, Liebermann, and the question of etched ›reproductions‹«, *Visual Resources*, vol. XVI, 2000, S. 27-63.

Przybyczewskis Gattin] die Norwegerin Dagny Juel Przybyszewska, Freundin Munchs (*Madonna*), Strindbergs »Aspasia«, die »böse Verführerin des ›Ferkel‹-Kreises«; siehe Thaddeus Wittlin, *Eine Klage für Dagny Juel-Przybyszewska – Biographie*, Igel-Verlag 1995.

»Madame Lender mit Hut«] Siehe *Toulouse-Lautrec*, S. 48 f.

In der zweiten Pariser Reise, der dritten Novelle von *Geständnisse meines Vetters*, Berlin, Rowohlt 1923, S. 61f., schildert MG, wie er seinen Freund Eberhard von Bodenhausen zu überreden suchte.

siedelte 95 nach Paris über] MG ging November 1895 nach Paris, wo er bis zum Frühjahr 1904 blieb.

ein Werk über Felix Vallotton] *Felix Vallotton Biographie* (deutsch und französisch), Berlin, J. A. Stargardt, und Paris, E. Sagot 1898.

erste Ersparnisse … in Bildern – von Seurat] MG erwarb 1897 *Le Chahut* (1889-1890) von Seurat, heute im Rijksmuseum Kröller-Müller, Otterlo – *von van Gogh*] MG scheint 3 Werke des Künstlers besessen zu haben: *Das Paar am Waldrand* (heute verschollen), *Portrait von Camille Roulin* (Knabenbildnis) und die Zeichnung *Ernte in der Provence, Montmajour* (Landschaft bei Arles); siehe Walter Feilchenfeldt, *Vincent van Gogh u. Paul Cassirer, Berlin*, Rijksmuseum Vincent van Gogh, Cahier Nr. 2, 1988 (F 485, 537, 1483) – *von Renoir*] Es läßt sich nicht mehr feststellen, welche Werke MG von ihm besessen hat; er bewunderte vor allem den späten Renoir.

»Dekorative Kunst«] monatlich seit Okt. 1897; das französische Gegenstück AD erschien seit Okt. 1898. MG war bis zur Jahrhundertwende ein Vorkämpfer der kunstgewerblichen Stilbewegung.

Das war um 1900] Über diesen Abschnitt von MGs Leben und Tätigkeit, siehe Nancy J. Troy, *Modernism and the Decorative Arts in France*, New Haven / London, Yale University Press 1991, S. 30 f.

»Germinal«, Edition de La Maison Moderne, erschien Ende 1899, zur Eröffnung von MGs Pariser Laden. In der Mappe waren folgende Künstler mit Originalgraphiken vertreten: P. Behrens, Brangwyn, Carrière, M. Denis, Gauguin, Toulouse-Lautrec, Liebermann, Minne, Alfred Müller, Renoir, Rodin, van Rysselberghe, Stremel, Toorop, Vallotton, Vuillard und Zuloaga; hinzu kamen ein Faksimile eines Pastells von Degas und eine Lithographie nach einem Aquarell von van Gogh; Munchs Beitrag kam zu spät.

zu der Muse zurückführte] Über MGs Werdegang bis zum Erscheinen der EG, siehe *MGs Weg*.

»Entwicklungsgeschichte« ... ihre Lücken] Die flagrantesten »Unterlassungssünden« der EG waren Courbet und Corot, die MG mit der Publikation *Corot und Courbet*, Insel 1905, wiedergutmachte. Seine gesamte Kunstschriftstellerei ist eine Art »work in progress«, eine lebenslang verbesserte und erweiterte EG.

Im Frühling 1905] MG kehrte im Frühjahr 1904, nachdem er sein Kunst- und Einrichtungsgeschäft »La Maison Moderne« verkauft hatte, nach Deutschland zurück. Die EG erschien kurz darauf.

Lichtwark, Grönvold u.a.] Der Direktor der Hamburger Kunsthalle Alfred Lichtwark (1852-1914), der eine bedeutende Sammlung deutscher Kunst zusammenstellte, der norwegische Maler und Sammler Bernt Grönvold (1859-1923), der die vergessenen deutschen Meister Wasmann und Rohden, Vater und Sohn, wiederentdeckte, aber auch der skandinavische Forscher Andreas Aubert, der Biograph Dahls, der als erster wieder auf die Bedeutung Caspar David Friedrichs hinwies, waren Wegbereiter einer Revision der deutschen Kunst im 19. Jahrhundert.

Tschudi und die *deutsche Jahrhundert-Ausstellung*] Näheres in *Tschudi*.

Hans von Marées] Mehr noch als der Ruf, der »Entdecker El Grecos« gewesen zu sein (siehe Nr. 42), kommt MG das Verdienst zu, die Bedeutung Marées' erkannt und in einem beispielhaften Werk dokumentiert zu haben. Das geplante Marées-Museum, in das die Neapler Fresken überführt werden sollten, hätte dem Künstler, der zu Lebzeiten nie ausgestellt hat, eine breite Öffentlichkeit gegeben. Das Projekt scheiterte schließlich am Ausbruch des Ersten Weltkriegs (siehe Anm. zu Br. 48).

Landesverräter] In Deutschland wurden vor allem die polemischen Schriften *Der Fall Böcklin* (1905) und *Der junge Menzel* (1906) beanstandet. Hätte sich MG nicht so kritisch über deutsche Kunst und Kultur geäußert, wäre wohl auch seine vermeintliche »Franzosen-Freundlichkeit« besser akzeptiert worden; in Frankreich stieß er ebensowenig auf Gegenliebe.

»Adam und Eva«] die erste, nicht im Druck erschienene Fassung des Dramas, das 1920 unter dem Titel *Die reine Farbe* bei Felix Bloch Erben als Ms.

veröffentlicht wurde. Das Drama, in dem ein Maler im Mittelpunkt steht, ist auch in der zweiten Fassung nicht ganz glücklich.

»Orlando und Angelika«] »Ein Puppenspiel in zehn Akten – Von Kaiser Karl und seinen Paladinen und ihren Kämpfen wider die Heiden, auch von Angelica und Rolands Liebe, Wahnsinn und Genesung und manch anderen Umtrieben. Frei nach der Überlieferung der Neapler Marionetten von Julius Meier-Graefe Mit Bildern nach den Puppen, wie er sie in Neapel im Teatro Stelle Cerere, bevor selbiges im Dezember 1911 durch schrecklichen Brand zerstört wurde, gesehen und alsdann in Paris auf Stein gezeichnet, auch in Farben gemalt hat von Erich Klossowski 1912 Paul Cassirer Verlag Berlin W«. MG und E. Klossowski hatten schon einmal gemeinsam ein Werk herausgegeben: *La Collection Cheramy*, München, Piper 1908, diesmal beide als Kunsthistoriker.

»Degas«] Das vor dem Krieg geschriebene Buch erschien 1920 bei Piper; es zeugt von einem gereiften Stil mit großartigen Metaphern.

ein Haus gebaut hatte] MG kaufte im Mai 1912 ein Grundstück in Nikolassee, in der Nähe des Hauses von seinem Freund Leo von König. Der Architekt Walther Epstein (1874-1918), der durch MGs dritte Heirat mit dessen einziger Tochter Annemarie Epstein post mortem sein Schwiegervater wurde, baute die Villa im klassischen Stil, mit Fenstern »à la française« – »ein Sans-Souci im kleinen« (P. Fechter); R. A. Schröder beteiligte sich an der Inneneinrichtung und überwachte sie, E. Klossowski schuf ovale Gemälde für das Speisezimmer; das Haus ist, mit Änderungen im Innern, erhalten: Kirchweg 28, Berlin-Nikolassee.

die neue »Entwicklungsgeschichte«] Die Bde. I u. II erschienen 1914/15, Bd. III folgte 1924 (copyright 1915). Reinhard Piper schreibt in seinen Memoiren *Mein Leben als Verleger* (München, Piper 1964, S. 259): »Was Meier-Graefe befürchtet hatte, trat ein: aus der Durchsicht des Textes wurde ein vollständig andres Buch. Meier-Graefe war ein viel zu lebendiger Mensch, als daß er den alten Text, so wie er war, nochmal neu hätte drucken lassen mögen. Er hatte inzwischen mit diesen Künstlern weitergelebt, und diese Erlebnisse mußten in das Buch hineingearbeitet werden. Fast alle Kapitel wurden ganz neu geschrieben. Hinterher sagten wir uns, daß es schade war, dem neuen Buche wieder den alten Titel gegeben zu haben.«

den Schutz der Kunstschätze in den eroberten Ländern] Siehe Br. 115, 121, 123.

der »Tscheinik« erschien 1918, noch während des Krieges, bei S. Fischer. Das Buch ist der Niederschlag von MGs Erlebnissen als Kriegsgefangener in Rußland; eine verbesserte Auflage erschien unter dem Titel *Die weiße Straße* bei Klinkhardt & Biermann 1929. Während der Gefangenschaft schrieb MG mit Carl Cleinow ebenfalls eine Komödie, *Der Aufstand* (Ts., DLA); der Ort der Handlung ist ein sibirisches Gefangenenlager 1915.

die Gründung der Marées-Gesellschaft] MG war Ende Okt. 1915 aus russischer Gefangenschaft heimgekehrt und gründete 1917 die schon vor dem Krieg geplante Ma-Ge (das Vorbild Marées stand generell für »Verantwortlichkeit«). Die Ma-Ge sollte nach der Vorstellung ihres Gründers durch die Publikation von Werken und Mappen mit Originalgraphik die zeitgenössische Kunst fördern und gleichzeitig durch qualitätvolle Faksimiles alter und neuer Kunst beispielhaft im Sinne einer lebendigen Tradition wirken.

eine neue Menage] mit Helene Lienhardt (1886-1957), damals eine angehende Schauspielerin, die mit Annette Kolb befreundet war. MG überließ seiner ersten Frau, der Berlinerin Anna geb. Baurath (1875-1963) das Haus in Nikolassee. Aus der zweiten Ehe stammt das einzige Kind MGs, der Sohn Tyll (geb. in Dresden am 9.11.1918); dieser starb nach der Schlacht von Stalingrad in einem Kriegslager (Datum unbekannt).

»Heinrich der Beglücker«] Lustspiel in 3 Akten, Berlin, Felix Bloch Erben 1917.

meine alte Pan-Idee] Eines der Ziele der Zeitschrift *PAN* war die Wiederbelebung der graphischen Künste als selbstständige Kunst; ferner teilen *PAN* und die Ma-Ge das Vorhaben, Text, Typographie, Ornament und Illustration aufeinander abzustimmen.

dritte Heirat] 1925 mit Annemarie Epstein (1905-1994); MGs Werbung um das junge Mädchen ist Gegenstand der autobiographischen Novelle »Die Verführung im Spiegel« in *Geständnisse meines Vetters*, Rowohlt 1923.

Dostojewski] *Dostojewski – Der Dichter*, Berlin, Rowohlt 1926.

Orientreise] Frucht dieser Reise war das Buch *Pyramiden und Tempel*, Berlin, Rowohlt 1927.

2 Meier-Graefe an Munch, 23.7.1894

E. Br. Munch-Museum, Oslo.

Die gesamte, im Munch-Museum, Oslo, aufbewahrte Korrespondenz zwischen MG und Munch – etwa 40, meist kurze Botschaften von MG und sechs Briefkonzepte von Munch an MG – wurde in der Magisterarbeit von Eva-Maria Karpf, Karriereförderung in der Boheme: Munch, Przybyszewski und Meier-Graefe in Berlin und Paris, *Kiel 1996, S. 26-50, ausgewertet.*

lächerliche Broschüre] *Edvard Munch*; vgl. Przybyszewski an Munch, 16.4.1894: »Meier-Graefe ist jetzt auch in Berlin, Gott sei Dank, daß Du jetzt wieder einen Menschen hast. Sag' ihm doch, er soll zu Fischer gehen und nachfragen, wie es mit Deinen und meinen Korrekturen steht; es ist doch furchtbar wichtig, daß das Buch über Dich sobald wie möglich erscheint; nachher ist der ganze Zweck verfehlt. Wer wird dann kaufen, wenn Deine Ausstellung zu Ende ist?« (Stanisław Przybyszewski, *Briefe 1879-1927*, Hg. M. M. Schardt, Igel-Verlag 1999).

Commis voyageur des Pan] MG war der aktivste Werber für die Zeitschrift *PAN*, deren 1. Nr. im April 1895 erschien; vgl. Przybyszewski an Bodenhausen, August 1894: »Meier-Graefe soll in Kremmen Kankan tanzen, um Geld für ›Pan‹ zu bekommen.« (Ebd., S. 60)

Stachu] So wurde Stanisław Przybyszewski von seinen Freunden genannt.
das Haarbild] vermutlich die erste Fassung von *Trennung* (in schlechtem Zustand im Munch-Museum, Oslo), ein wichtiger Vorwurf zu Munchs *Lebensfries*.
Ducha] Kosename von Dagny Juel Przybyszewska.
Meine Mutter] MGs Stiefmutter, mit der er damals zusammenlebte.

3 **Meier-Graefe an Munch, 12.12.1895**
E. Br. Munch-Museum, Oslo.

der Salon von Bing] Siegfried Bing, der bekannte Japanhändler deutscher Abstammung, wandelte seinen Pariser Laden, nach dem Vorbild der »Maison d'Art« in Brüssel, in den »Salon de l'Art Nouveau« um; er bestand aus Ausstellungsräumen mit modernen Interieurs, später kamen Werkstätten hinzu; siehe Gabriel P. Weisberg, *Art Nouveau Bing*, Smithsonian Institution, Washington, D. C. 1986. »L'Art Nouveau« wurde am 25.12.1895 eröffnet; im Frühjahr 1896 war MG vorübergehend künstlerischer Leiter bei Bing; siehe *Henry van de Velde*, S. 154. Munch stellte im Mai 1896 bei Bing aus, u.a. *Der Schrei*, als Teil einer Folge, »Die Liebe« betitelt. Strindberg schrieb einen aufsehenerregenden Artikel über die Ausstellung in *La Revue Blanche* 1.6.1896.

4 **Meier-Graefe an Munch, 14.4.1896**
E. Br. Munch-Museum, Oslo.

Bing lehnt eine Gesamtausstellung ab] Die Richtung des »Salon de L'Art Nouveau« (Kunst und Kunstgewerbe gleichwertig nebeneinander), die Wahl der Künstler (Henry van de Velde u.a.) und die internationale Orientierung waren umstritten; daher war Vorsicht geboten; siehe Kat. *Munch et la France*, Paris, Musée d'Orsay 1991, S. 199.
Durand-Ruel] Der Händler der Impressionisten scheint Munch nicht ausgestellt zu haben.

5 **Meier-Graefe an Munch**
E. Br. Munch-Museum, Oslo.

6 **Meier-Graefe an Munch, 14.2.1898**
E. Br. Munch-Museum, Oslo.

Probedruck] Munchs Drucke aus dieser Zeit sind technisch und künstlerisch höchst reizvolle Experimente, aber für keine große Auflage geschaffen.
was das Blatt vorstellt] interessant für die befremdende Wirkung dieser Drucke.
kann nicht mehr lange warten] Munchs Druck für die Mappe *Germinal* kam in der Tat zu spät. Die Mappe erschien Ende 1899 ohne Beteiligung von Munch; siehe Selbstanzeige von *Germinal* in *Die Zukunft* 23.12.1899, S. 527.

7 **Meier-Grafe an Munch, 15.5.1899**
E. Br. Munch-Museum, Oslo.

Ich warte nun schon seit über einem Jahr auf die Platte] Siehe den vorausgegangenen Brief.

8 **Meier-Graefe an Munch, 15.10.1899**
E. Br. Munch-Museum, Oslo.

um einen Ersatz bitten] Vgl. Br. 9.

9 **Meier-Graefe an Munch, 16.8.1913**
E. Br. Munch-Museum, Oslo.

Gutbier] Ludwig Gutbier hatte die 1818 gegründete Kunsthandlung Ernst Arnold, die führende Galerie in Dresden, übernommen; hier fand 1910 die »Brücke«-Ausstellung statt, die der Künstler-Gruppe dieses Namens zum Durchbruch half.

Clot] Auguste Clot, angesehener französischer Drucker und Lithograph, mit dem Munch einige seiner eindrucksvollsten Graphiken hergestellt hat (vgl. *Lasting Impressions*, Hg. Pat Gilmour, Canberra 1988, »Cher Monsieur Clot … A. Clot and his role as a colour lithographer«).

auf dem Lande] in Nikolassee bei Berlin. MG lebte dort nur kurze Zeit vor dem Krieg und nach seiner Rückkehr aus russischer Gefangenschaft bis zur Trennung von seiner ersten Frau 1917.

dem Museum in Christiania geschenkt] heute das Munch-Museum in Oslo; MG schenkte das Portrait 1912.

10 **Meier-Graefe an Przybyszewski, 7.8.1894**
E. Br. Munch-Museum, Oslo.

dein Drama] *Das große Glück*. Przybyszewski ist ein »monologischer« Schriftsteller, der in seinen monomanen Erzählungen mehr er selbst ist als in seinen Dramen.

Ju] i.e. Otto Julius Bierbaum. Zu der Zeit unterzeichnete MG seine Freundschaftsbriefe meist »Aju«, später »Ju«.

Die Broschüre] *Edvard Munch*.

Dehmel … seine Frau] Paula Oppenheimer (1862-1918), Tochter des Predigers der jüdischen Reformgemeinde in Berlin, Schwester von Franz Oppenheimer, der als Nationalökonom berühmt wurde; sie war Dehmels erste Frau, schrieb Kinderbücher und spielte gut Klavier.

Cancan tantzen] Vgl. Anm. zu Br. 2.

11 **Meier-Graefe an Bodenhausen, 10.5.1894**
E. Br. DLA.

*Ein wichtiger Brief, der auf interessante Weise durch MGs Vorwort zur Munch-Mappe ergänzt wird. Hier behauptet MG: »Wer heute Interesse für Kunst hat, wird Künstler, und fängt an zu produzieren. [...] Daher haben wir heute nur Künstler und kein Publikum.« Er stellt ferner eine »zunehmende Mangelhaftigkeit ästhetischer Empfindung« fest, daher die Bedeutung der wenigen, die die Fähigkeit zum Genießen besäßen. Und hierin sieht er Bodenhausen eigenstes »Genie«. MGs Vorwort bietet auch eine soziale Diagnose der Kunst, die seiner späteren soziologischen Analyse der Kunst (*Die Insel, *Okt. 1899-Mai 1900, und EG, Buch I) vorgreift.*

Ihre kleine Dichtung] Bodenhausen schickte seinen dichterischen Versuch auch an andere Freunde des PAN-Kreises. Im N. Bodenhausen, DLA, sind 3 Antworten erhalten, die von Bierbaum (15.4.1894), die von Dehmel (Himmelfahrt 1894, i.e. 10.5.94) und die von Przybyszewski (12.4.1894). Dehmels Urteil ist am schärfsten; nur MG erweitert den Gesichtspunkt und zeichnet einen anderen Ausblick.

den eminenten Geschmack von Hofmanns] Ludwig von Hofmann (1861-1945), der »Farbenpoet« (Bierbaum), ein Hauptvertreter des malerischen Jugendstils, der in seiner Malerei Bild und Rahmen aufeinander abstimmte. Er arbeitete regelmäßig für *PAN*, 1907 reiste er mit Gerhart Hauptmann nach Griechenland.

A rebours] Huysmans' Roman, siehe Anm. zu Nr. 1.

einer jener unendlich wenigen Konsumenten] MG schrieb 5 Jahre später »eine Posse« hierüber: »Der Konsument«, NDR Jg. X (1899), Bd. II, S. 1178-1206. In der Figur Waldemar, dem »Konsumenten« dieser temperamentvollen Novelle, erkennen wir die Züge Bodenhausens.

diesen gräßlichen Hildebrandt] Martin Hildebrandt, Schriftsteller in Berlin, Mitglied des ersten Vorstands der Genossenschaft PAN.

Taine etwa ausgenommen] Der Einfluß des franz. Historikers und Geschichtsphilosophen Hippolyte Taine (1828-1893) und seiner Milieutheorie war zu der Zeit mächtig; er wurde jedoch auf die Formel »la race, le milieu, le moment« als determinierende Faktoren eines Kunstwerks reduziert, während seine Bedeutung als Historiker und Schriftsteller weitgehend übersehen wurde.

Geheime Aufsichtsratvorsitzende] Bodenhausen wurde tatsächlich Aufsichtsratsvorsitzender der Genossenschaft PAN und hat als solcher, als im Laufe des Sommers 1895 Meinungsverschiedenheiten mit der Redaktion aufkamen, Bierbaum und MG zum Rücktritt gezwungen.

12 **Meier-Graefe an Bodenhausen, Tegel (1894)**
E. Br. DLA.

Stachu hat Ihnen die Wahrheit gesagt] Przybyszewskis Brief an Bodenhausen vom 12.4.1894 (DLA), worin er ihm rät, seine Gedichte in Prosa »zu paraphrasieren«.
seine Blague] seine Aufschneiderei.
Ihr Kleinwahn] Bodenhausen, der von klein auf unter der Trennung der Eltern und einer problematischen Beziehung zum Vater litt – seine Mutter lernte er erst in späteren Jahren kennen –, hat es an Selbstvertrauen gemangelt; er war oft zögernd in seinem Urteil über Kunst, wie im Leben überhaupt. Dies ist wohl auch der Grund, weshalb er sich gelegentlich, wie die PAN-Krise zeigt, auf sein Urteil versteifte.

13 **Bodenhausen an Meier-Graefe, 6/7. April 1895**
E. Br. DLA.

Der Brief, der zum Erscheinen des ersten PAN*-Hefts geschrieben wurde, wurde offenbar nicht abgeschickt, da sich das Original im N. Bodenhausen befindet.*

14 **Meier-Graefe an Bodenhausen, 2.6.1895**
E. Br. DLA.

Szczepanski veröffentlichte die Besprechung »Neue Prachtwerke« in *Velhagen & Klasings Monatsheften*, hg. T. H. Pantenius u. Paul von Szczepanski, 9. Jg. 1894/95, H. 10, Juni 1895, S. 442-444. Anlaß des Artikels war ein Toast Ernst von Wildenbruchs zur Feier des Erscheinens des ersten *PAN*-Hefts, der mit »Hoch der PAN, nieder die Banausen!« schloß. Szczepanski empfand diesen Trinkspruch wie einen Kriegsruf und reagierte darauf in dem bewußten Artikel, ohne ein Blatt vor den Mund zu nehmen.
läßt sich die Sache vielleicht auch beilegen] Dies geschah, und MG sandte dem Freund die Munch-Mappe: »Die Mappe als bescheidenes Geschenk für die famose Art, mit der Sie sich des Freundschaftsdienstes entledigt, für den ich Ihnen heute nochmals herzlich danke. Erlauben Sie mir, Ihnen das noch bescheidenere Textbuch zur Erinnerung an den Tag zu widmen, Sie werden darin ungefähr genau das Gegenteil von alledem finden, was Sie (und Dehmel neuerdings) meinen – also paßt es vortrefflich!« (MG an Bodenhausen 6.6.1895, DLA)

15 **Meier-Graefe an Bodenhausen, Mitte Juni 1895**
E. Br. DLA.

MG wollte mit der Unterstützung Bodenhausens einen PAN-Kunstsalon bewerkstelligen, den er als »notwendige zweite Hälfte« des PAN-Unternehmens betrachtete (siehe Br. 18). Er wartete die Entscheidung des Vorstands nicht ab, um für den erwünschten »Salon« in Paris, London und Brüssel Käufe zu tätigen, die ihm nach seiner Trennung von PAN angelastet wurden; vgl. Br. 94: MG als »Fachmann für die Salonidee«.

Ihrem Papa] Auch MG hatte, wie Bodenhausen, eine schwierige Beziehung zum Vater. Am 6.8.1895 schreibt er dem Freund in derselben Sache (der Finanzierung eines Kunst-Salons für PAN): »Ich habe nun gestern bewogen durch die Notwendigkeit, das Kapital zu bekommen, mit meinem Vater, der hier war, eine Versöhnung angebahnt,– ich war mit ihm wie ich Ihnen vielleicht mal erzählt, lange Zeit auseinander und dieser Umstand hat mir viel von Wirksamkeit genommen, die ich sonst zu Gunsten Pans hätte entfalten können. [...] Nach meiner Erwägung der Sachlage schafft uns mein Vater, wenn wir das Lokal haben, das Geld, das Geld mit Bestimmtheit, er bedeutet in der Industrie ungefähr das, was Bode in der Kunst und kann, was er will.« (DLA, N. Bodenhausen)

den Barrisons] die »Five Sisters Barrison«, fünf Schwestern aus Amerika, die in ihren Varietétänzen den Jugendstil in die Tanzkunst einführten: Gertrud, Lona (geb. 1870), Mabel (1882-1912), Maud und Vivian.

Jordan] Max Jordan (1836-1906), angesehener erster Direktor der Berliner Nationalgalerie (seit 1874), wurde 1896 durch Hugo von Tschudi abgelöst.

Nach Paris] MG reiste in der zweiten Hälfte Juni 1895 in Sachen PAN nach Paris, London und Brüssel.

16 Meier-Graefe an Bodenhausen, 18.10.1905
E. Br. DLA.

keine fishing compliments] Bodenhausen schrieb in *Die Kunst* (»Freie Kunst« XI, 1905, 20. Jg. von *Die Kunst für Alle*) eine Besprechung von MGs EG: »ein kluges und ein tapferes Buch [...]. Es gehört Mut dazu, in deutscher Sprache ein Buch über die Malerei des neunzehnten Jahrhunderts zu schreiben und davon mehr als die Hälfte auf Frankreich, nicht mehr als ein Viertel auf Deutschland zu verwenden.«

das letzte Kapitel] »Nietzsche und Wagner«. Bodenhausen in seiner Rezension: »Das ist nicht der Ton, in dem man von Wagner und Nietzsche sprechen sollte [...] Meier-Graefes Ästhetik selbst ist fabelhaft gesund und sicher.« (Ebd.)

Wörmann und *Seidlitz*] Karl Woermann (1844-1933), seit 1882 Direktor der Dresdener Gemäldegalerie, Autor einer Geschichte der Malerei (mit Alfred Woltmann); Woldemar von Seidlitz (1850-1922), ab 1885 vortragender Rat in der Generaldirektion der Königlichen Sammlungen zu Dresden; siehe Sabine Beneke, *Im Blick der Moderne – Die »Jahrhundertausstellung deutscher Kunst (1775-1875)« in der Berliner Nationalgalerie 1906*, Bostelmann & Siebenhaar 1999, S. 50 f. (Seidlitz und die Nationalgalerie als *Moderne Bildergalerie*) *wie Keulenschläge beibringen*] Dies geschah das Jahr darauf mit *Der Fall Böcklin* (1905). Am Ende des Buches finden wir folgenden Vermerk: »Die Ideen Meier-Graefes finden sich, auf die gesamte Kunstgeschichte übertragen, in der vor kurzem erschienenen dreibändigen *Entwicklungsgeschichte der modernen Kunst.*«

von diesem Standpunkt der und von jenem ... jener] MG kam es auf den richtigen Maßstab an: »Es gilt, festzustellen, daß Manet Malerei ist und Böcklin etwas Anderes.« (EG, S. 152) Hiermit machte er sich viele Feinde in Deutschland, dies um so mehr, als der Kult, der mit Böcklin getrieben wurde, damals im Zenit stand.

neugierig auf das Buch] R. A. M. Stevensons *Velasquez* übersetzt und eingeleitet von Bodenhausen, München, Bruckmann 1904. MG schrieb eine kurze Rezension in *Die Zukunft* 21.1.1905, S. 148.

Ihren David] Bodenhausen, der, nach einem Jura-Studium und nach Anfängen in der Industrie, 1902 ein Studium der Kunstgeschichte in Heidelberg aufnahm, schrieb bei Henry Thode eine Arbeit über den niederländischen Maler Gerard David. Er zog jedoch aus Protest gegen die nationalistische Haltung des Professors die Arbeit zurück; sie erschien 1905 bei Bruckmann: *Gerard David und seine Schule.*

Die Redensart von Schiller] Siehe die Einführung zu *Velasquez,* op. cit., S. 22: »Es war oben die Rede von einem Vergleich mit Goethe. Über diesen schreibt einmal Schiller an Humboldt: ›Sie kennen seine solide Manier, immer *von dem Objekt das Gesetz zu empfangen.*‹ Vor solcher Charakteristik wird die Erinnerung lebendig an das Wort, das Merck an seinen großen Freund schrieb: ›ein Bestreben, Deine unablenkbare Richtung ist, dem *Wirklichen* eine poetische Gestalt zu geben‹.«

17 Meier-Graefe an Bodenhausen, 16.9.1905

E. Br. DLA.

schöne Nachricht] Bodenhausen, der sich Anfang 1904 um die Direktorenstelle des Städelschen Kunstinstituts in Frankfurt a. M. beworben hatte, wurde am 1.10.1905 Teilhaber beim Süddeutschen Cement-Verband Geislingen. Er machte fortan eine brillante Karriere in der Wirtschaft, wurde zwei Jahre später Direktor bei Krupp.

meiner industriellen Thätigkeit] als Inhaber des Einrichtungsladens »La Maison Moderne« in Paris von Ende 1899 bis Frühjahr 1904; siehe *Documents sur l'art industriel au vingtième siècle* mit Abb. der lieferbaren Waren, Edition de la Maison Moderne, Dez. 1901 und die entsprechenden Preislisten, beides im Musée des Arts Décoratifs, Paris.

die letzten Geschichten] die Angriffe auf MG nach der Publikation von *Der Fall Böcklin*; siehe Henry Thode, *Böcklin und Thoma – Acht Vorträge über neudeutsche Malerei*, Heidelberg 1905.

meinen Courbet] vermutlich *Corot und Courbet*, Insel 1905.

das Liebermann-Werk] MG gab den Plan, ein Buch über Max Liebermann zu schreiben, auf (vgl. Br. 143).

in's Haus der Begas] MG und seine Frau zogen in die Genthinerstraße 13, in das Haus der gebürtigen Wienerin Louise von Begas-Parmentier (1850-1920), eine Landschafts- und Architekturmalerin, die mit dem Maler Albert Begas verheiratet war. Sie führte einen Salon, in dem Musiker, Schauspieler und Literaten verkehrten; siehe Petra Wilhelmy, *Der Berliner Salon im 19. Jahrhundert (1780-1914)*, Berlin 1989. Schröder erinnert sich an die gemeinsame Zeit in *Widmungen*, 1927, S. 102, und in »Berlin einst und jetzt«, *Eckart*, 23. Jg. 1953/54, S. 117.

Stern] Julius Stern (1858/59-1914), Direktor der Nationalbank für Deutschland, besaß eine gute Sammlung französischer und deutscher Impressionisten. Er und seine Frau nahmen sich 1914 das Leben. MG, der mit Stern befreundet war – dieser half ihm beim Kauf des Grundstücks in Nikolassee –, widmete dem Andenken des Freundes den Aufsatz »Kunst oder Kunstgewerbe?«, NR 1914, Bd. 1.

die kurze Kritik Ihres Buches] In der *Zukunft* ist die Besprechung von Bodenhausens Arbeit über Gerard David nicht erschienen.

18 Meier-Graefe an Lichtwark, 12.7.1895
E. Br. KhH.

Der Brief ist Teil einer umfangreichen Korrespondenz zwischen Lichtwark und der Redaktion PAN; *siehe Lichtwarks KB. sowie Bierbaums und MGs Briefe an Lichtwark in KhH.*

ein wertvolles redaktionelles Dokument] Wenn man Lichtwarks Kritik der Redaktion und der beiden ersten *PAN*-Hefte kennt (siehe Lichtwark an MG, 9.7.1895), ist MGs Wendung nicht ohne Ironie. Hier einige Auszüge aus Lichtwarks Brief: »Ich habe bisher weder von Freund noch von Feind über den Gehalt des I. u II. Heftes Zustimmung gehört. [...] Der Aufsichtsrat darf nicht nur Decoration sein, und ich persönlich verwahre mich gegen jegliche Verbindlichkeit in Dingen, über die ich nicht gefragt bin. [...] Von welcher Seite ich den Pan ansehe, ich komme zu keinem anderen Schluß als dem, Localhefte zu machen, indem wir Pan als deutsches Kunstblatt ausbilden. [...] Die Internationalität halte ich für ein Unheil. Davon haben wir ohnehin genug. [...] Dem Ausland zu imponieren, ist nur durch Deutsches möglich.« (DLA)

Besnard, Renouard, Puvis, Rops, Marx] Albert Besnard (1849-1934), eklektischer, zu Lebzeiten erfolgreicher Jugendstilmaler, gründete 1890 mit Gleichgesinnten den 2. Pariser Frühjahrssalon, die »Société Nationale des Beaux-Arts«; Renouard, wohl der graphische Künstler und Maler Charles Paul Renouard (1845-1924), der 1892 *L'Opéra*, eine Mappe mit 30 Ätzungen veröffentlichte und mit zahlreichen Veröffentlichungen für Dreyfus eintrat; Puvis de Chavannes (1824-1898), feiner Kolorist, schuf monumentale Kompositionen, u.a. die auf Leinwand gemalten Wandbilder (Darstellungen aus dem Leben der Schutzheiligen von Paris Genovefa) für das Pantheon in Paris (1874-1878); Félicien Rops (1833-1898), Graphiker und Zeichner belgischer Abstammung, der mit satirisch-gesellschaftskritischen Arbeiten begann, später mit erotischen Themen berühmt wurde. Der in Paris tätige Rops wurde Mitglied der Genossenschaft PAN, wie auch Roger Marx (1859-1913), Kunsthistoriker und Beamter der Kunstverwaltung, Freund der Impressionisten und der Nabis.

Burne-Jones, Ricketts, Morris, Watts] MG scheint auf seiner Auslandreise für PAN diesen Künstlern begegnet zu sein. Er besuchte William Morris (1834-1896), der mit der Gründung der Kelmscott Press 1890 die Absicht verband, das Niveau der Buch- und Druckkunst zu heben. Durch ihn lernte er wohl dessen Freund Edward Burne-Jones (1833-1898) kennen, der für die Firma W. Morris Vorlagen für Glasfenster und Wandbehänge schuf, wie auch Charles Ricketts (1866-1931), einen der bedeutendsten Künstler des Morris-Kreises, der sich mit sämtlichen Sparten künstlerischer Tätigkeit befaßte. George Frederic Watts (1817-1904) war einer der letzten Vertreter der großen allegorischen Malerei.

Gallimart] Paul Gallimard (1850-1929), Bibliophile und Sammler, mit Renoir befreundet, ließ für sein privates Vergnügen Kunstbücher herstellen; sein Sohn Gaston Gallimard gründete 1919 den berühmten Verlag dieses Namens.

Forbes] entweder der angelsächsische Sammler und Kunstliebhaber Forbes, den der Händler der Impressionisten Paul Durand-Ruel in seinen Memoiren erwähnt, oder der Freilichtmaler Stanhope Alexander Forbes, der 1899 in Newlyn bei Penzance (Cornwall) eine Malschule eröffnete, die für England eine ähnliche Bedeutung wie Pont-Aven für Frankreich oder Worpswede für Deutschland gehabt hat.

Dampt, Zorn, Maeterlinck] Jean-Auguste Dampt (1854-1945), französischer Bildhauer und Kunsthandwerker, dessen Statuette *Melusine und der Ritter* (Abb. in *PAN* I,2, 1895) Dehmel begeisterte; siehe *Dehmel–Albert*, S. 157 f.; Anders Zorn (1860-1920), schwedischer Maler und Radierer, der vom französischen Impressionismus beeinflußt wurde; von Maeterlinck erschien in *PAN* I, 2, »trois lieds« mit einem Bildschmuck von Doudelet.

Heine] Thomas Theodor Heine (1867-1948) fing als Landschaftsmaler an, spezialisierte sich dann auf satirische Zeichnungen. Er gründete mit dem Verleger Albert Langen 1896 das satirische Wochenblatt *Simplicissimus,* das er nach Langens Tod von 1909 bis zu seinem erzwungenen Rücktritt 1933 leitete.

Geyger] Der Maler, Radierer und Bildhauer Ernst Moritz Geyger (geb. 1861), der auch vorzügliche druckgraphische Nachbildungen von Gemälden schuf (u.a. einen Stich nach Botticellis *Primavera*, eine Kaltnadel nach einer Landschaft von Herkules Seghers) wurde mit seinen Tier-Radierungen und satirischen Blättern (Affenstudien für die »kleine« und »große Darwinistische Disputation« 1888 f.) berühmt.

Israels Mauve und Maris] Jozef Israels (1824-1911), holländischer Genremaler, den Max Liebermann als wahlverwandten Künstler empfand; Anton Mauve (1838-1888), holländischer Landschaftsmaler, ein Onkel Vincent van Goghs; Thijs Maris (1839-1899), Landschaftsmaler der Haager Schule.

einen zweifelhaften ökonomischen Gefallen] MG nimmt hier eine Debatte vorweg, die in Carl Vinnens Schrift *Ein Protest deutscher Künstler* (Jena, Diederichs 1911) gipfelte.

unsere Bücher] Die ersten beiden Verlagswerke der Genossenschaft PAN waren 1895 Bierbaums Singspiel *Lobetanz* und Dehmels *Lebensblätter*.

Herr v. Seidlitz war dafür] Vgl. Bodenhausens Brief an Seidlitz vom 7.8.1895 (KhH), in dem er diesen um »prinzipielle Zustimmung zur Einrichtung eines Salons« bittet: »Ein solcher Salon wird ungeheure Arbeit erfordern; ich glaube aber, daß wir ohne solche Einrichtung mit dem Journal allein elendiglich zu Grunde gehen.« Seidlitz hatte sich, im Gegensatz zu Lichtwark, über das erste *PAN*-Heft hoffnungsvoll geäußert; siehe das Ms. von Seidlitz »Pan ist da«, N. Flaischlen / Pan, DLA)

unsere Auflagen nicht ins Unendliche vergrößern können] wegen der begrenzten Auflage der Originaldrucke, die in das Journal eingebunden wurden.

Dehmels Aufsatz] »Aus Berlin« in *PAN* I,2.

Falke] Gustav Falke (1853-1916), Schriftsteller und Musikprofessor in Hamburg, wurde von Liliencron als Lyriker entdeckt.

Dehmels Trinklied] in *PAN* I,1.

Croissant Rust und Schlaf] Die in München lebende, von Bierbaum und M.G. Conrad geförderte Schriftstellerin Anna Croissant-Rust (1860-1943) war mit Dehmel befreundet. Johannes Schlaf (1862-1941), dem Berliner Kreis der Naturalisten angehörend, schuf 1887-1892 in enger Zusammenarbeit mit Arno Holz Musterwerke eines »konsequenten Naturalismus«; 1894 wandte er sich mit der Prosadichtung *Frühling* einem lyrischen Pantheismus zu.

rein deutsche Hefte waren auch nach dem Rücktritt der ersten Redaktion nicht durchzuführen.

das nächste III. Heft, das letzte der ersten Redaktion, von MG allein redigiert, hatte einen starken ausländischen Einschlag; es enthielt u.a. die umstrittene Lithographie von Toulouse-Lautrec *Mademoiselle Marcelle Lender, en buste.*

das vierte Heft sollte ein Thoma-Heft werden, für das Henry Thode den Hauptaufsatz schreiben sollte; vgl. in PAN-KB. 13.5.1895-7.8.1895, N. Flaischlen / Pan, DLA, die Briefe von Bierbaum an Thode und an Adolf Bayersdorfer vom 27.7.1895 und MGs Brief an Hans Thoma vom 5.6.1895.

Haider und Stäbli] Karl Haider (1846-1912), von Courbet beeinflußt, ein Freund Leibls, für den sich der Konservator der Münchener Pinakothek

Bayersdorfer einsetzte, war der Lyriker des Leibl-Kreises mit einem ausgeprägten Sinn für Farben. Der Landschaftsmaler Adolf Stäbli (1842-1901) war mit Hans Thoma befreundet.

Den Artikel von Ihnen] »Die Entwicklung des Pan«, *PAN* I, 3, in dem Lichtwark ohne Umschweife behauptet: »Pan muß ein deutsches Kunstblatt werden.« Angesichts des Artikels ist auch hier, wie zu Anfang des Briefes, der ironisch-naive Unterton MGs nicht zu übersehen. Bierbaum warnte Lichtwark, daß sein Artikel im »ausgesprochen fremdkünstlerischen« dritten Heft wie »eine Art Predigt in der Wüste« wirken werde, und »wir werden, gerade um diesen Eindruck, als ob wir demonstrativ und gleichgültig trotz Ihrer Ermahnungen ruhig thäten was wir wollten, abzuschwächen, genötigt sein, in ein paar Zeilen unsre Meinung auszusprechen« (PAN-KB. 31.7.1895). Hierzu kam es nicht, denn Bierbaum und MG traten von der Redaktion zurück. Zwei Jahre später urteilte MG nuancierter über Lichtwark, ohne je den »nationalen Standpunkt«, der dessen Wirksamkeit beherrschte, zu teilen: »Aber wir achten diesen Standpunkt. Und relativ gedacht ist bei der deutschen Sucht, das Ausland nachzuahmen – eine Tendenz, die in künstlerischen Dingen schlimmer ist als das entgegengesetzte Prinzip – ein Mann doppelt wert, der selbst bis zur Einseitigkeit den nationalen Standpunkt nicht nur vertritt, sondern alle Mittel thatkräftig wirksam zu machen sucht, die ihn unterstützen können. Diese Wirksamkeit ist bei weitem schwieriger als immer auf das Ausland zu verweisen, wo die gebratenen Tauben herumfliegen, und bedingt, wenn sie nicht in Thorheit umschlagen soll, einen ganzen Mann.« (DK, Jg. I, H. 3, Dez. 1897, S. 142)

19 Meier-Graefe an Brümmer, 15.3.1896

E. K. SBB.

Der Dichter] einzige Erwähnung dieses Romans.

Serie selbstständiger Arbeiten für Zeitschriften] MG schrieb damals für *Das Atelier*, *Die Gesellschaft*, NDR, und *Die Zukunft*; siehe die Bibliographie in *Moffett*.

20 Meier-Graefe an Wildenbruch, 27.3.1896

E. Br. GSA.

Ihr Brief] Nicht erhalten; aus früher Zeit sind nur ausnahmsweise an MG gerichtete Briefe im Original erhalten.

Herrn Faber du Faur] wohl Hans Faber du Faur (1863-1940), aus einem Maler-Geschlecht, das sich als ehemalige Ulanen-Offiziere auf Kriegs- und Reiterszenen spezialisierte; damit begann auch der Enkel, den Lenbach und Ludwig von Hofmann beeinflußten; er war seit 1894 bei Whistler in Paris; 1910 gründete er in München den »Juryfreien Verband der deutschen Künstler«.

von der Jugend verlassen worden] MG denkt hier an seine Enttäuschung mit dem gleichaltrigen Bodenhausen, der in der Debatte um einen »deutschen Pan« auf seiten Lichtwarks stand.

etwas mit der Moderne ... machen zu können] wohl Anspielung auf seine Bemühung um Munch; mit der *Munch-Mappe* hatte er wenig Erfolg; vgl. MGs Brief an Kessler vom 13.10.1895: »Ich habe noch 3 gute Japanexemplare meiner Munch-Mappe. Wollen Sie eins oder sich ansehen kommen, ich gebe es Ihnen um zu räumen für 80 statt 100, die gewöhnliche 40 statt 50. Ich reise in 8 Tagen ...« (DLA)

hier kann man genießen] Vgl. Br. 11. MG hat sich selbst mit dem Genießen nie begnügt, er konnte es sich auch nicht leisten; er war und blieb ein großer Arbeiter (vgl. Br. 191).

eine internationale Bücherausstellung] »Exposition internationale du livre moderne« in Bings Galerie L'Art Nouveau, Paris, Mai 1896. Prospekt und Katalog entwarf Felix Vallotton.

Frau Begas] die Frau des Bildhauers Reinhold Begas? Oder Louise von Begas-Parmentier? (siehe Anm. zu Br. 17.)

21 Meier-Graefe an Kessler, 14.3.1896
E. Br. DLA.

Ihren Aufsatz über Régnier] in *PAN* I, 4, über den französischen Dichter Henri de Régnier (1864-1936), der als »Parnassien« begann, sich dann dem Symbolismus zuwandte.

Albert] Henri Albert, Pseudonym von Henri-Albert Haug (1868-1921), Pariser Vertreter der Zeitschrift *PAN* 1895-96; er wurde als Herausgeber und Übersetzer der Werke Nietzsches in Frankreich bekannt. Seine Korrespondenz mit Dehmel 1893-1898 ist für die Beziehungen zwischen Deutschland und Frankreich aufschlußreich; siehe *Dehmel–Albert*.

eine rein technische Betrachtung] MGs Betonung der technischen Seite der Malerei ist zu diesem Zeitpunkt in Deutschland neu und wichtig. Ein Jahr zuvor war R. A. M. Stevensons *Velasquez* erschienen mit einem Kapitel über die »Bedeutung und Würde der Technik« (deutsche Übersetzung, besorgt von E. v. Bodenhausen, München, Bruckmann 1904). H. v. de Velde geht in seinem Artikel »Belebung des Stoffes als Schönheitsprinzip« (KuK, Jg. I, 1902/03) in dieselbe Richtung, indem er »die gesunde Freude an der Technik« – die »eigentlich künstlerische Schönheit« – gegen Inhalts- und Gedankenkunst ausspielt. Ausgelöst durch MGs Schriften (*EG*, 1904, *Der Fall Böcklin*, 1905) kristallisierte sich die Debatte zwischen deutscher und französischer Kunst um diesen Punkt. Kessler wurde seinerseits durch die Entdeckung der Neoimpressionisten Ende 1897 und seine Bekanntschaft mit van de Velde um dieselbe Zeit für den technischen Standpunkt empfänglich. Signacs Abhandlung über die Technik Delacroix' und des Neoimpressionismus erschien ab Mai 1898 in der

Revue Blanche und zur selben Zeit, auf Anregung Kesslers, auf deutsch in *PAN*. In Frankreich hatte besonders Zola die Bedeutung der malerischen Technik hervorgehoben gegen die übliche Betonung des Vorwurfs von künstlerischen Darstellungen.

Gourmont] Rémy de Gourmont (1858-1915), Schriftsteller und Essayist, begann seine Laufbahn als Angestellter der Bibliothèque Nationale in Paris, verlor seinen Posten nach der Publikation eines als vaterlandsfeindlich betrachteten Artikels »Le joujou Patriotisme« im *Mercure de France*, April 1891; er blieb der Zeitschrift und dem Verlag Mercure de France verbunden.

22 Meier-Graefe an Kessler, 11.1.1898
E. Br. DLA.

Paris, 37, Rue Pergolèse] links des gedruckten Briefkopfs die jugendstilhaft sich umschlingenden Initialen M u. G (von Georges Lemmen entworfen?), elegant moosgrün-oliv gedruckt.

die Poseuses von Seurat] Kessler kaufte dieses Hauptwerk von Seurat (1886-1888, heute Barnes Foundation, Merion) auf den Rat von Signac Ende 1897 bei Vollard. MG hatte kurz zuvor ein anderes Hauptwerk des Malers, *Le Chahut* (1889-1890, heute Rijksmuseum Kröller-Müller, Otterlo) erworben. So waren zwei der wichtigsten Werke des 1891 mit 31 Jahren gestorbenen Künstlers in deutschen Händen.

im Pan einige Pointillisten bringen wollen] Daraus wurde das sogenannte Neo-Impressionisten-Heft, *PAN* IV, 1, 1898. Signac war von Kessler angetan, während er MG als sehr »deutsch« empfand und den Eindruck hatte, daß er von Kunst nichts verstehe; siehe »Journal inédit de Signac«, 3.1.1898, *Gazette des Beaux-Arts*, Mai/Juni 1952.

der Nat. Galerie schenken] Sowohl MG als auch Signac (siehe »Journal inédit« 2.1.1898, ebd.) hatten die Vorstellung, daß Kessler das großformatige Bild (2 × 2,50 m) dem Berliner Museum schenken werde. Obwohl Kessler nicht die Wände hatte, um das Bild zur Wirkung zu bringen, ersann er eine kunstreiche Lösung: Es wurde über zwei Stangen gerollt, so daß nur das Mittelstück zu sehen war; siehe Henry van de Velde, *Récit de ma vie* I, Hg. A. van Loo, Paris 1992, S. 355; vgl. Alexandre Kostka in *Jenseits der Grenzen*, Bd. II, Köln, Dumont 2000, S. 448f.

23 Meier-Graefe an Kessler, 28.3.1904
E. Br. DLA.

Mein Buch] die EG.

die Dedikationsfrage] Kessler hatte offensichtlich MG gebeten, die EG dem Großherzog von Sachsen-Weimar zu widmen. Wäre es zu dieser Widmung gekommen, wäre sie vermutlich ebenso ein Fehlgriff gewesen wie

Rodins Zueignung einer seiner Zeichnungen an den Großherzog 1905; siehe *Harry Graf Kessler, Tagebuch eines Weltmannes*, Marbacher Kataloge 43, 1988, S. 132 f. Hingegen wurde, gleichsam als »Wiedergutmachung«, auf dem Buchdeckel der beiden Bände der englischen Ausgabe der EG (*Modern Art*, London u. New York 1908) das Foto der Wanddekoration von Maurice Denis (*Les Nymphes aux Jacinthes*) im Hause Kesslers in Weimar aufgeklebt. Kessler machte sich seinerseits Gedanken über die »Dedication eines Buches über Malerei: ›An Die, die mich ausschreiben werden – oder Denen, die mich ausschreiben werden‹«, samt einer Vorrede (siehe Kesslers Tgb., 4.1.1903, DLA).

in die vielseitigen Schwingungen des Reichstags umsetzte] Aus Protest gegen die reichsdeutsche Kulturpolitik war auf Betreiben Kesslers im Dezember 1903 der Deutsche Künstlerbund gegründet worden. Das belebende Prinzip dieser Vereinigung, dem Künstler seine Freiheit zu sichern, wurde im Reichstag in den Sitzungen vom 15. und 16. Februar 1904 zu einem Grundsatz des öffentlichen Rechts erhoben.

Daß sich Heymel verlobt hat] Verlobung mit Marguerite (Gitta) von Kühlmann, Tochter des Direktors der Anatolischen Eisenbahnen, Schwester des späteren Staatssekretärs im Auswärtigen Amt Richard von Kühlmann.

der Verkauf der Maison Moderne an das Unternehmen Delrue et Cie, das das Geschäft übernahm.

24 Meier-Graefe an Kessler, Sommer 1904
E. Br. DLA.

Die Sache] das Projekt einer großen Ausstellung deutscher Kunst, das 1906 als Deutsche Jahrhundertausstellung in der Nationalgalerie Berlin verwirklicht wurde. Über das Ereignis im kulturpolitischen Zusammenhang: Sabine Beneke, *Im Blick der Moderne – Die »Jahrhundertausstellung deutscher Kunst (1775-1875)« in der Berliner Nationalgalerie 1906*, Bostelmann & Siebenhaar 1999. Hier werden die unterschiedlichen Standpunkte der Hauptbeteiligten, Lichtwark und Seidlitz einerseits, Tschudi und MG andererseits, hervorgehoben. MG war nicht der Urheber des Projekts, das der Leiter der Hamburger Kunsthalle seit Jahren hegte, er gab jedoch 1904 den entscheidenden Anstoß zur Verwirklichung des Unternehmens und spielte dabei eine größere Rolle als diejenige, die ihm die Verfasserin zuerkennt (siehe Beneke, S. 86 passim, und die hier folgenden Briefe samt Anm.). MGs Interesse an der Sache war natürlich ein anderes als dasjenige der Museumsleiter. In einem Schreiben von MG an Lichtwark vom 21.12.[1904] heißt es: »Wenn ich sehr gern meine bescheidene Kraft in den Dienst dieser guten Sache stelle, thue ich es weniger aus Ehrgeiz, den ich auch auf anderem Wege zu befriedigen gelernt habe, als um eine willkommene Arbeit zu unternehmen, die meine skizzenhafte Kenntniß der vaterländischen Kunst erweitern kann.« (KhH) Der Brief an Kessler, der bei S. Beneke nicht erwähnt wird, ist in seiner spontanen Äußerung ein interessantes Dokument.

Ihre und meine Stellung dabei] Kesslers fortschrittliche Kunstanschauungen und seine Kritik an der staatlichen Kunstpolitik (u.a. im Streit um die deutsche Kunstabteilung auf der Weltausstellung in St. Louis 1904) hatten ihn mit den offiziellen Kunstkreisen verfeindet. Sein Name war, laut Lichtwark, »eine Vogelscheuche auf vielen Gebieten« (an Tschudi, 29.7.1904, KhH). Zu MGs Lage, siehe Lichtwarks Brief an Tschudi vom 20.11.1904, ebd.

Liebermanns Brief] Uns nicht bekannt; Tschudi erfuhr von Liebermann, »daß Meier-Graefe beabsichtige – gewissermaßen um sich in Deutschland wieder einzuführen – eine große retrospektive Ausstellung der deutschen Malerei zu veranstalten« (Tschudi an Lichtwark, 16.7.1904, KhH).

Seydlitzens ungeheuerliche Schätzungen] S. Beneke würdigt zum ersten Mal die Rolle von Woldemar von Seidlitz beim Zustandekommen der deutschen Jahrhundertausstellung (op. cit., S. 50 f.); ihm wurde 1895 die Direktorenstelle der Nationalgalerie angeboten, die er ablehnte, worauf Tschudi ernannt wurde. Seidlitz verfaßte bei der Gelegenheit einen wegweisenden Aufsatz über »Moderne Bildergalerien«.

Lichtwarks Blech-Politik] Hiermit sind wohl die erzieherischen und museumspädagogischen Ansichten von Lichtwark gemeint.

brevet] Zeugnis.

25 Tschudi an Lichtwark, 25.7. (1904)
E. Br. KhH.

Die Konzilianz von Tschudis Brief steht im Kontrast zu MGs Äußerungen über ihn und die Kunstbeamten (»ich koche über diese Bande!«). Am selben Tag schrieb Tschudi an Kessler: »Meier-Graefe ist voll Centennalsorgen hier. Die Sache ist nicht so einfach da Seidlitz & Lichtwark u ich für diesen Plan schon Schritte bei der Reichsregierung getan hatten, damals aber gebeten wurden aus finanziellen Gründen den Plan noch etwas zurückzustellen.« (25.7.1904, DLA)

26 Meier-Graefe an Lichtwark, 28.7. [1904]
E. Br. KhH.

händlerische Absichten] Dies war eine der Befürchtungen Lichtwarks. MG hatte im Frühjahr 1904 seinen Pariser Kunst- und Einrichtungsladen »La Maison Moderne« verkauft und richtete nun, nach einem zehnjährigen Aufenthalt in Paris, sein Augenmerk auf die Situation der deutschen Kunst.

Arnold] Eduard Arnhold, siehe Biogr. Reg. und S. Beneke, op. cit., S. 85 f.

Anzahl Dokumente] Am 29.8.1904 schickte MG an Lichtwark »den neuen Entwurf der Einladung zum Beitritt in das Comite« und] »hätte ihn gern mit Ihrer Correctur bis Ende der Woche zurück, um ihn Herrn v. Seidlitz zu bringen. Ich meine etwas nuanciert wie ich's versucht habe, sollte man schon den Herren schreiben, um nicht von vornherein die falsche Vorstellung zu erwecken, daß es uns lediglich auf alte Bilder ankommt. Aber bitte, verfügen Sie ganz nach Ihrer viel größeren Erfahrung.« (Br. u. Ts. der Einladung in KhH). Weiter heißt es im Br.: »Es wäre sehr schön, wenn wir uns von vornherein über die gewissen pièces de résistance einig würden, von denen ich Ihnen sprach & wenn man gleich von Anfang an, ohne das andere aus den Augen zu lassen, darauf hinwirkte, gewisse Künstler mit natürlich verschiedenen aber zahlreichen Werken in Einzelkabinetts zu vereinen. Krüger, Feuerbach (Skizzen namentlich) Böcklin (fünfziger Jahre) Menzel (aus der ersten Zeit) Graff, Schadow (Zeichnungen) Marées, Runge, A. Achenbach (natürlich die kleinen ersten Landschaften) Spitzweg, Leibl, Trübner, Liebermann etc. kurz ein dutzend oder mehr, die man von vornherein festsetzen könnte, ohne sich darauf zu beschränken. Das giebt gleich eine Directive, & bekämen wir 12 oder noch mehr solche Cabinette oder Säle zusammen hätte die Austlg von vornherein ein Gesicht. Ich bin halb & halb sicher, daß bei den gegenwärtigen Dispositionen auch die ganze Nat. Gal. zu kriegen ist & glaube auch dahin müßte energisch gewirkt werden.« (Ebd.) Am 27.1.1905 überreichte MG Lichtwark »zur endgültigen Feststellung der zunächst herauszugebenden Äußerungen des Vorstands« 9 Formulare, worunter der Brief an die Förderer zur Geldgewinnung, die Einladung an die Ausschußmitglieder und die Antwort an die Arbeits-Ausschußmitglieder, die ihren Beitritt erklärt haben (ebd.). MG stellte nicht nur die ersten Listen der Bilder auf, nachdem er sowohl in Deutschland wie im Ausland (Kopenhagen, Stockholm, Petersburg) sämtliche Museen und Sammlungen besucht hatte, sondern verfertigte auch die schriftlichen Unterlagen für die aufwendige Organisation einer solchen Ausstellung.

27 **Lichtwark an Tschudi, 20.11.1904**
E. Br. KhH (Lichtwark-KB.).

unnütze Schwierigkeiten machen] Lichtwark schrieb an MG, daß er zu sehr als »pariserischer connaisseur« gelte, so »daß man es als eine Art Vergewaltigung empfinden wird, wenn nur der Schein aufkommt, Ihr Geschmack sollte der außchlaggebende sein« (20.11.1904, KhH). MG schied Anfang 1905 aus dem Komitee für die deutsche Jahrhundertausstellung aus, wirkte jedoch hinter den Kulissen weiter, wovon auch der folgende Br. zeugt.

den einliegenden Brief] Uns nicht bekannt.

[...]] unleserliche Stelle.

28 Meier-Graefe an Lichtwark, 5.8. (1906)
E. Br. KhH.

Wir reihen den Brief hier ein, um die verschiedenen Briefe, die sich mit der Jahrhundertausstellung befassen, beieinanderzuhalten.

ausreichende Beschreibung] Lichtwark hatte am 4.8.1906 an MG, der die Beschreibungen des Katalogs verfaßte, farbliche Angaben zu dem Bild der Hamburger Kunsthalle *Heuernte* von Hermann Kauffmann geschickt (im Kat. der Jahrhundertausstellung Nr. 801) mit der Bemerkung: »Hoffentlich wird es Ihnen genügen, obwohl ich ganz unsicher bin, denn ich habe keine Ahnung nach welchen Grundsätzen Sie die Farbe behandelt haben …« (KhH, Lichtwark-KB.) Lichtwark schrieb darauf am 6.8.06 an MG: »Die Schwierigkeit Ihrer Aufgabe ist enorm. Eine sachliche Lösung in der Art, daß die Entwicklung der Farbenanschauung der Einzelnen auch nur angedeutet werden könnte, halte ich für ausgeschlossen, wo es sich nicht um Leibl, Menzel, Feuerbach handelt, die hinreichend vertreten waren. [Bd. 2 des großen Katalogs mit den Bildbeschreibungen erschien nach der Schließung der Ausstellung, Hg.] Sie haben genug zu thun, den Befund beim einzelnen Werk zu constatieren. Ich würde es im Vorwort betonen. / Übrigens wüßte ich nicht, wer das besser machen sollte als Sie.« (Ebd.)

Katalog alten Genres] Lichtwark versprach sich nichts von einer Prachtpublikation: »Unsere Ausstellung als ein defintivum wie eine Rembrandt-Ausstellung oder Menzelausstellung anzusehen, haben wir keinerlei berechtigte Hoffnung. / Jede Form der Publikation, die mit dieser Fiction einer Endgültigkeit rechnet, erscheint mir verfehlt.« (Lichtwark an MG, 30.4. 1905, KhH, Lichtwark-KB.) In dem Punkt setzte sich der Vorstand, wohl angetrieben von Tschudi und MG, gegen den Willen Lichtwarks durch. Letzterer verteidigte den Standpunkt: »Ich würd's mit der Ausstellung nicht aus sein lassen sondern unser Comité in Permanenz erklären und von Jahr zu Jahr die neu entdeckten Werke in derselben Form nachliefern. Sonst verläuft die Geschichte, wie üblich in Deutschland, doch wieder im Sande.« (Ebd.) Dies war nicht nur für Lichtwark ein wesentlicher Punkt, sondern verdiente mit seinen Voraussetzungen und Folgerungen näher untersucht zu werden.

Rayski gekauft] Lichtwark antwortete am 6.8. (innerhalb Deutschlands brauchte ein Brief von Stadt zu Stadt nicht länger als ein Tag): »Unsere Käufe sind noch nicht abgeschlossen. Wir können so schwer Sitzungen haben und die Besitzer sind langweilig …« (An MG, ebd.) Im Kat. 1906 sind sämtliche Werke von Rayski, im ganzen 20, als Privatbesitz angegeben.

29 **Meier-Graefe an Kessler: 15.7.1905**
E. Br. DLA.

die Thode-Sache] Die Publikation der EG 1904 und *Der Fall Böcklin* im Frühjahr 1905 hatten Henry Thode (1857-1920), Professor für Kunstgeschichte in Heidelberg, Freund Hans Thomas und Schwiegersohn Richard Wagners, veranlaßt, im Sommersemester 1905 im Auditorium Maximum der Universität Heidelberg eine Reihe von Vorlesungen zur Verteidigung der deutschen Kunst zu halten, aus »Protest gegen jene einseitige das Fremde proklamierende Kunstauffassung, die vornehmlich von Berlin aus Deutschland aufgezwungen werden soll«. Liebermann reagierte auf »Thodes Frechheit« mit einer Folge von 3 Briefen (in FZ 7.7., 18.7. u. 25.7.1905), denn, wie er Bode am 15.7.1905 schrieb: »In dieser ganzen Affaire platzen nicht nur 2 verschiedene Kunst- sondern Weltanschauungen auf einander«; siehe Liebermanns Briefe an Bode von Juli-August 1905 in *Künstlerbriefe aus dem neunzehnten Jahrhundert*, Hg. Else Cassirer, Berlin, B. Cassirer, 1919 und den Abdruck der in FZ erschienenen Briefe in Max Liebermann, *Gesammelte Schriften*, Berlin, B. Cassirer 1922; siehe ferner. Anna Maria Szylin, *Henry Thode (1857-1920) Leben und Werk,* Frankfurt a. M., Peter Lang, 1993, S. 135 f.
den Brief L's] vermutlich Liebermanns Brief datiert vom 14.7.1905, der in FZ am 18.7.1905 erschien.
Ihrer Antwort in der A. v. Werner-Sache] Kesslers Aufsatz »Herr von Werner« in KuK II, 8, (April 1904), eine scharfe Kritik der Kunstauffassung des Berliner Akademiedirektors. Kessler nahm an der Thode-Debatte öffentlich nicht teil.
Ich bin ausgeschaltet] MG äußerte sich schließlich doch in FZ 25.7.1905 (Abendblatt); er benützte diese Gelegenheit, um zu behaupten, daß er nicht jüdischer Abstammung sei; vgl. Anm. zu Nr. 1., »Vorzug auf ungarischem Boden zur Welt zu kommen«. Die Redaktion veröffentlichte den Brief mit folgender Notiz: »Daß es bei einem Streit über Fragen der Ästhetik nicht ohne *starke* Worte abgeht, zeigt auch das Votum J. Meier-Gräfes, aber gerade von ihm hätten wir erwartet, daß er sich die französischen Gelehrten und Autoren zum Muster nehmen würde, sie, die in der Kunst, einander höflich grobzukommen, anerkannte Meister sind.«
Harden] vgl. Br. 61.

30 **Meier-Graefe an Kessler, 8.8.1905**
E. Br. DLA.

Harden] siehe Biogr. Reg.
ohne Gene] zwanglos.
Ihr Whistler-Aufsatz in KuK III, 11, (August 1905).
wie ich über W. denke] MG spielte schon früh Manet gegen Whistler aus (in

Kunst für Alle, 15. Jg., Nov.1899, »Die Stellung Manets«); er sah Manet als den Stärkeren, den Zukunftsträchtigen. Ähnliches Urteil in EG, Kap. »Manet und Whistler«.

stark auf Courbet gestützt] Kessler behauptet: »Courbets Rolle in der Kunstentwicklung wird noch sonderbar unterschätzt.« Dies war eine indirekte Kritik an der EG, wo eine Würdigung Courbets fehlte. Die Wiedergutmachung dieser Unterlassung geschah 1905 mit dem Buch *Corot und Courbet.*

Satz mit Courbet-Manet] »Aber Manet ist im Grunde nichts als Courbet mit spanischem Wein und Pariser ›esprit‹ versetzt. Courbet dagegen hat der Kunst aus sich einen neuen Stil geschenkt.«

in die Ausstellungen nach Amsterdam, Antwerpen und Lüttich] in Amsterdam: nicht ermittelt – in Antwerpen: die Jordaens-Ausstellung – in Lüttich: die Weltausstellung 1905.

enchantante] wunderbar.

31 Meier-Graefe an Kessler, 1.5.1907
E. Br. DLA.

Léon Werth (1878-1955) der als Journalist begann und neuerdings als Schriftsteller wiederentdeckt wurde, war ein Einzelgänger, antimilitaristisch und antikolonialistisch, später ein großer Freund von Saint-Exupéry, der ihm *Le Petit Prince* gewidmet hat. Er wohnte von August bis Oktober 1904 bei Kessler »pour faire une étude sur Weimar«; siehe Henry van de Velde, *Récit de ma vie* II, 1995, S. 139, Anm.

meines Verlegers, der einen Übersetzer hatte] Der Verlag Hachette plante eine französische Ausgabe der EG; der Vertrag ist nicht erhalten. MG dachte zunächst an Gustave Kahn als Übersetzer, wandte sich jedoch an Felix Fénéon, der ihm Henri Lasvignes, den Übersetzer Max Stirners empfahl; siehe *MGs Weg*, S. 225.

worauf es ankommt] Vgl. Br. 64. Das Unternehmen scheiterte, und MG, der lange Jahre in Frankreich gelebt hat, blieb dort so gut wie unbekannt; vgl. eine der letzten Eintragungen ins Tgb. (9.3.1935): »Der Verlag Stock will eine französische Übersetzung meines Vincent herausbringen. Es ist außer dem kleinen schlecht übertragenen Renoir vor dreißig Jahren das erste Buch von mir. Die erste Entwicklungsgeschichte, die Léon Werth vor circa 30 Jahren übersetzte und die Hachette bringen wollte, mußte ich, da man Änderungen verlangte, zurückziehen.«

32 Meier-Graefe an Kessler, 29.8. (1928)
E. Br. DLA.

Ihr Buch über Rathenau] Kesslers Biographie *Walther Rathenau, Sein Leben und sein Werk* erschien zu Rathenaus 6. Todestag, am 24.6.1928.

Kayser] Rudolf Kayser (1889-1964), seit 1919 im Verlag S. Fischer, leitete von 1922 bis 1933 die Redaktion der NR.

Sänger] Samuel Saenger, »Graf Kesslers Rathenaubuch«, NR, Okt. 1928.

33 Meier-Graefe an Bierbaum, 9.8.1898

E. Br. StBM.

Englar] Schloß Englar in Südtirol bei Eppan, Bierbaums Wohnsitz von 1896 bis 1899.

zwei Herren Cassierern] Die Vettern Bruno und Paul Cassirer eröffneten im Oktober 1898 im Berliner Tiergartenviertel ihren Kunstsalon.

im Genre der Craneschen Bücher] Walter Crane (1845-1915), Schöpfer kunstgewerblicher Entwürfe, auch Kunsttheoretiker, war für seine Kinderbücher bekannt.

bei Thoma vermitteln] Im Sommer 1895 hatten MG und Bierbaum als Redakteure des *PAN* ein Thoma-Heft geplant (siehe Anm. zu Br. 18).

wie zu Keller & Reiner] Im Gegensatz zum neuartigen, exklusiven Kunstsalon Cassirer bot die im Oktober 1897 in der Potsdamer Straße gegründete Galerie Keller & Reiner eine reiche Auswahl von Kunst und kunstgewerblichen Gegenständen an. Die Zeitschrift DK war an der Gründung von Keller & Reiner beteiligt und vertrat die Berliner Kunsthandlung in Paris (siehe DK, Jg. I, Dez. 1897, S. 137). MG stand mit beiden Galerien als Vermittler in Verbindung; vgl. folgendes Zitat aus einem Brief MGs an Rodin: »C'est moi qui a conseillé à ces messieurs [i.e. Keller & Reiner, Hg.] de faire une exposition spéciale de vos œuvres, ils m'ont chargé officiellement d'arranger tout avec vous; [...] N'ayant aucun intérêt matériel, je ne peux que vous conseiller d'accepter. Je connaiss également Mr Cassierer dont la maison n'existe pas encore qui, lui, éditera les gravures de M. Liebermann et sera parfaitement convenable, mais son local est tout à fait autre chose non seulement pour la situation et l'importance. D'après moi il n'y a à Berlin seulement Keller & Reiner qui peuvent vous faire une exposition digne à tous les points de vue.« (Archives du musée Rodin, Paris) Siehe auch Anm. zu Br. 34.

Levin für Florenz] Vgl. Br. 95.

Rieke] So wurde Anna Meier-Graefe genannt.

34 Meier-Graefe an Bierbaum, 22.8.1898

E. Br. StBM.

Mit Deiner Zeitschrift – Essig] Bierbaum plante im Sommer 1898 im Verlag William Wauer eine Zeitschrift mit dem Arbeitstitel *Embryo* – ein Plan, der als Vorstufe zur *Insel* interessant ist; siehe die Dissertation von Kurt Ifkovits, *Die Insel – Eine Zeitschrift der Jahrhundertwende*, Wien 1996, S. 38 f. Siehe auch den Beitrag von K. Ifkovits in *Vom Ornament zur*

Linie, Der frühe Insel-Verlag 1899-1921, hg. von J. D. Brinks, Laubach / Berlin, Triton Verlag 2000, S. 75 f.

ihre ersten Werke] Im *Börsenblatt für den Deutschen Buchhandel* ist die Eröffnung der Verlagsbuchhandlung Bruno und Paul Cassirer am 20.9.1898 angekündigt, also einen Monat nach diesem Brief. Die ersten Bücher erschienen 1899: Max Liebermann, *Degas – Eine kritische Studie*, Alfred Lichtwark, *Die Seele und das Kunstwerk* (Böcklin), Alfred Lichtwark, *Palastfenster und Flügelthür*, Illustrierter Katalog der Ersten Deutschen Kunstausstellung der Berliner Secession. Wir verdanken diese Mitteilung Rahel E. Feilchenfeldt-Steiner, deren kritische Bibliographie des Paul Cassirer-Verlags 1898-1936 im Druck ist.

Meuniers photographisches Recht] Das Reproduktionsrecht der Werke des belgischen Künstlers Constantin Meunier (1831-1905). Die erste Ausstellung der Galerie Cassirer 1898 galt Meunier, Degas und Liebermann. Letzterer hatte sich um eine Eröffnungsausstellung bemüht, die seine eigenen Werke zusammen mit Plastiken von Rodin hätte zeigen sollen, aber dann wegen der Rivalität zwischen den Galerien Keller & Reiner und Cassirer nicht zustande kam; siehe Christian Kennert, *Paul Cassirer und sein Kreis*, Peter Lang 1996, S. 48 f., und Claude Keisch, *Rodin dans l'Allemagne de Guillaume II*, musée Rodin, Paris 1998, S. 68 f.

für Thoma Marschroute] Das Liederbuch mit Noten von Thoma erschien nicht; es hätte auch nicht in das Anfangsprogramm des Verlags gepaßt.

Maus] Kosename von Anna Meier-Graefe.

35 **Meier-Graefe an Bierbaum**, 7.7.1899
E. Br. StBM.

meiner Ästhetik] Die »Beiträge zu einer modernen Ästhetik«, die in 7 Folgen Okt. 1899 – Mai 1900 in der *Insel* erschienen; sie wurden in Buch I der EG übernommen und bilden deren soziologischen Unterbau.

wie das werden soll] das Insel-Mappenwerk, für das MG zuständig war.

die 4 Lemmen-Vorbilder] Georges Lemmen (1865-1916) schuf den Deckel und das gesamte Ornament für die ersten 3 Hefte der *Insel*, sowie 2 Illustrationen für die Zeitschrift; außerdem erschien eine Lithographie des Künstlers im Insel-Mappenwerk, Dezember 1899. Um welche Vorbilder es sich hier handelt, ist nicht mehr festzustellen.

den Nietzsche schneiden] Ein Porträt Nietzsches von Felix Vallotton (1865-1925) ist in der *Insel*, November 1900, S. 200, abgebildet; es handelt sich aber wohl um eine Zeichnung, die von der Reproduktion eines Holzschnitts schwer zu unterscheiden ist. MG war Vallottons frühester Verfechter in Deutschland. Siehe Marina Ducrey, »Felix Valloton und Deutschland« in Kat. *Felix Vallotton*, Kunsthalle München und Folkwang Museum Essen 1995/6.

als Buch erscheinen?] Die EG sollte im Insel-Verlag erscheinen; die Sache zog sich in die Länge, bis schließlich der Verlag darauf verzichtete; siehe die einschlägigen Dokumente im Anhang zu *MGs Weg*, S. 219 f.

vollkommen Brachfeld] trotz Richard Muthers *Geschichte der Malerei im XIX. Jahrhundert*, München, G. Hirth 1893/94.

ein Haus mit Garten] MG hatte in Ville d'Avray, in der Umgebung von Paris, ein Haus gemietet.

Frl. Hitz] Die Malerin Dora Hitz (1856-1925) siedelte 1882 nach Paris über und studierte bei Carrière; 1892 ließ sie sich in Berlin nieder, wo sie als eine der ersten im impressionistischen Stil arbeitete; MG widmete ihr seinen ersten Artikel in der *Zukunft*, 12.1.1895.

die Idee mit Geffroy] MG hatte den französischen Kunstkritiker Gustave Geffroy (1855-1926) für die einleitenden Texte zu den Insel-Mappenwerken vorgeschlagen. Geffroy verfaßte den Text zur französischen Parallelausgabe *Album PAN;* er schrieb ebenfalls das Geleitwort zu der von MG herausgegebenen Mappe *Germinal* (1899).

Roger Marx] Siehe Anm. zu Br. 18; Roger Marx war 4 Jahre jünger als Geffroy.

beiliegendem Zettel mit folgendem Vermerk: Album de la Maison Moderne / Paris 82 rue des Petits Champs / Redacteur en chef: / G. Geffroy / Directeur: / J. Meier-Graefe

Verkauf von 300 Mappen] Der Absatz der Mappenwerke war 72 Stück in Deutschland und ca. 50 in Frankreich; siehe K. Ifkovits, op. cit., S. 119.

Ausstellungslokal in der Stadt] 82 rue des Petits-Champs, in der Nähe der Oper und der Place Vendôme gelegen.

36 Meier-Graefe an Bierbaum, Ende 1899
E. Br. StBM.

hat er viel gegeben] Mit »er« ist Böcklin gemeint. MG spricht hier tastend aus, was er später in der EG und im *Fall Böcklin* entwickelt. MG bezieht sich in diesem Brief auf den zweiten der »Beiträge zu einer modernen Ästhetik«, *Die Insel*, November 1899, S. 201f., in dem er sich mit der Frage auseinandersetzt, ob Böcklin »modern« sei – eine Frage, die er negativ beantwortet, wenn auch weniger scharf als in der Folge. Der Dichter Bierbaum verfaßte seinerseits 1904, unter dem Pseudonym Fritz v. Ostini, den Bd. *Böcklin* der Reihe »Künstler-Monographien« im Verlag Velhagen & Klasing, in dem er behauptet, daß »nur ein großer Dichter so malen und nur ein großer Maler so dichten konnte« (S. 6 – dort auch (S. 3) eine Kritik MGs, ohne ihn zu nennen).

derselben Strömung] der idealistisch-symbolistischen Strömung.

Korrektur meiner Sauce] die weiteren »Beiträge zu einer modernen Ästhetik«, die von Dezember 1899 bis Mai 1900 in der *Insel* erschienen.

wenn solche En(t)gegnungen daneben stehen] im Januar-Heft 1900 der *Insel* (S. 110) erschien folgende »Anmerkung«: »Die Herausgeber halten es für wünschenswert, an dieser Stelle einer Auffassung entgegen zu treten, die vielleicht durch den Schluß des Maeterlinckschen Aufsatzes in diesem Hefte (›Das moderne Drama‹, Hg.) und durch einige Bemerkungen in den *Beiträgen zu einer modernen Ästhetik* hervorgerufen werden könnte. Es wäre möglich, daß man darin eine Tendenz des Blattes erblickte und die Meinung faßte, als ob die Herausgeber der von modernen Künstlern und Kunstschriftstellern so vielfach ausgeübten Verquickung von künstlerischen und sozialen Fragen in einem gewissen kommunistischen Sinne Sympathien entgegen brächten und etwa beabsichtigten, die Insel zu einem Organ solcher Meinungen und Bestrebungen zu machen. Uns liegt nichts ferner als das; es ist nur ein Zufall, daß in den essayistischen Beiträgen unserer bedeutendsten Mitarbeiter einige Bemerkungen in diesem Sinne ausgelegt werden können. Für das, was an rein ästhetischen Anschauungen und Anregungen in den betreffenden Aufsätzen niedergelegt ist, treten wir selbstverständlich vollkommen ein.«

37 **Meier-Graefe an Bierbaum, 7.4.1900**
E. Br. StBM.

Heymel wieder weggefahren] Heymel hatte das Ehepaar MG während seines ersten Paris-Aufenthalts im März 1900 kennengelernt; sie sympathisierten spontan miteinander; siehe Heymels »Pariser Briefe« an Marie Schultz, DLA und hier Nr. 38.

Sein Ritter Ungestüm] Heymel beschäftigte sich mit der märchenhaften Geschichte seit Mitte 1899; das Buch erschien im Insel-Verlag Weihnachten 1900, die poetische Widmung von »Ritter Ungestüm« in *Die Insel*, September 1900, S. 334-337.

eine kleine Interieurprosa] »Spiegel« für das geplante Buch *Zuhause*?

eine kleine hindustanische Pointe] »Unter Freunden« in *Die Insel*, November 1900?

werde Kuli] MG hatte Mühe, die doppelte Tätigkeit als Kunstschriftsteller und als Inhaber eines kunstgewerblichen Geschäfts gleichzeitig zu bewältigen.

Dein PAN im BUSCH] *Pan im Busch*, ein Tanzspiel von O. J. Bierbaum mit Musik von Felix Mottl und Buchschmuck von Peter Behrens, erschien im Februar 1900 im Verlag der Insel bei Schuster & Löffler, Berlin.

Das Problem Schröder] Das Verhältnis zwischen dem »schwierigen« Schröder und Heymel war zur Zeit der *Insel* gespannt.

die Croisade des Enfants illustrieren] *Der Kinderkreuzzug* von Marcel Schwob, übertragen aus dem Französischen von Clara Theumann, *Die Insel*, Juni 1902, erschien ohne Illustrationen.

Jossot] Henri Gustave Jossot (1866-1951), dieser »Sharaku Frankreichs« (MG), Graphiker, Maler, Illustrator und Kunstgewerbler, schuf witzige, scharf kontrastierte Vignetten für *Die Insel* (Februar 1901), jedoch nicht das Ornament eines ganzen Quartals.

38 **Heymel an Marie Schultz, 5.4.1900 (Auszug)**
Masch. Br. DLA.

(gama) Meier-Graefe] MG verfaßte zwischen 1897 und 1901 selbst die meisten Aufsätze der von ihm herausgegebenen Zeitschriften DK und AD, und zwar unter verschiedenen Pseudonymen: neben gama (das am häufigsten auftritt), oméga, gama/oméga, vita/ro, vita, kapa, G, J, R, M.G., ss, S, C, B, X, r, e, G. M. Jacques, Musey-Grévin – und auch J. Meier-Graefe.

39 **Meier-Graefe an Heymel, 2.12. (1906)**
E. Br. DLA.

an T.] an Tschudi (Abkürzung am Ende des Briefes: »Tsch«).
die Geduld des Besitzers] Es handelt sich um ein Werk von Manet, das sich nicht näher bestimmen läßt, das dem Händler Romanelli gehört hat oder durch ihn vermittelt wurde; vgl. MG an Heymel, 3.1.1907, DLA: »Ich habe nicht ohne Mühe von Romanelli erreicht, daß er 3 Monate also bis Ende März sich verpflichtet den Manet zu reservieren.« Siehe auch Heymel an Tschudi, 10.12.1906, DLA. In MGs Monographie *Edouard Manet* (1912), S. 203, ist das Aquarell *Intérieur*, 1871 (Arcachon), abgebildet mit der Angabe »Sammlung P. Romanelli, Paris«.
mit Trübner so gut fertig werden] Heymel hatte am 1.12.1906 an MG geschrieben: »Ich bin übrigens von dem Gesamtwerk Trübners einfach erschüttert, und finde, was Sie alter Parisberliner nicht zugeben werden, daß er Liebermann an Malklasse, Ehrlichkeit, Eigenart, Stärke im Kenter schlägt, Verzeihung einem Unmündigen!« (Durchschlag im DLA)
Cassirer] wohl Paul Cassirer; vgl. Br. 33.
Olbrich] Joseph Maria Olbrich (1867-1908), österreichischer Architekt, Schopfer kunstgewerblicher Entwürfe und Maler, war der Spiritus rector der Darmstädter Künstlerkolonie. Heymel hatte am 1.12.1906 an MG über »Olbrich, das alte Raubtier« geschrieben: »Er ist eine ganz verflucht starke Persönlichkeit wie Cellini ...« (Durchschlag im DLA)

40 **Heymel an Meier-Graefe, 5.8.1909**
Durchschlag DLA.

der in der Rundschau veröffentlichten spanischen Reise] »Aus einem spanischen Tagebuch«, NR, 20. Jg. 1909, 5 lange Folgen, die den den größten Teil des späteren Buches darstellen. In einem Brief an seine Frau Gitta vom 14.11. 1909 schlägt Heymel einen anderen Ton an: »Schröder schreibt an einer wundervollen Sache: sechs Oden auf das Vaterland, zu denen er Jahre brauchen wird. Dies ist zum Teil die höchst zeitgemäße, gar nicht genug hoch zu preisende Idee einer Reaktion auf das widerliche Geschimpfe der Deutschen, sobald sie mal ins Ausland kommen (siehe einzelne Stellen in Meier-Gräfes *Spanische Reise*). Diese schamlose Selbstzerfleischung und schmutzige Wäschewascherei ...« (Zitiert nach dem Kat. *Die Insel*, Hg. Bernhard Zeller, DLA 1965, S. 85.)

das Münchener Häuschen] Im Herbst 1905 begann, mit der Hilfe von Schröder, der Umbau von Heymels Haus Poschingerstraße 5.

ihn in München zu wissen] Am 5.7.1909 hatte Tschudi seine Stelle als Direktor der Staatlichen Galerien angetreten; siehe *Tschudi*.

Rudi und Klärchen] Schröder und seine Schwester Clara.

41 Meier-Graefe an Heymel, 29.9.1909
E. Br. DLA.

die Douloureuse] die (zu zahlende) Rechnung.

in Isis Gemächern [...]] bei Ida Dehmel (1870-1942), geb. Coblenz, Richard Dehmels zweite Frau. Es folgt eine allzu private Bemerkung, die wir fortlassen.

Lautrec scheint Sie nicht mehr zu reizen] Heymels bedeutende Lautrec-Sammlung war seine »Lebensarbeit«. Sein Verzeichnis der Lautrecschen Druckgraphik 1906 darf als erste Erfassung des Werks betrachtet werden. Heymel veröffentlichte in KuK 1907 »Das lithographische Werk Henri de Toulouse-Lautrecs«; dieser Aufsatz wurde in erweiterter Form in Hermann Essweins *Toulouse-Lautrec*, München, Piper 1909, aufgenommen.

à la Kessler zersplittern] Vgl. folgende Passage aus einem Brief E. v. Bodenhausens an Henry van de Velde, 25.9.1904: »J'ai vu Meier-Graefe l'autre jour à Munich et il m'a confié – absolument ceci entre nous – quelle impression pénible il avait eu à Weimar du peu de concentration et d'importance que Kessler avait su mettre dans sa position.« (Br. in DLA)

Denken Sie ja nicht, ... Erfahren allein genügt] MGs Ansichten haben sich seit der PAN-Zeit, wo ihm der künstlerische »Konsument« ebenso wichtig erschien wie der »Produzent«, völlig geändert; vgl. Br. 11.

über Blei auf dem Laufenden] Gemeint ist die Entwicklung von Bleis Projekt eines deutsch-französischen Verlags; siehe Anm. zu Br. 47.

42 Franz Marc: »Geistige Güter«
Der Blaue Reiter, München, Piper 1912

Diese Worte, die am Anfang des Almanachs stehen, mit denen Franz Marc das »geistige Geschenk« von MG würdigt, dürfen nicht darüber hinwegtäuschen, daß Marc zu der Zeit MG kritisch gegenüberstand. Im Juni 1911 wurden Marcs Entwürfe für den Umschlag der Neuauflage von MGs Roman Nach Norden *vom Piper-Verlag abgelehnt, worüber sich der Künstler folgendermaßen dem Verleger gegenüber äußerte: »Verstehen kann ich es freilich schwer, – gerade weil Meier-Gräfe der Autor des Buches ist, der Mann, der u. a. Seurat, van Gogh u. Gauguin den Deutschen nahe zu bringen versucht hat. Sollte Herr Meier-Gräfe mit Schrecken die Ernte seiner guten Saat aufsprießen sehn? Er wird wohl ›die Geister, die er rief, nun nicht mehr los?‹« (Brief aus London vom 13. Juni 1911, in Reinhard Piper,* Briefwechsel mit Autoren und Künstlern 1903-1953, *Piper-Verlag 1979, S. 123) Im Jahr davor hatte Marc das Titelblatt für MGs Cézanne-Monographie entworfen (siehe ebd., S. 122). Vor allem scheint sich MG über die zwei weiteren Beiträge von Marc zum bewußten Almanach empört zu haben. In »Die ›Wilden‹ Deutschlands« behauptet Marc, daß es unmöglich sei, »die letzten Werke dieser ›Wilden‹ aus einer formalen Entwicklung und Umdeutung des Impressionismus heraus erklären zu wollen«, und in »Zwei Bilder« schreibt er wiederum, daß der Kunststil in der Mitte des 19. Jahrhunderts zusammengebrochen sei, daß es seitdem keinen Stil mehr, sondern nur noch Werke einzelner gegeben habe: »In Frankreich z.B. Cézanne und Gauguin bis Picasso, in Deutschland Marées und Hodler bis Kandinsky«. Diese in einer Fußnote gegebenen Auswahl war nicht angetan, MG zu befriedigen, ebensowenig wie die Vergleiche »echter Kunst«, auf die sich Marc stützt. MG hielt sich an die Tradition der Malerei; Volkskunst und primitive Kunst, die im* Blauen Reiter *eine ausschlaggebende Rolle spielen, waren für ihn mit dieser Tradition nicht zu vereinbaren. Über MGs Stellung zum* Blauen Reiter, *vgl. Anm. zu Br. 204 und in Kat.* Der Blaue Reiter, *Kunstmuseum Bern 1987, die Beiträge von Felix Thürleman und Andreas Meier.*

um Greco] MG hatte in seinem Buch *Spanische Reise*, Berlin, S. Fischer 1910, El Greco für ein deutsches Publikum »entdeckt«.

unmöglich gemacht] MG wurde nicht nur seine »unmäßige« Begeisterung für Greco, sondern nicht minder seine Kritik an Velázquez, gegen den er den ersteren ausspielt, vorgeworfen.

Tschudi] Tschudi stand Kandinsky und Marc nahe, weniger im künstlerisch-ästhetischen Sinne als durch seine Persönlichkeit und seine Position in München (siehe *Tschudi*, S. 439 f.). Der Almanach *Der Blaue Reiter* ist dem Andenken Tschudis, der im November 1911 starb, gewidmet.

die Sammlung Nemes] Eine Auswahl von 36 Werken aus der Sammlung des Ungarn Marczell von Nemes wurde von Juni 1911 bis Anfang 1912 in der Alten Pinakothek in München ausgestellt. Tschudi schrieb ein beachtetes Vorwort zum Katalog dieser Ausstellung, die Marc als »gefährlich« bezeichnet, weil im Rahmen einer ehrwürdigen Institution alte mit moderner Kunst konfrontiert wurde, El Greco mit Cézanne, Goya mit Manet.

43 **Meier-Graefe an Paul Fechter, 2.3. (1909)**
E. Br. APV, 1999 Depositum DLA.

Ihre Unterstützung in dem Greco-Streit] MG meint den am selben Tag erschienenen Artikel von Fechter in *Dresdner Neueste Nachrichten*, 2.III.1909, »Der Fall Greco«, der die beginnende »Hetze« gegen MG (in *Deutsche*

Tageszeitung) maßvoll und überzeugend abwehrt. Die Polemik wurde gleich durch den ersten Abdruck aus dem spanischen Reisetagebuch in NR, Januar 1909, ausgelöst – den ersten von fünf Vorabdrucken der *Spanischen Reise*, die ein Jahr später im Verlag S. Fischer erschien. Die Tagebuchstellen waren wirksam zusammengestellt: Der Leser wird von Reiseeindrücken, über die Enttäuschung vor Velázquez im Prado, zur Gegenüberstellung Velázquez – Greco und schließlich zu einem geselligen Tee beim Greco-Forscher Cossio geführt. Der lange Auszug endet mit einer scharfen Auseinandersetzung mit dem Geheimrat, dem Greco »pathologisch« erschien – gemeint ist Carl Justi.

einen Helden der Menschheit mit einem geschickten Friseur verwechselt] d.h. El Greco mit Velázquez.

das Marées-Fest] Am 28.2.1909 war die Marées-Ausstellung in der Berliner Sezession eröffnet worden, »nach recht unerquicklichen Kämpfen mit Cassirer u.a.« (Tgb.); Wölfflin hielt die Festrede. Am 8.3. fand die Marées-Feier statt: »Um 7 Uhr in der Sezession 2 Sätze des posthumen Schubert (Der Tod und das Mädchen) vom Klingler-Quartett, im Hesperidensaal, dann Beethoven-Quartett vom Klingler-Quartett. ½ 10 fand das Bankett im Palasthotel statt. Es verlief alles glatt und schön, trotzdem Cassirer und seine Clique das Undenkliche [sic] aufgeboten hatte, um die Sache zu hintertreiben.« (Tgb.)

44 **Meier-Graefe an August L. Mayer, 1.12.1911**
Abschrift im Tgb. DLA.

MG hat diesen Brief, in dem er seine Ansichten deutlich, jedoch verletzend ausspricht, nicht abgeschickt. (Vermerk unter der durchgestrichenen Abschrift im Tgb.: »nicht abgeschickt«.) 1926 veröffentlichte MG eine noch strengere Rezension des kritischen El-Greco-Katalogs von A. L. Mayer in FZ 19.9.1926, »Der Greco-Katalog«.

das Buch über Greco] A.L. Mayer, *El Greco*, München, Delphin Verlag 1911. Der Künstler El Greco wurde lobend, aber das Buch von Mayer streng in *Der Sturm* 2, 1911/12, S. 688, besprochen.

crûment] geradeheraus.

Cossio] Der spanische Kunstschriftsteller und Erzieher Manuel Jiménez Cossio (1858-1935) führte 1908 mit seinem grundlegenden Werk über El Greco den kretisch-spanischen Künstler in die Kunstgeschichte ein. MG bemühte sich nach seiner Spanienreise um die Herausgabe von Cossios Werk auf deutsch; er versuchte es mit verschiedenen Übersetzern, namentlich mit Eugen Spiro (siehe MG an Anton Kippenberg, 5.3. u. 6.5.1909, GSA), und machte sich schließlich selbst an die Arbeit (Tgb., 3.4.1909: »die Vormittage arbeite ich mit Cossio an der Übersetzung seines Greco«). Am 14.7.1912 notiert er ins Tgb.: »die erste Greco-Korrektur«, und wiederum am 28.9.1912: »Ich suche die schreckliche Übersetzung des Cossioschen Grecos etwas menschlicher zu machen, der im Frühjahr – nach 3 Jahren Vorbereitung – endlich erscheinen soll.« Nach Kriegsausbruch, am 6.9.1914 heißt es ebd.: »Von Cossio ein Brief, der 32 Tage unterwegs war. Er hat Korrekturen geschickt, die nicht angekommen sind.« Die Vorrede des Werks, das bei Paul Cassirer erscheinen sollte, war auch schon geschrieben, aber: »Der Krieg besorgte die letzte Lesung, und im Verlauf der Kriegsjahre verdarben die Klischees, und der Satz wurde, da man das Metall für andere Zwecke brauchte, zerstört.« (FZ 19.9.1926)

45 Meier-Graefe an Schröder, 20.5.1903
E. Br. R. Borchardt-Erben, 1999 Depositum DLA.

[...]] unleserliche Stelle.
das kleine Werkchen] *Der moderne Impressionismus*, Berlin, Julius Bard 1902, mit der gedruckten Widmung: »Meinem lieben Schroeder«.
die Ästhetik] die EG.
Pöllnitz] Rudolf von Poellnitz (1865-1905), Mitinhaber und Geschäftsführer des Insel-Verlags, machte sich auf dem Gebiet der schönen Buchausstattung verdient. Meier-Graefes Verhandlung über die Veröffentlichung der *EG* durch den Insel-Verlag fand zu einem ungünstigen Zeitpunkt statt, nämlich in der Gründungsphase des Buchverlags in Verbindung mit der Zeitschrift (zwischen 1899 und 1903); dadurch verzögerte sich die Entscheidung so sehr, daß MG die Geduld verlor und die *EG* Julius Hoffmann in Stuttgart gab, wo sie im Frühjahr 1904 veröffentlicht wurde; siehe MGs Korrespondenz mit Poellnitz in *MGs Weg*, S. 220 f.
Ihre Militärsache] Schröder machte seit Oktober 1902 seinen Militärdienst in Friedrichsort bei Kiel in der 1. Matrosen-Artilleristen-Abteilung.

46 Meier-Graefe an Schröder, 24.12. (1906)
E. Br. R. Borchardt-Erben, 1999 Depositum DLA.

Deinen Bericht] Nicht erhalten. Aus dem Folgenden ergibt sich, daß Schröder MG von dem gerade erschienenen 1. Band von Bierbaums berüchtigten »Zeitroman« *Prinz Kuckuck* berichtet hat. Das Totschweigen dieses Schlüssel-Schmähromans des einstigen Freundes scheint von den Hauptbetroffenen eingehalten worden zu sein. Als MG im September 1907 von Tschudi erfuhr, daß Oscar Bie vorhabe, in der NR den Anfang des 3. Bandes mit einer »wüsten Reclame« als Einleitung abzudrucken, hörte bei ihm »die Gemütlichkeit auf«; er wollte der Zeitschrift die Mitarbeit kündigen und auch seine Freunde dazu überreden (siehe MG an Dehmel, 28.9.1907, SUBH). Dehmel antwortete ihm darauf: »... wir sind doch schließlich keine Sozialdemokraten, die einen unverschämten

Fabrikanten ebenso unverschämt boykottieren. Geistige Arbeit soll freien Laufpaß haben; sie richtet sich bei den Urteilsfähigen ganz von selbst [...] Also ruhig Blut, edler Drachentöter! der Drachen ist diesmal blos aus Papier.« (Dehmel an MG, 30.9.1907, Dehmel-Kb. V, Bl. 187/88, ebd.)

Catull-Übersetzung] Nicht ermittelt.

voyage de noce] Hochzeitsreise.

Volkmann] Arthur Volkmann (1851-1941), Bildhauer, erster Schüler von Marées; angeregt durch das neue Interesse für Marées, veröffentlichte er 1912 Erinnerungen an den Künstler: *Vom Sehen und Gestalten.*

Paula] die Berliner Haushälterin MGs.

47 **Meier-Graefe an Schröder, 27.10.1909**
E. Br. R. Borchardt-Erben, 1999 Depositum DLA.

die Opusse] Nicht mehr festzustellen, da Schröders Briefe an MG nicht erhalten sind.

Bd I bekommst Du in Korrekturen] Bd. I von *Hans von Marées.* MG hatte am 7.8. (1909) an Schröder geschrieben: »Ich möchte mit dem Marées-Werk einen wirklich anständigen Abschluß meiner Kunstschreiberei geben und wenn Du Korrekturen lesen willst, bin ich Dir rasend dankbar.« (R.Borchardt-Erben)

Dein Epos] Nicht erhalten.

Gründung eines deutsch-französischen Verlags] Kam nicht zustande. Am meisten war Blei daran interessiert, dem ein Konsortium verschiedener Verlagshäuser vorschwebte. Deutschland wäre die technische Leitung und Herstellung, Frankreich (Gide und seinen Freunden) die geistige Führerschaft zugefallen; siehe *Franz Blei – André Gide, Briefwechsel 1904-1933*, bearbeitet von Raimund Theis, Darmstadt, Wissenschaftliche Buchgesellschaft 1997, S. 150 f. Blei versuchte, Hans von Weber, den geschäftlichen Leiter des Hyperion-Verlags, für das Projekt zu gewinnen. Heymel, der durch seine einjährige Tätigkeit als Bildredakteur der Zeitschrift *Hyperion* gut informiert war, meldet folgendes Anton Kippenberg: »Weber hat alle Vorschläge Blei's satt. Er meint die ganze Sache [i.e. der geplante Verlag, Hg.] wäre ja doch nur eine neue Versorgung für Blei und hätte gar keinen Sinn.« (10.11.1909, DLA). Heymel stand der »französischen Angelegenheit skeptisch gegenüber und war gegen eine Beteiligung des Insel-Verlags: »Wenn wir [gemeint ist der Insel-Verlag, Hg.] genug Geld haben und es uns als ein gutes Geschäft erscheint, dann können wir allein einen Balzac drucken, tragen unser Risiko allein und verdienen allein, wenn wir richtig kalkuliert haben. Lassen Sie den französischen Verlag wirklich eine Art von Geschäft werden, mit wie vielen müssen wir den Überschuß teilen? Was bleibt für uns übrig? Es ist weder dabei Geld zu machen, noch eine Prestigeerhöhung zu hoffen. Außerdem, wenn

Cecco dabei ist, wirds eh nichts. Dazu kommt die Meier-Graefische Belastung mit der Entwicklungsgeschichte, mag sein, daß sie geht, aber solche Bücher fallen doch ganz aus unsern Verlagsplänen heraus. Dann der Ärger mit den andern, die Herumschnüffelei in unserm Geschäft, die unvermeidlich ist. Die Kerls müssen es höllisch nötig haben einen Trust mit uns anzustreben!« (An Kippenberg, 6.11.1909, DLA) Bleis Projekt lief darauf hinaus, vorzügliche Ausgaben französischer Klassiker und wichtige Werke französischer Zeitgenossen herauszugeben. Das Vorhaben ist insofern von Bedeutung, als sich daraus, zur bitteren Enttäuschung Bleis, der rein französische Verlag NRF-Gallimard entwickelte; siehe R. Theis' Vorwort zu *Franz Blei – André Gide*, op. cit., S. XXIV-V.

Piepe] Rieke, alias Anna MG.

den Square] Siehe den Briefkopf; im letzten Weltkrieg völlig zerstört.

meiner Cocufication] humoristische Anspielung auf Schröders »tragische physiologische Anlage« (Tgb. 1.2.1908).

48 Meier-Graefe an Schröder, 29.4.1910

E. Br. R. Borchardt-Erben, 1999 Depositum DLA.

den Preis von 15 oder 16 Mille] für das weiter unten erwähnte Selbstbildnis von Marées.

Biermann] Leopold Biermann (1875-1930), der Sohn des Bremer Kaufmanns und Zigarettenfabrikanten Friedrich Biermann; er besaß eine bedeutende Kunstsammlung, unterstützte Gustav Pauli und die Bremer Kunsthalle. Schröder schuf 1909/10 die Innendekoration von L. Biermanns Wohnung in Bremen, Blumenthalstr. 15.

Balling] Mary Balling (1854-1919), Witwe von Konrad Fiedler (siehe die an sie gerichteten Briefe und Biogr. Reg.).

Hildebrand] der Bildhauer Adolf von Hildebrand (1847-1921), der ein Jahrzehnt lang eng mit Marées befreundet war; sie teilten 3 Jahre lang das Klostergebäude San Francesco di Paola bei Florenz; vgl. *Adolf von Hildebrand und seine Welt.* Briefe und Erinnerungen, hg. von B. Sattler, München, Callwey 1962.

Pallenberg] Der Sammler Franz Pallenberg in Rom besaß 6 Werke von Marées, 3 Gemälde, darunter *Römische Landschaft II*, und 3 Zeichnungen. Er scheint auch gemalt und, auf Grund von Pidolls Beschreibung, den Rahmen des Triptychons *Urteil des Paris* rekonstruiert zu haben (siehe *Hans von Marées*, II, Nr. 566).

Marées-Museum] MG trat für ein Marées-Museum ein, das nicht verwirklicht wurde. Er hoffte, auf die künstlerische Situation in Deutschland einwirken zu können, indem die Hauptwerke von Marées, der ihm als Mensch und als Künstler vorbildhaft erschien, an einem Ort vereinigt würden.

das Dreiflügelbild Paris Urteil] Das Triptychon von Marées *Urteil des Paris* 1880/81, Nationalgalerie Berlin. Rudolf Pannwitz schrieb für die von MG herausgegebenen »Blätter der Marées-Gesellschaft«, *Ganymed* II, 1920, einen Text über Marées, zu dem wir ausführliche Bemerkungen von MG haben, aus denen folgendes zitiert sei: »Ich möchte Ihnen nicht verschweigen, daß mich Marées wahrscheinlich für die Entdeckung des von ihm verworfenen Paris-Urteils umbringen würde. Ich habe es in einem Gipsschuppen in Florenz gefunden. Er hatte es verworfen. Darüber wäre viel zu sagen, ob ich Recht oder Unrecht hatte, es hervorzuholen.« (Ts. »Bemerkungen zu dem Manuskript zur Ethik der Marées'schen Kunst«, DLA, N. Pannwitz)

das Selbstbildnis zu nehmen] das Selbstbildnis ohne Hut, gegen 1874 (*Hans von Marées*, II, Nr. 285), wurde 1910 von Leopold Biermann gekauft und befindet sich seit 1936 in Hamburger Privatbesitz.

nicht mal diese Reisekosten ergeben] Auch Reinhard Piper schreibt in seinen Memoiren, daß MG »zeitlebens ein selbstloser Diener der Kunst« gewesen sei (siehe *Mein Leben als Verleger*, 1964, S. 255).

dem Pausingerschen Bild] *Der Knabe auf dem Kahn* (*Hans von Marées*, II, Nr. 487) entstand, laut MG, im Atelier des Porträtmalers und Pastellisten Clemens von Pausinger, der 6 Jahre lang im Verkehr mit Böcklin und Marées in Italien lebte. Es diente, wie auch *Der Mann mit der Standarte* (Kunsthalle Bremen), zu Lehrzwecken für Marées' Schüler. Das um 1880 gemalte Bild war anschließend bei Josef Kraus in Wien, 1908 bei MG in Berlin, 1908-9 bei Georg von Marées, von dem es das Von der Heydt-Museum Wuppertal 1909 erwarb.

die Ausstellungen] MG organisierte eine Reihe von Marées-Ausstellungen, um dem von ihm wiederentdeckten Werk des Künstlers Wirkung zu verschaffen: u.a. in München (Secession 1908/09), in Berlin (Secessionsgebäude Febr.-April 1909) und in Paris (im Rahmen des Salon d'Automne 1909). Von Berlin aus richtete MG folgendes Schreiben an den Kultusminister in Bayern: »Euere Exzellenz wollen mir gütigst verzeihen, wenn ich so dreist bin, die Frage anzuregen, ob nicht im Interesse einer zukünftig rationelleren Ausstellung der Marées'schen Bilder eine Inspektion der hiesigen Marées-Ausstellung opportun wäre. Die Dreiflügelbilder sind hier in die Architektur eines großen Saales eingelassen und machen einen ganz neuen, früher kaum geahnten Eindruck. Wie ich Herrn Geheimrat v. Reber zugesagt habe, lasse ich alle Bilder photographieren mit den Rahmungen, aber man kann sich doch keinen rechten Begriff von der Wirkung anhand von Photographien machen. Es sind hier allerlei Erfahrungen gesammelt worden, über die man sich mündlich angesichts der Bilder leicht verständigen könnte. In wenigen Jahren wird die heute schon glücklicherweise immer weiter gehende Anerkennung der Marées'schen Kunst sich besonders auf die Dreiflügelbilder richten, den kostbaren Besitz des bayerischen Staates ...« (21.3.[1909], Bayerische Staatsgemäldesammlungen, Akt Schenkung Fiedler; freundliche Mitteilung von Christian Lenz).

49 **Meier-Graefe an Schröder, 19.5. (1910)**
E. Br. R. Borchardt-Erben, 1999 Depositum DLA.

der Trauerbotschaft] Auch mit Hilfe der Familie nicht ermittelt.

nach Marienbad] Hotel Marienbad in München, wo MG meist abstieg.

bei Tschudi im Bureau den Laokoon] Tschudi wollte El Grecos *Laokoon*, 1610-14, heute National Gallery Washington, für München erwerben. MG notierte Ende Mai 1910 in sein Tgb.: »Der Laokoon von Greco bei Tschudi befriedigt mich nicht recht.« Wenig später revidierte er sein Urteil: »Der Laokoon doch sehr schön.« (Tgb., 5.9.1910). Der andere Greco – ein früheres, weniger anstößiges Bild, das in die Alte Pinakothek gelangte – ist *Die Entkleidung Christi*, 1580-85.

das kleine Ungeheuer] der verkrüppelte, zwergenhafte Leopold Biermann, der schließlich das Selbstbildnis von Marées kaufte.

50 **Meier-Graefe an Schröder, 4.1.1911**
E. Br. R. Borchardt-Erben, 1999 Depositum DLA.

Die alte Begassine] Frau Begas-Parmentier, die Vermieterin von MGs Berliner Wohnung – Anspielung auf Bécassine, die »Heldin« der beliebten Bücher von Caumery (Text) und Pinchon (Illustrationen). Bécassine, zu deutsch Sumpfschnepfe, bezeichnet in der Umgangssprache ein einfältiges, dummes Mädchen.

Aus meinem Buch über Paris] Der Anfang des Pariser Romans erschien 2 Jahre später im Almanach des Piper-Verlags 1904-1914 (»Meine erste Pariser Reise«) und wurde später mit einem anderen Fragment in den Novellen-Band *Geständnisse meines Vetters*, Rowohlt-Verlag 1923, aufgenommen. Das Projekt blieb Bruchstück.

Von den Kunstzeitschriften erwarte ich nicht viel] Es hat dennoch ernste Rezensionen von MGs *Hans von Marées* gegeben, an erster Stelle die wichtige Besprechung von Wilhelm Worringer in *Zeitschrift für Ästhetik und allgemeine Kunstwissenschaft*, 1911, Bd. 6, S. 317-321; ebenfalls Jonas Cohn in *Logos*, Internationale Zeitschrift für Philosophie der Kultur, II, 1911-12, S. 192 f. (siehe Br. 87). Der Piper-Verlag schickte ein Rezensionsexemplar von *Hans von Marées* II an Rudolf Borchardt in Italien, der das Buch ohne Verzögerung retournierte: »Auch wenn ich in anderen als wichtigen Ausnahmsfällen Bücher öffentlich beurteilte, so würde ich mich zur Beurteilung so spezieller und technischer Darstellungen eines modernen malerischen Lebenswerkes durch nichts für qualifiziert ansehen. Und ich pflege nur zu drucken, was ich kraft sehr ernsthafter Competenzen nützlicher Wirkungen für sicher halten darf. Eine bloße Anzeige zu schreiben sind dagegen Berufsschriftsteller fähiger als ich, der ich in diesem Genre mich zu üben keine Gelegenheit gehabt habe. Ew Wolgeboren wollen mich demnach als entschuldigt ansehen und begreifen daß ich ein wertvolles Buch ohne schickliche Gegenleistung nicht annehmen dürfte.« (Br. vom 19.10.1909, APV, 1999 Depositum DLA; freundliche Mitteilung von Gerhard Schuster)

Scheffler] Karl Scheffler (1869-1951), einflußreicher Kunstschriftsteller und Kritiker, den MG zu Anfang förderte, dem er später kritisch gegenüberstand. Scheffler, von 1906 bis 1933 Redakteur von KuK, äußerte sich folgendermaßen über MG: »Er bewegt sich nur noch in Übersteigerungen, handle es sich nun um eine rühmenswerte Arbeit für (sic) Marées, um eine Analyse der Böcklinschen Kunst, um eine Rettung Grecos [...], oder um die Entthronung des Velasquez.« (KuK, Febr. 1910, S. 278) MG beeinflußte zweifellos Schefflers Kunsturteil, ihre Temperamente waren jedoch diametral entgegengesetzt.

Doralein] Schröders Schwester Dora.

Vieillard] die Schneiderin oder der Laden, wo Anna MG sich Kleider machen ließ oder einkaufte.

Leo] der Maler Leo von König (1871-1944), mit dem MG eng befreundet war, der ihn auch nach Spanien begleitete (»Hans« in *Spanische Reise*). Seine späten Porträts von Persönlichkeiten, die nach 1933 verfemt wurden, sind bekannt. Er malte drei Porträts von MG, wovon sich zwei in der Pfalzgalerie Kaiserslauten befinden.

51 Meier-Graefe an Schröder (Ende Februar 1911)
E. Br. R. Borchardt-Erben, 1999 Depositum DLA.

Wolde] der Bremer Bankier Johann Georg Wolde (1845-1911); sein Sohn Ludwig (Lutz) Wolde (1884-1949) gründete mit Willy Weigand auf Anregung Schröders 1910 die »Bremer Presse«.

Behrens] Theo Behrens, Hamburger Bankier, Mäzen und Sammler. MG schrieb den Nachruf auf Theo Behrens in *Ganymed* III, 1921, S. 193: »Er hinterläßt die beste deutsche Sammlung von Bildern des 19.Jahrhunderts. Zugleich die kleinste, was sich fast von selbst versteht.« Einzelne Werke werden angeführt.

»le ménage Sisley«] *Das Brautpaar* von Renoir (106 × 74 cm) wurde 1912 vom Wallraf-Richartz Museum in Köln gekauft.

die Ratten von Hauptmann] G. Hauptmanns »Berliner Tragikomödie« *Die Ratten* wurde am 13.1.1911 im Lessingtheater in Berlin uraufgeführt. M. Harden urteilte in *Die Zukunft* (1911, Nr. 18): »Keinem gefällt das Stück, das ein in der Hauptstadt nie heimisch gewordener, längst ihr völlig entfremdeter Enkel schlesischer Weber für Luxusberliner schrieb.« Th. Mann hingegen hielt es für Hauptmanns »vielleicht bestes Stück«.

II. Bd der Odyssee] Bd. I der *Odyssee*, neu ins Deutsche übertragen von R. A. Schröder, war unter der Leitung von Harry Graf Kessler 1907 bis 1910 auf den Pressen von R. Wagner Sohn in Weimar, mit Titeln und Initialen von Eric Gill und 3 Holzschnitten von Aristide Maillol, für den Insel-

Verlag gedruckt worden; Bd. II entstand im Spätsommer und Herbst 1910. Die Auflage betrug 425 Exemplare, wovon 350 in den Handel kamen. Die beiden Bände aus MGs Nachlaß (Privatbesitz) tragen die Nr. 393.

Gesselliussens] MGs hatten sich mit dem finnischen Architekten Herman Gesellius (1874-1916) und seiner Frau angefreundet. Das 1897 von Gesellius und seinen Studienkollegen Eliel Saarinen und Armas Lingren gegründete Architekturbureau Gesellius-Lingren-Saarinen setzte sich für eine Neubelebung der einheimischen Architektur ein; der Firma fiel der Auftrag für den finnischen Pavillon auf der Pariser Weltausstellung 1900 zu, was den 3 Architekten ermöglichte, sich Wohnhäuser und Ateliers in Hvitträsk an einem See westlich von Helsinki zu bauen (siehe MGs Aufsatz in NR, 1905, »Kultur Finnlands«, S. 486-501).

52 **Meier-Graefe an Schröder, 19.5. (1911)**
E. Br. R. Borchardt-Erben, 1999 Depositum DLA.

Behrens] Über Theo Behrens, siehe Anm. zu Br. 51. (Nicht zu verwechseln mit dem Architekten und Designer Peter Behrens).

Stern] Über den Bankier Julius Stern siehe Anm. zu Br. 17.

auf das Gut zu Behrens] Schröder baute 1912-14 für das Landhaus von Theo Behrens in Waldenau bei Hamburg einen Annex von drei Räumen zur Aufnahme der Sammlung. Leo von König porträtierte den Sammler, der auch Werke von ihm besaß.

zu Mutzenbechers] Gemeint ist Viktor von Mutzenbecher (1857-?), der ältere Bruder Kurt von Mutzenbechers, der sich Anfang 1909 in Schlesien angekauft hatte. Seine Berliner Wohnung ließ Viktor von H. van de Velde einrichten, wie später auch Kurt die seine in Wiesbaden, wo er 1905-1919 Intendant der Königlichen Schauspiele war. Beide sammelten französische Kunst, Viktor impressionistische Malerei, Kurt postimpressionistische Kunst (über die bedeutende Sammlung Kurt von Mutzenbechers in Wiesbaden siehe Carina Schäfer in *Die Moderne und ihre Sammler – französische Kunst in deutschem Privatbesitz vom Kaiserreich bis zur Weimarer Republik.* Hg. Felix Billeter und Andreas Pophanken, Akademie-Verlag, Berlin 2001 (»Passagen / Passages«, Bd. 3). Kurt von Mutzenbecher (1866-1938) fuhr 1908 mit MG nach Spanien.

Agnetendorf] im Riesengebirge, wo sich G. Hauptmann 1900 sein Haus »Wiesenstein« bauen ließ.

Tod des alten Wolde] Siehe Anm. zu Br. 51. Max Liebermann porträtierte Johann Georg Wolde 1907 und als Gegenstück seine Frau Adele geb. Baronesse Knoop, 1910 (beide in Privatbesitz).

über Renoir] *Renoir*, München, Piper 1911; die gereifte Fassung *Auguste Renoir*, Leipzig, Klinkhardt & Biermann 1929, ist eine der geglücktesten Schriften MGs.

la légende de St. Julien l'Hospitalier] MG maß dieser als erste geschriebenen

Erzählung der *Trois Contes* von Flaubert große Bedeutung bei (siehe oben, S. 328 f.). Er machte sich 1912 mit E. Klossowski an die Übersetzung des Werks (siehe Tgb., Anfang Febr. 1912), das schließlich von Ludwig Wolde für die Ma-Ge übertragen wurde, wo es als 7. Druck 1918 erschien: *Die Legende von Sankt Julian dem Gastfreundlichen* mit Holzschnitten von Max Unold (siehe Br. 160).

53 **Meier-Graefe an Schröder, 24.6. (1911)**
E. Br. R. Borchardt-Erben, 1999 Depositum DLA.

Theodore Duret (1838-1927), einer der Erben des Kognac-Geschäfts Duret et Co., interessierte sich für Malerei seit 1862, freundete sich mit Manet an, der ihm während der Belagerung von Paris 1870 seine Bilder anvertraute und ihn zu seinem Testamentsvollstrecker machte. Er veröffentlichte 1878 das erste ernsthafte Buch über die Impressionisten (*Histoire des peintres impressionnistes*), deren Werke er auch kaufte. Durets Porträt von Manet befindet sich im Musée du Petit Palais, Paris, das von Whistler im Metropolitan Museum of Art, New York.

die erste Fassung des berühmten Bildnisses der Gattin Manets] Evtl. handelt es sich um eine andere Fassung von *Frau Manet im Wintergarten* 1879 (Oslo, Nationalgalleriet); siehe Kat. *Manet*, Paris 1983, Nr. 181. Die Aufnahme, die dem Brief beilag, ist nicht erhalten.

Biermann] Leopold Biermann, siehe Anm. zu Br. 48.

an Pauli] Dieser Brief scheint nicht erhalten zu sein. G. Pauli war bis 1914 Leiter der Bremer Kunsthalle; siehe Biogr. Reg.

Vinnen] Der in Worpswede lebende Maler Carl Vinnen (1863-1922) hatte gegen Paulis Kauf von van Goghs *Mohnfeld* für die Bremer Kunsthalle protestiert (»Mahnwort an den Kunstverein« in *Bremer Nachrichten* 3/4.1. 1911) und kurz darauf *Ein Protest deutscher Künstler* veröffentlicht (Jena, Diederichs 1911) – ein Protest gegen die »Invasion französischer Kunst«, der von vielen Künstlern unterzeichnet worden war. Heymel schrieb hierauf an Schröder am 17.4.1911: »Was sagst Du zu Vinnens Torfgequak und Heidegezirp? Ich denke, wir machen von den S. M. [*Süddeutsche Monatshefte*, Hg.] aus eine Gegenaktion.« (DLA) Daraus wurde *Im Kampf um die Kunst – Die Antwort auf den »Protest deutscher Künstler«*, München, Piper 1911. In Wirklichkeit standen sich die Fronten nicht so eindeutig gegenüber.

den Pellerin-Preisen] Der Großindustrielle Auguste Pellerin (1852-1929) hatte eine beeindruckende Sammlung zusammengetragen, besonders von Werken Cézannes, aber auch Manets; sie wurde im Frühjahr 1910 von dem Konsortium Bernheim, Paul Cassirer und Durand-Ruel für eine hohe Summe gekauft (laut MG 1 Million Francs) und anschließend verkauft.

54 **Meier-Graefe an Schröder, 26.4. (1914)**
E. Br. R. Borchardt-Erben, 1999 Depositum DLA.

Heymel in guten Händen] Heymel machte damals wegen einer tuberkulösen Erkrankung eine Kur im Sanatorium Martinsbrunn bei Meran. Er zog dennoch in den Krieg und erlag der Krankheit im November 1914.

seinem Kippenberg] Anton Kippenberg (1874-1950) war 1905 als Gesellschafter in den Insel-Verlag eingetreten, übernahm 1906 dessen Leitung und machte ihn zu einem der führenden deutschen Verlage.

Rodrigo] Das hochformatige Bild von Delacroix *König Rodrigo*, 1833 als Bestandteil einer Festdekoration für einen Kostümball im Hause Alexandre Dumas' gemalt, wurde nach einigem Zögern von der Bremer Kunsthalle 1914 für 25.000 Mk erworben. Dies geschah zu Anfang der neuen Leitung Emil Waldmanns (siehe Waldmanns Würdigung des Werks »Eugène Delacroix: Le Roi Rodrigue« in der Zeitschrift *Documents* 1929, 3, S. 144-146). Das Bild befand sich damals bei Carl Moll und wurde über MG und Erich Klossowski (»Klöschen«) vermittelt; siehe MGs Briefe an Schröder vom 26.1., 18.2., 10.3. und 26.3.1914 (R. Borchardt-Erben); siehe auch Br. 149.

Sammlung Moll] Der Maler Carl Moll (1861-1942) hatte »eine kleine Galerie italienischer Meister« – so nennt er seine Sammlung in seinen Erinnerungen – »vorwiegend aus dem Quattrocento, aber auch einige Glanzstücke: Giovanni Bellini, Tintoretto, Tiepolo. Besondere Freude machen mir meine Schätze, wenn mich der geistvolle und temperamentvolle Professor Anton Dvorak besucht, um mit mir über die Bilder zu plaudern.« (*Mein Leben*, Ts., Mai 1943, S. 181 f., Privatbesitz Wien) Auf Drängen von Freunden verkaufte Moll seine kleine Sammlung während des Krieges bei Paul Cassirer: »die Versteigerung bringt in Berlin 1917 einen großen Erfolg. Ich bin ein vermögender Mann.« Jedoch innerhalb eines halben Jahres nimmt ihm die Steuerbehörde zwei Drittel ab, und die Inflation »verschluckt« das verbliebene (ebd., S. 190 f.); vgl. Versteigerungskatalog Cassirer, Helbing Berlin 10.3.1917, mit einem Vorwort von G. Gronau.

Schmiererei à la Nemes] In der Sammlung Nemes in Budapest, die MG für den Leiter der Mannheimer Kunsthalle, Fritz Wichert, 1910 begutachtete, gab es vom Sammler, der auch Maler war, retuschierte Bilder; siehe Br. 152 und Tgb. 23.1.1913: »nach Düsseldorf, wo ich die Nemes Slg ansah – Die Grecos sehen in diesem guten Licht noch übermalter aus ...«; siehe auch MGs Nachruf »Erinnerungen an Nemes«, FZ 23.11.1930.

den schönsten Tizian] Moll erzählt in seinen Erinnerungen, wie er im Sommer 1913 in Italien Tizians *Venus mit dem Orgelspieler* entdeckt, »das mir vom Besitzer nach Wien anvertraut wird und das in Wien zu halten der begeisterte Professor Dvorak von der Wiener Universität sich vergebliche Mühe gibt. Die von ihm mobilisierte Zentralkommission für Denkmalschutz beratet vor dem Bilde eine Stunde lang, und zum Schluß erklärte Fürst Franz Liechtenstein wörtlich: ›Wir sind einig, meine Herren, daß dies Meisterwerk in Wien bleiben soll; es wird hoffentlich einen reichen Juden geben, der es kauft.‹ Excellenz Bode war in Wien gewesen und entschlossen, das Bild nach Berlin zu bringen, wartet nur die Entscheidung der maßgebenden Wiener Herren ab. Da diese nach der Entscheidung des Fürsten Liechtenstein keine weiteren Schritte unternehmen, wird nach zwei Jahren das Bild nach Berlin gesendet, die Hälfte des Kaufpreises übernimmt der Staat, die andere Hälfte zeichnen innerhalb zehn Minuten die Mitglieder des Museumsvereines.« (C. Moll, *Mein Leben*, a.a.O., S. 187). Bode erwarb in der Tat diesen wichtigen Tizian gegen Ende des Krieges für Berlin zum Preis von 1.000.000 Mk; siehe Erich Schleiers ausführliche Notiz über das Bild (die allerdings weder Molls Erinnerungen noch MGs Tgb. berücksichtigt) in *Gemäldegalerie Berlin – Geschichte der Sammlung und ausgewählte Meisterwerke*, London, Weidenfeld & Nicolson 1986, S. 340 f. MG notierte in sein Tgb.: »Ende März 1916 hat Paalen [ein Kriegslieferant, der von Moll verschiedene Bilder gekauft hat – dieser Paalen ist der Vater des Malers Wolfgang Paalen, Hg.] die Venus mit dem Orgelspieler Tizians, den Moll bei einem Tiroler Aristokraten fand, hergebracht. Bode hat sie für eine Million gekauft. Das Geld muß durch Sammlung aufgebracht werden. Nach der schönen primitiven Antike im Alten Museum (1.250 000 Mk) ist das ein zweiter stattlicher friedlicher Sieg im Kriege.«

Werkbund in Köln] Die Eröffnung der Werkbund-Ausstellung in Köln fand am 16.5.1914 statt; der Berliner Tee war also eine der vielen geselligen Veranstaltungen, die für dieses Ereignis werben sollten. Die Kölner Ausstellung, bei der sich der damalige Beigeordnete der Stadt Konrad Adenauer hervortat, war die erste zusammenfassende Ausstellung des Werkbunds, der 1907 in München gegründet worden war und Künstler mit Industriellen verband. Das Hauptanliegen des Werkbunds war die Frage der Kunst, oder genereller der Formgebung im Zeitalter der Industrie. Architektur und Kunstgewerbe, denen zu der Zeit nicht mehr MGs einstiges engagiertes Interesse galt, standen im Mittelpunkt der Schau und der Auseinandersetzungen. Über diese wichtige Ausstellung, ihre Vorgeschichte und ihre Folgen, siehe *Die deutsche Werkbundausstellung Cöln 1914*, Kölnischer Kunstverein, Köln 1984.

Joseph in Paris] Die Première des Balletts *Josephs Legende*, Handlung von Harry Graf Kessler und Hugo von Hofmannsthal, Musik von Richard Strauss, in der Choreographie von Diaghilew mit dem russischen Ballett, fand am 14.5.1914 in der Pariser Oper statt; siehe die Memoiren des Tänzers der Titelrolle Leonide Massine *My life in Ballet*, 1968, S. 56 f., und die Erinnerungen des Malers Jacques Emile Blanche *Portraits of a lifetime*, London, J. M. Dent & Sons 1937, S. 280 f.

Was Ihr wollt] Schröder hatte Shakespeares Lustspiel 1906 übertragen. *Was Ihr*

Wollt oder Fastnacht, in der Übersetzung von Schröder und einer Musik von Humperdinck, wurde ein erstes Mal im Deutschen Theater (Regie Max Reinhardt) in der Spielzeit 1907/08 gegeben (122 Aufführungen) und in Reinhardts Repertoire aufgenommen; in einer neuen Einstudierung kam es im Rahmen von Reinhardts Shakespeare-Zyklus 1913/14 zu 47 Aufführungen.

die Schwester der Gesellia] Die Schwester von Frau Gesellius (siehe Anm. zu Br. 51) betätigte sich wohl kunstgewerblich.

Fr. & W.] Friedmann & Weber, die ab 1904 das 1878 von Hermann Hirschwald gegründete Hohenzollern-Kunstgewerbehaus völlig umgestalteten, laut Max Osborn »eines der ersten Beispiele für den geschmackvollen Umbau eines alten Berliner Hauses« (M. Osborn, *Berlin 1870-1929, Der Aufstieg zur Weltstadt,* Neuauflage, Gebr. Mann 1994, S. 180). Am 12.5. (1914) schrieb MG an Schröder: »Die Sachen der kleinen Gesellia sind sehr reizend. Aber wer soll sie nehmen? Friedmann & Weber haben wie tout le monde Geldsorgen. Immerhin will ich es mit ihnen versuchen.« (R. Borchardt-Erben)

55 **Meier-Graefe an Schröder, 30.1. (1933)**
E. Br. R. Borchardt-Erben, 1999 Depositum DLA.

Deinen Racine] *Racine und die deutsche Humanität,* München, Berlin, Zürich, R. Oldenbourg 1932 (Schriften der Corona II).

Dein Wanderer] *Der Wanderer und die Heimat,* Leipzig, Insel 1931.

die Geschichte aus dem Harz] »Reiseandenken aus dem Harz« in *Die literarische Welt,* 8.Jg. 1932.

meinem »Vater«] MGs autobiographischer Roman *Der Vater,* Berlin, S. Fischer 1932. Eine Besprechung Schröders (siehe weiter unten im Brief) ist uns nicht bekannt. Er besprach hingegen den historischen Roman von Jochen Klepper *Der Vater* (über Friedrich Wilhelm I.) 1937.

die himmlische Landschaft] Schickele, der im November 1932 nach Sanary zog und mit MGs freundschaftlich verkehrte, schickte ihnen sein Buch *Himmlische Landschaft,* Berlin, S. Fischer 1932, mit folgender Widmung: »Busch und Ju / Du und Du / Und das Feuer züngelt rot: / Niemals tot! Niemals tot! St. Cyr s. m. 16.3.33. René Schickele« (DLA). Busch ist der Kosename der dritten Frau von MG (Ju).

56 **Meier-Graefe an Harden, 19.3.1898**
E. Br. BAK.

eine solche Sache] Der Vorfall wird im Laufe des Briefes klar. MG hatte den angehenden Musiker Oskar Fried in seiner Pariser Wohnung beherbergt, bis es zu dem hier geschilderten Krach wegen Harden und der Dreyfus-Affäre kam. O. Fried hatte sich am 15.3.1898 Harden gegenüber in folgender Weise über MG geäußert: »Leider behalten Sie in der Beurteilung von Menschen nur allzu recht. Ich war bei Herrn Meier-Gräfe geladen, und habe leider nach der ersten halben Stunde sein Haus verlassen müssen, weil er Ausdrücke über Sie und Ihr Schaffen gebraucht hat, die ich nicht wiedergeben möchte, aus Achtung vor Ihnen und vor mir selber; aber es ist doch rührend: Meier Gräfe als Herold für die Unschuld von Dreyfuss. M.G. der immer von gewissen antesemitischen [sic!] Regungen erfüllt ist, aber den Tanz um das goldene Kalb und die Hüter desselben unterthänigst mitmacht! und dann mir sagt: ich wäre der Jude im schlechten Sinne, weil ich mir Ihre Stellungnahme zu dieser Sache zu eigen gemacht habe.« (BAK).

Überbringung eines Jünglings] i.e. Oskar Fried (1871-1942), der spätere Komponist und Dirigent, der als Neunjähriger bei einem Stadtmusikanten in Berlin begann, anschließend nach Petersburg, Frankfurt a. M. und München ging, wo er 1894 im Kreis um Bierbaum verkehrte; er kehrte 1899 nach Berlin zurück und wurde Schüler von Humperdinck.

die leidige Dreifussaffaire] Siehe den die gesellschaftlichen Zusammenhänge erläuternden Abschnitt über die Dreyfus-Affäre in Hannah Arendt, *Elemente und Ursprünge totalitärer Herrschaft*, München, Piper 1996, S. 212-272. MG, der ein leidenschaftlicher »Dreyfusard« war, äußerte sich »Zum Ausgang der Dreyfus-Affäre« in *Sozialistische Monatshefte* Jg. 52, 1906: »Ich habe alles mögliche in den Zeitungen gelesen, nur kein frohes Wort, daß man sich solidarisch fühlte mit den Leuten jenseits des Rheins, und es scheint fast, als ob auch in diesem Fall, wie bei den Manet und Renoir, die Gleichempfindenden in der Fremde sitzen. Dabei, wenn die anderen schönen Dinge wirklich, wie unsere Thode behaupten, national sein müssen, um unsere Liebe zu verdienen, diese Sache zum mindesten, die man immer noch ›Dreyfus-Affäre‹ nennt, scheint mir recht internationaler Art. Es wird Recht gesprochen!« (S. 794)

Ihrem deutschen Standpunkt] Über Hardens Stellungnahme in der Dreyfus-Affäre, siehe die Zusammenfassung von Hans Dieter Hellige in *Walther Rathenau – Maximilian Harden, Briefwechsel 1897-1920*, München, G. Müller u. Heidelberg, L. Schneider 1983, S. 310 f. »Nicht die Frage der Schuld, sondern die Frage, welche gesellschaftlichen Kräfte die öffentliche Auseinandersetzung darüber stärken werde, blieb das Kriterium seiner Einschätzung.« (Ebd., S. 326) Harden war grundsätzlich der Meinung, daß Deutschland in dieser Sache neutral zu bleiben habe (siehe Hardens Interview in *La Revue Blanche*, 21, 1900, S. 165).

Artikeln der Zukunft] MG schrieb seit 1895 für Hardens Zeitschrift; siehe z. B. »Berliner Kunstleben«, *Die Zukunft* 14.3.1896, S. 516-523.

die Zolasache] Zolas Aufruf für Dreyfus in der Tageszeitung *L'Aurore* vom 13.1.1898, mit dem er die Dreyfus-Affäre vor ein breites, nationales wie internationales Publikum brachte und die Verteidigung von Dreyfus zu einer moralischen Angelegenheit machte.

ein großer Lump zu werden verspricht] Dies bestätigte sich anderthalb Jahre später, als er mit Bierbaums Frau ein Verhältnis hatte; vgl. MG an Dehmel, 13.10.1899: »Weißt Du was von Gusti? (Bierbaums erste Frau) Sie ist mit dem infamen Lümmel Fried nach Berlin durchgebrannt ...« (SUBH)

57 **Meier-Graefe an Harden, 22. 2.1903**
E. Br. BAK.

mein herzliches Beileid] für den Tod von Hardens Mutter.

das Manuskript] die gekürzte Fassung des Vortrags, den MG Anfang 1903 im Rahmen der Impressionisten-Ausstellung der Wiener Secession hielt: »Französische Kunst«, *Die Zukunft* 20.6.1903, S. 446-460; vgl. Ludwig Hevesi, *Acht Jahre Secession*, Klagenfurt, Reprint 1984, S. 417-419, »Vorträge über den Impressionismus«.

Hofmann u Moser] der Architekt und Reformator des Kunstgewerbes Josef Hoffmann (1870-1956) und der vielseitige Künstler Koloman Moser (1860-1918). MG schreibt über das Freundespaar in der EG: »Der eine, der aus Mähren eingewanderte untersetzte, stämmige Naturmensch, Bauernblut, heillos gesund, konsequent bis zur Bewußtlosigkeit – der Architekt. Der schlanke Moser dagegen, der echte Wiener, liebenswürdig, ohne grelle Schatten, von geschmeidiger Anmut – der Dekorateur.« (S. 697) J. Hoffmann baute damals das Haus Moll auf der Hohenwarte in Wien, in dem MG später freundschaftlich verkehrte; und zu der Zeit vertrieb MGs Pariser Laden, La Maison Moderne, Gläser, die K. Moser entworfen hatte.

58 **Meier-Graefe an Harden, 6.10.1904**
E. Br. BAK.

in der Elektra] Die Uraufführung dieser ersten Reinhardt-Inszenierung eines Stücks von Hofmannsthal fand am 30.10.1903 in Berlin, Kleines Theater, statt – zu einer Zeit, da MG in Paris lebte. Das Stück, mit Gertrud Eysoldt in der Titelrolle, wurde in der folgenden Spielzeit im Deutschen Theater gegeben.

ihre Kritik darüber] in *Die Zukunft* 27.8.1904; mit Kürzungen wieder abgedruckt in *Hofmannsthal im Urteil seiner Kritiker*, Hg. G. Wunberg, Frankfurt a. M., Athenäum 1972, S. 82-86. Harden kritisiert die Figur des Orestes in Hofmannsthals Stück: »Nur Weiber dürfen in diesem schwülen Winkel wohnen.« Hofmannsthal, der Harden schätzte, schreibt über dessen Elektra-Kritik an Bodenhausen: »Über die *Elektra* hat er thatsächlich das einzige sehr treffende gesagt, das ich irgend gelesen hätte: nämlich daß sie ein schöneres Stück und ein reineres Kunstwerk wäre, wenn der Orest nicht vorkäme.« (*Hugo von Hofmannsthal – Eberhard von Bodenhausen, Briefe der Freundschaft*, 1953, S. 50) *diese Eysoldt*] Gertrud Eysoldt (1870-1955), die mit dem Regisseur und Theaterhistoriker Max Martersteig verheiratet war, gehörte von 1902 bis 1933 dem Reinhardt-Ensemble an. Außer Elektra spielte sie Lulu, Salome, Fräulein Julie, aber auch Puck in *Ein Sommernachtstraum.*

59 Meier-Graefe an Harden, 31.5.1905
E. Br. BAK.

wie gemein hier die Menschen sind] Gemeint sind die empörten Reaktionen auf das im Frühjahr erschienene Buch *Der Fall Böcklin*, in dem MG behauptet, daß Böcklin überhaupt keine Malerei sei, sondern etwas anderes – dies im Moment, als der Böcklin-Kult im Zenit stand. Ein positives Ergebnis der unerfreulichen Polemiken war 1905 die Gründung der Zeitschrift *Kritik der Kritik*, die mit einer großen Umfrage begann: »Bedarf die Kritik einer Reform?« Die zahlreichen Antworten wurden in den ersten Heften der Zeitschrift veröffentlicht, die sich zum Ziel setzte, eine »Kultur der Kritik« in Deutschland zu fördern. MGs Buch und Böcklin standen im Mittelpunkt der Auseinandersetzungen. Hier die Stimme eines Künstlers, die Paul Klees, die sich von den professionellen Kritikern abhebt: »Alles, was ich mir an Hand meiner künstlerischen Instinkte und Erfahrungen im Lauf der Jahre gedacht habe, finde ich hier [in *Der Fall Böcklin*, Hg.] in glänzender Form gebracht und wohl motiviert dargestellt – Es ist dies ein Kunstverständiger mit höchsten Gaben und Talenten.« (An Lily Stumpf, Bern 1.12.1905 in P. Klee, *Briefe an die Familie 1893-1940*, Hg. Felix Klee, Köln, Dumont 1979, S. 556) Wie im Falle Grecos, wie bei MGs Kunsturteilen überhaupt, war die Aufnahme in Künstlerkreisen derjenigen der »Zunft« oft entgegengesetzt.

in den »reinen Gefilden« der Kunst] ironische Anspielung auf das bekannte Bild von Böcklin in der Nationalgalerie Berlin: *Die Gefilde der Seligen.*

Heilbut] Emil Heilbut (1861-1921, Pseudonym: Herman Helferich), den Bruno Cassirer als Mitarbeiter von Hardens *Zukunft* kennenlernte, wurde der erste Redakteur seiner 1902 gegründeten Zeitschrift KuK, die Heilbut bis 1906 führte. Als Redakteur des Blattes lehnte er es ab, den *Fall Böcklin* zu besprechen. Heilbut war zwar ein Vorkämpfer des französischen Impressionismus in Deutschland – er übersetzte Zolas Schriften zur Kunst –, bemühte sich aber auch um die Anerkennung Böcklins. Über die Schwankungen der Bewertung Böcklins in Deutschland, siehe die Zusammenfassung von Elisabeth Tumasonis, »Böcklin's reputation: its rise and fall«, *Art Criticism*, 6, 1989-1990, Nr. 2, S. 48-71.

jeden Abdruck bringen] Dies geschah in *Die Zukunft* vom 22.7.1905, mit einer vorausgeschickten Verteidigung MGs durch Harden: »Und weil dieses Buch totgeschwiegen oder dem Banausengelächter ausgeliefert werden soll, schien mirs nöthig, diesmal die Regel zu brechen, nach der aus schon veröffentlichten Werken hier nichts abgedruckt werden darf.« (S. 137)

60 Meier-Graefe an Harden, 22.7.1905
E. Br. BAK.

der mutig seine Meinung sagt] MG bedankt sich für den Abdruck von Auszügen aus *Der Fall Böcklin* und für Hardens Eintreten für den verschmähten Autor: »Kein Redlicher kann leugnen, daß in dem Buch Meier-Graefes eine ungewöhnlich hohe Summe von Scharfsinn, Kunstempfinden, Kulturbewußtsein und Darstellungskraft steckt; daß es eine Gabe ist, wie sie oft in Jahrzehnten nicht auf der dürren Haide der Kunstkritik reift.« (wie in vorausgegangener Anm.)
der letzten Einsendung Liebermanns an die Frankfurter] Liebermanns 2. Brief an die FZ über den »Fall Thode« (siehe Anm. zu Br. 29)
den Anlaß zu dem Buch] Hardens Nachruf des Künstlers, in dem er den »Dichter Böcklin« feierte, der »den Menschen eine neue Mythologie, den Traum eines neuen Lebens in junger Schönheit geschenkt« (*Die Zukunft*, 9.2.1901, S. 265), soll MG zum *Fall Böcklin* veranlaßt haben; vgl. Hardens Vorwort zu den Auszügen aus MGs Buch, wo er über den eigenen Aufsatz schreibt, daß er »Herrn Meier-Graefe zu dem Entschluß trieb, gegen solche Laienhymne seine Stimme zu erheben« (*Die Zukunft*, 22.7.1905, S. 137 f.)
der Frankfurter eine deutliche Erklärung schicken] MGs offener Brief »Der Fall Böcklin« in FZ 25.7.1905, Abendblatt.
»Corot und Courbet«] *Die Zukunft* 4.11.1905 brachte einen Vorabdruck aus MGs Buch, wiederum mit einer längeren Notiz von Harden über den »vielgeschmähten Percy der Kunstkritik«, der »weder ein blinder Parteimann noch ein Herostrat ist, vor dem die Feuilletonpatrioten die mit den heiligsten Gütern deutschen Gemüthes vollgestopften Tempel bewahren müssen«.

61 Meier-Graefe an Harden, 22.9.1905
E. Br. BAK.

Sie Monstrum an Güte und – Weisheit] Bezieht sich auf den Abdruck eines Briefes von MG an Harden in *Die Zukunft* 23.9.1905, in dem sich MG gegen die Unterstellung von Georg Fuchs (in *Münchener Neuesten Nachrichten*), sein Urteil über Böcklin und Liebermann habe sich gewandelt, wehrt. Harden ließ auf MGs Brief den Rat folgen: »Was man machen soll? Arbeiten. Jeden Morgen seinen crapaud schlucken (so nannte Zola, Sie wissen's, die Lästerartikel) und dann an die Arbeit gehen.« (S. 491)
den leisen Rippentriller] Bezieht sich auf die Bemerkung Hardens ebd.: »Von dem selben Liebermann, der für meinen Geschmack allzu deutlich gezeigt hat, wie unbequem seiner konzilianten Natur Ihr [MGs, Hg.] Feldzug ist.«
im bestehenden Kampf] in der Kontroverse mit Thode.

meinem Differdinger Bruder] Max Meier (siehe Anm. zu Nr. 1) hatte sich durch technische Errungenschaften beim Bau eines Hüttenwerks in Differdingen ausgezeichnet, wurde Generaldirektor der Differdinger Stahl- und Eisenindustrie, die bis 1918 zur Stinnesschen Deutsch-Luxemburgischen Bergwerks- und Hütten-AG gehörte. Er heiratete die Tochter eines Vetters 2. Grades von Hugo Stinnes.

Thyssen und Stinnes] August Thyssen (1842-1926), Duisburger Montanindustrieller, schuf einen der größten Konzerne des rheinisch-westfälischen Industriereviers. Der Industrielle Hugo Stinnes (1870-1924) gilt als Verkörperung des rücksichtslosen Kapitalisten; wichtigste Pfeiler seiner expansiven Strategie waren die Deutsch-Luxemburgische Bergwerks- und Hütten-AG und das Rheinisch-Westfälische Elektrizitätswerk.

die berühmte moralische Frage] wohl die ewige Frage, wie Moral mit wirtschaftlichem Erfolg zu vereinen sei.

solche Leute in der Politik] Herbst 1918 war Stinnes, der an der Spitze der schwerindustriellen Kriegszielbewegung stand, als Reichskanzler im Gespräch; er wurde 1920 Abgeordneter der Deutschen Volkspartei.

unsere Zeitungs-Idee] blieb Idee.

Die Hibernia-Sache] Über dieses komplexe wirtschaftspolitische Ereignis, siehe *Briefwechsel Rathenau – Harden*, op. cit., S. 375.

Ein Tuyau] ein Tip, hier Börsentip.

Differdinger] Über die Aktien der Deutsch-Luxemburgischen Bergwerks- und Hütten-AG, siehe Br. 101 in *Briefwechsel Rathenau – Harden*, op. cit., S. 416.

62 Meier-Graefe an Harden, 3.10.1905
E. Br. BAK.

Pech!] Zahngeschichten! Siehe Br. 106 in *Briefwechsel Rathenau – Harden*, op. cit., S. 422.

den heftigen Artikel gegen mich] Rathenaus Artikel »Von neuzeitlicher Malerei«, der unter dem Pseudonym Ernst Reinhart in *Die Zukunft* 7.10.1905, erschien; siehe Br. 63.

dem Fall Scheffler] Ob MG hier auf den Wechsel in der Redaktionsleitung von KuK anspielt? Die Verhandlungen für einen Wechsel hatte Bruno Cassirer im Sommer 1905 aufgenommen, und Harden hatte Scheffler als Redakteur empfohlen; siehe die Briefe von Scheffler an Harden vom 18.8. u. 30.8.1905, BAK; siehe auch Harden an Rathenau, 21.10.1905: »Über ihn [i.e. Scheffler, Hg.], Cassirer und Heilbut muß ich Ihnen übrigens Amüsantes (oder Ekelhaftes) erzählen; Sie werden sehen, daß in dieser Sphäre der Anstand doch noch viel seltener ist als zwischen den Fürstenbergen.« (*Briefwechsel Rathenau – Harden*, op. cit., S. 434). Die Ablösung Heilbuts durch Scheffler erfolgte ein Jahr darauf.

den neuen Salon von Fritz Gurlitt] Die Gründung des Kunstsalons Fritz Gurlitt 1880 war ein wichtiges Ereignis für das künstlerische Leben in Berlin.

Gurlitt setzte sich für das zeitgenössische Schaffen ein, zunächst für den zu der Zeit noch nicht anerkannten Böcklin und für die deutschen Wegbereiter der Moderne; Gurlitt organisierte 1883 auch die erste Impressionisten-Ausstellung in Berlin. Die bescheidene Kunsthandlung der Behrenstraße übersiedelte später in die Potsdamerstraße.

Ihren peintre-poète] Böcklin; vgl. Anm. zu Br. 60.

dasselbe Problem] MG schreibt am Ende von *Der Fall Böcklin* (1905): »Der Fall Böcklin ist der Fall Thoma. Man kann die ganze Untersuchung, die wir dem einen widmeten, auf den anderen übertragen.« (S. 261)

in der Nationalgalerie] wo MG zu der Zeit an der Vorbereitung der Deutschen Jahrhundertausstellung arbeitete.

Schulte] In der 1886 gegründeten, elegant ausgestatteten Kunsthandlung Eduard Schulte stellte seit 1892 die Gruppe XI aus, aus der die Berliner Sezesssion erwuchs.

Cassirer] Die Galerie Paul Cassirer machte sich um die Anerkennung des französischen Impressionismus und Postimpressionismus in Deutschland verdient, wofür ihr Kritik und Angriffe nicht erspart blieben.

et vous me direz de vos nouvelles] korrekt: »vous m'en direz des nouvelles« – wörtlich: Sie werden mir Nachrichten geben, d.h. gut darüber sprechen oder denken.

den Brief der M.N.N.] Siehe Anm. zu Br. 61. Der Erfolg von MGs Protestschreiben in *Die Zukunft*, 23.9.1905 war eine unverzügliche Antwort der *Münchener Neuesten Nachrichten.*

63 Meier-Graefe an Harden, 6.10.1905
E. Br. BAK.

den Aufsatz von Reinhart] »Von neuheitlicher Malerei«, mit dem Untertitel: »Zur Kritik der Moderne« (siehe Anm. zu Br. 62). MG scheint nicht zu wissen, daß sich hinter dem Pseudonym »Reinhart« Hardens Freund Walther Rathenau verbirgt.

ein Prinzip de l'admiration mutuelle] das Prinzip der gegenseitigen Bewunderung.

Thode oder Bie] MG macht hier keinen Unterschied zwischen dem deutschtümelnden Henry Thode und dem Herausgeber der NR Oscar Bie. Letzterer hatte von oben herab über *Der Fall Böcklin* geschrieben: »Meier-Graefe hat es immer so eilig (dieser Apfel war noch nicht reif!). Wir wollen in Dingen der Kunst nicht so hasten und immer gleich Bücher schreiben.« (NR 1905, II, S. 1148 f., »Die Böcklinfrage«)

Der erste Satz seines Aufsatzes] »Oft habe ich mich gefragt, warum die Seelengewalt, die den Hochwerken aller Kunst entströmt, von Gebilden der Malerei so selten, von neuzeitlichen fast niemals ausgeht.«

von Reinhart suggeriert] Vgl. Rathenaus kritische Äußerung über Schefflers Aufsatz »Gedankenkunst«, der in *Die Zukunft* 8.4.1905 erschien: »Den finde ich übrigens schwach. Diese Leute sind so verschüchtert, daß sie den ›Gedanken‹ oder ›Begriff‹ für sträflich halten, obgleich er *meist* nur gleichgültig ist. Es ist, als wollte man alle Dramen danach beurteilen, ob in ihnen gegessen oder getrunken wird, da doch das Drama eigentlich nur im Reden besteht.« (An Harden, 16.10.1905, *Briefwechsel Rathenau – Harden*, op. cit., S. 432 f.) In diesem Brief, der um dieselbe Zeit geschrieben wurde, scheint Rathenau mit MG konform zu gehen.

seine Vertiefung] Titel des 3. Abschnitts von Reinharts Aufsatz. MG folgt in seiner etwas konfusen Widerlegung den einzelnen Abschnitten.

des Altars] Die Innen- und Außenseiten der Flügel des Genter Altars der Brüder van Eyck wurden 1824 für die Berliner Museen erworben. Bode ließ die einzelnen Tafeln 1894 trennen, so daß aus 6 Flügeln 12 Tafeln wurden. Das untere Mittelbild (Anbetung des Lammes) und die darüber befindlichen Einzelgestalten (Gottvater, Johannes und Maria) blieben am ursprünglichen Ort, in der Kirche St. Bavo in Gent. Die beiden oberen äußersten Flügel mit den Figuren von Adam und Eva befanden sich damals in der Galerie in Brüssel. Die Berliner Tafeln des Altars mußten 1921 aufgrund des Friedensvertrags von Versailles als Erstattung für Kriegsschäden an Belgien zurückgegeben werden; vgl. Wilhelm von Bode, *Mein Leben*, Hg. Th. W. Gaehtgens und B. Paul, Berlin, Nicolai 1997, Bd. I, S. 466.

Kein Mensch hat das je gesagt] Zola schreibt in seinem Roman *L'Œuvre* (1885), Kap. 5: »Der Tag wird kommen, an dem eine einzige Rübe, in origineller Weise gemalt, mit einer Revolution schwanger gehen wird« (zitiert nach Ernst H. Gombrich *Kunst und Fortschritt*, Köln, Dumont 1978, S. 113); vgl. EG, S. 523: »Jedes Historienbild hat erst die Historie gegen sich, bevor das Auge die Kunst, die andere Historie, begreift, und es gehört ein gewaltiges Genie dazu, zu verhindern, daß die eine die andere nicht schmälert. Praktisch gedacht ist daher das Prinzip, das alle Geschichten, selbst die von der Erschöpfung der Welt, beiseite stellt und sich mit der berühmten Kohlrübe – dem Lieblingsthema der Liebermann-Kritik – befaßt, künstlerischer, weil sicherer und normaler; es gibt an sich keinen Vorsprung vor der Kunst, die mit Engeln und gepanzerten Helden arbeitet, aber schließt eine Gruppe von Mißverständnissen aus, die nur den Nichtkünstler fördern.« Siehe ferner ebd., S. 502: »Erst wenn es gelingt, jedes Bild, auch die tiefsinnigste Historie, als Stilleben zu betrachten, gelangt man in die Gefilde, die Seligkeiten bergen.«

Voyez-vous le sale filou?] Da sehen Sie den Gauner.

in meinem Menzel Buch … ein ausführliches Kapitel] das letzte Kapitel, »Menzels Bedeutung«, in *Der junge Menzel*, das im Sommer 1905 geschrieben wurde. Zu diesem Fragen-Komplex, siehe *MGs Weg*, S. 200 f.; siehe auch Br. 83.

Sie ausgerechnet der einzige] Harden schätzte MGs Kämpfernatur. Er schrieb am 5.10.1905 an Rathenau: »M.-G. tun Sie noch immer Unrecht. Er hat den Glauben. […] Ein Strebsamer schrieb nicht solche Bücher.« (*Briefwechsel Rathenau – Harden*, op. cit., S. 429) Rathenau hingegen, dem

Harden MGs Brief (Br. 63) geschickt hatte, äußerte sich dem Freund gegenüber: »Das herzlose Gekräusel von Meier-Graefe habe ich mit physischer und geistiger Mühsal, aber doch nicht ohne Befriedigung gelesen. Von seinen Argumenten war nichts mir unbekannt; das beruhigt mich. Wie soll man einem Menschen den Unterschied von Nervenreiz und Seelenwirkung klar machen, wenn er nur den ersten kennt?« (An Harden, 8.10.1905, ebd., S. 431)

64 Meier-Graefe an Harden, 23.5.1907
E. Br. BAK.

Escroc] Gauner, Betrüger.

mit einer graziösen Geste sitzen] Unklar, da Kesslers Antwort auf Br. 31 nicht erhalten ist.

eine Komödie »Der Snob«] Hat nichts mit der späteren Komödie von Carl Sternheim *Der Snob* (1913), dem vierten Stück des »bürgerlichen Heldenlebens«, zu tun. Ironischerweise wurde gelegentlich auf eine Ähnlichkeit zwischen MG und dem Schauspieler Albert Bassermann hingewiesen, der als Darsteller des »Snobs« triumphierte.

das Stück] MGs Drama *Adam und Eva*, das ohne Erfolg im Dezember 1909 im Hebbel-Theater in Berlin gegeben wurde; Regie führte Eugen Robert, der Hauptdarsteller war Friedrich Kayssler (Karl Jäger).

die Impressionisten] MGs Buch *Impressionisten*, München und Leipzig, Piper 1907, mit einer Einleitung über den »Wert der französischen Kunst«.

Brahm] Der Publizist und Kritiker Otto Brahm (1856-1912) leitete zu der Zeit das Lessing-Theater in Berlin.

den Voleur in der Renaissance] *Le Voleur* (1906) des vor und nach dem Ersten Weltkrieg erfolgreichen Dramatikers Henry Bernstein, im Théâtre de la Renaissance, Boulevard Saint Martin, Paris.

Coupeur de premier ordre] erstklassiger, erfahrener Redakteur, der zu streichen versteht.

Guitry und Le Bargy] Lucien Guitry (1860-1925) machte eine brillante Schauspielerkarriere, er leitete von 1902 bis 1909 das Théâtre de la Renaissance; er war der Vater des Schauspielers und Schriftstellers Sacha Guitry. Der Akteur Charles Le Bargy (1858-1936) wurde als »jeune premier« in der Comédie Française berühmt.

65 Meier-Graefe an Blei, 12.1.1910
E. Br. SBB.

Gretor alias Petersen] Der in Deutschland geborene Däne Willy Gretor (1868-1923, eigentlich Wilhelm Rudolph Julius Petersen), ein Lebenskünstler, Maler und Kunstagent. Er schuf für den späteren Verleger Albert Langen eine umfangreiche Sammlung, die aus Fälschungen bestand, machte diese als Lehrgeld betrachtete Episode aber wieder gut, indem er Langen mit Hamsun zusammenbrachte, der sein erfolgreicher Autor wurde. Gretor scheint auf die verschiedensten Menschen, Strindberg und Bode, Langen und Wedekind (dem er als Vorbild zum Marquis von Keith diente), eine Faszination ausgeübt zu haben. Gretor, als »spezialisierter« Agent für heikle Geschäfte, vermittelte den Berliner Museen die umstrittene Florabüste und den Monforte-Altar von Hugo van der Goes; siehe Margrit Bröhan, »Willy Gretor, Kunsthändler um 1900«, *Museumsjournal* 7, 1993, H. 4, S. 18-23. MG schilderte Gretor in *Geschichten neben der Kunst* (»Der Kenner«), Berlin, S. Fischer 1933.

der Flora-Büste] Die 1909 von Wilhelm von Bode im englischen Kunsthandel erworbene Wachsbüste, die der mächtige Generaldirektor der Berliner Museen Leonardo da Vinci zuschrieb. Diese sensationelle Zuschreibung löste einen Streit über die Echtheit des Werks aus und wurde in Kürze zu einer kunstpolitischen Affäre internationalen Ausmaßes. Gustav Pauli, der Hauptgegner Bodes in der Flora-Affaire, fühlte sich »in die Zeiten des Dreyfus-Handels versetzt« (*Bremer Nachrichten* 15.12.1909). Neben Pauli spielten Harden und MG eine aktive Rolle als Opponenten Bodes. Die genaue Bestimmung der Florabüste ist noch umstritten, sie wird gemeinhin dem Umkreis Leonardos um 1500 zugeschrieben. Über die Flora-Affaire, siehe Manfred Ohlsen, *Wilhelm von Bode, Zwischen Kaisermacht und Kunsttempel*, Berlin, Gebr. Mann 1995, S. 238 f., und W. v. Bode: *Mein Leben*, op. cit., S. 356 f.

Aufsatz des Figaro] *Le Figaro* 21.11.1909, S. 3, »Histoire d'un buste de cire« (suite); der Artikel ist nicht von Gretor geschrieben, sondern beruht auf Informationen, die dieser gegeben hat: »M. W. Gretor, *un élève du docteur Bode* [unsere Hervorhebung, Hg.], a bien voulu nous donner à ce sujet les indications qui suivent.« Am Ende des Artikels ist von einem Werk die Rede, das einzig mit der Florabüste verglichen werden könne, und zwar die im Museum von Lille befindliche Büste einer jungen Frau, die Raffael zugeschrieben wurde. Gretor stellt die Frage, ob man von nun an behaupten werde, daß auch dieses Werk die Arbeit eines Bildhauers des 19. Jahrhunderts sei? Das Werk ist nach wie vor geheimnisvoll, womöglich ein französisches Werk des 16./17. Jahrhunderts (J. Thuillier).

Frau Strindberg] Frida Uhl (1870-1939), die zweite Frau von Strindberg, Tochter des österreichischen Schriftstellers Friedrich Uhl; sie schrieb für die beiden Zeitungen ihres Vaters *Wiener Zeitung* und *Wiener Abendpost.* Frida, die selbst zur Mythomanie neigte, fühlte sich von Gretor, den sie 1894 in Paris kennenlernte, angezogen.

ein nicht exponierter Bekannter] Gustav Pauli, der damalige Leiter der Bremer Kunsthalle.

daß Wedekind erfährt] Wedekind scheint an der Echtheit der Florabüste nicht gezweifelt zu haben; siehe Artur Kutscher, *Wedekind – Leben und Werk*, zum 100. Geburtstag des Dichters bearbeitet und neu hg. von Karl Ude,

München, List 1964, S. 91. Mit Gretors Kunsthandel scheint Wedekind keine Berührung gehabt zu haben (siehe ebd., S. 93).

66 Meier-Graefe an Harden, 7.2.1910
E. Br. BAK.

Der Fall Bode] Die durch Bodes Kauf der Flora-Büste ausgelöste Affaire wütete schon seit 4 Monaten (siehe die Anm. zu Br. 65).

die Excellenz zu verdanken] Der Streit um die Echtheit der Wachsbüste war zu einer Angelegenheit nationaler Ehre auf dem Hintergrund der deutsch-englischen Rivalität geworden, was den Kaiser veranlaßt haben soll, Bode den Titel eines Wirklichen Geheimen Rates zu verleihen (»Exzellenz Bode«). Bode bekräftigt diese Version der Ereignisse in seinen Memoiren (*Mein Leben*, 1. Ausgabe 1930, Bd. 2, S. 215).

Autorschaft des Lucas] Der Künstler und Wachsformer Richard Cockle Lucas (1800-1883), der die beschädigte Wachsbüste restauriert hat und dem die Verfechter der Fälschung die Urheberschaft der Florabüste zuschrieben. MGs Behauptung »Kein ehrlicher Mensch zweifelt ...« ist typisch für sein leidenschaftliches Temperament.

selbst Friedländer] Max J. Friedländer (1867-1958), der maßgebende Kenner altniederländischer Malerei und Mitarbeiter Bodes, hatte die Florabüste 1909 in England entdeckt. MG äußert sich in einem späten Brief an seine dritte Frau folgenderweise über Friedländer: »von Kunst hat er eigentlich keine Ahnung, nur von Echtheit« (13.1.1932, DLA). Max Friedländer gibt selbst eine treffende Charakteristik MGs in *Kritik der Kritik*, Bd. II, 1906, S. 81 (Robert Breuer, alias M. Friedländer, »Heinrich Wölfflin, ein Erzieher zur Kritik«): Er wisse, wie Wölfflin, worauf es in der Kunst ankomme, »aber nie und nimmer ist er ein Erzieher zur Kritik«. »Meier-Graefe ist traditionslos, ein Korsar ...«

Posse] Hans Posse (1879-1942) war seit 1904 wissenschaftlicher Mitarbeiter des Kaiser-Friedrich-Museums in Berlin, er verfaßte den zweibändigen Kat. der Galerie (1909-11); 1910 wurde er als Nachfolger Woermanns zum Direktor der Gemäldegalerie Dresden ernannt; 1939 erhielt er von Hitler den Auftrag, ein Kunstmuseum in Linz zu schaffen.

inl. Übersetzung eines Briefes an Pauli] scheint nicht erhalten zu sein.

Gronau] Georg Gronau (1868-1937) war von 1910 bis 1924 Leiter der Gemäldegalerie in Kassel. Studien über Tizian, Leonardo, Corregio, Bellini.

im »Cicerone«] *Der Cicerone*, 1909, H. 24.

Fest steht ... daß Gretor ...] Hier trifft MGs Behauptung zu.

ob ich es in Ihrer Zukunft thun darf] Harden hatte sich schon zweimal über die Florabüste geäußert: in *Die Zukunft* 20.11.1909 u. 4.12.1909; siehe auch MG ebd. 7.5.1910, »Wachspuppen und Künstler«.

Pauli ist in London gewesen] Vgl. Bodes Äußerung über Pauli, der »mit Londoner Drahtziehern in Verbindung trat«, in *Mein Leben* 1930, Bd. 2, S. 216.

67 **Pauli an Swarzenski, 18.2.1910**
Durchschlag in »Acta betreffend Florabüste«, KhH.

Swarzenski] Georg Swarzenski (siehe Biogr. Reg.).

Bericht von Cooksey] Der Kunsthändler Charles Cooksey veröffentlichte in der *Times* vom 23.10.1909 einen Brief, in dem er behauptete, daß die Florabüste nicht von Leonardo stamme, sondern von einem reichen Engländer bei dem Wachsformer Richard Cockle Lucas 1846 in Auftrag gegeben worden sei. Dieser Brief löste die Flora-Affaire aus.

Artikel von Voss] Hermann Voss war Redakteur des 1909 gegründeten Blattes *Cicerone*, das zweimal im Monat erschien und Ende 1909 die Ergebnisse einer Umfrage »Zur Echtheitsfrage der Berliner Flora« mit Antworten von Gronau, Goldschmidt, Wölfflin und Pauli veröffentlicht hatte; Anfang 1910 kam ein Brief der Redaktion hierauf zurück.

Seidlitz und Goldschmidt] Woldemar von Seidlitz hatte im *Dresdener Anzeiger* vom 23.11.1909 einen Artikel »Leonardo als Bildhauer« veröffentlicht, in dem er behauptet, daß die Büste zwar nicht zum Wesen Leonardos passe, jedoch ein Mailänder Werk von Anfang des 16. Jhs. sei. Der Streit um die Florabüste drehte sich nicht mehr um die Frage »Lucas oder Leonardo?«, sondern um das Alter des Werks. Der Kunsthistoriker Adolph Goldschmidt (1863-1944) gehörte der Ankaufskommission der Kgl. Museen an und hatte als solcher der Erwerbung der Florabüste als »herausragendste Bereicherung unserer Sammlungen in neuerer Zeit« (*Cicerone*, 1909, H. 24) zugestimmt.

Schottmüller] Frida Schottmüller (1872-1936) war 1904 von Bode an die Berliner Museen geholt worden, wo sie bis 1936 an der Gemäldegalerie und Skulpturenabteilung arbeitete. Sie versuchte, die Zuschreibung der Florabüste an Leonardo zu untermauern. Im Museumskatalog von 1933 bezeichnet sie die Büste als Arbeit eines Nachfolgers Leonardos, mit Restaurierungen aus dem 19. Jh.

unerschrocken ihre Meinung sagen] Die Flora-Affaire konnte auf diese Weise nicht aus der Welt geschafft werden. Noch 2 Jahre nach Bodes Tod veröffentlichte Pauli in der Wiener Zeitschrift *Belvedère* 1931 einen Aufsatz mit allem Für und Wider, den Otto Kurz (*Fakes*, New York, Dover 1967) als die beste Zusammenfassung dieser Sache betrachtet. Tschudi hatte am 18.2.1910 (am Tag von Paulis Schreiben an Swarzenski!) folgendes an Pauli geschrieben: »Ich würde an Ihrer Stelle die Sache jetzt ruhen lassen. Zu überzeugen sind die Leute nicht weil es sich bei ihnen nicht mehr um die Erkenntnis der Wahrheit sondern um eigensinniges Festhalten an der vorgefaßten Meinung handelt. Wenn man die Frage ignoriert, so wird sie bald wegen Entkräftung das Zeitliche segnen.« (Acta betr. Flora, KhH)

68 Meier-Graefe an Harden, 9.4. (1910)
E. Br. BAK.

Direktoren in Dresden und Kassel] resp. Hans Posse und Georg Gronau, siehe Anm. zu Br. 66.

über die Ausstellungen schreiben] Gemeint sind wohl die Marées-Ausstellungen, die 1909-1910 in Berlin, Frankfurt a. M., München, Paris und Köln stattfanden; stattdessen brachte *Die Zukunft* 5.11.1910 einen Vorabdruck aus *Hans von Marées.*

Brinckmanns] Justus Brinckmann (1843-1915), der Gründer des Museums für Kunst und Gewerbe in Hamburg. Brinckmanns Freund und Kollege Lichtwark hielt sich aus dem Streit heraus; am 16.1.1910 schrieb er an Pauli: »Ich habe die ganze Geschichte [die Flora-Affaire, Hg.], so weit sie in Deutschland spielt, als das übliche Gelehrtengezänk genommen, Schimpfereien taktloser Menschen. Gegen das Ausland müssen wir uns jetzt mit Geduld wappnen. Wir sind ein solch minderwerthiges Gesindel in allem, was Anstand und gute Sitte angeht, daß wir aus der Schamröthe nicht herauskommen, wenn wir uns vom Standpunkt London sehen. Die Zähne zusammenbeißen und eine neue Zeit an sich selber vorbereiten ...« (Acta betr. Florabüste, KhH)

den Aufsatz Schefflers »Qualität«] in KuK, 8. Jg., Febr. 1910, S. 277-279. Scheffler stellt die Frage »Was ist Qualität?« und kommt zu dem Schluß, daß es unmöglich sei, etwas Endgültiges darüber zu sagen.

à la porte!] raus mit ihm! (Bezieht sich wohl auf Gretor.)

69 Meier-Graefe an Harden, 9.5.1910
E. Br. BAK.

das Weh, das ich ihm angetan habe] mit dem Aufsatz der *Zukunft* »Wachspuppen und Künstler« (7.5.1910), in dem MG die Berliner Secession und ihren Präsidenten Liebermann kritisierte. Dieser, der laut Scheffler, »gute Kritik zu schätzen wußte«, war vermutlich von MGs belehrender Ironie beleidigt. Liebermann antwortete auf einen anscheinend beschwichtigenden Brief von Harden folgendes: »Besten Dank für Ihre Bemühungen in meinem Interesse, womit auch mir der Zwischenfall erledigt erscheint. Hoffentlich wird Herr M.G. in Zukunft etwas vorsichtiger mir gegenüber sein und mehr verlange ich nicht. Sie haben durchaus Recht, daß man seine Zeit, wenn auch nicht zu Meisterwerken, doch zu etwas Besserem anwenden kann, als zu Zänkereien mit Leuten, die eigentlich am selben Strange ziehn oder wenigstens ziehn wollen. Allerdings scheint mir eine Exageration mit M.G. ziemlich schwierig, da er jeden anders denkenden mindestens für einen Lumpen hält (in welchen Fehler ich selbst trotz meiner höheren Semester manchmal zu verfallen fürchte).« (Liebermann an Harden, 10.5.1910, BAK) *der Krach in der Sezession*] Eine Gruppe von Mitgliedern hatte Anfang 1910 gegen die »Tyrannei« Liebermanns und Cassirers rebelliert, worauf Beckmann und MGs Freund Leo von König in den Vorstand gewählt wurden. Liebermann verließ den Vorstand, kehrte jedoch nach Schließung eines Kompromisses in ihn zurück. Hiermit setzte der Niedergang der Berliner Secession ein (siehe Peter Paret, *Die Berliner Secession*, Berlin, Severin und Siedler 1981, S. 300 f.).

in Sachen Tschudi Stellung nehmen] Als Tschudi im März 1908 als Direktor der Nationalgalerie »Urlaub« erhielt (die sogenannte »Tschudi-Affäre«), planten die Freien Studenten in Berlin eine Kundgebung zugunsten Tschudis. Liebermann, der langjährige Freund Tschudis und Präsident der Berliner Secession, riet davon ab, was MG »unbegreiflich« war (siehe Tgb., 26.3.1908).

Herrn Gorki gefeiert] Die Berliner »Litterarische Gesellschaft« veranstaltete am 16.3.1906 einen Empfang für Gorki, bei dem Liebermann Begrüßungsworte sprach. MG nahm an der Soiree teil, die Harden in einem Brief an Rathenau vom 17.3.1906 mit ironischer Verve schildert (siehe *Briefwechsel Rathenau – Harden*, op. cit., S. 468 f.).

die Büste des Herrn Lucas] der vermeintliche Urheber oder Restaurator der Florabüste (siehe Anm. zu Br. 66).

Ferrer-Geschichte] die Hinrichtung des spanischen Anarchisten Francisco Ferrer (14.10.1909), den man als ideologischen Aufwiegler für die antiklerikalen Aufstände während des Marokko-Krieges 1909 verantwortlich hielt. MG hatte den Chefredakteur des BT Theodor Wolff veranlaßt, eine Manifestation in Deutschland zu organisieren. MG setzte den Protest auf, der am 18.10.1909 im BT veröffentlicht und von Lujo Brentano, Ernst Haeckel, Gerhart Hauptmann, Max Liebermann und MG unterzeichnet wurde. In diesem Fall hatte sich also Liebermann, im Unterschied etwa zu Richard Strauss und Max Klinger, zwei weiteren »Repräsentanten« Deutschlands, nicht gedrückt. Ob sich Hardens Vorwürfe darauf beziehen, daß im Falle Ferrers in allen Ländern, nur nicht in Deutschland, protestiert wurde? MG wollte die Ferrer-Geschichte benützen, um durch »eine Kundgebung generöser Art« das »Gefühl geistigen Zusammenhangs« in Deutschland zu fördern (siehe Tgb., Mitte November 1909).

seine Beziehung zu Zorn] Die Berliner Sezession 1910 zeigte eine Sonderausstellung des schwedischen Malers und Graphikers Anders Zorn (1860–1920), der sich auch als Bildhauer betätigte. MG schrieb in dem bewußten Aufsatz der *Zukunft* (7.5.1910): »Kann Zorn in irgendeiner Hinsicht als Muster gelten? Mir scheint, Leute wie er müßten gemieden werden. Schon um das Publikum und die eigene Heerde nicht kopfscheu zu machen. […] Zorn und Genossen haben Manet billig gemacht; grob gesagt: geplündert. Zorn spekuliert mit dem Impressionismus; er beutet ihn aus. Schlimm genug, daß man das einem Liebermann erst sagen muß.« (S. 189) Vgl. Liebermanns Brief vom 28.12.1910 an Franz Servaes, der dem Künstler seine 1910 erschienene Zorn-Biographie geschickt hatte: »Haben Sie Meier-Graefes Artikel in der ›Zukunft‹ gelesen gelegentlich der diesjährigen Secessionsausstellung und worin er mich beschuldigt, daß ich die Zorn-Ausstellung nur gemacht hätte aus Freundschaft, denn dergleichen Kitsch könnte ich doch nicht gut finden? Ich bin reaktionär und zurückgeblieben genug, Zorn für sehr tüchtig zu halten und jedenfalls ist er als Vorbild für die Jüngeren viel vorteilhafter als Cézanne und van Gogh. Meier-Graefe ist ein Schriftsteller, der vielleicht das Gute will, aber das Schlechte schafft: er verdreht den jungen Leuten die Köpfe und redet vom Genie zum Schuljungen.« (Zitiert nach Max Liebermann, *Briefe*, Auswahl von Franz Landsberger, ergänzte Neuausgabe von Ernst Volker Braun, Hatje 1994, S. 39.) Zorn hat das Ehepaar Liebermann porträtiert (die Bildnisse wurden 1942 in einem Wäschesack nach Schweden geschmuggelt und befinden sich heute im Anders-Zorn-Museum in Mora).

der Fall Mattys (?)] Hier ist wohl Matisse gemeint, von dem die Berliner Sezession 1910 zum ersten Mal Werke zeigte (drei Porträts).

daß ich König überschätze] MG schreibt in dem genannten Artikel der *Zukunft* (S. 190) über seinen Malerfreund Leo von König: er »malte vor ein paar Jahren recht mäßige Sachen. Und jetzt gehört er zu Ihren Besten. [...] Ich wüßte keinen in Deutschland, der in so kurzer Zeit so schnell vorwärts gekommen ist.«

70 **Meier-Graefe an Dr. Krebs (Freie Schulgemeinde), Dez. 1911**
Abschrift im Tgb. DLA.

MGs Stellungnahme zum Programm der freien Schulgemeinde, im Rahmen der reformpädagogischen Bewegung in Deutschland zwischen der Jahrhundertwende und 1933, ist mit seinen späteren Äußerungen gegen Ende des Krieges zu vergleichen (siehe Br. 88). – Über den Adressaten Dr. Krebs war nichts Näheres zu erfahren.

71 **Meier-Graefe an Dehmel, 26.5.1895**
E. Br. SUBH.

Ihre Sache] wohl Dehmels langer Bericht in *PAN*, I, 2, 1895.

das Glühlala] der Vers aus Dehmels *Trinklied* in *PAN*, I, 1: »Singt mir das Lied vom Tode und vom Leben / djagloni gleia glühlala!« In Wirklichkeit ist dieser onomatopoetische Vers eine Improvisation von Dehmels Tochter Detta, die der Dichter mit Freude übernahm; siehe R. Dehmel, *Ausgewählte Briefe*, Bd. I, 1923, Nr. 112, an Frau Paula, 3.9.1894. Rückblickend betrachtete MG das *Trinklied* als »so etwas wie der Hymnus eines Kreises, der sich Generation zu fühlen begann« (In »Erinnerungen an Richard Dehmel«, NR, 1933, II, S. 646)

das Klirrlala] der entsprechende Vers der 3. Strophe des Lieds: »djagloni, Scherben, Klirrlala«.
ich kopiere den Brief nicht] nehme den Brief nicht ins PAN-KB. auf.
Stachu] i.e. Stanisław Przybyszewski, der als Freund und Schriftsteller Dehmel zu der Zeit nahestand.
geschmacklosen Rahmen] der Figurenrahmen von Georg Lührig für Dehmels *Trinklied*, der auch dem Dichter mißfiel (siehe *Dehmel–Albert*, Br. 64).
des Scheerbartschen Trinklieds] MG war anscheinend dem skurrilen Humor des Dichters und Bohemiens Paul Scheerbart (1863-1915) abgeneigt, dessen *Königslied* in *PAN*, I, 1, erschien.

72 **Meier-Graefe an Dehmel, Frühsommer 1897**
E. Br. SUBH.

Ihre Kritik] Nicht ermittelt; vermutlich über MGs Romanzyklus *Die Keuschen*, Berlin, Schuster & Löffler 1897.
Vallotton] *Felix Vallotton Biographie*, Paris und Berlin 1898.
das Studio für Deutschland] Die in Deutschland viel gelesene englische Zeitschrift *The Studio*, die sich nicht nur mit angewandter Kunst befaßte, diente als Vorbild für DK.
Ju kommt mit Gusti] Bierbaum mit seiner ersten Frau.
Wustmann »Sprachdummheiten«] *Allerhand Sprachdummheiten, kleine deutsche Grammatik des Zweifelhaften, des Falschen und des Häßlichen* von Gustav Wustmann, Leipzig, F. W. Grunow 1891.

73 **Meier-Graefe an Dehmel, 11.1.1898**
E. Br. SUBH.

Albert] Der Elsässer Henri Albert (1868-1921), der Pariser Vertreter der Zeitschrift *PAN* (1894-95) und Übersetzer und Herausgeber Nietzsches in Frankreich, führte in den Jahren 1893-1896 einen regen Briefwechsel mit Dehmel (siehe *Dehmel–Albert*). Anfang 1896 kam es zu einer Entfremdung zwischen den beiden, weshalb sich Dehmel nach Alberts Adresse erkundigte; er wollte ihm Wilhelm Schäfer empfehlen, der 1897 *Zwanzig Gedichte* von Richard Dehmel mit einem Geleitwort bei Schuster & Löffler herausgab. Wilhelm Schäfer (1868-1952) begann als Naturalist, er schrieb Kurzgeschichten in der Art von Johann Peter Hebel.
mein Buch] *Die Keuschen.*
ein ganzes Buch] MG hatte sich schon 2 Jahre früher bei Oscar Bie, dem Chefredakteur der NDR, nach einem Verleger erkundigt, der ihm »für ein Buch über modernes Kunstgewerbe im weitesten Sinne«, das er die »Kunst im Hause« nennen wollte, ein anständiges Honorar zahlen würde (siehe MG an O. Bie, 9.1.1896, in Archives of the History of Art, The Getty Center for the History of Art and the Humanities, Los Angeles).

Aus diesem Vorhaben wurde nichts, MG schrieb jedoch 4 Jahre lang über das moderne Kunstgewerbe in DK; er verfaßte selbst die Mehrheit der Artikel (siehe Br. 38).

Ihre Bedarfskunst] Dehmel setzte sein Interesse für »Bedarfskunst«, im Gegensatz zu MG, bei der Gestaltung und Inneneinrichtung des eigenen Hauses in Hamburg-Blankenese in die Tat um; siehe Peter-Klaus Schuster, 1983, wie in Anm. zu Br. 76.

wenig von »Kunst« dabei] Gleich im ersten Artikel für DK (»Moderne Beleuchtungskörper«, Okt. 1897, S. 8) schrieb MG: »Im Gewerbe hat die Originalität ein anderes Gesetz als in der reinen Kunst; hier hat der Eigendünkel, der durchaus etwas Neues will und der aus der modernen Malerei diese Speisekarte von Sensationshaschereien gemacht hat, sich unter Umständen wichtigeren Faktoren zu fügen.« MG setzte sich für eine moderne funktionelle »Nutzkunst« ein.

zu meinem Bruder] Max Meier, ein bedeutender Hüttenfachmann.

Extirpation der Venus Consolatrix] das wegen Verletzung religiöser und sittlicher Gefühle verurteilte Gedicht aus *Weib und Welt* (1896), das Dehmel in weiten Kreisen bekannt machte.

74 **Meier-Grafe an Dehmel, 13.4. (1901)**
E. Br. SUBH.

Roman in Romanzen] Teile aus dem Gedicht-Zyklus *Zwei Menschen*, die in 8 Folgen in der *Insel* ab Okt. 1900 erschienen. Die von MG beanstandete Stelle stammt aus dem Gedicht »Überschwang« (Juni-Heft 1901): »o! es hieß wol: Wir Welt! Nicht Schein! Nicht Traum! / horch, wie's wirbelt: WRwlt – o Urakkord!«. Ironischerweise wurde *WRWlt – o Urakkord* als Titel der bisher einzigen Dehmel-Ausstellung in SUBH 1995 gewählt (siehe Kat.). Dehmel arbeitete 7 Jahre lang an dem »Roman in Romanzen«, der 1903 als Buch erschien (*Zwei Menschen*).

Deines wundervollen Trinklieds] Vgl. Br. 71.

zur Eröffnung der Sache] der Ausstellung der Darmstädter Künstlerkolonie »Ein Dokument deutscher Kunst« am 15. (nicht 1.) Mai; Olbrich war für die Architekturplanung verantwortlich, Peter Behrens ersann das weihevolle Eröffnungsfestspiel. MG schrieb darüber eine vernichtende Kritik in *Die Zukunft* 35 (1901), S. 480 f.

75 **Meier-Graefe an Dehmel, 24.2.1903**
E. Br. SUBH.

Das Bändchen u das nächste] Bd. VII und XI der Sammlung Illustrierter Monographien »Die Kunst«, Hg. R. Muther: *Edouard Manet und sein Kreis* und *Der moderne Impressionismus*, Berlin, Julius Bard 1902.

aus meiner Ästhetik] die EG. MG verhandelte jahrelang mit dem Insel-Verlag, der den schönen Druck herstellte, der vermutlich an den Stuttgarter Verleger der EG verkauft wurde (siehe *MGs Weg*, S. 219 f.).

die Vorrede zur Impressionistenausstellung] das »Der Arbeitsausschuß« signierte Vorwort von *Entwicklung des Impressionismus in Malerei u. Plastik*, XVI. Ausstellung der Vereinigung Bildender Künstler Österreichs Secession Wien, Jan./Febr. 1903.

commis-voyageur des Beaux-Arts] Dies steht in der Tageszeitung *Die Zeit* 15.2.1903, in einer nicht signierten Glosse »Vortrag Meier-Graefe in der Secession«. In der Wochenzeitschrift *Die Zeit* (Hg. Singer, Bierbaum, Kanner) suchten wir vergebens nach dem oben erwähnten Feuilleton.

Der Vortrag … in der Zukunft] »Französische Kunst«, *Die Zukunft* 15.6.1903, S. 446-460; der Vortrag erschien auch als Broschüre im Format von *Ver Sacrum* und wurde von Kessler als Flugblatt des Weimarer Museums herausgegeben.

der N. F. Presse meine Sachen lieber gebe] MG hatte am 19.1.1903 in *Neue Freie Presse* (Abendblatt) »Der Impressionismus in Malerei und Skulptur« (über die Wiener Ausstellung) publiziert; am 16.1.1903 erschien jedoch im Wochenblatt *Die Zeit* ein längerer Artikel von MG »Von Poussin zu Maurice Denis«. Hier steht ein witzig-boshafter Absatz, der, ohne ihn zu nennen, auf Bierbaum zielt: »Es ist eine Folge unserer unerhörten Barbarei, Dichter zur Betrachtung künstlerischer Werke zuzulassen …« (S. 58) Bierbaum rächte sich mit harten Worten in dem Aufsatz »Der Impressionismus und seine Kritiker« (*Propyläen*, Literarisch-belletristische Halbwochenschrift, München 1.12.1903, Jg. 1, Nr. 16), indem er Heilbut gegen MG ausspielt: »Heilbut stellt fest, weil er selbst fest steht, MG verwirbelt Alles, weil ihm selber Alles wirbelt.«

komme noch immer nicht über die Sache weg] Die herzliche Freundschaft, die MG mit Bierbaum verband, wurde 1902 erschüttert. Wir erfahren aus einem Brief von MG an Dehmel, daß sich Anna MG ungeschickt über Bierbaum geäußert hatte, worüber sich dieser bei dem Maler Max Stremel beklagte, was diesen wiederum veranlaßte, an MG – der ihm geholfen hatte – beleidigende Briefe zu schreiben. MG, der die Sache zunächst nicht ernst nahm, war entsetzt, als er merkte, daß dabei »die Freundschaft über Bord« ging. (An Dehmel, 18.6.[1902], SUBH)

geh mal nach Wien] Vgl. Br. 57.

76 Meier-Graefe an Dehmel, 25.2.1903

E. Br. SUBH.

dem Beethoven] Klingers *Beethoven* wurde 1902 vollendet und im April dieses Jahres auf der XIV. Ausstellung der Wiener Secession als Gesamtkunstwerk in einer Raumgestaltung von Josef Hoffmann ausgestellt; im Juli 1902 kaufte das Leipziger Museum das viel diskutierte Werk. Folgende Materialien sind für das Monument verwendet worden: Marmor, Alabaster, Bernstein, Bronze, Elfenbein und Mosaikstreifen. Dehmel, der seine Gedichtsammlung *Lebensblätter* (1895) »Unserm Max Klinger« widmete, erwähnt den *Beethoven* in dem Gedicht »Jesus und Psyche«. Im Kontrast zu MG urteilte Kessler über Klingers *Beethoven*: »Hier ist etwas zur Welt gekommen, das Ehrfurcht gebieten sollte. Hier ist ein Kunstwerk und eine Kunst geboren.« (KuK, Nov. 1902, S. 74) Er hebt ferner die »edle Legierung von Material und Weltanschauung« hervor (ebd., S. 71).

Dein Kopp von Behrens] Holzschnitt von Peter Behrens für Dehmels *Ausgewählte Gedichte* (1902); Behrens druckte das Bildnis auch auf einem großen Blatt mit einem ornamentalen Rahmen (46 × 31 cm), quasi als gerahmtes Porträt (siehe Abb. in *Die Jugendstil-Sammlung*, Museum für Kunst und Gewerbe Hamburg, Bd. 1, Hamburg 1979, S. 62). Zwischen Dehmel und Behrens bestand eine Affinität, die Peter-Klaus Schuster in »Leben wie ein Dichter – Richard Dehmel und die bildende Kunst« untersucht hat (*Ideengeschichte und Kunstwissenschaft im Kaiserreich*, Hg. E. Mai, S. Waetzoldt & G. Wolandt, Berlin, Gebr. Mann 1983, S. 181 f.).

Servaes] Siehe Biogr. Reg. Franz Servaes verfaßte *Max Klinger* für Richard Muthers Sammlung »Die Kunst«, Bd. IV.

siehe Zola] Anspielung auf Zolas bekannten Ausspruch: »L'œuvre d'art est un coin de la création vu à travers un tempérament«.

Blos bei Euch] MG schrieb aus Paris nach Deutschland.

77 Meier-Graefe an Dehmel, 11.6. (1904)

E. K. SUBH.

daß Du dieses Kapitel nobel findest] das Kapitel »Klinger« der EG, in dem auch Dehmel erwähnt wird. MG würdigt Klingers »tiefe dichterische Begabung«, die in Deutschland, einem Land ohne malerische Tradition, eine »metaphysische Kunstbetrachtung« hervorgerufen habe.

Besnard, Carrière] der zu Lebzeiten überschätzte Albert Besnard (siehe Anm. zu Br. 18) und Eugène Carrière (1849-1906), französischer Maler und Lithograph, der die Menschen seiner Welt in subtil nebulösen Formen gemalt hat (Porträts von Verlaine, Alphonse Daudet, Edmond de Goncourt).

das Buch] die EG.

78 Meier-Graefe an Dehmel, 26.2.1905

E. Br. SUBH.

Dieser Brief wurde zur Zeit der problematischen Vorbereitungsphase der Deutschen Jahrhundertausstellung geschrieben (siehe Br. 27), noch vor der Veröffentlichung von Der Fall Böcklin, *der einen Sturm von Angriffen auf ihren Autor entfesselte, und zwar von seiten der hier angesprochenen Tendenz.*

79 **Dehmel an Meier-Graefe (ca. 28.2.1905)**
Dehmel-KB. III, Bl. 492/93 SUBH.

Zufällig schrieb ich kürzlich auch einen Aufsatz] »Kunst und Volk – Neun Selbstverständlichkeiten, die aber doch der Erklärung bedürfen«, abgedruckt in R. Dehmel, *Betrachtungen über Kunst, Gott und die Welt*, Berlin, S. Fischer 1926, S. 185-198. MG äußerte sich folgendermaßen über den Aufsatz des Freundes: »Deine neun Selbstverständlichkeiten sind mit das beste, das Du geschrieben hast. Unglaublich wohltuend, sehr, sehr schön. Du solltest mehr Prosa schreiben, Du Faultier ...« (MG an Dehmel, 6.2.[1905], SUBH).

von Haus zu Maus] »Maus« war der Kosename von Anna MG.

80 **Entwurf einer Rundfrage (1905)**
SUBH.

Der gedruckte Entwurf, den MG, zur Korrektur, an Dehmel schickte, enthält Handkorrekturen von Dehmel; die korrigierten Stellen wurden kursiv gesetzt, die erste Fassung von MG in Klammern ( ). Die Rundfrage kam nicht zustande (siehe Br. 83).

81 **Dehmel an Hauptmann, 21.3.1905**
Dehmel-KB. IV, Bl. 8/9 SUBH.

auf Trübner und Klinger geeinigt] Leibl, der wohl als erster in Betracht gekommen wäre, war Ende 1900, kurz vor Böcklin, gestorben; Hans Thoma, der Henry Thode nahestand, gehörte ins andere »Lager«; Adolf von Hildebrand wäre als Bildhauer der beste »Repräsentant« gewesen.

Conrad Ansorge] Pianist und Komponist (1862-1930), der, wie auch Richard Strauss, Gedichte von Dehmel vertonte.

Frau Förster-Nietzsche] Elisabeth Förster-Nietzsche (1846-1935), die Schwester des Philosophen, die als Gründerin und Leiterin des Nietzsche-Archivs in Weimar eine ebenso beträchtliche wie zwielichtige Rolle im kulturellen Leben Deutschlands spielte.

Karl Lamprecht] Deutscher Wirtschafts- und Kulturhistoriker (1856-1915); Hauptwerk: *Deutsche Geschichte* in 19 Bänden (1891-1909).

Röntgen] Wilhelm Conrad Röntgen (1845-1923), der Entdecker der Röntgen-Strahlen (1895), Nobelpreis 1901.

82 **Dehmel an Meier-Graefe, 25.5.1905**
Dehmel-KB. (Teilabdruck in R. Dehmel *Ausgewählte Briefe*, II, 1923, Br. 433)

das Epigramm] MGs Widmungs-Epigramm lautet: »Was schöne Dinge sind – / Nicht mit der Elle läßt sich's messen./ Wer aber nicht das Maß daraus gewinnt, / Bleibt immer nur beim Essen.«

der Böcklin der Schack-Gallerie] MG schreibt im *Fall Böcklin* (S. 35 f.): »Die Schackgalerie in München besitzt den letzten, schon nicht mehr rein klingenden Rest Böcklins bester Epoche.« Es liegt eine gewisse Ironie darin, daß Dehmel ausgerechnet durch MGs vernichtendes Urteil über den späten Böcklin klargeworden ist, warum er ihm »malgré tout acceptable« ist.

Deine Kaufmannsanekdote] Am Ende des Kapitels »Erfindung« (*Der Fall Böcklin*, S. 110 f.) schildert MG ein Streitgespräch mit einem Freund (gemeint ist Bodenhausen), der schließlich zugibt, daß Böcklin zwar kein Maler, auch kein Zeichner, aber »doch ein großer Künstler« ist – »Er ist eben etwas anderes.« Darauf bringt MG folgende Parallele: »ich möchte den Kaufmann sehen, der ebenso dächte, wenn man ihm sagte: Hier ist ein Mann. Er ist kein Kaufmann, er kann nicht richtig rechnen und besitzt auch keine andere Eigenschaft, die ihn für den Posten geeignet erscheinen läßt. Aber es ist etwas anderes. Deshalb gib ihm Prokura.«

Strousberg] Über den Eisenbahnmillionär Bethel Strousberg, siehe Manfred Ohlsen, *Der Eisenbahnkönig Bethel Henry Strousberg – Eine preußische Gründerkarriere* (1987).

zur Eröffnung der Ausstellung] der Nordwestdeutschen Kunstausstellung in Oldenburg im Sommer 1905 (die Eröffnung fand Anfang Juni statt); Peter Behrens schuf hier, vier Jahre nach Darmstadt, eine Art »Gesamtkunstwerk«, das mit dem Jugendstil brach: eine städtebauliche Gartenanlage um einen offenen Platz mit einem kubisch-archaischen Bautenkomplex, der sich an die romanische Architektur der Toskana anlehnt. Die Gebäude wurden nach Schließung der kunstgewerblichen Ausstellung abgebrochen; siehe Kurt Asche, *Peter Behrens und die Oldenburger Ausstellung 1905*, Berlin, Gebr. Mann 1992, und MG in DK, Juli 1905 (ein Peter Behrens gewidmetes Heft).

83 Meier-Graefe an Dehmel, 26.5.1905
E. Br. SUBH.

wo alle stehen] Vgl. Fontane, 30 Jahre früher: »Was alles man auch über Böcklin sagen, ja, ob man beweisen mag, daß dies und ähnliches gar keine malerischen Aufgaben seien, dennoch ist mir schließlich solch Nichtmaler lieber als hundert andre, denen niemand ihren Titel bestreitet.« (An Emilie Fontane, 9.8.1875, in *Fontanes Briefe*, Berlin / Weimar, Aufbau-Verlag 1980, Bd. I, S. 413) Siehe auch Hugo v. Tschudi in dem begleitenden Text zu *Die Werke Arnold Böcklins in der Nationalgalerie*, München, Photographische Union [1901]: »Daß Böcklin die machtvollste Persönlichkeit der deutschen Kunst des 19. Jahrhunderts ist, scheint heute ein kaum bezweifelter Glaubenssatz, wenigstens dürfte es schwerlich einen Galeriedirektor geben, der anderer Meinung wäre. [...] angesichts der übermächtigen Individualität verlieren die Bedenken gegen die malerische Darstellungsform an Gewicht.«

als wir anfingen, glücklich starb] Hans von Marées starb 1887 mit knapp 50 Jahren in Rom; Dehmel war damals 23, MG 20 Jahre alt.

84 Dehmel an Meier-Graefe, 29.5.1905
Dehmel-KB. IV, Bl. 61/62 SUBH.

85 Dehmel an Meier-Graefe (Mitte Dezember 1910)
R. Dehmel, *Ausgewählte Briefe* II, 1923, Br. 625.

Dieser wichtige Brief über MGs Hauptwerk Hans von Marées, *auf den MG am 19.12.1910 antwortet (Br. 86), wurde bisher kaum beachtet.*

die Citate vom alten Herrn Marées und besonders von Fiedler] die angeführten Stellen aus den Schriften des dichterisch veranlagten Juristen Adolf von Marées, des Vaters des Künstlers, im Kapitel »Elternhaus«, und die in der Marées-Biographie verwendeten Auszüge aus Konrad Fiedlers Nachlaß (Tagebuch und Korrespondenz), heute in SBM, damals im Besitz der Witwe.

Skrupel [...] *gerade bei Fiedler*] Wie die Briefe an Mary Balling zeigen, hatte es MG nicht leicht, Zugang zu dem Nachlaß Fiedler zu bekommen. Auch war MGs Urteil über Fiedler gespalten: keiner habe so viel für Marées getan wie er, aber seine dem Andenken des Künstlers gewidmete Schrift *Hans von Marées* (Privatdruck, München, Dez. 1889) habe Urteile verbreitet, die Marées geschadet hätten: der Künstler als »Kämpfer mit unzulänglichen Kräften«, als »viel wollender Nichtskönner«, schließlich als »tragische Erscheinung« (die angeführten Zitate stammen aus *Hans von Marées* von MG). MG hat sein großes Marées-Werk »Dem Andenken an Konrad Fiedler« gewidmet, was P. Fechter in seiner Rezension des Werks feinsinnig beurteilt: »Einmal wohl aus dem Gefühl heraus, daß an einem Denkmal Hans von Marées' der Name des Mannes nicht fehlen durfte, dessen Takt und unwandelbare Vornehmheit der Gesinnung durch alle Peripetien des wechselvollen Verhältnisses hindurch dem Menschen in Marées die Möglichkeit ließen, das dem Künstler Gebotene anzunehmen. Daneben aber sprach vielleicht ein noch tieferes, über das bloße Billigkeitsempfinden hinausgreifendes Gerechtigkeitsgefühl. Das Werk Meier-Graefes ist definitive Zerstörung des Bildes, das Konrad Fiedler der Mit- und Nachwelt vom Wesen und Wirken Hans von Marées' hinterlassen hatte.« (NR, 1911, S. 410 f.)

dem »Drachentöter«] *Der heilige Georg*, der rechte Flügel des Triptychons *Die drei Reiter*, Schenkung K. Fiedler 1891, München, Bayerische Staatsgemäldesammlungen, damals im Schloß Schleißheim. K. Fiedler besaß auch den kleinen *Drachentöter*, den ihm der Künstler nach einer Auseinandersetzung gab; er schenkte das Bild Cosima Wagner, die es der Nationalgalerie in Berlin als Schenkung überließ.

Empfehlungen von Hildebrand und Volkmann] Die Freundschaft zwischen Adolf von Hildebrand und Fiedler, die sich nicht so rasch wie die Verbindung Fiedler–Marées entwickelte, war eng und harmonisch. Fiedler hatte seinerseits den aus Leipzig stammenden Bildhauer Artur Volkmann (siehe Anm. zu Br. 46) Marées empfohlen; er wurde sein erster Schüler in Rom und stand ihm am nächsten; Volkmann gestaltete im Auftrag Fiedlers das Grabmal von Marées auf dem protestantischen Friedhof in Rom.

eine große Marées-Mappe] *Bilder und Zeichnungen von Hans von Marées*, hg. von K. Fiedler, München 1889.

ein guter Theoretiker] Die Bedeutung von Fiedlers kunstphilosophischen Schriften wurde erst kurz vor dem Ersten Weltkrieg erkannt, fast zwei Jahrzehnte nach seinem Tod; siehe Konrad Fiedlers *Schriften über Kunst*, Hg. H. Konnerth, München, Piper 1913/14 (2 Bde.). Neuausgabe der *Schriften zur Kunst*, Hg. Gottfried Boehm, München, Fink 1991; vgl. *Auge und Hand – Konrad Fiedlers Kunsttheorie im Kontext*, hg. von Stefan Majetschak, München, Fink 1997.

mit einem untragischen Weihnachtsgruß] ironische Anspielung auf den von Konrad Fiedler propagierten »tragischen« Marées, wogegen sich MG wehrte.

86 Meier-Graefe an Dehmel, 19.12. (1910)
E. Br. SUBH.

so Stahl, Scheffler] der Feuilletonredakteur und Kunstkritiker des BT Fritz Stahl (1864-1928, eigentlich Siegfried Lilienthal), den Max Liebermann in seinem Nachruf einen »Kunstpolitiker ersten Ranges« nannte (BT 9.8. 1928); F. Stahls Kritik war auf dem Gebiet des Städtebaus wegweisend; über Karl Scheffler, siehe Anm. zu Br. 50.

ein Marées-Museum] MG plädierte am Ende seines *Hans von Marées* für ein »Marées-Haus« in München, »in der Nähe einer Sammlung edelster Werke aus allen Zeiten«; dort auch der Grundriß und der Entwurf für die Verteilung der Bilder des geplanten Museums; vgl. Anm. zu Nr. 1. u. Br. 48.

tritt für Marées ein] Eine Besprechung von *Hans von Marées* oder ein Artikel von Dehmel über den Künstler ist uns nicht bekannt.

der Kreis] der Kreis um Fiedlers Witwe; K. Fiedler starb 1895, sein Haus in München war ein geistiger Mittelpunkt. Die Freundschaft mit Adolf von Hildebrand überdauerte Fiedlers Tod. Durch die persönliche Freundschaft der »Witwe« mit Cosima Wagner und durch ihre folgenden beiden Ehemänner, Hermann Levi und Michael Balling, beide Dirigenten und Wagnerianer, stand der »Kreis« mit dem Bayreuther in Verbindung.

den Schluß in Bd I] über das projektierte »Marées-Haus«.

Isi] Dehmels zweite Frau Ida Dehmel, geb. Coblenz (1870-1942), eine starke, selbständige Persönlichkeit, die in ihrer Jugend mit Stefan George befreundet war (siehe Kat. *Ida Dehmel*, SUBH 1970).

87 **Meier-Graefe an Cohn, 2.10. (1911)**
E. Br. Jonas Cohn-Archiv an der Universität Duisburg.

Ihren Aufsatz] »Hans von Marées, Bemerkungen zum Problem des Stils«, in *Logos*, Internationale Zeitschrift für Philosophie der Kultur, II, 1911-12, S. 192-199; MGs Marées-Werk hatte Cohn zu diesen Betrachtungen angeregt.

Ihr rechtes Erkennen des Unterschieds zwischen Marées und Fiedler-Hildebrand] Siehe J. Cohn, a. a. O., S. 196: »Auf Marées geht die Grundrichtung zurück, der große Anstoß, die Kunst nicht unter irgendwelchen fremden Gesichtspunkten, sondern rein als Kunst zu werten, die Aufmerksamkeit auf Bildform und Raumgestalt; aber die Ausgestaltung der Theorie, durch die sie erst nutzbar wird, ist das Verdienst Fiedlers und Hildebrands.«

in Schleißheim] Die Werke von Marées, die sich damals in der Schleißheimer Galerie befanden, sind 1891 von Konrad Fiedler, soweit sie aus dem Nachlaß des Künstlers stammen, mit Einverständnis der Familie dem bayerischen Staat geschenkt worden und befinden sich heute in der Neuen Pinakothek, München.

das Marées-Museum] Siehe Anm. zu Br. 86.

und in Berlin … im Keller] Es handelt sich um Werke, die MG auf Hildebrands Besitz in San Francesco bei Florenz entdeckt hat und die 1907 von Hildebrand der Berliner Nationalgalerie zum Geschenk zugedacht wurden, darunter das unvollendete Dreiflügelbild *Urteil des Paris*. Ludwig Justi, seit 1909 als Nachfolger Tschudis Direktor der Nationalgalerie Berlin, schreibt in seinen Memoiren über die Berliner Sammlung der Bilder von Marées: »Meier-Graefe hatte sie bei Hildebrand in Florenz aufgefunden, Tschudi übernahm sie als ›Geschenk‹ in die Galerie, da ein Ankauf natürlich von der Landes-Kunst-Kommission abgelehnt worden wäre; der Kaufpreis wurde in Form eines Honorars für ›Restaurierung‹ an einen Schwiegersohn Hildebrands gezahlt. Nun bedurfte es jedoch zur Annahme einer Schenkung für die National-Galerie der Zustimmung des Kaisers, diese aber wagte das Ministerium nicht einzuholen. Marées war gewiß das Gegenteil eines Impressionisten, aber wie schon gesagt, Meier-Graefe hatte sich für ihn eingesetzt, und deshalb fürchtete man den Zorn des Kaisers. Die ganze Marées-Sammlung war also seit Jahren im Keller gestapelt. So lange Tschudi Direktor war, blieb das geheim; sobald ich erschien, wurde es zum Skandal gestempelt.« (L. Justi, *Werden – Wirken – Wissen*, Berlin, Nicolai 2000, S. 269) Justi richtete einen Doppelraum für die Marées-Bilder ein: »ein Kellergelaß als Kabinett« (so MG in seinem kleinen *Hans von Marées*, Piper 1912 u. 1924, S. 42).

Prinz Rupprecht von Wittelsbach (1869-1955), Kronprinz von Bayern seit der Thronbesteigung seines Vaters Ludwig III. im Jahre 1913, setzte sich für die Überführung von Marées' Neapler Fresken nach München und für die Schaffung eines Marées-Museums ein (siehe die Briefe, die er mit Hildebrand austauschte, in *Adolf von Hildebrand und seine Welt*, Briefe und Erinnerungen, Hg. Bernhard Sattler, München, Callwey 1962).

88 Meier-Graefe an Dehmel, 15.10. (1918)
E. Br. SUBH.

das Inliegende] der geplante Aufruf für ein neues Deutschland (Nr. 89).

ein ganz rücksichtsloses Peccavi] Unter den vielen Aufrufen von deutschen Intellektuellen am Ende des Ersten Weltkriegs (siehe *Deutsche Intellektuelle 1910-1933, Aufrufe, Pamphlete, Betrachtungen*, Hg. Michael Stark, Heidelberg, Lambert Schneider 1984, Veröffentlichungen der Deutschen Akademie für Sprache und Dichtung, 58) zeichnet sich MGs »Peccavi« durch seinen aufrichtigen Ton und seine Mischung von Idealismus und Alltäglichem aus.

Lause-d'Annunzio] Der italienische Dichter und Schriftsteller Gabriele d'Annunzio (1863-1938) bekämpfte 1915 Italiens Neutralität und trug dazu bei, daß sein Land auf seiten Frankreichs Krieg führte. (»Per la piu grande Italia«, *Orazioni e Messaggi*, 1915). Er engagierte sich selbst als Freiwilliger.

Gaul, Behrens, Klinger] Die genannten Persönlichkeiten wurden als Unterzeichner des Aufrufs ins Auge gefaßt: der bekannte Tierplastiker August Gaul (1869-1921) – Peter Behrens (1868-1940), der zu der Zeit als bahnbrechender Industriegestalter und Architekt hervorgetreten war – Max Klinger (1957-1920), der für MG mehr als geistiger Repräsentant denn als Künstler in Frage kam.

Corinth] Über Lovis Corinth (1858-1925), den MG als Maler schätzte, schreibt er am 26.10.1918 folgendes an Dehmel: »Es spricht in der Tat viel gegen Corinth, denn das Inland, das ihn zu N° 1 in Deutschland macht, entscheidet nicht und hebt nicht die ungeistige Sphäre auf. Nur hätten wir ohne ihn nur einen Maler, und es ist nicht mal sicher, ob Liebermann mittut.« (SUBH).

Schäfer, Ricarda Huch] Wilhelm Schäfer, Kunstschriftsteller und Herausgeber der *Rheinlande* (siehe auch Anm. zu Br. 73) – Ricarda Huch (1864-1947), zu der Zeit die wohl am meisten »repräsentative« Frau im literarischen Leben Deutschlands; *Der große Krieg in Deutschland* (der Dreißigjährige Krieg) war 1912-14 erschienen, der vielgelesene Roman *Der Fall Deruga*, der das Problem der Euthanasie behandelt, 1917.

Rathenau] MG wurde dem Industriellen, dem Politiker und Denker Rathenau nicht gerecht (vgl. Br. 32). Dehmel gegenüber äußert er sich folgendermaßen: »Über Rathenaus Rohstoff-Geschichte habe ich viel gehört, was nicht für ihn spricht. Vor allem ist die Idee nicht von ihm; nur allenfalls die Organisation. Diese ganze Idee und die Organisation gehört aber nicht zu den schöpferischen Dingen, mit denen wir etwas anfangen können. Mancher Ingenieur bei Krupp u.s.w. könnte sonst auch mitzählen.« (26.10.1918, SUBH) Rathenau hatte, auf Anregung des Wirtschaftspolitikers Wichard von Moellendorff, 1914 die Kriegsstoffabteilung im preußischen Kriegsministeriums aufgebaut, die die Rohstoffe unter staatliche Kontrolle stellte, was eine rationelle Kriegswirtschaft und folglich einen längeren Krieg ermöglichte.

über Wilson ... täuscht] Der amerikanische Präsident Woodrow Wilson hatte 1917 Deutschland den Krieg erklärt und 1918 sein Friedensprogramm in 14 Punkten aufgestellt; Harden plädierte für einen Verständigungsfrieden.

Lujo Brentano] der Volkswirtschaftler (1844-1931), Vertreter des »Katheder-Sozialismus«.

Naumann, Traub, & Joell (?)] der evangelische Theologe und christlich-soziale Politiker Friedrich Naumann (1860-1919) – Gottfried Traub (1869-1950), ebenfalls evangelischer Theologe und Politiker, vor dem Weltkrieg Anhänger Naumanns, während des Krieges im Dienst der offiziellen Propaganda, unterstützte die rechtsextreme Kriegsagitation – wohl der Philosoph Karl Joël (1864-1934), einer der ersten, der die Bedeutung Nietzsches erkannte, ein Außenseiter der Zunft wie Georg Simmel, mit dem er befreundet war.

Max Scheler] Der vielseitige Philosoph (1874-1928) engagierte sich während des Krieges für einen christlichen Sozialismus.

»Die Ursachen des Deutschenhasses«: ursprünglich ein Vortrag, der 1917 in 2. vermehrter Auflage erschien, eine psychologische Betrachtung der Deutschen. Scheler berührt ein Thema, das auch MG beschäftigte – das der Arbeit: die Deutschen würden andere Völker aus ihrem »Paradies« vertreiben, weil sie zu viel arbeiteten (vgl. Br. 191).

Schröder (?)] MG an Dehmel 26.10.1918: »Auf Schröder verzichte ich gern« (SUBH).

Strauss und nachher Ansorge] Vgl. ebd.] »Strauss kann ich den Namen von Ansorge natürlich nicht verschweigen.«

habe eine Tippdame] die Sekretärin der Ma-Ge.

Bethmann & Hollweg (sic)] Theobald von Bethmann Hollweg (1856-1921), deutscher Reichskanzler seit 1909; vermochte sich gegenüber Militär und Reichstag als Gegner des unbeschränkten U-Boot-Kriegs nicht durchzusetzen und wurde im Juli 1917 verabschiedet.

Kühlmann] Der Diplomat Richard von Kühlmann (1873-1948) wurde 1917 Staatssekretär des Auswärtigen Amtes, trat für einen Verständigungsfrieden im Westen ein, was ihn in Gegensatz zur Obersten Heeresleitung brachte und im Juli 1918 zum Rücktritt zwang.

den preußischen Geschichten] der Militarismus.

Prinz Max geschrieben] Der Durchschlag von MGs Brief vom 18.10.1918 an

Prinz Max von Baden (1867-1929), Thronfolger seit 1907, Reichskanzler vom 3.10. bis 9.11.1918, der die Abdankung Wilhelms II. verkündete und sein Amt Ebert übergab, befindet sich in SUBH. In dem vierseitigen Brief steht in Substanz dasselbe wie im hier abgedruckten »Aufruf für ein neues Deutschland« (Nr. 89). MG beschwört Max von Baden: »Finden Sie, gnädiger Prinz, das zündende Wort, das dem Volk erweist, daß nicht das Glied einer Kaste, sondern ein Mensch in Not zum Menschen in gleicher Not redet. Dazu gehört rücksichtsloser Bruch mit den Gepflogenheiten unserer Kanzlerbühne. Dem Peccavi das sich jeder ehrliche Deutsche jetzt gesteht, müssen Sie die Form geben, die das Geständnis über alle Politik, über allen Rationalismus hinweg in die Sphäre einfältiger Sittlichkeit hebt.«

89 **Aufruf für ein neues Deutschland, liegt Br. 88 bei.**
Ts. SUBH. Text von MG mit Handkorrekturen von Dehmel; diese sind *kursiv* gesetzt und MGs Fassung in Klammern ( ).

wird der Besiegte tragisch] Am 26.10.1918 schrieb MG an Dehmel: »Deine Korrekturen akzeptiere ich alle. Ich habe am Anfang noch eine Kleinigkeit geändert. Nicht: wird der Besiegte tragisch, sondern wächst der Besiegte ins Tragische. Dies um auch im Publikum jede Misdeutung auszuschließen resp. gleich den Sinn zu fixieren.« (SUBH)

Ursache des Deutschenhasses] MG folgte in seiner Analyse Max Scheler (siehe Anm. zu Br. 88); vgl. folgende Stelle aus MGs Brief an Max von Baden vom 18.10.1918: »Was uns am Sehen hinderte, war die rastlose Arbeit, auf die wir stolz waren, und nichts schien uns ungerechter, als daß gerade dieses Moment zu einem Widerstand anderer Völker führte. Heute erkennen wir die fragwürdigen Seiten dieses Ideals, begreifen, daß die Ein seitigkeit unserer Arbeit an der Abneigung gegen uns beitragen mußte, da sich damit Sitten und Formen verbanden, die nicht weniger einseitig waren.« (SUBH)

Wieweit dieser Schein sich mit der Wirklichkeit deckt] Dies klang MG »angesichts der letzten Tatsachen zu vage«; er schlug statt dessen vor: »Wie weit diese Miswirtschaft ging, vermögen wir ...« (An Dehmel, 26.10.1918, SUBH).

verbohrten (Verfechtern)] Dehmel hatte zunächst »bornierten« korrigiert, worauf MG: »wir wollen sagen beschränkten, um das Fremdwort zu vermeiden. Ein stärkerer Ausdruck wär mir lieber.« (An Dehmel, 21.10.1918, SUBH)

... nach außen schielen, mit den gierigen Augen des Wettbewerbs ...] MG war der Meinung, »das könnte misverstanden werden. Handel muß sein, und der Handel bedingt Rücksicht auf den Markt. Es könnte so scheinen, als ob wir uns überhaupt gegen den Handel wehren. Wenn etwas gegen unseren Auslandshandel zu sagen ist, wäre es der unlautere Wettbewerb mit Ausfuhrprämien zu Schleuderpreisen, die übrigens nicht allein von uns sondern auch von anderen, allerdings so viel ich weiß nach uns, einge-

führt wurde [...]. Doch scheint mir geht das zu sehr ins Detail. Es wäre dagegen vielleicht gut, hier etwas anderes von dem Schielen zu sagen. Wir sollen nicht schielen nach äußerlichen Geschichten des Auslands, wie es immer geschieht, sondern uns die geistigen Fortschritte draußen ansehen, und diese, nicht jene dienen lassen.« (Ebd.)

seinen wahren Helden] Wir begegnen demselben Idealismus in MGs Würdigung des »Helden« Hans von Marées.

taktvolle Gestaltung unseres alltäglichen Gebarens] MG empfand »taktvoll« als »zu klein«: »Ich hatte besondere gesagt, was anging, da sofort das Gemeinte ausführlich dargelegt wird. Es handelt sich hier um den fast wichtigsten Punkt für uns, den man nicht schmälern darf. Wirken, wirken, nicht mit Büchern u.s.w. sondern mit jeder Berührung.« (21.10.1918, SUBH) Daraufhin verstärkte Dehmel die Aussage durch Hinzufügung von »planvolle«. Jedes Wort wurde abgewogen.

der Theaterzensur] Hierzu bemerkte MG: »Bitte nicht extra auf Theater-Zensur weisen! Das verkleinert zu sehr. Es hat einen Sinn, auf die Abschaffung der Zensur zu dringen, damit jeder von uns frei reden kann, das steht im Zusammenhang mit dem Vorhergehenden, und es wäre gut, diesen Zusammenhang zu betonen. Bringen wir noch die Theater-Zensur ins besondere, so sieht das Ganze wie eine Kundgebung von Schriftsteller-Interessen aus. Das muß vermieden werden. Abschaffung jeglicher Zensur sagt genug.« (26.10.1918, SUBH)

90 Meier-Graefe an Hauptmann, 4.11.1918
Masch. Br. SBB.

Wir warten Ihre Zusage ab] Hauptmann gab eine negative Antwort, weshalb die ganze Sache ad acta gelegt wurde (siehe Br. 91). Hauptmann verfaßte selbst »Eine Kundgebung der Künstler und Dichter«, die samt der Liste der Unterzeichneten in BT 16.11.1918 gedruckt wurde. Ihm schien »das alte, kraftvoll besonnene Wesen des Deutschen unversehrt«, und die Kundgebung schließt mit den Worten: »Heut hat das Volk sein Geschick in die Hand genommen. Keiner wird jetzt zurückstehen, dessen Kräfte im Nationaldienst verwendbar sind. Auch die Regierung möge mit uns rechnen, wo sie unser Wirken für ersprießlich hält. Keiner von uns wird zögern, im Wohlfahrtsdienste des Friedens das Seine von Herzen und nach Kräften zu tun.« (Weder Dehmel noch MG befanden sich unter den Unterzeichnern.)

Max Weber] der Volkswirtschaftler und Soziologe (1864-1920).

Franz von Liszt] der Rechtslehrer (1851-1919), Vetter des Komponisten.

Arthur Bonus (1864-1941), evang. Theologe, Schriftsteller und Mythenforscher, 1917-1921 Redakteur des *Kunstwarts*; er war über seine Frau, die Malerin und Schriftstellerin Beate Bonus (eigtl. Emma Jeep), mit Käthe Kollwitz eng befreundet.

Eucken] der Philosoph Rudolf Eucken (1846-1926), Nobelpreisträger (Literatur) 1908.

Wundt] der Philosoph und Psychologe Wilhelm Wundt (1832-1920).

Franz Oppenheimer] der Volkswirtschaftler und Soziologe (1864-1943), ein Freund Dehmels, der Bruder seiner ersten Frau.

91 Meier-Graefe an Dehmel, 13.11. (1918)
E. Br. SUBH.

Hauptmann (der recht schimmerlos antwortete)] Die Antwort ist nicht erhalten.

der Kindersegen] Geburt von MGs Sohn Tyll am 9.11.1918 in Dresden.

als der Kaiser verschwand] Der Kaiser entsagte dem Thron am 9. November 1918 und begab sich am Tag darauf ins Exil nach Holland.

der Revolution in der Stadt] Neben dem Rat der Volksbeauftragten, der neuen linken Regierung, die am 10.11.1918 in Berlin gebildet wurde, gab es Arbeiter- und Soldatenräte in den Städten.

wenn Pauli abgesagt wird] Gustav Pauli blieb auf seinem Posten als Leiter der Kunsthalle Hamburg.

Daß die Franzosen mitmachen] Nicht ermittelt.

92 Meier-Graefe an Dehmel, 30.9.1919
E. Br. SUBH.

dem Rembrandt] *Rembrandt: Religiöse Legenden*, 18. Druck der Ma-Ge, Vorrede von R. Dehmel, Text von Kurt Pfister, Mappe mit 5 Radierungen und 19 Faksimile-Blättern, 1920. Die Vorzugsausgabe enthielt je einen Sonderabzug der Text-Radierungen; die englische und die französische Ausgabe erschien ohne die Originalradierungen, enthielt jedoch ein zwanzigstes Faksimile-Blatt.

denkt mehr an Legende] MG legte größten Wert auf das, was er »Legende« nennt, worunter er etwa das verstand, was die Menschen verbindet, was Gemeinschaft schafft. Dieser Zusammenhang von Kunst und Gemeinschaft, in dem er die Voraussetzung von Kunst schlechthin sah, hat ihn von frühester Zeit an beschäftigt. Der progressive Verlust dieses Zusammenhangs im Laufe des 19. Jahrhunderts bedeutete für ihn Verfall der Kunst und Untergrabung des Kunstschaffens – Bedrohungen, die sich ihm mit den Jahren immer mehr aufdrängten. Ähnliche Gedanken sind öfter ausgesprochen worden, z.B. von Jakob Wassermann in »Die Kunst der Erzählung« (geschrieben 1904, veröffentlicht in *Imaginäre Brücken*, Kurt Wolff Verlag 1921): »Die Frage ist nur, ob und in welchem Maße das Werk zu anderen Menschen spricht, wie viele Lebenskreise es durch seine Existenz berührt, wie viel andern Wesen es ebenfalls notwendig wird.« (S. 177) Und in dem Zusammenhang fällt das Wort »Mythos«. Bei Hans-Georg Gadamer finden wir einen verwandten Mythos-Begriff, den der

Philosoph als »die alle verbindende Wahrheit, in der sich alle verstehen« definiert (siehe *Ende der Kunst – Zukunft der Kunst*, München, Deutscher Kunstverlag 1985, S. 19 f.); siehe auch Br. 185, 186 und den Anhang.

mit Liebermann verkracht] Vgl. Br. 69.

aus der Böcklin-Zeit, wo er mich … schnöde sitzen ließ] Vgl. Br. 29 u. Anm.

weil ich sein Alterswerk nicht so schätze] MG schrieb in der 2. Ausgabe der EG (1915): »Der Impressionismus mag Liebermann auch zu einer Erhöhung des Tempos getrieben haben, zu der ihn schon das Beispiel des Franz Hals anhielt, und die seinem Temperament entsprach. Es ist die Frage, ob darin ein Vorteil zu erblicken ist. Das ›Faire du premier coup‹ Manets war schon zuweilen für Manet eine Gefahr, zum Virtuosen zu werden.« (S. 335 f.). 1906 urteilte er allerdings in einer Besprechung der Berliner Sezession: »Vergleicht man den Liebermann der Jahrhundertausstellung [hier war der Maler nur mit frühen Werken der siebziger Jahre vertreten, Hg.] mit dem in der Sezession, so glaubt man, erst im beginnenden Alter das Temperament aller Fesseln ledig zu finden.« (*Die Zukunft*, 2.6.1906).

einen der größten Illustratoren] MG sah in Max Slevogt (1868-1932) einen begrenzten Maler, aber den größten deutschen Illustrator der Zeit.

dem Sezessionsstreit] Siehe Br. 69, Anm. *Der Krach in der Sezession.*

auf beide würde ich … sehr ungern verzichten] Weder Liebermann noch Slevogt beteiligten sich am Rembrandt-Druck. Slevogts Aquarelle zu Mozarts *Zauberflöte* erschienen als 25. Druck der Ma-Ge 1920.

der erste Künstler Deutschlands] Vgl. Br. 143.

der M-G] Die Ma-Ge hatte dieselben Initialen wie MG.

Ich denke an zehn Künstler] Folgende Künstler steuerten eine Radierung bei: Max Beckmann (1884-1950), *Jakob ringt mit dem Engel*; Lovis Corinth (1858-1925), *Opfer Isaacs* – diese barock-malerische Radierung ist am überzeugendsten; Edwin Scharff (1887-1955), *Christus an der Martersäule*; Adolf Schinnerer (1876-1949), dasselbe Thema; E. R. Weiss (1875-1942), ein Initial.

Seewald] Richard Seewald (1889-1976) war Maler, Graphiker und Schriftsteller in Köln.

Ob Barlach …] Der bedeutende Bildhauer, Zeichner und Schriftsteller (1870-1938), einer der Lieblingskünstler von MGs Verleger und Freund Reinhard Piper, wurde von MG unterschätzt.

Grossmann und Max Neumann] Rudolf Großmann (siehe Biogr. Reg.) schuf u.a. 22 Originalradierungen für den 8. Druck der Ma-Ge, *Herbarium* (1918); Max Neumann (geb. 1885 in Königsberg) war Figuren- und Landschaftsmaler, Lithograph und Radierer, er illustrierte für die Ma-Ge *Fürst Ganzgott und Sänger Halbgott* von Achim von Arnim (12. Druck, 1919).

meinem Lustspiel bei Barnowski] das Lustspiel in 3 Akten *Heinrich der Beglücker* (Felix Bloch Erben 1917). Victor Barnowsky (1875-1952) leitete 1913-1924 als Nachfolger von Otto Brahm das Lessing-Theater in Berlin, danach, bis zu seiner Emigration 1933, das Theater in der Königgrätzer Straße.

freie Übertragungen nach großen Meistern, in diesem Fall nach Rembrandt, sind kennzeichnend für die schöpferisch-bewahrende Tradition der Ma-Ge; die Gegenwart sollte durch die Vergangenheit belebt werden. Die Idee der Ma-Ge, die auf die Vorkriegszeit zurückgeht und vom Erlebnis des Krieges geprägt wurde, ist dem Vorhaben der Verfechter einer »schöpferischen Restauration« in der Dichtkunst verwandt, etwa den Bemühungen Hofmannsthals um die Sprache als »wahre Nation«, als Stifterin einer »Gemeinschaft des Gegenwärtigen mit dem Vergangenen«.

der engeren Interpretation] MG sah in schöpferischen Kopien nach alten Meistern ein Gesetz der Entwicklungsgeschichte verkörpert: das der Erhaltung und Weiterführung einer lebendigen Tradition.

93 Meier-Graefe an Dehmel, 6.11.1919
E. Br. SUBH.

Deinem Brief ... dem Brief Liebermanns ... meinem Brief] nicht erhalten.

dieselbe Modifikation des Urteils] Verglichen mit 1904, schrieb MG zehn Jahre später mit einem historisch-kritischen Abstand über »die moderne Malerei, die mit Manet begann«, auch nuancierter, mit größerer Sachkenntnis der einzelnen Künstler. Doch ist die »Modifikation des Urteils« kaum auf einen Nenner zu bringen. Bei Liebermann hob er 1914 den »Repräsentanten« und den Juden hervor und relativierte die Bedeutung des Malers im Vergleich zu Corinth, der 1904 nur en passant erwähnt wurde.

Buch über Degas] *Degas – Ein Beitrag zur Entwicklungsgeschichte moderner Malerei*, München, Piper 1920 (1200 numerierte Exemplare).

mit Liebermann durchaus nicht einig] Liebermann vertritt in seinem Aufsatz über Degas, der 1896 in *PAN* erschien und 1922 in *Gesammelte Schriften* aufgenommen wurde, eine ganz andere Ansicht über den Künstler als MG. Er spricht von der rein sinnlichen Kunst Degas', »in der es nichts von verstandesmäßiger, kalter Berechnung« gebe. Für MG hingegen, gleicht Degas' Laufbahn eher der »eines Politikers als der eines Künstlers«; seine Stunde schlage in dem Moment, wo er auf die Malerei verzichte: mit der »Erfindung« des Pastells, in dem Zeichnung und Farbe eins seien und die Vision vollkommen. Vorher habe Degas »Formeln« unserer Welt gegeben, der Umgangssprache vergleichbar, nicht »Symbole«. Generell vermißte MG bei Degas den geistigen Impuls, den Rhythmus gewordenen schöpferischen Trieb, die er in Delacroix aufs großartigste verkörpert sah. Die »eminente Persönlichkeit«, die Liebermann in Degas bewundert, stand in MGs Sicht dem Schöpfer eher im Wege.

»Die großen Engländer«] München und Leipzig, Piper 1908. MG spürt in Whistler dem »Engländer«, dem »Franzosen«, dem »Japaner« und dem »Spanier« nach: »So trafen sich in ihm viele Nationalitäten, ganz wie in dem Lande, in dem er das Licht der Welt erblickt hatte« [i.e. Amerika,

Hg.]. Ein geschickter, wandlungsfähiger »Jongleur« mit Werten, die andere erfunden hätten. »Eine höhere Universalschneiderkunst.«

in der zweiten Auflage überhaupt nicht erwähnt] So verschwinden z. B. in der zweiten EG Künstler wie Ludwig von Hofmann, Klinger oder Minne, denen 1904 ein Kapitel gewidmet wurde; andere, wie Corinth, werden erst in der zweiten Auflage eines Kapitels gewürdigt.

so eine Kriegszeitung heraus] *Kriegszeit*, Künstlerflugblätter, deren Ertrag für gemeinnützige Zwecke bestimmt war. Das Titelblatt der ersten Nummer, Berlin 31. August 1914, bestand aus einem Steindruck von Liebermann, eine Volksmasse vor dem Berliner Schloß darstellend, die dem Kaiser zujubelt und einer lithographierten Unterschrift von der Hand des Künstlers: »Ich kenne keine Partei, ich kenne nur noch Deutsche« (Der Kaiser). In derselben Nummer, unter einem »Siegesnachrichten« betitelten Steindruck von Mopp (i.e. Max Oppenheimer, 1885-1954), der ein Straßenbild mit einer Anhäufung von Menschen zeigt, ist ein längerer Text mit MGs Handschrift lithographiert: »Der Krieg beschert uns. Wir sind andere seit gestern. Der Streit um Worte und Programme ist zu Ende. Wir kämpften gegen Windmühlen. Manchem war die Kunst ein Zeitvertreib. Wir hatten Farben, Linien, Bilder, Luxus. Wir hatten Theorien. Was uns fehlte, der Inhalt, das, Brüder, gibt uns die Zeit. Seien wir ihrer würdig. Keine gemächliche Hingabe mehr! Aus Feuerschlünden, aus Not und Blut, aus Liebe und heiligem Haß wird uns Erlebnis. / Wehe dem Künstler, der heute nicht erlebt! / Brüder, zeigen wir den Verleumdern, die unsere Waffen kosten, ob wir im Recht, ob wir Barbaren sind. Die Macht wird von den Waffen erwiesen, das Recht vom Geiste. Der Geist, der unsere Ehre entflammt, beschwinge des Künstlers Auge. Einheit gab uns der Krieg. Alle Parteien gehen mit zum Ziel. Die Kunst folge! / J. Meier-Graefe.«

der ursprünglichen Fassung] Von diesem kriegsbejahenden Text übernahm MG nur einen Satz in NR November 1914: »Wehe dem Künstler, der heute nicht erlebt!« – mit diesem Satz beginnt der »Das Erlebnis« betitelte Aufsatz; vgl. MG im Corinth-Kapitel der 2. EG (1914): »Man hat vor keinem Bilde Liebermanns das befreiende Gefühl, das uns selbst mäßige Werke Corinths schenken: hier steht einer, dem die Welt nicht Modell, sondern Schlachtfeld, Spielfeld ist, Feld für das Erlebnis.« (Zitiert nach EG, Neuausgabe Serie Piper 1987, II, S. 389.)

die inkriminierte Stelle] Wir bringen hier den ganzen Absatz, von dem sich Liebermann betroffen fühlte: »Geschickte finden immer noch ein paar Auswege. Mancher gibt heute die Kuh und den Kohlstrunk auf und entdeckt auf einmal in dem Krieg neue Motive. Einer malt in seine öde Landschaft ein paar Soldaten und etwas, das wie ein Mörser aussieht, und meint, es sei ein Schlachtfeld. Ein anderer kommt auf den Einfall, seinem Polospieler einen Säbel in die Hand zu geben, und bildet sich ein, so schaffe man einen Sieger. Impressionisten machen ein Gewimmel auf der Straße. Früher hieß es Rückkehr vom Rennen oder Blick auf die Linden. Heute heißt es Rede an mein Volk. Als Maß der Persönlichkeit genügt ihnen immer noch, daß man die Handschrift erkennt. Es stände schlimm um uns, wenn unsere Führer im Felde so persönlich wären! Die anderen aber, die Gesinnungstüchtigen, werden uns mit Symbolen aus dem Pfandhaus bombardieren.« (NR, November 1914, S. 1577).

Ich denke heute ... anders, auch über Liebermann] Vgl. Nr. 215.

seine große Ausstellung] 1917 in der Königlichen Akademie der Künste zu Berlin, zum 70. Geburtstag des Künstlers. Liebermann wurde 1920 zum Präsidenten der nunmehr Preußischen Akademie der Künste ernannt.

daß mir dieses Prädikat weniger als ihm bedeutet] Siehe Br. 143.

unseres Rembrandts wegen] Siehe Br. 92.

94 Meier-Graefe an Levin, 31.10.1895
E. Br. DLA.

Friedenshütte [Briefkopf]] MGs Vater lebte als Leiter dieses Eisenhütten-Konzerns in Oberschlesien.

mit dem Salon] Siehe Br. 15.

Pächter] Hermann Pächter (1839-1902), Kunsthändler in Berlin, der mit ostasiatischen Werken begann, Freund und Leibhändler Menzels wurde, vorübergehend Händler Liebermanns war, sich für die französischen Impressionisten und Pointillisten interessierte und mit den verschiedensten Dingen Handel trieb. Ein Geschäft Pächter–MG kam nicht zustande; siehe MGs Novelle »Pächter und Bing« in *Geschichten neben der Kunst* (1933).

Salon à la Bing] Der gebürtige Hamburger Siegfried Bing (1838-1905), der seit Jahren ein Japangeschäft in Paris betrieb, war zur Zeit dieses Briefes im Begriff, seinen Laden in ein neuartiges Unternehmen, den Salon de l'Art Nouveau umzuwandeln, der Weihnachten 1895 eröffnet wurde (siehe Anm. zu Br. 3).

meiner Kleinen] Die Berlinerin Anna Baurath, damals 20 Jahre alt, die MGs erste Frau wurde.

Albert] Über Henri Albert, siehe Anm. zu Br. 73.

Heilbut] Über Emil Heilbut, siehe Anm. zu Br. 59.

Bahr] Hermann Bahr (1863-1934), seit 1891 in Wien Mittelpunkt des literarischen Kreises »Junges Wien«, seit 1894 verantwortlich für die Feuilletonredaktion der Wiener *Zeit*, wo er regelmäßig über Theater und Kultur berichtete.

95 Meier-Graefe an Levin, 25.3.1898 (Poststempel)
E. Br. DLA.

als ganz Berlin zusammen] Diese Situation änderte sich grundsätzlich mit Bodes Erwerbungen für die Berliner Museen, siehe Wilhelm von Bode, *Mein Leben*, 1997, op. cit., und Thomas W. Gaehtgens, *Die Berliner Museumsinsel im Deutschen Kaiserreich*, München, Deutscher Kunstverlag 1992.

mein Buch] Hier ist wohl das Buch gemeint, das MG und Levin zusammen planten (siehe weiter unten); wir wissen nichts Weiteres über dieses Projekt.

Rede mir nur nicht von Technik] Vgl. Br. 21, worin MG den »künstlerischen Gesichtswinkel« mit dem »rein technischen« gleichsetzt.

Madonna della Sedia] das berühmte Werk von Raffael im Palazzo Pitti in Florenz.

Die dekorativen Valeurs einer Malerei waren zu der Zeit MG wichtiger als die rein malerischen, weshalb er Lippi oder Botticelli damals höher schätzte als Raffael.

viel Ärger mit Mama, Keller & Reiner u Fried] Die Sorgen mit der Stiefmutter Clothilde Vitzthum lassen sich nicht präzisieren. Mit dem Hinweis auf Keller & Reiner sind MGs vergebliche Bemühungen gemeint, eine Rodin-Ausstellung in der Berliner Galerie zustande zu bringen; vgl. Anm. zu Br. 33 u. 34. Über Fried, siehe Br. 56.

96 Meier-Graefe an Levin, 24.2.1927 (Poststempel)
E. Br. mit Ms. DLA.

Das vierseitige Ms. von MGs Hand ist mit einem kurzen Begleitschreiben an Herrn Dr. Julius Levin, W 30, Heilbronner Str. adressiert. Es war als Ergänzung zu einem (nicht nachweisbaren) Aufsatz von J. Levin gedacht. MG spricht hier klar und selbstbewußt seine Kunstanschauung aus; vgl. den Brief von Benno Reifenberg, Redakteur der FZ, an J. Levin vom 29.6.1926 über dessen Aufsatz über laienhafte Kritik, der in der FZ nicht gebracht werden konnte, weil Länge und Methodik der Abhandlung für das Blatt nicht geeignet schienen. B. Reifenberg fügte ergänzend hinzu, »daß ich gerade bei Persönlichkeiten wie Meier-Graefe und Hausenstein, deren publizistische Tätigkeit außerordentlich verfolgt und kritisiert wird, meine Dispositionen auf lange Sicht hinaus treffen mußte.« (DLA, N. Julius Levin)
Es scheint uns interessant, diesem Text folgende Selbstanzeige aus dem Almanach des Verlages Piper & Co 1904-1914, *München o. J. (1914), S. 196 f., gegenüberzustellen: »Meier-Graefe schreibt seine Bücher über Künstler als philosophischer* Forscher, *dem daran liegt, das Problem in dem Zusammenhang zwischen dem Menschentum seines Künstlers und der Kunst aufzudecken, – als* Historiker, *um die entwicklungsgeschichtliche Stellung des*

Betrachteten zu fixieren – und nicht zuletzt als Dichter, *der mit seinem Helden wirken will. Das, was der Künstler für eine bestimmte Phase der Geschichte bedeutet, steht immer seiner Bedeutung für unsere Zeit, unser Empfinden, unsern Möglichkeiten gegenüber und jedes Argument, das eine Eigenschaft der betrachteten Persönlichkeit aufdeckt, enthält gleichzeitig eine reale und wünschenswerte Beziehung unserer Zeit zu dem Helden oder seinen Zielen. Diese Betrachtung paßt nicht für jeden Gegenstand unserer reichen kunstwissenschaftlichen Literatur. Das Objekt, dem nur historische Bedeutung zukommt, fällt fort. Meier-Graefe hat sich immer nur an die Persönlichkeiten in der Kunst gehalten, die ihm als die größten erscheinen. Diese Schätzung der Größten war nicht immer im Einklang mit der Menge. Bei vielen hat er erst mit seiner Feder den sicheren Nachweis der Größe erbracht. […]«*

schädigt die Menschheit] Hier folgt ein Absatz, den MG durchgestrichen hat: »Zweitens wendet er sich gegen den Fehlschluß, der Historiker sei auf Grund seiner objektiven Tatsachen gesicherter ästhetischer Urteile fähig; ein Fehlschluß, den die Zunft zwar nicht formell ausspricht, aber nach dem sie oft genug und zwar gerade in den für die Allgemeinheit wichtigsten Fällen z.B. bei der Erwerbung von Kunstwerken für öffentliche Museen handelt.« Geringere Korrekturen oder Streichungen, die einzelne Stellen oder Wörter betreffen, werden hier nicht berücksichtigt.

Carlyle] Der Schriftsteller und Historiker Thomas Carlyle (1795-1881) begann seine Laufbahn mit *Life of Schiller* und übersetzte Goethes *Wilhelm Meister* (Lehr- und Wanderjahre) ins Englische. Sein erfolgreichstes Werk, auf das sich MG beruft, ist *On Heroes, Hero-Worship, and the Heroic in History* (1841).

Tscheinik] MGs Bericht aus russischer Kriegsgefangenschaft (1918).

97 Meier-Graefe an Levin, 10.3. (1930)

E. Br. DLA.

meinen Corot] *Corot* mit 153 Tafeln in Lichtdruck (von Ganymed, Berlin, hergestellt), Berlin, Bruno Cassirer und Klinckhardt & Biermann 1930. Das Buch ist eine gänzlich überarbeitete Fassung von *Camille Corot* (München, Piper 1913); vgl. MG an J. Levin 7.4.1929: »Der Renoir [die Neuausgabe von 1929, Hg.] wird gelobt aber bringt kein Geld und mit dem Corot, den ich sehr verarzte, wird es auch nicht anders sein. Ich mache das ganze Buch neu, ein finanziell wahnsinniger Reinfall.« (DLA) Vgl. die Besprechung von Emil Waldmann »Der neue Corot« in BT 28.11.1929. Für den damaligen Direktor der Bremer Kunsthalle gehört das Buch »zu dem knappen Dutzend schönster Kunstbücher, die wir in deutscher Sprache besitzen.«

Hoffnung auf den Roman] Gemeint ist der autobiographische Roman *Der Vater*, an dem MG damals arbeitete; er wurde zwischen dem 3.2. und 10.4.1932 in 58 Folgen in der FZ vorabgedruckt und erschien noch im selben Jahr als Buchausgabe im Verlag S. Fischer.

Busch] Kosename von MGs dritter Frau.

Klöschen] Kosename von Erich Klossowski, der zu MGs intimen Kreis gehörte (siehe Biogr. Reg.). Nach 1933 fristete er sein Leben in Sanary (Südfrankreich), wo er auch begraben ist. Er wollte wegen seiner beiden Söhne, Balthus und Pierre Klossowski, Franzose werden.

Julien Green (1900-1998) war damals noch am Anfang seiner langen Schriftstellerlaufbahn. *Léviathan* (1929), Greens 3. Roman, schildert den Ausbruch von perversen zerstörerischen Instinkten in einem anscheinend ruhigen französischen Provinzstädtchen.

den Alexanderplatz von Döblin] Mit seinem Roman *Berlin Alexanderplatz* (1929) hatte Alfred Döblin (1878-1957) internationalen Erfolg.

Das Eintreten Einsteins] Den Physiker Albert Einstein (1879-1955) und den Geigenbauer Julius Levin verband ihre Liebe zur Geige. März 1935 notierte MG in sein Tagebuch (J. Levin war am 29.1.1935 gestorben): »Er war eine sonderbare Mischung von phantastischem Wissen und Dummheit, litt unter seinem wunderbaren Gedächtnis. Einer der gütigsten, ganz unverdorbenen Menschen, alttestamentarischer Jude, mit Einstein, der ihn schätzte, verwandt, ich meine geistig. Er hing rührend an mir. Ich habe viel zu wenig für ihn getan.« (DLA)

Lutz] Ludwig Wolde (1884-1949), der Sohn des Bremer Bankiers Johann Georg Wolde, gründete 1910 mit Willy Weigand die Bremer Presse. MG, der stets Geldsorgen hatte, teilte die Wohnung des Freundes in Berlin.

in Frankreich etablieren] MG ließ sich kurz darauf in Saint-Cyr s. Mer nieder – das Klima der Provence war für ihn bekömmlicher und das Leben im Süden billiger; siehe folgende Karte an Levin vom 9.7.1931: »Mit der völligen Abstellung der Kultur ist sicher zu rechnen [...] Hier unten [in Südfrankreich, Hg.] sind die Menschen, die ganz einfachen Bauern u Handwerker, noch intakt und repräsentieren die alte generöse Rasse. Man erlebt da viel angenehme Überraschungen. Fühle mich hier viel geborgener als in Deutschland.« (DLA)

die B. T.-Frage] MGs Stellung zum BT. Er hatte sich 1928 dem BT bzw. ihrem Chefredakteur Theodor Wolff gegenüber verpflichtet, jährlich 24 große und 12 kleine Aufsätze pro Jahr zu liefern: »Die Wahl der Aufsätze bleibt mir. Im Prinzip übernehme ich die bedeutenden Ereignisse im Berliner Kunstleben, soweit ich hier bin. Eine Verpflichtung, hier zu sein, besteht nicht. – So war auch mein Abkommen mit der Frankf. Zeitung. Ein wesentlicher Teil der Aufsätze wird allgemeiner Art sein und nicht von B. [Berlin] handeln. Ich würde mein Abkommen mit der Frankfurter Zeitung, soweit es sich um Berliner Dinge handelt, lösen.« (An Th. Wolff, Berlin, 24.9.1928, BAK)

98 **Meier-Graefe an Levin, 19.4. (1930)**
E. Br. DLA.

Dein Bach-Buch] *Johann Sebastian Bach*, Berlin, Volksverband der Bücherfreunde / Wegweiser-Verlag 1930.

die Entnahmen macht sie noch nicht zu Geistesverwandten] Am 28.10.1917 schrieb MG auf einer Karte an Levin: »Hat nicht Liszt sehr schön Bach übertragen? Ich habe eine wunderbare Übertragung gehört und brauche sie für einen Vergleich. (Übertragung der Medea Delacroix' durch Cézanne in Aquarell; Übertragung eines Orchesterstücks auf Kammermusik oder Klavier würde entsprechen).« (DLA).

Dein Lippi] Nicht nachweisbar.

99 **Meier-Graefe an Levin, 4.1.1934**
E. Br. DLA.

wesentlichste Förderung] J. Levin, der nach Belgien emigrierte, fand anscheinend in höchsten Kreisen Unterstützung für die Gründung einer Schule für Geigenbau.

Kulturkammer] Das Reichskulturkammergesetz (22.9.1933) und das Schriftleitergesetz (4.10.1933) hatten die kulturelle und geistige »Gleichschaltung« eingeführt.

Unterstützung der beiden Frauen] MG zahlte seinen ersten beiden Frauen eine Rente.

die Schweinerei] das Nazi-Regime.

Rieke] Anna Baurath, MGs erste Frau.

100 **Meier-Graefe an Levin, 6.4. (1934)**
E. Br. DLA.

der Tod des Königs] König Albert I. von Belgien war am 17.2.1934 tödlich verunglückt.

ein Roman] der unveröffentlicht gebliebene Roman *Der Kampf um das Schloß* (Ts. im DLA), bei Moffett irrtümlich als »Der Kampf um den Schluß« (siehe Nachwort).

Klossowski] Siehe Anm. zu Br. 97 und Biogr. Reg.

Onkel Fritz] Der Physiker und Chemiker Friedrich Epstein, Unterdirektor des Kaiser-Wilhelm-Instituts in Berlin, Onkel von MGs Frau Annemarie, geb. Epstein, verließ Deutschland 1934. Er wurde zweimal in Frankreich interniert, wieder befreit, schließlich von den Nazis in ein Lager geschickt, aus dem er todeskrank herauskam und kurz darauf starb. Als Annemarie MG im Mai 1941 nach Amerika emigrierte, vertraute sie ihm ihr Haus in Saint-Cyr mit der wertvollen Bibliothek von MG an; siehe »Entretien avec Annemarie Broch« (1982) in *Les Camps de Provence, exil, internement, déportation*, Aix-en-Provence, Ed. Alinea 1984, S. 29 f.

Conte] Unter diesem Namen erscheint der Maler und Graphiker Heinrich Graf von Luckner, den MG im Frühjahr 1915 in Sibirien kennenlernte, im Bericht über die russische Gefangenschaft *Der Tscheinik* (1918); siehe auch Luckners »Worte des Dankes an Meier-Graefe« in *In Memoriam.*

Leo] Der Freund Leo von König, der mit Luckner (Conte) MG noch kurz vor seinem Tod in Saint-Cyr besuchte und porträtierte.

Lutz Wolde] Siehe Anm. zu Br. 51 u. 97.

ihre Jugend ein wahrer Labsal] Annemarie (Busch) war damals 29 Jahre alt, während MG in seinem 67. Lebensjahr stand; als er 1925 in dritter Ehe die Neunzehnjährige heiratete, erregte dies Aufsehen.

Schickeles] siehe Biogr. Reg.

er hat natürlich auch große Schwierigkeiten] Siehe Br. 203.

mit den letzten Büchern von Thomas Mann] Gemeint sind die beiden ersten Bände von *Joseph und seine Brüder* (I *Die Geschichten Jaakobs* 1933, II *Der junge Joseph* 1934); vgl. Br. 185 u. 186.

Mein kleines Novellenbuch] *Geschichten neben der Kunst*, das zu Weihnachten 1933 bei S. Fischer erschien, MGs letztes Buch zu Lebzeiten.

Fischers sind momentan in Rapallo, wo MG sie besuchte; vgl. René Schickeles Tgb., 14. April 1934 in *Werke in drei Bänden*, Bd. 3, S. 1088 f., Köln / Berlin, Kiepenheuer & Witsch 1959.

101 Meier-Graefe an Servaes, 1.5.1898
E. Br. ÖNBW.

Es wird meiner Zeitschrift nicht ganz leicht] MG wollte der mit Hugo Bruckmann im Mai 1897 gegründeten Zeitschrift DK eine »rein kunstgewerbliche, moderne und zugleich vollkommen internationale Note« geben (Prospekt der DK, München, im August 1897) im Gegensatz zu dem im selben Jahr von Alexander Koch (Darmstadt) gegründeten Blatt *Deutsche Kunst und Dekoration*, das den nationalen Standpunkt behauptete und DK Konkurrenz machte.

nicht die Gesundheit merken] MG blieb als Herausgeber der Zeitschrift dem im Prospekt formulierten Vorsatz treu: »Es ist eine geistige Hygiene, ja, eine Forderung der Wahrheit, die verlangt, daß die Dinge, mit denen wir uns umgeben, Art von unserer Art, vor allem Geist unserer Zeit sind.«

102 Meier-Graefe an Servaes, 18.9.1898
E. Br. ÖNBW.

danke herzlich für den Aufsatz und den Brief] Servaes' Brief an MG ist nicht erhalten; Aufsatz nicht ermittelt.

Befreiung von dem internationalen Übel der »reinen« Kunst] MG faßte seine Kritik in dem Diktum zusammen: »Lieber keine Bilder – zunächst gute Wände« (Prospekt der DK).

Revue Blanche, die seit Okt. 1891 in Paris erschien, war für alle neuen Ideen offen, von der Kunst und der Literatur bis zum Sport, von der Wissenschaft bis zur Politik; sie verfügte über einen Stab berühmter Mitarbeiter, organisierte Kunstausstellungen und verlegte Bücher.

im Mercure] Die Zeitschrift *Le Mercure de France* wurde Ende 1889 gegründet, 1894 entstand der Verlag gleichen Namens. Die kritische Rundschau des Blattes, die »revue des revues«, berichtete regelmäßig über Ereignisse und Neuerscheinungen auf internationaler Ebene; Henri Albert war für die »Lettres allemandes« zuständig.

in der Aurore] Die republikanisch-sozialistische Tageszeitung *L'Aurore* war 1897 in Paris gegründet worden, ihr politischer Hauptredakteur war Georges Clemenceau. Hier erschien Zolas Aufruf für Dreyfus (13.1.1898).

Barrès & A. France] Die beiden Schriftsteller Maurice Barrès (1862-1923) und Anatole France (eigentl. Jacques-Anatole Thibault, 1844-1924) standen sich zu der Zeit näher als später. A. France neigte zum Sozialismus und trat für Dreyfus ein, während sich Barrès bekanntlich zu einem Nationalisten entwickelte; beide waren in erheblichem Maß journalistisch tätig.

Bourget] Der auch in Deutschland und Österreich einflußreiche Essayist und Romancier Paul Bourget (1852-1935) war Mitarbeiter zahlreicher Zeitungen und Zeitschriften. Aus dieser Tätigkeit entstanden die *Essais de psychologie contemporaine* (2 Bde., 1883-86), die Nietzsche bewunderte.

La Jeunesse im Journal] Der ironisch veranlagte Ernest La Jeunesse (1874-1917) begann seine literarische Laufbahn mit Parodien berühmter Zeitgenossen: *Les Nuits, les Ennuis et les Ames de nos plus notoires contemporains* (1896). Das politische, literarische und künstlerische Blatt *Le Journal* erschien seit 1892, es zählte bekannte Schriftsteller und Kritiker zu seinen Mitarbeitern.

schicken mir baldmöglichst das Buch] vermutlich Franz Servaes, *Gährungen – Aus dem Leben unserer Zeit*, Dresden, Reissner 1898.

103 **Meier-Graefe an Servaes, 30.6.1904**
E. Br. ÖNBW.

Behrens] Über den Maler, Graphiker, Architekten und Kunstgewerbler Peter Behrens (1868-1940), den MG gut gekannt hat, siehe auch Anm. zu Br. 82.

die Maison] MG verkaufte sein Pariser Geschäft für Kunstgewerbe »La Maison Moderne« im Frühjahr 1904 an das Unternehmen Delrue et Cie, das den Geschäftsnamen übernahm; siehe Br. der Maison Moderne vom 1.4.1904 an das Kaiser Wilhelm Museum Krefeld (Archiv des Museums, Gruppe X, Nr. 8).

schlägt mein Buch ein] die EG, die im Mai erschienen war.

wankelmütigen Verleger] Julius Hoffmann, Stuttgart, der Verleger der EG (1904) und von *Der Fall Böcklin* (1905).

Besprechung in der N.F.P.] Besprechung der EG: »Los von Böcklin« in *Neue*

Freie Presse 8.10.1904 (Morgenblatt). Servaes schließt mit den Worten: »und wir fürchten nicht zu übertreiben, wenn wir bekennen, daß es noch niemals zuvor einem Deutschen in dem Grade als Meier-Graefe gelungen ist, ins stärkste und geheimste Gewebe der führenden französischen Kunst einzudringen und ihre gemeingültigen Ziele vor uns aufzurichten.«

Hirth in der Jugend] in der Nr. 27, 1904, unter dem Titel »Onkelkunst«; folgendes Zitat gibt den Ton an: »Die ganze Kunstkritik ist durch den Streit um die Onkel zu einer ästhetischen Genealogie im Sinne erblicher Belastung geworden.«

Dehmel, Muther, Liebermann, Tschudi] Von keiner der hier genannten Persönlichkeiten kennen wir eine öffentliche Stellungnahme zur EG.

vor 10 Jahren] In MGs Gedächtnis überschneiden sich wohl die gemeinsame Teilnahme an *Edvard Munch* (1894) und der in Br. 102 erwähnte Aufsatz (1898).

Ihres Stückes] vermutlich *Der neue Tag*, Drama in 3 Akten, Leipzig, Seemann 1903.

um eine neue Arbeit zu korrigieren] Vermutlich Marées. Um diese Zeit regte der Verleger R. Piper MG zu einem Buch über Marées an.

104 Meier-Graefe an Servaes, 3.8. (1905)
E. Br. ÖNBW.

ein Buch wie dies] wohl *Der Fall Böcklin*. Dieser Brief zeigt, wie sehr die unsachlichen Attacken gegen sein Buch und seine Person MG verletzt haben.

105 Meier-Graefe an Servaes, 16.4. (1910?)
E. Br. ÖNBW.

im Zeichen Marées wiederfinden] Servaes hatte anscheinend mit »herzlichen Worten« (siehe weiter unten im Brief) auf *Hans von Marées* reagiert.

für sie war Marées o [Null]] Im Tgb., 4.10.1909, berichtet MG von einem Besuch in der Marées-Ausstellung in der Berliner Secession, wo er Henry van de Velde und Kessler traf: »Sie lassen Klinger gelten, aber lehnen Marées als ›pathologischen Fall‹ und ›kraftlosen Zeichner‹ ab. O Deutschland! Die schlimmsten sind die sogenannten ›Aufgeklärten‹.«

Metzner] der Bildhauer Franz Metzner (1870-1919)? Er war 1892-1903 in Berlin auf kunstgewerblichem Gebiet tätig, 1903-1906 Professor an der Kunstgewerbeschule in Wien, dann wieder in Berlin. Sein Hauptwerk sind die Bildwerke für das Völkerschlachtdenkmal zu Leipzig.

Moll] Carl Moll, siehe Biogr. Reg.

106 Meier-Graefe an Servaes, 11.9.1920
E. Br. ÖNBW.

Wollen Sie?] Servaes schrieb den Nachruf auf Richard Dehmel in *Ganymed*, II, 1920, S. 121-129. Mit »relativem Deutschtum« spielt MG wohl auf Dehmels kämpferische Haltung während des Krieges an.

107 Meier-Graefe an Hofmannsthal, 23.8.1905
E. Br. FDHS.

Bis auf Br. 109 sind die hier gebrachten Briefe von MG an Hofmannsthal von Ursula Renner in Hofmannsthal-Jahrbuch *4/1996 veröffentlicht worden. Durch die Querverbindungen dieser Briefauswahl und durch den neu entdeckten Brief (Br. 109) erscheinen sie jedoch in einem anderen Licht.*

Ihre Shakespeare-Rede] Der Festvortrag *Shakespeares Könige und große Herren*, den Hofmannsthal am 29.4.1905 auf der Generalversammlung der Deutschen Shakespeare-Gesellschaft in Weimar hielt, erschien zuerst im *Jahrbuch der Deutschen Shakespeare-Gesellschaft*, Jg. 41, Berlin 1905.
Die schönste II. Hälfte, die in der *Zukunft* vom 29.4.1905 erschien, sprach MG wohl durch den Vergleich von Shakespeares »Atmosphäre« mit der Malerei von Rembrandt, Tizian und Giorgione an. Hofmannsthal interessiert sich weniger für die einzelnen Figuren von Shakespeare als für die Art, »wie alle diese Figuren im Dasein stehen«.
dem Handwerker] im Gegensatz zum Dichter (siehe Br. 110). MG hatte in reifen Jahren eine bescheidene, aber auch stolze Auffassung von der Rolle des »Kunstschreibers«: er sei ein »Handlanger der Meister«, der der gelehrten Zunft dienen könne, aber auch ein »Handlanger der Menschheit«, da die großen Künstler die »letzten Heroen« seien (siehe »Kunstschriftstellerei«, zum 50. Geburtstag Wilhelm Hausensteins, in *Die Gabe*, Dichtungen und Aufsätze, München 1933).
Erich Schmidt (1853-1913), seit 1887 Professor für Literaturgeschichte in Berlin, ehemals Leiter des Goethe-Archivs in Weimar; ihm verdanken wir die Entdeckung des »Urfaust«.
dem Hause der Frau Begas] Siehe Anm. zu Br. 17.

108 Meier-Graefe an Hofmannsthal, 31.12.1907
E. Br. FDHS.

daß ich schreiben darf] Siehe den fiktiven Brief an Loris (Br. 110).
in komplizierten Arbeiten] die Vorarbeiten zum Marées-Werk; vgl. die Briefe an Mary Balling, besonders Br. 137.
Ihren zweiten Band] *Die prosaischen Schriften* II, Berlin, S. Fischer 1907.
nach Spanien] Über die sechsmonatige Spanienreise (April-Oktober 1908) berichtet die in Form eines Tagebuchs verfaßte *Spanische Reise* (1910).

Marx] Paul Marx, der Feuilleton-Redakteur der Berliner Zeitung *Tag*, in der Hofmannsthal u.a. den »Chandos-Brief« (1902) veröffentlichte.

Fischer, dem ich für Spanien verkauft bin] MG, der nicht auf eigene Kosten reisen konnte, hatte sich S. Fischer gegenüber, der die Reise finanzierte, verpflichtet, ein »künstlerisches Reisebuch« zu schreiben (siehe Heymel an Richard von Kühlmann, 21.1.1908, DLA, N. Heymel).

Herr Wärndorfer] Industrieller, Mitbegründer und kommerzieller Leiter der Wiener Werkstätte; er ließ 1907 das Theater und Kabarett Fledermaus durch die Werkstätte bauen und einrichten – »vom Zuschauerraum bis zu den Programmheften«. 1914 mußte er von seiner Stellung zurückzutreten, da er über keine Mittel mehr verfügte.

die kleinen Dramen] 2 Bde., Leipzig, Insel 1907.

109 Meier-Graefe an Hofmannsthal, 29.3.1908
Abschrift im Tgb. DLA.

die gestrige Generalprobe Ihres Stücks] Max Reinhardts Inszenierung von *Der Tor und der Tod*, deretwegen Hofmannsthal nach Berlin gereist war.

den kuriosen Studentenbrief] Die Freien Studenten wollten eine Versammlung veranstalten, um Hugo von Tschudi, den Direktor der Nationalgalerie, der infolge von Auseinandersetzungen mit dem Kaiser über den Erwerb französischer Bilder demissionieren mußte, zu stützen. Der leitende Redakteur von KuK erinnert sich: »Eine Deputation erschien bei mir und bat, ich möchte gemeinsam mit Meier-Graefe öffentlich reden. Das Abkommen war getroffen, als Hugo von Hofmannsthal den Freien Studenten einen Brief schrieb, in dem er vor einer solchen Protestversammlung mit ›so radikalen Elementen‹ wie Meier-Graefe und Scheffler warnte und mitteilte, er plane selbst in Gemeinschaft mit einem dem Hofkreise nahestehenden Freund eine diplomatische Sonderaktion.« (Karl Scheffler, *Die fetten und die mageren Jahre*, München, List 1946, S. 239)

mit auf die hohe See nehmen will] MG schiffte sich am 1.4.1908 in Hamburg nach Spanien ein.

dieses großen Künstlers und kleinen Gentleman] Vgl. MGs Urteil über Max Liebermann in Br. 69, 92 u. Nr. 215.

die starke Empfindung …] Vgl. den hier folgenden Brief an Loris, der gewissermaßen als Fortsetzung dieses Briefes gelten kann – auch als Erfüllung dessen, was MG in Br. 108 »blutigen Zwang« nennt.

Im Tgb. folgt auf die Abschrift des Briefes an Hofmannsthal die Bemerkung: »2 Antworten von Hofmannsthal. Hat natürlich nie daran gedacht u.s.w.«

110 Meier-Graefe an Loris (Hofmannsthal), 18.6. (1908)
Spanische Reise, 2. Auflage, Berlin, Rowohlt 1923, S. 206-212.

Dieser Brief an Hofmannsthal unter dem Pseudonym, das den Dichter berühmt machte und ihm bis zum Schluß anhaftete, ist der bekannteste der fiktiven Briefe, die MG in sein Spanisches Tagebuch eingestreut hat. Sie sind theatralischer und pointierter als die eigentlichen Briefe; gelegentlich scheint es parallel zum fiktiven einen wirklichen Brief gegeben zu haben; vgl. z. B. den vorhandenen Brief an Dehmel aus Biarritz vom 5.9.[1908], SUBH, mit dem »Brief an Richard« vom selben Ort und Tag in Spanische Reise, *S. 350. Im Falle des Briefes an Loris wurde das antike Sagunt an der Ostküste Spaniens, von wo aus der Autor vorgeblich an den Dichter schreibt, wohl als »Gegenort« zu Delphi gewählt, wo Hofmannsthal um die Zeit weilte. Der Ort ist der Aussage des Briefes angepaßt. MG betrachtete gelegentlich seine ganze Spanienreise »wie eine Fiktion«: »Ich reise nicht in Spanien, sondern in Tizian, Rubens, Greco, Tintoretto, Poussin; in Menschen, die viel größer und merkwürdiger sind als das größte und merkwürdigste Spanien.« (*Spanische Reise, *S. 272). Dies gemahnt uns an einen anderen Wanderer auf künstlerischen Spuren, an Peter Handke in der Landschaft Cézannes: »Ist nicht dort, wo ein großer Künstler gearbeitet hat, der Mittelpunkt der Welt – eher als an Orten wie Delphi?« (Peter Handke,* Die Lehre der Sainte Victoire, *Frankfurt a. M., Suhrkamp 1980, S. 45)*

Ihre Karte aus Delphi] Hofmannsthal war Anfang Mai 1908 mit Kessler und Maillol in Griechenland; vom 6. bis 8. Mai besuchten sie Delphi; Hofmannsthal brach die Reise frühzeitig ab; vgl. »Unterwegs mit Hofmannsthal« – Berlin – Griechenland – Venedig – Aus Harry Graf Kesslers Tagebüchern und aus Briefen Kesslers und Hofmannsthals, mitgeteilt von Werner Volke, in *Hofmannsthal-Blätter* 35/36, 1987; siehe auch Sabine Walter, »Graf Kessler, Maillol und Hofmannsthal in Griechenland« in Kat. *Aristide Maillol*, Georg Kolbe Museum, Berlin 1996.

im Tempel] Die einstige Niederlassung des Tempelordens in Paris wurde während der französischen Revolution und bis zu ihrer Zerstörung 1811 als Gefängnis benutzt. Hier wurden Ludwig XVI. und die Königliche Familie zum Schluß inhaftiert. Durch seinen Vergleich assoziiert MG Hofmannsthal mit dem Ancien Regime.

Herr Dubois-Reymond] der deutsche Physiologe Emil Du Bois-Reymond (1818-1896), einer der Begründer der experimentellen Physiologie.

unseres gemeinsamen Freundes Benz] Möglicherweise handelt es sich um den Ingenieur Carl Friedrich Benz (1844-1929), den Erfinder des von einem Benzinmotor angetriebenen Automobils.

das Gewisse oder Ungewisse zwischen den Objekten] Es ist das, was Hofmannsthal in seinem Shakespeare-Vortrag als »Atmosphäre« umschreibt (siehe Br. 107). Für MG war die Photographie nichts weiter als die bloße Wiedergabe von Objekten.

ein Verbrechen gegen Goethe] Anspielung auf eine Diskussion mit R. A. Schröder; vgl. MG an Schröder, 19.8.[1905]: »Ich lese die Korrespondenz von Flaubert und bitte Dich, thu mir den Gefallen, kaufe Dir die Briefe und lies sie. Ich glaube, Du wirst dann über Flaubert anders denken und nicht nur über Flaubert, sondern das ganze ominöse französische Problem, über das wir uns so oft zanken. Es ist unmöglich, daß Du nicht die enorme moderne Kultur in diesen Briefen siehst, die an eine Geliebte, an eine Mutter und ein paar Schulkamaraden gerichtet sind, also keine literarischen Ergüsse darstellen. Die Selbstverständlichkeit dieser sublimen Analyse des Lebens in allen Erscheinungen – als Züchtung der Persönlichkeit, nicht um Literatur zu machen – empfinde ich als etwas schlechterdings Ideales. Kauf Dirs ja. Es ist das absolute Gegenstück zu dem Journal Delacroix'.« (R. Borchardt-Erben)

eine amüsante Geschichte] MG erzählt die Geschichte in erweiterter Form als »Flauberts Dummheit« in *Geschichten neben der Kunst* (Berlin, S. Fischer 1933). – Über Duret, siehe Anm. zu Br. 53.

Flaubert] Vgl. folgende Stelle aus dem Tgb. vom 29.12.1911: »Bei Tisch Streit mit Romanelli: Rilke oder Flaubert. Romanelli bildet sich ein, ich sei Materialist weil ich für die Mystik solchen Rilkes weniges übrig habe. Meint, Rilke sei ein Heiliger, habe das reinste Ideal der Frau aufgestellt und war verblüfft als ich von dem Idealismus einer Mme Bovary sprach, bei der der Idealismus nicht platt in einer Gestalt, sondern dahinter steckt, aus den Beziehungen des Dargestellten zum Dichter hervorgeht & viel tiefer, geistiger ist als der der Leute à la Rilke mit der direkten Mystik der Worte. Etwas Ähnliches ist auch in der Bildenden Kunst möglich, Vergleich eines schönen Gesichts mit Renoirs Frauenliebe- und Leben.«

Seine Dichtung ... war unfähig, ihn auszulösen] etwa im Gegensatz zu Cézannes Kunst?

Könnte etwa die Empfindung eines bedeutenden Menschen wichtiger sein als ...] Vgl. den letzten Absatz von Br. 109.

das Memento mori einer Kultur] Siehe MGs späteres Urteil über Flaubert S. 317ff.

Was tun Sie dort, Sie, der Glückliche.] Über Hofmannsthals »unglückliche« Griechenlandreise, siehe W. Volke, *Hofmannsthal-Blätter*, 1987, a. a. O.

noch nagt an Ihnen nicht der Wurm] Ob MG den Chandos-Brief nicht kannte?

111 **Meier-Graefe an Hofmannsthal, 26.2. (1920)**
E. Br. FDHS.

den unendlichen Unsinn gehindert] MG denkt hier an die neuesten Tendenzen der Kunst, an die Expressionisten und die Kubisten.

daß er diese Fiktion nicht sieht] Vgl. ein Schreiben von MG an Wilhelm Hausenstein vom 25.7.1919, wo von seiner Arbeit über van Gogh die Rede ist: »die Gestalt, die uns (schöne Fiktion) retten könnte« (E. K. Frisch Collection, Leo Baeck Institute, New York).

den anständigen Roman ... die Verallgemeinerung] MG (oder sein Verleger?) nannte das Buch über van Gogh *Vincent* (Piper, 1921), den »Roman eines Gottsuchers«. Es beginnt mit den Worten: »Dies ist die Geschichte eines Menschen, der von 1853 bis 1890 gelebt hat.«

Delacroix verkörperte für MG schlechthin ein Ideal, nur Goethe vergleichbar; er bewunderte den Menschen ebensosehr wie den Künstler und fand, daß bei Delacroix die Konvention das Genie in der Waage halte.

Die Frau ohne Schatten nennt MG in einem vorausgegangenen Brief an Hofmannsthal vom 27.12.1919 »Auch so ein Vitrail wie der Julian«: Anspielung auf *Die Legende von Sankt Julian, dem Gastfreundlichen* von Flaubert (siehe in *Hofmannsthal-Jahrbuch* 4/1996, S. 133); vgl. Br. 185, 186 und S. 328 f.

Dresden] MG war 1917, als er sich von seiner ersten Frau trennte, nach Dresden gezogen. Er lebte dort mit Helene Lienhardt, der Mutter seines Sohnes (geb. Ende 1918).

habe keine genügende Hilfe] Ab Januar 1920 wurde Helene Lienhardt, laut Vertrag, Mitarbeiterin der Ma-Ge.: »Frau Helene Lienhardt verpflichtet sich zur Mitarbeit an der Redaktion und dem Vertrieb, sowie an der technischen Herstellung der Marées-Drucke und stellt dafür dem Verlag ihre gesamten Fähigkeiten ausschließlich zur Verfügung. Sie verpflichtet sich, insbesondere ihre künstlerischen Fähigkeiten und Talente, ihre schöpferischen Gedanken und Anregungen zur Unterstützung des Herausgebers, Herrn Meier-Graefe, in den Dienst des Verlages zu stellen. Sie übernimmt jedoch auch praktische Aufgaben, wie insbesondere im Einverständnis mit dem Herausgeber die Verhandlungen mit Verlegern, Künstlern und Lieferanten zu führen und sich den zu diesen Zwecken notwendigen Reisen zu unterziehen.« (§ 1 des Vertrags). Es folgten zwei weitere Verträge 1921, die die Mitarbeit präzisierten. Januar 1922 schloß Helene Lienhardt einen anderen Vertrag mit Bruno Deja in Berlin und dem Piper Verlag in München für die Piper-Drucke (die erwähnten Verträge in Privatbesitz).

Ich antwortete mit einem Witz] Siehe Br. 114.

die Trauerfeier für meinen alten Dehmel] R. Dehmel war am 8.2.1920 in Hamburg-Blankenese an den Folgen einer Kriegsverletzung gestorben.

habe abgelehnt] MG sprach weder bei der Trauerfeier, noch schrieb er Dehmels Nachruf (siehe Br. 106). Zu Dehmels 70. Geburtstag veröffentlichte MG »Erinnerungen an Richard Dehmel« in NR, II, 1933, S. 642-651.

Schleich] Mit dem Arzt und Schriftsteller Carl Ludwig Schleich (1859-1922), der auch Strindberg gut gekannt hat, verband Dehmel eine lebenslange Freundschaft (siehe das Kapitel »Erinnerungen an Richard Dehmel« in *Besonnte Vergangenheit*, Berlin, Rowohlt 1922, S. 215-225).

uns seine zwei Menschen vorlas] Siehe Anm. zu Br. 74.

Moll und Glück] der Maler Carl Moll (in *Hofmannsthal-Jahrbuch* 4/1996, S. 140, fälschlich [Max] Mell) und der profilierte Kunstgelehrte Gustav Glück (1871-1952), der als erster Kunsthistoriker mit der Leitung der Wiener Gemäldegalerie betraut wurde (von 1911 bis 1931).

112 Meier-Graefe an Pannwitz, 21.7. (1918)
E. Br. DLA.

daß Sie in Marées hineinkommen] Pannwitz schrieb einen Text für den 10. Druck der Ma-Ge, 2. Reihe 1918/19, *Hans von Marées: Zeichnungen*, und eine Studie für *Ganymed* II, 1920, »Die Seele des Werkes von Marées«.

Da versagt die Abbildung] Dies trifft speziell auf einen Künstler wie Marées zu, im Gegensatz etwa zu Böcklin, der »sich ganz besonders des Wohlwollens der Photographie-Liebhaber erfreut« (*Der Fall Böcklin,* 1905, S. 92). »Je mehr sich eine Malerei ihrer spezifischen Mittel bedient, d.h. je reicher, je malerischer sie ist, desto schlechter fährt sie bei der Wiedergabe auf dem Wege dieser mechanischen Reproduktion. [Vgl. Walter Benjamin! Hg.] Böcklin dagegen profitiert bei dieser Übertragung ...« (Ebd.) Dies ist auch der Grund, weshalb MG die farbige Reproduktion von Gemälden verweigerte; er zog es vor, die Farbgebung schriftlich zu fixieren, wie es 1906 im Katalog der Deutschen Jahrhundertausstellung geschah, und vor allem im Katalog seines *Hans von Marées,* 1909. (Wilhelm Worringer betont in seiner Besprechung in *Zeitschrift für Ästhetik und allgemeine Kunstwissenschaft*, Bd. 6, 1911, S. 317 f., die »künstlerische Optik« MGs und die »lebendige Interpretierung« der Farben, die die Farbphotographie niemals ersetzen könne.)

nach allen Richtungen immer wieder kontrolliert] Dies ist MGs vergleichende Methode, mit der er den Wert und den Rang eines Werks oder eines Künstlers feststellt – der Kern seine Kunstbetrachtung.

Ihrem famosen Aufsatz im Jungen Deutschland] Pannwitz veröffentlichte verschiedene Aufsätze in *Das Junge Deutschland,* 1918, gemeint ist wohl »Die Kunst unserer Zukunft« im Februar-Heft.

des Pferdeführers mit der Nymphe ... den drei Reitern ... des »Ganymeds«] Diese Werke von Marées, die Konrad Fiedler 1891 dem bayerischen Staat schenkte, befinden sich heute in der Neuen Pinakothek in München.

Habe hier leider gar keinen Menschen] MG, der oft auf Reisen und von der Ma-Ge sehr in Anspruch genommen war, scheint kaum in Dresdener Kreisen verkehrt zu haben, z.B. im Hause Bienert, der Förderer Däublers, wo die Kunstsammlerin und Mäzenatin Ida Bienert viele Künstler um sich versammelte (siehe Henrike Junge, »Die Sammlerin Ida Bienert« in *Avantgarde und Publikum*, 1992). 1921 zog MG wieder nach Berlin, wohin die Ma-Ge verlegt worden war, wiederum mit gemischten Gefühlen: »Wir gehen wahrscheinlich in den nächsten 14 Tagen nach Berlin. Schrecklicher Gedanke. Ich tu's für die Marées-Gesellschaft, wohl das schwerste Opfer, das ich bringen kann & vielleicht doch eine schwere Dummheit, aber ich fürchte, wir bekommen noch viel schlimmere Zeiten, und da muß ich da stehen, wo es am rentabelsten ist.« (An Ida Dehmel, 24.7.1921, SUBH)

Probedrucken] Die Probe- oder Überdrucke der Ma-Ge wurden künstlerischen Lehranstalten unentgeltlich und leihweise zur Verfügung gestellt.

113 Meier-Graefe an Pannwitz, 29.9. (1918)
E. Br. DLA.

Über Kokolsky mündlich] Pannwitz hatte Hermann Kokolsky (geb. 1853, als Bildhauer überliefert, anscheinend auch Maler) MG empfohlen (siehe H. Kokolsky an Pannwitz, 6.8.1918, DLA). MG reagierte hilfsbereit (»werde eine kleine Reise nicht scheuen«), jedoch »ein wenig mißtrauisch« (siehe MG an Pannwitz, 6.8.1918, DLA): »Nehmen Sie meine Zweifel nicht als Unhöflichkeit; es ist durchaus möglich, daß Ihnen auch ein unvollkommener Kokolsky die weitesten Erkenntnisse erschließt. Auf einer Insel wird ein Mann wie Hodler zum lieben Gott und auch mit Recht, und wer lebt in Deutschland nicht auf einer Insel?« (Ebd.) Inzwischen hatte MG Kokolskys Bilder in Dessau gesehen.
Eine Riesenausstellung Hodler] in der Galerie Moos in Genf. Hodler, schwerkrank, wohnte der Eröffnung der Ausstellung am 2. Mai bei; er starb zwei Wochen später, am 19.5.1918.
eine herrliche Ausstellung Rodin] in Genf, Batiment Electoral, 14.9. - 6.10.1918, exposition au bénéfice des œuvres du secours français et des troupes genevoises, statt Kat. ein Album *Rodin* in *L'Eventail*, Revue de Littérature et d'Art, Genf.
Maurarchers Idee] Friedrich Mauracher (1887-1937), ein unbedeutender Maler, von dem wenig erhalten ist, war eng mit Pannwitz verbunden. Er wollte vermutlich über eine der allerletzten Zeichnungen von Marées schreiben: über die Rötelzeichnung *Amazonenschlacht,* 1887 (*Hans von Marées* II, Nr. 1000).
Brief von Hofmannsthal] Nicht erhalten.

114 Meier-Graefe an Pannwitz, 3.11. (1919)
E. Br. DLA.

Ihr Brief] Vgl. Br. 111.
Der Fall Marées – Fiedler, Michelangelo – Papst Julius] Die Beziehung zwischen einem bedeutenden Künstler und einem großen Mäzen (hier nicht ohne Ironie).
Ihre deutsche Lehre] *Die deutsche Lehre* von Pannwitz erschien 1919.

115 Meier-Graefe an Hauptmann, 11.9. (1914)
E. Br. SBB.

meine Kunstsamariten-Idee] Vgl. MGs Artikel »Samariter für die Kunst« in *Vossische Zeitung* 3.9.1914, Abendausgabe, der mit den Worten beginnt: »Im Krieg reden die Waffen, und alles andere ist Geschwätz. [...] Nachher aber, nach der mörderischen Schlacht, ist es anders. Wie unsere Ärzte und das Rote Kreuz den Verwundeten helfen, so sollte nachher ein bescheidener Samaritendienst für die gefährdete Kunst da sein, um die Werke gegen andere Unbill zu schützen.« MG schickte diesen Artikel mit seiner Bewerbung vom 7.9.1914 an das Reichsamt des Innern (Bestand Reichsministerium des Innern, Bundesarchiv Berlin, Aktensignatur R 1501/19480): »Ich kann dem in diesem Aufsatz ausgesprochenen Vorschlag eine praktische Anwendung folgen lassen.« MGs Gesuch »um Verwendung im Dienste des Schutzes der belgischen Kunstdenkmäler« wurde auf Rat des Ministers der geistlichen und Unterrichts-Angelegenheiten abgelehnt: »Ich darf darauf hinweisen, daß in neuerer Zeit mehrfach Gesuche von Personen, die in Verbindung mit dem Kunsthandel genannt werden, hier eingegangen sind. Meinerseits ist von einer Weiterverfolgung solcher Gesuche abgesehen worden, weil die Gesuchsteller im Fall ihrer Verwendung der Mißdeutung ausgesetzt sind, daß sie bei ihrer Tätigkeit Nebeninteressen verfolgen.« (Masch. Br. des Ministers an den Herrn Reichskanzler, 12.10.1914, ebd.) Auch scheint eine gewisse Rivalität mit den Plänen des Generaldirektors der Berliner Museen Wilhelm von Bode bestanden zu haben, die darauf zielten, die aus den napoleonischen Kriegszügen nicht zurückerstatteten deutschen Kunstwerke durch Austausch beschlagnahmter französischer Werke in diesem Krieg bei Friedensverhandlungen zurückzugewinnen (siehe Christina Kott, »Die deutsche Kunst- und Museumspolitik im besetzten Nordfrankreich im Ersten Weltkrieg – zwischen Kunstraub, Kunstschutz, Propaganda und Wissenschaft«, *Kritische Berichte* 2/1997). MG, der sich schließlich mit Verwundetenhilfe beim Roten Kreuz begnügen mußte, notiert lakonisch am 4.9.1914, einen Tag nach der Veröffentlichung des obigen Artikels, in sein Tgb.: »Bode auch jetzt Bode«; vgl. Br. 121 u. 123 sowie das Nachwort.

Math] Mathilde, die erste Frau des Malers Leo von König, eine Französin; das Ehepaar begleitete MG auf seiner Spanienfahrt 1908.

in der N° des Tageblatts] MGs Artikel »Drei Gewinne«, BT 11.9.1914, hat ihm in Frankreich sehr geschadet, selbst Clemenceau hat ihn in der Kammer zitiert (siehe Paul Westheims Nachruf »Meier-Graefe« in *Das Neue Tage-Buch* 3, 1935, S. 573); vgl. Arsène Alexandres Attacke gegen MG mit Bezug auf den bewußten Artikel in *Le Figaro* 24.4.1915, »Espions et Déménageurs«. In den Archives d'Art Contemporain, Musées royaux des Beaux-Arts de Belgique, Brüssel, fonds George Morren, gibt es eine französische Übersetzung von MGs Artikel: »Trois Avantages«, mit dem Vermerk »Reproduction interdite« (Ts. AAC 47731). Über Frankreich steht in »Drei Gewinne« folgendes: »Dieses Frankreich kann nicht dauern, so wenig wie Hellas dauern konnte. Die Verfeinerung muß die Menschen lebensunfähig machen. Es gibt nur noch eine ästhetische Gemeinschaft. Die Kraft fährt in Bilder und Gedanken. [...] Bilder, schöne Worte sind keine Waffe gegen den Feind an der Grenze, noch gegen die Masse der Enterbten, die jetzt schon in Paris an Barrikaden denkt.« (Vgl. das Nachwort).

116 Meier-Graefe an Hauptmann, 25.9. (1917)
E. Br. SBB.

das Prospekt und das Menu der Drucke] Im »Menü« der ersten angekündigten Drucke sind die *Shakespeare-Visionen* mit einer Vorrede von Gerhart Hauptmann als 3. Druck verzeichnet; als 7. Druck war *Deutsche Gedichte mit Zeichnungen deutscher Meister von früher und heute*, Kaltnadelarbeiten, Vorrede von Rudolf Borchardt, vorgesehen; *Delacroix* (mit einer Original-Lithographie von dem in Paris gefundenen alten Stein gedruckt und 15 faksimilierte farbige Aquarelle) war als 8. Druck geplant, *Poussin*, 15 faksimilierte Zeichnungen, Text von Hugo von Hofmannsthal, als 14. Druck, schließlich *Michelangelo*, Gedichte und Zeichnungen des Cinquecento, Holzschnitte, Vorrede von Franz Werfel, als 15. Druck. *Shakespeare-Visionen*, mit der kurzen, nichtssagenden Vorrede Hauptmanns, erschien 1918. Die anderen 4 hier genannten Drucke wurden nicht verwirklicht; Poussin ist in Druck 33 *Cézanne und seine Ahnen* (1921) vertreten.

Die Idee dieses und des VIII. Drucks] Gemeint sind *Shakespeare-Visionen* und die ursprünglich als 10. Druck geplanten *Erinnerungen an Rembrandt*, die aus 20 Originalgraphiken bestehen sollten.

der drohenden Mathematik allzubilligen Schemas] wohl Anspielung auf expressionistische und kubistische Werke.

Dehmel, Hofmannsthal und Werfel] Zu Dehmel, siehe Br. 92; zu Hofmannsthal, siehe *Hofmannsthal-Jahrbuch* 4/1996, S. 96 f.; zu Werfel, siehe Br. 157.

Däubler] Mit dem Dichter und Kunstschriftsteller Theodor Däubler (1876-1934), der für die zeitgenössische Kunst aufgeschlossen war, kam es zu keiner Zusammenarbeit.

117 Hauptmann an Meier-Graefe (1925)
Masch. Br. (Briefdiktat) SBB.

»Die doppelte Kurve«] Die unter diesem Titel gesammelten Essays von MG erschienen 1924 im Paul Zsolnay Verlag, Berlin / Wien / Leipzig, darin zwei Vorträge über Kultur und Kunst, die MG 1912 und 1913 in der Galerie Paul Cassirer hielt, ferner Aufsätze, die in *Ganymed* erschienen und zwei weitere Beiträge. Das Buch ist Leo von König gewidmet.

Wechsel in Ihren Familienverhältnissen] MG heiratete 1925, fern von Berlin, die zwanzigjährige Annemarie Epstein; Wilhelm Hausenstein war Trauzeuge.

118 Meier-Graefe an Hauptmann, 24.2.1933
E. Br. SBB.

119 Hauptmann an Meier-Graefe, 26.2.1933
Masch. Br. SBB.

Am 30.1.1933 berief Hindenburg Hitler zum Reichskanzler; in den darauffolgenden Wochen versuchte die nationalsozialistische Propaganda aus dem Reichsregierungswechsel eine »Revolution« zu machen. Am 27.2.1933 brannte der Reichstag.

120 Meier-Graefe an Hugo Bruckmann, 22.9. (1914)
E. Br. SBM. (Bruckmanniana I)

die Intellektuellen Berlins] MG notierte am selben Tag in sein Tagebuch über die »sogenannten deutschen Intellektuellen«, von denen er einen größeren Kreis am Vortag zu sich geladen hatte: »Sie reden einfach leiser als früher. Aber was sie reden, ist derselbe schlappe Unsinn. Ekelhaft! Scheffler, der hartleibige Idealist, begreift nicht, daß man überhaupt noch etwas anderes als patriotisch sein kann.« (Tgb. 22.9.1914).
Aschinger] bekanntes Bierlokal in München.

121 Meier-Graefe an den Generalstab, 10.8.1914
Abschrift im Tgb. DLA.

Tgb. 12. August: »Generalstab schreibt mir ab. Ich schreibe heute dem Fürsten Lichnowsky«. Es folgt die Abschrift des Briefes mit der Bitte, ob es nicht möglich wäre, »mich bei der Truppe oder den Behörden im Felde, zumal in Frankreich unterzubringen?«

ganz harmlosen Leidens] MG, dessen Mutter an den Folgen seiner Geburt starb, hatte von klein auf eine nervöse Hautkrankheit, die periodisch ausbrach.
spreche französisch wie deutsch … auch das Patois] Dies ist eine für den Zweck der Sache übertriebene Behauptung. Patois = Mundart.
habe drüben viele Freunde namentlich in der Kunstwelt] MG hatte in Frankreich Beziehungen, kaum Freunde. Er spielt hier, ohne sie zu nennen, auf seine »Kunstsamariten-Idee« an; siehe Br. 115 und das Nachwort.
Generalleutnant Frhr. v. König] der Vater seines Freundes Leo von König.
Frh. V. v. Mutzenbecher] Viktor von Mutzenbecher, siehe Anm. zu Br. 52.

122 Aufruf für Meier-Graefe, mit Wölfflins Antwort (1915)
Die Erklärung: Ts. Wölfflins Antwort: Ms., beides Privatbesitz.

In der Augsburger Abendzeitung *vom 30.9.1915 erschien die »Erklärung« in abgewandelter Form. Wir bringen hier die abweichenden beiden letzten Absätze und die Liste der Unterzeichneten:*
»Diese Gelegenheit wird von verschiedenen Gegnern seiner künstle-

rischen Anschauung benutzt, ihn öffentlich in einer Weise anzugreifen, die seinen Ruf im Vaterland schädigen soll.
Wir Unterzeichneten halten einen solchen Angriff auf einen geistig Schaffenden, der seine vaterländische Gesinnung auch durch die körperliche Tat bewährt hat und sich jetzt nicht verteidigen kann, für so ungehörig und unwürdig, daß wir gegen diese Art »Deutschtum« mit aller Entschiedenheit Einspruch erheben.«
Gez. Peter Behrens, Theodor Behrens, Oskar Bie, Eberhard Freiherr von Bodenhausen-Degener, Hugo Bruckmann, Lovis Corinth, Richard Dehmel, Walt[h]er Epstein, Paul Fechter, H. A. Graf Harrach, Kurt Herrmann, Adolf von Hildebrand, Hugo von Hofmannsthal, Georg Kolbe, Leo Freiherr von König, H. E. Lind-Walther, Julius Levin, Kurt Freiherr von Mutzenbecher, Karl Ernst Osthaus, Gustav Pauli, Hermann vom Rath, R. A. Schröder, Eugen Spiro, Georg Swarzenski, Louis Tuaillon, H. Uhde-Bernays, Lutz Wolde, Heinrich Wölfflin.

123 **Eduard Arnhold an Meier-Graefe (vermutlich vor Februar 1917)**
E. Br. APV, 1999 Depositum DLA.

den Ernst Ihrer Anregung] Aus dem Weiteren geht hervor, daß MG den Isenheimer Altar von Grünewald durch einen Ankauf für Deutschland retten wollte.

die Verkäuferin] Ob die Stadt Colmar gemeint ist? Auf Ersuchen der Colmarer Stadtverwaltung, hatte sich im Februar 1917 die Direktion der Bayerischen Staatsgemäldesammlungen bereit erklärt, den Isenheimer Altar für die Dauer des Krieges in Verwahrung zu nehmen und zu restaurieren; es wurde gleichzeitig abgemacht, daß nach Kriegsende, das Werk für 6 Monate in der Alten Pinakothek gezeigt werden dürfe. Durch die Ausstellung in der Pinakothek wurde Grünewalds Altar für ein großes Publikum in Deutschland populär. Die Altartafeln wurden am 26.9.1919 von München abgeholt und wieder nach Colmar transportiert. Über diese komplexe Geschichte, die durch die außerordentliche Bedeutung des Werks viel Aufsehen erregte, siehe Bayerische Staatsgemäldesammlungen, Akt. 25/7, betr. Rückgabe der Isenheimer Altartafeln nach Colmar 1919. Von MGs persönlicher Initiative ist da nicht die Rede.

124 **Meier-Graefe an Georg Reinhart 3.1.1919**
Masch. Br. StBW.

noch mit einer Kriegsbitte] MG war ein erstes Mal 1917 mit G. Reinhart in Verbindung getreten, in der Hoffnung etwas für die Befreiung von Karl Hofer aus französischer Gefangenschaft bewirken zu können (siehe Br. in StBW).

Sergei Stschukin] Sergej Iwanowitsch Schtschukin (1854-1936), war der dritte von fünf Söhnen des genialen Handels- und Industrieunternehmers Ivan Wassiljewitsch Schtschukin (1815-1890), Gründer der Firma »I. W. Schtschukin & Söhne« (Tuchhandel), die Sergej nach dem Tod des Vaters übernahm. Bis auf den ältesten der Söhne waren alle Sammler und Kunstliebhaber; der bedeutendste und einer der größten Sammler der Moderne überhaupt war Sergej; siehe die gut dokumentierte Studie von Albert Kostenewitsch in *Morosow und Schtschukin: die russischen Sammler*, Köln, Dumont 1993.

Ähnlich wie Sie ...] Es ist vor allem die Verbindung eines aufgeklärten Unternehmertums mit der Liebe zur Kunst, die die Familie Schtschukin und Theodor Reinhart und seine vier Söhne kennzeichnet.

sie zuletzt dem Staat geschenkt] Sergej Schtschukin, der ein eigenes Museum gründen wollte, öffnete sein Haus in Moskau, das Trubezkoj-Palais, den Künstlern und Liebhabern. Schtschukins Galerie wurde nach dem Umsturz 1917 verstaatlicht und im November 1918 als staatliches Museum eröffnet; später wurden die Bilder zwischen der Eremitage in St. Petersburg und dem Puschkin-Museum in Moskau aufgeteilt, 1993 wurden 120 Meisterwerke der Sammlungen Morosow und Schtschukin im Museum Folkwang in Essen gezeigt (op. cit.).

Somotschin meines Buches] Siehe *Der Tscheinik* (1918), S. 135 f., 140, 150, 155 f., 158 f., 195 f.

125 Meier-Graefe an Georg Reinhart, 20.1.1919
Masch. Br. StBW.

Durand-Ruel, Vollard, Bernheim] die Pariser Kunsthändler, bei denen S. Schtschukin Kunde war.

Auch Claude Monet] Monet war für Schtschukin, wie auch für MG, der Impressionist par excellence; er erwarb zwischen 1898 und 1904 elf Bilder von ihm.

selbstverständlich geht Hofer vor] Theodor Reinhart, der am 17.1.1919 starb, hatte sein Leben lang den Maler Karl Hofer (1878-1955) unterstützt (siehe *Karl Hofer und Theodor Reinhart, Maler und Mäzen, ein Briefwechsel in Auswahl*, hg. von Ursula u. Günter Feist, Berlin, Hentrich 1989). Georg Reinhart, der die Firmenleitung übernahm, fühlte sich auch diesem »Erbe« gegenüber verpflichtet.

126 Georg Reinhart an Meier-Graefe, 15.4.1919
Durchschlag StBW.

Ihren schönen Artikel] MG schrieb zwei Nachrufe auf Theodor Reinhart: einen längeren, warmen Artikel in *Kunstchronik und Kunstmarkt*, 28.3.1919, den Georg Reinhart hier meint, und einen unsignierten in *Ganymed* I, 1919, S. 90.

127 Meier-Graefe an Oskar Reinhart, 4.8.1917
E. Br. oRAW.

wenn Hofer endlich frei würde] Karl Hofer wurde Ende November 1917 aus der französischen Internierung befreit. Seine Entlassung ist das gemeinsame Verdienst von MG und Theodor Reinhart, Vater von Oskar R. (siehe in *Karl Hofer und Theodor Reinhart*, op. cit., S. 430). Hofer beteiligte sich an den *Shakespeare-Visionen* (3. Druck der Ma-Ge, Frühjahr 1918) mit dem Steindruck *Masken*.

Kessler ... in Bern] Kessler war seit September 1916 Leiter der deutschen Kulturpropaganda in Bern, mit der Mission, Frankreichs Friedenswillen zu sondieren.

die Pidollsche Sammlung bei Ihnen] Oskar Reinhart, der an der Leitung des Winterthurer Museums beteiligt war, hatte die schöne Sammlung von Marées-Zeichnungen aus dem Besitz der Baronin von Pidoll, der Witwe des Malers und Marées-Schüler Karl von Pidoll (1847-1901), erworben. Ein guter Teil davon kam ins Graphische Kabinett des Museums von Winterthur (siehe *Ganymed* I, 1919, S. 90). Karl von Pidoll, wie auch Peter Bruckmann, hatte sich im Winter 1884-85 mit Marées Erlaubnis Zeichnungen des Meisters aussuchen dürfen (siehe *Hans von Marées*, II, 1909, Vorbemerkung zum Kat.).

Marées-Museum] Siehe Anm. zu Br. 48.

Peter Bruckmann (1850-1926), Bildhauer, Schüler von Marées, Böcklins Schwiegersohn.

Pallenberg] Siehe Anm. zu Br. 48.

Herrn Hahnloser] Der Augenarzt Arthur Hahnloser (1870-1936) und seine Frau Hedy Hahnloser-Bühler (1873-1952) trugen seit 1907 eine bedeutende Sammlung französischer Künstler zusammen (Bonnard und Vallotton sind darin besonders gut vertreten). Das Haus, das noch in Familienbesitz ist, die Villa Flora in Winterthur, wurde für das Publikum geöffnet.

die Aquarelle] Im 2. Druck der Ma-Ge *Cézanne Aquarelle* (Frühjahr 1918) ist ein Stilleben aus der Sammlung Hahnloser faksimiliert worden.

128 Meier-Graefe an Oskar Reinhart, 19.11.1919
Masch. Br. ORAW

eine Plastik von Lehmbruck zu kaufen] O. Reinhart antwortete auf diesen Vorschlag am 10.12.1919: »Ich bedaure sehr Frau Lehmbruck keine Hoffnung machen zu können für den Verkauf einer Plastik ihres verstorbenen Gatten. Das Museum hat keine Mittel für eine solche Erwerbung und ich selbst interessiere mich nicht sehr für die Kunst Lehmbrucks.« (ORAW). Der Bildhauer hatte am 5. März 1919 Selbstmord begangen.

Torso in Zement gekauft] In seinem Lehmbruck-Artikel der FZ 5.1.1932 (wiederabgedruckt in Kat. *Wilhelm Lehmbruck*, Württembergische Staatsgalerie, Stuttgart 1949) erzählt MG, wie er in Paris 1910/11 eine Frauenbüste und einen Mädchentorso von dem Künstler erwarb. Vor dem Krieg (1912-14) stand Lehmbrucks *Mädchentorso sich umwendend* in der Diele von MGs Haus in Nikolassee (Abb. in *Landhäuser von Walther Epstein*, Sonderdruck des Profanbau, Hg. Geh. Baurat Prof. Dr.-Ing. Licht, Leipzig, o.D.). 1917 trennte er sich von seiner ersten Frau, hinterließ ihr das Haus – die Spuren des Mädchentorsos verlieren sich.

129 Meier-Graefe an Oskar Reinhart, 27.4.1920
Masch. Br. ORAW.

O. Reinhart schlug MGs Angebot ab, weil er keine Fühlung mehr mit den jungen Schweizer Künstlern habe: »Überhaupt bringt es die chaotische künstlerische Produktion unserer Zeit mit sich, daß man sich mehr und mehr in den Kreis alter Künstlerfreunde und ihrer Bilder zurückzieht.« (an MG, 4.5.1920, ORAW). Er nannte jedoch zwei Namen, die seiner Ansicht nach in Frage kämen, Dr. W. Wartmann, Konservator im Kunsthaus Zürich, und Dr. H. Graber, Basel. Hans Graber schrieb den Aufsatz »Neue Maler in der Schweiz« für Ganymed *II, 1920. Im Rahmen der Rubrik »Kunst nach dem Weltkrieg«, ebd., schrieben W. v. Alten über Deutschland, Carl Moll über die Möglichkeiten Wiens, MG über die Kunstpflege in Budapest, P. Colin über Frankreich, Alfred Gold über die nordischen Länder und Edward Holroyd über England.*

130 Meier-Graefe an Oskar Reinhart, 29.10.1921
Masch. Br. ORAW.

O. Reinhart notierte mit Bleistift auf MGs Br.: »kein Interesse« und die Signatur »OR«. Es handelt sich um die große Farbskizze Pergola *für die zuletzt entstandene Freske des länglichen Saals über dem Aquarium der Zoologischen Station in Neapel. Das Bild gehörte damals einem Sohn des Gründers der Zoologischen Station, Anton Dohrn (*Hans von Marées *II, Nr. 217), heute im Von der Heydt-Museum, Wuppertal.*

131 Meier-Graefe an Oskar Reinhart, 10.12. (1921)
E. Br. ORAW.

occasions] Gelegenheiten.
Zsolnay] Der Autodidakt Paul von Zsolnay (1895-1961), der seinen Verlag 1923 mit Werfels *Verdi* begann (siehe Alma Mahler-Werfel, *Mein Leben*, 1960, S. 161 f., über die Gründung des Zsolnay-Verlags); er heiratete 1930 Almas Tochter Anna Mahler. 1924 gab er *Doppelte Kurve* von MG heraus und 1927 gemeinsam mit Piper und Rowohlt *Widmungen*.
Settignano … ein jugendlicher Johannes in polychromer Terracotta] O. Reinhart

antwortete am 15.12.1921, daß ihm das Stück, nach den Photos zu urteilen, prächtig erscheine: »Allein mich schreckt nicht nur der geforderte Preis, auch wenn er noch eine erhebliche Ermäßigung erführe, sondern vor allem der Umstand, daß es sich um eine Terracotta handelt. Im Zeitalter der unvorsichtigen ja oft rücksichtslosen Dienstboten müßte ich ja beständig in Sorge um ein solches fragiles Stück schweben. Sind mir doch schon zweimal Terrakotten von Haller schwer beschädigt worden. Es macht auch keine Freude ein solches Stück ständig hinter Glas aufzustellen, dies würde im Privathaus zu museumsmäßig wirken.« (ORAW)

Bode hat es schriftlich begutachtet] Bode war ein hervorragender Kenner der italienischen Plastik des Quattrocento; seine Käufe trugen dazu bei, die Preise für Renaissancebildwerke in die Höhe zu treiben.

Bargello] das Nationalmuseum für Plastik und Kleinkunst im »Palazzo del Podestà« in Florenz.

Duveen] Lord Joseph Duveen of Millbank (1869-1939), berühmter englischer Kunsthändler holländischer Abstammung, der besonders amerikanischen Sammlern (Frick, Kress, Mellon, Ford) wichtige und zahlreiche Werke vermittelte. Er finanzierte einen neuen Flügel für das British Museum, um die »Elgin Marbles« zu beherbergen, und einen Flügel für die Tate Gallery; er war auch der Initiator der National Gallery in Washington, DC. Über die Desiderio-Büste, die Duveen kaufte, siehe Colin Simpson, *The Partnership – The secret association of Bernard Berenson and Joseph Duveen*, London, The Bodley Head 1987, S. 274.

Moll … mein intimer Freund] Carl Moll; siehe die Briefe an ihn und die Auszüge aus Molls Erinnerungen (Nr. 214).

132 **Meier-Graefe an Oskar Reinhart, 16.4.1923**
Masch. Br. ORAW

Delacroix] von O. Reinhart durchgestrichen, darüber mit der Hand: »Daumier«.

Der Maler Tewes] Die Kunsthalle Bremen widmete 1979 dem nachimpressionistischen Maler und Marchand-Liebhaber Rudolf Tewes (1879-1965), der als junger Mensch auf einer Berliner Auktion das *Théâtre du Gymnase* von Menzel erstand (heute Nationalgalerie, Berlin), eine kleine Ausstellung (Kat.). Der Bremer Schulkamerad von Schröder begleitete MG zeitweise in Spanien (»Mynheer« in *Spanische Reise*, unter dem Namen auch im Tgb.), wo er El Greco (*Don Diego Covarrubias*, Casa del Greco, Toledo) kopierte.

einen Goya] *Don José de Molina*, eines der letzten Werke von Goya, das unvollendet blieb. O. Reinhart antwortete auf das Angebot am 23.4.1923: »Ich habe mich doch nicht entschließen können ein Gebot für das Goya Porträt zu machen. Das einzige Mal als ich auf ein Photo hin kaufte, hatte ich eine große Enttäuschung. Die Photographien waren in diesem Fall

(Goya) allerdings vielversprechend, aber wie oft zeigt sich dann beim Original irgend ein störender Defekt mit dem man nicht gerechnet hat. Übrigens finde ich auch den Preis reichlich übersetzt.« (ORAW) Das Werk wurde dennoch zu einem nicht bekannten Zeitpunkt von O. Reinhart erworben. In einem Br. an seine zukünftige dritte Frau Annemarie (»Busch«) schrieb MG am 8.2.1925 über Tewes: »mit dem ich den Goya gekauft habe« (DLA).

133 Meier-Graefe an Oskar Reinhart, 30.11.1923
Masch. Br. ORAW.

Das teuerste Werk dieser Reihe] Durch die Entwertung des Geldes in Deutschland stiegen die Herstellungskosten der Marées-Drucke ständig, folglich mußten auch die Preise erhöht werden. MG versuchte der infernalen Spirale durch das »wertvolle« ausländische Geld zu begegnen. Die *Mappe der Gegenwart*, die neben 42 Faksimile-Drucken nach modernen Künstlern aller Länder auch 6 Original-Graphiken enthielt, darunter Klees *Seiltänzer* (Eberhard W. Kornfeld, *Verzeichnis des graphischen Werkes von Paul Klee*, Bern 1963, Nr. 95), kostete 2 Millionen Mark im Verkauf: »Wer kann das in Deutschland noch zahlen. Wenn das Ausland nicht beispringt, weiß ich nicht, wohin wir kommen.« (MG an O. Reinhart, 19.3.1923, ORAW) Nach der 10. Reihe der Ma-Ge 1923 erschienen nur noch 5 Faksimile-Drucke zwischen 1925 und 1929 und kein Originaldruck mehr.

134 Meier-Graefe an Oskar Reinhart, 16.11. (1925)
E. Br. ORAW.

in den Nachlaß Dostojewskis angelegt] 1924 kündigte der Piper-Verlag (in *Piper-Bote* 1, 4) die Herausgabe des »Dostojewski-Nachlasses« im Rahmen der Gesamtausgabe an; siehe Näheres in Christoph Garstka, *Arthur Moeller van den Bruck und die erste deutsche Gesamtausgabe der Werke Dostojewskis im Piper-Verlag 1906-1919*, Peter Lang 1998, S. 75 f.

Ich bleibe 6 Monate im Orient] Die Reise führte MG nach Ägypten, Palästina, Griechenland und Istanbul; der Reisebericht erschien 1927 bei Rowohlt unter dem Titel *Pyramide und Tempel*. Die FZ brachte eine Reihe von Vorabdrucken 1926/27 (siehe Bibliographie in Moffett).

135 Meier-Graefe an Mary Balling, 17.2.1907
E. Br. SBM. (Leviana II, 3)

Obwohl Mary 1907 noch Witwe Levi war und den Dirigenten Michael Balling erst Anfang 1908 heiratete, bringen wir, der Einfachheit halber, alle Briefe an sie unter Mary Balling (siehe Biogr. Reg.).

Herrn Professor Hildebrand] Der Bildhauer Adolf von Hildebrand lebte seit 1898 hauptsächlich in München, in seinem neuerbauten Haus, das heute die Stadtbibliothek beherbergt. Im ehemaligen Kloster San Francesco di Paola bei Florenz, das Hildebrand erwarb und wo auch Marées 1873-75 arbeitete, entdeckte MG eine Anzahl vernachlässigter Werke von Marées.

Ihr Herr Gemahl] Konrad Fiedler (1841-1895), über den sich MG zusammenfassend im Nachruf eines anderen Mäzens, Theodor Reinhart, äußerte: »Während den meisten Liebhabern das Kunstwerk alles, der Schöpfer des Werkes ein Name, ein Nachschlagebuch, ein Abstraktum ist, sah Fiedler, so abstrakt er sich über die Kunst äußerte, in der Persönlichkeit seines großen Schützlings Marées alles, was ihm wesentlich dünkte, schöpfte aus ihr Anregung und Maßstab und übertrug unbewußt die Erfahrung aus dem Verkehr mit dem Menschen auf die Kritik seiner Kunst. Diese Einstellung verschloß Fiedler das Bleibende in Marées. [...] Er ließ sich von dem Willen des überlegenen Menschen bezwingen, nicht von der Leistung ...«. (*Kunstchronik* 28.3.1919, S. 491 f.)

seine schriftstellerische Hinterlassenschaft bewahrt heute die SBM (eine Übersicht der »Fiedleriana« in Konrad Fiedler *Schriften zur Kunst*, Hg. Gottfried Boehm, 2. Auflage 1991, I, S. XXV f.). MG gelang es, nach längerem Zögern von Mary Balling, den wichtigen Teil von Fiedlers Hinterlassenschaft einzusehen und Marées' Korrespondenz in *Hans von Marées* III (1910) zu veröffentlichen; vgl. MG an Schröder, 3.3.(1908): »Die olle Levi [damals war Mary noch Witwe Levi, Hg.] hat endlich die Korrespondenz Marées–Fiedler hergegeben. Wunderbar! Ach Du lieber Gott, wo bleibt da alles Andere! Du wirst weg sein.« (R. Borchardt-Erben)

136 **Meier-Graefe an Mary Balling, 20.2. (1907)**
E.Br. SBM. (Leviana II, 3)

Ein Entwurf dieses langen Briefes mit Korrekturen im Tgb. vom 19.2.1907

mein Verhältnis zu Thode, das MG wegen der engen Beziehung der Adressatin zum Wagner-Kreis mit schonenden Worten schildert. Mary ist von Jugend an eine glühende Wagnerianerin gewesen, sie unterstützte mit Fiedlers Geld das Bayreuther Unternehmen, war mit Cosima Wagner, der Schwiegermutter Henry Thodes, befreundet, und ihre zwei letzten Männer, Levi und Balling, waren große Wagner-Dirigenten. MG war seinerseits höchst erfreut, als er entdeckte, daß Marées kein »Wagnerianer« gewesen ist (siehe Br. 46). Über MGs Verhältnis zu Thode, siehe Anm. zu Br. 29.

mit einem Buche bessern zu können] Gemeint ist *Der Fall Böcklin*. MG plante in derselben Absicht die Rundfrage 1905 (Nr. 80), deren Antworten – wäre sie zustande gekommen – in Buchform veröffentlicht worden wären. MG schrieb in dem Zusammenhang an Dehmel aus Paris: »Hier erscheinen einem solche Rundfragen wie der reine Aberwitz. Aber natürlich, sehr wichtig.« (30.3.1905, SUBH).

nicht die Resultate] In *Hans von Marées* urteilte MG anders. Offenbar wollte er hier Fiedlers Witwe schonen, indem er sich den Ansichten Konrad Fiedlers anpaßte. (Siehe Anm. zu Br. 135.)

Georg v. Marées, Bayersdorfer, … Volkmann] Georg von Marées, der Bruder des Künstlers; Adolf Bayersdorfer (1842-1901), Konservator der Alten Pinakothek München und Freund Böcklins; Artur Volkmann, der Schüler Marées' (siehe Anm. zu Br. 46).

von Herrn Dr Fiedler extripiert] Konrad Fiedler veröffentlichte in seiner Gedenkschrift *Hans von Marées*, München 1889, S. 24-33, Auszüge aus Briefen von Marées an ihn, wiederabgedruckt in *Schriften zur Kunst* I, 1991, op. cit., S. 241 f. MG stellte Marées' Briefe als »teueres Vermächtnis« neben die Briefe van Goghs (siehe Vorwort zu der getrennten Ausgabe *Hans von Marées, Briefe*, München 1922).

Die Mappe] *Bilder und Zeichnungen von Hans von Marées*, hg. von Konrad Fiedler, München 1889.

die herrliche Sammlung in Schleißheim] die Bilder der Schenkung Konrad Fiedlers an die Bayerischen Staatsgemäldesammlungen (1891), heute in der Neuen Pinakothek München – die größte und wertvollste Sammlung von Marées' Werken.

137 Meier-Graefe an Mary Balling, 28.2. (1908)
E. Br. SBM. (Leviana II, 3)

daß aus der späteren Zeit nichts da ist] Fiedlers Tagebuch-Aufzeichnungen enden mit September 1875.

von etwa 68 an von Fiedler gelebt] 1868 brach die Beziehung zwischen Marées und seinem früheren Mäzen, dem Grafen Schack, ab. Fiedler machte dem Künstler das Angebot, ihn, wenn notwendig, zeitlebens zu unterstützen. Marées lebte in der Tat bis zu seinem Lebensende, zwanzig Jahre lang, von Fiedlers Unterstützung.

Die Premiere meines Stücks] *Adam und Eva* wurde am 18.12.1909 im Hebbel-Theater in Berlin gegeben. MG fuhr einen Monat nach diesem Brief für ein halbes Jahr nach Spanien.

die berühmte »Affaire«] die Dreyfus-Affäre, der Zola mit seinem Aufruf in *L'Aurore* vom 13.1.1898 eine entscheidende Wende gab.

138 Meier-Graefe an Mary Balling, 6.5.1908
E. Br. SBM. (Leviana II, 3)

Die [gute Nachricht] *über die Hildebrandsche Korrespondenz*] die Erlaubnis, Marées' Briefe an Adolf von Hildebrand zu veröffentlichen.

Leuten wie Bode und Justi] Wilhelm Bode hat El Grecos Bedeutung nicht erkannt; der Velázquez-Biograph Carl Justi widmete El Greco 2 Aufsätze, die in der *Zeitschrift für bildende Kunst* N.F. VIII, 1897 erschienen und in einer ergänzten Fassung in C. Justi, *Miscellaneen aus drei Jahrhunderten spanischen Kunstlebens*, Bd. 2, Berlin, Grote'sche Verlagsbuchhandlung 1908. Dort heißt es zusammenfassend über den Künstler: »Von Haus ein pathologisches Problem, durch Schicksale in immer wildere Wege getrieben, steht er in der Geschichte da als monumentaler Fall der Künstlerentartung, ein Fall ohne Parallele in seiner und der Kunst überhaupt. Daher die wunderliche Verehrung, ja Verherrlichung, so er in unsern Tagen gefunden hat.« (*Miscellaneen*, a.a.O., S. 203) Dieser einführende, allgemeine Teil wurde für die Ausgabe 1908 geschrieben.

ein Bekannter] der Greco-Biograph Cossio, siehe Anm. zu Br. 44.

Volkmann] Siehe Anm. zu Br. 46; *Pallenberg*] Siehe Anm. zu Br. 48; *Frau v. Pidoll*] Siehe Anm. zu Br. 127.

wie mancher Musikant an Ihnen hängt] Anspielung auf die beiden Ehemänner von Mary, die Dirigenten waren.

Sattler] der Maler Johann Ernst Sattler (1840-1923), ein Jugendfreund Hildebrands, der sich an der Restaurierung der Werke Marées' beteiligte. Er war mit Hans Thoma befreundet und stand mit Leibl in Beziehung, der ihn porträtiert hat (*Sattler mit Dogge*, 1870, Neue Pinakothek München); vgl. die Erinnerungen von Paul Fechter, *Menschen und Zeiten*, 1950, S. 290f, wo anschaulich von Sattler die Rede ist, dem irrtümlicherweise der Vorname »Josef« gegeben wird.

von Tschudi höre ich nichts] Dieser war nach der sogenannten »Tschudi-Affäre« im Frühjahr 1908 für ein Jahr beurlaubt worden, währenddessen Anton von Werner zum provisorischen Leiter der Nationalgalerie Berlin ernannt wurde (siehe *Tschudi*, S. 396 f.).

139 Meier-Graefe an Mary Balling, 25.5.1908
E. Br. SBM. (Leviana II, 3)

Ihr Riedberg] die schloßartige Villa Riedberg bei Partenkirchen, die nach Entwürfen Hildebrands für Konrad und Mary Fiedler gebaut wurde.

nur in Gedanken an Velasquez] Vgl. Veronika Schroeders kaum haltbare Behauptung, MG sei nach Spanien gereist, um sich über El Greco zu informieren (in V. Schroeder, *El Greco im frühen deutschen Expressionismus*, Peter Lang 1998, S. 48 passim).

meine Impressionisten und die Engländer] *Impressionisten*, mit einer Einleitung über den »Wert der französischen Kunst«, München, Piper 1907, und *Die großen Engländer*, Piper 1908.

das Bildnis der Frau Schäuffele und das Selbstbildnis] das Bildnis der Frau Schäuffelen von 1872, der späteren Schwiegermutter Hildebrands, damals im Besitz des Bildhauers, heute Staatliche Kunstsammlungen Dresden (in *Hans von Marées* II, Nr. 171) und vermutlich die Selbstbildnis-Studie, ca. 1870, damals bei Mary Balling, Partenkirchen, heute Kunsthalle Bremen (*Hans von Marées* II, Nr. 144).

Hätte man seine Briefe an Marées] Fiedlers Briefe an Marées wurden in *Hans von Marées* III (1910) veröffentlicht.

140 Meier-Graefe an Pauli, 9.3. (1908)
E. Br. KhB.

Diskret-Legung Tschudis] Siehe Anm. zu Br. 109 u. 138.

Meyerheim] Der erfolgreiche Tier-, Porträt- und Genremaler Paul Meyerheim (1842-1915) stammte aus einer Danziger Malerfamilie, er war Schüler seines Vaters Eduard und der Berliner Akademie; er gewann Anerkennung Anfang der siebziger Jahre mit den Wandbildern für die Villa Borsig in Berlin-Moabit, die die einzelnen Phasen der Herstellung einer Lokomotive darstellen (vier Bilder aus diesem Zyklus befinden sich heute im Märkischen Museum, Berlin).

141 Meier-Graefe an Magda Pauli, 28.11. (1909)
E. Br. KhB.

das erste indiskutable Verdienst Bodes] ironische Anspielung auf die Flora-Affaire; siehe Br. 65 f.

der goldenen Wolke] Der Bremer Kreis um Paulis, dem Heymel und Schröder angehörten und dem sich auswärtige Freunde wie Bodenhausen, Kessler, Hofmannsthal, Rudolf Borchardt und MG zugesellten. Frau Pauli, eine begabte Schriftstellerin unter ihrem Mädchennamen Marga Berck, veröffentlichte ihre Erinnerungen: *Die goldene Wolke*, Bremen 1954. Dort lesen wir (S. 48): »Es gab in Berlin eine zweite ›Goldene Wolke‹, eine Wolkenfiliale sozusagen, die der Kunstschriftsteller Julius Meier-Graefe und der Maler Leo v. König gegründet hatten; Eugen Spiro und die interessante Schauspielerin Tilla Durieux, der Bankier Stern, die schöngeistige Baronin Knoop und die Malerin Anna Plate gehörten dazu. Unser Verbindungsmann war Rudi Schröder. Meier-Graefe aber war ja schon immer so etwas wie ein auswärtiges Mitglied unseres Bremer Kreises gewesen; und ein befreundeter Maler hatte mir einmal von ihm geschrieben: ›Nichts imponiert ihm in Bremen so sehr wie die ›Goldene Wolke‹, weshalb er versucht, sie in Berlin nachzuahmen.‹«

Es wäre besser wenn Lichtwark Pauli wäre] Lichtwark nahm, im Gegensatz zu Pauli, an dem Streit um die Florabüste nicht teil (vgl. Br. 67, dort auch über Seidlitz).

Rieke] MGs Frau Anna.

seitdem wir wieder hier sind] MGs waren November 1909 von ihrer sechsmonatigen Spanienreise heimgekehrt.

Gusti] Gustav Pauli.

142 Meier-Graefe an Pauli, 30.12. (1911)
E. Br. KhB.

Der Tod Tschudis] Tschudi war am 23.11.1911 im Alter von 60 Jahren gestorben. MG sprach bei der Bestattung in Stuttgart und schloß seine Rede mit den Worten: »Adieu, Tschudi! Hab Dank, daß wir Deiner so gedenken können!« (*In Memoriam Hugo von Tschudi*, 1912 im Insel-Verlag zu Leipzig, S. 16)

Dank für Deinen Aufsatz] »Raffael und Manet« in *Monatshefte für Kunstwissenschaft* I, Jan.-Febr. 1908, wo Pauli nachweist, daß Manets Komposition des *Déjeuner sur l'herbe* einer Gruppe von Flußgöttern in Raffaels *Paris-Urteil* entnommen ist, wie ein Stich Marc Antons nach dem nicht erhaltenen Gemälde dokumentiert. MG bildet den Stich in *Edouard Manet*, München, Piper 1912, ab und geht auf Paulis wichtige Entdeckung ein (S. 124 f.).

ein Exemplar Deines opus] *Max Liebermann – Des Meisters Gemälde*, »Klassiker der Kunst«, Bd. 19, Stuttgart / Leipzig, Deutsche Verlags-Anstalt 1911; siehe die beiden folgenden Briefe.

143 Meier-Graefe an Pauli, 8.1. (1912)
E. Br. KhB.

Dank für Deinen Liebermann und der Guldenkammer] *Max Liebermann*, op. cit., und Paulis Nachruf auf Tschudi in *Güldenkammer*, 2. Jg., H. 4, Jan. 1912, S. 224-226. Die Zeitschrift wurde 1911 von Ludwig Roselius auf Anregung von Alfred Faust zur Förderung des Bremer Kulturlebens gegründet; sie erschien im Verlag Kaffee-HAG, der zum erstenmal Reklame (für den eigenen Kaffee-Handel) mit Kultur verband. Pauli sagt von Tschudi: »Sein Ende war der schöne Tod eines Führers auf dem Schlachtfelde, dessen brechendes Auge die Scharen der Seinen an sich vorbei unaufhaltsam vordringen sieht, wie sie den Feind von Schanze zu Schanze zurückwerfen.« (S. 224)

einen sehr langen Brief geschrieben und nicht abgeschickt] Der hier abgedruckte Br. ist demnach eine zweite Fassung. MG notierte am selben Tag in sein Tgb.: »Langen Brief an Pauli über seinen Liebermann als Klassiker.«

Rudi] R. A. Schröder.

Es handelt … von Kultur] MG hielt den Vortrag in Dresden, Berlin, München und Bremen; er ist in *Die Doppelte Kurve* (1924) abgedruckt.

Munkacsy] Der ungarische Maler Michael von Munkacsy (1844-1900) war seit 1872 in Paris tätig. Seine kleinen Landschaften in der Art der Schule von Barbizon haben Liebermann beeinflußt. Er ist vor allem für seine sozialkritischen Sittenbilder bekannt.

im Hause von Nemes] bei dem ungarischen Sammler Marczell von Nemes (1866-1930) in Budapest; siehe Anm. zu Nr. 42 und zu Br. 151 u. 152.

versuchen, Dir ... schenken zu lassen] »Dir«, als Direktor der Kunsthalle Bremen.

Hirths Bild im Breslauer Museum] Die *Hopfenlese* von Rudolf Hirth du Frênes (1846-1916), Bruder des Kunstschriftstellers und Verlegers Georg Hirth; der in Holland, Belgien, Frankreich und München tätige Maler wurde von Leibl beeinflußt.

zu den Klassikern rechnen] In der 2. Auflage der EG (Bd. 2, 1915) schreibt MG über Liebermann: »Der Berliner möchte mit seiner Eigenheit allein klassisch werden. Man glaubt in einem Staat zu leben, der vorgestern entstand.« (Zitiert nach EG, München, Piper 1987, S. 371)

Kalkreuth] Leopold Graf Kalkreuth (1855-1928), ein schlichter Landschaftsmaler und Porträtist, aus preußischem Adelsgeschlecht, langjähriger Präsident des Deutschen Künstlerbundes.

Uhde und Thoma] Hans Thoma (1839-1924) und Fritz von Uhde (1848-1911) waren beide in der Reihe »Klassiker der Kunst« vertreten, in die hauptsächlich alte Meister aufgenommen wurden.

Dein guter Vinnen] siehe Anm. zu Br. 53.

vor allem Umfang an Wollen] Hier ist Marées' Einfluß auf MG zu spüren.

Delacroix als Literat] Dieser wichtige Text erschien in NR I, 1911; er diente als Vorwort zu Eugène Delacroix, *Literarische Werke* (deutsch von MG), Leipzig, Insel 1912.

Reinhart] Der bekannte Theatermann und Regisseur Max Reinhardt (eigentlich Max Goldmann, 1873-1943), der die traditionellen Theaterformen erneuerte und die von ihm ins Leben gerufenen Salzburger Festspiele im August 1920 mit der *Jedermann*-Inszenierung auf dem Domplatz inaugurierte. Vgl. MGs Urteil über Reinhardt im Tgb., 1.4.1908 (über *Lear* im Deutschen Theater): »Dieser Reinhardt paßt so recht her. Nie ist mir das infame falsche Amerikanertum Berlins widerlicher erschienen.«

ein großes Buch über ihn (Liebermann) *angefangen*] Siehe Br. 17; zu Paulis Liebermann-Buch vgl. Liebermanns Briefe an Pauli in *Nichts trügt weniger als der Schein*, Kat. der Max Liebermann-Ausstellung, Kunsthalle Bremen 1995/96, S. 84 f.

144 Meier-Graefe an Pauli, 13.1. (1912)
E. Br. KhB.

Pauli schreibt in seinen Erinnerungen über MG: »In unseren damaligen Kunstdebatten konnte er mich erbittern, wenn er die Impressionisten auf Kosten unserer Romantiker herausstrich oder den Greco turmhoch über Velazquez stellte oder Ägypten mißbrauchte, um Hellas herabzusetzen. Die Folge eines solchen Streits war, daß ich nach Spanien fuhr, weil er mich mit der Behauptung entwaffnet hatte, man könne, ohne es gesehn zu haben, weder über Velazquez noch über den Greco reden. Damit hatte er freilich recht, und für meine spanische Reise habe ich ihm dankbar zu sein. Sie füllte wirklich eine empfindliche Lücke meiner Bildung aus; aber nachdem ich das Er-

reichbare an Velazquez und Greco, an älterer und späterer spanischer Kunst gesehen hatte, fand ich doch die frühere Ahnung bestätigt, daß ein Vergleich der beiden Großen schon deswegen absurd sei, weil sie gar nichts gemein haben, nicht einmal die Voraussetzung für eine Antithese.« (Gustav Pauli, Erinnerungen aus sieben Jahrzehnten, *Tübingen 1936, S. 224 f.)*

Der entscheidenste Vergleich] Es ist interessant festzustellen, daß Manet 1865 vor den Bildern im Prado denselben Vergleich anstellt, jedoch mit umgekehrter Wertung: »un portrait de Charles-Quint par Titien, qui a une grande réputation qui doit être méritée et qui m'aurait certainement je crois paru bien autre part, me semble ici être de bois.« (Edouard Manet, *Voyage en Espagne,* Hg. Juliet Wilson-Bareau, L'Échoppe 1988, S. 44)

145 Meier-Graefe an Gustav und Magda Pauli, 8.11. (1915)
E. Br. KhB.

Der Brief ist kurz nach MGs Befreiung aus russischer Gefangenschaft geschrieben. Aus einem Dankschreiben an Romain Rolland, der sich für seine Befreiung eingesetzt hatte, erfahren wir, daß MG am 28.10.1915 in Berlin eintraf: »Je suis revenu avant-hier de la Sibérie. On m'a échangé contre un représentant russe de la Croix rouge. Je continuerai à m'occuper de la Croix rouge et je suis heureux de me trouver encore avec vous sur la même route humanitaire.« (30.10.1915, Fonds Romain Rolland, Bibliothèque Nationale de France, Département des Manuscrits, Paris). MG erhielt für die geleisteten Dienste beim Austausch von Gefangenen ein Ehrenzeichen vom österreichischen Roten Kreuz (»Patriae ac Humanitati 1864-1914 K.D.«, Privatbesitz).

Math König und Lilly Behrens] Mathilde, Leo von Königs erste Frau, und Elisabeth Behrens (1869-1957), die Frau von Peter Behrens, die als Zeichnerin und Kunstgewerblerin tätig war.

146 Meier-Graefe an Pauli, 24.11. (1918)
E. Br. KhB.

Dieser Brief ist in seinem spontanen Ausdruck ein interessantes Dokument über das Vorhaben der Ma-Ge, insbesondere für die Faksimile-Drucke, über die Ende der zwanziger Jahre gestritten wurde; siehe Michael Diers, »Kunst und Reproduktion: Der Hamburger Faksimile-Streit«, Idea, Jahrbuch der Hamburger Kunsthalle, *V, 1986, S. 125 f. Obwohl der Streit durch die Reproduktion von Skulpturen ausgelöst wurde (die Lübecker Abgußsammlung in der ehemaligen Katharinenkirche und der Abguß des Bamberger Reiters), standen zunächst die Faksimile-Drucke, um die sich die Ma-Ge verdient gemacht hat, zur Debatte. Letztere wurden, gerahmt, als »Kunst der Wiedergabe« im September 1929 in der Berliner Sezession ausgestellt, anschließend in München in der Neuen Sammlung. MG äußerte sich zur Sache in 2 Artikeln im BT: 28.6.1929 (»Reproduktionen«) u. 17.9.1929 (»Ersatz in der Sezession«). G. Pauli nahm seinerseits in einem Beitrag zur Umfrage »Original und Faksimile«,* Der Kreis, *Jg. VII, H. 3 (März 1930), S. 160-162, Stellung. Er befürwortete das Faksimile, in dem er keine Gefahr für das originale Kunstwerk sah, worauf auch der hier abgedruckte, viel frühere Brief schließen läßt.*

der Gedanke, der jetzt realisiert wird] die schon vor dem Krieg geplante Ma-Ge, die MG nach dem Kriegserlebnis noch zwingender erschien; siehe Anm. zu Br. 92 (*freie Übertragungen*) und das Nachwort.

Marées-Museum] Siehe Anm. zu Nr. 1. und zu Br. 48 u. 86.

Der Degas aus meinem Germinal] das hervorragende Faksimile von A. Clot nach einer im Stein signierten Farblithographie von Degas' *Danseuse se rajustant*; siehe in Nr. 1 über den Zorn des Künstlers, in der Mappe *Germinal* vertreten zu sein.

Der gute Seidlitz] der ehemalige Leiter der Dresdener Museen Woldemar von Seidlitz (1850-1933).

Lehrs] Max Lehrs (1855-1938), der Sohn eines Wollhändlers in Berlin, der Zeichnungen und Graphiken sammelte, hatte 1883 am Dresdener Kupferstichkabinett begonnen, wurde Leiter des Kupferstichkabinetts Berlin (1904-1908), kehrte aber nach Dresden zurück, wo er bis zu seiner Pensionierung 1924 dem Kupferstichkabinett, aus dem er eine beispielhafte Institution machte, vorstand. Seine große Leistung ist das noch heute grundlegende Werk *Geschichte und kritischer Katalog des deutschen, niederländischen und französischen Kupferstichs* (9 Bde., 1908-1934). Er interessierte sich auch für zeitgenössische Graphik, die er in seltenen Zuständen und oft direkt von den Künstlern erwarb.

Lutz] Lutz Wolde, siehe Anm. zu Br. 97.

147 Meier-Graefe an Wichert, 26.10.1909

E. Br. StAM.

Ihrem sehr rationellen Projekt] Im September 1909 war Wichert, auf Empfehlung Tschudis, zum Direktor der Kunsthalle Mannheim ernannt worden; Anfang Dezember 1909 eröffnete er das Haus mit einer »Meisterausstellung« von 100 Werken des 19. Jh.s, zu gleichen Teilen von deutschen und von französischen Künstlern, die er als Leihgaben aus dem Kunsthandel zusammengetragen hatte, in der Absicht, einiges davon zu kaufen. Er unterbreitete MG sein Vorhaben, mit der Bitte, ihm mit Rat und Tat zur Seite zu stehen.

Durand Ruel, Bernheim u Vollard] Paul Durand-Ruel (1831-1922) kaufte, als er 1865 die von seinem Vater gegründete Galerie übernahm, zahlreiche Werke von Corot, Courbet, Millet und Théodore Rousseau und setzte sich ab 1871 als erster für die Impressionisten ein. Er verkaufte ab Mitte der achtziger Jahre viele Werke nach Amerika. 1911 übernahmen die Söhne die Galerie. Die Kunsthändler-Familie Bernheim, Vater und Söhne, traten nach Durand-Ruel und Georges Petit für die Impressionisten und die Postimpressionisten ein (van Gogh, Cézanne, Bonnard, Vuillard, Seurat und Matisse). Zu Ambroise Vollard, siehe Br. 171.

Thomy Thiery, Sammlg Moreau] zwei bedeutende Sammlungen, die als Schenkung in den Louvre kamen. Die Sammlung Thomy-Thiéry besprach MG in KuK, I, 1903, S. 429 f., aus Anlaß der neuen Hängung im Louvre; eine erste Schenkung Moreau-Nélatons war seit 1907 im Musée des Arts Décoratifs, einem Flügel des Louvre, zu sehen. Ohne Moreau-Nélatons außerordentliche Schenkungen (bedeutende Werke von Delacroix, Corot, der Impressionisten, u.a. *Le déjeuner sur l'herbe* von Manet, und 3000 Zeichnungen) wären die französischen Museen nicht das, was sie sind.

148 Meier-Graefe an Wichert, 31.12. (1909)
E. Br. StAM.

die Hinrichtung] *Die Erschießung Kaiser Maximilians* von Manet, die Wichert für Mannheim erwerben konnte. Über die Umstände des Ankaufs und die darauf folgende Diskussion siehe Barbara Lange in Kat. *Manet, Augenblicke der Geschichte,* Mannheim 1992/93. Kurz nach der Erwerbung wurde das Bild in der Berliner Secession 1910 ausgestellt; vgl. Liebermanns Brief an Pauli vom 20.4.1910: »Dieser Tage war Dr Wichert aus Mannheim hier. Er brachte uns seinen Manet, den schönsten u. importantesten neben der Olympia für uns're Ausstellung u erzählte mir von den unglaublichen Anfeindungen, denen er wegen des Ankaufs des Bildes ausgesetzt war u noch ist. Er fürchtet für seine Stellung u sieht sein Heil nur darin, daß er das Bild wieder los wird oder wenigstens ein seriöses Angebot darauf erhält, um seinen Oberbürgermeister zu überzeugen, daß das Bild kein Dreck ist. Wie gesagt: ich finde es superbe u würde die ganze Pellerin-Sammlung dafür geben. Dabei ist der Preis 90 000 M. lächerlich gering im Vergleich der für die Pellerin-Sammlung gezahlten.« (Kat. *Max Liebermann,* Kunsthalle Bremen 1995/96, op. cit., S. 79)

Sie besitzt Denys Cochin, aber nur dem Namen nach] Im Kat. Mannheim 1992/93, op. cit., S. 197, steht über die Herkunft der Mannheimer *Erschießung*: »Das Gemälde wurde 1905 (das genaue Datum ist nicht bekannt) für 12 000 Francs von Baron Denys Cochin erworben; danach ging es in den Besitz der Familie Bernheim-Jeune über. Im Januar 1910 vermittelte es Paul Cassirer in Berlin an die Kunsthalle Mannheim.« Denys Cochin (1851-1922) war Politiker, 1893-1919 Abgeordneter von Paris, und ein großer Sammler – Cézanne war sein Lieblingsmaler. Er verkaufte seine Sammlung 1919, nachdem seine beiden Söhne und sein Schwiegersohn im Ersten Weltkrieg gefallen waren.

den Daumier (Drama)] Tschudi kaufte das Bild 1907 bei Paul Cassirer, im Jahr darauf wurde es vom Kaiser für die Nationalgalerie Berlin abgelehnt;

Tschudi nahm es 1909, als er zum Direktor der Staatlichen Galerien ernannt wurde, nach München mit und stieß auch dort auf Schwierigkeiten. Das Bild kam erst nach Tschudis Tod, im Rahmen der »Tschudi-Spende«, in die Neue Pinakothek (siehe Barbara Paul, *Hugo von Tschudi und die moderne französische Kunst im Deutschen Kaiserreich*, Mainz, Philipp von Zabern 1993, S. 379 f.).

Kreuzfahrerskizze] Es gibt verschiedene Skizzen oder Varianten kleinen Formats des großen Gemäldes von Delacroix *L'Entrée des Croisés à Constantinople*, das Louis-Philippe für die Galeries historiques de Versailles 1838 in Auftrag gab (heute im Louvre). Hier handelt es sich wahrscheinlich um eine Delacroix zugeschriebene Skizze, die sich heute im Suermondt Museum Aachen befindet (die jedoch von Lee Johnson *The Paintings of Eugène Delacroix – A critical catalogue*, 1986, III, S. 97, angezweifelt wird; Farbreproduktion in *Art News*, Summer 1961).

Andrieu] Pierre Andrieu (1821-1892), Schüler Delacroix', Gehilfe des Meisters bei dekorativen Arbeiten; er restaurierte die Decke der Apollo-Galerie im Louvre, schuf Wandgemälde in der Art von Delacroix für das Schloß von Guermantes bei Paris und malte zahlreiche Tierstücke mit Löwen und Tigern.

Moreau Nélaton] Über den Sammler, Kenner und Kunsthistoriker Etienne Moreau-Nélaton (1859-1927), siehe den Kat. *De Corot aux Impressionnistes, donations Moreau-Nélaton*, Paris, Galeries du Grand Palais 1991. Moreau-Nélatons Schriften über Manet, Corot, Delacroix, mit dem sein Großvater befreundet war, haben ihre Bedeutung bewahrt. Er war selbst Maler.

jeder Emballeur] jeder Packer.

Romanelli] der in Paris lebende Kunsthändler und Sammler Pietro Romanelli (siehe Anm. zu Br. 149: *Rue Claude Chahu*).

Ackermann] Der Schweizer Kunstschriftsteller und Kunstkenner Otto Ackermann, der mit der Malerin Maria Slavona verheiratet war, siedelte 1909 von Paris nach Berlin über. Wie viele Deutsche in Paris vor dem Ersten Weltkrieg, handelte er gelegentlich mit Kunst, die er auch sammelte; siehe Hans A. Lüthy, »Otto Ackermann, Schweizer ›amateur-marchant‹ und Géricaults ›Fou au commandement militaire‹« in *Jenseits der Grenzen*, Hg. Uwe Fleckner u.a., Köln, Dumont 2000, Bd. 2, S. 481 f.

le mot de C. (Cambronne)] Merde (Scheiße).

149 Meier-Graefe an Wichert, 22.1. (1910)
E. Br. StAM.

der Roi Rodrigue] Siehe Anm. zu Br. 54.

schöne Corots ....] *Genzano*, 1843, ist in MGs *Corot*, 1930, Tafel XXXI, abgebildet (A. Robaut, *L'œuvre de Corot, catalogue raisonné et illustré*, 5 Bde., 1905, Nr. 457 bis); *Der Heilige Sebastian* 1850-55, Tafel XLVI, ebd. (Robaut, Nr.

1035) wurde 1919 von Moreau-Nélaton, der das Bild von Cheramy kaufte, dem Louvre geschenkt; *Homme en armure, dit l'homme d'armes assis*, 1868-70 (Robaut, Nr. 1509), ging 1929 durch die Schenkung Edouard Martell an den Louvre, heute im Musée d'Orsay.

bei Cheramy] P. A. Cheramy, Anwalt von »Tout Paris«, Wagnerianer und Herausgeber von Stendhals Korrespondenz (1908), hatte eine bedeutende Sammlung vorwiegend englischer und französischer Meister des 19. Jh.s. (siehe MGs lesenswerte Beschreibung in EG 1904, S. 91/92). MG gab mit Erich Klossowski einen Prachtband über die Sammlung Cheramy heraus, der auf deutsch und auf französisch als erster Band einer Reihe »Moderne Privatsammlungen« bei Julius Hoffmann, dem Verleger der EG, angekündigt wurde. Das Werk erschien aber erst 4 Jahre später auf französisch im Piper-Verlag, wenige Wochen vor dem überraschenden Verkauf der Sammlung. Für Piper war es ein Reinfall, um so mehr, als die Luxus-Ausgabe zu einem höheren Preis angeboten wurde als die Museums-Ausgabe des Marées-Werks (240 M für Cheramy, 200 M für Marées); die letzten Bände von *La Collection Cheramy* (1908) mußten 1917 eingestampft werden.

Rue Claude Chahut] in Wirklichkeit rue Claude Chahu, Paris 16e. – MG dachte wohl an *Le Chahut* von Seurat, das er zwischen 1897 und 1904 besessen hat; heute befindet es sich im Museum Kröller-Müller, Otterlo.

150 Meier-Graefe an Wichert, 11.11. (1910)
E. Br. StAM.

151 Meier-Graefe an Wichert; 16.11. (1910)
E. Br. StAM.

einer Medea Delacroix'] Es ist nicht mehr festzustellen, um welches Bild es sich hier handelt. Lee Johnson nennt in seinem kritischen Katalog (op. cit.) vier verschiedene Fassungen des Bildes, zwei im Museum von Lille, eine im Louvre (Slg. Thomy-Thiéry) und eine in der Nationalgalerie Berlin, die seit dem Zweiten Weltkrieg verschollen ist.

Duveen] Siehe Br. 131.

Mit Budapest einverstanden] MG reiste Ende November 1910 auf Wicherts Bitte nach Budapest, um die Sammlung Nemes, von der gesagt wurde, daß sie zu verkaufen sei, für einen reichen Kunstfreund (im Interesse der Kunsthalle Mannheim) zu begutachten. Gemeint ist der im Br. genannte Herr Lanz: der Maschinenfabrikant und Luftschiffbauer Karl Lanz (1873-1921), der einzige Sohn des Gründers der Firma Heinrich Lanz, der bereits im Besitz einer bedeutenden Kunstsammlung war, die 1913 in der Mannheimer Kunsthalle ausgestellt wurde. Tschudi sollte MG nach Budapest begleiten, wurde jedoch durch Krankheit verhindert (vgl. Nr. 42).

152 Meier-Graefe an Wichert, 2.12.1910
E. Br. StAM.

Nemes ist ein Typ] MG lernte Nemes in Pest kennen und bemerkte über ihn: »nicht das am wenigsten interessante Stück der Sammlung« (Tgb., 26.11. 1911); vgl. MG, »Der Sammler Nemes« in *Die Zukunft* 7.6.1913. Auch auf Wichert machte Nemes einen »gefährlichen« Eindruck: »ein grandioser Macher und ziemlicher Halunke« (an MG 16.12.1910, StAM).

Terey] Gabor Térey, von 1904 bis 1926 Direktor der Alten Pinakothek in Budapest, kaufte 1907 in Paris El Grecos *Verkündigung* für das Budapester Museum; hier sah der spätere Greco-Sammler Nemes wohl zum ersten Mal einen Greco. 1912 wurde Térey im Parlament angegriffen, weil er die »wertlose« Sammlung Nemes für das Budapester Museum erwerben wollte.

Hatvany] Es handelt sich vermutlich um den Kunstsammler und Maler Ferenc Hatvany (1881-1958), aber es könnte auch von dessen Bruder, dem Schriftsteller und Mäzen der Literatur Ludwig Hatvany (1880-1961) die Rede sein; beide hielten sich regelmäßig in Berlin auf und standen mit dem Kunsthändler und Verleger Paul Cassirer in Verbindung (siehe Georg Brühl, *Die Cassirers*, Leipzig 1991, S. 205 f., und Judith Geskó, »Collecting for the Nation …« in Cat. *Impressionism, Paintings collected by European Museums*, Atlanta, Seattle / Denver 1999, S. 77 f.).

153 Meier-Graefe an Wichert, 13.12. (1910)
E. K. StAM.

meinen Brief nebst Expertise] Am 28.11.1910 hatte MG ein Telegramm mit der Schätzung der Sammlung Nemes an Wichert geschickt. Das Gutachten ist in StAM nicht erhalten. Am 16.12.1910 schrieb Wichert an MG, daß er das Gutachten noch nicht abgegeben habe: »Denn auf dieses Urteil gut 2 Millionen anlegen, dazu gehört doch eigentlich schon der Mut der Dummheit« (StAM). MG kommentiert sein Gutachten in einem weiteren Brief vom 29.12.1910 und schickt am 31.12. eine neue Fassung der Expertise, »sachlich dasselbe, aber milder in der Form« (ebd.). 1913, nachdem der Erwerb der ganzen Sammlung durch einen Einspruch Bodes hintertrieben wurde (siehe W. Bode, *Mein Leben*, op. cit., 1997, I, S. 399 u. II, S. 352), scheint wiederum MG die Sammlung Nemes, die am 17/18. Juni 1913 in Paris versteigert wurde, für ihren Besitzer expertisiert zu haben, denn er notiert am 12.4.1913 in sein Tgb.: »Der große Delacroix Lion dévorant un cheval angekommen, den ich von Nemes als Honorar für die mit recht strapaziösen Reisen verbundene Expertise in Budapest (Feststellung der Limits und Plan der Vente) erhalten habe. Es kostete auf der ersten Vente Cheramy 1200 fr und Nemes hatte mir als ich vor drei Jahren in Budapest war, da er das Bild nicht behalten wollte, zugesagt, es mir zum Vente-Preis den der Baron Hatvany gezahlt hatte, zu überlassen. Die Skizze ist im Robaut unter Nr 1842 aufgeführt und figurierte auf der Vente Delacroix. Der Vorwurf kommt in einer Lithographie des Jahres 44 etwa wieder, die ich mir zu verschaffen suche. Ich bin selig dies schöne Bild zu besitzen. Es soll mich immer treiben, mit meinem bescheidenen Kram wenigstens der Gesinnung nach Delacroix nachzukommen.« Das großformatige Bild (142 × 210 cm), im Zustand der Untermalung, hing in MGs Arbeitszimmer in Nikolassee. 1953 wurde es von Eduard von der Heydt dem Museum in Wuppertal geschenkt. Lee Johnson bezweifelt die Zuschreibung an Delacroix (siehe *The paintings of Eugène Delacroix*, op. cit., III, D 23).

154 Meier-Graefe an Wichert, 25.3. (1911)
E. Br. StAM.

Das sind recht angenehme Verhältnisse] 1911 erschien in Mannheim die Schmähschrift von Theodor Alt *Die Herabwertung der deutschen Kunst durch die Parteigänger des Impressionismus*. In dieser Schrift gipfelte der Streit, den die Erwerbung von Manets *Erschießung Kaiser Maximilians* entfesselt hatte. Wichert ließ sich durch die Umstände entmutigen: »Mannheim, das so schön begonnen hatte, rückt wieder aus dem allgemeinen Gesichtskreis, und wenn ich wirklich einmal wieder ›können‹ sollte, so wird es ein ganz neuer Anfang sein. Wäre meine Gesundheit besser, so würde ich nicht so hoffnungslos sein, aber ich werde krank, wenn ich nicht loslegen kann.« (An MG 16.10.1910, StAM)
wie Scheffler] Br. 205 bestätigt MGs scharfes Urteil über Karl Scheffler; vgl. Br. 50.

155 Meier-Graefe an Lehmbruck, 10.11. (1911)
E. Br. Autographensammlung, GSA.

Dieser Brief liest sich wie die »Gründungsurkunde« des heutigen Wilhelm-Lehmbruck-Museums der Stadt Duisburg, das sich von dem 1902 gegründeten Museumsverein zu einem internationalen Skulpturenmuseum entwickelte, in einem Bau, der 1964 von dem zweiten Sohn des Bildhauers, Manfred Lehmbruck, entworfen wurde.

Ihre stehende Frauenfigur] Gips von 1910, 196 × 53 × 51 cm, der zuerst im Salon d'Automne in Paris ausgestellt wurde. Der Museumsverein von Duisburg gab 1912 die Marmorfassung in Auftrag.
Ihre neuere halbknieende Figur] *Knieende* 1911, 175 × 68,5 × 138,5 cm, die im Pariser Herbstsalon 1911 gezeigt wurde.
den Anfang machte] Heute umfaßt das Lehmbruck-Museum fast das vollständige Werk des Künstlers – die Plastiken (über 100), die Gemälde, die Zeichnungen und die Druckgraphik – und wurde zu einem Museum der Plastik des 20. Jahrhunderts erweitert.

156 Meier-Graefe an Hausenstein, 28.12.1921
Masch. Abschrift. APV, 1999 Depositum DLA.

Ihre Gotiker] der Bildband *Tafelmalerei der deutschen Gotiker* (1921), der erste Band der Reihe »Das Bild – Atlanten zur Kunst«, die Hausenstein im Piper-Verlag herausgab (Nachwort des Herausgebers).

Ganymed] Hausenstein leitete ab 1921 das von MG herausgegebene Jahrbuch für Kunst *Ganymed*; es folgten zwei weitere Jahrgänge: 1922 und 1925.

das Münchner Dombild Grünewalds] das großformatige Gemälde *Hll. Erasmus und Mauritius* der Alten Pinakothek, das für das Neue Stift St. Moritz und St. Maria Magdalena zu Halle a.S. gemalt wurde.

Ihr Aufsatz I] *Ganymed* III, 1921, begann mit Hausensteins Aufsatz »Wider den Kunstverstand«, S. 3-9.

Das Zitat Paul Klees] »Man würde es unternehmen können, zu beweisen, daß jener rätselhafte Maler, der für die Vulgarästhetik unter allen Lebenden am weitesten sich vom Sachlichen entfernt, nur dadurch zu immer wunderbarerer Höhe aufkreist, daß er seine Kunst zum Superlativ der Definition erzieht: Paul Klee.« (S. 7) Wenig später, in dem Aufsatz »Unsere Kunst nach dem Kriege«, NR 1923, I, S. 402, zitiert MG Hausenstein halb ironisch: »Hausenstein schildert in dem Buche über Klee [*Kairouan, oder eine Geschichte vom Maler Klee und von der Kunst dieses Zeitalters,* Kurt Wolff 1921, Hg.] die Psyche seines Helden so: ›Wie gut, daß nichts da ist, denn nun kann alles erfunden werden.‹«

das Dostojewskibildnis als Titelblatt] die Radierung *Bildnis Dostojewskis* von Max Beckmann.

Rembrandt] Hermann Essweins Aufsatz »Das Proletarische bei Rembrandt« kam an zweiter Stelle im Jahrbuch, S. 10-27.

Kassner] »Das griechische Gesicht« von Rudolf Kassner, S. 28-36.

Beckmann] »Max Beckmann« von Benno Reifenberg, S. 37-49.

Faure] »Bemerkungen über den französischen Klassizismus« von Elie Faure, S. 50-61; zu der Zeit erschien auch der 4. Band von E. Faures großangelegter, 1909 begonnener *Histoire de l'Art*: *L'Art moderne.*

Botticelli] der Aufsatz von Konrad Weiss »Botticelli und Dante« (im sechshundertsten Jahr nach dem Tod des Dichters), S. 62-72.

Hildebrand] Hausensteins Nachruf auf Adolf Hildebrand, S. 73-81.

Goethe und Dostojewski] der Aufsatz dieses Titels von Alfred Döblin im hundertsten Jahr nach Dostojewskis Geburt, S. 82-92.

Annette] »Ein kleiner Kommentar zu Flaubert« von Annette Kolb, S. 93 f.

Mann] »Flaubert und die Kritik« von Heinrich Mann, S. 95-100, im hundertsten Jahr nach Flauberts Geburt. H. Mann faßt sein Urteil in dem Satz zusammen: »Auf Mussets Behauptung, das Herz allein sei Dichter, mußte endlich geantwortet werden: ›Nicht die Dichter sind die Bleibenden, sondern die, die schreiben können‹.« (S. 96)

Briefe aus Italien] »Briefe aus Italien« in der Abteilung »Paralipomena« – M. P. ist vermutlich Max Picard, mit dem Hausenstein befreundet war.

über Vermeer] W. Hausenstein, »Der chinesische Hut« (zu einem Bilde von Vermeer van Delft), S. 155 f.

überflüssigen Brief Kubins] »Mein Tag« (ein Brief), S. 149-154. Im Gegensatz zu seinem Verleger Reinhard Piper, scheint MG Alfred Kubin wenig geschätzt zu haben; er nahm mit einem bescheidenen Steindruck (*Caliban*) an *Shakespeare-Visionen* teil (3. Druck der Ma-Ge, 1918).

Besson] der Kunstkritiker und Sammler Georges Besson, der wichtige Werke von Bonnard, Matisse, Renoir, van Dongen dem Museum in Bagnols-sur-Cèze geschenkt hat. Er leitete die Zeitschrift *Les Cahiers d'Aujourd'hui*, die 1922 in Nr. 9 die Antworten auf eine Rundfrage »Les Artistes allemands exposeront-ils aux Salons français?« veröffentlichte. (Fast alle befragten französischen Künstler sprachen sich für eine Teilnahme deutscher Künstler an französischen Ausstellungen aus.)

nach Nauheim an Gorki] 1921 reiste Gorki auf Anraten Lenins zur Wiederherstellung seiner Gesundheit ins Ausland; er hielt sich wohl damals in dem Heilbad im Taunus auf.

den wundervollen Kopf Busonis für uns zu radieren] Wurde nicht verwirklicht. Slevogt hatte für *Ganymed* III *Phantasie nach der Dantebarke* radiert (zur hundertsten Wiederkehr des Jahres der Entstehung von Delacroix' jugendlichem Meisterwerk).

157 Meier-Graefe an Werfel, 14.11.1916
Abschrift in Tgb. DLA.

in Ihrem ersten Brief] Werfels Brief ist nicht erhalten; MG wollte Werfel für die Ma-Ge gewinnen, es schwebte ihm ein Druck *Michelangelo* (Gedichte und Zeichnungen) mit einer Vorrede von Franz Werfel vor (siehe Prospekt der geplanten 15 ersten Drucke der Ma-Ge in APV, 1999 Depositum DLA); vgl. Br. 116.

in den Krieg mitgegangen, um ein paar Leute zu retten] Als sich sein »Kunstsamariten«-Projekt zerschlug (siehe Anm. zu Br. 115), wurde MG beim Verwundetentransport an der Ostfront tätig und geriet bald in russische Gefangenschaft.

der Zweck der Übung] Die Ma-Ge als ein kulturerhaltendes Unternehmen, das die künstlerische Überlieferung und den Wert der Kunst für eine Minorität »retten« wollte, ist durch die Erfahrung des Krieges geprägt; vgl. Anm. zu Br. 146.

158 Meier-Graefe an Julius Elias, 3.12. (1917)
Durchschlag APV, 1999 Depositum DLA.

Nachrichten in die Presse gelangt] wohl über die Gründung der Ma-Ge.

Willy Pastor] Die universelle Ausrichtung der Ma-Ge mußte bei einem national gesinnten Kritiker wie Willy Pastor (1867-1933) Anstoß erregen.

Als ich die Jahrhundertausstellung machte] MG gab den entscheidenden Anstoß zur deutschen Centennale 1906; siehe *Tschudi,* S. 372, und Br. 24, 25, 27.

Bei Menzel haben sie immer nur das Nein gesehen] MGs Urteil über Menzel war einerseits strenger, andererseits nuancierter als sein Urteil über Böcklin; siehe *Der junge Menzel* (1906).

das Marées-Museum] Siehe Br. 48 und 86.

In dem kleinen Marées-Werk] Das »populäre Marées-Buch« *Hans von Marées,* Piper 1912, das MG nach langem Zögern in etwa 3 Wochen schrieb (siehe Tgb., 26.12.1911), schließt mit den Worten: »Dieses unzureichende Buch würde seinen Zweck erfüllen, gelänge es ihm, dem Marées-Haus Anhänger zu gewinnen.« (S. 43)

die Idee der Marées-Gesellschaft] Über die Gründung der Ma-Ge, siehe Reinhard Piper, *Mein Leben als Verleger* (1964), S. 256.

die Putten zu dem Drei-Flügelbild »Drei Reiter«] In der Berliner Marées-Ausstellung 1909 wurden die *Drei Reiter* mit dem Puttensockel gezeigt; siehe Abb. 49 im kleinen *Hans von Marées* (1912). Die erhaltenen Reste des Sockels befinden sich heute im Städelschen Kunstinstitut, Frankfurt a. M., in der Sammlung Georg Schäfer, Schweinfurt, und an unbekanntem Standort (siehe Kat. *Hans von Marées,* Hg. Christian Lenz, Bayerische Staatsgemäldesammlungen, München 1987/88, S. 282).

der weitere Standpunkt der M. G.] Die Ma-Ge wollte nicht nur einen Kreis von »Kunst-Interessenten«, sondern eine geistige Gemeinschaft bilden. Im (wohl von MG stammenden) Text des ersten Prospektentwurfes der Ma-Ge heißt es: »Wenn Deutsche beisammen sind, haben sie nichts Eiligeres zu tun, als einen Verein zu gründen, und dann gehen sie vergnügt auseinander. Wir sind nicht beisammen, gründen doch einen. Vielleicht hat das die entgegengesetzte Wirkung. Ziel des Vereins: So tun, als ob wir beisammen wären.« (Ts. APV, 1999 Depositum DLA)

ein weiterer höherer »PAN«] R. Piper schreibt in seinen Erinnerungen (op. cit., S. 365), daß MG auf Grund seiner PAN-Erfahrungen der Meinung war, daß man aus der Ma-Ge keinen Verein mit Mitgliedern machen dürfe, »die dann den ›Vorstand‹ wählen und etwa gar über jede Publikation vorher abstimmen würden. Wir beide [MG und Piper, Hg.] müßten vielmehr die Sache unter uns machen, und die ›Mitglieder‹ wären einfach die Subskribenten. Dies erwies sich dann auch als das einzig Richtige.«

die eigentliche Gesellschaft zur Förderung von Marées' Werk kam nicht zustande.

Druck III] *Shakespeare-Visionen*, vgl. Br. 116.

Druck VII] wurde im ersten Prospekt (o.D.) angezeigt, aber nicht verwirklicht: »*Deutsche Gedichte mit Zeichnungen deutscher Meister von früher und heute.* Kaltnadelarbeiten. Vorrede von Rudolf Borchardt.«

Druck VIII] Ebd. als 10. Druck angeführt: »*Erinnerungen an Rembrandt.* Zwanzig Originalradierungen und Steindrucke zeitgenössischer Künstler. Text von Richard Dehmel. Handpresse.« In Wirklichkeit erschien *Rembrandt: Religiöse Legenden* mit 5 Radierungen und 19 Faksimile-Blättern in nicht als glücklich zu bezeichnender Form als 18. Druck 1920; vgl. Br. 92. Dies ist wohl auch der Grund, weshalb ein ähnlich konzipierter Rubensdruck wegfiel und statt dessen eine Rubens-Mappe mit 12 Faksimiledrucken nach Zeichnungen der Albertina mit einer Einleitung von Gustav Glück erschien (28. Druck, 1921). Wir ermessen hier die Distanz zwischen dem Geplanten und dem, was sich verwirklichen ließ. MGs Vorstellungen sollten an dem ursprünglichen Vorhaben gemessen werden.

der Shakespeare schon ein unendlich erfreuliches Resultat] *Shakespeare-Visionen* war vor allem in dem Sinn erfreulich, als die Mappe aus 32 Original-Graphiken bestand; das Experiment mit Rembrandt, mit nur 5 Originalradierungen, blieb dahinter weit zurück. MGs Absicht, die lebende Kunst durch die große Tradition zu befruchten, ließ sich nur schwer bewerkstelligen.

Druck II, IV, VI, VIII, XI] Es handelt sich der Reihe nach um folgende Faksimile-Mappen: Cézannes Aquarelle, die Skizzenmappe, Zeichnungen von Daumier (9. Druck, statt der geplanten Aquarelle), Delacroix (der nicht zustande kam) und vermutlich Zeichnungen von Poussin (im ersten Prospekt als 14. Druck angegeben, ebenfalls nicht verwirklicht).

absoluten Faksimiles] Nur die Wiedergabe von Werken auf Papier konnte MGs Verlangen nach höchster Qualität befriedigen. Er sträubte sich gegen die Reproduktion von Gemälden. Er nahm an der späteren Kontroverse über Original und Faksimilereproduktion, die 1929/30 in der Zeitschrift für künstlerische Kultur *Der Kreis* geführt wurde, nicht teil.

Druck I und XII] Nur Druck I, *Goethe: Clavigo,* mit 9 handkolorierten Illustrationen des 1914 gefallenen Goetz von Seckendorff wurde verwirklicht; für Druck XII waren 20 Originallithographien von Seckendorff mit einem Text von B. Freiherrn von der Marwitz, Handpresse, geplant. (Bernhard v. der Marwitz, der große Freund Seckendorffs, fiel 1918.)

eine Ausstellung seines ganzen Lebenswerkes] Nicht die Ma-Ge, sondern die Freie Sezession Berlin organisierte eine Gedächtnisausstellung Seckendorffs im Sommer 1918. Ein großer Teil von Seckendorffs Werk verbrannte während des Zweiten Weltkriegs oder ging verloren. Was erhalten blieb, befindet sich hauptsächlich in Privatbesitz; siehe *Götz v. Seckendorff 1889-1914*, Hg. Karl v. Wolff, Hannover 1989; vgl. Br. 197.

wohne bei Dr. Ludwig Wolde] MG, der zu der Zeit, kurz nach seiner Trennung von seiner ersten Frau, in Dresden lebte, von wo aus er die Ma-Ge betrieb, stieg bei Aufenthalten in Berlin bei seinem Freund Lutz Wolde ab, mit dem er zu Anfang des Krieges eine Sanitätskolonne führte; siehe auch Br. 97.

159 Meier-Graefe an Paul Cassirer, 9.4. (1917)
KB. DLA.

Geschichten, die zwischen uns gespielt haben] Vgl. Br. 92 und 93. Weder Liebermann noch Slevogt beteiligten sich an *Shakespeare-Visionen*; Kokoschka hingegen steuerte »mit Erlaubnis von Paul Cassirer« einen Steindruck zu *Sturm* bei (siehe auch in KB 21.6.1917: MG an Kokoschka).

160 Meier-Graefe an Max Unold, 1.9.1917
KB. DLA.

*MG hatte am 25.6.1917 an Piper geschrieben: »Die Drucke von Unold bestätigen meine Vermutung. Der Mann ist sehr brauchbar, nicht nur für die Sh. V. [*Shakespeare-Visionen, *Hg.] auch für Bücher. […] Man könnte mit Unold den Julien l'Hospitalier machen und in der Bremer Presse drucken lassen. Ob gerade dieses Buch farbig steht dahin. Jedenfalls ist U. ein guter Mitarbeiter, mit dem man spezifische bibliophile Bücher machen kann, die nicht nur bibliophil sind.« (KB.).*

bei diesem Julian] Flauberts Meisternovelle *La légende de Saint Julien l'Hospitalier*, die mit Holzschnitten von Max Unold und in der Übersetzung von Ludwig Wolde 1918 als 7. Druck der Ma-Ge erschien: *Die Legende von Sankt Julian dem Gastfreundlichen.*

Bonnard] MG betrachtete Bonnards *Daphnis und Chloe* als eine seltene Ausnahme, als einen Glücksfall der französischen Buchillustration. Nach dem frei komponierten Buchschmuck für Verlaines *Parallèlement* (lithographies originales de Pierre Bonnard, Ambroise Vollard éditeur, Paris 1900), bestellte Vollard, obwohl dieses Buch gar keinen Erfolg hatte, gleich die Illustrationen für ein weiteres Buch *Daphnis und Chloe*, für das Bonnard 1902 156 Steindrucke im selben Format schuf. Clot stellte die Drucke für beide Publikationen her. MG versuchte 1910, eine deutsche Ausgabe zu vermitteln. Er stellte dem Leiter des Insel-Verlags, Anton Kippenberg, ein Exemplar des Buches zur Verfügung, der MG wiederum bat, sich mit Bonnard in Verbindung zu setzen (Kippenberg an MG, 4.2.1910, GSA). Hierauf antwortete MG: »Ich halte es für ausgeschlossen, daß Bonnard die Erlaubnis erteilt, die Lithos durch Lithos oder Lichtdrucke zu reproduzieren, zumal der Verleger seine Autorisation dazu erteilen müßte. Ich will aber gern fragen. Von den Original-Steinen kann nicht mehr gedruckt werden. Diese sind zerstört. Ich hätte gedacht es so zu machen: Bonnard zu bitten, ein paar von Ihnen zu bestimmende Illustrationen seines Buches in Strichzeichnungen zu übertragen, nach denen Sie dann ätzen könnten. Oder B. zu bitten, ein paar andere Originallithos zu machen.« (MG an Kippenberg, 5.2.1910, GSA) Bonnard war bereit, Federzeichnungen, eventuell auch Initiale zu machen (MGs Br. vom 21.6.1910, ebd.). Das Buch erschien schließlich ohne jegliche Illustration als 10. Druck der Ernst Ludwig-Presse: Longus, *Die Liebesgeschichte von Daphnis und Chloe*, übertragen von Ludwig Wolde, Leipzig, Insel 1910.

David und Cornelius] In der EG machte MG selbstverständlich einen Unterschied zwischen dem französischen Klassizisten Jacques Louis David (1748-1825) und dem Nazarener Peter Cornelius (1783-1867), die hier, für den Zweck der Demonstration, nebeneinanderstehen.

in Schleißheim] das Ensemble von Werken Marées', die zu der Zeit im Schleißheimer Schloß ausgestellt waren.

eine Art Glasfenster] Flauberts »Conte« endet mit dem Satz: »Et voilà l'histoire de saint Julien l'Hospitalier, telle à peu près qu'on la trouve, sur un vitrail d'église, dans man pays.« Das Glasfenster, das Flaubert zu seiner Erzählung angeregt haben soll, befindet sich im Chor der Kathedrale von Rouen.

The Queen of the Fishes] Lucien Pissarro (1863-1944), der älteste Sohn des Malers Camille Pissarro, schuf die Farbholzschnitte zu dem Buch dieses Titels, das er 1894 auf der eigenen Eragny Press druckte. Das Buch wurde 1896 bei Bing in der von MG bewerkstelligten »Exposition internationale du livre moderne à l'Art Nouveau« gezeigt. MG besaß ein Exemplar des von ihm geschätzten Werkes, das er Piper als vorbildliche Schöpfung geliehen hatte (siehe KB, 25.6.1917).

Ihr Holzschnitt für Shakespeare] *Das Volk* für *Shakespeare-Visionen.*

161 Meier-Graefe an Lovis Corinth, 17.5.1918

Masch. Br. ABKN.

Frisch] Vor der Gründung der »Graphischen Anstalt Ganymed« 1921, die der Ma-Ge angegliedert wurde und für sie druckte, stellte die Firma A. Frisch in Berlin die Faksimiles der Ma-Ge her. Bruno Deja, der ehemalige technische Leiter bei Frisch, der beste Fachmann für den Lichtdruck, wurde der Leiter der Anstalt Ganymed in Berlin.

der deutschen Skizzenmappe] Nachbildungen von Zeichnungen deutscher Meister des 19. Jahrhunderts, mit einem Text von Hermann Uhde-Bernays, 16. Druck der Ma-Ge, 1919. Sie war als Gegenstück zur französischen Skizzenmappe (4. Druck, 1918) gedacht.

Gurlitt] Galerie und Verlag Fritz Gurlitt in Berlin.

bin bei der Arbeit an dem Werk über Sie] MG hat verschiedentlich über Corinth geschrieben, aber kein Buch über ihn veröffentlicht. Er schätzte das malerische Genie Corinths, stieß sich aber letzten Endes an der Geschmacklosigkeit oder der Häßlichkeit mancher Werke; vgl. Br. 163.

dem Werk über Ihre Aquarelle] wurde nicht verwirklicht; Okt./Nov. 1922 organisierte Erwin Rosenthal in Berlin eine Ausstellung von Handzeichnungen und Aquarellen Corinths, für die MG die Einführung zum Katalog schrieb.

eine Mappe mit Radierungen] Corinth schuf 12 Radierungen für *Antike Legenden*, 20. Druck der Ma-Ge, 1920, mit einem Text von MG.

162 Meier-Graefe an Lovis Corinth, 19.2.1921
Masch. Br. ABKN.

die Platte der Dantebarke] Nicht Corinth, sondern Slevogt schuf für *Ganymed* III, 1921, *Phantasie nach der Dantebarke*; vgl. die letzte Anm. zu Br. 156.

163 Meier-Graefe an Lovis Corinth, 2.7.1923
E. Br. ABKN.

einen unvergeßlichen Eindruck in der Nat. Galerie] von der von Ludwig Justi organisierten Corinth-Ausstellung im Kronprinzenpalais 1923, die ein vollständiges Bild eines noch lebenden Meisters im Museum zeigte, was damals ungewöhnlich war und eher zum Brauch des Handels gehörte; siehe MGs Kritik im weiteren Verlauf des Briefes.

Jeder kann sich seinen Corinth zurecht machen] Vgl. den letzten Absatz von MGs Artikel »Lovis Corinth« in *Ganymed* V (Nov. 1924), S. 89: »Justi hat es sich im vorigen Sommer angelegen sein lassen, einen annähernd erschöpfenden Überblick über das Schaffen Corinths von Anfang bis heute im Kronprinzenpalais in Berlin aufzubauen; dafür gebührt ihm der Dank aller Freunde des Malers. Die Ausstellung wurde nicht nach raffinierten Gesichtspunkten komponiert. Man könnte einen ganz anderen Corinth zusammenbringen und sollte es einmal versuchen. Zumal eine aufgeklärte Kunstbehörde könnte ihre Pflicht in der Aufgabe erblicken, von den Meistern das Meisterliche zu sammeln, und Menschen, die genießen und lernen wollen, zu fördern. Freilich hätte man das penetrante Bild des Menschen Corinth dem guten Zweck zuliebe fälschen müssen. Legitime Gründe, nicht nur die Gewissenhaftigkeit des Historikers, mögen dagegen gesprochen haben.«

Das Werk, für das sie bestimmt sind] die *Mappe der Gegenwart*, 42 Faksimiles nach Aquarellen und Zeichnungen zeitgenössischer Künstler aus allen Kulturländern, dazu 6 originalgraphische Blätter, mit einer Einführung von MG, 42. Druck der Ma-Ge, 1923. Die Original-Graphiken stammten außer von Corinth (die Radierung *Jüngstes Gericht*) von Beckmann, Großmann, Heckel, Klee und Meseck.

164 Meier-Graefe an Max Beckmann, 11.3.1918
Masch. Br. APV, 1999 Depositum DLA.

»Die Nacht«] Beckmann gab diese 1914 entstandene Kaltnadelradierung für *Shakespeare-Visionen* mit dem geänderten Titel *Mord* (Nr. 33).

der Shakespeare, den ich … geträumt habe] MG schrieb in seiner »Aufforderung an die Künstler zur Mitarbeit« an *Shakespeare-Visionen*: »Gewünscht wird eine Darstellung, die eine deutliche Beziehung zu Shakespeare erkennen läßt, ohne, daß es deshalb unbedingt nötig wäre, an bekannte Gestalten anzuknüpfen. Vielmehr würde zum Beisp. die Interpretation des Stimmungsgehaltes einer Seele oder eines ganzen Dramas genügen. Uns liegt an einer möglichst freien Formung.« (APV, 1999 Depositum DLA) Vgl. das, was MG als »Stimmungsgehalt« bezeichnet, mit dem, was Hofmannsthal in seinem Shakespeare-Vortrag von 1905 mit »Atmosphäre« umschreibt (siehe Br. 107).

Carl Caspar nahm mit dem Steindruck *Sommernachtstraum* teil.

Ahlers-Hestermann steuerte den Steindruck *Imogen schlafend* bei.

165 Max Beckmann an Meier-Graefe, 13.3.1923
E. Br. Privatbesitz (mit freundlicher Genehmigung der Erben; nicht in M. Beckmann, *Briefe*, Bd. I, 1993)

hat schließlich auch noch Zeit] Möglicherweise hatte MG den Künstler um Äußerungen über sein Werk gebeten in Hinblick auf die im Piper-Verlag geplante Beckmann-Monographie (1924).

ein großes Akrobatenbild] *Das Trapez* (1923), seit 1956 in St. Louis, Morton D. May. (*Max Beckmann, Katalog der Gemälde*, bearbeitet von Erhard und Barbara Göpel, Bern, Kornfeld 1976, Nr. 219).

166 Max Beckmann an Meier-Graefe, Ende Juli 1926
E. Br. Privatbesitz (mit freundlicher Genehmigung der Erben; nicht in M. Beckmann, *Briefe*, Bd. II, 1994)

Die Einsendung des Damenportraits] Es handelt sich um *Bildnis einer alten Schauspielerin* 1926 (Göpel Nr. 255), das Beckmann für die von Mrs. E. H. Harriman veranstaltete Wanderausstellung moderner Künstler, die im Juli/August 1926 im Kronprinzen-Palais in Berlin gezeigt wurde, eingesandt hatte. Das Bild blieb jedoch im Depot; statt dessen wurde *Die Barke,* 1926 (Göpel Nr. 253), gezeigt, die Beckmann, in ironischer Anspielung auf Böcklin, auch »Spiel der Wellen« genannt hat. Dieses Bild wurde 1927, auf Initiative von Alfred Flechtheim, von Kunstfreunden zum 60. Geburtstag von MG der Nationalgalerie geschenkt (als erstes Bild des Künstlers im Berliner Museum). MG deckt in einem Artikel der FZ vom 8.8.1926 (»Maler aus vier Ländern oder: Der Herr aus Mexiko«) die Hintergründe dieser Ausstellung auf: Ein Mexikaner, der Mrs. Harriman zur Seite stand, hinter dem wiederum das Auswärtige Amt gestanden habe, soll alle Vollmachten gehabt haben. Da sich Beckmann in seinem Brief sowohl auf MGs Äußerungen zum gezeigten wie zum refüsierten Bild bezieht, seien hier Auszüge aus dem Artikel der FZ gebracht. Über *Die Barke*, die MG »Die Kahnfahrer« nennt: »Die Konstruktion der Gruppe überwindet noch nicht alle Gefahren einer mehr aus Verstand und bewußter Zucht als aus freiem Spiele der Empfindung gewonnenen Gestaltung, aber unweigerlich gebührt dem Energieaufwand dieses unbestechlichen Ringers größter Respekt. [...] Die Kahnfahrer bedeuten einen merkbaren Fortschritt nach einer weniger voreingenommenen Anschauung, nach einer Lösung verhärteter Formen, nach Farbe, Ton und leichterer Regung, nach dem Leben hin.« Und über das refüsierte *Bildnis einer alten Schauspielerin*, das vorübergehend MG gehört hat: »Die Dame sitzt in schwarz mit weißem Haar vor einem gelbgrünen Grund. Auf dieses Grün beschränkt sich nahezu die Palette, und es ist schon zu viel. Der Schwarz-Weiß-Kontrast entscheidet mit der Macht spanischer Manets. Man könnte an einen Manet denken, der alle Etappen moderner Analyse und Synthese durchlaufen hat und als ein Befreiter zu der Malerei zurückkehrt. Das Bildnis hat hinreißende Qualität. Mit dem sicheren Aufbau verbindet sich jene visionäre Kraft des Farbenauftrags, mit deren Hilfe das Äquivalent für die Natur des Objekts gewonnen wird. Man könnte von einer Pinselschrift sprechen, nur fällt alles Virtuosentum fort. Die Hand hat sich vom Kunststück befreit.«

167 Meier-Graefe an Rudolf Großmann, 11.12.1927
Masch. Br. StBM.

geistvolles Journalistentum] z.B. R. Großmann, *Fünfzig Köpfe der Zeit* (1926): gezeichnete und geschriebene Porträts der Zeitgenossen (nicht jeder Text zu jedem »Kopf« stammt aus seiner Feder), siehe Nr. 168. In der Besprechung »Herbstsalon der Berliner Sezession«, FZ 28.10.1926, schreibt MG im selben Sinne über Großmann: »Sein Journalismus – in den geschriebenen Feuilletons höchst amüsant – ist auf dem besten Wege, den Künstler zu deklassieren.«

168 Meier-Graefes »Kopf« in *Fünfzig Köpfe der Zeit* von Rudolf Großmann
Berlin, Mosse 1926.

entdeckt ... ein ganzes Jahrhundert] Anspielung auf die Deutsche Jahrhundertausstellung, Berlin 1906.

»Wohin treiben wir?«] Zwei Reden zur Kunst und Kultur, Berlin, S. Fischer 1913 – sie wurden zunächst in der Galerie Paul Cassirer gehalten und, als Absage an die zeitgenössische Kunst, mit Protest aufgenommen. Alfred

Kerr veröffentlichte in der ehemaligen Zeitschrift des Paul Cassirer-Verlags *PAN*, 3. Jg. 1912/13, Nr. 15, das spöttische Gedicht »Vortrag über neue Malerei«, das so beginnt: »Ich bin der Julius Meier-Gräfe, / Der neuen Kunst gebiet ich: stop!«; und Paul Mahlberg überschrieb einen Artikel ebd. (Nr. 18): »Julian Meier-Apostata«.

Tscheinik] russisch, bedeutet auf deutsch Teekessel.

heute nicht hoch im Kurs] Die bewußten Vorträge und MGs Pessimismus über den Gang der Kunst haben ihm sehr geschadet.

169 Paul Klee an Meier-Graefe, 28.6.1928
E. Br. DLA.

Frau Emmy Scheyer (1889-1945), Tochter eines Konservenfabrikanten in Braunschweig, studierte Malerei und Musik in Paris, London und Brüssel. Die Begegnung mit Jawlenskys Kunst während des Ersten Weltkriegs bewog sie, die eigene Malerei aufzugeben und sich dem Künstler zu weihen. (Jawlensky nannte sie »Galka«.) 1924 schlossen sich Feininger, Jawlensky, Kandinsky und Klee in Weimar zur »freien Gruppe der blauen Vier« zusammen und beauftragten E. Scheyer, für die »Ausbreitung ihrer künstlerischen Ideen im Ausland« zu sorgen. Sie vertrat wirksam durch Ausstellungen und Vorträge die Interessen dieser Künstler in Amerika, wo seit Mitte der zwanziger Jahre die »Blauen Vier«, wie sie sie in Anlehnung an den »Blauen Reiter« getauft hatte, ein Begriff war. In Deutschland kam es zu einer einzigen Veranstaltung der Blauen Vier, in der Galerie F. Möller in Berlin 1929, die von den Künstlern selbst als Solidaritätsausstellung für Jawlensky organisiert wurde; E. Scheyer wurde merkwürdigerweise übergangen; siehe den Beitrag von Stefan Frey in Kat. *Die Blaue Vier*, hg. von F. Barnett u. J. Helffenstein, Köln, Dumont 1997.

Ihrem Essay in der »Entwicklungsgeschichte«] in Bd. 3 der 2. Auflage der EG, der 1924 erschien. Die Seiten über Klee schließen mit den Worten: »Und das Raritäten-Kabinett gewinnt eine neue Nummer« (S. 671). MGs Beziehung zu Klee ist ebenso verwickelt, wie Klees Formulierung im Brief umständlich ist – dennoch war MG für Klees Kunst nicht unempfänglich (siehe Biogr. Reg.).

170 Erich Klossowski an Meier-Graefe, 10.11.1926
E. Br. DLA. Am obigen Briefrand, von der Hand MGs, links: »bitte zurück Meier-Graefe«, rechts: »Klossowski 10/XI 26«.

Grâce à Mr Stinnes] wohl Heinrich Stinnes, der Kölner Sammler zeitgenössischer Kunst.

Strohls] der Züricher Professor und Zoologe Jean Strohl und seine Frau; Prof. Strohl, der mit André Gide befreundet war, besaß verschiedene Werke von Klossowski.

meinen Balthus] Im Brief steht ein »x« über »Balthus«, das auf eine Randbemerkung MGs verweist: »seinem sehr begabten Sohn«. Balthus war damals 18 Jahre alt; 1928 malte er Fresken für die Kirche in Beatenberg, Schweiz.

le bougre] der Kerl.

Eugen] Der Maler Eugen Spiro (1874-1972), hauptsächlich Porträtist (ein schwaches Bildnis von MG 1913 im Germanischen Nationalmuseum, Nürnberg), war Klossowskis Schwager. Er reiste im Auftrag der Ma-Ge 1921 nach Italien, um im Vatikan und im Museum von Neapel römische Fresken zu kopieren. Die in Temperafarben hergestellten Kopien dienten als Vorlage für den 38. Druck der Ma-Ge *Antike Fresken* (1922). MG versuchte Spiro, der materielle Sorgen hatte, durch die Vermittlung von Übersetzungen (die Aufsätze von Delacroix, Cossios »Greco«) zu helfen, allerdings mit wenig Glück – mit dem Erfolg, daß er sie selbst übernehmen mußte (siehe Anm. *Cossio* zu Br. 44 und Anm. *Aufsätze Delacroix'* zu Br. 196).

meine Leute in Paris] Klossowskis kleine Familie (siehe Biogr. Reg.).

Flechtheim] Der Kunsthändler Alfred Flechtheim (1878-1937) zeigte in seiner Berliner Galerie Landschaften von Klossowski, »die der Berliner zu simpel fand« (MG in BT 11.1.1930, »Ein deutscher Maler«).

Was Du zu meinen Versuchen sagst] MG schrieb über diese Arbeiten: »So fängt sich einer, der verlaufen war. Manche vermißten den alten Klossowski. Empfindlichere waren von der scheuen Lichtheit dieser Landschaften betroffen und glaubten, ein Versprechen zu empfangen. Keiner hätte vermutet, wie es erfüllt werden würde.« (BT, ebd)

die Arbeitsweise von Bonnard] MG schrieb am Ende seines »Bonnard«-Artikels in *Ganymed* V, 1925, S. 104: »Klossowski hat wesentliche Teile der Empfindung mit Bonnard gemein. Seine Lyrik verläßt ungern den Kreis überlieferter Legenden, die ihm Heimat bedeuten. Die Empfindsamkeit Bonnards entfernt sich immer weiter von der Legende und behilft sich mit einem hochentwickelten Sensualismus. [...] Klossowski rettet die Dichtung. Er ist der einzige Deutsche, dem der Krieg den Traum nicht zerstört, sondern gestärkt hat.«

Dein Buch] MG arbeitete zu der Zeit an *Pyramide und Tempel*, das 1927 im Rowohlt-Verlag, Berlin, erschien.

171 **Erich Klossowski an Meier-Graefe (Anfang der dreißiger Jahre)**
E. Br. (mit einer kleinen Federzeichnung, die Promenade am Meer mit Palmen, Auto und Passanten darstellend) DLA.

chez Mr Grosjean] MG machte aus dem Grund- und Hausbesitzer Grosjean die Hauptfigur seines unveröffentlichten Provence-Romans *Der Kampf um das Schloß* (Ts. in DLA).

den Werken von Mr Gr.] In MGs Roman hat Grosjean ein unveröffentlichtes Buch *Meine Gedanken* verfaßt, hatte aber auch andere »Gedanken«, z. B. den eines Denkmals.

Deiner Intervention bei G] bei Gurlitt?

B. Cassirer] Bruno Cassirer (1872-1941) verlegte eine ganze Reihe französischer Bücher über Kunst in deutscher Übersetzung.

Basler's La peinture religion nouvelle] Paris, Librairie de France 1926.

»La vie de Manet« p. Alb. Flament erschien 1928, Paris, Librairie Plon.

Mucki] Kosename von Klossowskis Frau Else Spiro (»Baladine«), von der er sich 1917 getrennt hatte (siehe Biogr. Reg.); Klossowski lebte damals mit der Schriftstellerin und Malerin Hilde Stieler (1883-1962) in Sanary.

172 Meier-Graefe an Carl Moll, 1.12.1924

Durchschlag DLA.

die Liste der Werke für die im nächsten Absatz erwähnte Ausstellung.

Diese französische Ausstellung] Die von März bis April 1925 in der Wiener Secession gezeigte Ausstellung *Die führenden Meister der französischen Kunst im Neunzehnten Jahrhundert* wurde vom Verein der Museumsfreunde in Wien veranstaltet und von Carl Moll durchgeführt; sie zeigte Werke von David und Delacroix bis zu Cézanne und Gauguin, aus der »Epoche Frankreichs unbestrittener Hegemonie in der Kunst Europas« (Katalogvorwort). MG besprach die Ausstellung in FZ 25.3.1925.

die Kombination Paris-Wien] MG traf sich Mitte Dezember mit Moll in Paris und fuhr anschließend zum Jahreswechsel mit ihm nach Wien; siehe Br. 179.

meine Bibliothek nicht mehr besitze] MG lebte damals von seiner zweiten Frau getrennt; er heiratete Annemarie Epstein im Mai 1925.

Maurice Ga(n)gnat (1856-1924), ein Neffe des Sammlers Paul Gallimard, hatte eine einmalige Sammlung von etwa 150 kleinformatigen späten Renoirs zusammengetragen; die Sammlung wurde am 24. u. 25. Juni 1925 versteigert, siehe MG in KuK, Jg. 23, H. 9 (Juni 1925), »Die Sammlung Gangnat«, u. Auktionskat. mit Abb. sämtlicher Werke: *Collection Maurice Gangnat*, préfaces de Robert de Flers et Elie Faure.

der Händler Rosenberg] Berühmter als der Vater Alexandre Rosenberg, der seit 1872 mit Kunstwerken handelte – zunächst mit Werken der Renaissance, dann des 18. Jahrhunderts, schließlich der Impressionisten –, wurden die beiden Söhne Léonce (1877-1947) und Paul (1881-1959), die Anfang des Jahrhunderts in der väterlichen Galerie Avenue de l'Opéra arbeiteten, später getrennte Galerien führten. Paul Rosenberg (der hier wohl gemeint ist) war mehr ein Geschäftsmann als ein Kunstliebhaber, Händler Picassos; Léonce Rosenberg, der Rivale Kahnweilers, hatte die Liebe zur Kunst, aber handelte oft ungeschickt.

Barbazange] Der Kunsthändler Barbazanges kaufte 1919 die große Leinwand von Courbet *Das Atelier*, die er im Jahr darauf dem Louvre verkaufte (heute im Musée d'Orsay); 1924 kaufte er mit Georges Bernheim das »Atelier Renoir«, d. h. die nachgelassenen Werke des Künstlers.

Moreau-Nélaton] Siehe Anm. zu Br. 147 und 148.

Leider Deutschfresser] Moreau-Nélaton verlor seinen Sohn ganz am Ende des Krieges; er veröffentlichte daraufhin *Chez nous après les boches: le foyer détruit, le coq qui pleure, la croix de bois*, Paris, Laurens 1919.

manches helfen, wenn ich in Paris wäre] vgl. folgende Passage aus einem Br. von MG an seine zukünftige dritte Frau Annemarie aus Paris (»Grand Hôtel«), 20.12.1924: »Dem guten Moll habe ich nicht geholfen. Er hatte alle Zusagen der französischen Behörden in der Tasche für die Ausstllg, die sehr schön zu werden versprach. Die notwendigen Bilder des Louvre und der anderen öffentlichen Sammlungen zugesagt. Heute war die letzte offizielle Sitzung in der Sache. Da sagt ihm plötzlich der Direktor des Louvre, die Sache sei unmöglich, da man erfahren habe, daß ich dahinter stehe. Sofort erklärt Moll, ich hätte nichts damit zu tun, die Ausstllg sei ganz ohne mich zustande gekommen (was der Wahrheit entspricht). Hilft nichts, man hat Moll mit mir zusammen gesehen, das genügt. / Die Menschen sind wahnsinnig. Ich habe solange ich hier lebte, nie einem Menschen etwas getan, habe nie eine Differenz mit irgend einem gehabt, habe nie mit einem verkehrt, habe zwanzig Jahre lang über franz. Kunst geschrieben und die Grundlagen für das Studium der franz. Kunst geschaffen. Hilft nichts. Sie hassen mich. Wenn es nach ihnen gegangen wäre, hätten mich die Russen vor ein Kriegsgericht gestellt – Woher der Haß? – Moll hofft durch Herriot die Sache in Ordnung zu bringen aber muß im Januar wieder her. Wäre ich nicht hergekommen, hätte er die Sache heute fertig.« (Teilnachlaß MG, DLA)

Pellerin] Der Industrielle Auguste Pellerin (1852-1929) war ein leidenschaftlicher Sammler moderner Kunst, großer Bewunderer von Manet, von dem er nebst 39 Bildern Zeichnungen, Aquarelle und Pastelle besaß, und von Cézanne, von dem er über 100 Werke aus allen Perioden, nicht zuletzt aus der frühen romantisch-expressionistischen Zeit hatte.

Vollard] Ambroise Vollard (1868-1939) war eine faszinierende Figur des Kunsthandels und der Kunstwelt, der Händler von Renoir, Degas und Cézanne, der auch die ersten Ausstellungen von van Gogh, Matisse und Picasso veranstaltete. Von 1908 an war er immer weniger am Verkauf interessiert, kaufte und sammelte jedoch weiter. Die von ihm angeregten Kunstbücher und Kunstmappen sind berühmt. Er schrieb über »seine« Künstler, notierte deren Aussagen und veröffentlichte seine Erinnerungen.

Tewes] Siehe Anm. zu Br. 132.

allerlei schmerzliche Dinge] Anspielung auf MGs zerrissene persönliche Situation vor der Trennung von der Mutter seines Kindes (vgl. Br. 178) und der Heirat mit einer ganz jungen, eigenwilligen Frau, Annemarie Epstein, gen. »Busch«.

173 Meier-Graefe an Carl Moll, 12.1.1925
Durchschlag DLA.

König] Leo v. König besaß zu der Zeit das Selbstbildnis von Cézanne um 1877, heute in Washington, D.C., The Phillips Collection; es wurde in Wien ausgestellt (Kat. Nr. 81).

die Nana von Manet] Theo Behrens hatte das Bild 1910 bei Paul Cassirer für 150.000 Frs gekauft. Gustav Pauli erwarb das Werk für 150.000 DM für die Kunsthalle Hamburg 1924, mit der moralischen Unterstützung von Künstlern und Kritikern, u.a. Liebermann und MG.

Fälschungen Volpis und Balbonis] der Florentiner Kunsthändler Elia Volpi (1858-1938) war selbst Maler und Restaurator; Fälschungen nicht ermittelt. – Balboni nicht ermittelt.

Duween und Berenson] Über J. Duveen (1869-1939), siehe Anm. zu Br. 131. Bernard Berenson (1865-1950), »der« Experte für italienische Malerei, hatte mit Duveen über Jahrzehnte (von 1906 bis kurz vor Duveens Tod) einen lukrativen Beratervertrag. Er vermittelte den Verkauf zahlreicher Kunstwerke nach Amerika, war der Kunstberater von Isabella Stewart Gardner, die als erste Frau, 1903, ein eigenes Museum eröffnete: das Isabella Stewart Gardner Museum in Boston.

Friedländer] Max J. Friedländer wurde 1896, unter Bode, Assistent an der Berliner Gemäldegalerie, wo er an oberster Stelle bis 1933 tätig war, seit 1908 auch als Direktor des Kupferstichkabinetts. Er erwarb für die Berliner Museen wertvolle Werke. In einem Brief vom 13.1.1932 schreibt MG seiner Frau Annemarie: »Friedländer ist sehr nett zu mir, aber von Kunst hat er eigentlich keine Ahnung, nur von Echtheit.« (Teilnachlaß MG, DLA) – Eine Behauptung, die wohl ebensoviel über MG wie über Friedländer besagt; siehe auch Br. 66.

Valentiner] Wilhelm R. Valentiner (1880 1958), Assistent von Hofstede de Groot in Den Haag und von Bode in Berlin, war der erste europäische Kunsthistoriker, der an ein amerikanisches Museum ging. Er war seit 1908 Kurator der umfangreichen Abteilung Decorative Arts im Metropolitan Museum, New York.

Frick] Der Industrielle und Sammler Henry Clay Frick (1849-1919) stiftete der Öffentlichkeit sein Haus an der Fifth Avenue in New York mit seiner Sammlung; nach dem Tod der Witwe 1931 wurde es als Museum zugänglich.

Lindemann] Nicht ermittelt.

Majestät] So nannte MG die aus Hamburg stammende Frau von Carl Moll.

Dr. von Frey] Nicht ermittelt.

Ducchio] der sienesische Maler Duccio di Buoninsegna (1250/55-1319).

174 Meier-Graefe an Carl Moll, 22.1.1925
Durchschlag DLA.

Durchschlag dieses Briefes] Br. 175.

die Arlésienne] Das Bild von van Gogh – eine Fassung befindet sich im Musée d'Orsay, Paris (ehemals Sammlung Carl Sternheim), eine andere im Metropolitan Museum of Art, New York (ehemals bei dem Maler Bernt Grönvold) – wurde in Wien nicht ausgestellt.

Gachet] Paul Gachet (1828-1909), Maler, Kupferstecher, Sammler und Arzt, spielte eine bevorzugte Rolle in der Welt der Impressionisten. Er stand mit allen wichtigen Künstlern in Frankreich in Verbindung, interessierte sich für Pissarro, Cézanne, van Gogh, als sie noch völlig unbekannt waren. Van Gogh, um den er sich am Ende diskret kümmerte, hat zwei Bildnisse von ihm gemalt. Die Sammlung Gachet ging 1954 als Schenkung seines Sohnes Paul an die Musées Nationaux (Musée d'Orsay); siehe Kat. *Un ami de Cézanne et van Gogh: le docteur Gachet*, Paris 1999.

den Signac] *Seelandschaft* von Paul Signac (siehe MGs Br. an C. Moll vom 16.2.1925, DLA).

eine wunderbare Landschaft von van Gogh] abgebildet in EG, Bd. 3, S. 38.

dem Vorwort] Am 17.1.1925 schickte MG die Vorrede (zum Kat. der Ausstellung) an Moll zurück: »ich habe sie etwas ergänzt. [...] Das Lob des französischen Genius am Schluß würde ich in dieser Form nicht bringen. Ich glaube, es ist weiter nicht nötig. Es könnte sonst zu leicht der Verdacht entstehen, Ihr stelltet Euch in den Dienst der französischen Propaganda. Deshalb ist auch eine Beteiligung der Berliner National-Galerie sehr gut, damit man Dir und mir nie etwas anhaben kann.« (DLA)

175 Meier-Graefe an Ludwig Justi, 23.1.1925
Durchschlag (liegt Br. 174 bei) DLA.

der schönen Ausstellung] die in Br. 172 erwähnte Ausstellung französischer Kunst in der Wiener Secession 1925.

Luxembourg] Das seit 1886 in der ausgebauten Orangerie des Luxembourg-Palastes in Paris untergebrachte »Übergangsmuseum« für lebende Künstler – 5 Jahre nach dem Tod eines Künstlers wurde eine Auswahl für den Louvre getroffen; heute befinden sich die meisten Werke des ehemaligen »Luxembourg« im Musée d'Orsay, das Werke der Zeitspanne 1848-1914 beherbergt. Die Impressionisten kamen erst 1896, durch die erzwungene Schenkung Caillebotte, in diese Hochburg der offiziellen Malerei.

Herriot] Der radikal-sozialistische Politiker Edouard Herriot (1872-1957) war von Juni 1924 bis April 1925 Frankreichs Regierungschef (Président du Conseil). Seine Regierung erkannte die Sowjetunion an, evakuierte das Ruhrgebiet und scheiterte an finanziellen Schwierigkeiten.

Prinzen Rohan] Karl Anton Prinz von Rohan (1898-1975) war ein österreichischer Kulturhistoriker und Publizist, der sich für den europäischen Gedanken einsetzte; er gründete 1924 den Verband für kulturelle Zusammenarbeit in Paris und gab seit 1925 die *Europäische Revue* heraus.

176 Meier-Graefe an Paul Cassirer, 25.2.1925
Durchschlag (liegt Br. 174 bei) DLA.

Painlevé] Paul Painlevé (1863-1933), Mathematiker und französischer Politiker, war von Juni 1924 bis April 1925 Präsident der Abgeordnetenkammer.

177 Meier-Graefe an Hermann Uhde-Bernays, 24.9.1927
Abschrift in Tgb. DLA.

Ihre Münchener Malerei] *Die Münchener Malerei im 19. Jahrhundert, II. Teil: 1850-1900*, München 1927. MG äußerte 6 Jahre früher ein ähnliches Urteil über ein vorausgegangenes Buch des Autors: »Uhde-Bernays hat uns ein gehaltreiches Buch über Münchener Landschafter im 19. Jahrhundert geschenkt mit vielen Aufschlüssen über die emsigen Maler, die von Kobell bis Fritz Baer, von Wagenbauer bis Karl Haider, von Schleich zu Toni Stadler Berg und Tal Bayerns bearbeitet haben. Ein großes Stück deutscher Landschaftsmalerei überhaupt, denn vieles von Norddeutschen nach München Gebrachte ragt hinein. Natürlich im wesentlichen eine Geschichte des Vergessenen. Man möchte den einen und anderen gern behalten, wie uns auf der Fahrt im Schnellzug der Wunsch kommt, hier oder dort in der Nähe eines traulichen Kirchturms hinter lauschigen Bäumen, wo das Auge ein Idyll erhascht, haften zu bleiben; ein Wunsch, den die nächste Minute hinfällig macht und der eine wohlige Melancholie zurückläßt. Im Grunde ein angenehmer Zeitvertreib auf der Eisenbahn. Stiege man wirklich aus, wüßte man mit dem lauschigen Platz nicht viel anzufangen.« (*Zeitschrift für bildende Kunst*, N. F. 32, 1921, S. 153)

sind uns Hekuba] sind uns gleichgültig. Die Redensart geht zurück auf *Hamlet* II, 2: »What's Hecuba to him or he to Hecuba / That he should weep for her?«

mögliche Sicherung der Hauptsachen] MG schwebte nach dem Ersten Weltkrieg eine Ausstellung deutscher Kunst vor, die er im Druck niederlegte und den deutschen Kultusministerien und den Leitern der öffentlichen Kunstsammlungen unterbreitete: *Der Beitrag Deutschlands zur Kunst Europas*, München, Piper 1922 (auch in *Ganymed* IV, 1922). Im Gegensatz zu den »Relativitäten« der deutschen Centennale 1906, kam es ihm diesmal auf das »Unentbehrliche« an, auf die »bezeugenden« Werke: »Was müssen wir unbedingt retten?« MG nahm 1931 in einer Artikelfolge der FZ, »Der deutsche Beitrag zur Kunst Europas«, den Gedanken nochmals auf; siehe bes. den letzten Artikel der Serie, 13.6.1931, mit der Liste der auszustellenden Werke vom 14. bis 19. Jh.; genaue bibliographische Angabe in Moffett.

178 Meier-Graefe an Annette Kolb, 30.8.1924
E. Br. StBM.

Der besten Freundin Wickis] Annette Kolb war die »beste Freundin« von MGs zweiter Frau Helene Lienhardt, genannt Wicki; auch für sie war es die zweite Ehe. Zur Zeit dieses Briefes war MG im Begriff, sich von Helene zu trennen, was Annette ihm übelnahm. Danach war die Verbindung zwischen MG und A. Kolb nicht mehr dieselbe.

Ein ulkiger Typ] MGs erste Frau Anna Baurath, Rieke oder Maus genannt, war eine Berlinerin aus dem Volke, eine Persönlichkeit mit Temperament. Von MGs drei Frauen hat sicher sie am meisten gezählt. An ihren »gräßlichen Außenseiten« stießen sich manche, z.B. Thea Sternheim (siehe Th. Sternheim, *Tagebücher 1905-1927 – Die Jahre mit Carl Sternheim*, Hg. Bernhard Zeller, Bearbeitung Heidemarie Gruppe, Mainz, v. Hase & Koehler 1995).

In diesem Fall ist es ein Kind] Annemarie Epstein, geboren 1905, damals 19 Jahre alt, die MG 1925 heiratete.

Standesamt-Sache] MG heiratete Helene 1924, um ihre Situation und die des Sohnes zu legitimieren, »und es war vorher abgemacht, daß wir uns nach der Heirat scheiden lassen würden« (Tgb. 7.9.1933).

179 Meier-Graefe an Annette Kolb, 20.12.1924
E. Br. StBM.

Buddho] Piper verlegte das gesamte Werk von Buddho (Buddha) in der Übersetzung von Karl Eugen Neumann, eine der großen Leistungen des Verlags.

Es geht dem Verlag dreckig] Vgl. Br. 134. Die Jahre nach dem Krieg waren für den Verlag sehr wechselvoll. 1922 war die Rede von einem Konzern mit S. Fischer und Bruno Cassirer; 1927 wurde Robert Freund aus dem Wiener Kreis um Kokoschka, Kraus und Altenberg Gesellschafter des Verlags; vgl. auch folgenden Auszug eines zu Anfang des Weltkriegs von MG an Hugo Bruckmann geschriebenen Briefes: »Ich sprach Ihnen einmal von dem gefährdeten Piper. Der Mann hat das Kunststück fertig gebracht, sich trotz der schlechten Zeiten zu sanieren. Die alten Gesellschafter haben 150 000 M. zugeschossen, so daß jetzt der Verlag vollkommen gesichert erscheint. Die Sache ist diese Tage perfekt geworden. Da ich Ihnen von der Misere gesprochen hatte, wollte ich Ihnen auch die Besserung nicht verschweigen.« (12.9.1914, SBM)

weil ich 1914 einen Aufsatz geschrieben habe] »Drei Gewinne« in BT 11.9.1914; siehe Anm. zu Br. 115.

Moll habe ich rasend geschadet] Vgl. Anm. zu Br. 172 (»manches helfen, wenn ich in Paris wäre«).

Mit der Frankfurter ...] Im Nov. 1924 entschloß sich die Redaktion der FZ, dem langjährigen Mitarbeiter des Blattes Paul Westheim, der seit 1912 regelmäßig Kunst- und Kulturberichte für die Frankfurter geschrieben hatte, zu kündigen und statt dessen MG zu verpflichten. Dies geschah von heute auf morgen in ungeschickter Form und löste »eine ganz widerliche Agitation« (MG) in der Presse aus. Daraufhin veröffentlichte die von Westheim herausgegebene Zeitschrift *Das Kunstblatt* Anfang 1925 das Kündigungsschreiben der FZ (gez. Diebold und B. Reifenberg), Westheims knappe Antwort darauf, ferner den Protest einer Anzahl bekannter Künstler (darunter Dix, Grosz, Heckel, K. Hofer, Kirchner, Kokoschka, Nolde, H. Poelzig, Schmidt-Rottluff, B. Taut) und schließlich die Stellungnahme des Verbands deutscher Kunstkritiker (i.A. Max Osborn). Darauf verhandelte die FZ mit dem Vorsitzenden des Kunstkritikerverbandes, während sich MG genötigt sah, der Zeitung das übernommene Referat zur Verfügung zu stellen, was ihn jedoch nicht hinderte, ab Dez. 1924 seine regelmäßige Tätigkeit für die FZ zu beginnen. Lutz Witzhöfel hat in seiner Arbeit *Paul Westheim und das Kunstblatt*, Böhlau Verlag 1995, S. 312 f., die Hintergründe der Polemik aufgedeckt – und zwar die Kontroverse um Dix (siehe Biogr. Reg. Paul Fechter) und die Meinungsunterschiede über Beckmann, der dem Kreis der FZ (Heinrich Simon und Benno Reifenberg) nahestand. MG äußerte sich zur Sache in Briefen an seine spätere Frau Annemarie (20.12.1924 u. 18.1.1925, Teilnachlaß MG, DLA) und schloß mit der Bemerkung: »Werde mal eine Novelle daraus machen.« Er nahm jedoch den unerfreulichen Vorgang wie eine erneute Bestätigung des Hasses gegen seine Person auf.

180 Friedrich Sieburg an Meier-Graefe, 23.12.1929
E. Br. DLA.

Ihrem Corot] *Corot*, Berlin, Bruno Cassirer und Klinkhardt & Biermann 1930. Emil Waldmann schreibt in seiner Rezension des Buches in BT 28.11. 1929: »Corot, den wir zu kennen glaubten, wird plötzlich ein ganz großer Mann, ein Künstler von aufregendster Gegenwärtigkeit, so, als gäbe es keinen, der uns näher anginge. Und er wird dies nicht nur durch die dichterische Kraft, mit der Meier-Graefe diese Gestalt in der schönsten Dichtersprache, in der heute jemand über Kunst schreibt, darstellt und formt und beleuchtet, sondern auch durch Wissenschaft.«

Ihres Aufsatzes über mein Buch] MGs Rezension von *Gott in Frankreich* in BT 11.12.1929.

181 Meier-Graefe an René Schickele, 26.5. (1931)
E. Br. DLA.

Ihr Buch] *Meine Freundin Lo* (Berlin 1911, erw. Fassung 1931).
diese Widmung] Uns nicht bekannt. Schickele schrieb gerne Widmungen: siehe jene von *Himmlische Landschaft* (Anm. zu Br. 55) und die der *Witwe Bosca* (Anm. zu Br. 183).

182 Meier-Graefe an René Schickele, 20.6. (1931)
E. Br. DLA.

Simon] Heinrich Simon (1880-1941), Mitinhaber der Frankfurter Societätsdruckerei und der FZ, ein Vierteljahrhundert lang Vorsitzender der Redaktionskonferenz der Tageszeitung und Mittelpunkt des geistigen Lebens in Frankfurt a. M. Als er Deutschland unter den Nationalsozialisten verlassen mußte, ging er erst in die Schweiz, dann nach Palästina, wo er mit Toscanini das Symphonieorchester in Tel Aviv gründete. Er schlug sich später als Klavierlehrer in Washington, D.C., durch, wo er von einem Unbekannten ermordet wurde.
Reifenberg] Siehe Biogr. Reg.
Kracauer] Der Schriftsteller und Essayist Siegfried Kracauer (1889-1966, bis 1930: Krakauer) studierte Architektur, Philosophie und Soziologie bei Simmel; ein Sprachfehler schloß eine Lehrtätigkeit aus. Von 1921 bis 1933 war er Mitglied der Feuilleton-Redaktion der FZ und stand mit dem Kreis des Instituts für Sozialforschung, mit Adorno, Benjamin, Bloch, Leo Löwenthal, in Verbindung. Von 1933 an lebte er im Pariser Exil, bevor er 1941 nach New York flüchtete.
Maria Capponi] der erste Band von Schickeles Romantrilogie *Das Erbe am Rhein*, 1925 (zunächst unter dem Titel *Ein Erbe am Rhein*).
v. d. Heydt] Eduard von der Heydt (1882-1964), der letzte Sproß der Elberfelder Bankierfamilie, der eigentlich Sinologe werden wollte, setzte die Tradition der Familie fort, war ein Philanthrop, ein Gönner und einer der größten Sammler universaler Kunst. Er schenkte über 40 Museen in ganz Europa Kunstwerke, besonders dem Museum seiner Vaterstadt, das 1961 Von der Heydt-Museum getauft wurde; er stiftete den Grundstock der außereuropäischen Sammlungen des Rietberg-Museums in Zürich. 1926 kaufte er den Monte Verità in Ascona, wo er von da an hauptsächlich lebte, und wo er viele Freunde und Bekannte empfing. Er war in den dreißiger Jahren einer der tätigsten Förderer lebender Künstler.
Fräulein Stieler] Erich Klossowskis Lebensgefährtin, die Ludwig Marcuse die »große Auskunftei von Sanary« nannte; siehe auch Br. 171, Anm. zu *Mucki*.
Reber] Siehe MGs Artikel in FZ 20.10.1931 über den Sammler Gottlieb Friedrich Reber (1880-1959), ein Fabrikant aus Barmen, der elf Bilder von Cézanne zusammentrug, darunter *Der Knabe mit der roten Weste* (heute

Sammlung Bührle, Zürich), das er 1913 auf der Auktion der Sammlung Nemes ersteigerte. Später verkaufte er seine Cézannes und kaufte statt dessen Werke der Kubisten und vor allem von Picasso, von dem er nicht weniger als 70 Gemälde und zahlreiche Zeichnungen besaß. Reber zog 1919 in die Schweiz und lebte zuletzt in einem schloßartigen Haus oberhalb von Lausanne.

183 Über René Schickeles *Witwe Bosca*, 12.12.1933
Abschrift in Tgb. DLA.

Witwe Bosca] Schickele schenkte MG seinen 1933 erschienen Roman mit folgender Widmung: »Für Ju und Busch in herzlicher Verbundenheit! / Nizza, 3. Mai 1934 / René« – darunter: »Un homme de lettres doit être uniquement homme de lettres, et le reste est … littérature.« (Jules Renard) – Privatbesitz.

die Besprechung des Buches erschien in FZ 17.1.1934. MG lobt den »göttlichen Humor« und den »größten Landschafter deutschen Schrifttums«: »Er packt die Landschaft als Dramatiker, also nicht mit dem Specialismus der Maler, denen die gesonderte Kategorie das einzige Objekt zuführt, eher wie die Rubens, Rembrandt, Delacroix, die gelegentlich das Gebiet entdeckten und mit ihrer Entdeckerkraft sofort alles Berufsmäßige überholten.«

184 Meier-Graefe an Thomas Mann, 24.2. (1933)
E. Br. ThMAZ.

Ihre Rede] Th. Mann hielt zum 50. Todestag des Komponisten die Rede *Leiden und Größe Richard Wagners*, die im Aprilheft der NR 1933 erschien. Sie wurde für eine Wagner-Feier in Amsterdam geschrieben und ebenfalls in München (10.2.1933), in Brüssel (15.2.33) und in Paris (18.2.33) gehalten. Durch den Protest gegen den Vortrag gewarnt, kehrte Thomas Mann nicht nach Deutschland zurück. Sein Emigrantendasein begann. Es ist jedoch fraglich, ob diese Rede hier gemeint ist; ob MG den Vortrag gehört oder vor der Veröffentlichung davon Kenntnis gehabt hat? Der Vergleich mit Zola könnte Th. Manns Rede vor Arbeitern in Wien (23.10. 1932) nahelegen, die allerdings nur im Auszug veröffentlicht wurde (siehe Thomas Mann, *Reden und Aufsätze*, S. Fischer 1960, S. 890 f.).

dem J'accuse Zolas] Zolas öffentlicher Protest in Sachen Dreyfus: »Lettre au Président de la République«, den Clemenceau unter dem Titel »J'accuse« am 13.1.1898 in *L'Aurore* veröffentlichte. Zola wurde daraufhin zu einer Geldstrafe und einem Jahr Gefängnis verurteilt, verlor viele Leser, und die ihm verliehene Mitgliedschaft in der Ehrenlegion wurde ihm wieder aberkannt. Als es im Jahr darauf zur Revision des Dreyfus-Prozesses kam, kehrte er aus dem Londoner Exil zurück. Die Rehabilitierung von Kapitän Dreyfus hat er nicht mehr erlebt, und ihm selbst widerfuhr erst nach seinem Tod (1902) Gerechtigkeit. Eine deutsche Übersetzung von Zolas offenem Brief in Ruth Malhotra, *Horror-Galerie – Ein Bestiarium der Dritten Französischen Republik*, Dortmund, Harenberg 1980, S. 150-156.

Ich schreibe soeben an Hauptmann] Siehe Br. 118 und 119.

185 Meier-Graefe an Thomas Mann, 18.7.1933
E. Br. ThMAZ.

Eine Passage im Tgb. vom 14.7.1933 liest sich wie eine erste Fassung dieses Briefes.

Ihrem Monument] *Die Geschichten Jaakobs* (Bd. I von *Joseph und seine Brüder*, S. Fischer 1933).

Der Mythus, den MG auch in den großen Schöpfungen der Malerei suchte.

die Buddenbrooks archaischer] Vgl. Tgb., 8.11.1933: »Ich habe nochmal die Buddenbrooks gelesen, um sie mit den Jaakobs Geschichten zu vergleichen. Natürlich ein stark verringertes Niveau, alles sehr viel primitiver. Die Charakterisierung der Figuren mit stereotypen Wiederholungen hat zuweilen etwas von Buchführung. Der Satzbau viel bescheidener, dafür leserlicher. Wohltuende Sauberkeit der Details, derselbe künstlerische Ernst wie in den Geschichten Jaakobs, nur Privacy statt kosmischen Umfang.«

das gestrige Stück] den »Segensbetrug«; vgl. Th. Manns Tgb., 20.7.1933: »Immer habe ich bei solchen Gelegenheiten das Gefühl, zu täuschen und zu blenden, weil ich nicht das Verfehlte, Teigig-Sitzengebliebene biete, sondern eine ›schöne Stelle‹ und jenes verhehle, sodaß es scheint, das Ganze sei so.« (Thomas Mann, *Tagebücher 1933-1934*, Frankfurt a. M., S. Fischer 1977, S. 129).

dem Julian] Zu Flauberts Novelle vgl. S. 328f.

so ein Deutschland auf einer Terrasse] Manns wohnten seit Juni 1933 in der (heute zerstörten) »Villa La Tranquille« in Sanary, wo Thomas Mann auf der Terrasse aus seinem Roman vorlas.

den von Ihrem Bruder servierten Geschichten] die »Szenen aus dem Nazi-Leben« aus *Der Hass. Deutsche Zeitgeschichte* (Essays, Amsterdam 1933) von Heinrich Mann.

Toto Becker] Der Maler und Illustrator Walter Becker (1893-1984), der 1923 die Tochter des Malers Leo v. König heiratete und von da an bis 1935 hauptsächlich in Cassis, in Südfrankreich lebte, der Heimat seiner Schwiegermutter. Während seines südfranzösischen Aufenthalts verkehrte er freundschaftlich mit MG und mit Th. Mann. MG schrieb ihm möglicherweise wegen einer Illustration zum *Tod in Venedig*, die nicht zustande kam.

186 Meier-Graefe an Thomas Mann, 20.12. (1933)
E. Br. ThMAZ.

Widmung eines Flaubert-Essay] »Gustave Flaubert« erschien in 2 Folgen in FZ 13. u. 16.12.1933 (hier S. 317-330). MG notierte am 14.12.1933 in sein Tgb.: »Heute bringt endlich die F.Z. den ersten Teil meines Flaubert und läßt die Widmung an Thomas Mann weg. Eine Schwefelbande. Ohne zu fragen, selbstverständlich. Die Widmung sollte nicht nur Th. M. Freude machen sondern hatte eine gewisse stilkritische Bedeutung, die den Gedankengang des Essays ergänzt. Wird wohl mein Schwanengesang ...«

ganz bestimmten Sinn] Der letzte Satz von MGs »Gustave Flaubert« deutet implizit auf *Joseph und seine Brüder:* »Im überkultivierten Westen bedarf es eines besonderen Glücksfalls, um dem Skeptiker legendarische Dichtungen zu schenken.« (Siehe S. 330)

Ihre an die Schweiz geknüpften Wünsche] Th. Mann, der sich mit seiner Familie von Juni bis September 1933 in Südfrankreich, in MGs Nähe, aufhielt, wäre bei seiner Rückkehr nach Deutschland vermutlich verhaftet worden, weshalb er einen ständigen Wohnsitz in der Schweiz suchte. Er lebte von Ende 1933 bis zu seiner Übersiedelung nach Princeton 1938 in Küsnacht am Zürichsee.

der Kummerzelle] So nannte MG die Kulturkammer, von der er den Fragebogen und das »Treuegelöbnis« zur Unterschrift erhalten hatte (siehe René Schickeles Tgb., 26.12.1933 in *Werke* III, Kiepenheuer & Witsch 1959, S. 1066).

Bermann] Gottfried Bermann Fischer, Samuel Fischers Schwiegersohn, der den Verlag weiterführte; vgl. Br. 202.

187 Meier-Graefe an Thomas Mann, 2.6.1935
E. Br. ThMAZ.

Der Brief wurde Annemarie MG diktiert und von MG unterschrieben – drei Tage vor seinem Tod. Annemarie fügte hinzu: »Auch von mir viele Grüße und Wünsche Busch Meier-Graefe«

MG notierte am 16.5.1935 in sein Tgb.: »Ich bin so herunter, daß ich kein Wort für das von Bermann gemachte Album zum 60. Geburtstag Th. Manns finde.« Er starb am 5. Juni 1935 in Vevey und wurde in St. Cyr, wo er seit 1929 lebte, beigesetzt; E. R. Weiss schuf den Grabstein.

188 Meier-Graefe an Klaus Mann, 15.7. (1933)
E. Br. StBM.

Ihrer sicher sympathischen Zeitschrift] die von Klaus Mann herausgegebene Exilzeitschrift *Die Sammlung* erschien ab Herbst 1933; vgl. MGs Tgb. am

16.10.1933: »René [Schickele, Hg.] große Sorgen. Die Dummheit, dem jungen Klaus Mann für seine Zeitschrift Die Sammlung seine Mitarbeiterschaft zugesagt zu haben (ich habe ihn und Th. Mann vergeblich gewarnt). Hat viele dumme Folgen.«

im Herbst erscheinenden Buch] *Geschichten neben der Kunst* (mit Zeichnungen im Text von A. M. Busch, d.i. Annemarie MG), Berlin, S. Fischer 1933 – das letzte Buch, das zu MGs Lebzeiten in Deutschland erschien.

der Aufsatz in der Rundschau] vermutlich der Aufsatz in 2 Teilen »Was wird aus Kunst?«, NR 1933, S. 1-22 u. S. 269-282.

Besprchg eines albernen Buches Justis] »Von Corinth bis Klee« in FZ 18.2.1931, eine strenge Kritik über Ludwig Justis Buch dieses Titels. MG warf Justi vor, daß er die »Tendenzen« statt der »schöpferischen Widerstände gegen sie« bevorzuge und daß er sich als Leiter der Nationalgalerie und Nachfolger Tschudis vom Nationalismus bestimmen lasse (Justi kaufte mit Vorliebe Werke deutscher Expressionisten). Tschudi hingegen, so MG, »verdankte seiner Unabhängigkeit nicht nur die Franzosen, sondern den viel größeren Schatz, den er aus der deutschen Kunst des 19. Jahrhunderts gewann.«

einen himmlischen Abend] Vgl. Br. 185.

nichts in der Art Ihres Onkels] d. h. keine Politik. Klaus Mann veröffentlichte dennoch in der ersten Nr. der *Sammlung* Heinrich Manns polemischen Artikel »Sittliche Erziehung und deutsche Erhebung«, die der Zeitschrift einen engagiert politischen Charakter gab.

189 Meier-Graefe an Benno Reifenberg, 22.4. (1932)
E. Br. DLA.

Natürlich tue ich für Hausenstein mit] MG schrieb zu Hausensteins 50. Geburtstag (1932) den Aufsatz »Kunstschriftstellerei«, der in *Die Gabe – Dichtungen und Aufsätze*, München 1933 erschien.

über die … Deutschen der Sammlung Reinhart] Der Artikel erschien in FZ 29.4. 1932; ein 2. Artikel über »die Anderen« der Slg. Oskar Reinhart ebd. 12.5. 1932.

den Vater] MGs autobiographischer Roman *Der Vater* erschien zwischen dem 3.2.1932 und dem 10.4.1932 in 58 Folgen in FZ, dann als Buchausgabe bei S. Fischer.

Wacker-Prozeß] Die van-Gogh-Fälschungsaffäre, nach dem Fälscher Otto Wacker »Wacker-Affäre« genannt, begann im Januar 1928 mit einer van-Gogh-Ausstellung in der Galerie Paul Cassirer und endete mit dem Wacker-Prozeß (6.-9. April 1932), bei dem O. Wacker verurteilt wurde. MG wurde als einer der Sachverständigen verhört; er gab zu, daß er sich geirrt und daß das Urteil eines Experten nur einen begrenzten Wert habe; siehe Walter Feilchenfeldt, »van Gogh fakes: the Wacker affair with an illustrated catalogue of the forgeries«, in *Simiolus, Netherlands quarterly for the history of art*, 19, 1989, Nr. 4, S. 289 f. MG scheint sich nach dem Prozeß über die Affäre nicht mehr geäußert zu haben.

Gubler] Siehe Biogr. Reg. und Br. 192.

190 Meier-Graefe an Benno Reifenberg, 8.12. (1932)
E. Br. DLA.

des neuen Sieburgschen Buchs] *Es werde Deutschland*, das im März 1933 im Societäts-Verlag, dem Verlag der FZ, erschien und sofort ins Englische und ins Französische übersetzt wurde. (Die französische Übersetzung stammt von Pierre Klossowski: *La défense du nationalisme français*, 1933). Diese kritische, zerrissene Auseinandersetzung mit der Mentalität seiner Landsleute wurde im Ausland als ein Erklärungsversuch der Vorgänge in Deutschland aufgenommen; das Buch wurde 1936 in Deutschland beschlagnahmt (vgl. das Nachwort).

Simon] *Es werde Deutschland* ist Heinrich Simon gewidmet: »Als Zeichen des Dankes für Ihre nie versagende und immer gebende Freundschaft setzte ich Ihren Namen über dies Buch. Aber auch als Zeichen der geistigen und kämpferischen Verbundenheit, die durch die Probe dieser alles und alle erschütternden Zeit nur noch stärker geworden ist. Ihnen als dem bewährten Geiste unseres Arbeitskreises mute ich dies Buch zu, das auf den ersten Blick an die Grenzen dieses Kreises zu stoßen scheint, in Wirklichkeit aber die Frucht gemeinsamen Suchens und Wirkens ist und der leidenschaftlichen Sorge um Deutschland Ausdruck verleihen möchte, die seit je unser tiefstes Gefühl ist und all unsere Bemühungen um die Gestaltung des öffentlichen Lebens zu Grunde liegt.« (Dies ist nur der Anfang des Widmungs-Vorwortes.) Zu Heinrich Simon siehe Anm. zu Br. 182.

191 Meier-Graefe an Benno Reifenberg, 15.12. (1932)
E. Br. DLA.

von dem Buch] *Es werde Deutschland* von Sieburg; siehe Br. 190.

gegen Versailles] gegen den Frieden von Versailles mit dem deutschen Reich 1919 – dem sogenannten »Clemenceau-Frieden«, der von französischer Seite von einem Willen zur Revanche und der Suche nach Sicherheit diktiert wurde.

das wundervolle Buch über Frankreich] *Gott in Frankreich*, das MG in BT 11.12. 1929 besprochen hatte.

unsere Liebe zur Arbeit] ein Thema, das MG immer beschäftigte; siehe u.a. den Aufsatz in 3 Folgen »Die Teilung« in *Das Tage-Buch*, Hg. Stefan Grossmann, 4. Jg., 1923, und das Nachwort.

192 Meier-Graefe an Friedrich Traugott Gubler, 7.9.1933
Durchschlag DLA.

Bonnard Anstoß erregen] MG hatte den Aufsatz »Pierre Bonnard«, der in *Vossische Zeitung* 23.8.1933 erschien, zunächst der FZ angeboten. Er notierte hierüber in sein Tgb. am 9.9.1933: »Die Vossische Zeitung hat meinen Bonnard-Aufsatz mit der versteckten Parallele Picasso-Hitler gebracht, ohne ihn vorher zu lesen. In der Kunst, sagte man sich, kann nichts passieren. Gubler hat, wie er Sänger in Paris sagte, heillose Angst geschwitzt. Tage lang glaubten sie, verboten zu werden.« MG spielt in dem Aufsatz den französischen Künstler gegen die »gewaltsame Richtung« des Kubismus aus, die den Gedanken an andere Diktaturen wachrufe.

Mein Judentum] Siehe Anm. zu Nr. 1 (*Vorzug, auf ungarischem Boden zur Welt zu kommen*); vgl. Tgb. 7.9.1933: »Ich werde noch immer in den Zeitungen als Jude angegriffen. Das geht nun schon 40 Jahre so, seitdem ich schreibe; der von französischen Händlern bestochene Jude etc. In Frankreich gelte ich heute noch bei den Nationalisten als Spion.« MG ist in der 2. Auflage von *Sigila Veri* (Ph. Stauff's »Semi-Kürschner« 1931, Bd. 4, S. 403-406) mit einem längeren Artikel vertreten, obwohl, laut Verfasser, seine Abstammung nicht nachzuweisen sei; MGs Behauptung, es fehle den Deutschen an Kultur, genüge jedoch, um ihn als Juden abzustempeln (S. 406).

Mit meiner Flucht] MG legte Wert darauf, nicht als Emigrant zu gelten.

193 Meier-Graefe an John Holroyd-Reece, 21.11. (1933)
Durchschlag DLA.

Dein Aufsatz] Wie aus dem folgenden hervorgeht, schickte Holroyd-Reece eine Kopie des nicht nachweisbaren Aufsatzes an MG.

»Dekorative Kunst«, die erste Zeitschrift, die sich ausschließlich mit angewandter Kunst befaßte (seit 1897) und die französische Parallelpublikation AD (seit 1898) wurden von MG gegründet und in den ersten Jahren von ihm geleitet. AD fusionierte 1914 mit *Revue des arts décoratifs* und wurde durch *Art et Décoration* fortgesetzt.

die Deutsche Jahrhundertausstellung in der Nationalgalerie Berlin 1906 sollte zu einer Revision des Urteils über die deutsche Kunst des 19. Jh.s führen. Lichtwark, Tschudi und MG waren die Hauptbeteiligten an diesem künstlerisch und kulturpolitisch bedeutenden Ereignis (siehe *Tschudi*).

bedeutendste Museumsdirector unserer Zeit] Siehe MGs Aufsatz »Das Museum« (dem Andenken Tschudis gewidmet) in NR, 1913, S. 29-49. Zu Tschudis Urteil über Böcklin siehe Anm. zu Br. 83.

den eigentlichen Böcklin] Diese Bewertung Böcklins ist der Kern von MGs polemischer Schrift über den Künstler.

diese Geschichte irgendwo geschrieben] in BT 30.4.1929, »Wilhelm II. und die Musen«.

die neue Ausgabe] eine neue englische Ausgabe von *Vincent.*
Albatros] Holroyd-Reece hatte 1931 die Albatross Continental Library gegründet.
Huxley] MG verkehrte bei dem Schriftsteller und Essayisten Aldous Huxley (1894-1963), der zwischen 1930 und 1937 ein Haus in Sanary hatte.

194 Meier-Graefe an John Holroyd-Reece, 8.5.1934
Durchschlag DLA.

infolge meiner Verpflichtungen] MG zahlte seinen ersten beiden Frauen eine Rente.
hier ist das tragikomische Schicksal gegen mich] Siehe Br. 31 und 64.
Bleiben England und U.S., wo 1908 eine Übertragung mit Zusätzen der ersten EG erschienen war; die Übersetzung der 2. Ausgabe der EG kam nicht zustande, was MGs Beziehung zu Holroyd-Reece trübte.
Dir mein Besuch paßt] Holroyd-Reece hielt sich damals in Grasse auf.

195 Meier-Graefe an den Insel-Verlag, 17.7.1905
E. Br. GSA.

Der Brief ist vermutlich an den Drucker und Verleger Carl Ernst Poeschel gerichtet, der, nach dem Tod des Geschäftsleiters des Insel-Verlags, Rudolf von Poellnitz, 1905/06 interimistischer Leiter und Mitbesitzer des Verlags war.

die Bruckmann-Liste der Reproduktionen für *Der junge Menzel.*
Corot-Courbet-Buch] *Corot und Courbet* und *Menzel* waren ursprünglich als kleine elegante Bücher »à la Bruno Cassirer's Degas« geplant. MG arbeitete gleichzeitig an beiden Büchern, war jedoch gegen das gleichzeitige Erscheinen: »Ich halte es für sehr vorteilhaft beide Bücher nicht zusammen erscheinen zu lassen und mit Corot-Courbet den Anfang zu machen.« (An Poeschel, 6.9.1905, GSA) Und kurz darauf (Br. datiert »Sonntag Nacht«, ebd.): »Je mehr ich darüber nachdenke, desto besser erscheint es mir, schon um möglichst zu vermeiden, daß das immer zweifelhafte Geschick des Menzelbuchs mit dem anderen zu eng verknüpft wird.« *Corot und Courbet* kam Ende November 1905 in den Buchhandel; *Der junge Menzel* erschien Anfang 1906, mit dem von MG gewünschten Vermerk »Geschrieben im Sommer 1905«.

196 Meier-Graefe an Anton Kippenberg, 5.8. (1907)
E. Br. GSA.

zweite Ausgabe der Entwicklungs-Geschichte] Gemeint ist der ergänzte Text der EG, der 1908 auf englisch erschien.
eine große Ausstellung von Delacroix wurde Nov./Dez. 1907 nicht bei Gurlitt, sondern im Salon Paul Cassirer veranstaltet. Es gelang, 56 Werke aus Privat-

sammlungen und aus dem Handel zusammenzutragen, darunter die skizzenhaften Bilder der Sammlung Cheramy, die kurz darauf versteigert wurde. MG verfaßte das umfängliche Vorwort zum Kat. (S. 9-40) – eine wichtige Studie über Delacroix. Nach dem Krieg erschien eine Mappe Faksimiles *Delacroix und Géricault*, ebenfalls mit einem Vorwort von MG, als 14. Druck der Ma-Ge (1919).

das »Tagebuch«] Eugène Delacroix *Mein Tagebuch*, deutsch von Erich Hancke, Bibliothek ausgewählter Kunstschriftsteller, Berlin, Bruno Cassirer 1903 (Neuauflagen 1909, 1913 und 1918).

Aufsätze Delacroix' erschienen 1912 im Insel-Verlag: Eugène Delacroix, *Literarische Werke*, deutsch von Julius Meier-Graefe, mit einem Vorwort von MG: »Delacroix als Literat« (Vorabdruck in NR, I, 1911, 773 f.). Ursprünglich sollte Eugen Spiro die Aufsätze übertragen; das Ergebnis fiel aber so aus, daß selbst ausführliche Korrekturen nicht ausreichten und MG sich schließlich an eine neue Übersetzung machen mußte. Das »Schmerzenskind«, das über 3 Jahre lang ausgetragen wurde und dreimal gesetzt werden mußte, erschien schließlich im Oktober 1912; siehe die einschlägige Korrespondenz zwischen MG und Kippenberg in GSA.

seine Briefe erschienen in einer deutschen Übersetzung von Wilhelm Stein in *Dokumente zur neueren Kunst*, Hg. Hans Graber, Basel, Benno Schwabe 1918.

Das Manuskript, das MG hier Kippenberg anbietet, ist wohl identisch mit dem Vorwort zum Kat. Delacroix, Paul Cassirer 1907.

197 Meier-Graefe an den Insel-Verlag, 24.6. (1912)
E. Br. GSA.

würde dem Buch nur schaden] Gemeint ist Eugène Delacroix, *Literarische Werke*; siehe Br. 196.

keine Einheitlichkeit möglich] Delacroix' Aufsätze handeln von den verschiedensten Künstlern und Themen, von Michelangelo und dem Barockbildhauer Puget, von Poussin und von Gros, dem Maler der napoleonischen Taten, von Lord Byrons Memoiren und selbst von der Metaphysik.

wenn Sie meinen Rat befolgen] Dies geschah; das Buch erschien in schöner Ausstattung, mit Reproduktionen von Handzeichnungen Delacroix' und dem Selbstbildnis des Künstlers.

198 Meier-Graefe an Anton Kippenberg, 27.6.1916
E. Br. GSA.

MG schrieb am 4.5.1916 an A. Kippenberg: »Ich beschäftige mich mit dem Nachlaß des armen Seckendorff im Auftrage seiner Mutter in Braunschweig u. möchte Sie fragen, ob Sie Illustrationen von ihm haben und welche und ob Sie an die Herausgabe denken.« (GSA) A. Kippenberg antwortete am 21.6.

1916: »Seckendorff hatte mir seinerzeit die Zeichnungen gesandt für eine illustrierte Ausgabe von Molières ›Psyche‹ (19 Stück) & Shakespeare ›Was ihr wollt‹ (13 Stück). Kurz vor dem Kriege – ich glaube es war Anfang Juli 1914 – besuchte ich ihn dann an einem mir unvergeßlichen Vormittag in seinem Atelier in der Königgrätzerstraße, und wir verabredeten näheres über die Ausgabe, insbes. über die zu wählenden Texte. Wir waren uns nicht klar darüber, ob wir den Text englisch u französisch od. deutsch drucken sollten und das ist auch heute noch die Frage, die ich zu erwägen bitte. [...] Sie ersehen hieraus schon, daß ich nach wie vor die Absicht habe, die beiden Ausgaben im Insel-Verlag erscheinen zu lassen, ja daß ich das nun als eine Ehrenpflicht dem Verewigten gegenüber betrachte. Seckendorffs Tod ist wohl der schwerste Verlust, den die deutsche Kunst in diesem Kriege erlitten hat ....« (GSA) Die beiden ins Auge gefaßten Ausgaben kamen nicht zustande, aber MG startete die Drucke der Ma-Ge mit Clavigo *(1918), illustriert von Götz v. Seckendorff (die farbigen Illustrationen sind handkolorierte Wiedergaben von Emil Wöllner nach den Aquarellen Seckendorffs).*

Seckendorff] Der 1889 in Braunschweig geborene Götz v. Seckendorff fiel im August 1914. Er wurde früh von der Mutter zum Künstler bestimmt. Er arbeitete 1907 mit Mackensen in Worpswede, 1908 in Florenz und ging anschließend an die Académie Ranson in Paris. MG lernte er 1909 in Berlin kennen und reiste 1910 auf seine Anregung hin nach Spanien. Seit 1912 arbeitete er in Berlin, 1914 sollte er auf Claudels Empfehlung religiöse Gedichte des französischen Dichters illustrieren. Ein großer Teil von Seckendorffs Werk ist zerstört worden; was überlebt hat, ist größtenteils im Besitz der Familie; siehe den Privatdruck *Götz v. Seckendorff 1889-1914*, Hg. Karl v. Wolff, Hannover 1989, mit zahlreichen Abb.

Illustrationen ... zu den Liaisons dangereuses] Seckendorff schuf die Farbzeichnungen zu Choderlos de Laclos' Roman 1910; sie erschienen als handkolorierte Lithographien in einer Mappe im Verlag Bans & Dette, Hannover 1920.

Zur Psyche] Zu Molières *Psyché* sind im Werkverzeichnis von Karl v. Wolff (1989) nur 3 Lithographien von 1914 genannt (Z 315-317).

für »Was Ihr wollt«] 13 Tuschfederzeichnungen von 1914 (Z 98 110) und eine Litho (Z 314) ebd.

Clot] Siehe Anm. zu Br. 9. Während des Krieges war der Pariser Drucker Auguste Clot wohl nicht der »ideale Mann«; er hatte 1912 im Auftrage Paul Cassirers die Lithos zu *Orlando und Angelica* abgezogen.

Rudi Schröder wäre sowohl als Übersetzer wie als Gestalter in Frage gekommen. Nach dem Krieg plante die Ma-Ge einen Druck von Molières *Ecole des Femmes* in Schröders Übertragung, MG verwarf jedoch dessen farbige Entwürfe für den Druck und verzichtete schließlich auf das Projekt. Zu späterer Zeit gab Schröder die Zeichnungen dem Kupferstichkabinett der Kunsthalle Bremen; siehe MGs Br. an Schröder vom 27.4.1920, DLA, und R. A. Schröder, »Von meinen Bemühungen um das schöne Buch, *Imprimatur* X, 1950/51, S. 39.

Wolde hatte als Mitbegründer der Bremer Presse Erfahrung auf dem Gebiet.

die Wandbilder] Seckendorff schuf Wandbilder im Wanderburschenheim Strausberg, in der Kapelle des Irrenhauses in Eberswalde und begann im Juli 1914 Decken- und Wandmalereien in der Provinzialanstalt Görden bei Brandenburg. Diese Werke sind teils verschollen, teils übertüncht oder beseitigt (siehe *Götz von Seckendorff*, 1989, S. 148, op. cit.).

etwas über das Ganze zu schreiben] Zu einer Publikation über den zu früh Verstorbenen ist es nicht gekommen.

199 Meier-Graefe an Samuel Fischer, 21.2.1912
E. Br. LL.

Der gute Levin] Julius Levin.

ein gutes Buch über Daumier] Erich Klossowski, *Honoré Daumier*, München, Piper 1907.

Manuskript anbei] MG hatte das »Puppenspiel« *Orlando und Angelica* auch dem Insel-Verlag angeboten. A. Kippenberg schrieb an MG am 23.3.1912: »Mit Ihrer Mitteilung, daß Sie für das Puppenspiel in Cassirer einen vollgültigen Ersatz gefunden haben, wälzen Sie mir einen Stein von der Seele. Sie glauben nicht, wie schwer mir der Entschluß geworden ist, Ihnen abzuschreiben: aber wenn ich Ihnen des näheren auseinandersetzte, was in diesem Jahr noch bewältigt werden muß, so würden Sie mir von selbst geraten haben einzuhalten.« (GSA)

200 Meier-Graefe an Hedwig Fischer, 8.1.1914
E. Br. LL.

Otto Kaus (geb. 1891 in Triest, starb bei einem Luftangriff auf Berlin 194?) war ein Schüler des Begründers der Individualpsychologie Alfred Adler. Er veröffentlichte 1912 *Der Fall Gogol*, 1914 eine einaktige Tragödie *Phaëton*, 1916 *Dostojewski* (bei Piper, mit der gedruckten Widmung: »Julius Meier-Graefe / Bei seiner Rückkehr aus russischer / Kriegsgefangenschaft / Zum Willkommen«), 1918 *Strindberg* und weitere psychologische Untersuchungen. Seine Frau Gina Kaus spricht in ihren Erinnerungen *Von Wien nach Hollywood* (Suhrkamp 1990, S. 34) von einem Buch über Flaubert, das sich nicht nachweisen läßt.

Flaubert – Dostojewski … kein wichtigeres Thema] Vgl. MG, *Dostojewski – Der Dichter*, Berlin, Rowohlt 1926, Kap. 3, S. 38 f., und MGs Flaubert-Studie, S. 317-330.

Ich schickte es Bie] Oscar Bie, Herausgeber der NR.

201 Meier-Graefe an Samuel Fischer, 22.2.1922
Masch. Br. LL.

Hollaender] Felix Hollaender (1867-1931), seit 1908 Dramaturg am Deutschen Theater in Berlin, gehörte zum Kreis der Autoren des S. Fischer-Verlags; er leitete 1920-24 die Reinhardt-Bühnen in Berlin.

Ihres Bekenntnisses zu Hauptmanns Menschlichkeit] MG betont in seinem Beitrag zur *Festschrift zum 60. Geburtstag Gerhart Hauptmanns* (1922), Hg. Felix Hollaender, das Repräsentative-Volkstümliche des Hausdichters des S. Fischer-Verlags: »Hauptmann wird an diesem Tage auch als repräsentativer Mann, wie Carlyle sagen würde, zu beglückwünschen sein. Damit will ich nicht alle Handlungen Hauptmanns für repräsentative Gebärden erklären, mit denen sich jeder von uns identifizieren möchte oder auch nur dürfte, sondern ich meine die einfache Tatsache, daß dieser Mann dem Volk etwas bedeutet, daß das Volk anfängt, einen Begriff mit ihm zu verbinden, der nichts mit Literatur, sondern mit Bruder, Vater, mit Blut zu tun hat.«

202 Gottfried Bermann Fischer an Meier-Graefe, 10.1.1934
E. Br. DLA. (Der Briefkopf »Berlin-Grunewald« ist gedruckt, darunter mit der Hand: »Chantarella, St. Moritz«.)

Gottfried Bermann Fischer (1898-1996) wurde als Chirurg ausgebildet, aber durch seine Heirat mit Samuel Fischers Tochter Brigitte (Tutti) zum Verleger bestimmt. Er war im Oktober 1925 als designierter Nachfolger S. Fischers in den Verlag eingetreten, dessen Leitung er im Oktober 1934, unmittelbar nach dem Tod des Gründers des Verlags, übernahm. Auf MGs Beileidsschreiben zu Samuel Fischers Tod antwortete Bermann: »Wenn S. F. auch schon lange nicht mehr tätig war und ich allein am Steuer saß, so schwebte doch immer noch sein Schatten über dem Ganzen. Ihn noch da zu wissen, machte vieles leichter. Ganz allein bin ich doch erst jetzt.« (G. Bermann Fischer an MG, 6.11.1934, DLA)

unsere Aktion in der Sammlungsfrage] Gemeint ist die Erklärung des S. Fischer-Verlags an die Reichsstelle zur Förderung (man verstehe: Überwachung) des deutschen Schrifttums, die, nach dem Erscheinen der 1. Nr. der *Sammlung* im September 1933, Thomas Mann, Schickele und Döblin, die der Emigranten-Zeitschrift ihr Mitarbeit zugesagt hatten, des »geistigen Landesverrates« bezichtigt hatte. Der Erklärung des Verlags waren Äußerungen der drei S. Fischer-Autoren beigefügt, worin sie sich vom politischen Charakter der Zeitschrift distanzierten, was die »Reichsstelle« wohlwollend zur Kenntnis nahm (siehe *S. Fischer, Verlag – Von der Gründung bis zur Rückkehr aus dem Exil*, Marbacher Katalog 40, Hg. Bernhard Zeller, 1986, S. 444/45).

unmöglich erkannte Traumgebilde] Der Verlag stellte sich nicht eindeutig gegen die »Machtergreifung« der Nationalsozialisten und blieb bis 1935 in Berlin, was zu Auseinandersetzungen führte und unterschiedlich beurteilt wurde (siehe *S. Fischer, Verlag*, a.a.O., S. 412). Erst nach S. Fischers Tod im Oktober 1934 erkundete G. Bermann Fischer die Möglichkeiten einer Auswanderung.

der große Erfolg des Thomas Mann-Romanes] von *Joseph und seine Brüder* I: *Die Geschichten Jaakobs* (S. Fischer 1933).

der Aufsichtsratssitzung] MG wurde als einer der Gründer der Aktiengesellschaft des S. Fischer-Verlags (1922) in den Aufsichtsrat gewählt, dem er bis zum Ende seines Lebens angehörte.

203 Meier-Graefe an Gottfried Bermann Fischer, 14.1.1934
Masch. Br. LL.

meiner Aufsichtsratwürde] Siehe Br. 202.

»Die Sammlung« war ein eklatanter Beleg] Siehe Br. 188 und 202.

der Verlag hat ihm drei Romane … abgekauft] den letzten Band von Schickeles Trilogie *Das Erbe am Rhein*: *Der Wolf in der Hürde* (1931), *Himmlische Landschaft* (1932) und *Die Witwe Bosca* (1933).

Gretlein] Grethlein & Co, Verlagsbuchhandlung in Leipzig und Zürich.

Lannatsch] So wurde Schickeles Frau Anna genannt.

die Voss] Schickele hatte mit der *Vossischen Zeitung* einen Vorabdruck der *Witwe Bosca* verabredet.

Sänger] Samuel Saenger (1864-1944), Geh. Legationsrat im Auswärtigen Amt, 1919 Gesandter in Prag, politischer Schriftsteller (Junius), Mitherausgeber der NR. Sänger hatte Schickele in Sanary aufgesucht.

Loerke] Der Dichter Oskar Loerke (1884-1941) war 1917 als Mitarbeiter in den S. Fischer-Verlag eingetreten, wo er 1926, als Nachfolger von Moritz Heimann, Cheflektor des Verlags wurde. Er war außerdem von 1927 bis 1933 Sekretär der Sektion für Dichtkunst bei der Preußischen Akademie der Künste. Loerke begutachtete MGs Manuskript *Geschichten neben der Kunst*, die 1933 bei S. Fischer erschienen.

unmögliche Änderungen verlangt] MG urteilte streng über den S. Fischer-Verlag, siehe Tgb., 16.10.1933. Loerke notierte seinerseits in sein Tgb. am 1.11.1933: »Die unangenehmste Verlagsarbeit war die zensorische Durchsicht des Romans von Schickele; zu solchen Notwendigkeiten wider das künstlerische Gewissen kann einen nur die letzte Alternative treiben!« (O. Loerke, *Tagebücher 1903-1939*, Hg. Hermann Kasack, Heidelberg/Darmstadt, Lambert Schneider 1956, S. 284) Schickele wehrte sich gegen Streichungen; das Buch erschien Ende 1933 ohne Änderungen und wurde nicht verboten.

204 Reinhard Piper an Meier-Graefe, 14.12.1912
Abgedruckt in R. Piper, Briefwechsel mit Autoren und Künstlern 1903-1953, München, Piper 1979, S. 143-145.

Dieser Brief beleuchtet die Beziehung zwischen dem Verleger und seinem Hauskunstschriftsteller ein halbes Jahr nach Erscheinen des Almanachs Der Blaue Reiter *im Piper-Verlag; er zeigt die Unterschiede zwischen beiden in Geschmack und Urteil. Der Brief von MG, auf den dieses Schreiben von Piper reagiert, scheint nicht erhalten zu sein.*

Ihr Buch] *Orlando und Angelica.*
über die Zeitschrift] Kam zu dem Zeitpunkt nicht zustande. Der Plan einer Zeitschrift wurde nach dem Ersten Weltkrieg wieder aufgegriffen und mit *Ganymed* verwirklicht (der Untertitel der ersten beiden Jahrgänge war *Blätter der Marées-Gesellschaft*, dann *Jahrbuch für die Kunst*).
so unbekannt ist Delacroix doch auch nicht] Vgl. Pipers Äußerung gegen Ende des Br.; MG befaßte sich zu der Zeit intensiv mit Delacroix.
Verarbeitung für die Gegenwart] Hier denkt Piper womöglich an das außerordentliche Bildmaterial im Almanach *Der Blaue Reiter*, das mit seinen freien Gegenüberstellungen den traditionellen Stilbegriff sprengt; siehe F. Thürlimann in Kat. *Der Blaue Reiter*, Kunstmuseum Bern 1987.
die Grünewalds in Colmar versauern] Vgl. Anm. zu Br. 123.
große Details] Pipers Vorstellung vom Umgang mit Kunstreproduktionen ist freier, moderner (man denke an die spätere Praxis von Malraux in seinem *Imaginären Museum*) als jene von MG, dem die Manipulation von Bildern, geschweige von Details, widerspricht. MG stand überhaupt Kunstreproduktionen zurückhaltend gegenüber (siehe Anm. zu Br. 112). Der erste, der ein Buch ausschließlich mit Details veröffentlichte, war Kenneth Clark, *One Hundred Details from Pictures in the National Gallery*, London 1938; siehe zu dem Thema Daniel Arasse, *Le Détail – Pour une histoire rapprochée de la peinture*, Paris 1992.
Kunst und Künstler] die 1902 gegründete Zeitschrift des Bruno Cassirer-Verlags in Berlin, die von 1906 bis 1933 von ihrem Redakteur Karl Scheffler geprägt wurde; siehe die von Günter und Ursula Feist hg. Auswahl *Kunst und Künstler*, Berlin, Henschelverlag 1971, mit einem wichtigen Nachwort, u. Sigrun Paas, *Kunst und Künstler 1902-1933*, Heidelberg 1976.
Kunst für Alle] Das konservative, wenig profilierte Blatt erschien seit 1886 in München, im F. Bruckmann-Verlag; der Gegensatz zu KuK spiegelt den Gegensatz zwischen München und Berlin.
Ihre Broschüre über Munch] Przybyszewski war der Initiator des Unternehmens, MG nur einer der 4 Autoren dieses ersten Buches über Munch (1894).
Nolde] MG hatte eine Abneigung gegen den Künstler. In der 2. Auflage der EG, Bd. 3, 1924, S. 665, heißt es über Nolde: »Noch ein winziger Schritt und wir stehen bei Böcklin, Stuck und den anderen Alchimisten einer vergangenen Ära, deren innere Stimme einst unser Trommelfell gefährdete.«

den ersten Jahrgängen der Dekorativen Kunst] MG gab die Zeitschrift von 1897 bis 1901 heraus.

ein Organ des Blauen Reiters] Siehe Anm. zu Nr. 42 u. speziell Andreas Meier in Kat. Bern 1987, a.a.O.

in unserm Kommissionsverlag] Hier handelt es sich um einen Irrtum, womöglich um einen »diplomatischen« Irrtum; der Almanach, dem MG kritisch gegenüberstand, erschien in der Tat im Piper-Verlag (siehe A. Meier, ebd., S. 235).

Beckmann und Barlach] Piper spielt in diesem Brief die eigenen Vorlieben gegen die von MG aus. MG ist Barlach nicht gerecht geworden, aber Beckmann hat er als den größten deutschen Künstler seiner Generation schätzengelernt; vgl. Br. 166.

E. R. Weiss (1875-1942) hat MG als »Buchwerker« und Schriftkünstler für die Ma-Ge verpflichtet. Trotz seiner umfassenden Tätigkeit als Buchkünstler, gab er die Malerei nicht auf. E. R. Weiss, der mit der Bildhauerin Renée Sintenis verheiratet war, hat MGs Leben begleitet: 1899 schuf er für die von MG herausgegebene Mappe *Germinal* eine Reproduktionslithographie nach einem Aquarell von van Gogh, und für MGs Grabstätte in St. Cyr entwarf er einen Grabstein in schlichter Buchform. Siehe MGs Aufsatz »Emil Rudolf Weiss« in *The Fleuron*, Nr. 2, 1924, und Barbara Stark, *Emil Rudolf Weiss*, Verlag Ernst Kaufmann 1994.

der Wiener Kaus] Siehe Br. 200.

Aufsatz über Tintoretto] In *Spanische Reise* (1910) wird Tintoretto gewürdigt; in *Ganymed* IV, 1922, schrieb Georg Swarzenski über den venezianischen Maler.

in Deutschland gibt es ja keine Delacroixs] dies trifft zur Zeit dieses Briefes zu. 1907 jedoch organisierte die P. Cassirer-Galerie in Berlin, angeregt durch MG, eine große Delacroix-Ausstellung; siehe Anm. zu Br. 196. *Der Blaue Reiter* bringt auf S. 20 ein Zitat aus Delacroix' Tagebuch, aber keine Reproduktion eines Werkes.

Heymel und Sternheim gehörten in der Tat zu MGs Umgang bei seinen Münchener Aufenthalten, besonders zur Zeit seiner Arbeit an *Hans von Marées*, wo er häufig in Schleißheim weilte.

205 Meier-Graefe an Reinhard Piper, 11.12. (1913)
E. Br. APV, 1999 Depositum DLA.

die Kritik Schefflers über die beiden Vorträge »Wohin treiben wir?« in KuK, 12. Jg., H. 3 (Dez. 1913), S. 184 f.; Schefflers herablassender Ton hat MG wohl gekränkt.

dem Buch über Italien] *Italien – Tagebuch einer Reise*, Leipzig, Insel 1913, in dem der Autor seine Ablehnung der italienischen Renaissance, nicht zuletzt Michelangelos, in kühlem Ton vorträgt.

die Korrektur für Band I der neuen EG: *Entstehung der Malerei* (1914).

Photos der Fontainebleauer] Heute spricht man eher von der »Ecole de Barbizon«.

D. Ruel] der Pariser Kunsthändler Durand-Ruel, der die Maler der Ecole de Barbizon gesammelt und verkauft hat, bevor er für die Impressionisten eintrat.

Kritik Ihrer Buchausstattung] von MGs *Delacroix*, der 1913 im Piper-Verlag erschien.

das Buch Hanckes über Liebermann] Erich Hancke, *Max Liebermann – Sein Leben und seine Werke*, Berlin, Bruno Cassirer 1914. Die Bücher des Bruno Cassirer-Verlags waren für ihre schöne Ausstattung bekannt; vgl. Anm. zu Br. 208.

der Wiener Kaus] Siehe Br. 200.

den Corot] Auf das Corot-Kapitel der 2. Ausgabe der EG folgte noch ein längeres Courbet-Kapitel – beide Künstler waren 1904 übergangen worden.

206 Meier-Graefe an Reinhard Piper, 12.2.1915

E. K. APV, 1999 Depositum DLA. Auf einer vorgedruckten russischen Karte mit einem Stempel quer über die Adresse: »Kriegsgefangenensendung«. Über der Adresse fügte MG mit der Hand hinzu: »prisonnier de guerre«. Der Poststempel ist vom 27.2.15.

207 Meier-Graefe an Reinhard Piper, 12.6.1917

KB. DLA.

Die KB., die wir von MG besitzen (DLA), gehen vom 10.3.1917 bis zum 12.9.1917; sie stammen aus der unruhigen Zeit der Trennung von seiner ersten Frau und der Planung und Bewerkstelligung der Ma-Ge.; die meisten Briefe handeln von dem einen oder dem anderen Ereignis.

Elias] Siehe Br. 158. Der als 8. Druck geplante *Delacroix* ist nicht erschienen.

von hier aus] Gemeint ist Dresden, wo sich MG nach der Trennung von seiner ersten Frau für drei Jahre niederließ.

E. R. Weiss] Siehe Anm. zu Br. 204.

Cassirers Cézanne] das Aquarell von Paul Cassirer, das im 2. Druck der Ma-Ge *Cézannes Aquarelle* (1918) faksimiliert wurde, neben anderen aus den Sammlungen Reber, Hahnloser, Flechtheim, Glaser und Oskar Moll.

Reber] Siehe Anm. zu Br. 182.

208 Meier-Graefe an Reinhard Piper, 21.12.1923

E. Br. APV, 1999 Depositum DLA.

Ihren Almanach] *Almanach 1904-1924 des Verlages R. Piper & Co.*

den famosen Morgenstern] Der Almanach brachte S. 166-176 Unveröffentlichtes aus Christian Morgensterns Nachlaß.

Bruno Cassirer] MG und Bruno Cassirer (1872-1941) hatten keine gute Beziehung zueinander; über die verlegerische Leistung schrieb MG: »Bruno Cassirer führt seinen Verlag wie ein Museum. Läßt man die Gültigkeit dieses Verhaltens prinzipiell zu, so kann die Anerkennung nicht stark genug unterstrichen werden. Es gibt sehr wenige Museen in der Welt, die ihre konservative Richtung mit gleicher Umsicht, mit gleichem Anstand und, alles in allem, so vorbildlich innehalten wie dieser Verlag.« (*Vom Beruf des Verlegers – Eine Festschrift zum 60. Geburtstag von Bruno Cassirer*, Privatdruck Dezember 1932, S. 77)

Kerr über Spanien] Das Spanienbuch des bekannten und gefürchteten Theaterkritikers Alfred Kerr (1867-1948), der auch Reisefeuilletons verfaßte, erschien unter dem Titel *O Spanien!* im S. Fischer-Verlag 1924. Der Schriftsteller und Lektor des Verlags Moritz Heimann schrieb am 19.12.1923 an S. Fischer: »Kerrs Spanien – ganz famos; eigentlich interessant aber durch den sublimen Schwindel.« (Samuel Fischer und Hedwig Fischer *Briefwechsel mit Autoren*, Hg. Dierk Rodewald und Corinna Fiedler, Frankfurt a. M., S. Fischer 1989, S. 372)

die Seite Meier-Graefe mit den vielen »Vergriffen«] Der erwähnte Piper-Almanach bringt einen Text von MG, »Der Ganymed des Hans von Marées«, und Hinweise auf Publikationen, u. a. auf *Hans von Marées* mit dem Vermerk »Vergriffen« und auf den 10. Druck der Ma-Ge (Hans von Marées: 30 Zeichnungen in Faksimile, mit Betrachtungen verschiedener Autoren) ebenfalls »Vergriffen«.

Hausenstein] Siehe Biogr. Reg. sowie Br. 156.

den Giotto] W. Hausenstein, *Giotto*, Berlin, Propyläen 1923.

Deja] Über Bruno Deja, siehe Anm. zu Br. 161 (*Frisch*).

Schroll (Meyer)] der Wiener Verlag Anton Schroll & Co und dessen Verlagsleiter Friedrich Meyer (1914 bis 1946). Der Verlag befaßte sich hauptsächlich mit Kunst (Kunstgewerbe und Architektur, später auch Malerei, Denkmalpflege, Kunsttopographie, Museumspublikationen). Seit 1917 gab der Verlag auch Werke mit Originalgraphik heraus, seit 1921 die Albertina-Faksimiles, und in den dreißiger Jahren farbige Gemäldelichtdrucke.

Das Beckmann-Buch] Curt Glaser, Julius Meier-Graefe, Wilhelm Fraenger, Wilhelm Hausenstein, *Max Beckmann*, München, Piper 1924. Piper und MG waren sich über Beckmann nicht ganz einig; siehe Pipers Br. an MG vom 5.4.1923 und MGs Antwort vom 7.4.1923 in R. Piper, *Briefwechsel mit Autoren und Künstlern*, op. cit., S. 179 f.

209 Meier-Graefe an Reinhard Piper, 10.2.1926
E. Br. APV, 1999 Depositum DLA.

Savoy Hotel (G. Runkevitz, Prop.)] Bildbriefkopf.

über Dostojewski] *Dostojewski – Der Dichter*, Berlin, Rowohlt 1926.

den Mangel an Besprechungen] Efraim Frisch veröffentlichte in FZ 24.6.1926 eine längere Besprechung »Meier-Graefes Dostojewski-Buch«: »Von entscheidender Bedeutung ist, daß er in Dostojewski den *Dichter des neuen Menschen*, unseres Menschen stabilisiert und damit auch die Form, die als Unform verschrien ist, als adäquat und gültig erhärtet und klärt.«

In der Frankfurter] In FZ erschienen Vorabdrucke (ab 14.2.1926) von MGs Buch über die Orientreise *Pyramiden und Tempel*, Berlin, Rowohlt 1927. Näheres in der Bibliographie von Moffett.

Von Reinhart] Vgl. Br. 134.

Noa Noa] Das Faksimile des vollständigen Manuskripts von Gauguin mit 12 Aquarellen und einem Original-Holzschnitt erschien als 45. Druck der Ma-Ge 1926. R. Piper schreibt hierüber in *Mein Leben als Verleger*, op. cit., S. 374: »Viel bestaunt ist die zum Verwechseln getreue Wiedergabe von Gauguins Handschrift seines berühmten Südsee-Tagebuchs »Noa Noa« mit allen von ihm hineingemalten und hineingeklebten Aquarellen, Federzeichnungen, Photographien und Zeitungsausschnitten. Was im Original eingeklebt war, wurde es auch in der Reproduktion. Das Manuskript gehört dem Louvre, und so war es keine Kleinigkeit, es für Monate nach Berlin in die Kunstanstalt Ganymed zu bekommen.«

die erste Ausgabe bei Hachette] Siehe Br. 31 und 64.

Schade, daß dieses Buch ...] *Pyramiden und Tempel*. MG war – wie seinerzeit für die Spanienreise – auf einen Vorschuß angewiesen, den ihm Ernst Rowohlt gewährte.

210 Meier-Graefe an Reinhard Piper, 25.11.1926
Masch. Abschrift APV, 1999 Depositum DLA.

die freundliche Absicht] eine Festschrift zu MGs 60. Geburtstag herauszugeben. Die Namen, die MG als mögliche Beiträger erwägt, werden im folgenden nur kommentiert, sofern es sich nicht um Briefpartner der vorliegenden Auswahl handelt.

Willy Pastor] Vgl. Br. 158.

Esswein] Hermann Esswein (1877-1934), Schriftsteller, Kunst- und Theaterkritiker, gab im Piper-Verlag die Reihe »Moderne Illustratoren« heraus.

Die Realitäten könnte ich notieren] in APV (1999 Depositum DLA) befindet sich, außer der »Autobiographischen Skizze« (Nr. 1), ein von MG verfaßter Lebensabriß (Ts., 2 S.).

Hofmannsthal] Siehe Hofmannsthals Empfehlung von MGs *Delacroix* in Ursula Renners Vorwort zu »Hugo von Hofmannsthal und Julius Meier-Graefe – Briefwechsel«, *Hofmannsthal Jahrbuch* 4, 1996, S. 78.

Paul Fechter schrieb über die Uraufführung von MGs Stück *Adam und Eva* im Hebbel-Theater Berlin in *Dresdener Neueste Nachrichten* 21.12.1909: »Meier-Graefe als Dichter«.

die blödsinnige Rubrik des »Menschen des Impressionismus«] MG verteidigte sich bis zum Ende seines Lebens gegen die Behauptung, »Verkünder und Verfechter des französischen Impressionismus« zu sein: »Mit Verlaub, das stimmt nicht, und ich möchte mit diesem Etikett nicht in die Grube fahren. Ich bin keineswegs der erste Verkünder des Impressionismus, aber der erste Autor, der sine ira gegen ihn aufgetreten ist. Vor reichlich fünfundzwanzig Jahren habe ich auf die Gefahren des Impressionismus, denen Claude Monet, der Erfinder und Führer der Richtung unterlag, eindringlich hingewiesen und dann in der zweiten Fassung meiner Entwicklungsgeschichte diese Kritik im Zusammenhang begründet.« (*Deutsche Rundschau*, Februar 1934, S. 115).

Waldmann] Emil Waldmann (1880-1945), aus einer bremischen Kaufmannsfamilie, wurde 1914 als Paulis Nachfolger Leiter der Bremer Kunsthalle, die er durch geschickte, mutige Erwerbungen (z.B. einen Cézanne während des Ersten Weltkriegs) planmäßig ausbaute. Er schrieb einen eleganten Stil (siehe *Griechische Originale,* 1914) und veröffentlichte 1930 auf französisch ein Buch über zeitgenössische deutsche Malerei (*La peinture allemande contemporaine*). Günter Busch, der spätere Leiter der Bremer Kunsthalle, schreibt über seinen Vorgänger in *Bremische Biographie,* 1969: »Als Angehöriger seiner Generation und durch seinen längeren Studienaufenthalt in Frankreich sah er die Kunst ›impressionistisch‹, wenn man darunter die spontane Fähigkeit zum Erfassen der spezifisch malerischen Werte versteht.« Waldmanns Beitrag zu *Widmungen* trägt die Überschrift: »Meier-Graefe und der französische Impressionismus«.

Lehrs] Über Max Lehrs, siehe Br. 146.

Dr. Fischer Stuttgart] der Kunsthistoriker Otto Fischer (1886-1948), der 1921 Direktor des Museums für bildende Künste in Stuttgart wurde, sich 1925/26 in Ostasien aufhielt und 1928 als Professor der Kunstgeschichte nach Basel berufen wurde. Sein Spezialgebiet war ostasiatische Kunst.

Ausländer hat nicht viel Zweck] Henry van de Velde steuerte als einziger eine Zueignung auf französisch bei.

Reece] Als Holroyd-Reece von der Sekretärin der Ma-Ge, Elsa Wollheim, erfuhr, daß MG mit einer Festschrift geehrt werden solle, stellte er einen vierseitigen Plan auf, um den Sechzigjährigen würdig zu feiern (siehe Reece an R. Piper, 17.1.1927, im Konvolut »Beiträge und Briefe zu *Widmungen*«, APV, 1999 Depositum DLA). Ohne sich als Leiter des Unternehmens aufspielen zu wollen, schlug er eine Einteilung der Publikation und eine Liste der Mitarbeiter vor. Von sich selbst meinte er, daß er über den Menschen MG »ganz anständig scheiben« könne und ließ MG eine Kopie des Entwurfs zukommen. In *Widmungen* fehlen aus dem Bekanntenkreis MGs vor allem Kessler, Klossowski und E. R. Weiss. Karl Scheffler war wohl guten Willens, an der Publikation zu Ehren MGs teilzunehmen: »Ich habe schon ein paar Mal versucht. Aber es gerät immer zu kritisch. Ein schwieriger Fall! Aber ich will es nochmals versuchen. Wenn es nicht gelingt, so dürfen Sie nicht böse sein.« (e. K. an Piper vom 15.2.1927, ebd.) Franz Blei lieferte seinerseits einen Beitrag, bekam ihn aber vom Verlag zurückgeschickt mit der Begründung: »Er bringt allzu intime Dinge zur Sprache, auch sollte ja Meier-Graefe bei dieser Gelegenheit nicht gerade als Erotiker gefeiert werden.« (Durchschlag des Br. an Blei vom 28.3.1927, ebd.) Bleis Text erschien in *Das Tage-Buch,* 8. Jg., 1927: »Julius Meier-Graefe zum Sechzigsten«. Carl Georg Heise (1890-1980), Leiter der Lübecker Museen bis 1933 (nach 1945 Direktor der Kunsthalle Hamburg), zögerte, an *Widmungen* teilzunehmen, weil er, namentlich in jüngeren Jahren, in so vielen Fragen des künstlerischen Tagesstreits ganz anderer Meinung gewesen sei (siehe sein Schreiben an den Piper-Verlag, ebd.).

Swarzenski] Siehe Biogr. Reg.

Vorzugsausgabe mit Graphik?] Die Vorzugsausgabe von *Widmungen* brachte Originalgraphiken von Beckmann, Corinth, Grossmann, Hofer und Meseck.

Hegner] Der Verleger, Drucker und Übersetzer Jakob Hegner (1882-1962) besaß neben dem von ihm 1912 in Hellerau bei Leipzig gegründeten Verlag auch die Hellerauer Druckerei (gegr. 1918), die für bibliophil ausgestattete Klassiker-Ausgaben berühmt war. Beide Betriebe wurden 1930 eingestellt.

Änderung der Titel] Die 3 Bände der Neuausgabe der EG von 1927 erhielten folgende Titel: Bd. I »Die Entstehung der Malerei«, Bd. II »Traum und Wirklichkeit«, Bd. III »Die Kunst unserer Tage«.

Um Traum und Wirklichkeit] In einem späteren Brief an Piper vom 6.3. (1927) schreibt MG: »Die Betitelung des II. Bandes der E.G. ist schwierig. ›Traum und Wirklichkeit‹ gefällt mir auch gar nicht, zu melodramatisches Feuilleton. Am wirksamsten für den Verkauf wäre wahrscheinlich

Von Menzel bis zum Impressionismus

ohne Untertitel. Dabei fiele das fünfte Buch (Deutsche Idealisten) fort, aber man bliebe wenigstens im Rahmen des Bandes, der ja tatsächlich von Menzel zu Signac geht. Vielleicht das beste.« (Abgedruckt in *Briefwechsel mit Autoren und Künstlern,* op. cit., S. 188.) »Traum und Wirklichkeit« wurde dennoch als Titel für Bd. II der Neuausgabe gewählt.

Goya-Mappe] Eine Goya-Mappe mit 18 Zeichnungen in Feder und Tusche und einem Text des Spezialisten spanischer Kunst August L. Mayer war als 43. Druck der Ma-Ge geplant (siehe *Aus der Werkstatt des Verlags R. Piper & Co 1904-1926,* S. 110)

Buch über Th. Th. Heine] Schwer zu sagen, worauf sich MG hier bezieht, wohl kaum auf eine der allerersten Publikationen des Piper-Verlags: Hermann Esswein, *Thomas Theodor Heine,* 1904 (»Moderne Illustratoren«, Bd. 1).

211 Meier-Graefe an Reinhard Piper, 22.3. (1927)
E. Br. APV, 1999 Depositum DLA.

Leo] Leo v. König.

die Sache] ein Beitrag zu *Widmungen,* den Hauptmann schließlich beisteuerte, mit dem die Festschrift beginnt. – à tout seigneur, tout honneur.

Dorothea Angermann] Das Stück von G. Hauptmann erschien 1926.

Aufsatz über die Berliner Munch-Ausstellung] »Eduard Munch – Zur Ausstellung im Kronprinzenpalais«, FZ 2.4.1927, abgedruckt in MG, *Kunstschreiberei, Essays und Kunstkritik*, Leipzig / Weimar, Kiepenheuer 1987, S. 176-182.

den andern Konzern] das BT.

Ihre ital. Reise] Piper hielt sich von April bis Mai 1927 mit seiner Frau in Italien auf. Er war 48 Jahre alt, als er das Land entdeckte und berichtet ausführlich darüber in *Mein Leben als Verleger*, op. cit., »Das italienische Erlebnis«, S. 561-674.

göttliches Bild] Möglicherweise denkt MG hier an den »Sebastian« im Palazzo Venezia von Antonello de Saliba, tätig 1480-1535, Neffe von Antonello da Messina und künstlerisch diesem folgend.

212 Meier-Graefe an Reinhard Piper, 29.5.1927
Masch. Abschrift APV, 1999 Depositum DLA.

Ihr Buch] *Widmungen.*

Frau Meier-Graefe] MGs erste Frau Anna, die weiter das Haus in Nikolassee bewohnte.

213 Meier-Graefe an Reinhard Piper, 1.12. (1932)
Masch. Abschrift APV, 1999 Depositum DLA.

dankbar für die Aufrichtigkeit] Pipers Urteil über *Der Vater* (1932).

die ihnen bekannte Cornelia] Anna MG diente als Vorbild.

Die beiden Renten] für die ersten beiden Frauen.

Reece] Siehe Br. 193.

214 Aus *Mein Leben* von Carl Moll
Ts., Wien, Mai 1943, Privatbesitz.

»Spanische Reise«] erschien 1910. C. Moll fuhr nach Spanien, um Goya kennenzulernen; auch er »erlag dem überwältigenden Eindruck Greco's, Toledo war der ›Gipfelpunkt‹.«

1900 in Paris] Moll gehörte dem Komitee zur Vorbereitung der Pariser Weltausstellung an. Er erhielt in Paris eine Silberne Medaille für sein Bild *Vor dem Diner* (1899, Staatliche Gemäldegalerie, Dresden). MG fühlte sich zu der Zeit vor allem von Koloman Moser und Josef Hoffmann angezogen; vgl. Br. 57.

im Jahre 1904] MG hielt im Januar 1903 einen Einführungsvortrag zur 16. Ausstellung der Wiener Secession, »Entwicklung des Impressionismus in Malerei und Plastik«; vgl. Br. 75.

1933 die erste Trübung] C. Moll war einer jener Österreicher, die damals »großdeutsch« dachten; auch war seine Frau Norddeutsche. Sein Schwiegersohn wurde ein Nazi-Richter; siehe weiter unten, Ts. S. 228.

»Die weiße Straße« ist der Titel der »verbesserten« Fassung von *Der Tscheinik*, der 1918, noch während des Krieges, erschien. *Die Weisse Straße* wurde 1929 von Klinckhardt & Biermann publiziert, mit der Widmung »Dem Freunde Karl Moll«.

einer Freundin seiner Frau] MGs zweite Frau Helene Lienhardt hatte mit der ersten Frau gar keine Verbindung, war auch ganz anderer Abstammung.

Graf Nostiz] Alfred von Nostiz-Wallwitz (1870-1953), von 1916 bis 1918 Gesandter in Wien, wurde im Oktober 1918 sächsischer Kultusminister – ein Posten, den er nur bis zur Novemberrevolution innehatte. Er war seit 1904 mit Helene von Nostiz, geborene von Hindenburg, verheiratet, der Freundin Rodins, Hofmannsthals und Rilkes, die 1923 ihre Erinnerungen *Aus dem alten Europa* schrieb. Alfred von Nostiz wirkte neben seiner Frau wie ein Prinzgemahl.

in Brüssel zu tun] Am 19.2.1918 notiert MG in sein Tgb.: »Am 13. kam ich von Brüssel zurück, wo ich mit Moll angenehme Tage verbrachte, er Bilder, ich Möbel kaufte.« MG hatte sich von seiner ersten Frau getrennt und mußte sich in Dresden häuslich neu einrichten. MG war auch zweimal bei Sternheims in La Hulpe bei Brüssel.

»Blick auf die Vogesen« und »Himmlische Landschaft«] *Blick auf die Vogesen* (1927) bildet den 2. Teil von Schickeles Trilogie *Das Erbe am Rhein* – die Geschichte einer Familie im Elsaß. *Himmlische Landschaft* (1933) zeigt die Kunst des »Landschafters« Schickele aufs glücklichste.

kann mir meine Stellungnahme nicht verzeihen] Vgl. MGs Tgb., April 1933, speziell 18.4.1933: »... lege diese Freundschaft [mit Moll, Hg.] ad acta. Was die Leute Politik nennen, über die man sich, wie sie sagen, nicht einig zu sein braucht, ist in Wirklichkeit eine Angelegenheit des schlichten Rechtgefühls, über die man sich einig sein muß, um miteinander verkehren zu können …« Moll schickte MG seine Broschüre *Was soll der Künstler?* (Paul Zsolnay 1933) mit der Widmung: »Seinem lieben Ju / vom Unbelehrbaren« (Privatbesitz).

im 65 Lebensjahr] Moll verjüngt MG um 3 Jahre; er starb am 5. Juni 1935, fünf Tage vor seinem 68. Geburtstag.

215 Über Liebermanns Tod

Tgb., 15.2.1935. DLA.

als Führer] zunächst als Vorsitzender der Berliner Sezession (ab 1899) und von 1920 bis 1932 als Präsident der Preußischen Akademie der Künste (siehe Br. 69).

die Böcklinsache] Siehe Br. 29.

zu Tschudi und in hundert anderen Fällen] Zu Tschudi, siehe Br. 109. Und um hier einen berühmten Fall zu erwähnen, in dem es zu keiner Verständigung zwischen MG und Liebermann kam: MG warf Liebermann als Präsident der Preußischen Akademie bitter vor, daß er das umstrittene Bild von Otto Dix *Der Schützengraben*, das 1923 vom Wallraf-Richartz-Museum erworben und zur Neueröffnung des Museums im Dezember 1923 als »Hauptattraktion« gezeigt wurde, im Jahr darauf in die Berliner Akademie-Ausstellung holte: »Der Schaden im Kölner Museum reicht weiter als die begrenzte Dauer der Berliner Ausstellung, denn bis sich die Kölner Stadtväter zur Entfernung des Monstrums entschließen, kann man vermutlich reaktionär wie Methusalem werden.« [Das heute verschollene Bild blieb nur ein halbes Jahr im Besitz des Museums, Hg.] »Trotzdem frage ich mich, wen die größere Verantwortung trifft, den unreifen Galerie-Direktor aus der Provinz, der sich mit dem Bilde eine freie Gebärde, womöglich eine Gewissenstat zu leisten glaubt und es nicht besser weiß, oder der mit allen Besitztümern der Kennerschaft gerüstete Akademiepräsident, der den Schmutz sanktioniert, um seiner Ausstellung eine billige Sensation zu sichern.« (MG in *Deutsche Allgemeine Zeitung*, 2.7.1924) Über diese Angelegenheit und Liebermanns Antwort, siehe Wolfgang Schröck-Schmidt, »Der Schicksalsweg des Schützengraben« in Kat. *Dix*, Galerie der Stadt Stuttgart 1991, u. Dennis Crockett, »The most famous painting of the ›Golden Twenties‹? Otto Dix and the Trench Affair« in *Art Journal*, Spring 1992.

Die Lebensdaten Julius Meier-Graefes

1867 Am 10. Juni 1867 in Resitza im Banat geboren, wo der Vater als Ingenieur im österreichisch-ungarischen Staatsdienst war. Bald danach Übersiedelung ins Rheinland (erst nach Neuwied, später nach Düsseldorf).

1873 Einschulung in Hörde (Westfalen).

1877 Besuch des Gymnasiums von Burgsteinfurt.

1879 Übersiedlung der Eltern nach Oberschlesien.

1886 Abitur an der Oberrealschule in Gleiwitz.

1887 Volontär in einer Maschinenfabrik in Wetter am Rhein.

1888 Corpsstudent in München.

1889 Ein Semester in Zürich, dann in Lüttich (École des Mines); fängt an zu schreiben.

1890 Übersiedlung nach Berlin; hört an der Universität bei Herman Grimm, Lazarus, Treitschke, Simmel und dem Volkswirtschaftler Adolph Wagner.

1892 Erste Publikation: die Novelle »Ein Abend bei Excellenz Laura« unter dem Pseudonym Just Meigrae in *Westermanns Monatshefte;* derselbe Stoff – eine Auseinandersetzung zwischen Vater und Sohn – wird in dem Ms. gebliebenen Stück *Die Magd* verarbeitet.

1893 *Nach Norden* – Eine Episode (S. Fischer, Berlin); verkehrt mit Bierbaum, Dehmel, Przybyczewski, Strindberg und Munch.

1894 Gründung der Zeitschrift *PAN* im Kreis der Berliner Freunde; reist für die Genossenschaft *PAN* nach Paris, London und Brüssel; mit Przybyczewski, Pastor und Servaes *Edvard Munch* [das erste Buch über den norwegischen Künstler] (S. Fischer, Berlin).

1895 Gibt im Selbstverlag 8 Radierungen von Munch mit einem begleitenden Text heraus (»Meier-Graefe Mappe«). *PAN*-Krise; siedelt gegen Ende des Jahres nach Paris über.

1896 Künstlerischer Leiter bei Bing, Salon de L'Art Nouveau; fängt an, über dekorative Kunst zu schreiben.

1897 Gründet mit H. Bruckmann die erste auf Gebrauchskunst spezialisierte Zeitschrift *Dekorative Kunst*, die er von Paris aus leitet. *Die Keuschen*, I *Fürst Lichtenarm*, II *Der Prinz*, »Eine Folge von Romanen über das Liebesleben im neunzehnten Jahrhundert« (Schuster & Löffler, Berlin).

1898 *L'Art Décoratif*, die französische Ausgabe von *Dekorative Kunst*; veröffentlicht die zweisprachige Biographie *Felix Vallotton* samt Katalog des druckgraphischen Werks des Künstlers (Edmond Sagot, Paris und J. A. Stargardt, Berlin).

1899 Ende des Jahres Eröffnung des Einrichtungsgeschäfts La Maison Moderne und Erscheinen der Graphikmappe *Germinal*; beginnt mit der Arbeit an der *Entwicklungsgeschichte der modernen Kunst.*

1900 *Die Weltausstellung in Paris* (F. Krüger); entwickelt den Werkstättenbetrieb der Maison Moderne, schreibt nach wie vor für die eigene Zeitschrift *Dekorative Kunst.*

1902 *Edouard Manet und sein Kreis* und *Der moderne Impressionismus* in Muthers Reihe »Die Kunst« (Julius Bard, Berlin).

1903 Beteiligung an der 16. Ausstellung der Wiener Secession: *Entwicklung des Impressionismus in Malerei und Plastik.* Vortrag über das Thema im Rahmen der Ausstellung.

1904 Verkauf der Maison Moderne mit materiellem Verlust. Rückkehr nach Deutschland. *Entwicklungsgeschichte der modernen Kunst. Vergleichende Betrachtungen der Bildenden Künste, als Beitrag zu einer neuen Ästhetik* (Julius Hoffmann, Stuttgart). Plan der Deutschen Jahrhundertausstellung.

1905 Teilt in Berlin die Wohnung Genthiner Str. 13 mit R. A. Schröder. *Der Fall Böcklin* (Julius Hoffmann, Stuttgart), *Corot und Courbet* [die fehlenden Kapitel der EG] (Insel-Verlag, Leipzig).

1906 *Der Junge Menzel* (Insel-Verlag, Leipzig); inoffizielle Teilnahme an der Deutschen Jahrhundertausstellung in Berlin; Beginn der Arbeit über Marées. Winter in Rom und Neapel.

1907 *Impressionisten (Guys, Manet, Van Gogh, Pissarro, Cézanne)* und *Hogarth* (Piper, München); Vorwort zum Katalog der Ausstellung Delacroix, Galerie P. Cassirer. Vorträge über Marées.

1908 *La Collection Cheramy* (mit Erich Klossowski) und *Die großen Engländer* (Piper, München); von Frühjahr bis Herbst in Spanien. *Modern Art: being a contribution to a new system of aesthetics* (englische Übersetzung der EG).

1909 Marées-Ausstellungen (in München ab Dez. 1908, dann in Berlin, Paris und Frankfurt). »Ein spanisches Tagebuch«, Vorabdrucke in NR. *Adam und Eva* im Hebbel-Theater, Berlin (Mißerfolg). *Hans von Marées,* Bd. II: *Biographie* (Piper, München).

1910 *Hans von Marées*, Bd. I: *Katalog* und III: *Briefe* (Piper, München). *Spanische Reise* (S. Fischer, Berlin). *Vincent van Gogh* und *Paul Cézanne* (Piper, München).

1911 Seit Ende des Jahres wieder in Paris. *Auguste Renoir* (Piper, München).

1912 *Edouard Manet* (Piper, München). *Orlando und Angelica, ein Puppenspiel*, mit Lithographien von Erich Klossowski (Paul Cassirer, Berlin); MG tritt aus der vorbereitenden Kommission der Kölner Sonderbund-Ausstellung aus.

1912/13 Einrichtung des neuerbauten Hauses in Berlin-Nikolassee; Vorträge über Kunst und Kultur in der Galerie P. Cassirer.

1913 *Wohin treiben wir? Zwei Reden über Kultur und Kunst* (S. Fischer, Berlin). Übersiedlung nach Berlin-Nikolassee. *Eugène Delacroix. Beiträge zu einer Analyse* und *Camille Corot* [Endgültige Fassung] (Piper, München).

1914 Plan der Marées-Gesellschaft. Bd. I der zweiten *Entwicklungsgeschichte* (Piper, München). »Drei Gewinne« in BT, 11.9.1914; als Freiwilliger beim Verwundetentransport an der Ostfront.

1915 Bd. II der zweiten *Entwicklungsgeschichte* (Piper, München). Russische Kriegsgefangenschaft. Ende Oktober Rückkehr nach Deutschland.

1916 Vorbereitungen für die Marées-Gesellschaft; Vorträge über die russische Kriegsgefangenschaft.

1917 Trennung von Anna Baurath; Übersiedlung mit der zweiten Frau, Helene Lienhardt, nach Dresden.

1918 *Der Tscheinik* (S. Fischer, Berlin). *Cézanne und sein Kreis* (Piper, München). *Heinrich der Beglücker*, Lustspiel (Felix Bloch Erben, Berlin). 9.11.1918: Geburt des Sohnes Tyll.

1919 *Ganymed* I, Blätter der Marées-Gesellschaft. 13. Druck der Ma-Ge: *Gesichter*, Originalradierungen von Beckmann, Einleitung von Meier-Graefe. *Die reine Farbe* [neue Fassung von *Adam und Eva*] (Felix Bloch Erben, Berlin).

1920 *Edgar Degas* und *Gustave Courbet* [Endgültige Fassung] (Piper, München). Uraufführung des Dramas *Die reine Farbe* im Sächsischen Landestheater, Dresden.

1921 Rückkehr nach Berlin; erste Nachkriegsreise nach Paris. *Vincent*, Zwei Bde. (Piper, München). 33. Druck der Marées-Gesellschaft: *Cézanne und seine Ahnen*.

1922 »Reparation« in NR. 36. Druck der Ma-Ge: *Jahrmarkt* von Max Beckmann. *Spanische Reise* [neue Fassung des 1910 bei S. Fischer erschienenen Buches] (Rowohlt, Berlin).

1923 »Die Teilung« in *Das Tage-Buch. Geständnisse meines Vetters,* Novellen (Rowohlt, Berlin). *Max Beckmann,* mit Glaser, Fraenger und Hausenstein (Piper, München). 42. Druck der Ma-Ge: *Die Kunst der Gegenwart* mit sechs Original-Graphiken von Beckmann, Corinth, Grossmann, Heckel, Klee und Meseck (die englische und die französische Ausgabe enthalten statt der sechs Originale ein Faksimile nach Matisse).

1924 *Die doppelte Kurve,* Essays (Paul Zsolnay, Wien); dritter und letzter Band der 2. *Entwicklungsgeschichte* (Piper, München).

1925 Dritte Heirat; wird freier Mitarbeiter der FZ. *Der Zeichner Hans von Marées* (Piper, München). Im Winter 1925/26 Reise nach Ägypten, Palästina, Griechenland und Stambul.

1926 *Dostojewski der Dichter* (Rowohlt, Berlin).

1927 *Pyramiden und Tempel* (Rowohlt, Berlin). *Julius Meier-Graefe Widmungen zu seinem sechzigsten Geburtstage* [Festschrift] (Piper, Rowohlt, Zsolnay).

1928 Anfang des Jahres Reise in die USA auf Einladung des New Yorker Buchhändlers und Verlegers E. Weyhe. *Vincent van Gogh der Zeichner* (Otto Wacker, Berlin). »Wacker-Affäre«.

1929 Niederlassung in der Provence, in Saint-Cyr s. Mer. Einstellung der Marées-Gesellschaft. *Renoir* (Klinckhardt und Biermann, Berlin).

1930 *Corot* (Klinckhardt und Biermann, Berlin); Beginn der Arbeit an dem autobiographischen Vater-Roman.

1931 Arbeit am Roman; journalistische Tätigkeit.

1932 *Der Vater* (S. Fischer, Berlin).

1933 *Geschichten neben der Kunst* (S. Fischer, Berlin). »Was wird aus Kunst?« in NR.

1934 Die Gesundheit verschlechtert sich; arbeitet an seinem letzten Roman *Der Kampf um das Schloß* (nicht erschienen).

1935 Stirbt in Vevey am 5. Juni; die Urne wird in Saint-Cyr beigesetzt.

Clothilde Meier geb. Vitzthum von Eckstädt
mit den Stiefsöhnen Julius und Max, 25.12.1875
(Privatbesitz)

Edvard Munch, Photo, um 1892/93
(Munch-museet, Oslo)

Julius Meier-Graefe und seine Frau Anna geb. Baurath, Paris 1898
(Photo Bibliotheque Royale, Brüssel)

Meier-Graefe und A. W. Heymel, um 1900 (Foto DLA Marbach)

Allerweltsnarrenpostkarte, Fastnacht 1897
Böcklins Ruhm einst und jetzt
(Böcklin-Archiv Hans Holenweg, Kunstmuseum Basel)

Die Wende von Böcklins Ruhm 1905: Meier-Graefe als »Böcklin-Förderer«,
Anna Meier-Graefe an Julius Levin (Karte vom 27.7.1905, DLA Marbach)

Karikatur des jungen Rudolf Alexander Schröder,
dreifarbige Lithographie, Autor unbekannt
(Privatbesitz)

Meier-Graefe und Leo König
(aus K. Moffett: »Meier-Graefe as art critic«, Prestel 1973)

Meier-Graefe mit Sohn Tyll, Richard und Isi Dehmel und Helene Lienhardt, 23. August 1919 (Privatbesitz)

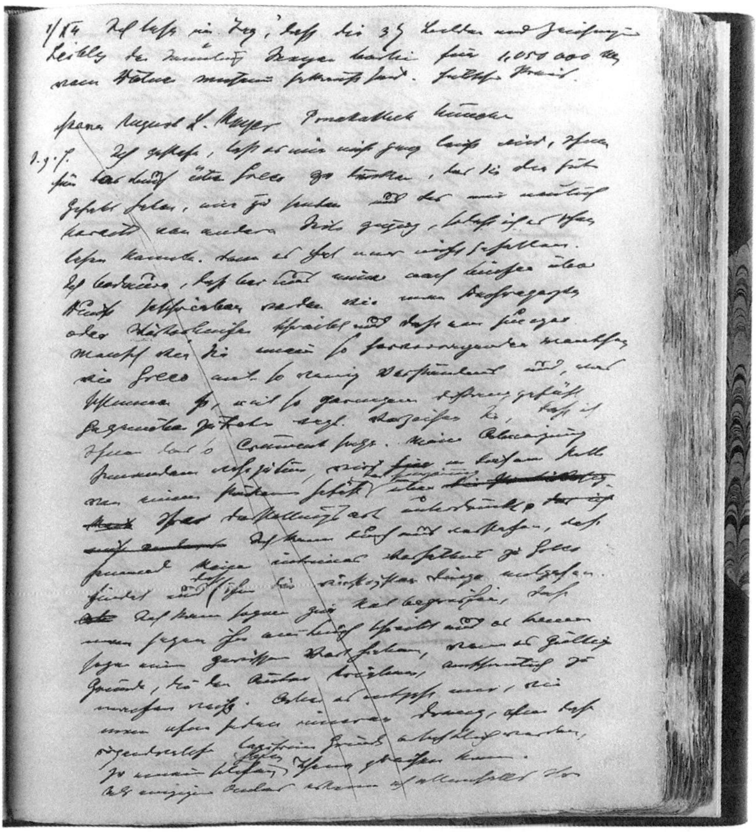

Meier-Graefes Tagebuch [1.12.1911],
nicht abgeschickter Brief an August L. Mayer,
vgl. Nr. 44, S. 67 (DLA Marbach)

Meier-Graefes Haus Kirchweg 28, Berlin-Nicolassee, aus der Mappe »Zur Erinnerung an Walther Epstein«, 1922 (Privatbesitz)

Gustav Pauli, Direktor der Kunsthalle Bremen, 1899-1914,
(Kunsthalle Bremen)

Fritz Wichert, 1914 (Stadtarchiv Mannheim)

Wilhelm Hausenstein, etwa 1925 (Privatbesitz)

Benno Reifenberg mit Patenkind Renée-Marie Hausenstein,
Ende der zwanziger Jahre
(Privatbesitz)

Paul Cassirer, Zeichnung von Rudolf Großmann
(aus Wilhelm Herzog: »Menschen denen ich begegnete«,
Francke Verlag 1959)

Rudolf Großmann:
»In der Ausstellung: Kritiker (Meier-Graefe und Scheffler)«, um 1930
(Städt. Museen Freiburg i. Br. / Museum für neue Kunst)

»Kriegszeit«, Künstlerflugblätter, 31. August 1914,
mit einem handschriftlichen Text von Julius Meier-Graefe
(vgl. Transkription des Textes, S. 408)

Julius Meier-Graefe und seine Frau Annemarie geb. Epstein,
am Tag der Hochzeit 1925 (Privatbesitz)

Julius Meier-Graefe, Max Beckmann, Mathilde Q. Beckmann
und Annemarie Meier-Graefe, Pfingsten 1931 (Privatbesitz)

Julius Meier-Graefe mit Thomas Mann und Familie, 1933 (Privatbesitz)
(links von Th. Mann: Annemarie Meier-Graefe)

Julius Meier-Graefe mit dem Ehepaar Moll (links),
Alma und Franz Werfel, ohne Datum (Privatbesitz)

Julius Meier-Graefe, ohne Datum (DLA, Marbach)

Meier-Graefe mit Gerhart Hauptmann, Hedwig Fischer, Nikolaus v. Seebach, Marguerite Hauptmann und Samuel Fischer, Portofino 1927 (Privatbesitz)

Meier Graefe bei Oskar Reinhart in Winterthur,
ohne Datum (Privatbesitz)

Meier-Graefe mit Erich Klossowski und Walter Becker in Südfrankreich, ohne Datum (Privatbesitz)

Meier-Graefe in Saint-Cyr, Anfang der dreißiger Jahre (Privatbesitz)

Meier-Graefe und Leo v. König in Südfrankreich, 1934/35
(Privatbesitz)

Leo von König: Bildnis Julius Meier-Graefe, 1935
(Pfalzgalerie Kaiserslautern)

Biographisches Register der Briefpartner

Eduard Arnhold (* Dessau 1849, † Berlin 1925)
Brief: Nr. 123.
Der Großindustrielle Eduard Arnhold, der als Leiter der Kohlenfirma Wollheim die oberschlesische Montanindustrie modernisierte, setzte sein Vermögen für mäzenatische Unternehmungen ein. Er interessierte sich für die Erziehung und für die Kunst, gründete in Verneuchen bei Berlin eine Schule nebst Internat sowie die Deutsche Akademie Villa Massimo in Rom. Seine bedeutende Sammlung vereinte deutsche und französische Meister des 19. Jahrhunderts; sie »galt zu Zeiten Tschudis als der Nationalgalerie zugesagt« (so MG in seinem Nachruf auf Arnhold in FZ 17.8.1925). MG bezeichnet ihn als »stillen Teilhaber Tschudis« – die Mäzene des Direktors der Nationalgalerie in Berlin mußten sich mit dem Titel »ungenannter Kunstfreund« begnügen und »machten sich beim Kaiser mißbeliebt«. Arnhold garantierte den Fonds für die Deutsche Jahrhundertausstellung 1906 und half finanziell bei der Gründung der Marées-Gesellschaft.

Mary Balling (* 1854, † 1919)
Briefe: Nr. 135, 136, 137, 138, 139.
Mary, Tochter des Kunsthistorikers Julius Meyer, der als Nachfolger Waagens von 1872 bis 1890 die Berliner Gemäldegalerie leitete, heiratete 1876 Konrad Fiedler (1841-1895), den Kunstphilosophen und Mäzen von Marées. Nach Fiedlers Tod wurde sie die Frau des Hofkapellmeisters Hermann Levi (1839-1900) und schloß Anfang 1908 eine dritte Ehe mit dem Dirigenten Michael Balling. Der für Marées-Forschungen wichtige Nachlaß Fiedler befand sich in ihrem Besitz. MGs Haltung gegenüber der großen Wagnerianerin, der Freundin Cosimas und Förderin des Bayreuther Unternehmens war durch seine antiwagnerianische Einstellung nicht unbelastet; auch war sein Verhältnis zu Fiedler ambivalent. Die Briefe an Mary Balling – eine Auswahl aus einer zeitlich begrenzten Korrespondenz – enthalten wichtige Aussagen; diejenigen aus Spanien haben die Frische des unmittelbar Erlebten.

Max Beckmann (* Leipzig 1884, † New York 1950)
Briefe: Nr. 164, 165, 166.
Kessler vermittelte 1906 die Bekanntschaft zwischen Beckmann und MG. Beckmann achtete MGs Schriften zur Kunst und freute sich, von ihm verstanden zu werden. MG schrieb betont subjektiv über den Künstler, von dem er vorübergehend so bedeutende Werke wie *Bildnis einer alten Schauspielerin*, *Selbstporträt im Smoking* und *Die Loge* besessen hat. Von Beckmann gibt es eine überraschende Bemerkung zu MGs umstrittenem Artikel »Zwischen Böcklin und Picasso« (FZ, 9.11.1927): »Darf ich Ihnen sagen, daß ich diesen Zeilen eine der anregendsten und im tiefsten Sinne erheiterten Stunde meines Lebens verdanke. Etwas derartig Souveränes [...] ist in dieser Art nie in

Deutschland geschrieben und wird historisch bleiben …« (2.12.1927, zitiert nach dem Auktionskatalog J. A. Stargardt, Marburg, 22./23. März 1983). Der Maler wird Genugtuung über MGs Äußerung über den »Zynismus des wechselvollen Spiels« Picassos empfunden haben.

Otto Julius Bierbaum
(* Grünberg / Niederschlesien 1865, † Kötzschenbroda bei Dresden 1910)
Briefe: Nr. 33, 34, 35, 36, 37.
Bierbaum war schon ein bekannter Redakteur und Schriftsteller, als er 1894 mit MG die Redaktion der Zeitschrift *PAN* führte; sie gaben dem Blatt sein Gesicht, mußten jedoch nach den ersten 3 Nummern zurücktreten. Fünf Jahre später standen die Freunde wieder in Verbindung, als Bierbaum mit Heymel und Schröder *Die Insel* herausgab. 1897 veröffentlichte Bierbaum *Stilpe*, eine Persiflage auf den Künstler- und Bildungsroman, die Ernst von Wolzogen anregte, sein »Überbrettl«-Kabarett in München zu gründen, für das der Dichter Texte verfaßte. Der Bruch der Freundschaft geht auf Empfindlichkeiten und Mißverständnisse zurück (siehe Nr. 75). Auf Bierbaums Schlüsselroman *Prinz Kuckuck. Leben, Thaten, Meinungen und Höllenfahrt eines Wollüstlings* (3 Bde., Mchn./Lpz. 1906/07), der boshafte Persiflagen auf Heymel und Schröder enthält, reagierte Meier-Graefe mit harten Worten gegen den einstigen Freund.

Franz Blei (* Wien 1871, † Long Island / N.Y. 1942)
Brief: Nr. 65.
Obwohl der chamäleonhaft vielfältige Schriftsteller Blei nur vier Jahre jünger war als MG, hat man den Eindruck, daß sie verschiedenen Zeiten angehören – MG der wilhelminischen Epoche, Blei dem Fin-de-siècle. MG hatte Maßstäbe und Werte, Blei erblickte in der Vielseitigkeit und im Fragmentarischen einen zeitgemäßen Sinn. Er übersetzte zeitgenössische Literatur (Gide, Barrès, Claudel, Schwob), edierte Casanova, Stendhal, Baudelaire und vermittelte das französische Rokoko; er gab wichtige Zeitschriften heraus (*Hyperion,* zus. mit Carl Sternheim, 1908-10; *Der Zwiebelfisch,* 1909) auch ephemere »Erotica« (*Der Amethyst,* 1905/06; *Opale,* 1907), und sah eine besondere Aufgabe in der Förderung anderer Schriftsteller (Annette Kolb, Robert Walser, Kafka, Musil, Broch und Sternheim). In der Figur des Herrn J. G. in »Prinz Hypolit« (*Die Insel,* November 1901) porträtierte er MG und übte in seinem *Großen Bestiarium* von 1924 seine scharfsinnige Ironie an der »Struktur des Meierschulze« (i.e. MG).

Eberhard von Bodenhausen
(* Wiesbaden 1868, † Meineweh bei Weißenfels / Sachsen 1918)
Briefe: Nr. 11, 12, 13, 14, 15, 16, 17.
Bodenhausen, der aus niedersächsischem Landadel stammte, geriet nach einem Jura-Studium (Bonn, Leipzig) und anschließender Tätigkeit im höheren Verwaltungsdienst (Halberstadt, Wollstein) in den ihm fremden Kreis der Berliner Bohème, in dem die Zeitschrift *PAN* gegründet wurde, und wurde bald deren

Aufsichtsratsvorsitzender. Mit MG entwickelte sich eine Freundschaft, die seitens MG werbende Sympathie und respektvolle Bewunderung mit dem Verlangen nach geistiger Führung verband, der jedoch die PAN-Krise im Herbst 1895 ein Ende setzte. MG kam über den Bruch nur schwer hinweg. Bodenhausen, der lange zwischen Politik, Wirtschaft und Kunst schwankte, nahm die Beziehung später wieder auf. Er starb mit 50 Jahren als Aufsichtsratsvorsitzender von Krupp.

Hugo Bruckmann (* München 1862, † München 1941)
Brief: Nr. 120.
MG gründete 1897 mit dem Münchner Verleger die wegweisende Zeitschrift für angewandte Kunst, *Dekorative Kunst*, die er vier Jahre lang von Paris aus leitete und die seit Oktober 1898 auch in französischer Sprache unter dem Titel *L'Art Décoratif* erschien. Mit Hugo Bruckmann und seiner Frau Elsa, geborene Prinzessin Cantacuzène, bestand weiter eine freundschaftliche Beziehung. MG veröffentlichte selbst nicht bei Bruckmann, versuchte aber gelegentlich zu vermitteln (so z.B. für die Herausgabe einer Mappe von Poussin-Zeichnungen durch Walter Friedländer; siehe MG an Bruckmann, 26.5.1913, SBM). In der Verlagsanstalt F. Bruckmann A.G. erschien der monumentale Katalog der epochalen Deutschen Jahrhundertausstellung 1906, für den Peter Behrens den Einband schuf und MG die Farbbeschreibung aller ausgestellten Bilder verfaßte. – 1924-35 übernahm er die Leitung der *Süddeutschen Zeitung* sowie der *Münchner Neuesten Nachrichten*, und von 1932 bis zu seinem Tod 1941 gehörte er der NSDAP-Fraktion des Reichstags an.

Franz Brümmer (* Wusterhausen bei Potsdam 1836, † München 1923)
Brief: Nr. 19.
Brümmer war Lehrer, Organist und Lexikograph. In letzterer Eigenschaft trat er auch mit dem damals 28jährigen MG in Verbindung, vermutlich um Informationen für die 4. Auflage (1896) des *Lexikons der deutschen Dichter und Prosaisten des 19. Jahrhunderts* einzuholen. – Er gab u.a. auch *Goethes Briefwechsel mit einem Kinde* heraus (1890).

Paul Cassirer (* Görlitz 1871, † Berlin 1926)
Briefe: Nr. 159, 176.
P. Cassirer und MG begegneten sich vermutlich 1897 bei dem Maler Curt Herrmann in Berlin. Die ironische Bezeichnung für Bruno und Paul Cassirer als »Figaros Verwandte« (Nr. 33) deutet auf eine problematische Beziehung von Anfang an. P. Cassirer und MG führten denselben Kampf um die moderne Malerei in Deutschland, zwischen dem Kunsthändler und dem Kunstschriftsteller gab es jedoch menschliche und künstlerische Differenzen; gelegentlich bestand auch eine gewisse Rivalität bei Bildervermittlungen oder bei Kunst-Drucken. Doch führten sie Ausstellungen (Delacroix 1907, Marées 1909, Cézanne 1921), Vorträge (*Wohin treiben wir?* 1912/13) und Veröffentlichungen

(*Orlando und Angelica* 1912) immer wieder zusammen. P. C. lernte seine spätere Frau (seit 1910), die Schauspielerin Tilla Durieux, 1903 bei Meier-Graefe kennen.

Jonas Cohn (* Görlitz 1869, † Bourneville bei Birmingham 1947)
Brief: Nr. 87.
Der Philosoph Jonas Cohn, der bis zu seiner Zwangspensionierung 1933 in Freiburg im Breisgau lehrte, hatte ein besonderes Interesse für Kunst und hob ihre Bedeutung für die Kultur der Gegenwart hervor. Seine und MGs Gedanken über Kunst überschneiden sich in vielem. MG befaßte sich sein Leben lang mit der Problematik der autonom gewordenen Kunst, Cohn analysierte den Konflikt zwischen den Erwartungen des Publikums und dem Eigenwert der Kunst. Er veröffentlichte zu diesem Themenkreis *Allgemeine Ästhetik* (1901), den Beitrag »Die Autonomie der Kunst und die Lage der gegenwärtigen Kultur« in *Kongreß für Ästhetik und allgemeine Kunstwissenschaft Berlin 1913* (Stuttgart 1914) und *Der Sinn der gegenwärtigen Kultur* (Leipzig 1914).

Lovis Corinth
(* Tapiau [heute Gwardejsk, Gebiet Kaliningrad] 1858, † Zandvoort/Nordholland 1925)
Briefe: Nr. 161, 162, 163.
MG hat den Maler Corinth spät entdeckt. Als dieser 1900 von München nach Berlin übersiedelte – eine Wende im Leben und Werk des Künstlers –, lebte Meier-Graefe in Paris. In der ersten Ausgabe der EG 1904 wird Corinth nur en passant erwähnt. 1912 schreibt P. Cassirer dem Maler, daß MG zu einem schwärmerischen Bewunderer seines Werks geworden sei (siehe Br. vom 13.3. 1912 in *Lovis Corinth – Eine Dokumentation*, 1979). MGs Bewunderung für diesen in eine schlechte Gesellschaft geratenen »natürlichen Sohn Delacroix'«, wie er es ausdrückt, fand ihren Niederschlag in der 2. Ausgabe der EG 1915 und in Aufsätzen, die dem Künstler gefielen. MG schätzte Corinth höher als Liebermann: »hier steht einer, dem die Welt nicht Modell, sondern Schlachtfeld, Spielfeld ist, Feld für das Erlebnis.« Corinth hat MG 1917 porträtiert, das Bild hängt heute im Musée d'Orsay, Paris.

Richard Dehmel
(* Wendisch-Hermsdorf / Mark Brandenburg 1863, † Hamburg-Blankenese 1920)
Briefe: Nr. 71, 72, 73, 74, 75, 76, 77, 78, 79, 82, 83, 84, 85, 86, 88, 91, 92, 93.
Mit dem Zeitgenossen Dehmel hatte MG einen regen Gedankenaustausch, was auch einige hier eingefügte Gegenbriefe des Dichters belegen. Dehmels Briefe sind der lebendigste Teil seines Werks geblieben. So urteilte schon MG in einem Brief an die Witwe des Dichters, die dessen Briefe 1922/23 in 2 Bänden herausgab: »Die Briefe werden so etwas wie ein Gegenstück deutscher Art zu den Briefen Flauberts« (MG an Ida Dehmel, 6.3.1922, SUBH). Später be-

dauerte er, daß fast alle seine Dehmel-Briefe – »es gab nicht sehr viele, aber alle wesentlich« – verlorengegangen seien (in »Erinnerungen an Richard Dehmel«, NR, 1933). Dennoch sind zahlreiche erhalten, von denen hier nur eine Auswahl gebracht wird. Der Briefwechsel zwischen MG und Dehmel erstreckt sich über 25 Jahre, von der frühen PAN-Zeit bis zu Dehmels Tod. Hier stehen sich zwei starke, leidenschaftliche Temperamente gegenüber, die auf ihre Zeit wirken wollten, wovon auch gemeinsame Aufrufe vor und nach dem Krieg zeugen.

Julius Elias (* Hoya / Weser 1861, † Berlin 1927)
Brief: Nr. 158.
Der liberale Literatur- und Kunstkritiker gab mit Georg Brandes und Paul Schlenther Ibsens Gesamtwerk in deutscher Sprache im S. Fischer-Verlag heraus (10 Bde., 1898-1904). Er trat für die neue Kunst in Deutschland ein, für die Secessionisten, die er, ebenso wie französische Impressionisten, sammelte. Er lebte zeitweilig in Paris und berichtete regelmäßig über das Pariser Kunstleben in der Zeitschrift *Kunst und Künstler* des Bruno Cassirer-Verlags. Für die Marées-Gesellschaft gab er 1918 den 4. Druck heraus: die *Skizzenmappe*, 70 Reproduktionen von Zeichnungen und Aquarellen französischer Meister des 19. Jahrhunderts, die er vor dem Krieg in Paris zusammengestellt und dort hatte drucken lassen. MG versprach sich viel von dieser »Impressionisten-Mappe«, fand aber, daß die Qualität der Faksimiles hinter derjenigen der besten Drucke der drei großen Franzosen auf diesem Gebiet, Clot, Goupil und Marty, zurückstand; auch fürchtete er die Konkurrenz von Paul Cassirer (siehe die einschlägige Korrespondenz in MGs KB 1917, DLA).

Paul Fechter (* Elbing 1880, † Berlin 1958)
Brief: Nr. 43.
Der Schriftsteller und Kritiker P. Fechter hatte eine fruchtbare journalistische Karriere, die 1906 mit einer beachteten Verteidigung von Henry van de Velde in *Dresdener Neueste Nachrichten* begann: »Philister über uns« (eine Antwort auf den 2 Tage zuvor erschienenen Artikel von Fritz Stahl in BT 14.6.1906: »Barbaren unter uns«). In derselben Zeitung erschien Fechters Verteidigung MGs im Streit um Greco (siehe Anm. zu Nr. 43). Fechter veröffentlichte 1914 ein Buch über den Expressionismus bei Piper und war von 1918 bis 1933 Chef des Feuilletons der *Deutschen Allgemeinen Zeitung*; als solcher bat er MG um eine Stellungnahme zur umstrittenen Ausstellung von Otto Dixens *Schützengraben* in der Berliner Akademieausstellung 1924. MGs Artikel in DAZ 2.7.1924 löste die bekannte Dix-Kontroverse aus. Fechter wurde ein überzeugter Nationalsozialist, leitete nach 1933 die *Deutsche Zukunft* und war Mitherausgeber der *Deutschen Rundschau* bis zu ihrer Einstellung 1942. Er war ein angesehener Theaterkritiker, schrieb selbst Theaterstücke und Bücher für ein breites Publikum über Theatergeschichte und deutsche Literatur. In seinen Erinnerungen *Menschen und Zeiten*, 1948, widmet er MG ein lebendiges Kapitel.

Samuel Fischer (* Liptó Szent Miklós/Ungarn 1859, † Berlin 1934)
Briefe: Nr. 199, 200, 201.
MG war dem Verlag von frühen Jahren an verbunden. Er veröffentlichte bei S. Fischer sein erstes Prosabuch *Nach Norden. Eine Episode* (1893) und 40 Jahre später *Geschichten neben der Kunst.* Noch im Frühjahr 1935, wenige Monate vor seinem Tod, sandte er dem Verlag, wenn auch ohne Illusion über die Aussicht auf Publikation, das Manuskript seines unveröffentlicht gebliebenen Romans: *Der Kampf um das Schloß.* Fischer, von dem MG behauptete, er habe »seinen Verlag nie mit einem Buch über Kunst gefährdet« (in *Die Gabe*, 1933), brachte dennoch das erste Buch über Edvard Munch heraus (1894), allerdings ohne Reproduktionen; MG beteiligte sich daran. Bei S. Fischer erschienen ferner von MG die *Spanische Reise* (1910), die großes Aufsehen erregte, der Bericht aus der russischen Kriegsgefangenschaft *Der Tscheinik* (1918) und der autobiographische Roman *Der Vater* (1932), drei bedeutende Werke neben der eigentlichen kunstschriftstellerischen Produktion. MG war seit 1922 Mitglied des Aufsichtsrats des S. Fischer-Verlags und gehörte zum engen Freundeskreis des Hauses. Auch mit Samuel Fischers Schwiegersohn und Nachfolger Gottfried Bermann Fischer verkehrte er freundschaftlich (Nr. 202 und 203).

Rudolf Großmann (* Freiburg i. Br. 1882, † Freiburg i. Br. 1941)
Briefe: Nr. 167, 168.
R. Großmann, den MG als Künstler schätzte, zählte zu den bekannten Illustratoren der zwanziger Jahre. Er hielt sich von 1905 bis 1910 in Paris auf, wo er zum Kreis des Café du Dôme gehörte. MG lernte Grossmann wohl erst später in Berlin kennen; er zog ihn für die Marées-Gesellschaft heran, für die er Dostojewski und E. T. A. Hoffmann illustrierte und 22 Originalradierungen für den 8. Druck, *Herbarium* (1918), schuf. In Großmanns gezeichneter und geschriebener Porträt-Galerie *Fünfzig Köpfe der Zeit* (1926) ist auch MG vertreten (siehe Nr. 168).

Friedrich T. Gubler (* Zürich 1900, † New York 1965)
Brief: Nr. 192.
Dieser angesehene Bürger von Winterthur wurde mit 30 Jahren Chefredakteur am Feuilleton der FZ als Nachfolger von Benno Reifenberg. 1933 berief ihn die *Vossische Zeitung* nach Berlin, wo er bald das Mißfallen der nationalsozialistischen Machthaber erregte und in seine Schweizer Heimat flüchten mußte, wo er ein bedeutender Jurist wurde.

Maximilian Harden, eigentl. Felix Ernst Witkowski
(* Berlin 1861, † Montana-Vermala 1927)
Briefe: Nr. 56, 57, 58, 59, 60, 61, 62, 63, 64, 66, 68, 69.
MG hat den streitbaren und einflußreichen Publizisten, der mit seiner 1892 gegründeten Wochenschrift *Die Zukunft*, dreißig Jahre lang die öffentliche Meinung in Deutschland mitbestimmte, bewundert und um seine Wirksam-

keit beneidet. Beide waren im Innersten Moralisten. Sie wiesen, jeder auf seinem Gebiet – Harden im öffentlichen Leben und in der Politik, MG auf dem Gebiet der Kunst und der Kultur – auf die Mißstände in Deutschland hin. Beide krankten an Deutschland. MG betrachtete Hardens *Zukunft*, für die er vor dem Ersten Weltkrieg öfter Beiträge schrieb, als »eine Art Schweiz«, eine »Freistätte für Unbeliebte, die etwas zu sagen hatten« (in *Festschrift zu Hardens 60. Geburtstag*, 1921).

Gerhart Hauptmann
(* Ober-Salzbrunn 1862, † Agnetendorf / Riesengebirge 1946)
Briefe: Nr. 81, 90, 115, 116, 117, 118, 119.
Hauptmann schätzte MGs Leidenschaft für große Kunst und die Unerschrokkenheit seines Denkens. MG erwies Hauptmann die ihm gebührende Hochachtung, bei nuanciertem Urteil über einzelne Werke (dies geht vor allem aus dem Tgb. hervor). Er versuchte verschiedentlich, den »Nationaldichter« zu öffentlicher Stellungnahme zu bewegen (1905: siehe Br. 81; 1918: siehe Br. 90; 1933: siehe Nr. 118 und 119) – vergebens. Zu Beginn des Ersten Weltkriegs unterstützte Hauptmann MGs Aktion, Verwundetentransporte an der Ostfront zu organisieren. Gegen Ende des Krieges kam es zu einer Zusammenarbeit mit dem 3. Druck der Marées-Gesellschaft, *Shakespeare-Visionen* (1918), zu dem der Dichter ein – allerdings seichtes – Vorwort beisteuerte. Der gemeinsame Freund Leo von König hat beide verschiedentlich porträtiert.

Wilhelm Hausenstein (* Hornberg / Schwarzwald 1882, † München 1957)
Brief: Nr. 156.
Hausenstein fühlte sich als Kunstschriftsteller, der er hauptsächlich war, dem Erbe MGs verbunden. Er hat, neben Benno Reifenberg, am einfühlsamsten über ihn geschrieben und führte mit ihm ein beständiges geistiges Gespräch, das er nach MGs Tod noch vertiefte. MG schätzte Hausensteins Geistigkeit und Kultur; dieser liebte wiederum »das Primäre« seiner ganzen Art, das »Nicht-Nachgebildete«, das Spontane seiner Schreibweise (siehe Hausensteins Br. an MG vom 16.11.1923, in W. H., *Ausgewählte Briefe 1904-1957*, Hg. Helmut H. Rennert, 1999). Hausenstein, der nach dem Zweiten Weltkrieg neben seiner Tätigkeit als Schriftsteller die Verantwortung und Würde des Botschafters in Frankreich übernahm, war ein Europäer durch und durch – während MG, einer älteren Generation angehörend, ein für das Ausland offener Deutscher war.

Alfred Walter von Heymel, eigentl. Walter Hayes Misch
(* Dresden 1878, † Berlin 1914)
Briefe: Nr. 38, 39, 40, 41.
Heymels Vater ist unbekannt, er wurde von einem Bremer Kaufmann adoptiert. Eine große Erbschaft ermöglichte ihm ein finanziell unabhängiges Leben als Schriftsteller, Verleger, Sammler und Mäzen. Mit seinem Geld kam die

Zeitschrift *Die Insel* zustande, aus der der Insel-Verlag hervorging. Der Schwerpunkt seiner Sammlung französischer Kunst war die fast vollständige Sammlung der Druckgraphik von Toulouse-Lautrec. Heymel hatte eine Zuneigung für MG, den er 1900 in Paris kennenlernte (siehe Nr. 38). Er beteiligte sich finanziell an MGs kunstgewerblichem Geschäft »La Maison Moderne« und verdankte ihm vielseitige Anregung. MG war vorausschauend in seiner Sympathie für den jüngeren Freund, den er vor Zersplitterung warnte und zur Konzentration auf die Entfaltung seiner eigentlichen Begabung anhielt (siehe Nr. 41). Obwohl Heymel 1913 an Tuberkulose erkrankt war, nahm er als Leutnant der Reserve 1914 am Ersten Weltkrieg teil. Noch im selben Jahr, in dem auch seine Gesammelten Gedichte 1805-1914 (Leipzig) erschienen, starb er. MG kümmerte sich 1916 um Heymels Überführung nach Bremen.

Hugo von Hofmannsthal (* Wien 1874, † Rodaun bei Wien 1929)
Briefe: Nr. 107, 108, 109, 110, 111.
Hofmannsthal lernte MG im Frühjahr 1900 in Paris kennen, kurz nach der Eröffnung von dessen kunstgewerblichem Laden »La Maison Moderne«. Er bezeichnete ihn damals als »eine glückliche Mischung von Amateur und Kaufmann« (Br. an Hermann Bahr vom 24.3.1900). Gegen Ende seines Lebens empfand er »Meier-Graefes geistige Figur« als »erwärmend« (*Widmungen*, 1927). MG verehrte den formvollendeten Dichter, fand aber zu der Person Hofmannsthals kein unmittelbares Verhältnis: »Fühle bei dem Menschen eine schreckliche Leere. Da er sich sehr viel Mühe giebt, gebe ich mir auch Mühe, aber es vergeht keine Unterredung, wo ich nicht instinktiv ihm Dinge sage oder sagen müßte, die gar nicht möglich sind.« (MG an Schröder, 3.3. [1908], R. Borchardt-Erben) MG versuchte sich im fiktiven Brief an Loris auszusprechen (siehe Nr. 110). Die Beziehung zwischen diesen beiden ganz ungleich gearteten Menschen, die gemeinsame Freunde hatten – Schröder, Bodenhausen, Kessler – war höflich, kompliziert, auch fruchtbar.

John Holroyd-Reece (1897, † 1969)
Briefe: Nr. 193, 194.
Holroyd-Reece, englischer Herkunft, war ein vielseitig tätiger Mensch. Nach dem Ersten Weltkrieg – er hatte am ägyptischen Feldzug teilgenommen und wurde 1918 Kommandant von Zahle und Moallaka – betätigte er sich journalistisch und wurde ein Spezialist für Farblichtdruck. Später entwickelte er eine international verzweigte Verlegertätigkeit, gründete 1927 die Pegasus Press in Paris, übernahm 1930 die Leitung der Pantheon Casa Editrice (Florenz), gründete im Jahr darauf die Albatross Continental Library und verfügte 1934 über die entscheidende Mehrheit bei den Tauchnitz Editions. Er leitete in Paris das Musée Ethnographique du Trocadéro und war ebenfalls an führender Stelle in der Bank- und Versicherungsbranche tätig. Er übersetzte einige Bücher von MG ins Englische (*Vincent* 1922, *Degas* 1923, *Spanish Journey* 1926, *Cézanne* 1927) und war so etwas wie sein literarischer Agent in angelsächsischen

Ländern. MG, dem er ebenso geholfen wie geschadet hat, äußerte sich Annette Kolb gegenüber: »Reece ein viver Kerl, ein bischen Windhund aber brauchbar, sehr intelligent.« (18.2.[1931], StBM)

Insel-Verlag
Briefe: Nr. 195, 196, 197, 198.
MG stand mit den Gründern und Herausgebern der *Insel* (1899-1902) – Heymel, Schröder und Bierbaum – und mit dem Verlag von Anfang an in Verbindung. Die *Entwicklungsgeschichte* (1904) sollte zunächst im Insel-Verlag erscheinen (siehe die einschlägige Korrespondenz in *MGs Weg*), wo *Corot und Courbet* (1905) und *Der junge Menzel* (1906) veröffentlicht wurden, bevor MG 1906 ein Abkommen mit dem Piper-Verlag traf, das ihn nötigte, bei Abschlüssen Piper das Vorrecht zu lassen. Mit dem Insel-Verlag kam es 1912, unter schwierigen Bedingungen, zu einer erneuten Zusammenarbeit (siehe Nr. 197): *Delacroix, Literarische Werke* (Deutsch von MG, mit einem wichtigen Vorwort). MG versuchte verschiedentlich Publikationen anzuregen oder zu vermitteln (siehe die gesamte Geschäftskorrespondenz mit dem Insel-Verlag in GSA); nach der Gründung der Anstalt Ganymed für die Herstellung der Drucke der Marées-Gesellschaft (1921) kreuzten sich gelegentlich die Pläne des Verlagsleiters Anton Kippenberg mit MGs Projekten.

Ludwig Justi (* Marburg/Lahn 1876, † Potsdam 1957)
Brief: Nr. 175.
Ludwig Justi stammt aus einer alten hessischen Gelehrtenfamilie, die seit dem 18. Jh. der Universität Marburg verbunden war; Carl Justi, bei dem er auch studierte, war sein Onkel. 1904 übernahm er für kurze Zeit die Leitung des Städelschen Kunstinstituts in Frankfurt, im folgenden Jahr wurde er Erster Sekretär der Preußischen Akademie der Künste und 1909 Tschudis Nachfolger als Direktor der Nationalgalerie in Berlin. Justi schuf in den zwanziger Jahren im Kronprinzenpalais, einer Dependance der Nationalgalerie, ein vorbildliches Museum für die Kunst der Gegenwart, das Alfred H. Barr, den Gründer des Museum of Modern Art in New York 1929, beeinflußt hat. Die berühmte Sammlung expressionistischer Kunst, die Justi zusammentrug, wurde während der nationalsozialistischen Zeit fast vollständig zerstört. MG warf Justi vor, daß er »mit seiner Tätigkeit in der Galerie Anschauung und Verdienste seines großen Vorgängers bei jeder Gelegenheit desavouiert«. (FZ 9.11.1927). Justi ironisierte seinerseits den »Kenner Meier-Graefe« im Zusammenhang mit der bekannten van Gogh-Fälschungsaffäre (Wacker-Affäre, 1929) und behauptete boshaft in seinen Memoiren, MG sei »der richtige Journalist alten Schlages, dem eine Pointe weit wichtiger ist als die Sache, auf die es eigentlich ankommt«.

Harry Graf Kessler (* Paris 1868, † Lyon 1937)
Briefe: Nr. 21, 22, 23, 24, 29, 30, 31, 32.
MGs Bekanntschaft mit dem weltmännischen Mäzen und Sammler, dem Kulturpolitiker und Diplomaten Kessler stammt aus der Berliner PAN-Zeit 1894. Die Verbindung zwischen beiden blieb eine gesellschaftliche Beziehung. Ihre Wege und Interessen führten sie immer wieder zusammen, aber gegenseitige Vorbehalte blieben bestehen. Kessler bewunderte MGs Tatkraft, beneidete ihn wohl um seine Vitalität; MG sah bei Kessler die Gefahr der Zersplitterung. Am günstigsten fällt sein Urteil in frühen Jahren aus, zur Zeit von Kesslers *Notizen aus Mexico* (1898), die er besprach: »Seit Stendhal hat vielleicht kein Mensch so geistvoll Reiseeindrücke notiert und unbewußt in seiner fast spielerischen und zugleich ganz selten tiefen Erfassung fremder Menschen und Verhältnisse so frei sich selbst geschildert als dieser Dilettant, einer der wenigen Menschen, dem die Gabe und das Vermögen gegeben ist, sich rationell auszuleben.« (DK, November 1898).

Paul Klee (* Münchenbuchsee bei Bern 1879, † Locarno 1940)
Brief: Nr. 169.
Zwischen Klee und MG kam es zu keiner eigentlichen Beziehung. In seinen späten Schriften suchte der Kunstschriftsteller, mit poetischer Ironie, Klee wie einen seltenen Schmetterling einzufangen: »Laßt doch mal ein bischen locker! Werdet nicht gleich davon fliegen, wenn Klee euch erleichtert. [...] Geist ist so selten, daß er uns in jeder Form begnadet. Grazie sei uns auch im Reigen von Spinngeweben willkommen!« (BT, 12.10.1929, zu einer Klee-Ausstellung in der Galerie Flechtheim, Berlin). MG betrachtete Klee und Morgenstern als »Brüder«. Für den 42. Druck der Marées-Gesellschaft, *Die Kunst der Gegenwart* (1923), bestellte er eine Originalgraphik bei Klee: daraus wurde die Lithographie mit roter Tonplatte *Seiltänzer*.

Erich Klossowski (* Ragnit [heute Neman] 1875, † Sanary 1947)
Briefe: Nr. 170, 171.
Erich Klossowski, Sproß einer polnischen Adelsfamilie, studierte Kunstgeschichte bei Richard Muther in Breslau, wo er sich mit dem späteren Kunstkenner Wilhelm Uhde anfreundete. Er ging 1902 nach Paris, wo er bald MG kennenlernte. Hier schlug er sich mit dem geschickten Aufspüren und der Vermittlung von Kunstwerken durch. Als Maler war er Autodidakt, ein Lyriker, in Arkadien zu Hause, ein östlicher Verwandter Bonnards, wie es MG ausdrückte, der ihn sein Leben lang unterstützte. Klossowski schrieb ein ausgezeichnetes Buch über Daumier (Piper, 1907) und 1908 mit MG *La Collection Cheramy.* Die Frucht eines gemeinsamen Aufenthalts in Neapel 1911 war *Orlando und Angelica,* mit anmutigen Lithos von Klossowski (P. Cassirer, 1912). Kurz darauf malte er für das neuerbaute Haus des Freundes in Berlin-Nikolassee zwei Medaillons für das Eßzimmer. Er schuf zahlreiche Dekorationen für das Lessing-Theater in Berlin, wo er während des Krieges und wieder ab 1924

lebte. Er hatte 1903 die Jugendfreundin Else Spiro geheiratet, das jüngste der 11 Kinder von Abraham Baer Spiro, Kantor an der Storchen-Synagoge in Breslau. Sie war Malerin unter dem Namen Baladine – auch ihr Lieblingsbruder Eugen Spiro war Maler, hauptsächlich Porträtist. Rilke, dem sie in den letzten Jahren nahestand, nannte sie Merline. Aus Klossowskis Ehe gingen 2 Söhne hervor, der Schriftsteller und Künstler Pierre Kl. (geb. 1905) und der bekannte Maler Balthus, eigentl. Balthasar Kl. (1908-2001). Ende der zwanziger Jahre zog Erich Klossowski sich nach Sanary zurück.

Annette Kolb, eigentl. Anna Mathilde Kolb
(* München 1870, † München 1967)
Briefe: Nr. 178, 179.
Zwischen der deutsch-französischen Schriftstellerin und MG bestand eine herzliche Freundschaft. MGs Trennung von seiner zweiten Frau Helene, die Annettes enge Freundin war, hat die Beziehung abgekühlt. Aber es gab die gemeinsamen Freunde, besonders René Schickele, der seit 1933 in Südfrankreich MG nahestand. Die Briefe an Annette Kolb sind voller Wärme und Humor, aber greifen zu sehr in die private Sphäre, die hier nur am Rande mitschwingen soll. Deshalb wurden nur zwei Briefe aus dem Konvolut in StBM aufgenommen.

Wilhelm Lehmbruck (* Meiderich [heute zu Duisburg] 1882, † Berlin 1919)
Brief: Nr. 155.
MG lernte Lehmbruck um 1910/11, zu Anfang des vierjährigen Parisaufenthalts des Bildhauers kennen. Er sah Lehmbrucks »große stehende Frau« im Salon d'Automne 1910, das Jahr darauf die »große knieende Frauengestalt«, wie MG sie bezeichnet, ebenfalls im Pariser Herbstsalon und besuchte den Künstler in seinem Atelier Avenue du Maine. Im Sommer 1912 schrieb er seine Eindrücke nieder: »Pariser Reaktionen« in KuK. Lehmbruck wendete sich im Herbst 1911, als der Plan auftauchte, die *Stehende weibliche Figur* von 1910 für seine Heimatstadt Duisburg in Marmor auszuführen, an MG mit der Bitte um Unterstützung; er fühlte sich von ihm verstanden und betrachtete ihn als seinen Förderer. Auch später in Berlin und nach MGs Kriegsgefangenschaft in Rußland trafen sie wieder zusammen. Zum 50. Geburtstag des Bildhauers schrieb MG einen kurzen Artikel »Dem Andenken Lehmbrucks« (FZ 4.1.1931): »In Frankreich glaubt man immer, den Platz, den ein Genie einnimmt, vorgezeichnet zu finden. Wo bei uns einer steht, war vorher nichts, und wenn er geht, bleibt ein Loch.« Der große Aufsatz über Lehmbruck folgte das Jahr darauf in derselben Zeitung (5.1.1932); Gubler, der Chef des Feuilletons, war begeistert: er »habe noch nie so was Schönes gelesen« (MG an seine Frau, 5.1.1932, DLA).

Julius Levin (* Elbing 1862, † Brüssel 1935)
Briefe: Nr. 94, 95, 96, 97, 98, 99, 100.
Julius Levin und MG verband eine lebenslange Freundschaft. Zum 70. Geburtstag des Freundes, gab MG ein kurzes Porträt Levins: »Viele, die mit Kunst und Literatur zu tun haben, kennen ihn. Nur die sogenannte Öffentlichkeit weiß wenig von diesem Dichter und Geigenbauer, der als Arzt begann und in den neunziger Jahren als Korrespondent nach Paris ging. [...] Ich kenne wenige ebenso gebildete Humanisten. Mir ist in den 40 Jahren unserer Freundschaft nie ein Thema unterlaufen, über das er nicht sofort ex capite jeden wünschenswerten Beleg parat gehabt hätte.« (FZ 28.1.1932). Die umfangreiche Korrespondenz mit Levin (»Leu«) gibt Einblick in MGs Privatleben und Befinden; unsere Auswahl konzentriert sich auf den geistigen Austausch. Levin war das Vorbild für Hermann Stehrs Erzählung *Der Geigenmacher* (1926), und der ebenfalls aus Elbing gebürtige Paul Fechter hat ihm in seinen Erinnerungen (*Menschen auf meinen Wegen*, 1955) ein schönes Porträt gewidmet.

Alfred Lichtwark (* Reitbrook bei Hamburg 1852, † Hamburg 1914)
Brief: Nr. 18.
Lichtwark, der aus einer verarmten Bauernfamilie stammte, besuchte zunächst die Armenschule. Nach dem Schulabschluß 1867 arbeitete er als Lehrer an der Jacobikirchen-Schule. 1880 wurde ihm der Besuch der Leipziger Universität ohne Reifeprüfung gestattet. Bereits nach einem Studienjahr erhielt Lichtwark eine Stelle als Assistent und Bibliothekar am Berliner Kunstgewerbemuseum. 1885 wurde er in Leipzig mit einer Studie über den Ornamentenstich der dt. Frührenaissance promoviert, und im folgenden Jahr übernahm er die Leitung der Hamburger Kunsthalle. Besondere Beachtung fanden seine zahlreichen kunstpädagogischen Publikationen. – Als Redakteur des *PAN* stieß sich MG an Lichtwark, der aus der Zeitschrift ein »deutsches« Blatt machen wollte. Er wußte jedoch den Museumsmann zu schätzen, der zwischen 1886 und 1914 die Hamburger Kunsthalle zu einer überregional bedeutenden Sammlung ausbaute. Lichtwarks Drang zur Aktion und sein mäßiger Geschmack für kunsthistorische Spezialkenntnis waren MG sicher sympathischer als dessen kunsterzieherische Ideen. Sie kämpften jeder auf seine Art für die Rehabilitierung der deutschen Kunst und wirkten zusammen für die Deutsche Jahrhundertausstellung 1906; Lichtwark ging es um die geschichtliche Revision, MG um die lebendigen Werte der Kunst. Der unüberbrückbare Gegensatz in den Auseinandersetzungen zu Zeiten *PANs* über die Frage, welcher Platz der deutschen resp. der internationalen Kunst einzuräumen sei, lag hinter ihnen.

Klaus Mann (* München 1906, † Cannes 1949)
Brief: Nr. 188.
Thomas Manns ältester Sohn wandte sich, wie an viele andere Schriftsteller und Persönlichkeiten, auch an MG, um ihn aufzufordern, an der von ihm gegründeten Exil-Zeitschrift *Die Sammlung* mitzuarbeiten. MGs Ablehnung und ihre Begründung hat Klaus Mann nicht überrascht. Er empfand Sympathie für den von der Krankheit gezeichneten Meier-Graefe, wie folgende, fünf Wochen vor MGs Tod entstandene Tagebucheintragung über einen Besuch in Saint-Cyr zeigt: »Er ist furchtbar gealtert und sehr krank. Sieht dabei schön aus und hat großen Charme, verfallenes Gesicht, graue Hände. Man spürt, daß er nicht mehr lange leben wird.« (Kl. Mann, *Tagebücher 1934 bis 1935*, 1989)

Thomas Mann (* Lübeck 1875, † Zürich 1955)
Briefe: Nr. 184, 185, 186, 187.
Thomas Mann und MG verkehrten 1933, während des fünfmonatigen Aufenthalts der Familie Mann in Südfrankreich, miteinander. Es war die Zeit, da Th. Mann noch nicht endgültig mit Deutschland gebrochen hatte und an seinem großen Josephs-Roman arbeitete. Man traf sich in der von Th. Mann gemieteten Villa »La Tranquille« in Sanary oder im Hause MGs im benachbarten Saint-Cyr zu geselligen Vorleseabenden. MG, der kein besonderer Verehrer der frühen Werke von Thomas Mann war, erhielt durch die beiden ersten Bände der Joseph-Tetralogie (*Geschichten Jaakobs*, 1933 und *Der junge Joseph*, 1934) einen tiefen Eindruck. Hier fand er ein Ideal verkörpert, das er »Legende« oder »Mythos« nannte, das er auch in der bildenden Kunst suchte (vgl. oben, »Gustave Flaubert«). Die Zeilen zu Th. Mann 60. Geburtstag, die er von seinem Sterbebett diktierte (Nr. 187), sind das letzte, das wir von MG haben.

August L. Mayer (* Darmstadt 1885, † Auschwitz 1944?)
Brief: Nr. 44.
August L. Mayer promovierte 1908 bei Wölfflin mit einer Arbeit über Ribera. Er wurde ein bedeutender Kenner spanischer Malerei und war von 1909 bis 1931 an der Alten Pinakothek in München tätig. Seit 1914 Kustos, seit 1920 Hauptkonservator, lehrte er als a.o. Prof. an der Univ. München. 1931 schied Mayer aus dem Staatsdienst aus, emigrierte 1933 nach Frankreich und lebte als freier Schriftsteller in Paris und Cannes. 1943 wurde er vermutlich in Paris von der Gestapo verhaftet, nach Auschwitz deportiert und wahrscheinlich 1944 ermordet. Mayer veröffentlichte u.a. eine *Geschichte der spanischen Malerei*, (2 Bde., 1913) und gab bis 1933 die Kunstzeitschrift *Pantheon* heraus. – Für MG repräsentierte er die »unsoziale Sachlichkeit des Amateurs«, der mit seinem kritischen Katalog El Grecos (1926) »ein glänzendes Instrument für Doktoren und Händler« geschaffen, aber nichts für das Verständnis und den Genuß der Kunst geleistet habe (FZ 19.9.1926).

Carl Moll (* Wien 1861, † Wien 1942)
Briefe: Nr. 172, 173, 174, 214.
Carl Moll, ein Schüler des Landschaftmalers Emil Jakob Schindler, heiratete dessen Witwe 1895 und wurde auf diese Weise der Stiefvater ihrer beiden Töchter aus erster Ehe, Alma – später Mahler-Werfel – und Margarethe. Sein Atelier in Wien wurde ein künstlerischer Treffpunkt. Hier verkehrten Klimt, Olbrich, Josef Hoffmann, Koloman Moser; aus diesem Kreis ging 1897 die Wiener Secession hervor, deren tätiger Vorsitzender Moll wurde. MG stand um 1900 vor allem mit Hoffmann und Moser in Verbindung; die eigentliche Freundschaft mit Moll und seiner Frau Anna – »eine zweite Maria Theresia«, so MG – stammt aus späterer Zeit. In den zwanziger Jahren führte sie eine herzliche Freundschaft regelmäßig zusammen, bis das Nazi-Regime, von dem sich Moll einiges versprach, die Freunde entzweite.

Edvard Munch (* Loten 1863, † Ekely 1944)
Briefe: Nr. 2, 3, 4, 5, 6, 7, 8, 9.
MG lernte den norwegischen Maler im Winter 1892/93 im Kreis um Strindberg und Przybyszewski in Berlin kennen. Er widmete dem Freund, dessen frühes Werk er vor allem bewunderte, seinen allerersten Text über Kunst (1894). Im Jahr darauf gab er im Selbstverlag eine Mappe von Munch-Radierungen heraus, die sogenannte »Meier-Graefe-Mappe«, und setzte sich 1896 für den Künstler in Paris ein. Ihre Wege trennten sich, aber die Beziehung blieb bestehen. Munch malte ein Porträt des Kunstschriftstellers 1895, das MG 1912 der Nationalgalerie Oslo verehrte.

Rudolf Pannwitz (* Crossen / Oder 1881, † Astano bei Lugano 1969)
Briefe: Nr. 112, 113, 114.
MG trat gegen Ende des Krieges, nach der Lektüre von Pannwitzens *Krisis der europäischen Kultur* (1917), mit dem Schriftsteller und Denker in Verbindung. Dieses Buch, das ihm Hofmannsthal empfohlen hatte, veranlaßte ihn, Pannwitz zu bewegen, über Marées zu schreiben. Sie korrespondierten bis in die zwanziger Jahre miteinander, haben sich aber vermutlich nicht persönlich kennengelernt. MG konnte den obskuren Verallgemeinerungen Pannwitzens wenig abgewinnen. Er versuchte dennoch, ihm in seiner bedrängten Situation zu helfen, obwohl er sich über seinen »Größenwahnsinn, der uns nicht einen helfenden Gedanken schenkt«, ärgerte (MG an B. Reifenberg, 13.8.1930, DLA).

Gustav Pauli (* Bremen 1866, † Hamburg 1938)
Briefe: Nr. 67, 140, 141, 142, 143, 144, 145, 146.
Pauli studierte Kunstgeschichte in Straßburg, Basel und Leipzig und war seit 1894 Bibliothekar an der Akademie in Dresden, wo er 1896 Direktor der Privatbibliothek Alberts von Sachsen und der Kupferstichsammlung Friedrich Augusts II. wurde. Seit 1899 war Pauli Direktor der Kunsthalle in Bremen, 1914-33 als Nachfolger Lichtwarks Direktor der Kunsthalle in Hamburg. Pauli gehört –

neben Tschudi in Berlin, Fritz Wichert in Mannheim und Georg Swarzenski in Frankfurt – zu dem kleinen Kreis bedeutender Museumsleiter in Deutschland, die für die moderne ausländische Kunst aufgeschlossen waren. MG schätzte sein unbeirrbares Wesen und seinen Sinn für Qualität, und zwar nicht nur in künstlerischen Dingen. Pauli und seine Frau Magda, eine begabte Schriftstellerin (unter dem Namen Marga Berck), waren vor dem Ersten Weltkrieg der Mittelpunkt des geistigen Bremen – ein Kreis, dem Heymel, Schröder, Ludwig Wolde und der Maler Tewes angehörten, in dem auch Meier-Graefe gerne verkehrte. Das Ehepaar Pauli gehört zu den wenigen Freunden MGs.

Reinhard Piper (* Penzlin / Mecklenburg 1879, † München 1953)
Briefe: Nr. 204, 205, 206, 207, 208, 209, 210, 211, 212, 213.
Reinhard Piper, der 1904 einen Verlag in München gründete, erzählt in seinen Memoiren *Mein Leben als Verleger*, wie er MG 1906 kennenlernte: »alles andere als ein Ästhet«. Obwohl sie sehr verschiedene Naturen waren, kam es, wie MG es ausdrückt, zu einer dauernden freundschaftlichen Partnerschaft. Sie fanden sich in ihrer Liebe zur Kunst, obwohl ihre Vorlieben nicht durchgehend dieselben waren (vgl. Nr. 204). Sie gründeten zusammen die Marées-Gesellschaft, die dank MGs Energie ein erfolgreiches Unternehmen wurde. Sei es auch nur für das große Marées-Werk in 3 Bänden (1909/10) und die Drucke der Marées-Gesellschaft ab 1918, gebührt MG Pipers Lob, »ein selbstloser Diener der Kunst« gewesen zu sein. MG wiederum sagte von seinem Verleger, er habe aus seinem Beruf keine Industrie und aus seinem Leben keinen Beruf gemacht.

Stanisław Przybyszewski (* Lojewo 1868, † Jaronty 1927)
Brief: Nr. 10.
Der Pole Przybyszewski studierte seit 1889 Architektur und Medizin in Berlin, und schrieb, obwohl seine Muttersprache das Polnische war, zu Anfang seiner schriftstellerischen Laufbahn in deutscher Sprache: Werke, die man der in Deutschland so gut wie nicht vorhandenen Tradition der Décadence fin-de-siècle zurechnen kann. MG nennt ihn in seinem Nachruf einen »slavischen Strindberg«, ein »Strindberg mit satanischem Einschlag, der uns höllisch imponierte« (FZ 25.11.1927). Er war mit seiner norwegischen Frau Dagny Juel, einer Freundin Munchs, Mittelpunkt der Berliner Bohème um Dehmel und Strindberg. Dieser fühlte sich nach einer kurzen Liebesaffaire mit Dagny von dem eifersüchtigen Polen verfolgt (siehe Strindbergs *Inferno*, 1896). Przybyszewski, der auch ein großartiger Pianist war, schrieb neben erstaunlichen, monomanen Erzählungen wie *Totenmesse* (1893) *Erinnerungen an das literarische Berlin.*

Benno Reifenberg (* Oberkassel bei Bonn 1892, † Kronberg i. Ts. 1970)
Briefe: Nr. 189, 190, 191.
Der Publizist und Kunstschriftsteller Reifenberg glaubte, »über Meier-Graefe besser Bescheid zu wissen als er selbst«. Was er über ihn schrieb, gehört zum Besten, was über MG geschrieben wurde. So in seinem Nachruf: »Er schreibt

aus dem wunderbaren Zutrauen heraus, daß die großen Wahrheiten unzerstörbar sind. Im Grunde war ihm die Skepsis fremd. Er liebte die Kunst, weil er dankbar für das Leben war« (in *Das Abendland gemalt*, 1950, S. 344). Reifenberg lernte MG 1921 in Dresden kennen; dieser wollte dem Jüngeren die Aufgabe übertragen, über Beckmann zu schreiben. Später standen sie durch MGs Mitarbeiterschaft bei der FZ in Verbindung, deren Feuilleton Reifenberg von 1924 bis 1930 leitete. Nach einer Zwischenzeit als Pariser Korrespondent der FZ (1931/32) wurde Reifenberg wieder Redakteur (polit. Ressort) in Frankfurt. Er blieb mit MGs dritter Frau Annemarie befreundet und gab mit ihr eine Neuausgabe der EG 1966 heraus.

Georg Reinhart (* Winterthur 1877, † Winterthur 1955)
Briefe: Nr. 124, 125, 126.
Georg, der älteste der Söhne des Winterthurer Großindustriellen und Kunstförderers Theodor Reinhart, dessen »patriarchalisches Mäzenatentum« in dem Briefwechsel *Karl Hofer – Theodor Reinhart, Maler und Mäzen* (1989) dokumentiert wird, setzte die Tradition des Vaters fort. Er interessierte sich sowohl für Kunst wie für Bücher, war mit Rilke und Hesse befreundet und versuchte, seine kaufmännische Berufstätigkeit (seit 1904 als Teilhaber des Welthandelhauses »Gebrüder Volkart«, seit 1919 als Leiter des Hauses) mit seinen künstlerischen Anlagen zu verbinden. Er war ein hervorragender Donator und Förderer der Kunst; er veröffentlichte 1922 im Selbstverlag, unter der Mitwirkung von Hans Mardersteig, den Katalog seiner Sammlung (siehe *Die Sammlung Georg Reinhart*, Kat. Kunstmuseum Winterthur 1998).

Oskar Reinhart (* Winterthur 1885, † Winterthur 1965)
Briefe: Nr. 127, 128, 129, 130, 131, 132, 133, 134.
Oskar, der jüngste der vier Söhne von Theodor Reinhart, zog sich 1924 aus dem väterlichen Handelshaus »Gebrüder Volkart« zurück, um sich ganz als Kulturförderer und Kunstsammler zu betätigen. Er schenkte seiner Vaterstadt eine Sammlung von 500 Gemälden schweizerischer, deutscher und österreichischer Maler des 18. und 19. Jahrhunderts und vermachte der Eidgenossenschaft seine Privatsammlung mitsamt dem Gut »Am Römerholz«. MG, der als Anreger und Vermittler mit O. Reinhart in Verbindung stand, erblickte in dieser Sammlung eine Art Ideal (siehe Eduard Hüttinger, »Oskar Reinhart, historische Prämissen seiner Sammlung«, in *Porträts und Profile*, Erker 1992). Während der Inflationszeit der Nachkriegsjahre war das Ausland, und nicht zuletzt die Schweiz mit O. Reinhart, für das Überleben der Marées-Gesellschaft von entscheidender Bedeutung.

René Schickele (* Oberehnheim [heute Obernai] / Elsaß 1883, † Vence 1940)
Briefe: Nr. 181, 182, 183.
MG freundete sich mit dem elsässischen, zwischen Deutschland und Frankreich stehenden Schriftsteller Schickele in den dreißiger Jahren an, als beide in

Südfrankreich lebten. MG hatte sich 1929 aus Gesundheitsgründen in die Provence zurückgezogen, dorthin, »wo die Küste noch nicht Côte d'Azur heißt« (*Der Kampf um das Schloß*). Schickele besuchte ihn dort 1932, ein Aufenthalt, der durch Hitlers Machtergreifung zu einem ständigen wurde. Hier schrieb Schickele seinen Roman *Die Witwe Bosca* (1933) – »ein Buch des Zornes und der Verzweiflung«, wie er sagte. Schickele und MG wurden die besten Freunde; »wir waren die einzigen hier unten, die nicht an der Emigrantenmentalität krankten« (Schickele an Franz Schneller, 14.6.1935). Für Schickele ragte MG aus dieser Gesellschaft »wie ein bemooster Fels« hervor, der einzige Mensch, der ihm nahe war (Schickeles Tgb., 6.8.1934).

Rudolf Alexander Schröder (* Bremen 1878, † Bad Wiessee 1962)
Briefe: Nr. 45, 46, 47, 48, 49, 50, 51, 52, 53, 54, 55.
Den Dichter, Übersetzer und Architekten R. A. Schröder und MG verband eine enge, nicht immer harmonische Freundschaft. MG sagte von ihm, er sei »auch als Mensch der Formendichter« (Tgb., 1.2.1908). Sie lernten sich 1899 in Paris kennen, hatten damals ein gemeinsames Interesse für Kunstgewerbe. 1905 zog Schröder in die von MG gemietete Berliner Wohnung Genthiner Straße 13, wo er an seiner Odyssee-Übertragung arbeitete. 1908 kam es zu einem Zerwürfnis (siehe die obige Tgb.-Stelle), aber sie nahmen bald wieder die alte Freundschaft auf. 1912 kümmerte sich Schröder um die Inneneinrichtung von MGs Haus in Berlin-Nikolassee. Die Beziehungen des Freundes zur Bremer Gesellschaft waren MG bei der Vermittlung von Bilder-Verkäufen dienlich. Es sind zahlreiche Briefe von Meier-Graefe an Schröder erhalten, von denen unsere Ausgabe nur eine kleine Auswahl bringt.

Franz Servaes (* Köln 1862, † Wien 1947)
Briefe: Nr. 101, 102, 103, 104, 105, 106.
Die Bekanntschaft mit dem aus dem Rheinland stammenden Schriftsteller und Kritiker geht auf die frühe Berliner Zeit zurück, aus der es unveröffentlichte Erinnerungen von Servaes gibt (»Aus der Berliner Boheme der 90er Jahre«, siehe Reinhold Heller, »›Das Schwarze Ferkel‹ and the Institution of an Avant-garde in Berlin, 1892-1895« in *Künstlerischer Austausch*, Akten des 28. Internationalen Kongresses für Kunstgeschichte 1992, Bd. 3, Berlin 1993). Sie trugen beide 1894 zum ersten Buch über Edvard Munch bei. Später ging Servaes nach Wien, wo er seit 1899 Kunstkritiker an der *Neuen Freien Presse* war. 1904 wurde er Theodor Herzls Nachfolger als Redakteur des Feuilletons. Er kehrte 1915 nach Berlin zurück, wo er als Theaterkritiker zunächst für die Ullstein-Presse, seit 1919 für den rechtsnationalen *Berliner Lokal-Anzeiger* arbeitete. Die hier abgedruckten Briefe beleuchten die Aufnahme von MGs Schriften und Ideen in Deutschland.

Friedrich Sieburg (* Altena 1893, † Gärtringen 1964)
Nr. 180.
Der brillante, konservative Essayist Sieburg war in den Jahren 1926-1930 Korrespondent der FZ in Paris, wo er sein bekanntes Buch *Gott in Frankreich* schrieb. MG, der ihn gelegentlich als »unermüdlichen Brückenbauer« bezeichnete, stellt in seiner Rezension fest: »Das Buch eines Deutschen. Im Hintergrund immer der Gedanke an seine Heimat: wie ist das bei uns?« (FZ, 11.12.1929) Aus ähnlichen Überlegungen entstand 1932 das problematische Buch *Es werde Deutschland*, vor dessen Veröffentlichung MG warnte (s. Nr. 190f.). Es wurde überraschenderweise 1933 in Deutschland verboten. Später arbeitete Sieburg mit den Nationalsozialisten zusammen (siehe Albrecht Betz, *Exil und Engagement, Deutsche Schriftsteller im Frankreich der dreißiger Jahre*, 1986).

Georg Swarzenski (* Dresden 1876, † Boston 1957)
Nr. 67.
Georg Swarzenski war seit 1906 Direktor des Städelschen Kunstinstituts in Frankfurt am Main und der Städtischen Galerie, die auf seine Initiative hin gegründet wurde. Hier baute er eine Sammlung moderner und zeitgenössischer Kunst auf. Er holte Beckmann, den er als Künstler schätzte und mit dem er befreundet war, an die Städel-Schule. Er bemühte sich auch um die mittelalterliche Skulpturen-Sammlung im Liebighaus, die er mit asiatischen Werken bereicherte, worüber es 1910 zu einer Kontroverse mit Bode kam. 1909 organisierte er mit MG eine Marées-Ausstellung im Frankfurter Kunstverein. 1917 gründeten Swarzenski, Gustav Pauli und Karl Koetschau den Deutschen Museumsbund. Swarzenski war von 1928 bis 1933 Generaldirektor der Frankfurter Museen; 1938 wanderte er nach Amerika aus.

Hugo von Tschudi (* Lichtenegg in Niederösterreich 1851, † Bad Cannstatt [heute zu Stuttgart] 1911)
Briefe: Nr. 25, 27.
Es ist nur gerecht, wenn Franz Marc in seinem Eröffnungsartikel des Almanachs *Der Blaue Reiter* (1912) Tschudi und MG gemeinsam würdigt (siehe Nr. 42). Die Beziehung zwischen dem zu früh verstorbenen Museumsmann und dem Kunstschriftsteller war eine fruchtbare. MGs Schriften über Kunst wirkten anregend auf den Direktor der Berliner Nationalgalerie (von 1896 bis 1909), dem sein Kampf um die Moderne seinen Posten in Berlin kostete. Er wurde 1909 zum Direktor der Staatlichen Galerien in München ernannt, wo er in der kurzen ihm noch vergönnten Zeit seine Vorstellungen durchzusetzen begann. MG erblickte in Tschudi den idealen Museumsmann, der im Sinne seiner eigenen Anschauungen handelte. Die künstlerische Qualität, nicht das historisch Interessante, war bei seinen Ankäufen ausschlaggebend.

Hermann Uhde-Bernays (* Weimar 1873, † Starnberg 1965)
Brief: Nr. 177.
Es liegt eine gewisse Ironie darin, daß MG in dem hier abgedruckten Brief den in seinen Augen zu gewissenhaften Kunsthistoriker Uhde-Bernays kritisiert, der selbst als populärer Kunstschriftsteller von der Fachwissenschaft übergangen wurde. Von väterlicher Seite war er mit dem Maler Fritz von Uhde verwandt und lebte wie dieser hauptsächlich in München. Ohne MG damals persönlich gekannt zu haben, trat er 1905 als einer der wenigen für den umstrittenen Autor der polemischen Schrift *Der Fall Böcklin* ein. Die Deutsche Jahrhundertausstellung in Berlin 1906 war der Anlaß zu einer persönlichen Begegnung. In seinen Erinnerungen, die 1914 abbrechen (*Im Lichte der Freiheit*, 1947), schreibt der frankophile, europäisch gesinnte Uhde-Bernays einfühlsam über MG und sein Werk.

Max Unold (* Memmingen 1885, † München 1964)
Brief: Nr. 160.
Max Unold entschloß sich mit 21 Jahren, Maler zu werden. Er stand in der Tradition Trübners und Leibls, wurde später von Cézanne und der neuen Sachlichkeit beeinflußt. Er ist vor allem für seine Holzschnitte bekannt und schuf auch Mosaiken. Er veröffentlichte »besinnliche Betrachtungen« unter dem Titel *Zwischen Atelier und Kegelbahn* (1939). MG entdeckte Unold zur Zeit der Gründung der Marées-Gesellschaft und wollte ihn als Buchillustrator »monopolisieren« (siehe MGs Br. an Piper, 1.7.1917, KB, DLA). Unold schuf den Buchschmuck zu MGs Lieblingsbuch – zu Flauberts *Legende von Sankt Julian dem Gastfreundlichen* (7. Druck der Ma-Ge, 1918).

Franz Werfel (* Prag 1890, † Beverly Hills 1945)
Brief: Nr. 157.
Als MG nach seiner Entlassung aus russischer Kriegsgefangenschaft, noch während des Krieges, die Marées-Gesellschaft gründete, versuchte er, namhafte Dichter für das Unternehmen zu gewinnen. So auch Werfel, der, nach zwei Jahren an der russischen Front, am Kriegspressequartier in Wien arbeitete. Nach dem Krieg, als Werfel mit Alma Mahler zusammenlebte, die er 1929 heiratete, sahen sie sich gelegentlich in Wien, wo MG im Hause von Almas Mutter, die in zweiter Ehe den Maler Carl Moll geheiratet hatte, freundschaftlich verkehrte. Mit dem umfangreichen literarischen Werk Werfels scheint sich MG kaum befaßt zu haben.

Fritz Wichert (* Mainz-Kastel 1878, † Kampen auf Sylt 1951)
Briefe: Nr. 147, 148, 149, 150, 151, 152, 153, 154.
Für Wichert, der demselben Jahrgang wie Heymel und Schröder angehört, war MGs *Entwicklungsgeschichte*, die 1904 während seines Kunststudiums erschien, ein Meilenstein. Wichert, der Wölfflin nahestand, bei dem er 1907 promovierte, suchte MGs Hilfe, als er 1909 auf Tschudis Empfehlung »pro-

visorischer Vorsteher«, dann Leiter der neugegründeten Kunsthalle in Mannheim wurde. MG verhalf ihm zu seinem spektakulärsten und umstrittenen Ankauf: *Die Erschießung Kaiser Maximilians* von Manet. Er versuchte den begabten Museumsmann auch weiterhin zu unterstützen und zu beraten, dieser ließ sich jedoch durch die Anfeindungen in Mannheim entmutigen. 1913 berief er G. F. Hartlaub, Paulis Assistenten in Bremen, nach Mannheim, als Sprecher des von ihm 1911 ins Leben gerufenen »Freien Bundes zur Einbürgerung der bildenden Künste in Mannheim«. Hartlaub wurde 1915 stellvertretender Leiter der Mannheimer Kunsthalle, während Wichert eine diplomatische Mission übernahm. Dem Beispiel Lichtwarks folgend, hatten Wichert immer schon kunstpädagogische Aufgaben gefesselt. Er reformierte und leitete von 1923 bis 1933 die Frankfurter Schule für freie und angewandte Kunst, aus der er, mit Lehrern wie Beckmann und Willi Baumeister, eine der führenden Kunstschulen der Weimarer Republik machte.

Ernst von Wildenbruch (* Beirut 1845, † Berlin 1909)
Brief: Nr. 20.
Wir kennen nur diesen einen Brief von MG an den seinerzeit berühmten Schriftsteller, Enkel des Prinzen Louis Ferdinand von Preußen, Autor von Heldenliedern, die den Krieg von 1870/71 feiern, und von historisch-patriotischen Stücken.

Heinrich Wölfflin (* Winterthur 1864, † Zürich 1945)
Nr. 122.
Der bekannteste Kunsthistoriker der ersten Hälfte des 20. Jahrhunderts stand MG skeptisch gegenüber. Die Verbindung von Kunstschriftsteller und Publizist, MGs Kritik an den »Zünftlern« und der akademischen Kunstgeschichte, nicht zuletzt seine scharfen Urteile, waren dazu angetan, Wölfflin zu irritieren. Der Unterschied zwischen beiden liegt nicht nur in einer »rückblickenden« Kunstgeschichte bei Wölfflin und einer Auseinandersetzung mit der Gegenwart bei MG, wie Thomas W. Gaehtgens die Beziehung zwischen beiden stilisiert (siehe »Les rapports de l'histoire de l'art et de l'art contemporain en Allemagne à l'époque de Wölfflin et de Meier-Graefe«, *Revue de l'Art*, 88, 1990); der Graben, der sie trennte, läßt schwerlich eine vergleichende Gegenüberstellung zu. Und doch hatten sie manches gemeinsam; beiden war das Sehen wichtiger als die historische Kenntnis. Wölfflin betrieb eine strenge Kunstwissenschaft, suchte formale Prinzipien herauszuarbeiten, wollte künstlerische Anschauungen auf den Begriff bringen. MG erlebte Kunst intuitiv, mit einem erstaunlichen Sinn für Qualität, und zwar nicht nur im formalen Sinne. Der schweizerische Gelehrte stand in der humanistischen Tradition und schrieb eine klassische anschauliche Sprache, MG war vergleichsweise ein genialer Parvenü.

Nachwort

Was uns Meier-Graefes Briefe so wertvoll macht, ist etwas, das auch seine Schriften über Kunst auszeichnet – die Präsenz des Menschen. Sie wurden im Eifer eines arbeitsamen Lebens geschrieben, ohne Bedenken wegen des Stils, ohne Gedanken an die Nachwelt; sie bekunden ein selbstloses, leidenschaftliches Menschentum, das es ihm ermöglichte, Kunst, insbesondere Malerei, auf eine Weise zu erfassen, die ein halbes Jahrhundert lang die Wertung der neueren Malerei bestimmt hat. Heute, fern der Aktualität, sind es die Überzeugungen eines einsamen, verantwortungsbewußten, »sehenden« Menschen, die uns berühren und herausfordern.

Meier-Graefe war dem Temperament nach ein Briefschreiber, der seine Adressaten mit Briefen überhäufte. Er hatte nicht nur das Bedürfnis, sich auszusprechen, sondern den Willen, zu überreden, zu bekehren, mitzureißen – dies um so mehr, als er sich einsam und unverstanden fühlte. Daher berührten ihn auch Briefe anderer, Briefe von Einsamen und Unverstandenen, jene von van Gogh und von Marées, die Korrespondenz von Delacroix und die von Flaubert.

Sehnsucht nach Gemeinschaft

Meier-Graefe sehnte sich leidenschaftlich nach Gemeinschaft; er wurde sich dessen nicht erst bei Ausbruch des Ersten Weltkriegs bewußt. Seine Diagnose der Kunst lautete von Anfang an: »Eine Kunst, die principiell nur für wenige da ist, ist dem Verfall bestimmt.« (*Die Insel*, Oktober 1899, S. 71) Diese Überzeugung galt nicht nur für die Kunst, sie bestimmte sein ganzes Leben. So schrieb er an seine zukünftige dritte Frau: »der Begriff des Zusammen ist ein viel höherer als die Freiheit des Individuums. Das Individuelle ist der Dämon und die Zerstörung. Das Schöpferische des Individuums ist im Grunde die Sehnsucht nach einem Zusammen.« (An Annemarie Epstein, 16.1.1925, DLA)

Meier-Graefe beklagte die Isolierung schöpferischer Menschen in Deutschland. Hier war dieser Zustand ausgeprägter als etwa in Frankreich; es fehlte die Geselligkeit, das lebendige Gespräch, die »Soziabilität der Formen« (Hofmannsthal).[1] Meier-Graefe hätte Hofmannsthals Ur-

1 Vgl. Katharina Mommsen, *Hofmannsthal und Fontane*, Frankfurt a. M., Suhrkamp 1986, und Robert Minder, »Deutsche und französische Literatur – inneres Reich und Einbürgerung des Dichters« in *Kultur und Literatur in Deutschland und Frankreich*, Frankfurt a. M., Suhrkamp 1977.

teil über die deutsche Lage beigepflichtet: »Woran es uns mangelt, das ist die mittlere Sprache, nicht zu hoch, nicht zu niedrig, in der sich die Geselligkeit der Volksglieder untereinander auswirkt.« (Vorrede zu *Wert und Ehre deutscher Sprache*, 1927, S. 6) Seine Briefe und seine Schriften geben diesen Mangel zu erkennen. Sie sind eher Monologe als Dialoge, ein Suchen nach einem gemeinsamen Boden, nicht selten ein leidenschaftliches Ringen um Verständigung.

Meier-Graefe konnte für sein Publikum nicht voraussetzen, was Fromentin im Vorwort zu seinem bekannten Werk über die flämische und holländische Malerei *Les Maîtres d'autrefois* 1876 schrieb: »Und ich darf hoffen, daß der Leser, an den ich mich wende, mir so weit nahe steht, daß er mir ohne Ermüdung folgt und doch wieder so fern, daß ich Freude daran habe, ihm zu widersprechen und daß ich mein Bestes daran gebe, ihn zu überzeugen.«[2] Ein solches Vertrauen geht mit einer gewissen Bescheidenheit Hand in Hand: »Nicht die letzten Fragen sind es, die ich dabei anschneiden will; an dem, was allzu dunkel ist und allzu tief, mag ich gern vorbeigehen. Malerei ist die Kunst, Unsichtbares auszudrücken durch das Sichtbare ...«.[3] *Die Alten Meister* ist »eine Art Unterhaltung über Malerei«, die sich in einem meisterhaften, mitreißenden Stil sowohl an Maler wie an Laien wendet.[4]

Mit Meier-Graefe sind wir weit vom Geist der Konversation entfernt, von einem Stil, der die natürliche Fortsetzung eines mündlichen Austauschs wäre. Hier wird um letzte, unsagbare Dinge gerungen. In der *Neuen Heloise* stellt Rousseau die Genfer den Franzosen gegenüber: während die Franzosen schreiben, wie sie sprechen, sprechen jene, wie sie schreiben. Sie debattieren, anstatt sich zu unterhalten (siehe den 5. Brief von Teil VI). Von Meier-Graefe könnte man das eine wie das andere behaupten; seine Briefe haben gelegentlich das Argumentierende einer Abhandlung, seine Schriften das Suchende, das Unfertige, das Bewegte eines Gesprächs. Wilhelm Hausenstein sagt treffend: »Meier-Graefe ist neben

2 Eugène Fromentin, *Die Alten Meister*, ins Deutsche übertragen von Eberhard von Bodenhausen, Berlin, Bruno Cassirer 1903, S. 4.

3 Ebd., S. 2.

4 Der Stil, der Geist der Unterhaltung, geht in der deutschen Übersetzung zum Teil verloren, was weniger an der sonst vorzüglichen Übertragung Bodenhausens als an dem Unterschied zwischen den beiden Sprachen liegt. Ein naher Vergleich zwischen dem Original und der Übersetzung ist in dem Punkt aufschlußreich.

dem Stil der Franzosen ein Ringender, ein Beter, ein Stammler, ein Unverständlicher.« (*Die Neue Rundschau* 1915, S. 1703) Nicht selten erfindet er fiktive Gesprächspartner, um durch einen fingierten Austausch das, worauf es ihm ankommt, auszudrücken. Die *Spanische Reise* (1910) in Form eines Tagebuchs mit eingestreuten fiktiven Briefen ist in dieser Hinsicht ein typisches Beispiel (vgl. den hier abgedruckten Brief an Loris, Nr. 110). Ja, selbst das Land, in dem er ein halbes Jahr lang mit Freunden unterwegs war, kam ihm manchmal »wie eine Fiktion« vor: »Ich reise nicht in Spanien, sondern in Tizian, Rubens, Greco, Tintoretto, Poussin; in Menschen, die viel größer und merkwürdiger sind als das größte und merkwürdigste Spanien.« (*Spanische Reise*, Madrid, den 13. Juli) Meier-Graefe lebte in einer einsamen Sphäre. Er wußte, daß er als Kunstschriftsteller nicht mit einem Publikum rechnen konnte, das die gleichen Voraussetzungen teilte.

Er hat früh die Erfahrung gemacht, daß Übereinkunft in Kunstdingen in Deutschland schwer zu erzielen sei. Wir denken an die bekannte *PAN*-Krise, die in Meier-Graefes Leben und Entwicklung ein Wendepunkt ist. In der autobiographischen Skizze, mit der unsere Auswahl beginnt, kommt er darauf zu sprechen. Als Redakteur der Zeitschrift *PAN*, die 1894 im Berliner Freundeskreis gegründet worden war, stieß er beim Ankauf eines Meisterwerks von Toulouse-Lautrec ausgerechnet bei Eberhard von Bodenhausen, dem Freund, den er am höchsten schätzte, auf Unverständnis. Die Folge war eine bittere Enttäuschung und Meier-Graefes Auswanderung nach Frankreich, wo sein eigentliches »Kunststudium«, wie er es nennt, begann. Das Streitgespräch mit Bodenhausen, das erste von vielen, die er mit den verschiedensten Partnern in Freund- oder Feindschaft führte, hat er im *Fall Böcklin* (1905, S. 110) kurz aufgezeichnet und später eine Kurzgeschichte daraus gemacht (»Die zweite Pariser Reise« in *Geständnisse meines Vetters*, 1923).

In Frankreich entdeckte er die große Tradition der Malerei, lernte dort aber auch den Wert der Konvention, des unausgesprochenen Einverständnisses in Bildung und Gesellschaft schätzen. Was er in Deutschland vermißte, die Zustände, unter denen er litt und die er in seinen Schriften brandmarkte, wurde ihm in Frankreich erst recht bewußt. In einer Besprechung der neugegründeten *Nouvelle Revue Française* vergleicht er die Zeitschrift mit einem Gentleman, mit dem man reden kann, »ohne plötzlich in eine Versenkung seiner ungeahnten Persönlichkeit zu stürzen«. Über das im Hause des Gentleman gepflegte Gespräch schreibt er folgendes: »Man kann alles sagen, auch wenn die Dame des Hauses dabei ist, aber es wäre zum Beispiel unanständig, das in einem Hauptsatz zu sagen, was in einen Relativsatz gehört, oder etwas zu wiederholen. Es ist unglaublich, wie scharfhörig man hier wird. Manchmal genügt ein Blick, um ganze Jahrgänge von Zeitschriften zu entrollen. Verpönt ist das Gigerlhafte. Keine bunten Schlipse! Auch darf nichts in Versen gesagt werden, was sich besser in Prosa ausdrücken läßt. Wenn ich nicht fürchtete, etwas des deutschen Dichters Unwürdiges zu äußern, würde ich mit dem Wort ›Takt‹ das Milieu charakterisieren.« Und er schließt mit den Worten: »Ich beneide die Franzosen um diese Revue. Wo ist bei uns das Haus, in dem sich Gleichgesinnte zwanglos vereinen und man sicher ist, nicht zwischen zwei Nachbarn gesetzt zu werden, von denen der eine aus dem elften Jahrhundert und der andere aus dem dreißigsten dichtet? [...] Man denkt bei der *Nouvelle Revue Française* immer an die Straßen von Paris mit ihren schönen Perspektiven. Bei uns wird man überall an die Warenhäuser erinnert.« (*Die Neue Rundschau* 1910, S. 723)

Deutscher in Frankreich

Dies war Meier-Graefes Ideal. Und die wenigen Freunde, die er in Deutschland hatte, sollten die fehlende Gesellschaft, die ersehnte Gemeinschaft ersetzen. Er selbst jedoch konnte sein Deutschtum nicht ablegen. So eindeutig seine Liebe zu Frankreich war, so komplex war seine dortige Situation. Als er Mitte der neunziger Jahre nach Paris ging und Vorkämpfer für ein modernes Kunstgewerbe wurde – erst durch die Gründung und Leitung der Zeitschriften *Dekorative Kunst* und *L'Art Décoratif* (ab 1897/98), dann 1900 durch die Eröffnung eines eigenen Geschäfts *La Maison Moderne* –, kritisierte er ohne Schonung die französische Rückständigkeit auf dem Gebiet.[5] Als er sich nach der Jahrhundertwende mehr und mehr der reinen Kunst, der Malerei zuwandte, schrieb er deutsche Bücher, die in Frankreich niemand lesen konnte und die in ihrem so unfranzösischen Stil auch kaum zu übersetzen waren.

5 Zwischen den beiden Zeitschriften *Dekorative Kunst* und *L'Art Décoratif* bestand ein Unterschied: Die Illustrationen und die behandelten Themen waren dieselben, der Text jedoch, wurde dem jeweiligen – deutschen oder französischen – Publikum angepaßt.

Die unerfreuliche Episode mit dem Übersetzer Léon Werth (siehe Nr. 31 und 64) ist angesichts dieser Lage nebensächlich.

Für eine Vermittlerrolle zwischen Deutschland und Frankreich war Meier-Graefe wenig geeignet. Obwohl er fließend Französisch sprach, bestand das »sprachliche Dilemma«. Auch war sein Temperament den Franzosen fremd, wie Lichtwark in seinem Urteil über Meier-Graefe richtig erkannte: »Dem Kunstwerk gegenüber ist er ausschließlich Enthusiast. Diesen Standpunkt kennt man in Paris nicht, wo die feine, nüchterne Kennerschaft alteingesessen ist, und man verstand ihn deshalb gar nicht oder falsch.«[6] Er hatte weder den gesellschaftlichen Ehrgeiz noch die geschmeidige Art Harry Graf Kesslers, der in Pariser Kunst-Kreisen geschätzt wurde. Meier-Graefe lebte und kämpfte für die eigenen Überzeugungen, sprach nur im eigenen Namen, womit er in Paris auf Unverständnis stoßen mußte. Wiederum Lichtwark mit ironischer Pointe: »Aber Meier-Graefe ist ganz ehrlich. Er glaubt sich Alles.« (Ebd.) Er pflegte wenig Umgang mit Franzosen, wenn wir von den Arbeitsbeziehungen zur Zeit seines Engagements in der kunstgewerblichen Bewegung absehen; Paris bedeutete ihm mehr als Einzelbeziehungen. In dem unveröffentlicht gebliebenen autobiographischen Roman *Der Kampf um das Schloß* (1933-1935) heißt es: »Trotz aller Dilemmas bildeten wir uns ein, Paris stärker als jeder Eingesessene zu fassen, und hatten recht, weil wir von draußen kamen und den Unterschied kannten, und weil wir, vom Nutz des Alltags und aller bürgerlichen Gevatterschaften entbunden, nur mit dem Genius der Stadt verkehrten ...« (Ts., S. 90, DLA)

In den ersten Wochen nach Ausbruch des Krieges schrieb Meier-Graefe einen unglücklichen Artikel im *Berliner Tageblatt* (»Drei Gewinne«, 11.9.1914), der ihm sehr geschadet hat (siehe Nr. 179). Hier stellte er Kraft über Kultur und forderte von Deutschland »nicht nur die Kraft zum Sieger, auch zum Erben Frankreichs«. Deshalb war sein Aufruf zur Schonung der Kulturgüter Frankreichs kein uneigennütziger: »Macht wahr das Wort: Deutschlands Sein, Europas Kultur! Ehret euch selbst, schont die Güter, die nicht den schmächtigen Kerlen in den roten Hosen, die auch uns und der ganzen Welt gehören!« Die Tatsache, daß er seinerzeit ganz auf seiten von Dreyfus stand und »Frankreichs Mut« beim Aus-

6 Brief vom 17.10.1908 in Alfred Lichtwark, *Reisebriefe*, Hg. G. Pauli, Bd. 2, 1923, S. 252.

gang der Affäre pries, konnte diesen Fehlgriff nicht aufwiegen.[7] Von da an kehrte er »immer nur als Fremder mit einem bestimmten Zweck und von dem Gefühl bedrückt, mich einzuschleichen«, nach Paris zurück (*Der Kampf um das Schloß*, S. 91).

Nach seinem ersten Aufenthalt in Paris nach dem Krieg, veröffentlichte er 1922 einen langen Artikel, irritierend im Ton, eine Art *mea culpa*, zugleich eine Rechtfertigung, teils aufrichtig, teils ironisch, gekünstelt frivol in einer ernsten Sache, eine feuilletonistische Auseinandersetzung mit der Nation der Sieger, die Meier-Graefe von einer nicht untypischen Seite zeigt – kurzum, ein Artikel, der nicht angetan war, ihm Türen zu öffnen. Hier eine Kostprobe: »Die Schuld am Kriege ist eine Alchimistenfrage, die von der Unlösbarkeit des wirtschaftlichen Reparationsproblems treffend symbolisiert wird. Ich möchte wissen, wer seinerzeit bei der Sündflut die Schulden bezahlt hat. Können sich die Sieger eine Arche Noah bauen und über dem versunkenen Europa spazieren fahren?« (»Reparation«, *Die Neue Rundschau*, 1922, S. 872 f.)

1929 kam, hauptsächlich aus Gesundheitsgründen, »ein Provisorium in Südfrankreich zustande«, das bis über seinen Tod hinaus bestand: »Wir hatten grade noch den rechten Moment erwischt, tauchten unter, begaben uns belastender Zugehörigkeit und tauschten die Ungebundenheit der Fremden ein.« (*Der Kampf um das Schloß*, S. 100) Man kann also in Meier-Graefes Fall nicht von Exil sprechen. Dies wird meist übersehen, hat aber seine Bedeutung. Er zog andere nach sich, denen Deutschland nicht mehr geheuer war, besonders René Schickele, der ein enger Freund wurde. Meier-Graefes Haus in Saint-Cyr-sur-Mer (Var) wurde ein Anziehungs- und Treffpunkt für manch heimatlos gewordenen Deutschen.[8]

Der autobiographische Schlüsselroman *Der Kampf um das Schloß* ist kein Emigrantenroman, wie René Schickele fürchtete; er wurde am Rande des deutschen Exils geschrieben und schildert mit humorvoller Distanz, ohne bitteres Gefühl, die Erlebnisse eines Deutschen Anfang der dreißiger Jahre in der Provence. Er spielt in Vaudoule (i.e. Saint-Cyr), beschreibt die Annäherung an die Eingesessenen, an »die Men-

7 Vgl. »Zum Ausgang der Dreyfus-Affäre«, in *Sozialistische Monatshefte* 1906; und Nr. 56.

8 Vgl. Heinke Wunderlich/Stefanie Menke, *Sanary-sur-Mer, Deutsche Literatur im Exil*, Stuttgart, Weimar, Metzler 1996.

schen des beglückenden Landes«; später trübt Madou (i.e. Sanary), das in der Nähe gelegene Hafenstädtchen, das »internationaler Intellektuellen-Sitz« geworden war, die frühere Ordnung: »Ja, Madou war sehr ulkig, ein Gemengsel aus Bruchstücken des früheren Daseins, das vergessenen Regungen ein bischen Nahrung zutrug.« (S. 130)

Im Vergleich zu anderen autobiographischen Werken der Exilzeit, die meist nachträglich geschrieben wurden, hat dieser »Roman« eine Frische und eine Unmittelbarkeit, die einen Verleger zur Veröffentlichung reizen sollte. Schickele, der die Entstehung des Werks miterlebte und das Manuskript las, urteilte: »Was sich unwillkürlich an Ressentiment in das Buch eingeschlichen hatte, ist weg, und statt dessen erhebt sich etwas wie eine Klage um den toten Pan, eine Elegie, die gerade durch die Sprödigkeit, die Zurückhaltung des Klagenden ergreift. Mich hat die kleine Melodie, deren Puls so leise wie bei einem Rekonvaleszenten geht, erschüttert. Es steht soviel zwischen den Zeilen ...« (Brief an Meier-Graefe, 10.4.1935, René Schickele, Werke III, 1959, S. 1216) Als habe am Ende Frankreich doch auf Meier-Graefe abgefärbt.

Schickeles Zeilen sind an einen Sterbenden gerichtet, weniger als zwei Monate vor Meier-Graefes Tod. Der heitere Ton des Romans, der 1934, in düsterer Zeit, unter schwierigen gesundheitlichen und materiellen Bedingungen geschrieben wurde, ist um so bewundernswerter. Man denke vergleichsweise an Schickeles *Witwe Bosca* (1933), dieses dunkle Symbol der Zeit, eine »Auseinandersetzung mit dem in Mord und Tod verstrickten Europa« (Schickele an Stefan Zweig, 11.9.1934, Werke III, S. 1208). Im *Kampf um das Schloß* stürzt am Ende des Romans vor dem Haus des Erzählers eine große Zeder um – auch dies ein Symbol.

Die Erfolgsaussichten für Meier-Graefes Erzählung schienen Schickele gut, wobei er die Situation, wie auch im eigenen Fall, nicht richtig einschätzte.[9] Meier-Graefe war längst vom Schicksal der Emigranten eingeholt worden. Er hatte das »Treuegelöbnis« der Kulturkammer, das er Ende 1933 erhielt, nicht unterschrieben, gehörte aber nach wie vor dem Aufsichtsrat des S. Fischer-Verlags an (siehe Nr. 202 und 203). Sein Roman, obwohl unpolitisch, hatte kaum Aussicht, in Deutschland veröffentlicht zu werden. Es war ein Buch aus dem Exil, wenn auch nicht über das Exil. Für Emigrantenkreise war es zu leicht im Ton, zu wenig

9 Vgl. Albrecht Betz, *Exil und Engagement. Deutsche Schriftsteller im Frankreich der dreißiger Jahre*, München 1986.

politisch, ob im direkten oder im versteckten Sinne. Ein Buch ohne Publikum, von einem gütigen Menschen geschrieben, dem kein anderer Stoff blieb als die eigene Person, die kleine Welt der unmittelbaren Umgebung, gefaßt in eine bescheiden-humorige Beobachtung, die uns heute berührt. Meier-Graefe bemühte sich in den letzten Monaten seines Lebens um die französische Staatsangehörigkeit.[10] Er blieb ein Deutscher in Frankreich, kein sogenannter Kenner Frankreichs wie etwa Friedrich Sieburg, dessen problematische Wendung 1932/33 er hellsichtig erkannte (siehe Nr. 190 und 191).[11]

Einsamkeit und Verbündete in Deutschland

Auch in Deutschland war Meier-Graefe auf sich gestellt, bekleidete kein Amt, gehörte keiner Berufsgruppe an, hatte nicht einmal ein regelrechtes Studium absolviert. Das wirkte unsolide, gar verdächtig. Er hatte als Schriftsteller begonnen, wurde Kunstschriftsteller und Publizist, bevor er sich wieder der Literatur zuwandte. Natürlich wurde er auch der »Ausländerei« bezichtigt, hatte er doch ein Jahrzehnt lang (1895-1904) in Paris gelebt. Erschwerend kam hinzu, daß er wenig Sinn für Politik hatte – und Kunst war vor und nach dem Ersten Weltkrieg durchaus ein Politikum; er war und blieb ein unverbesserlicher Idealist.

Er litt unter seiner isolierten Position in Deutschland, verstand nicht die Angriffe auf ihn, den Haß, mit dem man ihn verfolgte. Viele Briefe zeigen, wie sehr ihn die unsachliche Kritik verletzte. Sein Eintreten für Marées stieß auf Unverständnis, seine Schriften wurden von seiten der Kunsthistoriker ignoriert oder abgelehnt (siehe Wölfflin, Nr. 122). Er, der 1904 den entscheidenden Impuls zur Revision der deutschen Kunst des 19. Jahrhunderts gab (siehe Nr. 25 und 27), der zur deutschen Centennale in Berlin 1906 führte, sah sich gezwungen, im Laufe der Vorbereitung dieser epochalen Ausstellung vom Organisationskomitee zurückzutreten, weil er als »erzfranzösisch« galt.

Der viel geschmähte Meier-Graefe fühlte sich in seinem Schicksal dem »Censor Germaniae« Maximilian Harden verbunden. Obwohl sie menschlich wenig miteinander gemein hatten – Harden war alles andere

10 Vgl. Meier-Graefes Brief an Henri Matisse (Sohn) vom 22.3.1935, DLA.

11 Siehe Albrecht Betz 1986, op. cit., und Manfred Flügge, »Friedrich Sieburg, Frankreichbild und Frankreichpolitik 1933-1945« in *Vermittler – Deutsch-Französisches Jahrbuch* I, 1981.

als ein Idealist und besaß weder Meier-Graefes mildernden Humor, noch sein völlig uneitles Wesen –, bewunderte Meier-Graefe die Kämpfernatur des Publizisten: »Was Sie an Züchtung (sic!) für Deutschland thun, ist nicht in Worte zu fassen und ich erkenne wieder mal zerknirscht, wie weit unser einer mit seinen Geschossen vom Schuß steht. Ihr Optimismus – deshalb gelten Sie immer für einen Pessimisten – geht mir sehr nahe.« (In einem in unserer Auswahl nicht abgedruckten Brief, ca. 1908, datiert »Sonnabend Abd.«, BAK).

Ein wichtiger Gefährte in Deutschland war Richard Dehmel. Die Bekanntschaft stammt aus der *PAN*-Zeit, zu Freunden wurden sie allmählich. In unserer Auswahl stehen einigen Briefen von Meier-Graefe Dehmels Antworten gegenüber: ein Austausch zwischen zwei der lebensvollsten Geister der Epoche.[12] In beiden derselbe Ernst, das Ethos, ja Pathos von Bekennern. Wo sie sich nicht einig waren, rangen sie miteinander. Dehmel war einer der wenigen in Deutschland, der dieselbe Sprache sprach. Bei einer Rundfrage (Nr. 80, »Über die Formen nationaler Kultur«, 1905) oder einem Aufruf (Nr. 89, »Für ein neues Deutschland«, 1918) korrigierte der Dichter Meier-Graefes Entwurf. Bei dem einen wie bei dem anderen sind Mensch und Werk nicht voneinander zu trennen.

Zu einzelnen Museumsleuten in Deutschland unterhielt Meier-Graefe eine fruchtbare Beziehung, an erster Stelle zu Hugo von Tschudi, dem Leiter der Nationalgalerie Berlin seit 1896 und von 1909 bis zu seinem Tod 1911 Direktor der Staatlichen Galerien in München. Zwar sind unserer Kenntnis nach keine Briefe von Meier-Graefe an Tschudi erhalten, aber die Verbindung, die für beide wichtig gewesen und auch historisch bedeutsam ist, läßt sich rekonstruieren (siehe Nr. 24 f., 142, 154, 193).[13] Als Antipode nicht nur Tschudis, sondern als Gegner der eigenen Kunstanschauung betrachtete Meier-Graefe den »Bismarck der Berliner Museen«, Wilhelm von Bode, gegen den er in seinen Schriften und Briefen öfter Stellung nimmt (siehe Nr. 96 und die Briefe, die von der »Flora-Affäre« handeln, Nr. 65 f.).

Eine nicht nur professionelle, sondern freundschaftliche Beziehung verband Meier-Graefe mit dem Leiter der Bremer Kunsthalle Gustav Pauli, der 1914 Lichtwarks Nachfolge in Hamburg übernahm. Diese inhaltlich

12 Wir übernehmen hier eine Charakterisierung Dehmels von Emil Ludwig; siehe E. Ludwig, *Genie und Charakter*, Berlin, Ernst Rowohlt 1924, S. 257.

13 Vgl. unseren Beitrag im Kat. *Manet bis van Gogh – Hugo von Tschudi und der Kampf um die Moderne*, 1996.

reichen Briefe geben das Maß des Menschen Meier-Graefe, seiner Unbedingtheit, seiner Freundschaft. Von einer sympathischen Seite zeigt sich Meier-Graefe in seiner »väterlichen« Beziehung zu dem jüngeren Fritz Wichert, dem ersten Leiter der Kunsthalle Mannheim, dem er beratend zur Seite stand. Der letzte hier abgedruckte Brief an Wichert (Nr. 154), in dem Meier-Graefe über die Zukunft des Adressaten nachdenkt, sagt viel über ihn selbst aus, über den eigenen Beruf, über die Einsamkeit des Kunstschriftstellers in Deutschland: »Ich bin so solo …«. Scheffler wird zwar nebenbei erwähnt, jedoch mit einer abfälligen Bemerkung.

Scheffler und Meier-Graefe, die beiden einflußreichsten Kunstkritiker ihrer Generation, hatten ein schwieriges Verhältnis zueinander. Meier-Graefe, der Scheffler zu Beginn seiner schriftstellerischen Laufbahn förderte, indem er ihn 1897 zum Berliner Berichterstatter seiner Zeitschrift *Dekorative Kunst* berief, urteilte später streng über ihn. In einem Brief an seine dritte Frau sagt er über Scheffler: »Er weiß eine Menge, aber hat keine Meinung.« (7.1.1932, DLA) Beide hatten ihre große Zeit vor dem Ersten Weltkrieg; ihre Stärke lag nicht auf demselben Gebiet. Meier-Graefes eigenstes Gebiet war die Malerei, Scheffler schrieb vorzüglich über Kunstgewerbe und Architektur und neigte zur Zeitkritik allgemein – in Fragen der bildenden Kunst folgte er oft Meier-Graefes Spuren. Meier-Graefe ging neue Wege, Scheffler ebnete sie, machte sie übersichtlich. Dieser war ein Verstandesmensch, schrieb eine klare, elegante Sprache; Meier-Graefe ließ sich von seiner Empfindung leiten, drückte sich gelegentlich verworren aus, stets mit einer genialischen Lebendigkeit. Scheffler wollte objektiv gerecht sein, wogegen Meier-Graefe betont subjektiv war – ein leidenschaftlicher Kritiker im Sinne Baudelaires. Meier-Graefe, der Rathenaus Kunsturteil mit aller Schärfe ablehnte (siehe Nr. 63), hätte zugestimmt, als dieser behauptete, Scheffler habe »kein triumphierendes Auge«.[14]

Die Position der beiden Kritiker war verschieden. Scheffler hatte als Redakteur des ersten deutschen Kunstblattes, *Kunst und Künstler*, zu dem auch Meier-Graefe gelegentlich beitrug, eine machtvolle Position, speziell in Berlin, mußte aber dieser langjährigen Tätigkeit einen guten Teil seiner schöpferischen Kraft opfern. Meier-Graefe konnte als freier Kunstschriftsteller sich ganz dem hingeben, was ihm wichtig erschien.

14 In einem Brief an Harden vom 16.10.1905, in *Walther Rathenau – Maximilian Harden, Briefwechsel*, Hg. Hans Dieter Hellige, München / Heidelberg 1983, S. 433.

Während sich Scheffler viel mit Liebermann, der maßgebenden künstlerischen Persönlichkeit Berlins befaßte,[15] drehte sich Meier-Graefes Interesse um die »Sonne« Delacroix und um den verkannten Marées, den er den Deutschen, an Stelle Böcklins, als Leitstern präsentieren wollte. Wir können seinen vorbildlichen Kampf um Marées, dem wir eines der großen Werke über Kunst verdanken, in vielen Briefen verfolgen.

Die »Entdeckung« Marées' und seine Idealisierung durch Meier-Graefe stand, wie Anne S. Domm gezeigt hat, »im Zeichen nationaler Identitätssuche«.[16] Er stilisierte den deutschen Künstler zu einer zeitlosen Größe, außerhalb eines geschichtlichen oder gesellschaftlichen Rahmens – dies gilt übrigens für seine Kunstschriftstellerei allgemein –, machte aus Marées, dessen unpersönliche Kunst er pries, eine »starke Persönlichkeit«, von der er glaubte, sie könne den Deutschen zu einer kulturellen Erneuerung verhelfen.

Meier-Graefe begnügte sich nicht mit einer neuen Bewertung von Marées, sondern arbeitete konsequent, durch Schrift und Tat (man denke an die Deutsche Jahrhundertausstellung 1906), an einer Umwertung deutscher Kunst und Künstler. Er trug somit zur Formung eines nationalen kulturellen Bewußtseins bei – ein Prozeß, in dem der Kunst seit Ende des vergangenen Jahrhunderts eine zunehmende Bedeutung beigemessen wurde.

Diese Umwertung – kritisch gegen Böcklin und gegen den späten Menzel, nuanciert gegenüber Leibl und Liebermann – stieß in Deutschland auf Widerstand. In deutschnationalen Kreisen, in erster Linie von Henry Thode, wurde Meier-Graefe um so mehr angefeindet, als er sich am Leitbild der malerischen Tradition der Franzosen orientierte. Diese Hochschätzung der französischen Malerei nutzten seine Gegner in Deutschland, um sein Urteil über deutsche Kunst und Kultur unglaubwürdig zu machen, unter dem Vorwand, es entspringe einer französischen Sicht. So wurde er in Deutschland zum »inneren Feind«, ja zum »Juden« abgestempelt, während er in Frankreich, wo er ebensowenig wie in der eigenen Heimat Anerkennung fand, als sehr »deutsch« empfunden wurde. Seine Situation glich der eines Heimatlosen. Die Ironie von Meier-Graefes Schicksal liegt darin, daß er, dem seine Feinde keine jüdi-

15 Siehe Dieter Scholz, »Max Liebermann und Karl Scheffler«, *Jahrbuch der Berliner Museen* 1997, S. 157f.

16 Siehe Anne S. Domm, *Der »klassische« Hans von Marées und die Existenzmalerei Anfang des 20. Jahrhunderts*, Miscellanea Bavarica Monacensia, Bd. 146, 1989.

sche Abstammung nachweisen konnten, der er sich im übrigen auch selber nicht bewußt gewesen ist,[17] als heimatloser Jude behandelt wurde, nur weil es seiner Situation in Deutschland – man könnte auch sagen: zwischen Deutschland und Frankreich – entsprach.

Das Erlebnis der Kunst

In den Briefen ist weniger von einzelnen Künstlern, Marées ausgenommen, als von der Kunst die Rede. In der handschriftlichen Ergänzung zu einem Artikel des Freundes Julius Levin (siehe Nr. 96) spricht Meier-Graefe seine Kunstauffassung aus. Diese steht im Gegensatz zu derjenigen der Kaste der Kunsthistoriker und der Museumsleute, die ihn wenig schätzten. Seine besten Leser waren die Künstler selbst. Obwohl er für die jüngere expressionistische Generation wenig aufgeschlossen war, sprach er sie durch die Intensität, mit der er Kunst erlebte, an, durch sein »leidenschaftliches Gefühl für das Wertvolle« (Hausenstein). Ludwig Rubiner schrieb über ihn in der *Aktion*, er sei »der einzige mutige und unbedingte Mann, der seit hundert Jahren in deutscher Sprache zur Kunst spricht« (April 1914, S. 364).

Meier-Graefe war weder ein Faktensammler – auch hier mit der wichtigen Ausnahme von Hans von Marées, den er aus der Vergessenheit hervorgeholt hat – noch ein Historiker. Es ist wiederum Hausenstein, der dies anschaulich ausdrückt: »Meier-Graefe wirft alle Dinge auf eine und dieselbe Fläche. Er schreibt, wie Velázquez und Manet und die Japaner malten: impressionistisch zweidimensional. Die Dinge treten nicht historisch zurück; sie gehen nicht in die räumliche Tiefe des Historischen hinaus. [...] Alles ist uns gleich nahe.« (*Die Neue Rundschau* 1915, S. 1706) Das lebendige Erlebnis, ob alter oder neuer Kunst, war ihm ausschlaggebend. Um es mit Nietzsche zu sagen: Er suchte instinktiv den Nutzen der Kunst fürs Leben, in einem Sinne, in dem Nutzen und Wert der Kunst miteinander verschmelzen. Kennern und Liebhabern sprach er das Gespür für diesen »ideellen Nutzen« ab. Von dem berühmten Kenner altniederländischer Kunst Max J. Friedländer meinte er, er habe von Kunst keine Ahnung, nur von Echtheit (siehe Anm. zu Nr. 173). Für ihn war die notwendige Voraussetzung für ein fruchtbares Erlebnis der Kunst der Einsatz des ganzen Menschen.

17 Siehe Anm. zu Nr. 192.

Er hatte dem Leben gegenüber dieselbe Einstellung wie zur Kunst: »Man kann nicht alles haben. Und nur ganz oberflächliche Menschen wollen alles haben und kommen natürlich zu nichts. Die Fähigkeit stark zu genießen ist immer mit Hemmungen verbunden, die eine Auswahl treffen. Nur Menschen, die sich ganz für eine Arbeit, eine Tat, eine Überzeugung einsetzen können, vermögen ebenso zu genießen, denn schon dieses Einsetzen ist Genuß.« (An Annemarie Epstein, 16.2.1925, DLA) Deshalb ist Meier-Graefes Urteil über Kunst nie ein rein ästhetisches, gar formales, wie man häufig liest; es ist das Urteil eines Menschen, das selbst da, wo wir ganz anders denken, seine beispielhafte Bedeutung behält.

Im Grunde ging es Meier-Graefe weniger um die Entwicklung der Kunst, deren sogenannte Geschichte ihn berühmt gemacht hat, als um die eigene Entwicklung an der Kunst (siehe Nr. 154 und den Beginn von Nr. 111). Und hier war das »Erlebnis Marées« von zentraler Bedeutung. Meier-Graefe reifte menschlich und künstlerisch durch seine langjährige Beschäftigung mit Marées, in dem er als Künstler und Menschen die bedeutendste Erscheinung der deutschen Kunstwelt des 19. Jahrhunderts erkannte. Hiervon zeugen der schöne Brief von Dehmel (Nr. 85) und Meier-Graefes Antwort (Nr. 86), sowie die Briefe an Mary Balling, die Witwe von Marées' Freund und Mäzen Konrad Fiedler. Diese Bereicherung, die er an sich selbst feststellte, wollte er durch seine Schriften, vor allem durch sein Marées-Werk (*Hans von Marées*, 1909-1910) und die diversen Bemühungen um seinen »Helden« (Marées-Museum, Marées-Gesellschaft, Marées-Ausstellungen und Vorträge) mit anderen teilen.

Meier-Graefe sah in der Kunst die höchste Wirklichkeit, wobei er nicht ausschloß, daß eine Zeit kommen könne, in der Kunst – in diesem Sinne – nicht mehr geschaffen werde. Ihr zu dienen war die große Aufgabe seines Lebens.[18] Dieses Ziel verfolgte er auch mit dem Programm der während des Krieges gegründeten Marées-Gesellschaft, der er vorstand und der er einen großen Teil seiner Zeit in den Nachkriegsjahren widmete. Ursprünglich sollte die Marées-Gesellschaft dem Studium und der Verbreitung der Kunst Hans von Marées' dienen; bald jedoch wurde eine im eigentlichen Sinne des Wortes vorbildliche Institution daraus, ein »imaginäres Museum«, das durch die Mappenwerke »absoluter Fak-

18 Siehe Meier-Graefes späten Aufsatz »Kunstschriftstellerei« in *Die Gabe – Dichtungen und Aufsätze*, zum 50. Geburtstag Wilhelm Hausensteins, München 1933.

similes« von sorgfältig ausgewählten Werken auf Papier (Zeichnungen und Aquarelle), die sich, im Gegensatz zu Gemälden, faksimilieren ließen, zustande kam – ein ideales »Museum« höchster künstlerischer Qualität, das weder zeitliche noch räumliche Grenzen kannte. Die andere Tätigkeit der Marées-Gesellschaft, die darin bestand, bei zeitgenössischen Künstlern originalgraphische Werke anzuregen oder zu bestellen, kam in Meier-Graefes Einstufung wohl erst an zweiter Stelle, da sie zwangsläufig für einen kleinen Kreis von Liebhabern bestimmt war (siehe Nr. 146).

Ein anderer »geistiger Ordner«, Rudolf Borchardt, schuf mit seiner Anthologie *Ewiger Vorrat deutscher Poesie* (1926) etwas dem Vorhaben der Marées-Gesellschaft Verwandtes, obwohl in diesem Fall die deutsche Sprache Grenzen setzte und das 19. Jahrhundert, in dem die Malerei gipfelt, hier fast vollständig fehlt, aus Gründen, die Borchardt darlegt. Der Geist, aus dem das Unternehmen entwickelt wurde – »ganz und gar aus dem Leben heraus, seinem eigenen Leben, dem Lebendigen der Zeit« – ist vergleichbar. »Der Speicherer und Sonderer dieses Vorrates hat den Historiker darum in die Tasche gesteckt, weil er ihn in sich besitzt, und darum das Recht aufnimmt, mit ihm zu schalten.« (Nachwort zum *Ewigen Vorrat*, S. 445-461)

Nach dem Krieg

Durch den Nachdruck auf den geistigen Besitz[19] und das Bestreben, eine geistige Gemeinschaft zu fördern, stand Meier-Graefe nach dem Weltkrieg dem Gedankenkreis um Hofmannsthal nahe. In unserer Auswahl stammt ein einziger Brief an Hofmannsthal aus dieser Zeit (Nr. 111); darin ist von der fiktiven Wirksamkeit auf geistigem Gebiet die Rede. Meier-Graefe entwickelte jedoch zur Weimarer Zeit eine rege publizistische Tätigkeit, besonders als freier Korrespondent der *Frankfurter Zeitung* und des *Berliner Tageblatts*, zwar aus materieller Notwendigkeit, aber auch, um in der Zeit der Umwälzung mitzuwirken.

Von 1919 an gab er das die Drucke der Marées-Gesellschaft begleitende Jahrbuch *Ganymed* heraus, welches vom dritten Jahrgang an von Hausen-

19 Vgl. »Der Beitrag Deutschlands zur Kunst Europas«, München, Piper 1922, wieder abgedruckt in *Ganymed* IV, 1922, und die Folge von 7 Artikeln »Der deutsche Beitrag zur Kunst Europas« in *Frankfurter Zeitung* 1931 (genaue Angaben in Moffetts Bibliographie).

stein geleitet wurde (s. Nr. 156). Wie auch bei anderen Nachkriegszeitschriften – man denke an die schöne Kunstzeitschrift des Kurt Wolff-Verlags *Genius* oder an den *Neuen Merkur* – setzte man sich das Ziel, ein Weltbild der Kunst, gemeinsame bindende Werte aufzustellen. Dies schloß Politik im weitesten, idealen Sinne mit ein. Meier-Graefe eröffnete den ersten Jahrgang mit einem Aufsatz »Politisches Geständnis des Künstlers«, den der Verleger Reinhard Piper, der ihn im Manuskript gelesen hatte, beanstandete: »Wir vermissen in dem Aufsatz jedes Empfinden dafür, daß das deutsche Volk in dem Weltkrieg den schwersten Existenzkampf geführt hat, der je einem Volk aufgezwungen wurde.«[20] Der Verleger stieß sich vor allem an dem Ton des Artikels, der ursprünglich für eine Zeitung geschrieben wurde und der in der Tat als Eröffnungsartikel des neuen Jahrbuchs ungeeignet war.

Meier-Graefe hatte erstaunlich wenig Gespür für den eigenen Stil, dem es gelingt, kühn metaphorisch tiefe Zusammenhänge zu erfassen, der aber auch nicht selten entgleist. In Übereinstimmung mit dem uneitlen, gutaussehenden Menschen Meier-Graefe, der sich wohl selten im Spiegel betrachtete, hatte auch seine Sprache Wichtigeres zu besorgen als die Beschäftigung mit sich selbst. Er rang zwar mit der Sprache, kämpfte um den lebendigen, wirksamen Ausdruck, aber um der Sache willen. Sein journalistischer Stil, der in der Nachkriegszeit einen Höhepunkt erreicht, und die Sprache des Schriftstellers befruchten sich gegenseitig und reifen in Büchern wie *Degas* (1920), im späten *Renoir* (1929), auch in einem autobiographischen Werk wie *Die weiße Straße* (1929), der zweiten Fassung von *Der Tscheinik*, zur schönsten Blüte. Die journalistische Tätigkeit scheint den Schriftsteller ebenso gefördert wie behindert zu haben, was auch umgekehrt zu gelten scheint. Den tieferen Sinn dieser doppelten Tätigkeit erläutert er selbst im Zusammenhang mit Dostojewski: »In jedem Augenblick ist er bereit, den Roman hinzuwerfen, nicht um das Schreiben aufzugeben – nie denkt er daran –, sondern um eine andere Schriftstellerei, die schneller zum Volk führt, Journalistentum, Zeitungsmache, Korrespondenz zu treiben.« (»Van Goghs Verwandtschaft«, *Frankfurter Zeitung* 12.4.1925)

20 Piper an Meier-Graefe, 19.3.1919, in Reinhard Piper, *Briefwechsel mit Autoren und Künstlern 1903-1953*, München 1979, S. 175. Meier-Graefes Artikel erschien mit kleinen Änderungen und wurde in *Die doppelte Kurve* (1924) aufgenommen.

Ein »politischer« Artikel in drei Folgen, auf den er selber großen Wert legte, erschien in der von Stefan Grossmann herausgegebenen Wochenschrift *Das Tage-Buch* unter dem Titel »Die Teilung«.[21] Die Teilung, von der hier die Rede ist, ist die innere Teilung Deutschlands, des »heimlichen Deutschlands«, wie er es nennt, nicht die Teilung des Bismarckschen Reichs. Dieses »heimliche«, »primäre« Deutschland, das Meier-Graefe zu umschreiben sucht, ist das, was die Deutschen im Geiste zusammenhält. Und wodurch scheint ihm dieses Deutschland bedroht? Durch die Arbeit als Selbstzweck! »Nur Arbeit, die auf das geistige Wohl der Menschheit zielt, hat nicht die Eigenschaft, den Arbeiter verkümmern zu lassen und ihn dem heimlichen Deutschland zu entfremden.« (S. 1655) Er zeigt, wie sehr die »monumentale Arbeitslust«[22] den Deutschen geschadet habe. Sie müssen, so Meier-Graefe, von dieser Arbeitssucht, von diesem »Morphium gegen Einsamkeit«, genesen und wieder einen Zusammenhang miteinander finden. Wirtschaftlicher Erfolg allein tue es nicht. Er selber ein großer Arbeiter vor dem Herrn,[23] beschäftigte sich nun immer wieder mit diesem Thema. In einem Brief an Benno Reifenberg äußert er seine Zweifel an Sieburgs ominösem Buch *Es werde Deutschland* (1933), das er im Manuskript las und vor dessen Publikation er warnte: Das »sehr wichtige Kapitel über unsere Liebe zur Arbeit um ihrer selbst willen« erscheint ihm »höchst diskutabel« (Nr. 191). Die Erlösung erblickte er in dem alten und neuen Ideal »Zusammen«, in einer allumfassenden Liebe. Und hier gewann Dostojewski eine unerwartete Bedeutung. Rußland entthronte Frankreich als Vorbild.

Meier-Graefe war 1915 in russische Gefangenschaft geraten und lernte dort, trotz Krieg und Leid, Rußland lieben. Er veröffentlichte 1926 ein Buch über Dostojewski, eine inbrünstige Auseinandersetzung mit dem großen Erlebnis der Nachkriegsjahre, das viele Parallelen zur Malerei

21 *Das Tage-Buch* 4 (1923), S. 1648-1657; 1682-1687; 1713-1717; dieser Artikel ist nicht in Moffetts Bibliogaphie verzeichnet.

22 Diesen Ausdruck entlehnen wir einem Artikel K. Schefflers, »Kunst und Industrie« in *Kunst und Künstler* 6 (1907/08); Scheffler behauptet, der bürgerliche Unternehmungsgeist, »der bisher nur auf Mehrung der materiellen Werte bedacht war«, beginne sich zu idealisieren und verspüre das Bedürfnis, die »monumentale Arbeitslust« sittlich zu machen.

23 Siehe Nr. 62; vgl. die »Lehre«, die Meier-Graefe 1923 in dem Refrain »Erst mal tanzen« zusammenfaßt, mit dem freundschaftlichen Rat aus dem Jahr 1909 an den Lebemann Heymel: »Arbeiten, Heymel!« (Nr. 41)

enthält. Dostojewski, der »die beginnende Vereisung der Welt« sah, war für ihn der Dichter der Gegenwart: »Im Anfang steht nicht das von unsichtbaren Mächten geprägte Wort, sondern die Gemeinschaft mit anderen, mit dem ganzen Volke«, ja mit der ganzen Welt. »Wenn Dostojewski Wir sagt, ist das nicht die dichterische Lizenz des Westlers, der nur sich selbst meint, sondern Bezeichnung einer greifbaren Masse.« (*Dostojewski*, 1926, Ende des ersten Kapitels) Dies war für Meier-Graefe eine Offenbarung, die Bestätigung dessen, wonach er selbst glühend verlangte. Natürlich wußte er, daß dieses Beispiel nicht das Schicksal der Zeit wenden könne – es schien ihm dennoch lebensnotwendig.

Flaubert betrachtete er als Antipoden Dostojewskis; und in Flaubert, der nicht aufhörte, ihn zu beschäftigen, sah er das Dilemma unserer Kultur verkörpert: »Mit Flaubert zieht die Wissenschaft in die Dichtung ein. Einige Jahrzehnte später sollten die Bildenden Künste den gleichen, nur hier um vieles gefährlicheren Schritt vollziehen, dessen letztes Resultat die Vertreibung des Menschen aus der Kunst bedingt.« (Siehe S. 320.) Flauberts »Irrtum« entspringe »der Skepsis eines Einsamen, der von der Nichtigkeit aller bestehenden öffentlichen Gemeinschaft durchdrungen war«. Am Ende habe er jedoch mit der legendären Erzählung *Julian dem Gastfreundlichen* dem abstrakten Ideal des L'Art pour l'Art entsagt und sei dahin gegangen, »wo Dostojewski immer war – zu den Menschen«. In dieser paradigmatischen Wende wollte Meier-Graefe mehr als einen »Glücksfall« sehen. Von dieser Warte aus beurteilte er die Kunst der Gegenwart. Das im Menschen Meier-Graefe verankerte Ideal läßt sich nicht ohne weiteres von ihm lösen, um es womöglich in die Nähe totalitärer Kunst-Ideologien zu rücken, die ebenfalls gemeinschaftliche und dem Menschen verbundene (in Wirklichkeit menschenfeindliche) Ideale predigten.

Erst kommt der Wert

Meier-Graefe exponierte sich insofern, als er nie einem wertenden Urteil auswich, ja, er forderte es geradezu. Er sagte eindeutig und mit Kraft, worauf es (ihm) ankam. In einem Brief an Wichert (Nr. 154) nennt er das seine »Organisationen« sehen lassen. Das war die »Moral« des Kunstschriftstellers. Das Werten ist der Angelpunkt seines Verhältnisses zur Kunst, und dieses Werten ist untrennbar mit dem Menschen verbunden. Es ist beispielhaft, kann aber nicht theoretisch verallgemeinert werden. Es fällt nicht schwer, sich mit Meier-Graefes Urteil zu identifizieren oder es zu verwerfen. Schwerer ist, sein »Unterscheidungsvermögen« (Christian Lenz) für die Kunst und die Kunstgeschichte fruchtbar zu machen. Der erste, der es mit Nachdruck versucht hat, ist Christian Lenz in einem Beitrag zu *Vincent van Gogh und die Moderne* (1990). Der Brief an Gustav Pauli, in dem es um die Einschätzung Liebermanns geht (Nr. 143), ist in dieser Hinsicht besonders aufschlußreich. Was Meier-Graefe unter »Wert« oder »Qualität« versteht, ist ein so umfassender Begriff, wie man ihn sonst in Schriften über Kunst, es sei denn von Künstlern selbst, kaum antrifft.[24] Er wußte um das, was Kafka andeutete, als er zu Janouch sagte, Kunst sei immer eine Angelegenheit der ganzen Persönlichkeit (*Gespräche mit Kafka*, 1951, S. 30). Dieser Ausspruch trifft auf Meier-Graefe zu, gibt seiner Kunstauffassung das richtige Maß. Er sah in Kunstwerken, die Werte, »die das Chaos ordnen« (Eintragung vom 22. Mai in *Spanische Reise*).

So sind wir wieder beim Menschen Meier-Graefe angelangt, der sich keiner Spezialität zuordnen, in kein Fach einsperren läßt. Auch dies ein Grund des Ärgernisses für viele. Was wurde zur Zeit der berühmten van-Gogh-Fälschungsaffäre, der sogenannten Wacker-Affäre Anfang der dreißiger Jahre, nicht alles über den »Experten« Meier-Graefe gesagt[25] – zu Recht und zu Unrecht. Zu Recht, weil er kein Experte war und sich geirrt hatte; zu Unrecht, weil seine Bedeutung auf anderem Gebiet liegt. Von Giraudoux stammt das Wort: »Il n'y a pas de grands hommes, il y a de grands conflits.« Dies gilt auch von Meier-Graefe. Er stritt um die Kunst, nicht um die Echtheit eines Werks, selbst wenn er gelegentlich die Rolle eines »Experten« übernahm.

Man kann über vieles anders denken als Meier-Graefe, aber wo ist der Kunsthistoriker, der der Kunst eine derartige Fülle von Bedeutung gibt? Er ging an vielem vorbei, ihn interessierten nur die wenigen Werke, die zählen, die uns angehen; daß er vieles übersah oder nicht sah, ist weniger wichtig als was er sah. Er sah die Existenz der Kunst gefährdet, weil es vom 19. Jahrhundert an nur noch starke Individualitäten, keine bindenden Werte mehr gab. Kunst erforderte nun äußerste Anspannung, wurde

24 Daß Meier-Graefe, ebensowenig wie Künstler, ein »gerechtes« Urteil anstrebte, versteht sich von selbst; es ist hier vom »Umfang« des Urteils die Rede.

25 Siehe Walter Feilchenfeldt, »Van Gogh fakes: the Wacker affair«, *Simiolus* (Netherlands quarterly for the history of art) vol. 19, 1989, Nr. 4.

»Glückssache«. Renoir, dieser »Glückliche«, der noch malte, als sei es etwas Selbstverständliches, war ihm eine nie versiegende Quelle der Freude, selbst wenn er Cézanne eine ganz andere Bedeutung beimaß. Er setzte sich in eindringlichen Worten mit der Kunst Beckmanns auseinander, den er als den wichtigsten deutschen Künstler seiner Zeit betrachtete. Unter den französischen Malern der eigenen Generation liebte er Bonnard über alles.

Er war ein Mensch von großem Verantwortungsbewußtsein, selbstlos, auch wenn er gelegentlich seinem feurigen Temperament unterlag. Ein reiner, humorvoller Mensch, für Freundschaft begabt. Eine großzügige Kämpfernatur. Er war, wie Scheffler einmal gesagt hat, Aljoscha und Iwan Karamasoff in einer Person. Sein Lieblingswort stammt aus der *Apokalypse*: »In den ›Dämonen‹ ist eine herrliche Stelle im letzten Teil, wo der alte rührende Philosoph, der ausgerissen ist und in dem Dorfgasthaus zum Sterben kommt, sich die Bibel von der Frau vorlesen läßt und auf die großartige Stelle in der Apokalypse kommt: Ich kenn Dich und Deine Taten, Du bist weder kalt noch heiß. O wenn Du doch kalt oder heiß wärst! Weil Du aber nur lau bist, so verwerf ich Dich aus meinem Munde. – Himmlisches Wort.« (An Annemarie Epstein, 20.2.1925, DLA)

Dank

An erster Stelle sei Professor Dr. Bernhard Zeller gedankt, der die Verbindung zur Deutschen Akademie für Sprache und Dichtung, Darmstadt, hergestellt und auf diese Weise die Publikation ermöglicht hat. Herr Michael Assmann übernahm in der Deutschen Akademie die redaktionelle Bearbeitung des Manuskripts bis zur Drucklegung.

Wir sind all jenen Institutionen und Personen zu Dank verpflichtet, die uns Photokopien von Briefen Meier-Graefes zur Verfügung stellten und einwilligten, das ausgewählte Material zu veröffentlichen. Dem Deutschen Literaturarchiv, Marbach, wo uns Herr Jochen Meyer, Leiter der Handschriftenabteilung, und seine Mitarbeiter großzügig entgegenkamen und sich von wiederholten Bitten nicht entmutigen ließen, gilt unserer besonderer Dank. Bei allen in den Abkürzungen und Siglen genannten Institutionen fanden wir Hilfe und Verständnis.

Persönlich möchten wir uns bedanken bei Barbara Becker, Mannheim, Sissel Biørnstad, Oslo, Rahel Feilchenfeldt, München, Frank und Brigitte Friedrich, Berlin, Kurt Ifkovits, Wien, Claude Keisch, Berlin, Christian Lenz, München, Renée-Marie Parry Hausenstein, Gainesville, Fl., Hubert Roland, Marburg, Anne Röver-Kann, Bremen, Angelika Wesenberg, Berlin. Frau Irén Dénes und Frau Elisabeth Franz haben sich die Mühe gegeben, das Nachwort durchzusehen, wofür ich ihnen dankbar bin. Einen speziellen Dank möchten wir Herrn Kaspar Borchardt aussprechen, der, ohne daß wir ihn darum baten, sämtliche Briefe von Meier-Graefe an Rudolf Alexander Schröder für uns kopierte – wir wären auch hiervon abgesehen Freunde geworden. Frau Marlis Richarz hat uns in jeder Hinsicht, vor allem mit Informationen über Meier-Graefes Familie unterstützt – ihr sei von Herzen gedankt und unsere aufrichtige Sympathie ausgesprochen. Ingrid Grüninger ist hier nicht zu nennen; sie steht mit Recht neben der Herausgeberin, die sich während der ganzen Arbeit auf ihre unschätzbare Hilfe verlassen konnte. Schließlich gedenken wir mit besonderer Dankbarkeit Dr. Rudolf Hirsch, der uns von Anfang an das Vertrauen und das Gefühl der Verantwortung Julius Meier-Graefe gegenüber schenkte.

Personenregister

Namen in bibliographischen Angaben (Sekundärliteratur) sind in diesem Register nicht berücksichtigt.

Verlag und Herausgeberin danken folgenden Institutionen für die freundliche Abdruckgenehmigung der Abbildungen:

Van der Heydt Museum, Wuppertal
Bibliotheque Royale, Brüssel
Deutsches Literaturarchiv, Marbach
Kunsthalle Bremen
Stadtarchiv Mannheim
Städt. Museen Freiburg i. Br. / Museum für neue Kunst
Munch-museet, Oslo
Pfalzgalerie Kaiserslautern
Böcklin-Archiv Hans Holenweg, Kunstmuseum Basel

Die Deutsche Bibliothek – CIP-Einheitsaufnahme

Ein Titeldatensatz für diese Publikation ist bei
Der Deutschen Bibliothek erhältlich

Erste Auflage 2001
Redaktion: Michael Assmann

www.wallstein-verlag.de
Vom Verlag gesetzt aus der Adobe Garamond
Umschlaggestaltung: Steffi Riemann
Druck und Verarbeitung: Hubert & Co, Göttingen

ISBN 3-89244-412-9